Little Women

插图珍藏版

小妇人

[美]露易莎·梅·奥尔科特 著
洪怡 叶宇 译

上海译文出版社

译本序

一八六八年，美国出版了一本震动文坛的小说，先后被译成十几种文字，赢得无数读者的心，尤为青少年所喜爱。这本小说便是露易莎·梅·奥尔科特(1832—1888)写的《小妇人》。

《小妇人》是大众文学中的经典作品，全书贯穿了善良仁爱、追求道德完美的精神，歌颂了家庭的伦理观念和邻里间的助人为乐，因此能历久不衰，连续畅销，还先后被改编成戏剧、拍成电影，在世界各地上映、演出。小说在银幕上的巨大影响，也证实了其独特的魅力。

作者一八三二年生于美国宾夕法尼亚的一个贫寒家庭。父亲A·布朗生·奥尔科特是一个不得志的哲学家和教育家，他立志办学，但缺乏支持者，以失败告终。同小说中的马奇先生一样，他成天耽在书斋里，追求道德上的自我完善，家庭逐渐陷入贫困的境地。生活的重担落到能干的母亲身上，小奥尔科特为了分担家累，很早就出外做工，当过家庭教师、小学教师、医院护士，以后曾看护一贵妇人，并随同周游欧洲。她为了帮助家庭、爱好自由，故终身不嫁，《小妇人》中的主角乔，即以她本人为蓝本。

作者性格开朗，豪放不羁，有男孩子气。从小深受父亲及美国著名思想家爱默生的影响，主张自强自立，强调个性与尊严，这种思想也贯穿在所写的小说中。勤奋阅读想当作家的念想虽然很早就有，但早期的写作屡遭挫折。由于她独具的才华和努力笔耕，在一八六三年写成了书信体作品《医院速写》，一八六五年发表了第一部小说《喜怒无常》，一八六八年终于写成出版了脍炙人口的《小妇人》。以后还有《小男人》、《八个表兄妹》、《盛开的玫瑰花》等作品。一八七〇年写作获得成功的奥尔科特又重游过一次欧洲，除了写作还积极参加戒酒和争取妇女选举权等运动。一八八八年，作者五十六岁时在波士顿死于脑膜炎。

这部小说带有自传性质，生动地描写了一个美国家庭马奇家四姐妹的成长过程。南北战争时父亲常年随军在外，她们伴着慈爱的母亲生活在小城镇。四姐妹的性格是既有共性又有个性的。共性是她们都生活于一个和谐的家庭，父母慈爱，子女孝顺，伦理观念强，相爱互助，自强自立；个性上，大姐梅格是贤妻良母型，结婚后相夫教子，持家有道。二姐乔，也就是本书主角，开朗豁达，独立自尊，为了帮助家庭，成年后热中写作，所得稿费贴补家用。本书作者粗放的性格和想当作家的梦想，在乔的身上得到充分的体现。三妹贝思性格内向，善弹琴，音乐上有造诣，由于体弱多病，少年夭折。四妹艾米是淑女型，注重体态举止，喜爱尝试艺术，对绘画雕塑有审美能力，但在年少时也有其虚荣心态。

母亲是家庭支柱，注重子女教育，培养她们不趋附金钱权势和助人为乐的优良品德。虽然家境贫寒，但在可能条件下，还要去帮助更为困难的人们。

她们家的邻居劳伦斯家有祖孙二人，爷爷慈祥，孙子劳里热情，都乐于助人。在两家的交往中，马奇家始终处于不亢不卑的状态，但也不失热忱。劳伦斯家比较富裕，但不以财炫人，相互间以平等姿态对待，真是互为芳邻。

小说作者早年在新英格兰地区的生活经历，成了以后的写作题材，由于亲身体验，写来得心应手，人物灵活生动，情节趣味盎然，且富有教益。

例如小说开始在“欢乐的圣诞节”一章中，马奇家穷，孩子们没有得到什么礼物，但有父亲远方来信的鼓励，有母亲温暖的关怀和她们自己精心设计的演出，显得其乐融融。这时有个可怜的邻人来求乞，说是家里没有火、没有食物，几个小孩在挨饿受冻。马奇太太问女儿们，愿不愿意把早饭分一部分给人家作为圣诞礼物，她们一致同意，把荞麦糊和面包装了一篮子送去。

到了这家人家，只见家徒四壁，母亲病倒了，孩子们饥肠辘辘，蜷缩在破被下。得到马奇家的帮助，他们喜出望外，称援助者为天使儿童。四姐妹欢欣雀跃，过了一个快乐的、有意义的圣诞节。

四妹艾米醉心绘画雕塑，其间也有很多趣事。她在作烙画时，木头的焦臭在室内弥漫，烧红的烙棒到处乱放，害得家人时刻准备蓄水，以备失火时应急。后来在塑像时，自己的一只脚又陷入石膏桶里，费了好大劲才拔出来。她曾邀请绘画班的同学来家里聚会，精心准备了十二个人的午餐，结果只来了一个人，害得家里接连几天吃那吃不完的蛋糕和色拉。

家里的一大悲哀是三妹贝思的早逝，她自小身体孱弱，一直没有好转，才十几岁的花季年华就病得奄奄一息。家里把最舒适的房间留给她，里面放满了她最爱的东西——鲜花、绘画、钢琴、小猫。附带说一句，马奇家穷，买不起钢琴，而贝思又是如此热爱音乐，渴望得到它。邻居劳伦斯老爷爷知道后，把已故孙女的小钢琴送给了贝思。贝思垂危时，看到二姐写的赞叹她的诗句，感到家人如此关爱她，这是多大的安慰啊！于是她带着被祝福的面容离去，留下一声轻轻的叹息。

书中的女主角乔是作者的影子，写来更具光彩。她生性豪放，强调自我奋斗。当初父亲马奇先生因为帮助一个不幸的朋友而失去家产，两个大的女孩恳求父母让她们自己谋生。乔去了叔婆家伺候老人。在那里乔发现了一间放了许多好书的藏书室，叔婆打盹或接待来宾时，乔就钻入这个清静之处，贪婪地看着诗歌、传奇、历史、游记。后来邻居劳伦斯家也有一个藏书室，那也是乔经常去的地方。这些都为乔日后热心写作出版了多部作品而打下了基础。

乔与邻居劳伦斯家交往力求地位平等。劳伦斯家比较殷实，他家的孙子劳里因为父母双亡，跟着祖父生活。有一次劳里病了，十分寂寞，乔经常去看望他，和他分享欢乐。但以后劳里喜欢她并向她表露爱情时，乔冷静分析了自己和他的各方面，觉得不合适而离家远出打工。

在父亲病重要母亲去照顾时，乔剪掉了自己一头浓密的秀发，卖了二十五美元给母亲带去。在家中乔很关心姐妹们，在她们受到伤害时呵护有加，在她们作出成绩时备加赞赏，同时也对不足之处提出自己的意见和批评。乔的性格特立独行，有自己的尺度，不受外界影响，人既独立，又十分和谐地统一于家庭的氛围里。

小说的背景是处于十九世纪中期南北战争期间，资本主义上升阶段就已普遍存在的贫富差距和社会弊病以及各个阶级的道德标准在书内也有反映。

在“梅格到繁华世界去”一章中，大姐梅格要去一豪富之家作客。单纯的她开始时兴致勃勃，但慢慢地感觉到和周围环境不协调。因为家里穷，没有合适的衣着，穿戴显得陈旧寒酸。当她看到姑娘们的眼神时，不由得脸色通红，因为她虽然温柔却不失自尊。有个富家小姐硬要借衣服给她，把她打扮成贵夫人模样，完全失去了少女的天真。无意中她又听到太太们的冷嘲热讽，笑她只有一件旧的薄纱衫，穿着别人的衣服浑身不自在，还讥笑她们家对邻居劳伦斯家有所企图。梅格听到这话感到屈辱，回家后在母亲面前坦白，痛恨自己的愚蠢，并保证以后不再慕虚荣。后来她嫁了一个疼爱她的并不富有的丈夫。

又如有一次一位夫人办了一个展销会，邀请乔的小妹艾米参加。艾米自恃以自己的才具肯定会主持艺术品的展台。但那位夫人的女儿妒忌艾米，要艾米换到其他地方去，把艺术品的展台让给她，并影射艾米主持原来的展台会吸引“先生们”。当天晚上艾米把这事告诉家人，引起她们极大的愤慨。

诸如此类的事例，磨练了姑娘们的意志，使她们沿着自强自立的道路生活下去。

《小妇人》的故事打动了读者的心，因为里面有真实的东西，写作时想的不是名声、金钱，而是倾注了全部心灵，描绘出一幅充满爱心的生活场景。

《小妇人》出版后风靡各地，作者又写了《好妻子》一书，后来有的出版社把两本书合为一册出版，总名《小妇人》。我们这个版本也是包括了两部分，把《好妻子》一并收入。

张洪怡

二〇〇六年十二月

目录

第二部

序诗

那么去吧，我的小书，向一切
愿意接受和欢迎你的人展示
那些你深深藏在心底的东西；
并抱着希望：让你告诉他们的事
使他们永远幸福，使他们立志
做个比你比我好得多的朝圣者。
一定要对他们谈谈慈悲女神，
她可是早已踏上了天路历程。
对，让年轻的姑娘向她学习，
从而能珍视未来并变得明智；
因为只要能沿着圣徒的足迹，
步态轻盈的少女就可追随上帝。

根据约翰·班扬[1]作品改写

1　约翰·班扬(1628—1688)是17世纪英国的清教徒，因不信奉国教，被关押在狱达12年之久，在狱中写成了《天路历程》一书。

Part First

第一部

第一章

扮演朝圣者

“圣诞节一点礼物也没有，就不像个圣诞节。”乔[1]躺在地毯上嘟哝着。

“贫穷真是可怕！”梅格[2]看看她的旧衣服，叹了一口气。

“我认为有些女孩子有许多好东西，而另外一些女孩子却一无所有，这是不公平的。”小艾米伤心地哼了一下，接着说。

“我们有父亲和母亲，还有我们姊妹几个。”贝思[3]从她的角落里怀着满足的心情说道。

听到这句鼓舞的话，炉火照着的四张小脸开朗起来，但是一会儿又阴沉了，因为乔悲伤地讲着：

“父亲没有和我们在一起，并且在很长一段时期里他也不会和我们在一起。”她没有说“可能永远不会了”，但是每个人想到父亲远在战地，都暗暗加上了这句话。

大家默默无言停了一分钟。梅格再开口时声气都变了。

“你们都知道，母亲主张这个圣诞节没有任何礼物，因为对每个人来说这将是一个严酷的冬天；她还认为，当我们的人在军队里如此吃苦时，我们不应该为玩乐而花钱。我们出不了什么大力气，但是我们能作出一点小小的牺牲，并且应该高高兴兴地这么做，但我又怕做不到。”梅格摇摇头，十分抱憾地想到她想要的所有的好东西。

“但我想我们该花掉的那么点儿钱也起不了什么作用。我们每个人有一块钱，就是献出这一块钱也帮不了军队的大忙。不指望从母亲或你们那里得到什么，这我同意，但是我真想自己买一部《恩廷和辛特拉姆》，我想了它好久了。”书呆子乔说。

“我计划用我的一块钱买新乐谱。”贝思轻轻地叹息了一声说，这叹息除了炉刷和水壶架之外，谁也没有听到。

“我要好好买一盒费勃牌的画图铅笔，我确实需要这些笔。”艾米坚定地说。

“母亲没讲过我们钱的事，她也不会要我们放弃一切打算。就让我们去买各自需要的东西吧，这样就会稍为有点儿乐趣；我敢说这一块钱是我们辛辛苦苦赚来的。”乔高声地说时，像个有身份的男人那样察看她的鞋跟。

“我知道我的钱是辛苦挣来的——几乎整天在教那些讨厌的孩子，而那时我真想在家中舒服一下。”梅格又开始用那种抱怨的口气说道。

“你吃的苦还没有我一半多呢，”乔说，“好几个钟点同一个神经质的无事生非的老太婆一起关在房间里，她不停地把你差来差去，还一百个不称心，让你烦得真想飞出窗外或哭出来，那你会觉得怎么样？”

“心烦意乱可不好；但是我确实认为洗碟子和收拾东西是世界上最讨厌的工作，这使我心里窝火；而且我的手变得这么僵，根本无法练琴。”

---

1 乔是约瑟芬的昵称。

2 梅格是玛格丽特的昵称。

3 贝思是伊丽莎白的昵称。

贝思看看自己粗糙的双手，叹了一口气，那叹气声这回大家都听到了。

“我不信你们随便哪个吃的苦和我一样多，”艾米大声说，“因为你们都不必同那些高傲自大的女孩子一起上学。你做不出功课，她们就会与你为难，还讥笑你穿的衣服。如果你的父亲不是个富翁，她们会给他贴标签[1]；如果你的鼻子长得不美，她们会羞辱你。”

“如果你的意思是指诽谤，我也会这么说，而不讲贴标签，好像爸爸是个泡菜瓶似的。”乔笑着提出忠告。

“我知道我的意思是什么，你不必对此大加风（讽）刺。是应该用好字眼，改进词回（汇）。”艾米一本正经地回答。

“大家不要斗嘴吧，孩子们。我说乔，你想不想让我们获得爸爸在我们小时候失掉的钱？天哪！如果我们没有烦恼，我们该怎样快活舒服啊！”说这话的梅格还记得过去的好日子。

“那天你说过，你认为我们比金家的那些孩子快活得多，因为他们虽然有钱，却总是打架和发愁。”

“我说过的，贝思。哦，我是这么认为；我们虽得干活，却也会自得其乐，大家在一起很开心，正如乔常说的那样。”

“乔总是用这些俚语！”艾米说时，对伸手伸脚地躺在地毯上的那个修长身影投去责备的眼光。乔立刻坐了起来，把手插在口袋里，吹起口哨来。

“不要那样，这太像男孩子了。”

“正因为如此，我才这么做。”

“我嫌恶没有大家风范的无礼姑娘！”

“我讨厌过分装腔作势、扭扭捏捏的黄毛丫头！”

“‘鸟儿在小巢中总是和睦的’。”贝思这个和事佬唱道。她脸上的

1　这是艾米用错了字，把 label（贴标签）当作 libel（诽谤）用了。下同。

滑稽表情使双方的刻薄话化成了笑声，于是这回斗嘴总算结束了。

“真的，孩子们，你们两人都不好，”梅格以长姐的架势开始训人了。“你也不小了，该把男孩子气的鬼把戏丢掉，变得规矩些，约瑟芬。当你是一个小女孩时，这还没有什么关系；你现在长得那么高了，头发也卷上去了，你应该记得你是位小姐。”

“我不是！如果卷上头发就使我变成了小姐，那我梳两条辫子，直到二十岁，”乔边叫边把发网扯掉，让一头栗色的长发披散下来，“一想到我得长大，得成为马奇小姐，穿着长袍，拘谨得像一朵蓝菊花那样，我就讨厌！无论怎样，做一个女孩子已经够倒霉了，而我喜爱的是男孩子的游戏、工作和派头！不能当男孩一直使我失望；而现在更失望得厉害，因为我就是想和爸爸一起去打仗，[1]可结果只能待在家里编织，像个死气沉沉的老太婆！”乔使劲地抖搂那蓝色的军袜，以致编针像响板那样嗒嗒作响，而线团直滚过房间。

“可怜的乔！这真太糟了，但是有什么办法；你只能满足于把你的名字改成像男孩子的，并对我们女孩子装作是个哥哥。”贝思说时伸手抚着她膝盖旁那个乱蓬蓬的头。她这手尽管做过无数的洗碟子和揩灰工作，但抚摩起来还是很温柔的。

“至于你呀，艾米，”梅格继续说，“你总之是太挑剔和古板了。你那样子现在很有趣，但你如果不注意，长大后会成为一只装腔作势的小呆鹅的。只要你不想装斯文，我是喜欢你的使人愉快的举止和优美的讲话方式的；但你的可笑的话和乔的俚语一样糟糕。”

“要是说乔是个假小子而艾米是头呆鹅，请问我是什么呢？”贝思问，准备分担一份教训。

“你是个宝贝，就是这样。”没人反对梅格热情的回答，因为这只

1　本书以19世纪中期美国南北战争为背景。

“小老鼠”是全家的宠儿。

年轻的读者们可能想知道“她们的相貌如何”，我们愿意此刻给这四位在薄暮中坐着编织的姐妹画个小速写。现在十二月的雪在屋外轻轻下着，室内的炉火欢快地劈啪作响。这是一间很舒服的旧房间，虽然地毯已褪了色，家具也很平常，只因墙上挂着一两幅好画，壁凹里放满了书，菊花和圣诞花在窗间盛开着，一片宁谧宜人的家庭气氛弥漫在房间里。

玛格丽特是四姐妹中最大的一个，十六岁，非常俏丽，体态丰盈，皮肤白皙，大大的眼睛，一头柔软的棕色头发，甜蜜的嘴巴，一双她相当引为自豪的玉手。十五岁的乔身材又瘦又高，肤色黝黑，使人联想起一匹小马，因为对于她那很碍事的瘦长的四肢，看来她不知该怎么办才好。她长着一张坚定的嘴，一个好笑的鼻子，还有一双犀利的灰眼睛，这眼睛好像能洞察一切，有时厉害，有时有趣，有时深思。她浓密的长发是她的一个美丽之处，但她常把头发束在发网里，免得碍事。乔的双肩滚圆，手大脚大，穿的衣服看来总很宽松，而且她总是带着几分不安的神情，这是一个快长成为妇人却又不喜欢这样的小姑娘的不安神情。伊丽莎白就是贝思，是一个玫瑰色脸庞、头发柔软、双眸晶亮的十三岁姑娘，神态羞答答的，讲话声音怯生生的，那一派安详神情难得受人打扰。她的父亲管她叫“小安宁”，真是太合适了；因为她好像是生活在她自己的快乐天地里，只有和受她信任并喜爱的很少几个人相会时，她才敢从这个世界里跑出来。艾米虽然年纪最小，却是位最了不起的人物——至少她自己认为是这样。她是个端正的白净姑娘，眼睛湛蓝，黄鬈发披在肩上，脸色苍白，身材苗条，一言一行总是像位注意自己风度的小姐。至于这四姐妹的性格，我们就留给读者自己去发现吧。

钟鸣六下，贝思扫干净了炉子周围，把一双拖鞋放在旁边烘。不知怎地，看见那双旧鞋子，却大大触动了姑娘们，因为母亲就要来了，大家将高兴地迎接她。梅格停止了训话，点起了灯；艾米自动让出了安乐椅；乔也忘了自己有多疲劳，坐起来把拖鞋向炉火挪近些。

“这双鞋太旧了；妈妈应该有双新鞋。”

“我本想用我的那块钱给她买的。”贝思说。

“不，我来买！”艾米喊道。

“我年龄最大。”梅格刚开口说，乔却坚定地打断了她的话。

“现在爸爸不在家，我就是家里的男子汉，应该由我来提供这双拖鞋，因为他叮嘱我在他离家时，要对母亲特别关心。”

“我告诉你们大家应该怎么办，”贝思说，“我们每人给她买一点圣诞礼物，而我们自己什么也不要。”

“这才像你呢，宝贝！我们应该买些什么呢？”乔大声喊起来。

每个人都认真想了一会儿；随后，梅格好像因看见自己的一双玉手而想出了个主意，宣布说，“我要送她一副好手套。”

“一双军用皮鞋，要最好的。”乔喊道。

“几块月牙边的手帕。”贝思说。

“我要买一小瓶香水；她喜欢香水，而且这不贵，这样剩下的钱，我还可以买我的铅笔。”艾米添了一句。

“我们怎样送这些礼物呢？”梅格问道。

“全放在桌子上，再请她进来，看她打开包包。你们记得我们在过生日时常干的那一套吗？”乔说道。

“当轮到我坐在大椅子里，头上戴了花冠，看着你们大家一个个走过来送礼物，并加上一个吻，我总是那么害怕。我喜欢那些礼物和亲吻，但是当你们坐着看我打开包时，那就可怕了。”贝思说。正在烤面包的她把脸也烘热了。

“让妈妈以为我们都在为自己买东西，然后给她来个出其不意。明天下午我们就得去买，梅格；还要忙圣诞夜的那出戏呢。”乔两手放在背后，鼻子朝着天，一边踱来踱去一边说。

“这次以后，我就不打算再演出了；我的年龄越来越大，不该再搞这些玩意儿了。”梅格说，但她对于“化装”游戏，永远是个孩子。

“你不会停演的，我知道，只要让你穿着白长袍，披着头发，带着金纸做的首饰，在台上慢悠悠转转。你是我们见过的最好的女演员，如果你脱离舞台，那就一切都完了，”乔说，“我们今夜应该来排练一下。艾米，你来表演一下昏过去的一幕，因为你演来僵硬得像一根拨火棒。”

“我也没有办法呀；我从来没有见到人家昏倒过，我也不愿意像你那样直挺挺地摔倒在地，让自己跌得鼻青脸肿的。如果我能轻轻地倒下，我就跌下；如果不能，我就倒在椅子里而保持优美的姿势；我才不管雨果是不是带着手枪来袭击我呢。”艾米答道。她没有演戏的才能，只因为身材小而被选中，因为可以尖声呼叫着被戏中的歹徒扛走。

“这么演；要这样十指交叉，跌跌撞撞地走过房间，发疯似地叫，‘罗德列戈！救救我，救救我！’”乔发出了一声真有点惊心动魄的夸张的尖叫，出了房间。

艾米接着表演，但她僵硬地伸出双手，身体不断地扭动，好像被机器牵拉着似的，而她那“啊”的一声叫，不像出于恐惧和痛苦，倒像是针刺着了她。乔发出无可奈何的呻吟，梅格干脆大笑起来，而贝思全神贯注地看这幕喜剧时，她把面包也烤焦了。

“根本不成！到演出时，你就尽力而为吧，如果观众发笑，那可别怪我。来吧，梅格。”

以后一切都顺利，因为唐彼德罗一刻不间断地用一篇长达两页的演说向全世界挑战；女巫哈伽对着她正在慢慢煮的一锅蛤蟆，念着有神秘魔力的可怕咒语。罗德列戈英勇地把他的锁链挣得粉碎，而雨果因愧恨和砒霜而痛苦死去，临死大叫一声“哈！哈！”

“这是我们至今最好的一出戏。”梅格说时，死歹徒坐了起来，揉着双肘。

“乔，我真不明白，你怎样会写得这么好，演得这么出色的。你是个道道地地的莎士比亚！”贝思感叹道，她坚信她的姐妹们在任何方面都有惊人的天才。

“不见得吧，”乔谦逊地回答，“我相信《女巫的诅咒》这部歌剧式的悲剧是不错；但我想试演《麦克佩斯》，只要我们有一扇给班可设置的活板门。我一直想演杀人的那场戏。‘我看到在我面前的是匕首吗？’”乔咕哝着，转动着眼珠，手向空中抓着，因为她看到过一位著名的悲剧演员这样演过。

“不，这是烤面包用的叉子，放在上面的是母亲的拖鞋而不是面包。贝思想演戏想得着迷了！”梅格大声说。于是排演也就在一片笑声中结束了。

“很高兴看到你们这么欢乐，女儿们。”门口一个愉快的声音说道。于是演员和观众都回过头来欢迎一位身材高高的、慈爱的夫人。她那种乐于助人的神情使人看了实在舒服。她的穿着并不讲究，但气度雍容。女儿们都认为，这个穿着灰色大氅，戴着并不时髦帽子的人，是世界上最了不起的母亲。

“哦，宝贝儿，你们今天过得怎么样？要做的事太多了，为的是准备好明天送出的盒子。我忙得连午饭也没回来吃。有人来过吗，贝思？你的伤风怎么样了，梅格？乔，看上去你累得够呛，来吻我吧，乖乖。”

马奇太太一面带着慈母情对女儿们问长问短，一面脱掉湿衣，穿上温暖的拖鞋，在安乐椅上坐下，把艾米拉到怀中，准备在忙碌的一天之后享受最幸福的时刻。姑娘们则忙来忙去，各自想法把一切收拾得好好的。梅格整理好茶几；乔弄来了木柴，在整理椅子时把东西碰落的碰落，打翻的打翻，弄得砰砰作响。贝思往返于客厅和厨房之间，斯文而忙碌；艾米却双手合抱地坐在一边，对每一个人发号施令。

当她们围着桌子坐下，马奇太太带着特别高兴的神情说，“吃过晚饭，我给你们一件好东西。”

像一缕阳光那样，大家脸上立刻现出了明朗的微笑。贝思尽管拿着饼干却拍起手来，乔抛起餐巾，大叫，“信！信！为父亲三呼万岁！”

“不错，一封很好的长信。他身体健康，而且不像我们担心的那样，他认为他会很好地度过这个严冬。他给了我们各种充满热爱的圣诞祝愿，特别问起你们女孩子们。”马奇太太边说边拍拍口袋，好像里面藏着财宝似的。

“赶快把饭吃完！不要停下来扭动你的小手指，别对着盘子痴笑，艾米。”乔大声吆喝。她急于要看这件好东西，一口茶吃呛了，面包和黄油从旁边落到了地毯上。

贝思不再吃了，她悄悄走开，坐到她那幽暗角落里，沉思着即将到来的欢乐，等候大家都准备好。

“我认为父亲超过了应征年龄，身体又不够当兵的条件，但他还是去当了随军牧师。这非常了不起。”梅格热情地说。

“我真想去当个鼓手，当个随军商[1]——这词怎么说——或者当一名护士，这样就能靠近他并帮助他。”乔带着叹息高声说。

“睡在帐篷里，吃各式各样倒胃口的东西，从一个马口铁大杯子里喝水，一定是非常难受的。”艾米叹了口气说。

“妈妈，他什么时候回来？”贝思用微微颤抖的声音问道。

“要好几个月还回不来，宝贝，除非他生了病。他要尽可能长地待在军队里，尽心尽意地做好工作。在军队能让他回来之前，我们不会要求他早一分钟回来。现在来听我读这封信吧。”

她们都向火炉靠近一些，母亲坐在安乐椅上，贝思坐在她脚边，梅格和艾米坐在椅子的两个靠手上；乔则靠在椅子后面，所以，如果这封信触

---

1 指随军女商贩。原文为法语，乔记不全这词，所以只说了一半。

动了她的感情，大家也看不到她感情的流露。

在那艰苦年代写的信，很少会有不触动人心的，特别是父亲寄来的家信。这封信里几乎没有谈到所忍受的苦难，所面临的危险，或者硬压下去的乡愁。这是一封欢欣鼓舞、充满希望的信，里面多的是对军营生活、行军和军事动态的生动描述；只有信的末尾，才洋溢着父亲对家里小女儿们的热爱和挂念。

"'把我所有的问候和吻给各位女儿，告诉她们我白天惦记她们，夜晚为她们祈祷，无时无刻不在为她们的爱心而感到莫大的欣慰。我还要等一年才能见到她们，这时间似乎太长了，但是提醒她们，我们一面等，一面大家都可以工作，这样才不致浪费了这些艰难的日子。我知道她们会记得我对她们讲的一切话，将做你的乖孩子，忠诚地尽她们的责任，勇敢地同她们的缺点作斗争，并且很好地战而胜之，这样等我回来时，我对我的小妇人们会更喜爱，更引以自豪。'"

当她们听见读到信的这一部分时，每一个人都抽噎了。乔对自己的眼泪从鼻子两旁流下来不感到难为情；艾米把脸贴在母亲的肩膀上直呜咽，也不管鬈发弄乱了，她说道，"我是个自私的女孩子！但我真的要决心改正，这样他才不会对我感到失望。"

"我们大家都要改正！"梅格叫道，"我太关心我的仪表了，而且厌恶工作，但以后只要我办得到我决不这样了。"

"我将努力做一个他爱称呼我的'小妇人'，不再粗野了；要在这里尽我的责任，而不是要到别的地方去。"乔说的时候心里在想：在家不使性子，要比面对南方一两个叛军难得多。

贝思一声不响，只是在用蓝色的军袜抹眼泪后，毫不延误地把手边的任务担当起来，使出浑身的劲织起袜子，同时在平静的小心灵里下定决心，待来年父亲回家的幸福时刻，会发现她已成了他所希望的那样的人。

马奇太太打破了乔讲话后的寂静，她用令人高兴的语调说，"你们还记得小时候常演出《天路历程》[1]吗？你们最喜欢我把装零布的袋子放在你们背上当包袱，给你们帽子、手杖和一卷卷的纸，让你们在屋里到处旅行。从算作是‘毁灭城’的地下室向上走，向上走，一直走到屋顶上，那里你们可以收集各种可爱的东西去建造一座天国。”

“那是多么有趣，尤其是走过狮子身边，同魔王阿波莱翁作战，经过鬼怪所在的幽谷！”乔说。

“我喜欢的是包裹掉下来滚到楼下的那个地方。”梅格说。

“我喜爱的那一部分是，当我们出现在放着花呀、棚架呀和其他有趣的东西的平坦的屋顶时，大家站在那里，欢乐地在阳光下歌唱。”贝思微笑着说，好像她已回到了那个愉快的时刻。

“除了害怕地下室和那暗黑的入口处，除了总是喜欢在屋顶上吃的糕饼和牛奶以外，我不很记得了。要不是我年龄已大，不适合演这些戏了，我真想重演一遍。”艾米说。她开始谈什么十二岁这年纪已经成熟，该放弃这些玩意儿了。

“对于这些事，我们永远不会太老的，因为这是一出我们以不同的方式永远在演的戏。我们的包袱在这里，我们的路在前面，而对于善和幸福的渴望指示和引导我们经历许多困难和错误，直到我们获得安宁，那真是一个天国。啊，我的小朝圣者们，你们是否能再来一遍，不是演戏，而是真干，看看你们在父亲回来之前能前进得多远。”

“真的吗，母亲？那么我们的包袱在哪里呢？”十分认真的艾米问。

“现在大家就谈谈你们的包袱吧，除了贝思；我想她倒是什么包袱也没有的。”母亲说。

“不，我有的；我的包袱是碟子和揩布，并且羡慕有钢琴的女孩子

---

1 《天路历程》是约翰·班扬的作品。书中叙述了朝圣者与恶势力的斗争，最后排除万难，终于到达目的地——天堂。本书下面谈到的有些内容，均与该书情节有关。

们，还怕见人。”

贝思的包袱滑稽得大家都想笑了；可是谁也没有笑，因为这会大大伤害她的自尊心的。

“让我们来这么做吧，”梅格深思地说，“这不过是努力为善的另一个说法罢了，而这故事可能对我们有益；因为我们虽然想为善，但毕竟是艰苦的工作，我们会忘却，也会不全心全意去做。”

“我们今晚是在‘灰心沼’[1]，是母亲来把我们拉出这个深渊的，正像‘援助’在书中[2]所做的那样。我们应该像基督徒那样有一卷指示书，我们该如何去得到这卷书呢？”乔问时显得很高兴，因为尽责本是件非常沉闷的工作，而这种想像使之添上了浪漫的色彩。

“在圣诞节的早晨，看看你们的枕头底下，就会得到你们的指示书了。”马奇太太说。

她们讨论这个新计划时，老汉娜收拾着桌子。接着，四只小工作篮出现了，姑娘们飞针走线地为马奇叔婆做被单。这种缝纫工作很乏味，但是今晚谁也没有咕噜一声。她们采用了乔的计划，把长长的线缝分成四部分，分别称为欧洲、亚洲、非洲和美洲，用这一方法她们干得好极了，尤其是当她们缝过这四个洲时，她们便谈论起那里的各个国家。

九点钟她们停工了，并像往常那样，在上床之前唱了歌。除了贝思以外，谁也不能从那架旧钢琴中奏出什么音乐来；但是她有办法轻轻地按那些发了黄的琴键，为她们所唱的简单的歌曲提供悦耳的伴奏。梅格的嗓音像一支笛，她和母亲两人领导这个小小的唱诗班。艾米像只蟋蟀那样啁啾，乔随心所欲地唱来唱去，老是不合调，而且发出的低音或颤声破坏了最深沉的曲调。自从她们能口齿不清地唱：

---

1 “灰心沼”一名出自《天路历程》，现照译。

2 “援助”是《天路历程》中一人名，书即指《天路历程》。本书中的很多名称都出自该书。

小丁丁，羊斤斤，[1]

唱歌就成了家庭中的一个习惯，因为母亲是天生的歌手。每天早晨第一个声音就是她发出的，她在屋子中来去时像百灵鸟一样地唱着；晚上最末一个声音是同样愉快的歌声，因为女孩子们唱这支家喻户晓的催眠曲时，总不会觉得自己年龄太大的。

1 应为“小星星，亮晶晶”。

第二章

欢乐的圣诞节

在圣诞节灰蒙蒙的拂晓，第一个醒来的是乔。壁炉上没有袜子挂着，她一时间觉得非常失望，正如好久以前她的小袜子因为里面塞满了好吃的东西而掉在地上一样。随后她想起母亲许下的愿，于是把手轻轻伸到枕下，抽出一本绯红色封面的小书。她十分熟悉这本书，因为书中讲的老故事就是那种尽善尽美的生活。乔觉得对任何长途朝圣者来说，这真是最好的一本指南。她一声“圣诞好”叫醒了梅格，并要她看她枕下的是什么。一本青色封面的书出现了，里面有一幅同样的画，还有母亲写的几个字，这就使这一件礼物在她们看来十分可贵。贝思和艾米马上也醒了，伸手一摸也找到了她们的小书——一本是鸽灰色的，另一本是蓝色的。大家都坐着看这几本书，谈论这几本书。这时东方泛红，新的一天来到了。

玛格丽特虽有些虚荣之处，秉性却和蔼可亲而虔诚，无意中这种性格也影响了妹妹们，尤其是乔。而乔既温柔地爱着她，也听她的话，因为她的忠告总提得那样诚挚。

“姑娘们，”梅格看看她身旁头发蓬松的乔，又看看房间那边两个戴着睡帽的小妹妹，一本正经地说，“母亲要我们念这几本书，爱它们，当心它们，我们应该立刻就开始。我们以前对此总是切实遵行的，但是自从父亲离开我们，这场战祸又使我们不能安定下来，我们疏忽了许多事。你们爱怎样就怎样，可我要把我的书放在这儿桌子上，每天早晨一醒就读一点儿，因为我知道它会对我有益，并且使我一整天都得到帮助。”

于是她打开新书，开始阅读起来。乔搂着她，脸贴着脸靠着她，也读了起来，那种平心静气的样子在她急躁的脸上是不大看得到的。

“梅格是多么好啊！来吧，艾米，我们也学她们那样做。遇到难的词，我会帮助你的；假如我们不懂，她们会讲给我们听。”贝思悄悄地说，她被这些好看的书和她姐姐们的榜样深深感动了。

“我很高兴我的一本是蓝色的。”艾米说后，房间里静悄悄的，只听到轻轻翻书页的声音。冬天的阳光带着圣诞节的祝贺，偷偷进入了房间，轻柔地照到这些闪闪发光的头上和认真的脸上。

“母亲在哪儿？”半小时后梅格一边问，一边和乔奔下楼去谢谢妈妈给她们的礼物。

“只有天知道。有个可怜的人来求乞，你们妈妈马上出去问他要些什么。从来没有像她那样的妇女，去施舍吃的，喝的，衣服和柴火。”汉娜回答说。她打梅格生下来就和这家子人住在一起，大家不当她仆人而当她朋友看待。

“我想她就会回来的，所以你去把饼炸好，准备好一切。”梅格说，一面检查收在一只篮子里并藏在大沙发下的礼物，准备在恰当的时候拿出来。“啊，艾米的一瓶香水哪里去了？”她又说了一句，因为找不到那个小瓶。

“她刚才拿了出来，去给它系上一条红缎带什么的。”乔回答时，在房间里跳来跳去，想使那双新的军用鞋变得软一些。

“我的新手帕多漂亮呀，可不是吗！汉娜给我洗了又熨平的，上面的标记完全是我自己做的。”贝思说，自豪地看着那些不大齐的字，这可是她费了好大力气才做出来的。

“为这个小孩子祝福！她在上面写‘母亲’而不写‘马奇太太’多滑稽呀！”乔叫道，拿起一条手帕来。

“这有错吗？我认为这样做比较好，因为梅格的姓名缩写是‘M. M.’，而我除了妈妈外谁也不给用。”贝思说时露出不安的样子。

“这没有错，宝贝，是个很好的主意，也很聪明，因为这样一来，谁也不会搞错了。我晓得母亲会很开心的。”梅格说着，给了乔一个白眼，又给贝思一个微笑。

“母亲来了，把篮子藏起来，快！”听到大门砰然关上，又听到门廊里的脚步声，乔叫道。

艾米急忙进来，看见姐姐们都在等她，有点不大好意思。

“你到哪里去了，背后藏的是什么？”梅格看到艾米戴了头巾，披着斗篷，为这个懒惰姑娘出去得这么早而感到惊奇。

“不要笑我，乔！我不是想要大家到了时候才知道。我不过想把小瓶换成大瓶罢了，我花光了我所有的钱才得到它，我是在努力使自己不再自私自利。”

艾米一面讲，一面给大家看那用来替代便宜货的美观的瓶子；并且在她忘我的小小努力中，看来这么诚恳和谦逊。梅格忍不住马上把她抱在怀里，乔宣称她是“一个了不起的人”，而贝思跑到窗口，去采了一朵最漂亮的玫瑰花来装点这只气派很大的瓶子。

“你们知道，我今天早上读了和谈论了高尚的品德之后，对于自己的礼物感到羞愧；于是我一起床就跑出去，转过拐角，把它换了。我真高兴，因为现在数我的礼物最漂亮了。”

临街大门又是一声响，于是篮子被送进了沙发底下，急于吃早饭的女孩子们来到了桌子旁。

“圣诞快乐，妈妈！非常快乐！谢谢你送给我们的书；我们已经读了几页，以后还要每天读。”她们齐声叫唤着。

“圣诞快乐，小女儿们！你们能马上就读，我很高兴，希望你们坚持。但是在我们坐下之前，我想说一句话。离我们这儿不远，有一个穷苦的女人带着她的新生婴儿躺在床上。六个孩子为了不致冻死挤在一张床上，因为他们没有炉火。那里没有食物，最大的男孩子来告诉我，他们挨饿受冻。我的女孩子们，你们愿意把你们的早饭送给他们作为圣诞礼物吗？”

她们已经等了将近一小时，现在都非常饿了，大家沉默了一分钟；也只有一分钟，因为乔急躁地叫了起来：

“你在我们开始吃早饭之前回来，我很高兴！”

“我可以帮你把东西带给那些可怜的小孩子吗？”贝思急切地问。

“我来把奶油和小松饼带去。”艾米勇敢地说，放弃了那些她最爱吃的东西。

梅格把荞麦糊盖好，把面包堆放在一只大盘子上。

“我就知道你们会这么做的，”马奇太太笑着说，似乎很满意，“你们都去帮我的忙，当我们回来时我们早饭就吃面包和牛奶，午餐时再补回来。”

不一会儿，大家都准备好了，这一伙人就出发。幸而时间还早，她们穿小巷走，因此见到她们的人不多，没有谁对这些奇特的人发笑。

这是个四壁萧然、景象悲惨的房间，窗上的玻璃也碎了，没有炉火，破破烂烂的被头，母亲病倒了，婴儿啼哭不止。面有菜色、饥肠辘辘的孩子们，蜷缩在一条旧被下，以便得到一点温暖。

当女孩子们进去时，那些眼睛是怎样地张大了望着她们，那些没有血色的嘴又是怎样地发出了微笑！

“啊呀，我的上帝呀！[1]是慈悲的天使们到我们这里来了！”那个可怜女人说，一面因高兴而哭了起来。

“天使还戴着头巾和手套可就滑稽了。”乔的话使他们都笑起来了。

几分钟后，真像有善良的神灵们在那里活动似的。带着木柴来的汉娜生起火来，把破的玻璃窗用旧帽子和她自己的斗篷堵住。马奇太太把茶和麦糊给那个可怜的妇人，并且安慰她，说还会来帮助她的。一面她给那婴儿小心翼翼地穿衣服，好像是她亲生的一样。在此同时，女孩子们摆好餐桌，让孩子们围着火，像喂许多饥饿的小鸟那样喂他们吃——笑啊，谈啊，并且尽力想听懂他们结结巴巴的英语。

“这很好！”“这些天使儿童们！”[2]那些可怜虫一边吃，一边嚷，并把他们冻得发紫的手在令人惬意的火上烤着。

四个姑娘从来没被人家称作天使儿童，这回听了很得意，特别是乔，她生下来后就被认为是个桑科[3]。那是一顿非常快乐的早饭，虽然她们一点也没有吃到。当她们做完了好事而离开时，我认为整个城里没有比这四个女孩子再快活的人了，她们放弃了自己的早饭，在圣诞节早晨只吃些牛奶和面包。

“那就是爱邻人胜于爱自己，而我喜欢这样。”梅格说。这时她们趁母亲在楼上为可怜的赫梅尔一家找衣服，就把礼物摆了出来。

看来并不富丽堂皇，但一个个小包中都藏着无限的爱；那个放在中央，插了红玫瑰、白菊花和一串藤蔓的高花瓶，给桌子平添了雅致的气氛。

“她来了！弹琴，贝思！开门，艾米！为妈妈欢呼三声！”蹦蹦跳跳

1　原文为德语。

2　原文为德语。

3　桑科·潘萨是西班牙作家塞万提斯《堂吉诃德》中的仆人，常识丰富，与堂吉诃德的富于幻想形成对比。

的乔叫道，而梅格起身去把母亲引到荣誉席上。

贝思奏起她的最欢乐的进行曲，艾米拉开房门，梅格十分庄严地执行她的护送任务。马奇太太又惊奇又感动；满眼含泪地微笑着看给她的礼物，读着礼物上的附条。拖鞋马上送了过去，一块洒足了艾米的香水的新手帕塞进她口袋里，玫瑰花别在她胸前，而那副漂亮的手套被称为“合适得不差分毫”。

大家笑呀，吻呀，讲呀。这种朴素、充满了爱的家庭欢乐，在当时是这样令人愉快，很久以后回忆起来，还是那么甜蜜。接着，大家都干起活来。

早晨的施舍和仪式费了很大工夫，白天里剩下的时间就专门用来筹备晚上的庆祝了。由于年纪还小，不能常去看戏，又由于不很富裕，不能为家庭演出花费很多的钱，几个姑娘就自己动脑筋，制造出所需要的一切东西——需要是发明之母嘛。她们有些产品非常灵巧——纸板做的吉他，在老式的船形黄油碟上盖一张锡纸做成的古式灯，用腌制品作坊丢弃的闪闪发光的马口铁碎片和旧布做成的华丽长袍，开过的食品罐头也同样有用，可剪成菱形薄片点缀甲胄。家具老是被颠倒过来，大房间是洋溢着天真的狂欢的舞台。

男人是不准加入的；乔因此正中下怀地扮演了男角的戏，并十分满意地穿着朋友送给她的一双黄褐色皮靴，这是那朋友从认识的一位演员的太太那儿弄来的。这双皮靴、一把旧的钝头剑和一件画家曾用于绘画的古代男式紧身上衣，这些就是乔的重要宝贝，并且在一切场合中都会出现。由于这个剧团小，两名主要演员不得不在每出戏中扮演几个角色；她们学习演三种或四种角色，急匆匆地调换各式戏装，还得管理舞台，那份艰苦的工作，着实值得称赞。这对于她们的记忆力是一种很好的训练，一种没有害处的娱乐，而且消磨了好多时间，否则她们会感到无聊和寂寞，或者把时间花在益处较少的社交上。

在圣诞节夜里，十来个姑娘聚在一张算是戏楼厅的帆布床边，坐在蓝色和黄色的印花布幕前，怀着十分高兴的期待心情。幕后响着衣服的窸窣声和低语声，还有油灯冒出来的一缕烟和艾米有时发出的吃吃笑声，因为她在兴奋的时刻往往会变得歇斯底里。不久，一声铃响，帷幕拉开，一场悲歌剧开始了。

剧目单上所说的“阴暗的森林”，是用几盆灌木、地板上的一块绿色粗呢和远处的一个山洞来表示的。这个山洞用晒衣架做顶，长柜做壁；里面有一个烧得很旺的炉子，上面放着一口黑色的锅，一个老女巫伛着身子看着它。舞台是暗的，炉子里的火光起着很好的效果，尤其是女巫开锅盖时，一股真的蒸汽从锅中逸出。这第一次的激动，过了好一会才平静下来；随后那个长黑须的歹徒雨果悄悄来了，他腰边的佩剑铿锵作响，一顶帽子耷拉着，身穿奇异的斗篷和靴子。他焦躁不安地踱来踱去之后拍了拍额头，以粗野的调子唱起了他对罗德列戈的憎恨，对查拉的热爱，以及杀死前者和赢得后者的使他快意的决心。雨果的粗哑的嗓音，夹着不时发出的感情激动的高叫，十分动人。观众在他暂时停下来换气时鼓掌喝彩。他以一种惯于接受观众赞赏的神气鞠了一躬，偷偷来到山洞，吆喝一声，要哈伽出来：“喂，奴才，我需要你！”

梅格应声而出，脸上披着灰色马鬃，身穿一件红黑大氅，手持一根木杖，她的大氅上有着神秘的符号。雨果要一服能使查拉倾心相爱的药水，另一服药水能使罗德列戈死掉。哈伽舒展美妙的歌喉，答应给他准备这两种药，并开始召唤那个会带来爱情迷药的鬼怪：

这里来，这里来，从你的家中，
飘忽的鬼怪，我命令你来！
你生自玫瑰，吃的是露水，
能不能为我酿出迷魂药和魔药？

以快得像个鬼精灵的速度，
把我要的香魔药带给我；
魔药要甜，药性快且强，
鬼怪，现在回答我的歌！

响起了一片柔和的音乐，然后从山洞的后面出来了一个小人儿，穿着白得像云的衣服，闪烁发光的羽翼，金黄的头发，头上戴着一个玫瑰花环，摇了摇魔杖，唱道：

从我远在银月里的
飘渺之家，
我到这里来。
拿着这个迷魂药，
要好好使用它，要不，
它的魔力很快就消失！

小妖怪把一个镀金的小瓶子丢在女巫的脚下就不见了。哈伽又唱了一支歌，召来另一个讨厌的鬼魂。因为随着砰然一响，来的是一个丑恶的小黑鬼。他嘶哑地回答了一声，把一只黑瓶子抛向雨果后，发出讥嘲的笑声就不见了。雨果唱出了他的感谢之意，把药放进靴子，就走开了。这时哈伽对观众说，因为他曾杀害了她的几个朋友，她诅咒他，要挫败他的计划，对他复仇。接着，帷幕落下，观众休息时吃着糖果，一面议论这出戏的精彩之处。

在帷幕再次升起之前，台上发出好久的锄头叮当声；但是当大家明白这个舞台道具布置得多么好时，没有人为耽搁了时间而咕哝一声。这真是妙极了！矗立起一座高到屋顶的塔，塔的半腰有一扇窗，里面点着一盏灯，白窗帘后的查拉穿着一身美丽的浅蓝色衣服，在等着罗德列戈。他出场了，装束豪华，只见插有羽毛的帽子，红大氅，栗色的可爱的头发，带一只吉他，少不了还穿皮靴。他跪在塔前，以温柔的调子唱着月下情歌。查拉回答着，并且在一段悦耳的对话后，答应跟他逃走。随后这出戏的最大效果出现了。罗德列戈拿出一个共有五级的绳梯，把绳梯的一头抛给查拉，请求她下来。她胆怯地从格子窗边轻轻移步，把手搭在罗德列戈肩上，正要优雅地往下一跳，但是，“哎呀，哎呀，查拉！”她忘了她后面的裙子——它被勾住在窗上了。塔摇晃前倾，哗地倒在地上，把这对不幸的情人埋在了废墟中！

那双黄褐色的皮靴在倒掉的塔下拼命晃动，一个金发的头从里面露出，大叫道，“我对你这样讲过！我对你这样讲过！”这时全场发出了尖声的惊叫。只见唐彼德罗这个冷酷的父亲以惊人的镇定赶了过来，把女儿拉出来，并且匆匆加了一句旁白：

“不要笑，照样演下去！”接着，又叫罗德列戈爬起来，怀着愤怒和轻蔑把他赶出王国。罗德列戈虽然被塔的倒塌吓得不轻，却对这个老父亲满不在乎，竟拒绝离开。这一大无畏的精神感动了查拉，她也不把老父亲放在眼里，于是他就命令把两人关进城堡中最深的地牢。一个胖胖的小侍从手持锁链进来，把两人带走，脸上一片惊惶之色，显然忘了他应该念的一大段台词。

第三幕是城堡大厅，这时哈伽出场了，来释放这对情人和杀死雨果。她听到雨果来了，就躲藏起来；看见他把药放进两杯酒里，并命令那胆怯的小仆人：“把这两杯酒带给牢房里的两个囚犯，对他们讲我马上就来。”仆人把雨果拉到一旁，对他说了什么，这时哈伽把这两杯酒换成了普通的酒。那个“奴才”叫费迪南多，他把酒带走后，哈伽把那杯为罗德列戈准备的毒酒放在原处。雨果在唱了好一会歌之后，感到口渴，把酒喝下，失去了神志，经过了一阵手抓脚蹬之后，就一动也不动地躺到地上，一命呜呼。这时哈伽唱起一支非常美妙动听的歌，把她所干的事讲给他听。

这真是一场惊心动魄的戏，虽然有些人可能认为，那恶棍临死前突然掉下一大撮长发，破坏了演出的效果。他被观众叫出来谢幕，他非常有礼貌地带着哈伽走出来，而她的美妙的歌声被认为比所有其他的表演都更为了不起。

第四幕演绝望的罗德列戈正要用刀捅死自己，因为他听说查拉变了心。正当他要把刀子扎进心脏时，他窗下有个美妙的歌声告知他，查拉是忠于他的，但她处境危险，如果他愿意，他可以去救她。一把钥匙丢了进来，牢门打开了；在一阵狂喜之中，他砸断了锁链，跑去寻找和拯救他的情人。

第五幕一开场，查拉同唐彼德罗剧烈争吵。他要她进修道院，但是她不听，并且在一番动人的恳求之后，眼看就要昏倒。这时罗德列戈冲了进来，向她求婚。唐彼德罗拒绝，因为他没有钱。他们两人大叫大闹，指手画脚，但还是不能达成协议。当罗德列戈即将把精疲力竭的查拉抱出去时，那个胆怯的仆人出现了，手中拿着忽然不见了的哈伽所送来的一封信和一只口袋。那封信告知众人，她把大量财富赠给那对年轻的情侣，而且如果唐彼德罗不让他们得到幸福的话，她就要叫他可怕地毁灭。那个口袋被打开了，好几夸脱马口铁做的钱雨一般倾泻到台上，直到台子被这些亮晶晶的钱照得光彩夺目。这就完全把那位“严父”软化了；他一声不吭地同意后，大家一起欢乐地来了一个大合唱。帷幕落下时，两位情人以非常富于传奇色彩的美妙姿态跪着，接受唐彼德罗的祝福。

接着是震天价的鼓掌和喝彩声，可是也受到一次意外的挫折；因为楼厅所在的那张帆布床突然坍下了，热情观众的喝彩声顿时停歇。罗德列戈和唐彼德罗马上去抢救，每一个人都被救了出来，没有受伤，但有些人笑得话也讲不出来了。这场兴奋还没有平息下来，汉娜就来了，说是“马奇太太祝贺你们，请小姐们下楼去吃晚饭”。

甚至对演员们来说，这也是一个意外；当她们看到桌上的食品时，面面相觑，喜出望外，惊奇万分。这好像是妈妈对她们的一次款待。然而像这样丰盛的食品，在富裕的日子过去以后，却是闻所未闻的。有冰淇淋——实际上有两种，粉红的和白的——还有糕饼、水果和令人定心不下的夹心糖，而且在桌子当中还放着四大束暖房里培育出来的花！

这简直使她们透不过气来；她们先是盯着桌子看，然后又凝视她们的母亲。她见到她们这副神气仿佛非常得意。

“是仙人送的吗？”艾米问。

“是圣诞老公公。”贝思说。

“是母亲准备的。”梅格脸上呈现出一个最最甜蜜的微笑，尽管她脸上的灰胡子和白眉毛还没弄掉。

“这顿晚餐是马奇叔婆一时高兴而送来的。”乔忽然灵机一动大声说。

“都错了。是劳伦斯老先生送来的。”马奇太太回答。

“就是那个劳伦斯男孩的祖父！他怎么想出这个主意来的？我们不认识他呀！”梅格叫起来。

“汉娜把你们送早饭的事告诉了他的一个仆人。他是个脾气有点古怪的老先生，但那件事却使他高兴了。好多年前他认识我的父亲，所以今天下午他送了一封很客气的短信给我，说是为了庆祝这个圣诞日，希望我能允许他表表心意，让他送一点小礼品给你们。我无法谢绝，因此你们今夜就有了这顿小筵席来补偿你们只吃了牛奶和面包的早饭。”

“是那个男孩子使他想到这么做的，我想一定是他！他是个非常好的人，而我也想与他结识。看来他似乎很喜欢与我们相识，但他怕难为情，而梅格又是那样古板，连我们碰到时，也不许我和他讲话。”乔说的时候，一盘盘的食品传来递去的，只见冰淇淋越来越少，只听得大家满意地发出一片“哦！”“啊！”之声。

“你是指住在隔壁大房子里的人，是吗？”有一个女孩子问道，“我母亲认识劳伦斯老先生，但是说他很孤傲，不喜欢与邻居来往。除了让孙子跟家庭教师去骑马或散步，他总把那孩子关在家里，要他用功。我们曾请那男孩来参加我们的集会，但是他没有来。母亲说他很好，虽然他从不和我们这些女孩子讲话。”

“有一次，我们的猫跑了，他把它送了回来，我们就隔了栅栏谈话，谈得很投机，都是关于打板球一类的事。但一见到梅格过来，他就走开了。我真想有一天和他认识，因为他需要有点乐趣，我肯定他需要。”乔坚定地说。

“我喜欢他的风度，他看来像一位小绅士；因此我不反对你们去认识他，如果有适当机会的话。花是他自己送来的。当时如果我知道楼上在干什么，我真该请他进来的。他回去时看来十分忧伤，听到人家欢乐，而他自己显然一点欢乐也没有。”

“幸亏你没有，母亲！”乔边看自己的靴子边笑着，“但是不久我们要演一出他能看的戏。他也许会参加演出；这不是很有趣吗？”

“我从来没有见到过这么漂亮的花束！多美呀！”梅格怀着极大的兴趣看她的花。

“这些花的确可爱。但我更爱贝思送给我的玫瑰。”马奇太太笑着，嗅了嗅她腰带上已经有点枯萎的花束。

贝思投入她怀里，悄悄地说，“我真想送一束给父亲。恐怕他的圣诞节过得没我们这么欢吧。”

第三章

劳伦斯家的男孩

“乔！乔！你在哪儿？”梅格在通顶楼的扶梯下叫道。

“在这儿！”听见顶楼上一声沙哑的回答，梅格跑了上去，看见她的妹妹正裹着一条棉被，靠南窗坐在一只三只脚的旧沙发上，一面吃苹果，一面流着泪在看《莱德克利夫的继承人》。这里是乔最喜爱的藏身之所，她爱带上五六只黄褐色苹果和一本好书，待在这里，与一只栖身在附近的小老鼠分享静谧，乔很喜欢这只小老鼠，它对乔也一点不怕。当梅格出现时，小机灵马上窜进洞里。乔把脸上的泪珠甩掉，等着听消息。

“妙极了！你看吧！加德纳太太邀我们明晚上她那儿去的一份正式请帖！”梅格大声喊叫，摇晃着手中的那份珍贵的文件，随即以女孩子的喜悦把它念出来。

“‘加德纳太太将乐于在除夕的一个小舞会上会见马奇小姐和约瑟芬小姐。’妈妈同意我们去，可是我们要穿什么去呢？”

“问这有什么用，你知道我们只能穿府绸衣服去，因为我们没有别的衣服可穿呀。”乔回答时嘴里满是苹果。

“要是我有件绸衣服，那该多好啊！”梅格叹息着，“母亲说等我十八岁时也许可以有件绸衣服，但还要等两年，时间实在太长了。”

“我敢说我们的府绸衣服看来和绸的差不多，我们穿这个就够好的了。你的那件和新的一样，但我忘了我的那件有烧焦的小洞和破的地方。我该怎么办？那个焦洞很显眼，我又没法把它去掉。”

“你必须尽可能坐着不动，不让人家看见你的背后；前面完全没有问题。我要给头发系上一根新缎带，妈妈会把她的小珍珠别针借给我，而我的一双新鞋子好极了，我的手套也可以，虽然没有像我理想中的那么好。”

“我的手套被柠檬汁弄脏了，又搞不到新的，只能不戴手套去了。”向来不大在乎衣饰的乔说。

“你非得有手套不可，否则我就不去，”梅格坚定地大声嚷嚷，“手套比什么都重要，不戴手套就没法跳舞。如果你不戴手套，我将感到十分丢丑。”

“那我就不去，我不怎么希罕跳交谊舞，转来转去没有什么好玩的，我喜欢跑来跑去和跳跳蹦蹦。”

“你不能要母亲给你买一双新的，手套价钱很贵，而你又那样不当心。妈妈说过，你弄脏那一双，那么今年冬天她就不给你买新的。你能不能修修补补呢？”梅格急切地问。

“我可以把手套捏在手里，这样人家就不知道我的手套脏到什么程度了；我办得到的只有这点。不，我告诉你我们可以怎样应付——每人戴一只干净的，手里捏一只脏的；你明白吗？”

“你的手比我的大，你会把我的手套撑坏的。”手套是梅格心爱的东西。

“那么我就不戴手套去。我不管人家怎么说！”乔大声说道，又把书拿了起来。

“就给你，就给你戴吧！只要你不把它弄脏了，并且举止文雅些，不要把手放在背后，也不要盯着人看，或大惊小怪地叫喊。好吗？”

“你不必为我操心，我会尽量做得规规矩矩，只要办得到，就不出一点差错。现在你去答复那份请帖吧，让我读完这小说。”

于是梅格就去写了“感谢地接受”的答复，去检视衣服，一面熨烫她唯一的荷叶边饰带，一面快乐地唱着；而乔则看完了小说，吃掉了四只苹果，并且和小机灵嬉戏了一会。

除夕客厅里阒无一人，因为两个年幼的姑娘担任了化妆侍女，而两个大姑娘全神贯注于“为赴会作好准备”那件头等大事之中。梳妆打扮虽然非常简单，可是上楼下楼，笑啊谈啊，忙得不亦乐乎。有一段时间满屋子都是一股烧焦头发的气味。梅格想要在她脸蛋边上有几绺发卷，乔就用一把火钳夹着用纸卷住的发束。

“该让头发这么吱吱冒烟吗？”贝思坐在床上问。

“是水汽在蒸发。”乔回答。

“真是一股怪味儿！就像是鹅毛烧焦了。”艾米说时，高傲地理了理自己的漂亮鬈发。

“喏，现在我把纸卷去掉，你们就能见到许许多多小发卷。”乔说着便放下了钳子。

她真的把纸卷拿掉，但是并没有出现许许多多小发卷，因为头发已同纸卷一起下来了。惊愕的女理发师把小小的一束束烫焦了的头发陈列在受害人面前的镜台上。

“哎哟！你干出了什么？我糟了！没法去了！我的头发，哎哟，我的头发！”梅格嚎咷大哭，绝望地看着她额前参差不齐的鬈发。

“唉，我总这么倒霉；你不应该叫我做这事，我总是把一切都搞糟的。我十分抱歉，但是钳子太烫了，因此我弄得一团糟。”可怜的乔呻吟着，看着那堆烫焦的头发，悔恨地流着泪。

“没有搞糟。只要把头发卷起，用缎带一系，让头发的末梢稍稍遮没你的前额，这样看起来正像最时新的式样。我看见许多姑娘都这样的。”艾米安慰她们说。

“这是活该，我爱打扮嘛。我真不该动我的头发。”梅格发脾气地喊叫。

“我也这么想。你的头发多么柔润、美丽。好在头发不久就会长出来的。”贝思边说边走过来亲吻和安慰这只被剪了毛的绵羊。

经过各种较小的差错后，梅格终于打扮好了，并且通过全家人的努力，乔的头发也弄好了，衣服也穿好了。她俩穿着朴素的衣服很好看。梅格穿的是银灰色斜纹布衣服，蓝色的丝绒束发带，荷叶边饰带和珍珠别针。乔穿着栗色衣衫，戴有一个男子气派的亚麻布硬领和一两朵白菊花作为她唯一的装饰。每人戴一只干净的薄手套，捏着一只脏手套；大家说这样有一种“很自然而优美”的效果。梅格的高跟鞋很紧，使她脚痛，但她不肯承认；而乔的十九根发针好像都笔直插进了她的脑袋，那完全不可能是舒服的。可是天哪，我们不漂亮，毋宁死！

“愿你们玩得高兴，宝贝们！”姐妹俩轻盈地经过走廊时，马奇太太说，“晚饭不要吃得太多，十一点钟回来，我会叫汉娜来接你们的。”当大门在她们后面关上时，窗口有人大声喊道：

“女儿，女儿！你们两人口袋里有合适的手帕吗？”

“有，有，非常合适的手帕。梅格的手帕上还洒了香水呢，”两人一面走，乔笑着大声回答，“我知道妈妈准会问我们，‘跑得那么快，是否为了逃避地震。’”

“这是她的一种贵族的情趣，并且是十分应该的。因为一位真正的闺阁千金，她的靴子、手套和手帕总是十分洁净的。”梅格回答，而她自己也有不少小小的“贵族的情趣”。

“不要忘记，衣服上那处毛病别让人看到，乔。我的腰带合适吗？我的头发不难看吧？”梅格在加德纳太太梳妆室的镜子前左顾右盼了好久后转过身来说。

“我知道我会忘记的。如果你看到我有什么不对的地方，就给我眨一眨眼提醒我，你肯吗？”乔答道，同时拉一拉她的硬领，匆忙地梳一下头发。

“不，眨眼不像一位小姐做的事。我将扬一扬眉毛，如果你有什么不对；我点一点头，表示你一切都合适。现在把肩膀挺直，步子要小，如果被介绍给人家，不要同人握手，这是不该做的事。”

“你是怎样学会所有这些恰当的方式的？我从来学不会。那音乐不是很轻快吗？”

她们走了下去，感到有点胆怯，因为她们难得参加舞会，虽然这次小小的聚会是十分随便的，但对她们来说，却是一件大事。加德纳夫人是一位仪态端庄的老太太，亲切地招呼她们，并把她们交给她六个女儿中的最年长的一位。梅格认识萨莉，很快就不拘束了。可是乔不很关心女孩子，也不很关心女孩子们的嘁嘁喳喳，她站在一旁，小心翼翼地把背靠着墙，觉得自己好像花园里的一匹马驹那样不知所措。五六个快活的男孩子正在房间的另一处谈论溜冰。她真想走过去参加到他们里面，因为溜冰是她生活中的一大乐趣。她把这愿望暗暗传给梅格知道，但那两道眉毛惊人地扬起，吓得乔没敢动。没有人过来跟她谈话，在她附近的这伙人一一散去，最后只剩下了她。她不能随便跑动，自找乐趣，因为怕衣服上的焦处会显露出来，所以只得孤独凄凉地看着别人，一直到跳舞开始。马上有人来邀请梅格，那双紧绷绷的鞋子轻快地舞来舞去，谁也不知道穿这双鞋的人是怎样含笑地在受苦。乔看见一个高大的红发少年向她所在的一角走来，生怕他要来请她跳舞，就躲进一个帷幔后的隐蔽处，想在那里偷看和享受一下清静。不幸的是，另一个怕羞的人已选中了这藏身之处；因为当帷幔落在她身后时，她发现自己和“劳伦斯家的男孩”面面相对。

“天哪，我不知道有人在这儿！”乔嗫嚅地说，准备像刚才跳进来一样地急忙退出去。

虽然那男孩也吃了一惊，却和悦地笑着说：

“别管我，如果你喜欢就待在这里。”

“我会打扰你吗？”

“一点也不会。我到这儿来，只是因为我认识的人不多，你知道，我起先感到有些头昏眼花。”

“我也这样。请别走，除非你一定要走。”

男孩又坐了下来，看着自己的跳舞皮鞋。后来由于乔想做得有礼貌、少拘束些，说道：

“我想我曾经有幸见到过你，你住得离我们不远，是吗？”

“隔壁。”他抬起头来看看，坦率地笑了，因为乔的举止那么拘谨，实在好笑。他记起来，当他把那只猫送回去时，他们两人曾经聊过关于打板球的事。

这么一来，就使乔觉得没有拘束了；她也尽情地笑了，说道：

“你美好的圣诞节礼物使我们非常快乐。”

“是祖父送的。”

“但那是你给他出的主意，可不是吗？”

“你们的猫怎么样，马奇小姐。”男孩问。他想装得一本正经，可是他的黑色的眼睛里闪出了开玩笑的光辉。

“很好，谢谢你，劳伦斯先生。但我不是什么马奇小姐，我只是乔。”年轻的姑娘回答。

“我也不是什么劳伦斯先生，我只是劳里。”

“劳里 · 劳伦斯——多怪的姓名！”

“我名字叫西奥多，但我不喜欢，因为伙伴们都叫我多拉，因此我要他们改叫我劳里。”

“我也恨我的名字——太多愁善感了！我想要大家都叫我乔，而不叫约瑟芬。你是怎样使那些男孩不再叫你多拉的？”

“我揍了他们。”

“我不能揍马奇叔婆，因此我想只能忍受这个名字了。”乔无可奈何地叹了一口气。

“你喜欢跳舞吗，乔小姐？”劳里问，看来他好像认为这个名称和她十分相称。

“我很喜欢跳舞，如果地方大而大家又都很活泼。在这样小的地方，我肯定会闹出事来的——或是踩了人家的脚，或是做出什么吓人的事——所以我不去淘气，让梅格去出风头吧。你跳舞吗？”

“有时候跳。你知道我在国外待过多年，在这儿跟人家接触也不多，还没有熟悉你们这儿的习惯。”

“在国外！”乔叫道，“喔，讲给我听一些国外的事！我最爱听人家讲他们的旅行。”

劳里似乎不知从哪里讲起，但是乔急切地打听使他开始讲起来。他对她讲他是怎样在维凡上学的。在那里，男孩们从来不戴帽子，湖上有着许多小船，假期中的玩乐是跟着老师在瑞士徒步旅行。

“我多么希望我到过那儿！”乔喊道，“你到巴黎去了吗？”

“去年的冬天我们就在那里度过。”

“你会讲法语吗？”

“我们在维凡只许讲法语。”

“那么讲一点吧！我看得懂法语，就是不会怎样发音。”

“Quel nom a cette jeune demoiselle en les pantoufles jolis?”劳里温和地说。

“你讲得多好呀！让我想想——你讲的是‘那个穿美丽鞋子的少女是

谁’，对吗？”

“Oui，mademoiselle.”[1]

“她是我的姐姐，玛格丽特，这你本来就知道！你认为她美吗？”

“美。她使我想起德国姑娘们，她是这样清新而文静，跳起舞来像个大家闺秀。”

听了他对姐姐的这种男孩子气的赞美，乔高兴得容光焕发，并且把这话暗记心头，准备转告梅格。两人在帷幔后边看边评论边聊天，直到他们觉得彼此是老相识。劳里的怕羞不久就消除了，因为乔的男子般的举止使他感到有趣，使他不拘束了；乔也恢复了她本来的欢乐面目，因为她把衣服的事给忘了，而且也没有人对她扬眉毛了。她越发喜欢这个“劳伦斯家的男孩”，对他着实望了好几眼，以便描述给姐妹们听，因为她们没兄弟，也很少堂兄弟和表兄弟，对她们来说，男孩子简直是一种未知的生物。

“黑色的鬈发，黝黑的皮肤，大而黑的眼睛，高高的鼻子，整齐的牙齿，小小的手和脚，个子比我高；作为一个男孩十分懂礼貌，而且非常愉快。不知道他多大了？”

乔的问话刚到嘴边，但她及时克制了自己，而且运用了非凡的机智手段，试图转弯抹角地打听。

“我想你不久就要进大学了吧？看得出你正在啃书本——不，我的意思是说用功读书。”乔因为漏出了那个可怕的“啃”字而脸红起来。

劳里微微一笑，但似乎没有吃惊，只耸了耸肩回答：

“一两年内不会进大学，我要到十七岁才进大学。”

“你才十五岁吗？”乔问那个高个儿小伙子，她以为他已经十七岁了。

1　法语，意为“对，小姐”。

“下个月十六岁。”

“我是多么希望进大学啊！看来你好像不大喜欢进大学似的。”

“我厌恶大学！那里不是死读书就是游荡。而且我也不喜欢那些美国人的举止。”

“你喜欢什么呢？”

“住在意大利，按照自己的方式过得快活。”

乔很想问他所谓自己的方式是什么，但是当他锁上他的黑眉毛时看来吓人，因此也就改变了话题，一边用脚打着拍子一边说，“那是一首绝妙的波尔卡舞曲，你为什么不去跳一下呢？”

“要是你也来的话。”他说着便彬彬有礼地微微鞠了一躬。

“我不行。我对梅格说过我不跳，因为——”乔的话在这里停住了，决不定应该说实话还是笑。

“因为什么？”劳里好奇地问。

“你不告诉别人？”

“决不！”

“哦，我有一个坏习惯，喜欢站在火炉前，因此常常把我的上衣烧坏，我烧焦了这一件；虽然补得很好，还是看得出来。梅格要我别多动，这样就谁也看不见了。你要笑就笑吧。这是很滑稽的，我知道。”

但是劳里没有笑，他只是向下看了一会儿，脸上的表情使乔困惑不解。这时他十分温和地说：

“不要管那个。我告诉你我们怎样对付。那里有一个很长的大厅，我们可以尽情地跳舞，没有人会看到我们。请来吧。”

乔谢谢他，高兴地去了。当她看见她的同伴戴着一副珍珠色手套时，心想自己也有一副清洁的手套就好了。大厅空着，他们跳着美妙的波尔卡舞，因为劳里舞跳得很好。他把有很多旋转和跳跃的德国式舞步教给乔，使她十分高兴。音乐停止后，两人坐在楼梯上歇一口气。劳里正把海德堡的一次学生节日联欢讲到一半时，梅格寻妹妹来了。她做了个手势，乔勉强跟她到一间侧室里，在那儿乔看她坐到一张沙发上，手捧着脚，面色苍白。

“我扭伤了脚踝。那个讨厌的高跟一转，我的脚扭得很厉害。我痛得站也站不住，不知道怎么能走回家去。”她说时痛得把身子晃来晃去。

“我早知道那双可恶的鞋子会弄伤你的脚的。我很难过。但是我不晓得你该怎么办，除非有一辆马车，否则就在这儿待一夜。”乔说，一面轻轻地按摩那可怜的脚踝。

“不花很多的钱就叫不到马车，我想我根本弄不到一辆；因为大部分人都坐着自己的马车来的，再说，这里离马房又很远，没有人可以去叫。”

“我去。”

“不，真的！现在已经九点多了，外面漆黑一片。我不能待在这里，因为这所房子客人挤满了，萨莉有几位姑娘和她一起住，我将休息到汉娜来再作道理。”

“我去要求劳里，他会去的。”乔说。当她转到这个念头时，看来松了一口气。

“千万别！别去要求他，也不要告诉任何人。把我的橡皮套鞋给我，把这双鞋子放进我们的衣物中。我不能再跳舞了。到吃过点心之后就等汉娜，她一来你就告诉我。”

“他们现在都去吃点心了，我和你待在一起，我宁可这样。”

“不，亲爱的。赶快去，给我拿杯咖啡来。我累得动弹不得！”

因此梅格就斜靠着，把橡皮套鞋好好遮掩起来，而乔就慌忙往餐厅跑。她先是闯进一间瓷器储藏室，打开门，看见加德纳先生正独自在休息，这之后才找到了餐厅。她冲到桌边，拿了杯咖啡，但马上又泼翻了，把她衣服的前面搞得同后面一样糟。

“哎哟，我怎么这样毛手毛脚！”她用梅格的手套擦着衣服，把那只手套也断送了。

“我能为你效劳吗？”一个友好的声音说；原来是劳里，一只手拿着满满的一杯，另一只手托了一盆冰块。

“我是想给梅格带一些东西去，她很累；不巧有人把我撞了一下，我就成了这副样子。”乔回答，沮丧地从满是污渍的裙子看到那只已成了咖啡色的手套。

“太可惜了！我正在找人把东西送去。我可以把它送给你的姐姐吗？”

“哦，谢谢你！我来领你去。我就不讨这份事做了，免得再出差错。”

乔领着路，劳里好像惯于伺候小姐们似的，拉出一张小桌子，为乔带来了另一份咖啡和冰块。礼貌的周全，就连爱挑剔的梅格也称他是个“好小伙子”，他们吃着夹心糖，讲些格言，大家都很愉快，接着，正和几个偶然遛过来的年轻人一起斯文地闲谈，这时，汉娜来了。梅格忘了脚痛，一跃而起，以致不得不紧紧抱住乔，发出痛苦的叫声。

“嘘！什么都不要说，”她小声说后，高声地加上一句，“没什么，我的脚扭了一下——如此而已。”于是一瘸一拐地上楼，穿外衣去了。

汉娜骂了，梅格哭了，乔一筹莫展。后来她决定自己来处理这件事。她溜出房间下了楼，找到一个仆人，问他能不能为她租一辆马车。不巧这是个临时雇来的人，对附近地区不熟悉。乔正想再找人帮忙，劳里听到她的话，走过来说要把他祖父刚派来接他的马车提供给她。

“现在还很早呢，你不至于想走吧。”乔略感宽慰地说，但对是否接受这一提议还犹豫不决。

“我一向早走的——真的。请让我把你们送回家吧，你知道，又是顺路，而且听说下雨了。”

这就解决了，乔告诉他梅格的不幸，满怀感激地接受了，跑上楼去把其余的人带下来。汉娜恨雨就像猫恨雨一样，因此她没有作梗。他们就这样坐上那豪华的、关上门的马车，车轮滚滚而去，感到非常快乐和高雅。劳里去坐在车夫旁，以便梅格能把脚搁起来，姑娘们也就自由自在谈论起这次舞会。

“我真开心，你呢？”乔问，一面把头发打乱，使自己舒适一下。

“是的，直到我受了伤。萨莉的朋友安妮·莫法特对我产生了好感，邀我和萨莉一起去她那儿住一个星期。萨莉将在春天去，那时歌剧上演了，如果母亲允许我去的话，这真美到极点了。”梅格回答，想到这里，她高兴起来。

“我看见你和我避开的那个红头发跳舞，他好吗？”

“嗯，好极了！他的头发是茶褐色，不是红色；他非常有礼貌，我跟他跳了一支有趣的波希米亚舞！”

“他跳那种新舞步时好像一只发疯的蚱蜢，劳里和我禁不住笑了，你听到我们笑没有？”

“没有，可这太无礼了。你们躲在那里那么长时间在干些什么事？”

乔告诉梅格她的小小奇遇，等她讲完时，她们已经到家了。一再道谢后，她们道了一声“晚安”就想不惊动别人地轻轻走进屋里。但是当门嘎吱一响，两个戴着睡帽的小小的人儿突然出现了，她们睡眼惺忪，来不及地大声叫：

“讲舞会的事！讲舞会的事！”尽管梅格说她们“十分没有礼貌”，乔却省下了几块夹心糖给小妹妹们，她们听了那晚最动人的大事后就走了。

“我敢说这真像当了一回高贵的千金，居然舞会后坐马车回家，并且穿着梳妆衣坐着，旁边有个侍女伺候着。”梅格说时，乔在用止痛药包扎她的脚，并且为她梳理头发。

“我不信高贵的小姐们所享受的乐趣会比我们多一丁点儿，尽管我们烫焦了头发，穿着旧衣服，一人只有一只手套，并且愚蠢得穿那么紧的鞋而扭伤了脚踝。”我认为乔讲得很对。

第四章

负　担

“哎，亲爱的，要打起包袱继续前进，看来是多么困难呀。”梅格在舞会次日的早晨叹息道。因为现在假期已经过去，一星期来的寻欢作乐，使她不大容易适应继续去做她从来不喜欢的工作。

“我真愿意一年到头都是圣诞节和新年。这样不就快乐了吗？”乔沮丧地打了一个呵欠答道。

“我们不该像我们现在这样开心。但是能吃吃夜点心，有几束花，去参加舞会，坐着马车回家，看书、休息、不工作，这的确是非常愉快的。你知道，这和别人一样，我常常羡慕能这样做的姑娘们，我是太爱奢华了。”梅格说，一面想判断两件破旧的衣服中哪一件比较好些。

“好吧，我们既无缘享受这些，就不要嘀咕，还是挑起我们的担子，像妈妈那样高兴地跋涉前进吧。我十分清楚马奇叔婆对我来说是个沉重的负担，可是我想，当我学会毫不埋怨地背上她时，她会离开我，或者变得轻得不得了。”

这念头激发了乔的想像力，使她精神振作起来。但是梅格还是高兴不起来，因为她的包袱是四个被宠坏了的孩子，似乎比以前更沉重了。她甚至没心思像平时那样打扮自己：在颈上系一条蓝色的缎带，并且把头发梳得十分入时。

“漂亮有什么用？除了那几个脾气坏的、坐立不安的孩子之外，谁也看不见我，并且谁也不在乎我漂亮不漂亮。”她喃喃而语，使劲把抽屉关上。“我将不得不一天到晚干苦活，偶尔才有一点乐趣，并且变老、变丑、变得性情乖僻。因为我穷，不能像其他女孩子那样过得舒坦。真是遗憾！”

梅格就这样下了楼，满脸不高兴，在早餐时也不高兴。每个人看来都有点不痛快，都想发牢骚。贝思头痛躺在沙发上，想跟那只大猫和三只小猫逗乐来宽慰自己。艾米心神不宁，因为她没有做好功课，而且橡皮也找不到了。乔想吹口哨，并且在准备吹时大声喧嚷。马奇太太正忙着把马上要寄出的信写完。汉娜也在发脾气，因为起身晚，使她觉得不舒服。

“从没见过脾气这么坏的一家人！”乔打翻了墨水台，扯断了两根鞋带，并且坐在她的帽子上之后，按捺不住自己的性子，大声叫了起来。

“你就是家里脾气最坏的一个！”艾米回答时，眼泪淌到石板上，洗掉了她那完全算错了的答数。

“贝思，如果你不把那几只讨厌透顶的猫关进地窖，我就把它们统统淹死。”梅格大声怒叫，因为这些小猫爬上她的背，像带芒刺的果壳那样粘在她身上，想赶它们却够不着。

乔笑，梅格骂，贝思哀求，而艾米哭起来，因为她不记得九乘十二是多少。

“姑娘们！姑娘们！安静一会儿吧。我非得把这封信赶早晨的邮车送出不可，你们这么闹使我定不下心来。”马奇太太大声叫嚷，把信上第三次写错的句子划掉。

暂时安静了下来，可是又被汉娜打破。她大步走进来，把两盆热饼放在桌上，又大步走了出去。这饼被姑娘们称为“暖手筒”，因为她们没有别的，并且觉得手摸着热腾腾的卷子饼在寒冷的早晨很舒服。汉娜从不忘记做这些饼，不论她怎么忙，怎么不高兴。因为姑娘们要走的路又长又荒凉，这些可怜的小东西没有午饭可吃，也难得在两点钟前回来。

“抚爱你的猫儿，贝思，等头痛过去吧。再见，妈妈，今天早上我们简直是一伙无赖，我们回来都会乖乖的。走吧，梅格！”乔大踏步走了，觉得她们这批朝圣者没有按照她们应该做的那样出发。

在街角上，她们总要回过头来看看，因为她们的母亲总会在窗口向她们点头微笑，还向她们招手，好像不这么做她们无法过这一天似的。不管她们的心情如何，这个朝母亲的最后一瞥，总使她们感到像阳光那么温暖。

“如果妈妈不向我们飞吻而挥舞拳头，这对我们来说也是应该的。因为从来没有见到过比我们更不懂得感恩的调皮鬼了。”乔大声嚷道，在泥泞的路上和凛冽的寒风中感到一阵愧悔交加的赎罪心情。

“不要用吓人的词句。”紧紧裹着头巾的梅格说道，她那样子像是个厌世的修女。

“我爱用可以表达意思的强烈的字眼。”乔说，同时用手抓住她的那顶已脱离头部即将飞走的帽子。

“你爱骂自己是什么都可以，但我既不是无赖，也不是调皮鬼，我不喜欢被人这样称呼。”

“你是个受了挫折的人，今天确实脾气坏透了，因为你不能永远沉浸在豪华之中，可怜的人儿！等我发了财，那时你就能够洋洋得意地坐马车，吃冰淇淋，穿高跟鞋，拿花束，并且有许多红发小伙子来跟你跳舞。”

“你真荒唐，乔！”但这些胡说八道倒把她逗乐了，不由自主地感到好了点儿。

“我这样对你有好处，因为假如我像你那样垂头丧气，哭丧着脸，那我们可就糟了。谢天谢地，我总能找些乐趣来振作起我的精神。不要再发牢骚了，要欢欢喜喜地回家，这才是个乖孩子呢。”

当她们这天分手时，乔拍拍她姐姐的肩头，鼓鼓她的劲，然后两人捏着那小小的热饼各奔东西。尽管气候严寒，工作艰辛，年轻人爱欢乐的愿望没有得到满足，两人还是想让自己高兴起来。

当初马奇先生由于试图帮助一个不幸的朋友而失去财产，两个大女孩恳求父母至少让她们自己谋生。双亲认为培养能力、勤劳和独立精神越早越好，就同意了。两姐妹就以百折不回，最后一定成功的精神干了起来。玛格丽特找到了一份类似保育员的工作，有了小小的工资，觉得自己很富足了。正如她所说，她确实“爱好奢华”，她感到最苦恼的事是贫穷。她比其他人更难于忍受贫穷，因为她还记得早先的情形，那时家里富丽堂皇，生活安逸快乐，什么也不缺。她竭力使自己不眼红别人或感到不知足，但既是少女就自然希望得到美好的东西，有衣饰入时的朋友，有才艺和幸福的生活。在金家，她每天看到她所想望的事物，因为孩子们的姐姐们常参加社交，梅格不时瞥见讲究的舞衣和花束，听到关于戏院、音乐会、雪橇和各种寻欢作乐的兴高采烈的闲谈，并且看到她们为了一点微不足道的事情而大手大脚地花钱，而这些钱对她来说是多么可贵。可怜的梅格很少抱怨，但她感到受了委屈，有时对所有的人都心怀不满。她还没懂得，在唯一可使人生活快乐的赐福中，她是多么富有。

乔恰巧对马奇叔婆有用处。她是瘸子，因此需要有个动作灵敏的人来伺候她。当初马奇家发生经济困难时，这位孤老太表示愿意收养他家一个孩子。由于这建议被拒绝了，她十分恼火。其他的朋友对马奇夫妇说，她们将失去得到那富孀任何遗产的一切机会。但是不谙世故的马奇夫妇只是说：

“哪怕损失十倍的钱，我们不能丢弃我们的女儿。穷也罢富也罢，我们要团聚在一起，大家都感到幸福。”

这位老太太不理睬他们好一阵子，但是有一天在朋友家偶然碰见了乔。见到乔的那张好笑的脸和直率的举止，老太太忽然对她产生了好感，提出要乔当她的陪伴。这根本不合乔的意，但是因为找不到别的事，她就接受了这份工作。而且使人们惊奇的是，乔同这坏脾气的亲戚相处得很好。但有时也会起风暴。有一次乔匆匆赶回家里，声称她再也忍受不下去了，但马奇叔婆总是很快平息下来，急着派人把乔找回去。对此，乔也无法拒绝，因为在她内心深处，她倒是相当喜欢这位急性子的老太太的。

我想真正吸引乔的是有许多好书的藏书室，自从马奇叔公过世后，这些书一直尘封灰积。乔还记得，那和蔼的老先生常让她用他的许多大词典来筑铁路和桥，讲给她听他那些拉丁文书中的奇异图画中的故事，而且每次在街上碰上她时总要买涂金的卡片给她。那间积满灰尘的幽暗房间里，高高的书橱上放着好些朝下直瞪眼的半身塑像，还有舒适的椅子和地球仪，特别是有许许多多的书。在这里面，她可以随心所欲地徜徉，把藏书室变成她的幸福的乐园。当马奇叔婆打盹或忙于接待来客时，乔立刻跑到这个清静之处，把身子蜷缩在大椅子里，贪婪地看着诗歌、传奇、历史、游记和图画，像个十足的书呆子。但是像一切幸福一样，它持续不久。因为正当她读到故事情节的关键时刻，或是诗歌中最令人陶醉之处，或游记中最惊险的地方时，总会听到尖声叫唤，“约雪—芬[1]！约雪芬！”于是她不得不告别她的乐园，去一连个把钟头地绕绒线、洗鬈毛狗或者念《贝尔谢姆散文集》。

乔的志向是要干一番了不起的事业，但究竟是什么事业她也不清楚，只是留待将来再说。同时她感到的最大痛苦是她不能像自己所希望的那样尽量看书、奔跑和骑马。乔脾气急躁，言语尖刻，一刻也定不下心来，

1　这是老太太把约瑟芬念别了，下面还有诸如此类咬字不清的情况。

这就常常使自己陷入困境。她的生活是一连串可喜可悲的起伏波动，但是她从马奇叔婆那里受到的训练恰恰是她所需要的，而且一想到她正在自食其力就感到高兴，尽管那个“约雪—芬”的叫声没完没了。

贝思羞于上学校去。她曾上过学，但她在那儿吃够了苦头，最后只得放弃，待在家中跟父亲学习。即使在他走了，母亲又把全副才能和精力奉献给了支援军人会之后，贝思还是一个人老老实实地继续学习，全力以赴。她是个家庭主妇型的小家伙，帮助汉娜为那些出外工作的人把屋里收拾得整洁舒适，并且除了希望得到别人的爱以外，没有什么要得到报酬的念头。她度过漫长而安静的日子，既不寂寞也不闲着，因为在她那小天地里多的是她幻想中的朋友，而且她天性爱忙。每天早晨她要抱起六个布娃娃，给它们打扮，因为贝思还是个孩子，总是非常爱她的小玩意儿。这些娃娃没有一个是完整和漂亮的，它们都是别人丢掉而被贝思捡起来的。因为当她的姐姐们年龄已经大到不爱玩布娃娃时，就把这些娃娃给了她，而艾米对一切旧的和难看的东西都不要。正是因为这个原因，贝思对这些布娃娃倍加珍爱，并且为病娃娃们建立起一所医院。她从不用针去刺娃娃们棉布身体的重要部位，从不对它们疾言厉色，从来不打它们，也不使最不讨人喜欢的娃娃因她的怠慢而伤心。所有娃娃都有吃有穿，受到护理和抚爱，这一片爱心经久不衰。一个被抛弃的残缺娃娃曾经是乔的，它历尽风波后被当作废物抛进了破布袋里，贝思从这个凄惨的贫民窟里把它搭救出来，带到了她的庇护所。它没有头顶，她给它系上一顶干净的小帽子；它缺了两臂和两腿，她把它裹在一方毯子里，遮盖了它的残缺。而且她把最好的床铺给了这位慢性病人。如果有人知道她在这个娃娃身上操了那么多的心，我想他们尽管会发笑，但还是要大受感动的。她给它带来小小的花束，念书给它听，把它藏在衣服里带出去吸吸空气。她为它唱催眠曲，在上床之前总要吻一下它的脏脸，轻轻地说，“希望你睡个好觉，我可怜的小亲亲。”

同别人一样，贝思也有烦恼。她不是个天使，只是个充满人性的小女孩，正像乔所说的，她有时也“悄悄地哭鼻子”，因为她不能去学音乐，也没有一架好钢琴。她是这样热爱音乐，拼命想学音乐，并且在那架丁零当啷的琴上这样耐心地练习，以致看来的确应该有个人(不是暗示马奇叔婆)来帮助她。可是却没人来帮助她，没人看到她独自练琴时把泪滴从音调不准的发黄琴键上擦掉。她干活时像小百灵鸟似地唱着歌，再累也乐于为妈妈和姐妹演奏，并且一天一天满怀希望地对自己说，“如果我有本事，我知道总有一天会把音乐学会的。”

世界上有许多这样的贝思，怕羞而文静，独坐一隅，不需要她时不出来，为别人而生活得那么心情愉快，以致没有人看到她所作出的牺牲，直到这炉边的蟋蟀停止了唧唧的叫声，直到那种甜蜜的阳光般的存在消失，留下一片寂静和阴影。

如果有人问艾米，她生活中最大的痛苦是什么，她会立刻回答：“我的鼻子。”在她还是个婴儿的时候，乔失手把她掉在煤桶上。艾米坚持说，这一下把她的鼻子永远毁了。她的鼻子不大也不红，不像可怜的“佩特里娅”[1]的鼻子，只是相当扁平，不管怎样钳也不能使这鼻子有个贵族气的鼻尖。除了她自己外，谁也不把它放在心上，而这个鼻子正在竭尽全力地长，但是艾米还是深深感到缺乏一个希腊式的鼻子。为了自我安慰，她把整张整张纸画上了漂亮的鼻子。

姐姐们叫她“小拉斐尔”，因为她有绘画天才。她最爱描绘花朵，设计出仙子们的形象，或者以种种希奇古怪的艺术形式给故事书做插图。她的教师们抱怨说，她不在石板上做算术，而在上面画满了动物；她在地图册的空白页上描地图，而那些最可笑的滑稽画，往往在不凑巧的时刻从她所有的书中飘落。她尽可能地读好她的书，并且以品行优良而逃脱了

1　一只布娃娃的名字。

责骂。她的同学都非常喜欢她，因为她脾气好，具备很容易讨人喜欢的艺术才能。她那点风度和优雅的举止十分为人羡慕，她的才艺也同样如此。因为除了绘画以外，她能演奏十二支曲子，会编织，而且在念法文时发错音的字从不超过总字数的三分之二。她用哀怨的语调说，“当爸爸有钱时，我们如此这般，”这十分感动人。她所用的长的字眼，被女同学称为“十分雅致”。

艾米正顺利地走着一条被宠坏的路；因为大家都喜爱她，她那小小的虚荣心和自私自利不断增长。可是有件事却遏制了她的虚荣，那就是她不得不穿表姐的衣服。但弗罗伦斯的妈妈一点艺术鉴赏力都没有。艾米心里喜欢蓝帽子，却只能戴红的，穿不合身的长袍，不相配的俗气围裙而大感苦恼。所有这些衣物都是优质的，精心缝制的，并且很少穿过，但是艾米的艺术眼光却遭受到极大痛苦，特别是今年冬天，她上学去穿的衣服竟是一身暗淡的紫色，上面有黄的点子，而且没有镶边。

艾米含泪对梅格说，“我的唯一安慰是，母亲不像玛丽亚·派克斯的妈妈那样，在我淘气时没给我的衣服打折裥。亲爱的，这真可怕；因为有时她很不乖，她的外衣就被折到膝盖以上，因而不能去上学。一想到这种曲如(屈辱)，我觉得自己甚至受得了这塌鼻子和带有黄焰火的紫色长袍了。”

梅格是艾米的知己和指导，而由于某种相反性格之间的奇异吸引力，乔成了温柔的贝思的知己和指导。这个怕羞的孩子只有对乔才吐露真心；同时，在不知不觉间，她对这位冒失的姐姐的影响也比家里其他人大。两个姐姐常在一起，但是两人都照管好一个妹妹，并且以她们不同的方式当心着她们。姐姐把这称之为“装作母亲”，以小妇人的母爱天性拿妹妹来填补被丢弃的娃娃的位置。

“谁有事要讲？今天这样阴沉，我想找一点乐趣，真想死了。”那晚大家坐在一起做针线活时，梅格说。

“今天我和叔婆之间发生了一件怪事，而且我既然取得了胜利，就来讲给你听，”爱讲故事的乔开始讲道，“我正在看那本冗长的《贝尔谢姆散文集》，像我平常那样喃喃念下去，因为叔婆很快就会睡着，那时我就要拿出一本好书，如饥似渴读到她醒来。当时我实际上也已念得要打瞌睡了，可在她昏昏欲睡之前，我打了一个大呵欠。她问我把嘴张得这么大，好像要把整本书一口吞下去似的，这是什么意思。”

“我倒愿意这么做，一下子了结它。”我说时竭力不把话讲得莽撞。

“随后她给了我长长一顿训斥，叫我在她‘出神’一会儿的工夫里坐着好好想一想。她从来不会很快就回过神来的，所以一等她的睡帽开始像一支上重下轻的大丽花点啊点的，我赶紧从口袋里抽出一本《威克菲尔特的牧师》看了下去，一只眼睛看书，一只眼睛注意叔婆。当我刚看到书中的角色一起栽到水里去，竟忘掉了一切，失声大笑起来。叔婆醒了。由于打了一个盹她脾气好了些，叫我念一点给她听，并且给她看看是什么无聊的书能比那本有价值、有教育意义的《贝尔谢姆》更得我欢心。我尽量念得好，她也喜欢。虽然她只是说：‘我一点也不懂得讲的是什么；重新开头念，孩子。’”

“于是我回过去，把书中普里姆罗斯一家尽量念得有趣。有一次我很坏地在一个紧要关头停下来，温和地问，‘我怕会叫你感到厌烦，太太，我现在要不要停下来？’

“她抓起从手中跌落的结着的绒线，从眼镜后瞪了我一眼，简短地说：

“‘念完这一章，不要离题，小姐。’”

“她承认喜欢它吗？”梅格问。

“啊，天啊，不！但她把老贝尔谢姆丢在一旁了。当我今天早晨跑回去取手套时，她正在起劲地看《牧师》，我在大厅里轻快地跳了一下又大笑时，她由于正看得起劲，连听也没有听到。只要她愿意，她可以过一种多愉快的生活。我不大羡慕她，尽管她有钱，因为说到头来，我想富人和穷人都各有忧虑。”乔又说。

“这使我想起，”梅格说，“我也有件事要讲，这不像乔的故事那样好笑，但当我回家时，我想了好一会儿。今天我在金家，看见大家都很慌张。有一个孩子说，她的大哥哥因为做了一件大错事，爸爸已经把他赶出去了。我听到金太太哭，金先生大声嚷嚷。当格雷丝和爱伦打我面前走过时，她们将脸扭过去，不让我看到她们的眼睛哭得多么红肿。当然，我没有去打听，但我很为她们难过。同时我也很高兴，因为我没有撒野的哥哥因做了坏事而丢家里的脸。”

艾米摇摇头说，“我认为在学校里丢脸，比任何一个坏孩子所做的更加难看(难堪)，”她阅历很深似的摇着头说，“苏西·珀金斯今天上学时戴了一只可爱的红玛瑙戒指，我非常想要这只戒指，拼命想我如果是她就好了。噢，她画了一幅戴维斯先生的画，大鼻子、驼背，嘴里吐出一个气球似的东西里写着‘姑娘们，我正在看着你们’。我们大家正在笑这幅画，突然先生的眼睛真在看我们了。他命令苏西把石板拿出来。苏西吓代(呆)了，但她还是走了过去。啊，你们想想他怎么着？他拉她的耳朵——耳朵！你们想想多么可怕！——把她带到背书台上，叫她站在那里足有半个小时，手里拿着石板，让大家都能看到。”

“姑娘们对那画放声大笑吗？”乔对这窘事很有兴味地问。

“笑！没有一个人笑，人人一本正经地坐着。结果苏西讨饶了，我知道她会讨饶的。这时我不眼红她了，因为我觉得从此以后即使有上百万的红玛瑙戒指，也不会使我开心了。要是换了我，我是永远也忘不了那种苦痛的屈辱。”接着艾米就做起功课来了，为自己的品德，为能够一口气说出两个长字眼而感到自豪。

“我今天早上看见一件我所喜欢的事，我原来打算吃饭时讲的，但我忘记了，”贝思一面说，一面把乔的那只乱七八糟的篮子整理好，“当我去为汉娜买一点牡蛎时，劳伦斯先生在鱼铺里，但他没有看见我，因为我躲在一只桶后面，而他正在和鱼铺老板卡特先生讲话。有个穷女人拿着桶和拖把进来，问卡特先生能否让她做一些洗刷的工作来换点鱼，因为她的孩子们没有饭吃，而她一天都找不到工作做。卡特先生正忙着，就没好气地说‘不行’。因此她就走了，看来既饥饿又忧愁。那时劳伦斯先生就用他手杖弯曲的一端钩起一条大鱼来，朝她那儿送去。她又惊又喜，马上用双手捧过鱼，对他谢了又谢。他叫她‘去把鱼煮了’，于是她就欢天喜地地急忙走了。他不是一个好人吗？哎，这女人看来的确很滑稽，一边紧紧抱着那条大而滑的鱼，一边祝劳伦斯先生在天堂里有一个‘书适’（舒适）的位子。”

她们对贝思的故事笑完了以后，就要求母亲也讲一个。她考虑了一下，庄重地说：

“当我坐在那房间里裁蓝法兰绒上装时，我十分惦念你们的父亲。我想如果他出点什么事的话，我们将何等孤寂和束手无策啊。我知道这样焦虑是不明智的，但我还是不断地发愁。后来一个老人进来了，拿了张定单来取衣裳。他靠近我坐下，我就跟他谈起来，因为他看来贫穷憔悴，忧心忡忡。

“‘你有儿子在军队里吗？’我问，因为他带来那张便条不是给我的。

“‘是的，太太，我有四个儿子，但两个已战死了，一个被俘，我正要去看另一个儿子，他在华盛顿的医院里病得很厉害。’他平静地说。

“‘你为国家作出了很大牺牲。’我说时心中充满了对他的尊敬而不是怜悯。”

“‘这一点儿也没有超过我所应做的，太太。如果我有用的话，我自己也去。既然我去了也没有用处，我就献出我的孩子们，并且无条件地献出去。’”

“他讲得这么心甘情愿，表情是这么诚恳，看来他这样确实乐于献出一切，这使我感到惭愧。我只献出了一个男子，就自以为太多了，而他献出了四个儿子，一声怨言都没有。我的女儿全在我身边，在家里陪伴着我；而他仅存的一个儿子却在千里之外，或许要跟他告别！想到我的幸福，我觉得十分富有，十分快乐；我就给老人把衣服打了一个很好的包袱，又给了他一些钱，并且为了他给我的一番教育而衷心感谢他。”

“母亲，再讲一个故事。讲一个像这样有道德意义的。只要故事是真的，而不是太说教，我喜欢回味回味。”乔沉默了一分钟后说。

马奇太太微微笑了一笑，就开始讲了。她多年来给这些小听众讲故事，懂得怎样使她们高兴。

“从前有四个女孩儿，她们有吃，有喝，有穿，有许多称心乐意的事；还有善良的朋友，有热爱她们的父母。可是她们仍不感到满足。”（这时，听故事的人偷偷地相互调皮地望了一眼，马上就勤快地缝纫起来。）“这些女孩子渴望学好，曾经下过多次决心，但没怎么做到，却总是说：‘如果我们有这个该多好，’‘如果我们能干那个该多好。’完全忘了她们已经有了多少，也忘了她们实际上已经有多少愉快的事可做。因此她们问一个老妇人有什么秘诀可以使她们快活起来。老妇人说，‘当你们感到不满足时，想一想你们的幸福，要知足感恩。’”（这时，乔急忙抬起头来，好像要说什么似的，但一看故事还没有讲完，便改变了主意。）

“这些女孩子都很有头脑，她们决定试一试那个老妇人的话，而不久都惊奇地发觉自己好得多了。一个女孩子发现，金钱不能使富人的家庭免去耻辱和烦恼。另一个懂得了虽然自己穷，可是她年轻、健康、有精神，比起某个心神烦躁，身体虚弱的有福不能享的老太太来，要幸福得多。第三个女孩子明白，虽然帮人烧饭不很愉快，但是去讨饭吃还要苦得多。第四个女孩子领会了，即使红玛瑙戒指也没有品行好那么有价值。因此她们都同意不再怨天尤人，而是要享受她们已拥有的幸福，要让自己配享受这些幸福，否则这些幸福只会全部消失而不会增加。我相信她们决不会因为听了那老妇人的忠告而失望或后悔。”

“啊，妈妈，你用我们讲的事来对付我们，不给我们讲故事，却讲了一次道，真是调皮！”梅格大声说。

“我喜欢那种讲道，父亲过去就常对我们这样讲。”贝思若有所思地说，把针立刻放在乔的针垫上。

“我的抱怨没有别人多，而从此以后我还要多加小心，因为我从苏西的错误中得到了警告。”艾米寓意深长地说。

“我们需要那种教训，而且我不会忘掉它。假使我们忘了，你可以像《汤姆大叔》中的老克洛那样对我们说，——‘想想伲们（你们）的辛运（幸运），孩儿们，想想伲们的辛运。’”乔补充说，她怎么也憋不住要在这次小小的讲道中找点乐子，虽则她和别人一样，也把它铭记在心。

第五章

互为芳邻

“你现在到底去干什么，乔？”一个下雪的冬天下午，梅格见妹妹穿着橡皮靴旧外衣，系着头巾，一手拿着扫帚，一手拿着铁铲走过门厅，便问道。

“出去练身体。”乔回答，她眼睛里闪烁着一丝调皮的神色。

“我想今天早上两次长距离的散步也就够了。外面又冷又阴沉，我劝你待在家里，像我这样地坐在火炉旁，温暖而又干燥。”梅格打了一个寒噤说。

“我可从不听劝告！我不能整天待着，而且我不是懒猫，不喜欢在火炉边打盹。我喜爱不平凡的经历，这就去冒险呢！”

梅格回过去边烘脚，边阅读《艾凡赫》[1]。乔开始起劲地在雪地里开路。雪并不太大，她用扫帚很快就在园子四周开出一条路来，等太阳出来可以让贝思走。因为那些带病的布娃娃需要新鲜空气。这个园子把马奇家的屋子同劳伦斯家的屋子分隔开来。两幢房子都坐落在市郊。这个地区有树丛和草地、大的园子、静静的街道，风光恰似乡村。两家住宅之间有一排矮篱，一边是一幢棕褐色的旧房子，看上去简陋破败，夏天里墙上不再爬满葡萄藤，四周不再都是盛开的花。另一边是一座气派十足的石造宅邸，从那大马车房、修治整齐的草地，直到暖房，以及在富丽堂皇的帷幔之间可以窥见的精美陈设，都明白无误地显示出它的舒适豪华，可是看来仍然寂寞而无生气。因为没有孩子们在草地上玩乐，在窗口也从来看不到慈母的笑脸，而且除了那位老绅士和他的孙子以外，很少有人进出。

在乔的活跃的想像中，这所优美的房子有点像着了魔的宫殿，里面有的是光辉和欢乐，可就是没有人去享受它。乔早就想去看看这些秘藏的壮观景象，去交结那个“劳伦斯家的男孩”，而他好像也很喜欢有人来跟他交往，如果他知道怎样开个头的话。自从那次舞会以后，乔比以前更热切了，她想了许多跟他交朋友的方法，但是最近没有见到过他。乔开始猜想，他或许已离家了。可是有一天，乔看到楼上窗口一张黑黝黝的脸，正满面愁容地朝她们家的园子里望着，园里贝思和艾米在打雪战。

“那个男孩正因为没有朋友和乐趣而在受煎熬呢，”她自言自语地说，“他的祖父不知什么对他有益，就把他独自关起来。他需要一批兴高采烈的男孩子同他玩，或者是一个年轻而生气勃勃的人跟他玩。我很想过去把这些告诉他爷爷。”

这个念头使乔很感兴趣，她喜欢做大胆的事。她的怪僻的行为，常使梅格产生反感。她念念不忘要“过去走走”。等到这下雪的午后，乔决心去试试究竟能干些什么。她看到劳伦斯先生坐车出去了，就赶快去把雪扫到树篱边，在那里她停下来观察了一下。一切寂静，楼下的窗帘都下着，不见仆人们，除了楼上窗口有一只瘦瘦的手托着个黑鬈发的头以外，什么人影儿也见不到。

1　司各特的著名小说。

“这就是他，”乔心里想，“可怜的孩子！独自一个，害着病，在这个阴沉的日子里！真不应该！我要抛上一个雪球，引他往外看，那时给他说句安慰话。”

雪球往上一抛，那个头马上扭过来，脸上无精打采的样子顿时消失，两只大眼睛明亮起来，嘴角上露出笑意。乔点点头，边笑边挥舞扫帚，叫道：

“你好，你病了吗？”

劳里打开窗，用沙哑得像乌鸦的声音答道：

“好点了，谢谢你。我患了重感冒，困在屋里已经一个星期了。”

“我为你难过。你自个儿找些什么解闷呢？”

“根本没有。这儿沉闷得同坟墓一样。”

“你看书吗？”

“看得不多，他们不让我看。”

“不能让别人念给你听吗？”

“爷爷有时来念，但他对我的书不感兴趣，而我也不愿老去请布鲁克来。”

“那么有人来看过你吗？”

“没有我喜欢见的人。男孩子们总是十分吵闹，而我头晕。”

“没有优雅的姑娘们来念给你听和陪你消愁解闷吗？姑娘们是文静的，喜欢装作护士。”

“不认识任何姑娘。”

“你认识我们。”乔讲后笑了起来，住了嘴。

“这倒是的！请来吧，好吗？”劳里大声喊道。

“我既不文静，也不优美，但我会来的，只要母亲允许我。我就去问问她。把那扇窗关上，像个好孩子，等到我来。”

讲了这话，乔扛起扫帚，大踏步回到屋里，心里在想她们会对她讲些什么。劳里想到将有人来同他作伴，一阵子激动，跑来跑去作准备；因为正如马奇太太说的那样，他是一位“小绅士”，所以为尊重来客，就梳理他的一头鬈发，换上一条新硬领，设法整理那间虽有半打仆人也收拾不干净的房间。不久，门铃大响，一声果断的要见“劳里先生”传了进来。一个面带惊讶的仆人跑来报告说，有一位年轻的姑娘来访。

“好，领她进来，这是乔小姐。”劳里说，走到他那间小客厅的门口去迎接乔。她出现在门口，红润的脸上神色亲切而自然，一手拿着覆盖着的盒子，一手是贝思的三只小猫。

“我来了，一切都齐备了，”她活泼地说，“母亲要我问候你，而且很高兴我能为你效劳。梅格要我带一点牛奶冻来——她做得很好；贝思认为她的小猫会给你带来安慰。我知道你会笑它们的，但我不能拒绝她。她迫切地希望能做一点事。”

不料贝思这份可笑的礼物送得恰到好处。因为劳里在笑这些小猫时，忘却了自己的害羞，马上变得善于交际起来。

当乔打开那个盒子，露出围在一圈绿叶花环和艾米宠爱的紫色天竺葵花中的牛奶冻时，劳里愉快地微笑说，“这太美了，吃掉可惜。”

“这算不了什么，她们只是感到要表示友好罢了。叫那个侍女把它放在一旁，等你下午吃点心时吃。这东西很容易消化，你是可以吃的。它既软，又容易咽下，不会伤害你那发炎的喉咙。这房间多么舒适！”

“只要收拾干净就确实很舒适。但侍女们很懒，我也不懂得怎样才能使她们听话。这事使我发愁。”

“我可以在两分钟里把房间整理好。因为只要把壁炉这么刷一下，就这样——把壁炉架上的东西理一下，就这样——把书放在这里，瓶子放在那里，把你的沙发移动一下，不要朝着亮光；把枕头打打松，一切就解决了。”

他确实享受到了舒适。因为当乔笑着讲话时，很快地使东西一一各得其所，房间顿时改观。劳里以崇敬的心情，默默看着她，而当她招呼他坐上沙发时，他满意地叹了一口气，感谢地说：

“你真好！对，这屋子早该这样。现在请你坐在那张大靠背椅里吧，让我来逗我的同伴快乐。”

“不，我是来逗你快乐的。要我朗诵吗？”乔以深情的目光看着近旁的几本吸引人的书。

“谢谢你，这些书我都看过了；如果你不介意的话，我宁愿和你谈谈。”劳里回答。

“毫不介意。我会整天谈话，只要你放手让我谈。贝思说我总是谈个没完没了。”

“贝思是不是脸红红的那个？她是不是老待在家里，有时出去时带着一只小篮子？”劳里满怀兴趣地问。

“对，那就是贝思。她是我疼爱的小姑娘，并且是无懈可击的好姑娘。”

“我想那个漂亮的姑娘是梅格，而鬈发的那位是艾米吧？”

“你是怎么知道的？”

劳里的脸微微一红，但是坦率地答道：“啊，你知道，我时常听到你们几位互相呼唤，而当我独自一个在这里时，我忍不住要朝你家的房子看看，看来你们总是欢天喜地的。我请你原谅我的无礼，但有时你们忘了放下摆着花的窗口的帘子，那我就像看一幅图画似地看到你们的火炉，你们几位和你母亲围着桌子坐着。她的脸正朝着我，她在鲜花后面的脸是那么慈祥，我忍不住要看她。你知道，我没有母亲。”劳里故意去拨拨炉火，以免他嘴角不由自主的颤动给人瞧见。

劳里的孤寂、渴望的眼色直刺到乔的热忱的心中。她所受的教育十分单纯，她头脑中一点杂念也没有，而现在她已经十五岁了，可还是天真、直率得和任何孩子一般。劳里病了，十分寂寞。一想到自己的家庭之爱和幸福是多么丰富，她很乐意把这份欢乐和他分享。她脸色十分友好，说话时她那尖脆的声音特别温和：

“我们以后决不再拉上那窗帘了，我答应，你爱看多久就看多久。我只是希望你不必窥视，而是跑过来看我们。母亲是那么和善，她会待你很好的；而只要我提出要求，贝思会唱歌给你听，艾米就会跳舞；梅格和我会使你对我们那些滑稽的舞台道具大笑，我们大家都可以尽情欢乐，你的祖父会允许吗？”

“我想他会允许的，如果你的母亲要求他的话。他很和蔼，虽然看起来不这样，他常常放手让我做我想做的事，只是怕我给陌生人添麻烦罢了。”劳里说得越来越高兴了。

“我们可不是陌生人，我们是邻居，而且你不必认为自己是个讨厌的人。我们要和你认识，而且我早就想和你认识了。我们住在这里没有多久，这你知道，可是除了你们，我们已和所有的邻居相识了。”

“你知道，祖父总是埋头书本，不大管外边的事。我的老师布鲁克先生又不住在这里，没有人和我作伴，因此我只能待在屋里，勉强过下去。”

“那太不好了，你应该突破一下，到所有请你去的地方去，那你才会有许多朋友，才会有许多好玩的地方可去。不要怕难为情，如果你一直出去的话，你很快就不会怕难为情了。”

劳里的脸又红起来了，但是没有因为被指称为怕难为情而感到不高兴。因为乔充满了善意，她直率的话是出于好心，使人不能不接受。

“你喜欢你的学校吗？”男孩停了一会，看着炉火，而乔则很高兴地看看周围。过后他换了一个话题问道。

“我不上学校，我是干活的人——我的意思是，干活的女孩。我去伺候我的叔婆，她是一个严厉的、脾气不好的老人。”乔回答。

劳里刚张嘴想要再问个问题，却记起多打听人家的事是不礼貌的，便闭了嘴，显得有点不安。乔喜欢他的好教养，并且不在乎把马奇叔婆开开玩笑，因此她把这个性情烦躁的老太太、她的鬈毛狗、会讲西班牙语的鹦鹉和她十分喜爱的藏书室，作了一番生动的描述。劳里听了十分感兴趣。她说起有个一本正经的老绅士曾来向马奇叔婆求婚，正讲得头头是道，却被鹦鹉啄掉了假发，弄得他狼狈不堪。劳里听得仰天大笑，连眼泪都笑了出来。一个女仆探进头来看看究竟是怎么回事。

“啊，这给我的好处太大了，请讲下去吧。”他把捂着脸的沙发靠垫拿开，只见他欢乐得满面通红，容光焕发。

乔为自己取得的成功感到鼓舞，真的讲了下去。她讲了她们所有的游戏和计划，她们对父亲的希望和担忧，以及她们姊妹的小天地里最有趣的事。然后他们又谈起书来了，使乔十分高兴的是，她发觉劳里和她一样爱书，而且读的书比她还多。

“假如你这样爱书，就到楼下去看看我们的吧。祖父出去了，你不用害怕。”劳里说着站了起来。

“我什么也不害怕。”乔答道，把头一仰。

“我相信！”男孩叫起来，十分羡慕地对她看着，虽然他暗暗地想，如果碰到他祖父脾气不好时，她很可能会有些害怕的。

整座房子气派很大，劳里领她从一个房间到另一个房间，让乔随时停下来细看她感兴趣的东西。这样他们最后到了藏书室。乔一到那里就轻拍双手跳跃起来，这是当她特别高兴时经常做的动作。藏书室里是一排一排的书，还有画和雕像，好几个吸引人的小橱里陈列着古币和珍玩，还有几张催眠椅[1]、奇异的桌子和青铜制品；而最好的是一个大壁炉，四边砌的是古雅的瓷砖。

“多么丰富多彩啊！”乔一边赞叹地说，一边深深地坐进一张天鹅绒

1　很舒服的椅子。

的椅子里，带着十分满意的神情四下张望。“西奥多 · 劳伦斯，你应是世界上最幸福的少年了。”她感人地再说了一句。

“人不能单靠书籍过活呀。”劳里斜坐在对面的一张桌子上，摇摇头说。

他再要说下去的时候，一声铃响，乔跳起身来，惊恐地叫道，“天啊，这是你祖父！”

“如果是，又有什么呢？要知道，你是什么也不怕的。”劳里答道，脸上有点狡猾的样子。

“我想我有些怕他，但是我不知道为什么要怕。妈妈说我可以来的，我想这没有给你添麻烦吧。”乔答道，一面镇定自己，可还是盯住那扇门。

“你来了我好多了，而且永远感谢你。我只怕你这样和我谈话会十分疲劳了，你的谈话令人愉快，我舍不得打断你。”劳里感激地说。

“医生来看你了，少爷。”女仆一面点头一面说。

“我离开你一会儿，你不会介意吧。我想我得去见他。”劳里说。

“别管我，我在这里像一只蟋蟀那样快活呢。”乔回答道。

劳里走了，他的客人就随便找些消遣。她正站在一幅绘制精美的那位老绅士的肖像前，门又开了，乔并没有回过头来看，只是以坚决的口气说，“我现在很清楚，自己不该怕他，因为他双目慈祥，虽然他的嘴是坚强的，看上去他有一股不屈不挠的意志。他没有我的外祖父那么漂亮，但是我喜欢他。”

“谢谢你，小姐。”一个粗哑的声音在她后面说；使她十分惊愕的是，劳伦斯老先生就站在那里。

可怜的乔脸涨得通红，她想到自己刚才说的话，更使她的心跳得快了。一时间，她只想逃走；但那是怯懦的，姐妹们会嘲笑她，因此她下决心待下去，尽力摆脱困境。她对他又看了一眼，觉得那浓浓的白眉毛下面的眼睛比肖像上的还要和善，并且眉目中还带有一丝狡黠的神色，这就使她放心不少。在一阵可怕的停顿之后，那个粗哑的声音现在更粗哑地突然说道，“那么，你并不怕我了，嗨？”

“不大怕，先生。”

“而你认为我不如你的外祖父漂亮？”

“不完全像他那么漂亮。”

“并且我的意志非常之强，是吗？”

“我只是说我这么想罢了。”

“即使那样，你还是喜欢我？”

“是的，我确是这样，先生。”

这回答使老绅士非常高兴。他短促地笑了一声，跟她握了手，把手指放在她的颔下，抬起她的脸，认真地端详了一会，然后把手缩回，点点头说，“如果说你没有长着你外祖父那张脸，你却得到了他的精神。他是个杰出的人，亲爱的。但更难得的是，他勇敢又诚实。我向来以做他的朋友为荣。”

“谢谢你，先生。”在那以后，乔不再觉得不安了，因为这正合她的意。

“你对我的这个孩子做了些什么，嗯？”这是又一个问题，提得尖锐。

“只是想尽尽邻居之谊罢了，先生。”乔接着讲了她是怎么会来访问的。

“你认为他需要打起一点精神来，是吗？”

“是的，先生，他似乎有点寂寞，或许年轻人会对他有些好处。我们家里都是女孩子，但是能够的话，我们是高兴帮助他的，因为我们不会忘记你送给我们的圣诞礼物。”乔急切地说。

“不，不，不。那是这孩子干的事，那个可怜的妇人怎么样了？”

“情况很好，先生。”乔马上口若悬河地把赫梅尔家的事统统讲了出来。她的母亲发动了比自己富有的朋友们去关心他们。

“正像她父亲那样地行善。改日天气好我来看你母亲。把这话告诉她。现在铃响了，该吃茶点了。我们为了这孩子的缘故，茶点吃得早些。下楼吧，让我们继续尽邻居之谊。”

“如果你愿意要我参加的话，先生。”

“倘若不要你参加，我也不请你了。”劳伦斯先生按照老法规矩把手臂伸给她挽。

“对于这些，梅格会怎么说呢？”乔被带走时心里在想，同时一想到把这经过讲给家里人听的情景，眼中就闪出了快乐之光。

“嗨！这家伙着了什么魔？”老绅士说。这是因为劳里跑下楼梯，看见乔挽着他严厉的祖父的手臂这一惊人的景象时，猛地刹住了脚。

“我不知道你会来，老爷子。”他讲道，而乔对他投以胜利的一瞥。

“这点很明显，只要看你匆忙下楼的样子就知道。来，吃茶点吧，先生，要像绅士那样规规矩矩的。”劳伦斯先生抚爱地拉了拉劳里的头发，继续往前去，而劳里在他们的背后做了一连串的怪腔，引得乔差点儿纵声大笑。

老绅士喝了四杯茶，没有说多少话，但是他注视这两个年轻人，他们一会儿就像老朋友似地聊起来了，他孙儿的变化没有逃过他的眼睛。现在这孩子脸上有了红润、光彩和生命力，动作活跃，在他的笑声里有了真正的欢乐。

“她讲得不错，这孩子的确寂寞。我要看看这些女孩子对他能有什么帮助。”劳伦斯先生边看边听，心里想着。他喜欢乔，因为她那种奇特而直率的举止很中他的意；看来她对这男孩很了解，好像她自己曾当过男孩。

如果劳伦斯家的人真像乔所谓的“古板冷漠”的话，那么乔就根本不会同他们这样合得来了，因为这类人常使她羞怯和局促。但现在发现他们很随便，她也自在多了，并且给人一个好印象。当他们站起身来时，她提出要告辞了，但是劳里说他还有东西要给她看，就领她到温室里去，那里特地为她点起灯来。在乔看来，这简直是仙境。她在走道上往复徘徊，欣赏那两边盛开着花朵的墙壁，柔和的灯光，湿润而芬芳的空气和在她上面的奇妙的葡萄藤和树枝。这时她的新朋友摘下最最美丽的花，直到双手都捧满了；然后他把花扎起来，并且带着乔爱看的快乐神情说，“请把这些花带给你母亲，并且告诉她，我十分喜欢她送给我的药。”

他们在一间大大的起居室里看见劳伦斯先生站在炉火旁，但是乔的注意力完全被一架敞开着的三角钢琴吸引住了。

“你弹琴吗？”她转过身来带着崇敬的表情问劳里。

“有时弹弹。”他谦虚地回答。

“请现在就弹，我要听听，以便回去告诉贝思。”

“你先弹好吗？”

“我不会弹，笨得学不会，但我的确很喜欢音乐。”

因此劳里就弹了，乔听着，把鼻子舒适地埋在天芥菜花和香水月季之间。她对“劳伦斯家男孩”的敬意和关注大大增加了，因为他弹奏得非常之好，并且一点也不摆架子。她希望贝思能听到他的演奏，但她没有这样说，只是不断地赞扬他，直到他感到十分难为情。这时他的祖父来解了围。“够了，够了，小姐。太多的甜头对他没有好处。他的音乐还不算差，但我希望在其他更重要的事上也做得一样好。要走了吗？啊，我很感谢你，希望你再来，替我向你母亲问好。晚安，乔医生。”

他和乔亲切地握了握手，但是看上去有点不高兴似的。当两人到了门厅时，乔问劳里是否她讲错了什么话，他摇摇头。

“不，那是对我的；因为他不喜欢听我弹琴。”

“为什么呢？”

“有一天我会告诉你的。约翰送你回家，因为我不能送。”

“没有那个必要，我又不是什么千金小姐，而且只有一步路。你保重身体，好吗？”

“好，但是我希望你再来。”

“只要你答应身体好了来看我们。”

“我一定来。”

“晚安，劳里！”

“晚安，乔，晚安！”

当这天下午的经历全部讲出来之后，全家人想一起去访问，因为人人都觉得树篱那边的大房子里有吸引人的东西。马奇太太想去谈谈她的父亲，因为这老人至今未曾忘记他；梅格很希望能在温室里走走；贝思巴不得要看看那三角钢琴；艾米急于要去看看那些画和雕像。

“母亲，为什么劳伦斯先生不愿意让劳里弹钢琴呢？”爱提问题的乔问道。

“我吃不准，但是我想，这是因为他的儿子，也就是劳里的父亲，同一位意大利名媛结了婚，她是位音乐家。这桩事使老人不高兴，因为他很自负。那位夫人善良、可爱、有才气，但他就是不喜欢她，在他儿子结婚后，就没有同他见过面。这夫妻俩死的时候，劳里还是个小孩子，他把孩子领了回来。依我想，这生在意大利的孩子身体不那么结实，老人怕失掉他，因此对他非常谨慎小心。劳里爱音乐是很自然的，因为他像他母亲。或许他祖父担心他也许想当音乐家；不管怎么说，他的音乐才能使他想起他所不喜欢的女人，因此像乔说的那样，‘脸色难看’了。”

“我的天哪，多么罗曼蒂克！”梅格叫了起来。

“多么愚蠢，”乔说，“如果他想当音乐家就让他去当好了，不要把他送进他所不喜欢的大学去而断送了他的一生。”

“我想那就是为什么他有着这样一双漂亮的黑眼睛，而且举止文雅；

意大利人总是那么斯文的。”梅格说，她有点多愁善感。

“对他的眼睛和举止，你知道些什么？你简直没有同他讲过话。”乔高声说，她一点也不多愁善感。

“我在舞会上见过他，而听你所说，他很懂得礼貌。他对母亲送他药的事讲得非常得体。”

“我想他的意思是指牛奶冻吧。”

“孩子，你多笨啊；他显然是指你嘛。”

“是吗？”乔睁大了眼睛，好像她从来没有想到这点。

“我从来没有看到过这样的女孩子！你听到了人家的恭维却还不知道。”梅格说时带着一副什么都懂得的少女的派头。

“我认为这些都是废话，谢谢你们，不要傻里傻气的，把我的乐趣破坏得一干二净。劳里是个好小伙子，我喜欢他。什么恭维不恭维的，我才不要听这种无聊话。我们大家都要对他好，因为他没有母亲，而且他可能过来看我们，可能吗？妈妈？”

“是的，乔，我们很欢迎你那小朋友。我希望梅格记住，孩子们要尽可能地当孩子。”

“虽然我刚十岁出头一些，可我不承认是孩子，”艾米说，“你怎么讲，贝思？”

“我刚才正在想我们的‘天路历程’呢，”贝思答道，她先前一个字也没有听进去，“我在想怎么决心为善，从泥沼中摆脱出来，经过窄门而试图爬上那陡峭的山；那所满是好东西的房子可能就在那里，这将是我们的美丽之宫。”

“我们首先得越过守门的狮子。”乔说，好像她很喜欢这个前景。

第六章

贝思找到了美丽之宫

这大房子真是一座美丽之宫，虽然不是大家一下子就进得去的，再说贝思觉得要通过那些“狮子”非常困难。劳伦斯老先生是最大的一头，但在他访问了她家，对每个女孩子都说了些有趣或亲切的话，同她们的母亲说了些忆旧的话以后，除了胆小的贝思之外，谁都不大怕他了。另外一头狮子就是，她们穷而劳里富；因为这使她们不好意思接受她们无法报答的恩惠。但过了不久，她们觉得劳里认为她们是施惠人，认为对马奇太太的慈祥的欢迎，对她们的愉快的交谊，对他在她们简陋的家中所感到的舒适，怎么也不足以表示他的感谢。因此她们不久也就忘掉了她们的矜持，并且相互表示友好之情，也不去想谁的友情更深厚些了。

那时愉快的事太多了，因为这一新的友谊有如春草那样茂盛地生长起来。大家都喜欢劳里，而他偷偷告诉他的家庭教师说，“马奇一家子都是好极了的姑娘。”怀着愉快的青春的热情，她们把这孤独的男孩视为她们中的一员，对他悉心照顾；而他则觉得和这些天真的女孩子在一起十分有趣。既然从没尝到过母爱，也没有过姐妹，他很快就感觉到她们给他带来的影响；她们的忙碌和生气勃勃则使他对自己无所事事的生活感到羞惭。他厌倦了书籍，觉得和人作伴是何等有趣，因此布鲁克先生不得不对他的情况作了很不满意的汇报；因为劳里老是逃学，跑到马奇家去。

“不要紧，让他休息一下，以后再补课，”老绅士说，“隔壁那位好太太说，他读书太用功了，缺少了年轻的伙伴、娱乐和运动。我想她讲得对，而我一直溺爱这小子，好像我是他的祖母一样，只要他开心，让他爱怎么就怎么吧。在那边小小的修女院里他不会闯出什么祸来的，而且马奇太太给他的好处比我们多。”

真的，他们度过了许多欢乐的时光！那些游戏和活泼有趣的场面，那些欢乐的滑雪橇和溜冰，那些在旧客厅里度过的愉快夜晚，以及有时在大房子里举行的快活的小小聚会。梅格随时可以在温室里漫游，沉醉于一束束的花朵；乔贪婪地在藏书室里找书读，以她的评论使老绅士震惊；艾米临摹图画，尽情地享受着美，而劳里则以最令人愉快的方式扮演“这座庄园的主人”。

贝思虽然非常渴念那架大钢琴，却鼓不起勇气走到梅格所谓的“幸福之宫”那边去。她曾和乔一起去过那里，但是老绅士不知道她的怯弱，浓眉下的眼睛盯着她一看，又把一声“嗨”说得太响，吓得她逃了回来，并告诉母亲说，她吓得“两脚在地板上直哆嗦”，声称从此再也不去了，即使为那宝贝的钢琴也不去了。怎样劝，怎样哄，也不能克服她的恐惧。后来不知怎么这件事传到了劳伦斯先生的耳中，于是他准备做一点补救工作。有一次他到马奇家作短暂访问时，巧妙地把话题引到音乐方面去，谈了他见到过的伟大歌唱家，听到过的优美的风琴演奏，又讲了许多趣闻轶事，这就使贝思再也不能远远地待在屋角，而是着了魔似地一步步移得越来越近。她站在劳伦斯先生的椅子后面，睁大了眼睛听着，双颊因这一不寻常举动而涨得通红。劳伦斯先生只当没看见，好像她不过是只小飞虫似的。他继续讲着劳里的学习和老师们；过了会却突然像刚想到似地对马奇太太说：

“这孩子现在把音乐荒疏了，我为此感到高兴，因为他太喜欢音乐了。但是那架钢琴却苦于无人去用它，你的女孩子里是否有人愿意不时跑过来练练琴，使这钢琴不至于走调，太太？”

贝思向前走了一步，把双手握得紧紧的，只怕万一拍起手来，因为这是个不可抗拒的诱惑。一想到在那架华美的乐器上练琴，她连气也透不过来。马奇太太还没有来得及回答，劳伦斯先生却古怪地点了点头微笑了一下，继续说：

“她们不需要见任何人或同任何人讲话，只要随便什么时候跑进来，因为我在屋子另一头的书斋里并不出来。劳里常常跑出去，仆人们九点钟以后不会到起居室去。”

说到这里，他站起身来，好像要走的样子。贝思下定决心要开口了，因为那最后的安排是再好也没有了。“请把我所说的告诉各位小姐，假如她们不愿意来，那也没关系。”这时一只小手伸进他的手中，贝思满脸感激地仰望着他，用恳切而又胆怯的声调说：

“喔，先生！她们一定愿意，非常，非常地愿意！”

“你就是那个爱好音乐的女孩子吗？”这回他没有发出什么叫人吃惊的“嗨！”，却十分温和地俯视着她。

“我是贝思，我很爱音乐，如果你确信没有人会听到我弹琴而受干扰，我就一定来。”她怕自己失礼而添上这句话时，也为自己的大胆而发抖。

“一个人也没有，我的宝贝。这所房子有半天是空着的，你就来吧，尽量敲打好了，我将十分感谢你。”

“你真好，先生。”

贝思在他的友好的面容下，脸红得像朵玫瑰，但她现在不怕了，把那只大手使劲握了一下，表示感激，因为她对他的宝贵的礼物无法用语言来道谢。老绅士把她前额的秀发轻轻撩开，俯下身来吻了她，用很少人听到过的语调说：

“我有过一个小女孩，她的眼睛就像这一双；上帝保佑你，我的宝贝；再见，太太。”他匆匆走了。

贝思和母亲乐了一阵，接着就奔上楼把这好消息告诉她那些布娃娃，因为姐妹都不在家。那个晚上贝思唱得多么欢乐啊，全家人又是怎样地笑她，因为艾米睡觉时，她在她脸上弹起钢琴来，把她搅醒了。第二天，看到老少两位绅士都出门了，贝思经过两三次退缩后，大大方方地从边门进入，一路以轻得像老鼠一样的脚步，走进起居室，只见她崇拜的对象就矗立在那里。当然是巧合，钢琴上放着几张很优美而简易的乐谱。贝思用颤抖的手指弹起琴来，虽然不时停下来听听望望，但终于很快在那架伟大的乐器上忘掉了恐惧，忘掉了自己，忘掉了任何别的事物，只是浸沉在音乐给予她的难以言表的快乐之中，因为音乐就好像是一个挚友的声音。

她待在那里直到汉娜来带她回家吃饭，但她一点也不想吃，只是坐在那儿以一种无上幸福的微笑对着每一个人。

在那次以后，这个戴着褐色头巾的小姑娘差不多每天都要穿过树篱，而那间宽敞的起居室里总有一个来去无踪的音调悦耳的小精灵经常出没。她从没有想到劳伦斯先生常常打开他书斋的门倾听他所喜欢的古老的曲调；她从没有见到劳里在过道里守着，叫仆人们别走近；她从没想到放在架子上的练习曲本和新的歌曲是专门为她准备的。而当老绅士和她在家里谈论音乐时，她只想到他是多么仁慈，讲给她听许多有益的事。因此她尽情地欢乐，并且觉得她得到满足的愿望就是她以前所希望的一切，可是事情并不尽然。或许正因为她对这种赐福感激备至，她得到了一个更大的赐福；不管怎么说，这两种赐福她都是当之无愧的。

“母亲，我想为劳伦斯先生做一双便鞋。他对我这样好，我必须谢谢他，而我又想不出别的方法来。我可以这样做吗？”贝思问时，离他那次重要来访已有几个星期。

“可以，宝贝。这会使他非常高兴，而这是一种很好的回谢方式。姐妹们会帮你做的，上鞋的钱由我来出。”马奇太太答道。她特别乐于答应贝思的要求，因为她很少为自己要东西。

经过多次同梅格和乔进行了认真的讨论，鞋样选定了，鞋料买来了，于是开始做起鞋子来。在深紫色的底子上，做上悦目而庄重的三色堇，这被认为十分合适和漂亮。贝思早夜工作，有时碰到困难才请人帮忙。她是一个心灵手巧的小妇人，在任何人对这双鞋失去兴趣之前就已做好了。随后她写了一封很简短的信，通过劳里的帮助，在一天早晨老人起床之前把这两样东西偷偷放在书斋的桌上。

这阵忙乱过后，贝思等待着，看看会发生些什么事。一整天过去了，第二天也过去了一部分，但没有看到答谢的表示。她开始担心起来，怕是冒犯了那脾气古怪的朋友。第二天的下午，她出去跑一趟，同时也带她那可怜的伤残娃娃琼娜去做每天一次的运动。当她回来走到那条街上时，她看到三四个人头从客厅窗口探进探出，而当她们一看到她时，好几只手向她挥舞起来，好几个快活的声音向她大叫：

“有一封老绅士来的信，快来读呀！”

“哦，贝思！他送来给你的——”艾米边说边拼命做着手势；但是她没有能进行下去，因为乔把窗砰的一声关上，使她没了声音。

贝思急忙进去，心里忐忑不安。在门口姐妹们抓住了她，把她高举到客厅里去，像一个凯旋的游行队伍。大家一起指点，一起讲，“看那里！看那里！”贝思一看，惊奇得连面色也发白了；因为那里立着一架小钢琴，一封信放在光亮的盖子上，像一块招牌那样指向“伊丽莎白·马奇小姐”。

“给我的吗？”贝思喘着气问道。她抓住了乔，觉得自己好像要倒下去。这一切都令人太激动了。

“不错，一切都是你的，我的宝贝儿！他不是太伟大了吗？你认为他是世界上最可爱的老先生吗？这是信里的钥匙，我们没有打开信，可是我们多么想知道他说些什么，”乔大声说，把她的妹妹拥抱在怀里，并且把那封短信递给她。

“你来读吧！我不行，我感到心乱得很。喔，这真是太妙了！”贝思把脸藏在乔的围裙里，被这份礼物激动得不知如何是好。

乔打开信纸，一开始就笑了，因为她见到开头的几个字是：

“马奇小姐：

“亲爱的女士——”

“听起来多舒服呀！我真想有人这样写信给我！”艾米说，她认为这种老派的称呼十分雅致。

“我生平穿过许多便鞋，但从来没一双像你做的这样称心。”乔继续念。

“三色堇是我喜爱的花，这些花将永远使我想起那温文的赠与者。我想要报答，因此我知道你会允许‘老先生’把属于他已故小孙女的一件东西送给你。十分感谢你，并致以最好的祝愿，我仍是你的

感恩的朋友和谦卑的仆人，

詹姆斯·劳伦斯”

“唉，贝思，那是个值得骄傲的荣誉，毫无疑义！劳里对我讲过劳伦斯先生是怎样地喜爱那去世的孩子，怎样小心地把她所有的小玩意儿保存起来。你只要想，他把她的钢琴给了你！那是因为你有着一双大大的蓝眼睛，并且喜欢音乐。”乔说。她试图安慰贝思，因为她颤抖着，并且看来从没有那样激动过。

“看那精巧的蜡烛托架，那绉起的优美绿绸中间还有朵金玫瑰，还有

那漂亮的谱架和琴凳，一应俱全。”梅格补充说，一面把钢琴打开，展示出它各种美妙之处。

“‘你的谦卑的仆人，詹姆斯·劳伦斯’；你只要想想他这样写信给你。我要告诉所有的姑娘。她们会觉得这太妙了。”艾米说，她为这封信感动极了。

“试弹一下吧，乖乖；让我们听听这架小钢琴的音调。”汉娜说，她总是分享着家中的忧喜。

所以贝思就试弹了，每一个人都说这是听到过的最出色的钢琴。显然这架钢琴最近校正了音调，整修一新；可是尽管它完美无缺，真正的魅力却在于俯在钢琴上的那些快乐脸蛋中最快乐的一张脸。贝思亲切地按着美丽的黑白琴键，踩着熠熠发光的踏板。

“你应该去谢谢他。”乔开始说笑话，因为她从没有想到真要叫这孩子去。

“是的，我是要去。我想现在就去，免得过会儿想到要去却害怕起来。”使聚集在那里的全家人都吃惊的是，贝思不慌不忙地走到花园里，穿过树篱，到了劳伦斯家的门口。

“啊，如果这不是我生平所见的最奇怪的事，那我真该死了！这钢琴使她昏了头！她若是神志清醒的话，决不会去的。”汉娜嚷嚷着，盯住她的后影看，而姐妹们给这个奇迹搞得简直哑口无言。

如果她们见到贝思以后做的事，她们更会惊奇。她竟不假思索地去敲书斋的门。听到一个粗哑的声音叫“进来！”她真的走了进去，直走到劳伦斯先生面前，倒使他看来吃了一惊。贝思伸出了手，以稍微颤抖的声音说，“我是来向你道谢的，因为——”但是她没有讲完，因为他看来十分和善，使她连词儿也忘了；后来她只是记起了他失去了他所爱的小女孩，便用双臂抱住了他的头颈亲吻他。

假使这所房子的屋顶突然被风刮掉了，老绅士也不会更惊奇。可是他喜欢这样——喔，天啊，真的！他出奇地喜欢这样——他因这一信任的亲吻而大为感动和高兴，那硬邦邦的样子一下子烟消云散；他只是把她置于膝上，把满是皱纹的脸贴住她红润的面颊，觉得他重新获得了失去的小孙女。从这时刻起，贝思就不再怕他，坐在他膝上和他谈得这么亲密，好像生来就认识他似的，因为爱能赶走恐惧，感激之情能克服矜持。当她回家时，他陪她走到她家的门口，亲切地握了手，并且在大踏步回家时行了个触帽礼，那样子看上去十分庄严和矫健，有如一位英俊和军人气概的老绅士。

当姐妹们看到这场表演，乔跳了个快步舞，以表示她的满意；艾米由于惊异，差点儿掉出窗口；而梅格高举双手大声叫起来，“啊，我真相信世界已到末日了！”

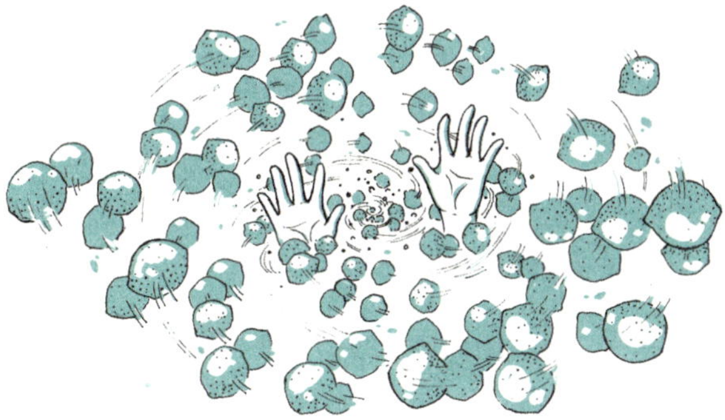

第七章

艾米的屈辱之谷

“那位少年真是一个赛克洛帕[1]，对吗？”有一天当劳里骑在马上得得而过，一面挥着他的马鞭时，艾米说。

“他有着两只眼睛，你胆敢这样说吗？而且他的双目是十分秀美的。”乔大声叫起来，她对任何轻视她朋友的言语都是憎恨的。

“我又没有说他的眼睛，我真不明白为什么当我羡慕他的骑马时，值得你这样冒火。”

“喔，我的天！那个小傻瓜的意思是指沈涛[2]，而她却称他为赛克洛帕。”乔发出一阵大笑，嚷了起来。

“你不用这么粗鲁；这只是戴维斯先生所说的‘失颜（言）’罢了。”艾米反驳着，用拉丁文[3]来堵住乔的嘴。“劳里花在那匹马上的钱给我一点就好了。”她又补说了一句，好像是对自己说，可是又希望让姐姐们听到。

“为什么？”梅格和蔼地问，因为乔对艾米犯的第二次错误又大笑起来。

“因为我非常需要钱。我欠下了好多债，而我要再过一个月才能有那么一点可怜的钱呢。”

“欠债，艾米？这是什么意思？”梅格的脸色严肃起来。

“哦，我至少欠下了十来个腌酸橙呢，而你知道，要等到我有钱才还得起，因为妈妈不准我在店里赊账。”

“统统告诉我吧。粘胶是当前时行的玩意儿吗？通常是缝起来做皮球的小块的橡胶[4]。”梅格竭力想绷住脸不笑，而艾米却显出一副严重得不得了的样子。

“啊，你懂吗，姑娘们都在买它们，除非你愿意被人瞧不起，你也得买。现在只有酸橙最重要了，因为上课时大家都在课桌底下吮吸它们；而在课间休息时，就把酸橙换铅笔、珠子戒指、纸娃娃或者别的东西。如果一个女孩子对另一个有好感，她给她一只酸橙；如果她对她生气，她就当着对方的面吮吸酸橙，一口也不给她吸。她们轮流请客，我吃了不知多少，但是还没有回敬她们；我应该回敬，因为这是与面子有关的债务，你知道。”

“得多少钱才能还清这笔债并恢复你的信誉？”梅格问，一面取出钱包。

“二角五分就尽够了，还可以余下几分钱来请你的客。你喜欢酸橙吗？”

“不很喜欢；你把我的一份留给你自己吧。这儿是钱，尽量省着点吧，因为钱不多，这你知道。”

“哦，谢谢你！有零花钱该多好啊！我要大吃一顿了，因为这个星期

---

1 希腊神话中的独眼巨怪。

2 希腊神话中半人半马的怪物，是杰出的骑手。

3 “言”在原作中用的是拉丁文，但艾米偏偏又弄错了。

4 酸橙和粘胶在英语中都是lime，这里梅格有意曲解艾米的意思。

我还没有尝过呢。前一阵人家给我，我也很尴尬，因为我无法请还，我为吃一只酸橙真感到痛苦。”

第二天艾米到学校很迟，但还是忍不住以可以原谅的骄傲显示了她那潮湿的褐色纸包，然后把它放进课桌里边的最深处。没有几分钟，流言蜚语便传遍了她的那批“同伙”，说是艾米有二十四只好吃的酸橙(她在路上吃掉了一只)，马上要请客了，而她朋友们的那份殷勤劲儿可真不得了。凯蒂·布朗当场请她参加下一次的聚会；玛丽·金斯莱硬要把表借给她用到课间休息；詹妮·斯诺是个爱嘲弄人的小姐，曾经恶劣地挖苦艾米没有酸橙，此时立刻来讲和，主动答应提供给她一些算术难题的答案。但是艾米没有忘记对方的刻薄话：“有些人鼻子虽塌，却能闻到别人的酸橙；有些人虽骄傲自大，却不以讨吃酸橙为耻。”她递去一份毁灭性的电报：“你不必突然客气起来，因为一只也不会给你”；当下粉碎了她的希望。

那天早上有一位名人偶尔来参观这个学校，而艾米画的精致的地图博得了他的称赞，这一荣誉引起了她的仇敌斯诺小姐的愤恨，而马奇小姐则故作姿态地摆出一副孔雀的架势。但是可叹，可叹，骄傲自负往往导致栽跟斗，而那一心想报复的斯诺异常成功地突然改变了这一局面。那位贵宾刚刚讲完照例是陈词滥调的赞词，鞠躬退出，詹妮马上就借口问一个重要的问题，告诉戴维斯老师说，艾米·马奇在课桌里藏着腌酸橙。

戴维斯先生早已把酸橙列为违禁品，并且严肃地发过誓，要把第一个被发现破坏这条法令的人公开整治。这个具有非凡耐力的人，曾在一场旷日持久和惊涛骇浪的战斗之后，成功地禁绝了口香糖；曾把没收的小说和报纸付诸一炬；曾查禁了一个地下邮局；曾禁止装鬼脸、起绰号和画讽刺画；并且尽力迫使五十来个叛逆的女孩子遵守秩序。男孩子已经是人的耐心所难容忍的了，而女孩子则更不知要难对付多少倍。特别是在那些神经质而脾气又暴躁的，教书本领不比布林勃博士强的男教师们眼里，更是如此。戴维斯先生通晓希腊文、拉丁文、代数以及各式各样的什么“学”，因而被称为优秀教师；而礼貌、品德、同情和榜样则被认为不特别重要。这个时候来痛斥艾米是最倒霉的了，詹妮知道这点。戴维斯先生显然那天早上咖啡喝得过多了；又刮着东风，这对他的痛风症是有影响的；而且他的学生又没给他以他感到理应得到的赞赏。所以，用女学生那种虽不文雅却很有表现力的话来说，“他同巫师一样容易激动，同熊一样脾气暴躁。”“酸橙”这个字眼就好像火上浇油。他那憔悴的脸涨得通红，他用手在桌上敲得那么用力，使詹妮非常快地跳到了自己的座位上。

“年轻的姑娘们，请注意了！”

在这个严肃的命令下，窃窃私语停止了，五十双蓝、黑、灰和棕色的眼珠驯服地凝注到他那可怕的面容上。

“马奇小姐，到讲台上来。”

艾米应命站起来，外表故作镇静，但内心十分恐惧，因为酸橙沉重地压在她的心上。

“把你课桌里的酸橙带来。”这个料想不到的命令在她还没有走出座位时，就把她吓倒了。

“不要全部带去。”她邻座的一个十分镇定的小姑娘轻轻地对她说。

艾米急忙抖出了五六个，把其余的放在戴维斯先生的面前，觉得任何有人性的人闻到这扑鼻的香味时，都会心肠软下来的。不幸的是，戴维斯先生特别厌恶那新腌酸橙的味道，而憎恨又增添了他的怒火。

“全都在这儿了吗？”

“不完全。”艾米吞吞吐吐地说。

“把其余的马上拿来。”

她无可奈何地对同伙望了一眼，服从了。

“你肯定再没有了？”

“我从不撒谎，老师。”

“哦，这样，现在你把这些讨厌的东西两个两个甩出窗外去。”

课堂里一片叹息，造成了一阵小小的阵风；最后的希望破灭了，美味的食物从她们渴望的唇边被夺走了。艾米羞恼得绯红了脸，来回跑了可怕的六趟；每当两只注定要被丢掉的酸橙——啊哟，看来那么饱满多汁！——从她的舍不得的手中掉下，街上的一阵喊声使姑娘们的痛苦达到了极点，因为这喊叫告诉她们，那些爱尔兰小鬼，她们的死对头，正在为这顿盛筵而欢呼呢。这——这太叫人受不了啦；所有的人都向那个毫不宽容的戴维斯先生投以愤慨或求情的目光，有一个酸橙的热爱者失声哭了起来。

当艾米从最后一趟回来时，戴维斯先生发出一声吓人的“哼！”并且以他那最最令人难忘的态度说：

“年轻的姑娘们，你们记得我一星期前对你们说的话吧。很遗憾这种事发生了，但我决不容许我的规矩被人违反，我也决不收回成命。马奇小姐，伸出你的手来。”

艾米跳了起来，把双手放到背后，对他哀求地望着，这比她那讲不出的话更能为她辩护。她是“老戴维斯”——当然，是人们这样称他——相当喜爱的一个学生。我个人认为，如果不是一个不可压制的年轻姑娘用一声“嘘”来发泄她的愤怒，他本来会收回成命的。那一声“嘘”虽然很轻，却惹恼了这位易怒的先生，并且决定了这个罪犯的命运。

“你的手，马奇小姐！”这是她无声的呼吁得到的唯一答复；艾米的自尊使她不愿哭或恳求，她咬紧牙关，挑战似地把头向后一仰，毫不畏缩地让小手掌挨了几下火辣辣的打。打得并不多，也不重，但这对她没有两样。她有生以来第一次挨了打；她眼中的那种受辱的表情深刻得好像他把她打倒在地一样。

“你现在站在讲台上直到下课。”戴维斯先生说，他下定了决心把这件事干到底，因为他已经开了头。

那是可怕的。如果她回到自己的座位上，看到她要好同学的怜悯的脸，或者看到她对头幸灾乐祸的脸，这已经是够难受的了；可是如今带着新受到的耻辱去面对全体同学，看来似乎是办不到的。刹那间她感到只能倒在她所站的地方，并且哭碎她的心。她深深觉得自己罪非应得，同时又想到了詹妮·斯诺，这帮助她忍受了下来。她站到那个耻辱的位置上，把眼睛盯住了火炉烟囱，那下面现在看去好像是一片脸蛋的汪洋大海；她站在那里一动也不动，脸色苍白，使姑娘们觉得在这个可怜的形象之前无法读书。

在接下来的十五分钟里，这个自尊而敏感的姑娘遭受着她终生难忘的耻辱和痛苦。对别人来说，这可能是一桩滑稽可笑而微不足道的事，但对于她这是一次难受的经历；因为在她有生以来的十二年生活中，她只受到爱的支配，那种打击从来没有触及过她。她忘了手上的刺痛和心中的难受，因为一直在想：

“我不得不告诉家里人，她们该对我多么失望啊！”

十五分钟长得好像一个小时；但十五分钟终于到了，那一声“下课”对她来说，似乎从来没有这样受欢迎过。

“你可以去了，马奇小姐。”戴维斯先生说，看来他脸上带着不安的神情。

他没有很快忘掉艾米给他的责备的一瞥，当时她对谁也没有讲一句话，径直走向前室，抓起她的衣物，激昂地对自己宣称，“永远”离开这个地方。她回到家里时非常伤心，一会儿姐姐们回了家，马上开了一个激愤的会议。马奇太太没有说多少话，但是神情不安，以最温柔的态度安慰她受了苦的小女儿。梅格用甘油和泪水洗了那受辱的手；贝思觉得对于这样的灾难，就是用她所钟爱的小猫也安慰不了。乔怒火万丈地提出马上把戴维斯先生抓起来；汉娜则因那“歹徒”[1]的暴行而挥舞拳头，把为晚餐准备的土豆捣得就像这家伙在她的杵棒下似的。

除了她的伙伴外谁也没有注意到艾米的逃跑；但是目光犀利的小姐们发现，戴维斯先生下午十分和蔼，同时又非常紧张。学校刚要放学时，满面怒容的乔来了，大踏步走上讲台，交出了她妈妈写的一封信，然后收齐了艾米所有的东西离开，在门口的垫子上仔细地把她靴上的泥擦掉，好像她要把这个地方的灰尘全从她脚上抖掉似的。

“对，你可以休学，但是我要你每天同贝思一起念点书，”马奇太太在当晚说，“我不赞成体罚，特别是对于姑娘们。我不喜欢戴维斯先生的教学方式，而和你交往的姑娘们对你也没什么好处，因此我将问一下你父亲的意见，然后把你送到别的地方去。”

“那好！我但愿所有的姑娘都离校，使他那学校完蛋。想到那些可爱的酸橙，真叫人愤怒到极点。”艾米叹着气说，带着一股殉道者的神气。

“我不为你丢掉它们而感到可惜，因为你违反了规定，应该为不听话而受到惩罚。”这严峻的回答使小姑娘有点失望，因为她只准备得到同情。

“你的意思是不是为我在全体同学面前丢脸而感到高兴？”

“我决不会选择那种纠正过失的方式，”她母亲答道，“但我恐怕这种方式不见得比稍为温和的方式对你更有益。你已变得相当自大，亲爱的，现在是你开始改正的时候了。你有许多小小的才能和长处，但是不必加以夸耀，因为自大会糟蹋掉杰出的天才。真正的才能或品德不大会有长期被人忽视的危险；即使被忽视了，只要自己意识到拥有这些才德，并且把它们用得恰到好处，就会使人感到满足，而最具魅力的力量是谦逊。”

1　指戴维斯先生。

“说得对！”劳里大声说，他在房间的一隅同乔下棋。“我曾经认识一个女孩子，她对音乐具有真正了不起的才华，而她自己并不知道；从来没有意识到当她独自一人时所作的小曲子是多么甜美，而且即使人家告诉了她，她也不会相信。”

“我要是认识那位好姑娘就好了；也许她能帮助我，我是这样的愚蠢。”贝思说，她站在劳里的旁边，热切地听着。

“你认识她的，而且她对你的帮助比谁都大。”劳里说时望着贝思，他那双快乐的黑眼睛中闪烁着调皮的神色。贝思一下子满脸通红，把脸捂在沙发靠垫上；这一料想不到的发现，使她喜出望外。

乔让劳里赢了这盘棋，用来答谢对她的贝思的赞赏。贝思在得到夸奖后，再怎么请也不肯为他们演奏了。因此劳里就施展他的全部才华弹了起来，并且高兴地唱起了歌。这回他心情特别活跃，因为他在马奇一家子面前很少流露出他性格中忧郁的一面。他走后，整个晚上都陷在沉思中的艾米好像正思索着什么新的念头，突然说：

“劳里是不是一个有才华的小伙子？”

“是的，他受过良好教育，才华出众；他将成为一个优秀的人，如果不被宠坏了的话。”她母亲答道。

“而他并不骄傲自大，对吗？”艾米问。

“完全对，这就是他这么可爱，而我们这么喜欢他的原因。”

“我明白了。有才华和文雅是一件好事；但是不要夸耀，也不要自鸣得意。”艾米若有所思地说。

“才华和文雅如果掌握得有分寸，总在一个人的举止和谈吐中被人觉察到，但是无需炫示出来。”马奇太太说。

“正像不必把你的帽子、裙子和缎带一下子都穿戴上，为的是让别人知道你拥有这些东西。”乔作了补充，而这场教诲就在笑声中结束。

第八章

乔碰上了魔王

“姑娘们，你们要去哪儿？”艾米问。她在一个星期六的下午来到她们的房间里，发现她们正准备出去，神情诡秘，这引起了她的好奇心。

“别管，小姑娘们不应当问长问短的。”乔严厉地回答。

当我们年幼时，伤害我们感情的莫过于听到人家对我们这么讲了；而听到人家吩咐你“走开，乖孩子”，那就更令人难受。艾米被这一侮辱惹恼了，下定决心非把这个秘密弄清楚不可，即使要缠一个小时也在所不惜。由于梅格在任何事上对她从来不曾拒绝到底，她就转而哄着这位姐姐说：“告诉我吧！我想你们或许也会让我去的；因为贝思正忙于搞她的钢琴呢，而我却什么事情也没有，我是多么寂寞。”

“我不能，亲爱的，因为你没有被邀请。”梅格刚开始讲，乔却不耐烦地插进来说，“梅格，别说啦，要不你就坏事了。艾米，你不能去。不要像个小孩似的为这件事大哭大叫。”

“你们是要同劳里到什么地方去，我知道你们要这样的。昨夜你们一块儿坐在沙发上又在轻声交谈又在笑，见我进来就停止了。你们是不是要同他一块去？”

“不错，是这样。现在你安静下来，不要打扰我们。”

艾米住了口，但使用她的眼睛，看见梅格悄悄把一柄扇子塞进了口袋。

“我知道了！我知道了！你们是到剧场去看《七座城堡》，”她大声嚷嚷，并且坚决地补充说，“我也要去，因为母亲说我可以看这出戏的。我也有一点钱，你们没有及时告诉我，真是太缺德了。”

“你听我讲一分钟，做一个乖孩子，”梅格安慰她说，“母亲不愿意你这个星期去，因为你的眼睛还没有完全好，受不了这出神话剧的强烈的灯光。下星期你可以同贝思和汉娜一起去，尽情享受一下。”

“我不喜欢这样，我就爱跟你们和劳里一起去嘛。请让我去吧，我伤风了这么久，被关在屋里，就盼着得到点乐趣。梅格，你就让我去吧！我将永远乖。”艾米乞求着，尽量装出一副可怜相。

“我们就带她去。我想母亲不至于怪罪我们的，只要我们把她裹得严严实实的。”梅格开始讲。

“如果她去，我就不去；如果我不去，劳里会不高兴的。他只邀请我们，而我们却把艾米拖了去，这是非常失礼的。我想她也不爱去作不速之客的。”乔没好气地说，因为她不愿意当她自己要尽情欢乐的时候，还要去照看一个坐立不安的孩子。

乔的语调和神气激怒了艾米，她开始穿上靴子，用最恼人的方式说，“我就是要去。梅格说我可以去的；而且如果我自己掏钱，劳里与这毫不相干。”

“你不能同我们坐在一起，因为我们的座位是预定的，而你也不该一人独坐；这样劳里就会把他的位子让给你，这一来将会把我们的乐趣一扫而光；或者，他会为你另搞一个座位，而那也不合适，因为他本不曾请你。你一步也不准动，你就待在这里。”乔骂道；她因为有个手指在忙乱之中被戳伤了，怒气比刚才更大了。

艾米一只脚穿了靴子，坐在地上开始号啕大哭。梅格正劝着她，劳里却在楼下叫她们了。两个姑娘急忙下去，把她丢在那里大哭。因为她有时忘记摆出成人的样子，只像是个被娇宠惯了的孩子。下面那几个人正要出发，艾米在楼梯扶手旁以一种威胁的语调大叫，“乔·马奇，你会为此而后悔的，瞧你究竟会不会吧！”

“讨厌！”乔回答时把门狠狠碰上。

他们度过了一段美妙的时光，因为《钻石湖上的七座城堡》是人们所希望的那样，是一出最神奇精彩的戏。但是尽管戏中有的是滑稽的红色小鬼，闪闪发亮的妖精，豪华的王子和公主，乔的欢乐里还是免不了一点苦味。那个仙后的黄色鬈发使她想起了艾米；在幕间休息时，她心中猜想着她的妹妹究竟将用什么方法使她“为此而后悔”。乔和艾米在她们的生活中有过不少面红耳赤的争吵，因为两个人的脾气都非常急躁，受到触犯就很容易发作。艾米逗弄乔，乔激怒艾米，不时要发生冲突，而事后双方都感到非常难为情。乔虽年长，但最不能克制自己；为了约束那使她不断与人发生冲突的火辣脾气，她着实经受过不少磨难。但她的怒火从来不会持续很久，当她低声下气地承认错误之后，她诚心诚意地改悔，力图有所改进。她的姐妹常说，她们倒愿意把乔惹怒，因为发过火之后她就像天使般地可爱。可怜的乔拼命想表现得好，可是她胸中的敌人老是想爆发出来，使她遭到失败。看来要经过许多年的耐心的努力才能制服它。

当她们回到家中时，发现艾米正在客厅里看书。她装出一副遭了伤害的样子，眼皮儿也不抬一下，一个问题也不问。要不是贝思在那里提出了问题，并且得到了关于这出戏的生动的描绘，或许艾米的好奇心会克服忿恨。乔上楼去把她那顶最漂亮的帽子收藏起来时，先是看了一眼柜子；因为，在她们最近的一次争吵中，艾米为了出气，曾经把乔的最上面的一只抽屉全部倾倒在地板上。可现在东西都在原处，经过对她的各个壁橱、皮包和纸盒匆匆一瞥之后，乔认为艾米已经原谅并且忘却了她的过错了。

这里乔可是想错了。因为第二天她就发现了一件事，引起了轩然大波。这天下午较晚的时候，梅格、贝思和艾米正坐在一起，乔激动地冲进房间，气喘吁吁地问，“谁拿了我的书？”

梅格和贝思显得很惊讶，但马上说“没有拿”。艾米却拨弄着壁炉里的火，一声不吭。乔看到她的脸发红，马上对她发作了。

“艾米，是你拿的吗？”

“不，我没拿。”

“那么你知道书在哪里咯？”

“不，我不知道。”

“撒谎！”乔边叫边抓住她的肩头，那副狠劲足以吓倒比艾米胆大得多的孩子。

“不是撒谎，我没有拿书，不知道现在书在哪里，这不关我的事。”

“你知道一点的，你还是马上讲出来的好，否则我将把你。”乔把她稍稍摇撼了一下。

“你爱怎么骂就怎么骂，你再也看不到你那本无聊的旧书了。”艾米嚷道，现在她也激动起来了。

“为什么再也看不到了？”

“我把它烧掉了。”

“什么！那本我非常喜爱，而且在上面花了很多工夫，打算在父亲回来之前把它完成的小书，你真的把它烧掉了吗？”乔说，脸色变得分外惨白，同时她的眼睛里闪出怒火，她的双手神经质地紧紧抓住艾米。

“是的，我真的烧了！我对你说过，我要使你为昨天那样粗暴地对待我付出代价，而现在我做到了，因此——”艾米没有再说下去，因为乔的火爆脾气已经发作，她把艾米摇撼得牙齿格格作响，一边伤心和气愤得放声大哭：

“你这个坏透了的丫头！我怎么也没法重写这本书了，我永生永世不会饶恕你。”

梅格飞奔过来搭救艾米，贝思也过来安抚乔，但是乔怒不可遏。她临走时打了妹妹一下耳光，冲出了房间，回到顶楼上那张小沙发里，独自一个结束她的战斗。

在楼下，这场风暴平息了。马奇太太回到家中，听说了全部经过，不久便使艾米认识到她对她姐姐所犯下的错误。乔的书是她心中的骄傲，并且被全家认为是很有前途的一棵文学苗子。这本书只是五六篇短短的神话故事，但是乔曾为它辛勤工作，把整个心思都用了进去，一心希望写得有出版水平。她刚刚极小心地把它誊清，旧稿也已毁掉。因此艾米的一把火，把她几年的心血付诸东流。对于别人来说，这似乎是一个小小的损失，但是对于乔，这是一场可怕的灾难，而且她觉得，这对她是永远也无法弥补的。贝思哀痛得像死掉了一只小猫，梅格也拒绝为她偏爱的妹妹辩护。马奇太太神色严肃而悲痛。艾米觉得她比谁都懊恼，在她为自己的行动请求宽恕之前，没有人会爱她了。

用茶点的铃声响时，乔出现了，一副冷酷无情、不可接近的神气。艾米鼓足了勇气，怯生生地说：

“请原谅我；我是非常，非常的抱歉。”

“我永远不会原谅你。”这是乔的严峻的答复，而且从那时起，她完全不理睬艾米。

谁也不谈这场大祸——甚至马奇太太也不谈——因为大家已有经验，当乔这样大发脾气时，跟她谈也是白谈。最明智的办法是等发生点意外的小事，或者等乔以自己的宽恕来缓解她的忿恨，从而愈合这个裂痕。这一晚大家都闷闷不乐，因为虽然她们一如平日做着针线活，她们的母亲朗诵布雷默、司各特或埃奇沃斯的作品，但总觉得缺少了点什么，甜蜜的家庭和谐被破坏了。当唱歌时间到来时，她们尤其感到这样。贝思只会弹钢琴，乔呆若木鸡地站在那里，艾米则失魂落魄，因此只有梅格和母亲唱。但是尽管她们力图兴高采烈得像百灵鸟一样，她们那长笛般的声音却不像往常那样合拍，大家都觉得走了调。

当乔接受她母亲的睡前亲吻时，马奇太太轻轻地在她耳边说：

“不要老是丢不掉你的愤怒；相互宽恕，相互帮助，明天重新开始。”

乔想把头偎依在母亲慈爱的怀里，把她的伤心和愤怒哭个一干二净，但是流泪是一种有失男子气概的软弱，而且她觉得自己受到的创痛过深，真的还无法宽恕。因此她硬是眨着眼睛摇摇头，又因为艾米正听着，所以生硬地说道：

“这是件极端可恶的事，她不值得宽恕。”

说了这话，她就大踏步走回去睡觉，那晚连一点儿欢乐和推心置腹的闲谈都没有。

艾米由于她的和解的建议遭到拒绝而感到非常生气。她开始后悔自己不该这样低声下气，同时又觉得自己更吃了亏，于是用一种特别惹人恼火的方式自夸她的了不起的优良品质。乔看上去仍然像是一团雷雨云，反正整天里事情样样不对头。早晨既刺骨地寒冷，她又把宝贵的饼掉进了小沟里，马奇叔婆又烦躁了一阵子，梅格又沉思不语，贝思回家后竟是一副伤心和若有所思的样子，而艾米却不断地唠叨，说有些人老是嘴上讲要做好事，可是当别人为他们作出好榜样时他们却没有行动。

“大家都这样心怀忿恨，我要请劳里去溜冰。他总是那么和善和欢乐，会使我恢复过来的，这我知道。”乔对自己说，而且马上就去了。

艾米听到了溜冰鞋的碰撞声，朝外一望并急不可待地叫道：

“瞧！她答应过下次带我去，因为这是我们这里最后一次结冰了。但是要这样一个坏脾气的人带我去，是根本没有用的。”

“不要这样说，你上回太恶作剧了，的确无法宽恕你对那本宝贵小书造成的损失。但是现在她或许会宽恕你了，我猜她会的，只要你掌握住适当的时机去试试，”梅格说，“跟他们去，在乔没有因为跟劳里一起而脾气变好之前，什么话都不要讲；随后拣一个机会上去吻她一下，或者做些其他表示友善的事，我相信她一定会回心转意和你言归于好的。”

“我一定去试试。”艾米说，因为这一劝告正合她的心意。经过了一阵忙乱的准备工作之后，她就跑去找这对朋友，他们正消失在小山背后。

到河边并不远，但是艾米还没赶到，他们已经准备到冰上去了。乔看到她来，把身子扭了过去。劳里没看见，他正沿着河边小心地溜着，探测冰的厚薄，因为在寒潮来临之前有一段较暖的时间。

“我将滑到第一道河湾去，在我们开始比赛之前，看看这一带是不是可靠。”艾米听到他边说边疾驰而去；只见他身穿镶皮大衣和帽子，像个年轻的俄罗斯人。

乔听到艾米在奔跑之后喘着气、跺着脚和呵手指，为穿上溜冰鞋而对手指呵着气。但是乔头也不回，只管沿河慢慢地曲折往前滑行，对她妹妹的困难感到有点幸灾乐祸。她心中的愤怒逐渐增强，直到不能自制。一切不良的思想感情都会这样，除非你能立刻摆脱它们。这时劳里正要拐过河湾，他朝后大声叫道：

“靠着河岸滑，河中间不安全。”

乔听到了，但是艾米正挣扎着站起来，一点也没有听见。乔瞟了她一眼，她心中怀着的魔鬼在她耳边说：

“别管她听见不听见，让她自顾自去。”

劳里已经消失在河湾后面。乔正滑到转弯处，而艾米远远落在后面，正滑向河中间的比较平坦的冰面。一刹那间乔站着不动，心里有一种异样的感觉；接着她决定往前滑，但是有一种力量把她制止住，并使她转过身来，这时薄冰突然哗啦一声碎裂，乔刚好看到艾米撒开双手跌了下去，看见河水溅了上来，听到一声使她心惊胆战的惨叫。她想叫劳里，但发不出声来；她想冲向前去，但她的两脚似乎一点力气也没有了；在一瞬间她只能站着一动也不动，脸色惊慌，注视着黑水上的那条小小的蓝色头巾。不知什么东西掠过了她，只听见劳里的声音喊道：

“拿一根木条来，快！快！”

她永远也弄不清自己是怎么把木条取来的。但是在以后的短短几分钟里，她好像着魔似地工作着，只知道照劳里的话去做。他镇定地平躺着身体，用手臂和冰球棍把艾米架住，直到乔从木栅上抽来一根木条，他们两人一起把那孩子弄了出来。她只是受了点惊，没有受多大的伤。

“现在我们必须尽快把她送回家去。你把我们的衣服都裹在她身上，让我脱掉讨厌的溜冰鞋。”劳里边喊边用大衣裹住了艾米，并且拉掉鞋带，它们好像从来没有这么难解开似的。

他们把冷得发抖、浑身湿透并号啕大哭的艾米送回家去。惊慌了一阵之后，艾米裹着毯子在温暖的火炉前睡着了。在忙乱之中，乔几乎没有开过口，只是来回奔跑，脸色苍白，神情异常。她身上的衣服已脱去大半，外衣已经撕破，双手被冰、木条和难弄的带扣割破和擦伤。当艾米已经安稳地睡着，全家安静下来时，马奇太太坐在床边，把乔叫过去，开始为她包扎受伤的双手。

“你确实觉得她安全了吗？”乔轻轻地说，带着悔恨的心情望着那个金发的头，它很可能沉没在险恶的冰层下面，而自己将再也看不到她了。

“很安全，亲爱的。她没有受伤，甚至也不会受寒。我想你很快把她裹好送回来是很有头脑的。”她的母亲高兴地回答。

“这都是劳里干的，我却没管她。母亲，万一她死了，那是我的责任。”乔倒在床边，激动地流出悔恨的泪水，一面讲出刚才所发生的一切，狠狠地谴责自己的铁石心肠，呜咽地道出了她对能免受严厉的惩罚的感激之情，因为这种惩罚原是很可能降临到她身上的。

“是我脾气坏！我想要治好这坏脾气，我以为已治好了，但发起来比以前更坏。喔，母亲，我该怎么办？我该怎么办？”可怜的乔绝望地哭着。

“警惕和祈祷，亲爱的；要不厌其烦地试了再试，不要认为不可能克服错误。”马奇太太说着，把那颗乱发蓬松的头搂在自己的肩头，温柔地吻那潮湿的脸颊，这使乔哭得更厉害了。

“你不知道，你想不出这有多严重！看来我发起脾气来，什么事都干得出。我变得这么野蛮，竟能伤害任何人，还觉得高兴。我怕有朝一日我会干出什么糟透了的事，从而毁了我的一生，使每个人都恨我。喔，母亲，救救我，救救我吧！”

“我会的，我的孩子，我会的。不要这样伤心地哭，只要记住今天，并且痛下决心，这样，你以后永远不会再碰上这么一天了。乔，亲爱的，我们大家都会受到诱惑，有些诱惑大大超过你所受到的，还常常使我们尽自己一生才能克服它们。你认为你的脾气是世界上最坏的，但我的脾气过去就是如此。”

“你的脾气，母亲？啊哟，你从来不发火！”在这一时刻，乔惊奇得连懊悔都忘了。

“我试图治好我的坏脾气已经四十年了，现在也仅仅能管住它罢了。我一生差不多每天都发怒，乔，但我已学会怎样不让它显露出来。我还想学，学到心里没有怒气，但这恐怕还要花个四十年呢。”

乔所爱的这张忍耐和谦卑的脸对于她来说，胜过了一次最明智的开导或最严厉的责骂。由于母亲给她同情和信任，她很快得到了安慰。她知道了母亲也有与她相类似的过错，并且也在努力加以补救，这就使她更容易正视自己的过失，并增强了改正的决心。虽然对于一个十五岁的姑娘来说，四十年的警惕和祈祷为期太长了。

“母亲，当马奇叔婆骂人或别人折磨你，弄得你有时紧闭着嘴走出房间时，你是不是在发怒呢？”乔问道，她现在觉得跟母亲比以前更亲近了。

“是的，我学会了制止已到嘴边的火爆言语。当我感到这些话要违反我的意志脱口而出时，我就走开一会儿，让自己从那种软弱和邪恶中猛醒过来。”马奇太太回答。她叹了一口气，又微微一笑，同时把乔散乱的头发理好扎好。

“你怎么学会保持平静的呢？那正是我的困难所在——尖刻的话从我口中飞出，而自己还不知道是怎么回事呢！我越说越来劲，直到我以伤害别人的情感为乐，讲出恶毒的话来。告诉我，亲爱的妈妈，怎样才能保持平静。”

“我的慈母以前常常帮助我——”

“正像你帮助我们一样。”乔插话说，感激地把妈妈吻了一下。

“但是我稍为比你大一点时，我失掉了她，多年来不得不独自奋斗，因为我很自尊，不愿把自己的弱点向任何人承认。我有过一段很困难的时期，很多次为了我的失败而痛哭流涕；因为尽管我努力，我似乎总不能进步。那时你的父亲来了，我感到十分幸福、欢乐，觉得要脾气好也很容易了。但是不久我身边有了四个小女儿，而我们又穷，于是老毛病又犯了。因为我天生不是个耐心的人，看到孩子们缺什么东西时，真是难受极了。”

“可怜的母亲！那么这时又有谁来帮助你呢？”

“你的父亲，乔。他从来没有不耐烦过，从来不动摇信心，从来不怨天尤人。他总是愉快地希望着、工作着、等待着，使不这样做的人在他面前自惭形秽。他帮助我，安慰我，并且指点说，如果我希望女儿们有什么品德，我就必须身体力行，因为我是她们的榜样。为了你们的缘故而这么做，比为了我自己而做要容易。当我讲一句发脾气的话，只要你们随便哪个面部呈现出吃惊或奇怪的表情时，就比任何责备我的话都要强有力。而我的孩子们对我的爱、尊敬和信任，作为一个要她们向我学习的妇人来说，这是能得到的最甜蜜的报答了。”

“喔，母亲，只要我有你一半好，我就心满意足了。”深受感动的乔高声说。

“我希望你将比我好得多，亲爱的。但是对你父亲所称的你那‘胸中的敌人’，可要保持警惕，否则它即使不毁掉你的一生，也会使你终生悲痛。记住，你已有过一次警告了，要全心全意地试着去控制你的急性子，不要让它给你带来比今天经历的更大的悲伤和悔恨。”

“我会试的，母亲，我真会的。但是你一定要帮助我，提醒我，使我不要失去控制。我常看见父亲把手指按住嘴唇，并且以和善而又严肃的神情看着你，而你总是紧闭嘴唇或者走开，那是不是他在提醒你呢？”乔轻轻地问道。

“正是。我要求他这样帮助我，他也就从来没有忘记过，总是用小小的手势和善良的神情使我避免讲出许多刻薄的话来。”

看见母亲讲话时眼睛湿润了，嘴唇颤抖了，乔生怕自己的话说得太多了，便急切地低声说，“我这样看着你并且提到这些事是不是太鲁莽了？我并不想故意这么做，但是我感到把所有想跟你讲的话都对你讲是多么舒畅，在这里我觉得十分宁静和幸福。”

“我的乔，你对母亲什么话都能说，因为我感到我的女儿们信任我，知道我是怎样爱她们，这就是我的最大最大的快乐和骄傲。”

“我想我使你伤心了。”

“没有，亲爱的。但是提起父亲使我想到我是多么挂念他，多么欠他的情，以及我应该怎样忠实地时刻注意，为把他的小女儿们管教好，照顾好。”

“可是你还是叫他去了，母亲，他走时你也不哭，而且现在从来不怨天尤人，也从来没有看到你需要任何帮助。”乔惊异地说。

“我把我最宝贵的东西奉献给了我所爱的祖国，把眼泪忍到他走了之后再流。我们两人只做了我们分内的事，并且到头来会因此而感到更幸福，那还有什么可怨天尤人的呢？如果我看来不需要帮助，那是因为我有一个比你父亲更仁慈的朋友，他会安慰我和支持我。我的孩子，你生活中的困难和诱惑正在开头，以后可能更多。但如果你能通过努力而感到天父的力量和慈爱，一如你感到生父的力量和慈爱，你就能克服和度过所有这一切。你越爱和越信赖天父，你就感到离他越近，就将越少依赖人的力量和智慧。天父的爱和照顾永远不会厌烦和改变，也不会从你那儿取走，只会成为你终生宁静、幸福和力量的源泉。全心全意地相信这个，把你的一切小小的忧虑、希望、罪恶和忧愁都交给上帝，正像你把这些无保留和信任地交给你的母亲一样。”

乔的唯一答复是把母亲紧紧抱住，并且在随后的静默中她做了最虔诚的祈祷。这使她心中宁静得一句话也讲不出来。因为在这个忧伤而又幸福的时刻，她不但已经懂得懊悔和失望的苦涩，而且懂得了自我否定和自我控制的甜蜜。由她母亲指引着，她已经更接近了那位朋友，他怀着比任何父亲更强，比任何母亲更温柔的爱来欢迎每个孩子。

艾米在睡梦中翻身和叹息。乔好像急于弥补自己的过错，以一副从来没有过的面部表情抬起头来看着。

“我老是丢不掉自己的愤怒，我不肯宽恕她，而今天要不是有劳里，可能会追悔莫及了！我怎么会可恶到如此地步？”乔倚在妹妹身边，轻轻抚摸她散在枕头上的湿头发，声音不高不低地说道。

好像听到似地，艾米睁开了眼睛，伸出双臂，微微的一笑深深印入乔的心中。两人谁也不说话，只是隔着毯子相互紧紧拥抱，在一个亲热的吻中，一切都宽恕了，一切都忘怀了。

第九章

梅格到繁华世界去

“我确实认为那些孩子刚好现在出麻疹是世界上最幸运的事。”四月里的一天梅格说，当时她正在自己的房间里收拾那只“出门”的衣箱，四周站着她的妹妹们。

“安妮·莫法特没有忘记她的诺言，可真是好极了。整整两个星期的玩乐实在是非常美妙的。”乔回答时她那长长的双臂正折叠着裙子，看来好像一架风车。

“而且天气这么好，我真为此高兴。”贝思附和着，一面在她那特地借给梅格的最好的盒子里，整整齐齐地理好领圈和发带。

“我真想也有一次享乐的机会，穿戴着这些漂亮东西。”艾米说时嘴里衔满了针，正在富有艺术性地把梅格的针垫插满。

“我巴不得你们都去，但是既然你们不能去，我回来时将把这次有趣的经历告诉你们。你们对我这样好，供给我衣物，帮助我准备一切，那也只是我最微薄的报答了。”梅格说时看了看房间里那极为朴素的行装，可在她们眼里，这简直是完美无缺的了。

“母亲从那只百宝箱里给了你什么来着？”艾米问，因为在开那口杉木箱时她没有在场。马奇太太的那只箱子里装的是一些往日的纪念品，准备在适当的时候分给女儿们作为礼物。

“一双长统丝袜，还有那把漂亮的雕花扇子和一条可爱的蓝色绸腰带。我本想穿紫绸衫的，但没有时间改做了，只得满足于我那旧的塔拉丹薄纱衫了。”

“它用在我那新布裙上非常好看，绸腰带会把它反衬得十分华丽。我真不该打碎我的那副珊瑚镯，不然你就可以戴了。”乔说。她喜欢赠送和出借，可是她的东西总是那么破旧，没多大用处。

“百宝箱里有一只可爱的老式珠饰，但是母亲说年轻姑娘最美的饰品是鲜花，而劳里答应我要多少鲜花就给我送多少来，”梅格回答，“啊，让我想想，我有一件灰色的便装——只要把我帽子上的羽毛卷起来，贝思——还有我在星期天和小型舞会穿的毛葛衫，但是春天穿显得厚了，是吧？紫色的绸衫多好看，啊，我的天哪！”

“不要紧，你有大型舞会穿的塔拉丹薄纱衫，而且你穿白的总是像天使般美。”艾米边说边看着面前一堆美好的服饰出神，这些东西她是从心底里喜欢的。

“那件塔拉丹薄纱衫不是低领的，并且长得也不够曳地，只能凑合着。我的蓝色女便装很好看，已经翻新，并且最近加过边饰，我觉得它好像焕然一新了。我的绸上衣稍嫌过了时，帽子看来不及萨莉的。我不愿过于苛求，但是我对我的伞非常失望。我向母亲要一顶黑面子白柄的，但是她忘了，给我买了顶绿面子淡黄柄的。这顶伞结实而匀称，因此我不该有什么怨言，但是我知道和安妮的金顶丝伞相比，我将感到无地自容。”梅格叹着气，很不乐意地把那顶小伞仔细端详着。

“换一顶。”乔建议。

“我不会那么傻，我也不会去伤害妈妈的感情，是她辛辛苦苦给我买来了东西。这是我的一个荒谬的念头，我不会屈从于它。使我可以告慰的是一双长统丝袜和两副新手套。乔，你是个可爱的人儿，要把你的借给我。我有两副新手套，觉得很阔气，简直有点风雅呢；两双旧的洗干净了大家用。”梅格对她的手套盒子高兴地看了一下。

“安妮·莫法特的几顶睡帽上有蓝和粉红的蝴蝶结，你也给我的睡帽弄上几个吗？”梅格问时，贝思刚从汉娜手里取来了一大堆雪白的棉布。

“不，我不弄，因为漂亮的帽子与没有任何装饰的朴素睡衣不相称。穷人不应当太打扮。”乔坚决地说。

“我不知道哪一天会快活得衣服上有真正的花边，帽子上有蝴蝶结。”梅格急切地说。

“你那天说过，只要能去安妮·莫法特家，你就心满意足了。”贝思以她通常的那种文静声气说。

“我说过！噢，我是快活，我不会烦恼的。但看来人往往贪得无厌，是吗？瞧，现在万事齐备，只缺我的舞会礼服，这个我留给母亲来装箱。”梅格说。她现在高兴起来，眼光从装得半满的箱子扫到那件熨过和补过多次的塔拉丹薄纱衫上，她郑重其事地把它称作她的“舞会礼服”。

第二天是个晴天，梅格派头十足地离家去享受半个月的新奇和充满乐趣的生活。马奇太太相当勉强地同意了这次出门做客，怕梅格会乘兴而去，败兴而归。但是她要求得这么恳切，萨莉又答应过好好照顾她，而且在一冬的恼人的工作之后，一点小小的乐趣看来令人惬意，因此母亲让步了，让女儿去尝一尝时髦生活的滋味。莫法特一家是很时髦的，单纯朴素的梅格起先真有点被那座豪华的宅邸和住在里面的人的高雅风度吓住了。但是她们虽然过着奢华的生活，却十分和善，不久就使他们的客人感到无拘无束了。或许梅格自己也不明白为什么，但她觉得他们并不特别有修养或聪明，他们的金玉其外的外表也不能完全遮盖住他们的平庸本质。饮食丰盛，坐着高级的马车来往，每天穿着华美，无所事事，只是寻欢作乐，这一切的确是非常称心如意的。这完全合乎她的心意，不久她就开始仿效她周围人们的谈吐举止，稍稍摆出一副架子和风度，谈话中夹几句法语，卷头发，缩小衣服的尺寸，并且尽她所能谈些时髦风尚。安妮·莫法特的好东西她看到的越多就越眼红，就越想发财。如今想起家里时，家显得十分寒碜和凄凉，那些活儿显得特别繁重；而尽管有新手套和长统丝袜，她仍觉得是个深受贫穷伤害的女孩子。

但是她没有太多的时间来怨天尤人，因为这三个年轻姑娘终日忙于尽情享乐。她们白天逛商店，散步，骑马，访问；晚上去剧场和歌剧院，或者待在家里寻乐，因为安妮的朋友很多，并且懂得怎样去款待她们。她的姐姐们都是很文雅的小姐，其中一个已经订了婚，梅格认为这是件非常有趣和富于浪漫色彩的事。莫法特先生是个大腹便便、爱逗乐的老绅士，同她的父亲相识。莫法特太太是个肥胖、乐天的老太太，她和她的女儿一样喜欢梅格。大家都宠爱她，管她叫“黛茜”[1]，而她禁不住有点飘飘然起来。

举行“小聚会”的那一晚来到了。她感到那件毛葛衫根本不顶用了，因为其他姑娘都穿得很单薄，显得很帅，于是她取出塔拉丹薄纱衫，但在萨莉崭新的塔拉丹面前，她那件显得越发陈旧、蹩脚和寒酸了。看见姑娘们对它看了一眼后面面相觑，梅格不由得脸色通红，因为她虽然温柔，却很自尊。没有人对她的衣服讲什么，但是萨莉自告奋勇为她梳理头发，安妮要为她系腰带，那个已订了婚的贝莱则赞美她的洁白的双臂。但是梅格在她们的一番好意之中，只看到她们对她的贫穷的怜悯。当她独自站着，而其他人笑啊，谈啊，像穿花蛱蝶似地此来彼往时，她心情十分沉重。那女仆把一盒鲜花拿进来时，她心情坏极了。她还没有来得及开口，安妮就把盒盖打开了，大家看到里面那些可爱的玫瑰花、石南和羊齿草，

1　意思是漂亮姑娘、美人儿。

都叫了起来。

“这肯定是送给贝莱的。乔治常送花给她，但是这些花特别令人心醉。”安妮大声说，把花深深地嗅了一下。

“送花来的人说，这是送给马奇小姐的。这里还有一张便笺。”女仆插嘴说时把便笺递给梅格。

“多么有趣啊！是谁送的花？不知道你还有情人。”姑娘们都叫了起来，她们怀着高度的好奇心和惊奇，纷纷围住了梅格。

“便笺是母亲带来的，而花是劳里送的。”梅格简单地说，可是心中着实感激他没有忘记她。

“噢，真的！”安妮说，做出一副调皮的样子。那时梅格把便笺放进口袋。这简直是一道可以对抗艳羡、自大和虚荣的符，因为便笺上的几句慈爱的话对她起了有益的作用，而那些花朵以它们的美丽使她的精神振作起来。

现在她几乎觉得又快活起来，把少数羊齿草和玫瑰花留下自用，把其他的花很快地编成精致的花束，给她的朋友们戴在胸前、发间或裙子上，并且以十分愉快的态度把这些花束送给她们，以致安妮的长姐克拉拉称她为“生平见过的最可爱的小东西”，大家都被她这种小小殷勤所迷醉。这种亲善的行为不知不觉地使她的沮丧消失了。当其余的人都走到莫法特夫人面前去给她看时，梅格把羊齿草别在自己的波浪形头发上，把玫瑰花别在现在看来并不那么破旧的衣服上，她在镜中看到的是一张快乐的双目晶莹的脸。

那个晚上她玩得十分痛快，舞跳得十分过瘾，每个人都对她十分亲切。她受到了三次恭维。安妮请她唱歌，有人说她的嗓音十分优美。林肯少校打听“那个有着一双美目、生气勃勃的小姑娘”是谁。莫法特先生坚持要和她跳舞，因为她“毫不拖拖拉拉，而是很有活力”——这话说得多好。因此，总的来说，她过得很愉快，但后来她无意中却听到几句谈话使她心乱如麻。那时她正坐在温室里等舞伴拿冰淇淋来，却听到花墙的另一边有个声音在问，“他多大了？”

“十六七岁吧，我想。”另一个声音回答。

“这对那些姑娘中的一个来说，是件绝妙的事情呀，是吗？萨莉说，他们现在已经非常密切了，而且老头子对他们又十分溺爱。”

“也许马奇太太有她的打算，将很好地施展策略，尽管现在还早。那姑娘显然还没有想到这一点。”莫法特太太说。

“她谎称信是她妈妈的，好像妈妈是知道这件事似的，而且当花送到时，她脸红起来。可怜的人！只要她打扮得时髦一些是很不错的。你想，如果我们主动提出星期四借一件衣服给她，她会生气吗？”另一个声音问道。

“她很自尊，但我想也不会在乎，因为她所有的只是那件邋遢的塔拉丹。她或许今晚就会把它穿破，那就可以作为我们提供给她一件像样衣裳的好借口了。”

“我们瞧着办，我想邀请年轻的劳伦斯，作为对她的一种好意，以后我们就有得取乐的了。”

梅格的舞伴来到了这里，发现她满面通红相当激动。她的确很自尊，而她的自尊此刻恰恰有用，因为这帮助她掩盖了她因听到那番话而感到的屈辱、愤怒和厌恶。她虽然天真无邪，但不可能不理解她的朋友们的窃窃私议。她想忘掉它，但是办不到，却只是一再对自己重复：“马奇太太有她的打算”，“谎称信是她妈妈的”，和“邋遢的塔拉丹”，直到她几乎哭出来，并且想跑回家去诉说她的麻烦和请教该怎么办。由于那是不可能的，她尽了最大的努力装出一副愉悦的样子；她对自己的激动掩饰得如此之好，竟没有人猜想到她正在作多大的努力。当这一切都过去之后，她十分高兴，静静地躺在床上，思索、惊讶和发脾气，直到她头也痛了，而不知不觉流下的眼泪使她的火热的脸凉了下来。那些并无恶意的无聊话为梅格打开了一个新的世界，并且大大扰乱了旧世界的平静。在那个旧世界里，直到现在，她生活得像小孩一样快活。她同劳里的天真无邪的友谊被她听到的那些无聊话所搞糟，她对母亲的信心，也有点被莫法特太太——她是以自己之心度他人之腹——说她母亲怀有世故的打算所动摇。而且一个穷人的女儿满足于穿着朴素的那种明智的决心，也被姑娘们没有必要的怜悯所削弱，她们认为衣裳破旧是天下最大的灾难。

可怜的梅格一夜没有睡好，起床时眼皮沉沉的，心中不乐，既对朋友们有点不满，也为自己没有开诚布公把话说明，没有把事情处理妥当而有点自惭。每个人那天早上都是没精打采的，直到中午姑娘们才觉得有足够的精力拿起她们的毛线活。她的朋友们一些举止马上引起了梅格的注意。她认为她们都对她更怀有敬意，对于她所说的话表示出很感兴趣，并且以显然好奇的眼光来看她。所有这一切都使梅格感到惊讶和得意，虽然她还闹不明白其中的原因，直到贝莱小姐在写字时抬起头来看她，并以一种充满柔情的神气说——

“黛茜，亲爱的，我已经送出一份请帖给劳伦斯先生，请他星期四来。我们很想认识他，这当然是对你应有的一份敬意。”

梅格脸红了，但是一种想逗逗这些姑娘的恶作剧的念头，使她假作正经地回答——

“你很客气，但是我怕他不会来。”

“为什么不，宝贝儿？”贝莱小姐问。

“他年纪太老了。”

“我的孩子，你这是什么意思？请问他多少岁数了！”克拉拉小姐叫起来。

“差不多七十了吧，我想。”梅格回答，一面数她的针数，借以掩盖她眼睛里的笑意。

“你这调皮鬼！当然我们是指那位青年。”贝莱小姐笑着叫喊。

“没有什么青年，劳里只是个小男孩。”梅格这样形容她的所谓情人时，看着那几位姐妹面面相觑的神气，不觉笑了出来。

“跟你年纪相仿。”南恩说。

“同我妹妹乔的年纪相近，我到八月就十七岁了。”梅格甩了一下头说。

“他送给你花，十分亲切，是吧？”安妮自作聪明地说。

“不错，他常常送的，送给我们大家，因为他们家中有的是花，而我们十分喜欢花。我母亲和劳伦斯先生是朋友，你知道，因此很自然我们孩子们会在一块儿玩。”梅格希望她们再也不说什么了。

“显然黛茜还没有出来参加社交活动呢。”克拉拉小姐对贝莱点了点头说。

“好一派田园式的天真无邪。”贝莱小姐耸了耸肩膀回答。

“我出去给女儿们买些东西，我能为你们效劳吗，小姐们？”莫法特太太问，她穿着满身绫罗，脚步沉重得像大象似地走了进来。

“不，谢谢你，夫人，”萨莉回答，“星期四我已有了新的紫绸衣，什么都不需要了。”

“我也不——”梅格开始说，但又住口，因为她觉得确实需要几样东西而不能得到。

“你将穿什么？”萨莉问。

“还是我那件白色的，如果我能把它补得看不出的话，这件衣服昨晚可惜被扯破了。”梅格试想讲得泰然自若，但感到很不安。

“为什么你不去向家里另要一件？”萨莉说，她不是一个感觉灵敏的少女。

“我没有别的衣裳。”梅格费力说出了这句话，但是萨莉没有看出来，她怀着亲切的惊奇大声嚷嚷：

“只有那件？多好笑啊——”萨莉没有把话说完，因为贝莱对她直摇头，并且和蔼地插进来说：

“一点也不可笑，她还没有正式参加社交活动，有很多衣服有什么用呢？不用向家里去要，黛茜，即使你有十来件也罢，因为我有一件漂亮的蓝绸衣裳，已经穿不下了，搁在那儿。你为了使我高兴一定要穿它，你肯吗，亲爱的？”

“你是一片好心，可是我不在意穿我的旧衣服，如果你没意见的话。对于我这样一个小女孩来说，它已经够好的了。”梅格说。

“让我来把你打扮入时使我自己也高兴吧。我真爱这么干，而你只要稍稍打扮一下，就会变成一位出色的小美人。在你打扮好之前，我不让任何人瞧见你，以后我们就像灰姑娘和她的教母一起去舞会似的，出其不意地出现在大家面前。”贝莱以劝说的口气讲。

对于这样好心提出的建议，梅格觉得无法谢绝，因为想看看经过打扮后她究竟会不会变成“小美人”，她接受了，而且忘掉了她以前对莫法特一家人的不快之感。

到了星期四傍晚，贝莱把自己和女仆关在房间里，两人一起把梅格变成了一位漂亮姑娘。她们卷烫了梅格的头发，用香粉搽了她的头颈和手臂，用珊瑚色唇膏涂了她的嘴唇，使它更为红润。要不是梅格坚决不肯，霍顿丝早就给她用上“一丁点儿胭脂”了。她们把她套进一件天蓝色的衣裳里，那衣裳紧得叫她连气也差一点透不过来，而且领口又这么低，使庄重的梅格看到镜子里的身影不觉两颊绯红。此外又加上一大套银首饰，像手镯、项链、胸针甚至耳环，这是霍顿丝用一些人家看不见的粉红丝线系上去的。胸前一簇香水月季花蓓蕾和一条褶边，使梅格甘愿露出她的漂亮雪白的肩部；而一双高跟的蓝绸靴满足了她内心的最后一个愿望。一块绣边的手帕，一把羽毛扇和一束有银托子的鲜花，把她打扮齐全了。贝莱小姐对她上下打量，其满足的程度就像一个小女孩看着她新穿好衣服的“娃娃”一般。

“小姐真迷人，非常好看，可不是吗？”霍顿丝嚷道，她紧握双手，装出一副狂喜的样子。

“来给大家瞧一瞧吧。”贝莱小姐说，她带头走进其他人在等着的房间里。

梅格曳着长裙窸窣有声地走在后面，她的耳环发出叮当的声音，她的鬈发波浪似地起伏，她的心怦怦跳着，仿佛觉得她的“乐事”终于真正开始了，因为镜子已经明明白白告诉她，她确实是一位“小美人”。朋友们热忱地一再重复这令人高兴的词。她足足有好几分钟站着，像寓言里的小寒鸦，以它借来的羽毛而自鸣得意，而其余的人则像一群叽叽喳喳的喜鹊交谈着。

“我去换衣服的时候，南恩，你来教她怎样照管自己的裙子和法国式鞋跟，否则她会栽倒的。拿你的银蝴蝶来，夹在她头上左侧的长发卷上，克拉拉，你们谁也不要扰乱我亲手完成的美妙的作品。”贝莱说完就急匆匆走了，她对自己的成功十分满意。

“我不敢下楼去，我觉得十分古怪而又不自然，而且没有完全穿好衣裳。”梅格对萨莉说。这时铃已响过，莫法特太太已叫人来请小姐们马上出场。

“你一点也不像你自己了，但是非常优美。我根本及不了你，因为贝莱很有鉴赏能力，我可以向你保证，你很有法国风度。让你的花就这样挂着，不要太注意它们，千万别摔跤。”萨莉答道，尽量装出不以梅格比她漂亮为意。

梅格把这些告诫小心地记在心里，安然下了楼，迅速进入起居室，莫法特太太和好几位早到的客人已聚集在那里。她很快就发现，漂亮的衣服有一种魅力，能吸引某一类人，获得她们的尊敬。有几位年轻的小姐，她们以前根本不注意她，突然对她充满了深情；几位年轻的少爷，在上次舞会上只是盯着她看，现在不但盯着看，而且要人家把自己介绍给她，对她讲了各式各样愚蠢而又令人愉快的话；几位坐在沙发上对其他人正在评头品足的老太太，也怀着兴趣打听她是什么人。她听到莫法特太太对其中的一位这样回答：

“黛茜·马奇，父亲是陆军中的一位上校，他们是一个世家，但经济情况不好，你知道；劳伦斯家的知交；我可以向你保证，是个可爱的小东西，我的奈德对她简直要发疯了。”

“天哪！”那老太太说，戴上眼镜再把梅格观察一下。梅格装作没有听见，但心里对莫法特太太的谎言感到相当吃惊。

“奇怪的感觉”没有消失，但她想像自己在演一位漂亮小姐的新角色，于是也就应付裕如，尽管衣服紧得使她胁部疼痛，而长长的裙裾又不断绊她的脚，她还怕耳环会滑落，弄得不是找不到就是碎掉。她正挥着扇子，对一位少爷为显示机智而讲的一个乏味笑话感到好笑，突然，她笑容消失，显得慌乱起来。因为在她对面，她看见了劳里。他正带着毫不掩饰的惊异神情盯着她，并且她认为还有不以为然的意味。因为他虽然向她躬身微笑，但在那正直的眼神里有某种东西使她脸红，并且但愿她穿的仍是她的旧衣服。更使她慌乱的是，她看见贝莱用肘轻轻碰了安妮一下，两人的眼光从她转到劳里身上。她高兴地看到，这会儿的劳里更是出奇的孩子气和怕难为情。

“愚蠢的家伙，把这些想法塞进我的头脑里！我才不管它呢，也不会让它改变我一丝半毫。”梅格想着，急忙走过房间去和她的朋友握手。

“你来了我很高兴，我本担心你不来呢。”她以十足的大人气说。

“乔要我来的，还要我告诉她你外表如何，因此我就来了。”劳里回答时没把眼睛转向她，尽管对她那母亲似的口气感到好笑。

“你将告诉她什么？”梅格问，心中急于知道他对她的评价如何，可是又觉得在他面前第一次这样不安。

“我将说我认不出你来，因为你看来这么大人气，并且不像你自己，我很怕你。”他说道，一面摸弄着自己手套上的纽子。

“你多荒唐！姑娘们为了逗乐把我打扮起来，而我也相当喜欢。要是乔看见了我，她不会盯着我看吗？”梅格说，想使他说出他究竟认为她有没有长进。

“我想她会的。”劳里严肃地回答。

“你喜欢我这样吗？”梅格问。

“不，我不喜欢。”劳里生硬地回答。

“为什么不？”语调很焦急。

他对她的满头鬈发，赤裸的肩膀，和点缀得光怪陆离的衣服瞥了一眼。他先前的回答里已完全没有他平时的那种礼貌，但他现在这表情更比那回答使她羞愧难言。

“我不喜欢炫耀。”

一个年纪比她小的孩子说出这句话，对梅格来说，实在是太难堪了；梅格走了开去，恼怒地说：

“我从没见过像你这么无礼的男孩子。”

她觉得自己大大地被触怒了，就跑开去站在一扇僻静的窗旁，让她的双颊凉下去，因为那紧身的衣服使她的脸色变得异常光彩焕发。当她站在那里时，林肯少校打她身边走过，不久以后，她听到他对他母亲说：

“他们愚弄了那个少女，我本想让你看看她，但是他们把她打扮得太不像话了；今晚她只是个布娃娃。”

“哎呀！”梅格叹道，“我先前真该有点头脑，要是现在仍穿着自己的衣服该多好，那样我就不会使别人感到讨厌，自己也不至于感到这样不舒服和羞愧。”

她把头靠在冰凉的玻璃窗上，站在那儿让窗帘半遮着身子，不管她所喜爱的华尔兹已经开始。直到有人碰了碰她，她转身一看是劳里，只见他面带悔意，深深一鞠躬，伸出手来，说道：

“请原谅我的无礼，来同我跳舞吧。”

“我怕这会使你很不愉快的。”梅格说时力图装出生气的样子，但是完全失败了。

“一点也不，我渴望同你跳舞。来吧，我会愉快的，我不喜欢你这长裙，但是我认为你——真是太漂亮了。”他挥了挥手，好像说话还不足以表达他的敬慕之心。

梅格微微一笑，软下来了。当他们站在那里等起舞的时机时，她低声说：

“当心别踩在我裙子上滑倒了。它是我生活中的灾祸，我穿它简直是一只笨鹅。”

“把它用别针扣在你的脖子上，那样就好了。”劳里边说边俯视那双小巧的蓝靴子，显然对这个很赞赏。

他们跳起舞来，跳得轻灵而优美。由于在家里曾练习过，两人配合得很好。这对快乐的年轻人兴高采烈地转了又转，在一场小小的口角之后，觉得彼此更为友好，令人看了着实愉快。

“劳里，我要你帮我一个忙，肯吗？”梅格说时，他正站着给她打扇，那时她气也接不上来，虽然她不会承认是为了什么。

“我会不肯吗！”劳里马上恳切地说。

“请别把关于我今夜所穿衣服之事告诉我家里人。她们不会理解这个玩笑的，而且这将使母亲担心。”

“那么你为什么这样做呢？”劳里的眼神里明摆着是这意思，梅格急忙补充说：

“我自己会把事情全告诉她们的，会向妈妈‘坦白’自己的愚蠢。但这事我宁可自己来做，因此你不要讲，肯吗？”

“我保证不讲，不过要是她们问我，我怎么说呢？”

“只要说我看来很好，玩得很开心。”

“第一句话我会全心全意这么说的，但是第二句怎么样呢？看来你不像过得很开心；现在你开心吗？”见到劳里眼光中的表情，梅格低声回答道：

“不，现在不开心。别以为我是讨厌透顶的东西，我不过想获得小小一点乐趣罢了，但我发现这种乐趣没有什么好处，我也对它厌烦了。”

“奈德·莫法特来了，他要干什么呢？”劳里说时紧锁着黑黑的双眉，好像他并不认为这个小东道主能为舞会生色。

“他要求跳三次舞，我想他现在要来找我跳了。真讨厌！”梅格做出一副没精打采的样子，使劳里感到十分有趣。

劳里直到晚饭时才重又跟她讲话，那时他看见她同奈德和他的朋友费希尔一起喝香槟酒，这两人表现得正如劳里对自己说的那样，“像一对傻瓜”。因为劳里觉得自己有一种弟兄般的权利，该照看马奇家的人，在她们需要“卫士”时为她们去斗争。

“你那种酒喝多了，明天一定会头痛如裂。我不愿意你这样，梅格；你母亲也不喜欢，这你知道。”趁奈德转身为她斟酒，费希尔俯身为她拾扇子，劳里靠在她的椅背上悄悄地说。

“今晚我不是梅格，是个‘布娃娃’，专干蠢事，明天我将丢掉我的‘炫耀和虚荣’，重新循规蹈矩做人。”她回答着，勉强轻轻一笑。

“那么但愿明天马上就到。”劳里咕哝着走开，对她出现的变化非常不悦。

梅格跳舞，卖俏，喋喋不休和咯咯傻笑，一如其他姑娘。晚饭后，她跳舞步复杂的德国交际舞，跳得跌跌撞撞，差点使舞伴被她的长裙弄得摔倒，蹦跳嬉戏得使劳里产生了反感。他站在一旁看着，默默地在打一篇训诫的腹稿，但他没有机会把它讲出来，因为梅格一直避着他，直到劳里来道晚安。

“记住！”她说时勉强一笑，因为如裂的头痛已经开始了。

"守口如瓶。"劳里回答，他夸张地挥挥手就走了。

这一出小小的穿插演出刺激了安妮的好奇心，但梅格太困了，没力气再闲谈，就上床睡了。她觉得好像参加了一次化装舞会，没有得到自己预期的诸般乐趣。第二天她不舒服了一整天，到了星期六她就回家，感到已在繁华世界中待得太久了。

"安安静静而不终日处于社交礼仪之中，的确是舒适的。家里是个好地方，虽然没有那样五光十色。"那天晚上梅格同母亲和乔坐在一起，她悠闲地环视了一下之后说。

"听到你这么讲，我很高兴，亲爱的，因为我曾担心，你住过好房子之后，这个家在你眼里就显得寒酸了。"母亲答道，那天她好几次以忧虑的眼光看着女儿，因为母亲的眼光能很快察觉孩子们脸上的任何变化。

梅格曾欢快地讲过她的这次经历，一再讲她度过了多么美好的时光。但似乎总有什么事压在她心头，一等小妹妹们去睡觉了，她就坐着若有所思地凝视炉火，一声不吭，显得心事重重。钟打九点时，乔建议上床睡觉，梅格突然从椅子里站了起来，坐在贝思的小凳子上，把肘部搁在母亲的膝上，勇敢地说：

"妈妈，我要'坦白'。"

"我料到如此，是什么事，亲爱的？"

"我要走开吗？"乔谨慎地说。

"当然不要，我不是总把一切事情都告诉你的吗？在小妹妹面前我说不出口，但是我要你们知道我在莫法特家做过的所有糟糕透顶的事。"

"我们是有准备的。"马奇太太微笑着说，但是脸上也不无担忧。

"我告诉过你们，她们给我精心打扮了，但没告诉过你们，她们替我搽粉，束腰和卷头发，使我看来像穿着时髦的人。劳里认为我不合适；我知道他确是这样想的，虽然他没有这么说。有个男人称我为'布娃娃'，我知道我这么做是愚蠢的，但是他们奉承我，说我是美人，还有大量的废话，因此我让他们愚弄了我。”

“就是这些吗？”乔问。那时马奇太太默默地看着她那美丽的女儿低垂的脸，内心觉得不能责怪她那些小小的傻事。

“不；我喝了香槟酒，并且蹦跳胡闹，要想卖俏，总之极端可恶。”梅格自谴自责地说。

“我想还有些别的事。”马奇太太抚摸女儿的嫩脸；当梅格慢慢地回答时，这脸突然变得绯红。

“是的，这是非常愚蠢的，但我要把它讲出来，因为我痛恨人家讲到和猜测关于我们和劳里那些事。”

于是她讲了她在莫法特家中所听到的各种闲言碎语，而在她讲的时候，乔看见母亲紧紧抿住嘴，好像为梅格的童心里装进了这种事而感到不快。

“啊，这真是我所听到的最大的屁话，”乔愤慨地大叫，“你为什么不跳出来，当场对他们这么说呢？”

“我不能，这使我非常为难。最初我禁不住要听，尔后我非常生气和羞愧，竟忘了我是应该走开的。”

“只要等我再看到安妮·莫法特，我将让你们看看怎么样来驳回这种无聊话。竟以为有‘打算’，以为劳里有钱，以后又可能娶我们，因而才对他好！我把那些蠢东西说我们这些可怜孩子的话告诉他，他不要大叫起来吗？”乔笑了，好像把这些话再想了一遍后，觉得这简直是绝妙的笑话。

“假如你告诉劳里，我决不会饶恕你！她决不能说，是吗，母亲？”梅格满面苦恼地说。

“对，不要重复那些无聊话，尽快忘掉它，”马奇太太严肃地说，“我让你到那些我很少了解的人们中去——他们可能很友好，但毕竟俗气而缺乏教养，满脑子的关于年轻人的庸俗思想——这是我很不明智的地方。对于这次访问可能给你造成的危害，我的懊悔心情是难于言表的，梅格。”

“不要懊悔，我不会让它伤害我的。我将把所有坏的忘掉，只记住好的。因为我确实享受到很大的乐趣，并且十分感谢你让我去。我不会伤感和怏怏不乐，母亲。我知道我是个蠢姑娘，我将依依于你膝下，直到我能够照料自己。可是被人赞美和爱慕的确很舒服，我不得不说我是喜欢这样的。”梅格说，看来对坦白有些难为情。

“这是十分自然而且无害的，只要这种喜欢不变成为渴望，不使姑娘家干出不合身份的蠢事。要学会分辨和珍惜那些值得享有的赞美，要学会不但以自己的美丽，而且以自己的端庄赢得品质高尚的人的爱慕，梅格。”

梅格坐着深思片刻，而乔背着手站在那里，显得既感兴趣又有点困惑。因为见到梅格红着脸讲起爱慕、情人以及诸如此类的事，这颇为新鲜。乔好像感到在那两个星期里，姐姐已经惊人地成长起来，正在离开她，飘向一个她无法跟去的世界。

“母亲，你有‘打算’吗，像莫法特太太所说的那样？”梅格羞赧地问。

“有的，亲爱的，我有许许多多。所有的母亲都有的，但是我的恐怕与莫法特太太的不完全一样。我来告诉你们几个打算。因为现在正是时候——在一个非常严肃的问题上，现在说句话也许就能使你们富于浪漫色彩的小脑袋和心思健康地发展。你还年轻，梅格，但不是年轻得理解不了我的话。对你们这样的姑娘，让母亲来谈这一类事最合适。乔，或许不久也该轮到你了，因此也听听我的‘打算’，如果觉得这些‘打算’好，那就帮助我实现它们。”

乔走过来坐在椅子的扶手上，那表情就好像她们就要参加什么隆重的事件似的。马奇太太搀着两人的手，若有所思地注视着两张年轻的脸，以她那严肃而又活泼的神情讲道：

“我要我的女儿们美丽、多才多艺而又善良，为人所羡慕、敬爱和尊重；有一个欢乐的少年时期，幸福而明智地结婚，过有益而愉快的生活，并且如果上帝允许，尽量少受忧虑之苦。能被一个品德优良的男子所爱慕和选中，是一个女人能遇到的最好和最甜蜜的事。我衷心希望女儿们能有这样美好的机遇。梅格，想到这类事是自然的，希望和期待它也是对的，为这做好准备更是明智的。这样，当那幸福的时刻到来时，你可能感到对应尽的责任有了准备，对那份欢乐受之无愧。我亲爱的女儿们，我对你们的确大有期望，但是不要你们在世界上出人头地——别只是因为人家有钱或有豪华的宅邸，就嫁给他，因为缺乏爱的宅邸算不了家。金钱是必要而珍贵的——如果使用得当还是高尚的——但我不愿你们把它看作是争取的首要或唯一的目标。我宁愿你们做穷人的妻子，只要你们享受到丈夫的爱，感到幸福和满足，而不要你们坐在宝座上，当一个没有自尊和安宁的王后。”

“贝莱说过，穷姑娘毫无机会，除非她们自己站出来。”梅格叹道。

“那么我们就当老处女。”乔勇敢地说。

“对的，乔，与其做不幸福的妻子或当有失身份到处找丈夫的姑娘，还不如当幸福的老处女好，”马奇太太坚定地说，“不要忧虑，梅格，贫穷很少会吓倒真正的情人。我所认识的有些最优秀和受尊敬的女人是穷人的女儿，但是她们既这样地值得人爱，人们哪能让她们做老处女呢。把这些事留待将来再谈吧；使这个家快乐，这样将来你们可以适应你自己的家，如果有这样的家提供给你们；如果没有这样的家提供给你们，也可以满足于现状。记住一件事，女儿们：母亲是永远准备做你们的知心人的，父亲是永远准备做你们的朋友的，我们两人都相信和希望，我们的女儿不论是结婚或独身，都将是我们生活里的骄傲和慰藉。”

马奇太太给她们道晚安时，两姐妹全心全意地叫道，“我们会记住的，我们会的！”

第十章

匹克威克俱乐部和邮政局

春天到来后，一批新的娱乐活动时兴起来，而渐长的白昼使下午的时间里可以做各式各样的工作和游戏。花园要整理，每一个姐妹都有这小小园子的四分之一土地供她随意使用。汉娜常说，“我一看小花园里种的希奇古怪的玩意儿，就知道哪一块是谁种的。”她说得对，因为姑娘们的爱好正如她们的性格那样各不相同。梅格的地里种的是玫瑰花、天芥菜、加州桂和一棵小橙树。乔的花床里种的东西每个季节都不一样，因为她总是在做试验；今年种的是向日葵，她用这类欣欣向荣的植物的种子喂“母鸡大婶”和她的一群小鸡。贝思在她的园地里种的是传统的香花——香豌豆和木犀草花、飞燕草、石竹花、三色紫罗兰和青蒿，还有为鸟儿种的繁缕和为猫种的假荆芥。艾米的园地上简直像有个遮荫棚——相当小，像一条蠼螋，但是很美观——只见鲜艳的忍冬花和牵牛花密匝匝地盘绕和攀援其上；还有高高的白百合，娇嫩的羊齿草以及会开花的许多鲜艳夺目的植物。

在晴朗的日子，她们从事园艺工作、散步、在河上划船和搜寻花卉；

雨天在室内做游戏——有老的，有新的——但多少总有点别出心裁。其中有一种游戏是“P. C.”[1]。因为那时盛行秘密结社，大家认为也应该有一个；由于四姐妹都爱读狄更斯的作品，她们就自称为“匹克威克俱乐部”。除了少数几次间断外，她们已经把这个俱乐部维持了一年。每星期六，她们在宽敞的顶楼里聚会。在这种时候，她们的仪式如下：在放有一盏灯的桌子前放着一排三只椅子；桌上还有四个白布条标志，上面写有不同颜色的“P. C.”两个大字；另有一份被称为《匹克威克作品选》的周报，大家都为它写点东西，而爱舞文弄墨的乔是编辑。七点钟，四位成员登上俱乐部活动室，把白布条系在头上，极为郑重其事地就座。年岁最长的梅格当塞缪尔·匹克威克；乔由于擅长文学，是奥古斯塔斯·斯诺德格拉斯；贝思因为脸又圆又红，是特蕾西·塔普曼；而艾米总是想干力所不及的事，是纳撒内尔·温克尔。主席匹克威克读报，报的内容是许多创作的故事、诗歌、本地新闻、滑稽可笑的广告以及各种提示，用来善意地提醒彼此的错误和缺点。有一次匹克威克先生戴上一副没有镜片的眼镜，敲击桌子，咳嗽一声，狠狠地盯视着斯诺德格拉斯先生，因为他斜靠在他的椅背上，直到他改正了坐相。然后主席开始宣读：

《匹克威克作品选》

一八　　年五月二十日

诗人之角

周　年　颂

又一次我们见面来庆祝，

带着标志举行严肃的仪式，

1　即“匹克威克俱乐部”的英文缩写。

我们的五十二个周年，
　　今夜相聚在匹克威克大厅。

我们在这里身体完全健康，
　　谁也没有脱离我们小小的一帮，
又一次我们见到彼此熟悉的脸，
　　并且互相友好地握手。

我们的匹克威克永远在他的岗位上，
　　我们向他致以崇高的敬意，
当他眼镜耷拉在鼻子上，宣读
　　我们内容充实的周报。

虽然他有点儿伤风，
　　我们很高兴听他讲话，
因为他讲的是明智的话语，
　　虽则他的嗓音嘶哑。

高大的老斯诺德格拉斯昂然出现，
　　风度有大象一样优雅，
一张古铜色的欢愉的脸
　　微笑在人们面前。

他眼睛里闪烁着炽热的诗情，
　　他与命运作斗争，
瞧他眉宇间的抱负，
　　再看他鼻子上的一个斑点！

然后又来了我们安宁的塔普曼，
　　又红，又胖，又甜蜜，
他听到双关的妙语笑得透不过气，
　　并且从座位上滚了下来。

一本正经的小温克尔也在这里，
　　每根头发都各在其位，
他是个一丝不苟的样板，
　　虽然他讨厌洗他的脸。

一年已经过去，我们仍然团聚在一起，
　　闹啊，笑啊，谈啊，
踏上了文学的道路，
　　它真能引向光荣之途。

愿我们的报纸永远繁荣，
　　我们的俱乐部永不散伙，
朝这有益、欢乐的匹克威克俱乐部，
　　未来的岁月涌来祝福。

A. 斯诺德格拉斯

蒙面婚礼

威尼斯故事

一只只游艇划到大理石的台阶旁，卸下可爱的乘客，让他们加入挤满了德·阿台隆伯爵家豪华大厅里的衣着华丽的人群。骑士们和贵妇人们，小精灵们和侍童们，僧侣和新娘前撒花的小女孩们，大家欢乐地混杂在一起跳舞。空气中洋溢着甜蜜的人声和华美的曲调；化装舞会就这样随着欢笑和音乐继续下去。

“殿下今晚见过维奥拉小姐吗？”一个风流倜傥的抒情诗人向挽着他手臂飘然来到大厅的仙后问道。

“看见过，她不是很可爱吗？虽然她是这样地悒悒寡欢！但她的服装是精心挑选的，因为一星期后，她就要和她深恶痛绝的安东尼伯爵结婚。”

“说真的，我羡慕他。他从那边来了，除了一个黑面具外，打扮得像个新郎。当那个面具卸掉后，我们可以见到他怎样凝视这位美丽的姑娘；虽然她的严厉的父亲把她许给了他，他却未能赢得她的芳心。”抒情诗人答道。

“据传她爱的是一位年轻的英国艺术家，他追随她的芳踪，可是被那个老伯爵一脚踢开了。”他们加入跳舞时，那位仙后说。

当一位教士出现时，狂欢达到了高潮。他把这一对年轻人引到一个挂着紫色丝绒的凹室里，示意他们跪下。欢乐的人群顿时鸦雀无声，只有喷泉的潺潺声和沉睡在月光下的橙林的瑟瑟声打破了寂静。德·阿台隆开口道：

“各位大人和夫人，请原谅我用计使你们到这里来参观我女儿的婚礼。神父，我们等着你主持仪式。”

大家的眼睛都转向新郎和新娘。人群中一片惊奇的低低咕哝声，因为新郎和新娘都不脱下面具来。人人心中满怀着好奇和不解，但是由于敬重主人，大家都不出声，直到婚礼完毕，随后急切的观礼者把伯爵团团围住，请他解释。

“如果我能解释，我自然乐于这么做，但我只知道这是我那羞怯的女儿维奥拉的怪主意，而我也依了她。现在，我的孩子们，让这出戏结束了吧，脱掉面具，来接受我的祝福。”

但是两人都不跪下。年轻的新郎回答的语调使所有的人都感到吃惊，而当面具拿下时，露出的那个高贵脸庞竟是那艺术家情人费迪南德·德弗罗。可爱的维奥拉焕发着喜悦的美丽之光，正倚在佩有一颗英国伯爵勋章的胸脯上。

“大人，我能够自豪地说，我的地位和财产不亚于安东尼伯爵，但你却不屑一顾地看待我向你女儿的求婚。我可以作更大的夸口，因为当德弗罗和德凡雷伯爵以他古老门阀和无数财富来换取这位现在已成为我的妻子的允诺时，即使是你那野心勃勃的灵魂也难以拒绝。”

伯爵呆呆地站着，好像变成了石头，费迪南德以一个胜利的欢笑，转向莫名其妙的人群，又说道：“对于你们，我的风流的朋友们，我只能祝愿你们在求爱时也得到我这样的辉煌成功，赢得的新娘也同我在这蒙面婚礼上赢得的新娘一样美丽。”

S. 匹克威克

为什么匹克威克俱乐部好比巴别城的通天塔[1]？因为它多的是七嘴八舌的会员。

南瓜的历史

从前有个农人在花园里栽下一颗小小的种子，过了不久，种子发芽，变成了一根藤，并且结出许多南瓜。在十月里的一天，当南瓜成熟时，他采了一个，拿到市场上去，一个蔬菜铺里的人买了这个南瓜，把它放在铺子里。同一天的早晨，有个棕帽蓝衣、圆脸塌鼻的小姑娘来这铺子，买了这南瓜给妈妈；她把它拖到家里，切开后放在大锅里煮。然后捣烂了一部分，加上了盐和黄油，作为午餐；在剩下来的南瓜里，她加了一品脱牛奶、两只鸡蛋、四匙糖、肉豆蔻以及几块饼干后，一起装在一只深深的罐子里，直烤到颜色变成棕黄，可以食用。第二天这南瓜被姓马奇的一家人所吃掉。

T. 塔普曼

匹克威克先生，阁下：

我写这封信给你是谈一个罪人的罪我的意思是一个名叫温克尔的人在这俱乐部里用笑声捣蛋而且有时不肯在这份优美的刊物上写文章我希望你能够宽恕他的坏行为并且容许他送上一个法国寓言因为他有很多的功课要做没法动脑筋写作将来我决

1 巴别城的通天塔，见《圣经·创世记》第 11 章。巴别城的人本想造一座通天的塔，由于上帝变乱了他们的语言，这塔终未建成。

心设法抓紧时间准备几篇那将是很 commy la fo[1] 意思是得体的可我现在很匆忙因为快到上学的时间了。

敬此，

N.温克尔

〔上面是一则对于过去错误的颇有男子气概而且大方的检讨。如果我们的年轻朋友研究过标点符号，那么这文章就很好了。〕

一件可悲的意外

上星期五，我们听到底层的一声强烈震动，接着是痛苦的呼喊声，大家大吃一惊。当我们全体冲进地窖时，发现我们亲爱的主席平躺在地上，他是在去拿柴火时失足摔的。展现在我们眼前的是一幅乱七八糟的景象，因为匹克威克在摔跤时，头部和肩部撞进了一盆水里，把一小盆肥皂水打翻在他那男子气概的身上，衣服也扯坏了。在把他搬离这一危险境地后，发现他除擦伤几处皮肤外，没有受到什么伤害；并且我们乐于补充说明，他现在情况良好。

编者

讣告

这是我们的痛苦职责，来记载我们珍爱的朋友噼·啪·雪球太太的突然而神秘的失踪。这只可爱而被爱的猫是一大批热心而爱慕的朋友的宠物。因为她的美吸引大家的眼睛，她的风姿和德行使她为大众所热爱，而她的失踪使整个社区深感哀痛。

她最后一次被看到时，是坐在大门口看守着屠户的小车。恐怕某个歹徒为她的

1　commy la fo 为法语 comme il faut(恰当地、得体地)之误。

妩媚所诱惑，卑鄙地把她偷走了。好几个星期过去了，但她依然踪迹杳然。我们放弃了一切希望，在她的篮子上结了一根黑绸带，搬掉了她的食盆，并把她当作一个与我们永别的人而为她哭泣。

一个同情的友人送来了下面的瑰宝：

哀　歌

为噼·啪·雪球而作

我们悼念丧失了的小宠物，
　　为她的不幸命运而叹息，
因为她再也不会坐在炉火旁，
　　再也不会在旧的绿色大门口玩耍。

她的婴儿所睡的坟墓，
　　是在栗树的下面；
但我们没法在她的坟墓上哭泣，
　　我们不知道坟在哪边。

她的空床，她的搁置一旁的皮球，
　　再也不能见到她；
没有轻轻的拍击，没有深情的咪咪声，
　　能在客厅里被听到。

另一只猫来捕捉她的老鼠，
　　那是一只满面肮脏的猫；
她不像我们的宠物那样捕捉，

也不以她那飘逸的姿态来玩耍。

她偷偷的脚步践踏着
雪球常在那儿玩的门厅，
但她只会对狗儿们吐唾沫，
而我们的雪球却勇敢地把它们赶跑。

她有用而温和，总是尽她的全力，
但是她不好看；
我们不能把你的位子给她，亲爱的，
不能像崇拜你那样崇拜她。

A. 斯诺德格拉斯

布告

奥兰锡·勃勒加奇小姐颇有造诣，是位有独立见解的演讲者。下星期六晚上的经常节目结束后，她将在匹克威克大厅作题为“妇女及其地位”的著名讲演。

将在厨房举行周会，教年轻的小姐们烹调，由汉娜·布朗主持，请大家出席。

畚箕协会将于下星期三开会，并在俱乐部大楼二楼游行，所有会员必须身穿制服于九时正肩扛扫帚到会。

贝思·彭塞太太下星期将开办她的布娃娃女帽新品种展览。最新的巴黎时新式样业已到达，敬请预订。

在几星期内，巴恩维尔大剧院将上演一出新戏，它将超过美国舞台上所有演出的剧目。《希腊奴隶，一名复仇者康斯坦丁》就是这出激动人心的戏的名称！！！

提示

要是匹克威克不在手上擦这么多肥皂，就不会老是在早餐时迟到了。请奥古斯塔·斯诺德格拉斯勿在街上吹口哨。请塔普曼勿忘了艾米的餐巾。请温克尔切勿由于衣服上没有九个褶而发愁。

每周报告

梅格——良。

乔——劣。

贝思——优。

艾米——中。

当主席读完周报(我谨向读者保证，这是由真正的姑娘们所写的一种真正的文本)，掌声四起，随后斯诺德格拉斯先生站起来提一建议。

“主席和各位先生，”他以一种议会中的态度和语调开始说，“我想建议吸收一个新会员——此人很应该享受此项荣誉，他对能成为会员将深为感激，并将使本俱乐部大为生色，增进刊物的文学价值和无限的欢乐和友好。我建议让西奥多·劳伦斯先生当我们俱乐部的名誉会员。来吧，我们一定要接纳他。”

乔的语调突然改变，姐妹们都笑了；当斯诺德格拉斯坐下时，大家脸上都很急切，但没有一个人发言。

“我们将把提议付诸表决，”主席说，“所有赞成这提议的人请说‘赞成’。”

斯诺德格拉斯高声作出反应，使大家惊奇的是，接着是贝思怯生生地作出了反应。

“反对的人说‘不赞成’。”

梅格和艾米是反对的；于是温克尔先生以极优雅的态度站起来说：“我们不要男孩子，他们只会讲笑话和乱蹦乱跳。这是女士们的俱乐部，我们希望能清静自在和循规蹈矩。”

“我怕他会笑我们的周报，以后还会把我们当作笑柄。”匹克威克说时用手扯她额前的鬈发，她在犹疑不决时总是如此。

斯诺德格拉斯站起身来，态度十分认真。“先生，我以绅士的身份向你保证，劳里不会干那种事。他喜欢写作，他会给我们的稿子增色，使我们不致流于多愁善感。你懂得吗？我们可以为他效劳之处很少，而他却给了我们这么多的帮助，我认为我们能为他做的事至少就是为他在这里提供一席之地，而且在他来的时候欢迎他。”

这一有关大有好处可得的巧妙暗示，使塔普曼站起来发言，看来他已经下定了决心。

“对，我们应该这么做，即使我们心有疑惧。我说他可以来，他的爷爷也可以来，如果他喜欢来的话。”

贝思的这一热情洋溢的突然发言，震动了整个俱乐部，乔离座去与她握手，表示赞同。“那么现在重新投票吧。每一个会员要记得这是我们的劳里，并且说‘赞成！’”斯诺德格拉斯激动地喊叫。

“赞成！赞成！赞成！”马上有三个声音回答。

“好！祝福你们！现在，正像温克尔很有特色的那句话一样，最重要的是‘抓紧时间’，请容许我引见这位新会员。”随后，使俱乐部里其他会员惊愕的是，乔一下子拉开了壁橱的门，只见劳里坐在一只碎布袋上，而且因为憋住不笑，弄得满面通红，两目闪闪有光。

“你这无赖！你这叛徒！乔，你怎么能这样？”三个姑娘叫道，那时斯诺德格拉斯胜利地带进她的朋友，并且拿过一张椅子和一个标志，使他马上就任。

“你们这两个流氓的镇静可真了不起呀，”匹克威克先生试图皱起一副可怕的眉头，却只能露出和蔼的微笑。但是这位新会员对这一场面应付裕如。他站起身来，对主席行了个礼，表示感谢，并以十分动人的态度说道，“主席先生和女士们——请原谅，是绅士们——请允许我自我介绍，我叫萨姆·韦勒，是这俱乐部的卑微的仆人。”

“妙！妙！”乔用她炭炉的柄敲着桌子喊道。

“我的忠诚的朋友和高贵的庇护人，”劳里摆了摆手继续说道，“他虽这样过誉地介绍了我，却不该为今夜的卑劣诡计受到责难。计划是我订的，她只是在许多恳求之后才同意的。”

“好啦，不要把一切责任都往自己头上堆吧。你知道是我提出藏在壁橱里的。”斯诺德格拉斯插进来说，她正为这个玩笑而洋洋得意。

“别听她说的。我是做这件事的坏蛋，先生，”这位新会员说时像韦勒那样对匹克威克先生点了下头，“但是我以我的荣誉保证，以后我决不再犯，并将为这个名垂史册的俱乐部的利益专诚效劳。”

“听呀！听呀！”乔大声叫道，一面把炭炉上的盖子敲得像铙钹那么响。

“讲下去，讲下去！”温克尔和塔普曼说，而主席和善地鞠了一躬。

“我只是想说，为了对你们给我荣誉一事略表谢意，也为了能促进邻邦之间的关系，我已在花园南角的树篱上建立了一所邮局。这是一座优美而宽广的建筑物，门上装了锁，还有便利邮件[1]——或女性，如果我可以这样说的话——的设施。这本来是一只旧的燕巢[2]，但是我把门堵塞

1 原文mail(邮件)与male(男性)一字同音，故下文接着说“或女性……”，这是劳里的俏皮话。

2 估计是人们为燕做的木箱，让燕来做窝。

了，使屋顶敞开，因此它可以容纳各种东西，并且节约我们宝贵的时间。信、稿件、书籍以及包裹可以在那里传递。并且由于每个国家有一把钥匙，我想它会非常合适。请允许我送上俱乐部用的钥匙，并且感谢大家的盛情，请允许我就座。”

当韦勒先生把一把小小的钥匙放在桌子上而慢慢坐下时，掌声响起来，炭炉被乱敲而摇晃，隔了好久，秩序方得恢复。接着进行长时间的讨论，每个人都表现出色，因为每个人都竭尽所能。因此会议开得非常有声有色，散会时已到深夜，大家还为这位新会员尖声欢呼了三次。

没有人为接纳萨姆 · 韦勒为会员而感到遗憾，因为他是任何一个俱乐部所能拥有的最为全心全意、循规蹈矩和兴高采烈的会员。他确实为会议“生色”，为文章“增光”，因为他的讲演使听者震动，而他写的文章优美，具有爱国热忱、古典风格，而且风趣幽默、激动人心，但从不多愁善感。乔把他的作品看作可与培根、密尔顿或莎士比亚的作品相提并论，并认为他的作品使她产生要改写自己的文章的想法，并取得了很好的效果。

那个邮政局是个顶好的小机构，业务很发达，因为从它那里传递的各种稀奇古怪的东西，同邮局里传递的几乎一样多。悲剧剧本和领巾，诗和泡菜，园花种子和长信，乐谱和姜饼，橡皮套鞋和请柬，还有指责信和小狗。老绅士喜欢这种乐趣，并且以寄送奇特的包裹、神秘的信息以及滑稽的电报来自娱。他的园丁则被汉娜的魅力弄得神魂颠倒，居然递过一封情书托乔转交。在那秘密暴露时，她们大笑一通，因为她们永远想像不出，在未来的岁月里那小小邮局究竟能装得下多少情书！

第十一章

试　验

“六月一日！金家明天都要到海滨去，我就空了。三个月的假期——我将怎样享受一番呀！”梅格回家时高声说。那是个暖和的日子，她接着就发现乔完全筋疲力尽地躺在沙发上，贝思替她脱掉肮脏的靴子，而艾米正在为大家准备提神的柠檬茶。

“马奇叔婆今天走了，啊，为此而高兴啊！”乔说。“我怕得要死，生怕她要我和她同去；如果她要我去的话，我倒会觉得我是应该去的。但你知道，普伦菲尔德就像教堂墓园那样乏味，因此我很乐意免了这趟差使。我们为打发那个老太太走着实忙乱了一阵子，每次她跟我讲话，我总是胆战心惊，因为我急于把事做完，就显得特别卖力、殷勤，所以怕她会觉得少不了我。我一直哆嗦着，直到她稳稳当当坐进了马车为止。最后我还是吃了一惊。车都走了，她还伸出头来说，‘约瑟芬，你要不要——？’我没听她再说什么，狼狈地转身就跑。我真是一个劲儿奔起来，急忙转过街角，在那里我才放下心来。”

“可怜的老乔！她进来时像熊在追赶她。”贝思带着母亲般的神情，捧住了姐姐的双足。

“马奇叔婆是名符其实的海蓬子[1]，可不是吗？”艾米说，一面挑剔地品尝着柠檬茶。

“她的意思是吸血鬼，不是水草；但这没有关系，天气这样热，也不去对谁的话咬文嚼字了。”乔咕哝着。

“你将怎样消磨假期？”艾米机灵地换了个话题。

“我要睡懒觉，什么事也不干，”梅格从摇椅深处发出回答，“整个冬天，我从床上被叫醒，不得不终日为别人工作。因此现在我要休息，尽情地玩。”

“不，”乔说，“睡懒觉不配我的胃口。我有一大堆书，我将利用白天躲在我那棵老苹果树[2]上读书，如果我不遇到 l[3]——”

“别说百灵鸟！”艾米央求道，作为对乔刚才纠正“海蓬子”一词的报复。

“那么我就说‘夜莺’吧，还有劳里；这样说是得当的，因为他是一个歌手。”

“不要叫我们做功课，贝思，暂时不要，而是玩耍和休息，正像姐妹们想要做的那样。”艾米提出建议。

“好，我愿意，只要母亲不管。我想学几支新歌，而我的孩子们[4]也需要穿上夏装了，它们现在很不像样，真的为缺少衣裳而苦恼。”

“我们可以吗，母亲？”梅格转身问道，因为马奇太太正坐在她们称之为“妈妈之角”的地方做针线。

1　海蓬子(Samphire)是欧洲海滨的一种伞形科植物。艾米在这里本想说“吸血鬼”(Vampire)，但她说错了。

2　指乔常去的顶楼。

3　是百灵鸟(lark)的首字母，也是劳里(laurie)的首字母。

4　指布娃娃。

“你们可以试验一星期，再看看你们喜欢不喜欢，我想到了星期六晚上，你们就会发现老是玩耍而不工作就像老是工作而不玩耍一样不妙。”

“啊，亲爱的，不！我相信这肯定是有趣的。”梅格自鸣得意地说。

“我提议干杯，正如我的朋友和搭档沙利·甘普说的，永远快活，不做苦工！”乔边嚷边举杯站起身来，把柠檬茶向每个人敬了一圈。

她们大家都喝得很高兴，并且以瞎混掉这天的其余时间来开始这个试验。这两天早晨，梅格直到十点钟才露面。她独自一人吃早餐的味道并不好，房间里显得冷清而杂乱，因为乔没有在花瓶里插上新鲜的花，贝思没有掸灰尘，而艾米的书撒了一地。除了“妈妈之角”一如平日外，没有一件东西是干净和令人喜欢的。梅格就坐在那里“休息和看书”，实际上是在打呵欠，在想像用她的薪水能买些什么漂亮的夏装。乔在河上消磨了一个早晨，和劳里在一起；下午高高地栖身在顶楼上边读《茫茫世界》边流泪。贝思一开始把她那住在壁橱的一家子全都倒腾出来，但弄了一半就感到劳累，她头昏脑涨地离开了那乱糟糟的小家庭，去弹她的琴了，一边还庆幸她没有碟子可洗。艾米整理了她的遮荫棚，穿上她最好的白外套，理了理鬈发，然后坐在忍冬下画图，希望有人看见她，并询问这位年轻的美术家是谁。由于没有人出现，只有一只好奇的长脚蜘蛛怀着很大的兴趣看着她的作品，她就散步去了，结果遇上阵雨，回到家中浑身湿透了。

到了吃点心时，大家交换了意见，一致认为这是愉快的却又是特别长的一天。梅格下午出去跑铺子，买到一块“可爱的蓝薄纱”，但是裁开幅面之后，发现它不耐洗，这一失误使她有点光火。乔划船时晒掉了她鼻子上的一层皮肤，并因为看书太久而头痛欲裂。贝思为她壁橱里的乱七八糟以及一下子要学会三四支歌的困难而忧心忡忡，艾米则为了她的外套受到污损而深深遗憾，因为凯蒂·布朗的舞会明天就要举行了。现在她就同弗洛拉·麦克弗林赛[1]一样，“没什么可穿”了。但这些都不过是些区区小事，她们要母亲放心，试验进行得很好。母亲微微一笑，没有说什么，并且在汉娜的帮助下，补做了她们忽略了的工作，把家里收拾得干干净净，使这架家庭机器运转顺利，可是真叫人奇怪。这个“休息和行乐”过程竟造成了令人不快的古怪事态。日子变得一天比一天长；天气变化无常，人的脾气也是如此；大家都有一种不安的情绪，对于空闲无事可做的人，撒旦发现可以使他们多遭不幸。当奢华之心达到极顶时，梅格取出她的针线活，随后又觉得时间过得很沉闷。于是她便想仿照莫法特的式样，把衣服翻个花样，却把衣服剪坏了。乔看书看得眼睛吃不消，对书也厌恶了，脾气变得焦躁不安，连性情一向很好的劳里也跟她吵了一架。这时她精神消沉，反而巴不得自己当初跟马奇叔婆一起去了。贝思过得还不错，因为她常忘记应该只玩耍，不工作，不时回复到她的老习惯中去。但是总有一种气氛影响她，不止一次地大大扰乱了她内心的平静。她受到的影响是如此之大，以致有一次她竟摇着可怜的宝贝琼娜，骂她是“丑八怪”。艾米的情况最糟，因为她的消遣的办法少，而当她的姐姐们让她一个人玩和照顾自己时，她马上就感到那个有才华和重要的小小的自我是个沉重的负担。她不喜欢娃娃，神仙故事是幼稚的，而且人总不能老是画图呀。茶会对她来说没有什么意思，野餐也没有什么趣味，除非是办得很好的。“要是有一个漂亮的房间，里面尽是些好姑娘，或者去旅游，那么夏天可能过得很开心。但是待在家里同三个自私的姐姐和一个大男孩在一起，那么哪怕有波阿斯[2]的耐心，恐怕也受不了。”过了几天的舒适、安逸和厌倦的日子后，别字小姐抱怨道。

没有一个人肯承认她们对这个试验已厌倦了。但是到了星期五夜

1　裸体之女花神。

2　波阿斯是《圣经·路得记》中路得的丈夫，大卫的祖父，艾米误引作忍耐的代表。

里，每一个人心里都承认自己在为这一星期快要完了而高兴。马奇太太是很富幽默感的，她希望使这个教训更深刻些，就决定以适当的方式结束这试验，因此她给汉娜放了一天假，让女儿们领受一下这种玩乐的全部效应。

当她们星期六早晨起床时，厨房里没有火，餐室里没有早饭，就连母亲也不见了。

“天哪！这是怎么回事？”乔嚷嚷起来，沮丧地四面张望。

梅格跑到楼上去，过不一会儿又回来了，看来松了一口气，但是十分困惑，并且有些羞赧。

“母亲不是生病，不过十分疲倦，她说要静静地在房间里待一天，让我们尽力而为。她这样做是十分奇怪的，一点也不像她的为人，但是她说一星期来她非常辛苦，因此我们千万别发牢骚，还是好好地照顾自己吧。”

“那很容易，我喜欢这主意，我正渴望要干些什么——那就是某种新的消遣，你知道。”乔很快接上去说。

事实上，对她们各人来说，有事可做的确是大大的宽慰，她们就坚决地干起来了，但不久她们就领会了汉娜那句话的真正含义：“干家务不是闹着玩。”在食品柜里有的是食品，当贝思和艾米摆桌子时，梅格和乔准备早餐，她们边干边纳闷佣人们会谈论工作艰苦。

“我送点早餐去给母亲，虽然她叫我们不要为她操心，说是她会照顾自己的。”梅格说。她主持早餐，坐在茶壶后面，满像是位主妇。

因此在大家还没有开始用早餐以前，就装满了一只盘子，并且带着厨师的问候送到楼上去。煮的茶味道极苦，煎蛋饼焦了，饼干上沾满了发酵粉，可是马奇太太连声道谢地接过了，等到乔走后便对着这份美餐纵情大笑。

“可怜的小人儿，我担心她们将苦一阵子了；但她们不会受苦，这将对她们有好处。”她说着便取出自己准备的可口的食物，同时为了不伤女儿的感情，把那份糟糕的早餐也处理掉了——这是母亲耍的一个小小把戏，对此她们是感激的。

楼下的埋怨可多了，而大厨师对她的失败也恼火透了。“不要紧，我来准备午餐，我当用人，你们都当女主人，别弄脏了你们的手，招待客人和发号施令好了。”乔说，而她对炊事的知识还不如梅格。

这个与人方便的建议被高兴地接受了。梅格退到客厅里去，她把地上的碎屑匆忙扫到沙发下面去；为了避免掸灰尘的麻烦，把百叶窗都关上。乔对自己的能力十分自信，又怀着和解的友好愿望，马上写了一张字条丢在邮局里，邀请劳里来吃午饭。

“你还是先看看自己有些什么东西，然后再想到请客吧。”梅格听到这个好客而又鲁莽的举动时这么说。

“啊，有咸牛肉和很多土豆！我还要弄一点芦笋，一只龙虾‘作为美味’，正如汉娜所说的，我们将吃莴苣并做一盘色拉。我不知道怎么做，可是书上有的。我要用牛奶冻和草莓作为甜点心，如果你们要高雅一点的话，还要喝咖啡呢。”

“不要弄许多菜，乔，因为你除了姜饼和蜜饯以外什么也不会做。我不管这顿午宴，既然你自作主张请了劳里，那么你去照管他吧。”

“我什么事也不要你做，只要你对他客气点就是了，并且在做布丁时帮帮我的忙。如果我搞错了，你给我一些指点，你肯吗？”乔有些不快地说。

“可以，但我知道得也不多，除了做面包等等小事之外。你想干点什么，最好先征得母亲同意。”梅格谨慎地回答。

“那当然，我又不是傻瓜。”乔听到人家对她的才能表示怀疑，气冲冲地跑开了。

“你要弄什么就弄什么，不要来麻烦我。我要出去吃饭，不能为家里的事操心，”当乔去对马奇太太讲时，她这样说，“我从来不乐于管家务，今天我要休假一天，看看书、写写东西，出去看看朋友，消遣一下。”

平日忙忙碌碌的母亲，这回一清早就坐在摇椅上舒适地看着书。这一罕见的景象，使乔感到仿佛某种不寻常的自然现象出现了，因为日食、月食、地震或火山爆发都没有这样奇特。

“好像一切都有点不对劲了，”她下楼时自言自语，“贝思在哭，她那家子肯定出毛病了。如果艾米在制造麻烦，我要狠狠把她摇一通。”

乔自己也觉得很不对劲，迅速跑到客厅里，发现贝思正在为那只叫做皮普的金丝雀而呜咽。它躺在笼子里已经死了，它的小爪子可悲地伸开在那儿，好像在乞食——它是因未放鸟食而饿死的。

“这是我的过错——我把它忘了——笼里没剩下一粒食或一滴水。啊，皮普！我怎么会对你这么残忍？”贝思边哭边把那可怜的小东西捧在手里，还想救活它。

乔看看它那半睁的眼睛，摸摸它的胸口，发现它已经僵硬冰冷，就摇了摇头，并主动提出把她的骨牌盒子献出来当棺材。

“把它放到炉子里去，也许它暖和了还会活过来。”艾米怀着希望说。

“它已经挨了饿，现在它死了，可不能再放在炉子里烤。我来给它做一块裹尸布，应该把它葬在花园里。从此以后，我再也不养别的鸟了，再也不养了，我的皮普！因为我不配养鸟。”贝思咕哝着。她坐在地上，把她的宝贝握在手里。

“葬礼将于当天下午举行，大家都去。好了，贝思，别哭了！的确不幸，但是这个星期里没有一件事是对头的，皮普是这次试验中最倒霉的。把裹尸布做好，让它躺在我的盒子里。等到午餐以后，我们将举行一个像样的小葬礼。”乔说，她觉得自己已经处理得很妥帖了。

她让别人留在那里安慰贝思，自己去了厨房，那里乱糟糟的叫人看了泄气。她系上一条大围裙后开始工作，把盘子叠起来准备洗，可是她发现火灭了。

“真是一派美妙的景象！”乔咕哝着，把炉门打开，用拨火棒在灰烬里用力地捣。

乔把火重新点着后，想在烧水时去菜场一趟。一走路她又来了精神。回家时，她一路走一路为自己买到了便宜货而洋洋得意。她买了一只很嫩的龙虾，一些很老的芦笋以及两盒酸草莓。等她把一切都弄好，午餐的时间已经到了，炉子也烧旺了。汉娜原先留下一盘发了酵的面团，梅格过早地把它捏成面包，放在炉子上发第二次，过后却把此事忘了。现在，梅格正在客厅里招待萨莉·加德纳，突然门被打开，一个身上满是面粉、煤灰，满面通红、蓬头散发的人出现了，并且尖刻地问：

“我说，面包都胀到盘子外面来了，还没有发好吗？”

萨莉开始笑了，但是梅格点点头，眉毛扬得高高的好像都要离脸而去，于是那个鬼消失了，马上去把酸面团放进炉膛。马奇太太出门前到处看看事情办得怎么样了，也安慰了贝思几句。贝思坐在那里做一条裹尸布，而那可爱的死者静静地躺在骨牌盒子里。马奇太太出去了，当那顶灰色的女帽在街角上消失时，姐妹们都有一种无可奈何的感觉。几分钟之后，克罗克小姐来了，说她是来参加午宴的，她们更是惊慌万分。这是位瘦小、多疑的老处女，有着尖尖的鼻子和东张西望的眼睛，她什么事都看得见，而且把看见的到处传播。她们不喜欢她，但被关照过要待她和善，只是因为她又老又穷，又没有什么朋友。因此梅格请她在安乐椅上坐下，设法招待她，而她问这问那，对什么都要妄加批评，并且讲了她一些熟人的琐事。

言语不足以形容乔那天上午的焦虑、遭遇和努力，而她端上来的午餐成了一个长期的笑柄。她不愿再请教别人，就尽力单独干，并发现要做一个好厨师，光有精力和好意是不够的。她把芦笋煮了一个小时，结果伤心地发现尖儿都被煮掉了，而茎部却老得要命。面包烘黑了，因为做色拉使她恼火万分，她把别的事都丢开不管，最后她明白这玩意儿是没法吃了。对她来说，龙虾是一个红色的不解之谜，但是她把它敲打和拨弄，直到它的壳被剥开，那一点点虾肉，混在一大堆莴苣叶子中都看不出来了。土豆要赶快煮，不能让芦笋等着，结果也没烧好。牛奶冻成了块，而草莓不像看来的那样熟，上了水果商人的当。

“好吧，要是他们饿了，可以吃牛肉、面包和黄油。令人感到难堪的是，花了一个上午而一事无成。”乔想。她比往常迟了一个半小时才打吃饭铃，站在那里又热又累，情绪低落。她审视了一下桌子上为劳里和克罗克摆下的宴席。劳里是各方面考究惯了的，而克罗克小姐的爱东张西望的眼睛会注意到一切缺点，她那喋喋不休的长舌会把事情到处传播。

当一盆盆菜被尝过而又剩下来，乔真愿意钻到桌子底下去。艾米嬉笑着，梅格神情痛苦，克罗克小姐噘起了嘴，而劳里尽情谈笑，给这个筵席场面增添一种欢乐气氛。乔的一张王牌是草莓，因为她用糖把它渍得很好，并且还有一罐奶油用来调了吃。当那只美丽的玻璃盘子沿着桌子传去，每个人都亲切地看着漂在奶油之海里的一个个玫瑰色小岛时，她火烫的脸才凉了一点，她长长地透了一口气。克罗克小姐先尝，扮了一个鬼脸，急忙喝了一点水。乔生怕不够而不肯吃，因为这道甜食经过大家挑去了一点之后减少得很多。她看了看劳里，但是他正在勇敢地吃，虽然他的嘴角稍微皱起，眼睛直盯着盆子。艾米是喜欢甜食的，满满地舀了一匙，立刻噎住了，把脸藏在餐巾后面，并且跌跌冲冲地离开了桌子。

“啊，怎么了？”乔发抖着问。

“是盐，不是糖。奶油也是酸的。”梅格以一个悲剧般的姿态回答。

乔一声呻吟，倒在椅子里，回忆起厨房桌子上有两只盒子，她拿起一只就匆匆在草莓上撒了撒，并且没有把牛奶放在冰箱里。她脸色绯红，差点要哭出来。这时她见到劳里的眼神，尽管他努力克制，那双眼睛仍不免有含笑的神情。乔突然感到了这事滑稽的一面，于是笑得泪流满面。大家都笑了起来。甚至被姑娘们叫做“聒啰聒”的克罗克小姐也笑了。这一场不幸的午宴在面包、黄油、橄榄和打趣中愉快地结束了。

当大家站起来时，乔说，“我现在没有心绪收拾杯盘，还是让我们举行一次葬礼以清醒一下头脑吧。”克罗克小姐准备走，急于把这新鲜事在另一张餐桌上讲说一番。

他们的确由于贝思的缘故而清醒了自己的头脑。劳里在树丛的羊齿草下挖了个墓穴，小皮普被放了下去，它的软心肠的女主人泪如雨下，为墓上盖了青苔，一只用紫罗兰和繁缕做的花圈放在一块写有墓志铭的石碑上。这几句墓志铭是乔在拼命准备午餐时写出来的：

这里长眠着皮普·马奇，
　　它逝于七月七号；
它叫人怜爱又使人哀伤，
　　不会被人很快忘掉。

仪式结束后，贝思回到自己的房间，悲怆之情和刚吃下的龙虾使她受不了，但是没有地方可供休息，因为床还没有铺好。她拍打枕头和整理床铺，觉得自己的悲痛已经减轻了许多。梅格帮助乔清除宴席的残羹剩肴，花去了半个下午。她们干得筋疲力尽，一致同意就以茶和烤面包充当晚餐。劳里带艾米出去兜风，这是一件慈善之举，因为那酸奶油对她的脾气有着很坏的影响。马奇太太回来时，看到三个大女儿在下午两三点钟还在拼命干活，再一看碗橱，她知道这一部分的试验取得了成功。

这些家庭主妇们还没来得及休息，有几个人来访了，因此又忙乱了一阵子准备去见他们。要弄茶，要跑几趟腿，还要作一点到最后才想起来的必要的缝补。当暮霭降临时，湿润而又寂静，她们一一来到门廊里，那儿六月的月季正美丽地含苞待放，每个人坐下来都好像疲惫、烦恼得很，发出了呻吟或叹息。

“这是多么可怕的一天啊！”乔开始说，她总是第一个开口。

“今天好像短些，但是多么难受。”梅格说。

“一点也不像个家。”艾米补充说。

“看来没有妈妈和皮普是不会像个家的。”贝思叹气说，她圆睁了两只大眼看了看头上的空鸟笼。

“母亲在这儿，亲爱的；明天你就可以有一只新的小鸟，如果你要的话。”

马奇太太说着就走了过来，在她们中间坐下，看来她的假日过得不比她们的愉快。

“你们对这试验满意吗。孩子们？要再试验一个星期吗？”她问道。贝思偎到她身上，其余的人都把快活的脸转向她，好像花朵转向太阳。

“我不要！”乔坚决地叫道。

“我也不要。”其余的人都响应着。

“那么你们认为还是担负起一些责任，并且为他人着想一点比较好，是吗？”

“闲荡和玩乐没有好处，”乔摇摇头说，“我对它讨厌极了，决心马上去做点事。”

“或许你去学学做家常菜，这种有用的本领是每个女人必须具备的。”马奇太太想到乔的午宴就暗暗好笑，因为她已经遇到克罗克小姐，听到她所讲的一切。

“母亲，你出去是不是为了对一切事听之任之，看看我们到底搞得怎么样？”梅格叫道，她有这种猜想已经一整天了。

“不错。我要你们懂得，大家的舒适有赖于每个人忠诚地尽自己的职。当汉娜和我为你们工作时，你们生活得不差，但你们不见得很快乐很融洽。因此我想给你们一个小小的教训，让你们见到，当每个人都只想到自己时，会发生些什么。你们是否认为这样比较愉快些：相互帮助，有日常的责任，从而当空闲来临时觉得分外甜蜜，并勇于承担和克制，使这个家对于我们每个人都显得舒适可爱？”

“我们是这样认为，母亲，是这样认为！”姑娘们都喊起来。

“那么让我劝你们重新把你们小小的包袱背起来吧，因为它们虽然有时似乎沉重，但对我们有好处，并且当我们学会背这些包袱时，它们就显得轻了。工作是有益的，每个人都有许多工作，它使我们不致腻烦和胡闹，有助于身心健康，并且比金钱和时装更使我们有一种力量感和独立感。”

“我们将像蜜蜂一样地工作，并且爱我们的工作。我们不这样才怪呢！”乔说，“我将把学做家常菜作为我假日的任务，下一次我办的午宴一定大大成功。”

“我将为父亲做一些衬衫，你就不用做了。妈妈，我能做，我愿做，虽然我不喜欢缝纫。这要比我为自己的衣服而忙乱好得多，因为我的衣服现在这样也够好的了。”梅格说。

“我将每天做好功课，不在音乐和娃娃上多花时间。我是个笨蛋，应该学习而不是游戏。”这是贝思的决心。艾米也学着勇敢地宣称，“我将学会开钮子洞，并且注意用词造句。”

“好极了！那么我对于这次试验十分满意。我想我们再也不必重复这种试验了。只是不要走向另一个极端，别奴隶似地埋在工作里。要有一定时间的工作和游戏，使每一天过得既有意义又愉快，以善于利用时间来证明你们懂得时间的价值。这样，你们年轻时就会快活，年老时也不致有什么遗憾，生活即使贫穷，人生也将是一个巨大的成功。”

“我们一定记住，母亲！”的确，她们都记住了。

第十二章

劳伦斯野营地

贝思是邮政局长，因为她在家的时间最多，可以经常照料这事，她也爱每天打开那小门和分发邮件。在七月的一天，她两手捧得满满地回来，往屋里的各处送信件送包裹，就像英国的一便士邮政制那样。

“这是你的花束，母亲！劳里从来不忘记这个。”她把花束插进放在“妈妈之角”的花瓶里，充满深情的劳里不断给这只花瓶供应鲜花。

“梅格·马奇小姐，一封信和一只手套。”贝思继续说，把两件东西递给坐在母亲边上缝袖口的姐姐。

“啊，我丢了一副手套在那里，可是这里只有一只。”梅格说，看着那只灰色的棉手套。

“你没有把另一只手套丢在花园里吗？”

“没有，我肯定没有。因为邮局里只有一只。”

“我最恨单只的手套！不要紧，另外一只也许可以找到的。我的信只不过是我所要的那支德国歌的译文罢了。我想是布鲁克先生译的，因为不是劳里的笔迹。”

马奇太太对梅格看了一眼，只见她穿着格子布的晨衣，显得十分秀丽：小小的发卷在她额前拂动，富有女子风韵，正坐在她小小的工作台前做针线活，台上满是整洁的白线团；她边缝边唱，十指如飞，头脑里驰骋着像她腰带上的三色堇一样纯洁新鲜的少女的幻想，一点也没有意识到她母亲心中的想法。马奇太太满意地微笑了。

“两封给乔博士的信，还有一本书和一只滑稽的旧帽子，它把整个邮局都占满了，还戳出一些呢。”贝思笑着说，走进乔正在写作的书房。

“劳里这人真狡猾！我说过我巴不得流行大帽子，因为大热天我的脸被晒得厉害。他说，‘管流行的式样干吗？戴顶大帽子，舒舒服服的！’我说如果有大帽子，我会戴的。现在他送来这一顶，想试试我。我一定戴它，为了寻开心，也为了向他表示我不在乎流行不流行。”乔把这顶老式的阔边帽挂在一座柏拉图的半身雕像上，就开始看她的信。

一封是母亲写的，读了使她脸发红，眼睛湿润，因为这封信里说——

我亲爱的：

我写这短信是要告诉你，看到你努力控制你的脾气，我感到多么满意啊。你对于你的尝试、失败、成功都一字不提，可能就以为除了你天天求他帮助的**朋友**之外，谁都看不到这些——如果我能信赖你那本封面磨旧了的指导书[1]的话。我自己也曾遇到过这一切，并且打心底里相信你的决心是真诚的，因为它已经开始结出果实了。亲爱的，继续下去，耐心地，勇敢地，并且永远相信没有人对你的同情更胜于爱你的

母亲

1 指《圣经》。

“这对我很有益！抵得上几百万金钱和许许多多赞美。哦，妈妈，我真要努力下去！我将继续努力，永远不厌烦，因为我有你的帮助。”

乔把头搁在手臂上，几滴幸福的泪水湿了她一篇短短的小说。因为她以前认为没有人看到和赞赏她为善的努力；而这次的慰勉加倍地可贵，加倍地鼓励人，因为事先没有预料到，而且来自这样一个人，她的表扬是她最为珍视的。乔感到自己比往常坚强多了，足以降魔辟邪，她把这张信笺别在衣服里面，既用来保护自己，也用来提醒自己，免得自己有丧失警惕的时候。接着她开始拆另外一封信，不管消息是好还是坏。劳里以粗线条的大字写道：

亲爱的乔，你好！

有几个英国女孩和男孩明天要来看我，我打算好好乐一下。如果天晴，我将在长草地支起篷帐；大家乘船过去，在那儿吃午饭和打槌球——生起篝火，像吉普赛人那样做饭，做各式各样的游戏。他们都是好人，喜欢这些玩意儿。布鲁克也去，使男孩子们安分守己，而凯特·沃恩将给女孩子们做出榜样。我希望你们都来，无论如何不能丢下贝思，谁也不会难为她的。别为食物操心——这事和其他的事儿一样，我会注意的——只要一定来，这才是好样的！

你永远的朋友　**劳里**

写于一片忙乱之中

“多么有趣啊！”乔叫了起来，飞奔进去把这消息告诉梅格。

“当然我们可以去，是吗，母亲？这将大大帮了劳里的忙，因为我会划船，梅格会照料午餐，妹妹们也能干点儿活。”

“我希望沃恩一家子不是什么装模作样的成年人。乔，你对他们有点了解吗？”梅格问。

“我只知道他们一家子有四个人。凯特比你年纪大，弗雷德和弗朗克（孪生兄弟）跟我的年纪差不多，还有一个小女孩格雷丝大约九、十岁。劳里在国外认识他们，并且喜欢两个男孩子。看他讲起凯特就要噘嘴，我猜想他大概不太欣赏她。”

“我很高兴，我的法国印花布衣服是干净的。穿这件衣服正好，而且这样漂亮！”梅格得意地说，“你有合适的衣服吗，乔？”

“红灰相间的划船服对我已经够好了。我将划船和到处溜达，不需要考虑拘泥什么礼节，你也去吗，贝蒂[1]？”

“只要你们不让男孩子跟我讲话，我就去。”

“男孩子不会的！”

“我愿使劳里高兴；我也不怕布鲁克先生，他是那么和气。然而我不愿玩或唱歌，或讲什么话。我将努力工作，不给任何人添麻烦，而且你们既会当心我的，我就去，乔。”

“这才是我的好姑娘。你真的在试图克服你的害臊，我为此而爱你。我知道，跟错误作斗争不容易，而一句兴高采烈的话好像给人以一种鼓励。感谢你，母亲。”乔在她母亲瘦瘦的面颊上印上一个感恩的吻，对马奇太太来说，这比让她恢复青春的红润还要宝贵。

“我收到一盒巧克力球糖，还有一张我要临摹的图画。”艾米说，把她的邮件拿给大家看。

“我收到劳伦斯先生的一封短信，要我今晚上灯之前到他那里去为他弹钢琴，我一定去。”贝思补充说。她和那位老绅士的友谊非常深厚。

“现在让我们赶快到处行动起来，今天做两天的工作，明天就可以毫无牵挂地玩。”乔说，准备丢下笔杆，去拿扫帚。

第二天一早，当太阳窥视姑娘们的卧室，预告是个晴天时，它看到一

1　即贝思。

片可笑的景象。每个人为这好日子做了她认为必要和适当的准备。梅格在她额前添加了一排卷发纸；乔用大量润肤霜涂抹在她晒黑的脸上；贝思把乔安娜带到床上睡，以补偿即将来临的分别；艾米的一招最绝了，她把一个夹子夹在鼻子上，以改善形象。这是美术家用来把纸夹在画板上的一种夹子，因此用于现在这个目的既很合适也很有效。这一滑稽的景象似乎使太阳感到兴趣，因为它大放光芒，把乔照醒了，她看到艾米的装饰品，不禁大笑起来，把姐妹们都惊醒了。

阳光和笑声是一个欢乐集会的好兆头，不久两家人都开始活跃地行动起来了。贝思第一个做好了准备，不断地报告隔壁进展的情况，她从窗口频频打来电报，使姐妹们的梳妆打扮更加活跃。

“那个人带了篷帐去了！我看见巴克太太把午餐装进食品篮，放进大筐子了。现在劳伦斯先生正在抬头看天和风信鸡；我希望他也去。那是劳里，看上去像个水手——真是个好小伙子！啊，我的天！这里来了一辆满载着人的马车——一个高个子女士，一个小女孩，还有两个可怕的男孩。一个是瘸子。可怜的家伙，他带着一副拐杖。劳里没有告诉我们这点。快呀，姑娘们！要晚了。哎唷，那是奈德·莫法特，我敢断言。瞧，梅格，那天我们出去买东西时，那个向你鞠躬的人是不是他？”

“不错。真怪，他竟然会来。我以为他在山区呢。那是萨莉，我很高兴她及时回来。我行吗，乔？”梅格心神不宁地叫道。

“真是个美人儿，把你的衣服穿挺，再把你的帽子戴正了，戴得那么歪有点多愁善感的样子，而且一阵风来马上会把帽子刮掉。好，快来吧！”

“啊，乔，你不会戴那顶可怕的帽子吧？那太荒唐了！不要把自己搞得怪模怪样的。”眼看乔用红缎带缚上那顶劳里为了开玩笑而送来的老式宽边草帽，梅格责备道。

“可我就是要戴，因为它好极了，又遮荫，又轻巧又大。戴着它很有趣；只要我感到舒适，我不怕成为一个怪模样的人。”乔说罢就大踏步走了，其他人跟在背后。这一小队容光焕发的姐妹穿着夏装，帽檐下满面笑容，显得美极了。

劳里跑来迎接，以最亲切的态度，把她们介绍给他的朋友们。草地就是接待室。好几分钟内，一幕生气勃勃的景象在那里出现。梅格愉快地见到凯特小姐，她虽已二十岁，可是穿着十分朴素，这很值得美国姑娘们学习。还使梅格感到荣幸的是，奈德先生向她保证说，他是特意为了见她才来的。乔明白为什么劳里一提到凯特就严肃起来，因为那位年轻的女士有一种“冷若冰霜”的神气，这与其他姑娘无拘无束的随和举止形成强烈对比。贝思对陌生的男孩子们观察了一阵子，断定那瘸腿的男孩并不“可怕”，而是温文而软弱，因此她要好好地对待他。艾米发现格雷丝是个举止文雅、愉快的小人儿。两人默默地相互凝视了几分钟后，突然成了很好的朋友。

帐篷、午餐和槌球用具事先已送出去了，一群人不久上了船，两条船一起划了出去，留下劳伦斯先生在岸上挥着帽子。劳里和乔划一条船；布鲁克先生和奈特划另一条船；而弗雷德·沃恩，那个喧闹的孪生子之一，像一只不安的水生蝽坐在一只单人艇里乱划桨，尽力想把两条船都弄翻。乔的滑稽可笑的帽子值得大家鼓掌感谢，因为它的用处太大了。这顶帽子一开始就引起了笑声，从而打破了冷场。当她划船时，帽檐扇来扇去的，扇出一股振奋精神的微风；而且她说，如果有阵雨，还尽可以让大家躲在帽檐下面。对于乔的举止，凯特小姐露出颇为惊讶的神色，特别是当她丢失了桨时，大叫“克里斯托弗·哥伦布！”还有，当劳里就座时在她脚上绊了一下时竟说，“我的好伙计，我碰痛你了吗？”凯特戴上眼镜仔细地看了这怪姑娘几次之后，断定“她有点怪，可是相当聪明”，并且从远处对她微微地笑了。

在另一只船上，梅格面对着两个划船者高兴地坐着。两个划船者欣赏着眼前的美色，以非凡的“技巧和机敏”平划着他们的桨。布鲁克先生是一个严肃而沉默的青年，有着漂亮的褐色眼睛和悦耳的声音。梅格喜欢他文静的举止，认为他是一本有用的活的百科全书。他从不对她多讲话，但朝她看得很多，她确实感到对方肯定对她有好感。奈德正在念大学，当然摆出一副大学一年级生觉得应该摆出的架子。他不太聪明，但脾气非常好，是个共进野餐的好伙伴。萨莉·加德纳则一心一意不让她那件白色的凸纹布衣裳弄脏，一边同那无所不在的弗雷德喋喋闲谈，他那些玩笑话使贝思不断担惊受怕。

长草地并不远；但是当他们到达时，帐篷已经支了起来，球门已经装好。这是一片绿茵茵的场地，中间有三棵浓荫密盖的橡树，还有一条平整的可以打槌球的草皮。

“欢迎来到劳伦斯营！”年轻的东道主在他们欢呼着上岸的时候说道。

“布鲁克是总指挥，我是总监，其余的人都是参谋；而你们各位女士是客人。帐篷是给你们专用的，而那棵橡树底下是你们的休息室；这棵树底下是餐室；第三棵树底下是厨房。现在趁天还没有热起来，先来打一场槌球，随后我们来准备吃饭的事。”

弗朗克、贝思、艾米和格雷丝坐下观看其他八个人的球赛。布鲁克先生挑了梅格、凯特和弗雷德；劳里要了萨莉、乔和奈德。英国人打得好，但是美国人打得更好，而且寸步不让，顽强战斗，好像一七七六年的精神[1]在激励着他们。乔同弗雷德有过几次小冲突，一次差点对骂起来。乔冲过最后一个球门，但球没有打进，这一失误使她大为光火。弗雷德紧跟在她后面，现在轮到他打，他打了一下，球打中了球门，但是停在球门外

1　1776 年初，美国托马斯·佩因发表了小册子《常识》，首先有力地提出了美利坚人的事业，反对英国所强加的殖民地地位。这进一步激发了美国人的反英情绪。

一英寸地方。大家都不在近处。他跑过去察看时，狡猾地用脚趾轻轻一拨，使球正好停在球门里一英寸的地方。

“我打进了！现在，乔小姐，我将使你就范，并首先进入。”那年轻先生大叫道，一面挥起槌子准备再打。

“你把球踢进去的，我看见的；现在该轮到我打。”乔一针见血地说。

“说真的，我没有动它，可能它滚了几下，但这是容许的。所以请你站开，让我来打标桩。”

“我们在美国不搞欺骗，如果你要这样做的话，你可以这么做嘛，”乔愤怒地说。

“谁都知道，美国佬最狡诈，去你的吧！”弗雷德回答道，把她的球槌得远远的。

乔张嘴想讲一些粗鲁的话，但是及时地克制了自己，脸红到了额头上，站了一会儿，使出全身力气把一个球门槌倒，在此同时弗雷德击中了标桩，得意洋洋地宣布这一结果。她走过去拾自己的球，费了好长时间在矮树丛中找到了它，回来时，她显得平静而安详，耐心地等候轮到她打。她打了好几下才恢复到原来的位置；而这时，对方已快获胜了，因为凯特的球是倒数第二个，并且靠近标桩。

“哎哟，我们结束了！再见凯特。乔小姐输我一球，因此你是垮台了。”当大家都走近来看这个结局时，弗雷德激动地大叫道。

“美国人有一种对敌人宽宏大量的本事，”乔带着一个使弗雷德脸红的表情说，“尤其是当敌人击败他们的时候。”这时她巧妙地一击，一点没有碰到凯特的球，赢得了这场比赛。

劳里把帽子抛到了空中，随后觉得不该因客人输球而欢欣鼓舞，就停止欢呼，转而对朋友悄悄地说：

“你干得好，乔！他确实是在欺骗，我看到的，我们不能对他直说，但是请相信我，他以后不会再干了。”

梅格把乔拉到一边，假装为她别住一股松散了的辫子，赞许地说：

“那是十分惹人恼火的，但是你克制了自己的脾气，我是多么高兴，乔。”

“别夸奖我，梅格，因为现在我还会打他的耳光。假如我没有在矮树丛中待得久，使我能把怒气压下去而闭口不言，我肯定会大爆发的。我现在还余怒未息，所以我希望他不要到我的眼前来。”乔回答时咬着嘴唇，从她的大帽子下怒视着弗雷德。

“午餐时间到了，”布鲁克先生看看他的表说，“总监，是否请你生火和汲水，同时由马奇小姐、萨莉小姐和我来铺桌子？谁会煮咖啡？”

“乔会。”梅格说，很乐于推荐她的妹妹。乔感到她最近学习的烹饪课将使她脸上有光，于是走过去主管那个咖啡壶。这时孩子们拾干树枝，而小伙子们生起了火，并从附近的泉水里取水。凯特小姐在写生，弗朗克同贝思谈话，贝思正在把灯芯草编成的草辫做成一片片的小草垫，用来充当盆子。

总指挥和他的助手们不久就把桌布铺好，上面那一大排吸引人的食物和饮料都漂亮地用绿叶衬托着。乔宣布咖啡已经煮好，于是各人都坐下尽情用餐，因为年轻人是不会消化不良的，而经过运动之后，更是胃口大开。这是一顿吃得极为高兴的午餐，因为什么事都新鲜而有趣，不时发出的纵声大笑惊动了一匹在附近吃草的老马。桌子上是一片使人愉快的混乱，杯子里和盘子里连连出现灾祸。橡树子掉到牛奶里去，小小的黑蚂蚁未经邀请就来分享各种点心，而毛毛虫从树上吊下来看看究竟发生了什么事。三个戴白帽子的孩子从栅栏外张望，一只讨厌的狗隔着河向他们拼命吠叫。

“这儿有盐，如果你喜欢的话。”劳里把一碟浆果递给乔时说。

“谢谢你，我喜欢蜘蛛，”她答道，抓起两只不当心死在奶油里的小蜘蛛，“你怎么敢向我提起那次糟透了的午餐会，而你的却是办得如此无懈可击？”乔说得两人都大笑，并且从同一只盘子里吃东西，因为杯盘不够用了。

“那天我快活极了，到现在还没有忘记。眼下这不是我的功劳，你知道。我什么都没有干。是你和梅格、布鲁克使之成功的。我对你们感激不尽，我们吃饱之后该做些什么呢？”劳里问，觉得一吃完午餐，他的王牌已经打掉了。

“等凉快些再做游戏吧。我带来了‘作家’牌纸牌，或许凯特小姐知道些有趣的新玩意儿。你去问问她，她是客人，你应该多陪陪她。”

“你不也是客人？我原以为她会同布鲁克合得来，可他一直同梅格讲话，而凯特只能通过她那副可笑的眼镜盯住他们看。我这就去，你不必试图来教导我礼节，因为你是教不来的。”

凯特小姐的确知道几种新游戏。由于姑娘们不愿再吃，男孩不能再吃，他们都转移到休息室去玩一种“胡说八道”的游戏。

“一个人开始讲故事，你爱说什么废话都行，只是要注意，说到紧要关头时就停止，于是另一个人继续把废话说下去。如果做得好，这是很有趣的，并且形成一大堆可悲可喜的材料，使人大笑特笑。布鲁克先生，请你开始吧。”凯特说时带着一副命令的神气，这使梅格感到惊奇，因为她对待这位教师非常尊敬，一如她对其他先生们。

布鲁克先生躺在这两位年轻姑娘的脚后的草地上，很听话地开始讲故事了，他漂亮的褐色眼睛凝视着反射出闪烁阳光的河面。

“从前有个骑士出外去寻找财富，因为他除了剑和盾以外一无所有。他旅行了好长一段时间，差不多有二十八年之久，吃尽了苦头，最后他来到了一个善良的老国王那里。老国王有一匹没经过调教的心爱骏马，谁能驯服和训练它，就有重赏。骑士同意一试，他进展虽慢，但很稳；因为这马倒也有骑士风度，虽然脾气古怪而暴躁，不久也知道爱他的新主人了。每天当他训练好国王的这匹爱马，就骑了它在城里到处转，寻找他在梦中多次见到的一张美丽的脸，但总是找不到。一天当他骑马走过一条僻静的街道，却在一座颓败的古堡的窗口见到了这张可爱的脸。他高兴极了，打听谁住在这古堡里。人家告诉他是几个公主被符咒禁锢在这里，并且终日纺织，以便积攒钱财赎回自由。骑士巴不得能解救她们；可是他穷，只能每天到那儿去等着看那甜美的脸，渴望它在阳光下出现。最后，他决心进古堡去问问，怎样才能帮助她们。他去那里敲门，大门打开了，只见——”

“一个令人陶醉的可爱少女，她狂喜地喊道，‘总算来了！总算来了！’”凯特接口说，她读过不少法国小说，爱慕它的风格。“‘这就是她！’古斯塔夫伯爵叫道，快乐得跪倒在她的脚前。‘啊，起来！’她说，伸出一只玉手。‘不！除非你告诉我怎样才能救你们。’仍然跪着的骑士发誓说。‘唉，我残酷的命运注定了我得留在这儿，直到那暴君被杀死为止。’‘那恶棍在哪里？’‘在紫色之厅里。去吧，骑士，请把我从绝望中解救出来。’‘遵命，我要么胜利归来，要么死掉！’他说了这些令人激动的话之后就飞奔而去，把紫色之厅的大门推开，正要进入时，他受到了——”

“突如其来的打击，那是一个身穿黑袍的老头朝他扔来的一部希腊大词典，砸得他头昏眼花，”奈德说，“那位不知其名的骑士一回过神来，便把那个暴君叉出窗外。他胜利了，准备去与少女会面，只是额角上肿了一块。他发现门被锁上了，便撕下窗帘做成绳梯。他刚下了一半时，绳梯断了，他倒栽下六十英尺跌到护城河里。他能够同鸭子一样地游泳，在城堡周围游啊游，最后到了一扇由两个胖家伙守卫的小门。他把两人的头对撞，撞得两个头像一对硬果似的裂开，随后他稍稍施力，砸碎了门，走上几级积尘盈尺的石阶，那上面的癞蛤蟆和拳头一样大，还有会把你吓疯的蜘蛛，马奇小姐。在石阶的尽头，他突然看见一幅使他气透不过来和血液冰凉的景象——”

“那是一个高大的人影，全身白色，罩着一层面纱，一只消瘦的手提着一盏灯，”梅格接着讲下去，“这个人影向他点头招呼，无声无息地在他面前飘过一条阴暗得像坟墓的通道。两旁立着黑影幢幢穿着铠甲的雕像，一片死一般的沉寂，灯发出蓝幽幽的光，那个鬼似的人影不时回过头来看他，在他的白的面纱后面，透出一双可怕的眼睛的闪光。他们到了一扇挂着门帘的门前，门后传来美妙的音乐。他正要跳过去进门，那个鬼怪把他拉了回来，吓唬人似地在他面前摇着一个——”

“鼻烟盒，”乔用一种阴森森的语调说，这使听众大为震动。“‘谢谢你，’骑士有礼貌地说，他嗅了一点，就打了七个大喷嚏，以致他的头掉了下来。‘哈哈！’那个鬼怪笑着，从锁孔里望进去，只见那几个公主为了宝贵的生命正在拼命纺织。恶鬼抓起被害者，把他放进一个大的铁箱子里，其中已有十一个无头的骑士沙丁鱼似的被装在一起。这些骑士都站了起来，开始——”

“跳起了号笛舞[1]，”当乔停下来喘口气时，弗雷德插嘴说，“而且，当他们跳舞时，这座破烂不堪的城堡变成了一艘张着满帆的战舰。‘升起船头三角帆，收紧头帆升降索，立即转舵，乘风前进，炮手们各就各位！’舰长吼道。这时一艘葡萄牙海盗船出现了，前桅飘着一面墨黑的旗。‘猛烈攻击，取得胜利，我的伙伴们！’舰长说罢，一场大战就开始了。当然，英国人胜利了，他们总是获胜的。”

“不，他们不总是获胜的！”乔在一旁说。

“他们迅速追上了那艘双桅船，把海盗船长俘获，那船的甲板上堆满了死尸，后面的排水槽中流着血，因为原来的命令就是‘腰刀和断气难！’‘水手长，用三角帆的布做一个绳扣，如果那恶棍不尽快坦白他的

1　英国水手跳的一种活泼的民间舞。

罪恶，就干掉他，”英国舰长说。那个葡萄牙人守口如瓶，在兴高采烈的水手们发疯似的欢呼声中走上跳板。但是那条狡猾的恶狗跳下水去，在战舰的底部凿了个洞，于是战舰整个儿沉没，沉到了海底，那里——”

“啊，天哪！我将说什么呢？”萨莉叫道，这时弗雷德结束了他的胡说，其中他把自己从一本爱读的书中看来的航海用语和故事情节乱七八糟地混合在一起。“他们统统沉到了海底，却有一位善良的美人鱼来欢迎他们，但是一见那箱无头的骑士，她感到十分悲伤，就好心地把他们泡在海水里，希望能发现关于他们的秘密。因为她是一个女人，难免好奇。不久，一个潜水员来了，美人鱼说，‘我给你这箱珍珠，如果你能把它拿上去的话。’因为她想恢复这些可怜虫的生命，而自己无法把这件重物拿上去。潜水员就把它托了起来，可是打开一看，里面并没有珍珠。他非常失望，把箱子丢在一片荒凉的土地上，在那里箱子被一个人发现了——”

“一个牧鹅少女，她在那片土地上放牧一百只肥鹅，”当萨莉胡诌完毕后，艾米接着说，“少女很可怜他们，就问一个老妇人，怎样才能救他们。‘你的鹅会告诉你的，它们什么事都知道。’老妇人说。因此她问应该用什么来做新的头，因为原来的头已不见了。一百只鹅张开了一百张嘴，尖声叫道——”

“卷心菜！”劳里很快地接下去说，“‘说得对。’少女说着便去她的园子里拿来十二棵好的卷心菜。她把卷心菜装上去，骑士们立刻复活了，谢过她之后就高高兴兴地走了，丝毫不觉得有什么两样，因为世界上有许多头跟他们的相像，所以对此谁也没有什么想法。我所关心的那个骑士又回去找那张俏丽的脸，知道公主们已靠纺织赢得了自由，并且除了一个以外都出嫁了。他听了非常紧张，便骑上身边那匹与他患难与共的骏马，赶到城堡去看看是谁留下了。他从树篱上望去，看见他心目中的女王正在花园里采花。‘你肯给我一朵玫瑰花吗？’他说。‘你必须自己来拿，我不能到你那里去，这不合适。’她的声音像蜜一样甜。他想爬过树篱，但它好像越来越高，于是他想穿过去，但它好像越来越厚，绝望之余他只得耐心地把树篱上的枝条一根根折断，直到弄成个小洞。他从洞中窥视，恳求道，‘让我进来！让我进来！’但是美丽的公主好像听不懂，仍在静静地采玫瑰花，让他自己设法进去。他究竟进去了没有，弗朗克会告诉你们。”

“我不能，我没有参加这个游戏，我从来没有玩过。”弗朗克说，因为要他从这个伤感的困境中解救这对可笑的情人，他颇感为难。贝思早已躲在乔的背后，而格雷丝睡着了。

“那么就让这个骑士嵌在树篱中不管他了，是吗？”布鲁克先生问时，目光还是注视着河水，并且抚弄着插在纽洞里的野玫瑰花。

“我猜想这公主给了他一束花，并且过了一会儿开了门。”劳里说，微笑着把橡子丢向他的老师。

“我们说了多少胡话啊！只要经过练习，我们就可以做一种机智的游戏，你们会‘说真话’吗？”萨莉问，那时他们对刚才所讲的故事已经笑够了。

“我希望我会。”梅格一本正经地说。

“我是指一种游戏。”

“是什么样的游戏？”弗朗克问。

“喏，你们把手叠起来，选择一个数字，轮流抽签，抽着这个数字的人必须如实地回答其他人所提出的任何问题。这是十分有趣的。”

“我们来试试看。”乔说，她就爱新花样。

凯特小姐和布鲁克先生、梅格和奈德拒绝参加；但弗雷德、萨莉、乔以及劳里叠起手来并抽签；劳里正好抽中。

“你心目中的英雄是谁？”乔问。

“爷爷，还有拿破仑。”

“你认为这里的女士中哪一位最漂亮？”

“玛格丽特。”

“哪一位你最喜欢？”弗雷德问。

“当然是乔。”

“你提的问题多无聊！”当大家对劳里的毫无犹豫的口气放声大笑时，乔鄙夷地耸了耸肩膀说。

“再来呀，说实话这游戏不坏嘛。”弗雷德说。

“对你来说，这是个很好的游戏。”乔低声嘀咕道。

接下来轮到乔了。

“你最大的缺点是什么？”弗雷德问。他想用询问乔的办法来看看自己缺乏的品德。

“脾气急躁。”

“你最希望得到的是什么？”劳里问。

“一副靴带。”乔回答，她猜到他发问的用意，并且击败了他。

“没有如实回答。你必须讲出你真正最想要的东西。”

“天赋；你不希望自己能给我这个吗，劳里？”她看着他那失望的脸调皮地微笑了。

“在一个男子身上你最爱慕的是什么品德？”萨莉问。

“勇敢和诚实。”

“现在是我了。”弗雷德说，他挨在最后。

“让我们给他这个。”劳里轻轻对乔说，她点点头，他马上发问：

“你在槌球戏中要过欺骗手段吗？”

“啊，是的，耍过一点儿。”

“好！你是不是从《海狮》这本书中学来这种假话的？”劳里说。

“是有一点。”

“你是否认为英国民族是十全十美的？”萨莉问。

“如果我不认为如此，那么我将愧对自己。”

“他是一只真正的约翰牛。现在，萨莉小姐，你不必等待抽签就可以挨到你了。我将向你提出的这个问题，说不定会有伤你的感情；你是否认为自己有几分卖弄风情？”劳里说时，乔向弗雷德点点头，表示言归于好。

“你这个无礼的男孩！我当然没有。”萨莉大声叫喊，可是她的神情恰恰证明相反。

“你最恨什么？”弗雷德问。

“蜘蛛和米粉布丁。”

“你最喜欢什么？”乔问道。

“跳舞和法国手套。”

“啊，我认为说真话是一种很无聊的游戏。我们来玩一种很有意思的牌戏，来清醒清醒我们的头脑吧。”乔建议。

奈德、弗朗克以及小姑娘们参加，而当这个游戏进行时，三位大姑娘坐在一旁闲谈。凯特小姐又把她的写生本拿出来，玛格丽特则看着她。布鲁克先生躺在草地上，手中拿着一本书，但并没有读。

“你画得多美啊！但愿我也能画。”梅格说，她的话音里既有羡慕，又有惋惜。

“你为什么不学呢？我倒认为你对绘画有眼力和天赋。”凯特小姐谦和地回答。

“我没有时间。”

“你的妈妈更喜欢别的技能，我猜想。我的妈妈也这样；但我私下里去学了几次，证明给她看我有这天赋，后来她就愿意让我学下去了。你不也可以跟你的家庭女教师学吗？”

“我没有家庭女教师。”

“我忘了，比起我们来，美国的年轻小姐们到学校去的多。都是些很好的学校，爸爸说的。我猜想，你进的是私立学校吧？”

“我根本不上学校，我自己就是个家庭教师。”

“哦，真的！”凯特小姐说。可是她的真正意思是在说，“我的天，多么可怕呀！”因为她的语气中包含着这种意思，而且她面部的某种表情使梅格脸红了，心里在怪自己不该如此坦率。

布鲁克先生抬起头来，很快地说，“美国的小姐们爱独立自主，一如她们的祖先。她们由于能独立谋生而受到尊敬和爱慕。”

“哦，是的。她们这样做当然是非常好的。我们也有许多可敬而高尚的年轻妇女也这样做，并且受雇于贵族，因为她们是上等人的女儿，既有教养又有才华，你知道。”凯特小姐说。她那种降尊纡贵的语调伤害了梅格的自尊心，使她的工作看来非但乏味而且卑微了。

“那支德国歌合你的意吗，马奇小姐？”布鲁克先生打破尴尬的停顿问道。

“哦，是的！这支歌非常甜蜜，并且对为我译出这支歌的人非常感谢。”梅格讲这话时，她那俯着的脸焕发出欢乐的光辉。

“你不能阅读德文吗？”凯特小姐问，面部露出惊异之色。

“不怎么好。我父亲教我的，现在他走了，我自学时进步不快，因为没有人纠正我的读音。”

“现在就来试试看。这是一本席勒著的《玛丽·斯图尔特》，还有一个教师乐意教你。”布鲁克先生带着鼓励的微笑把书放在她的膝上。

“这本书很难，我怕念。”梅格说，心里感激，但对着身边这位富有学识的小姐又感到害羞。

“我来读一点给你鼓鼓劲吧。”凯特小姐读了词藻最优美的一段，读得完全正确，但是毫无表情。

布鲁克先生不作评语。凯特把书还给梅格，梅格天真地说，“我原以为这是诗。”

“某些部分是诗，试读这一段。”

布鲁克先生把书翻到可怜的玛丽大放哀声的那一段，嘴角现出一种奇怪的微笑。

这位新老师用一根长长的草点在书上，梅格就顺从地跟着念。她念得缓慢而胆怯，不知不觉地用她音乐般的嗓音柔和的语调把文字很深的句子念成了诗。起着导引作用的草在书页上往下移动，她很快被那凄婉的文字迷住，忘记了有人在听她念，好像是她一个人在朗诵，并给那苦命女王的话添上一丝悲剧的意味。如果当时她看到那双褐色的眼睛，她一定会念不下去。但她一直没有抬头，因而那一课没有被破坏。

“真的好极了！”当她停顿时，布鲁克先生说。对她不少念错的地方置诸不问，看来他真是“循循善诱”。

凯特小姐抬起她的眼镜，对眼前的戏剧性场面观察了一下，合起了她的写生簿，以一种屈尊的态度说：

“你发音很好，日后会成为一个伶俐的朗读者的。我劝你学习，因为德文对于教师们是一种可贵技能。我得去照顾格雷丝，她正嬉闹着呢。”凯特小姐起身走开，并且耸了耸肩膀自言自语地说，“我并不是来陪伴一个家庭教师的，虽然她确是年轻美貌。这些美国佬是多么奇特的人呀；我怕劳里会给她们搞得很糟的。”

“我先前忘记了，英国人对家庭女教师是不屑一顾的，不像我们这样对待她们。”梅格边说边看着那个带着满脸不高兴神情走开的身影。

“男的家庭教师在那里的光景也不见得好，不幸我知道这一点。对于我们干活的人来说，没有哪个地方比得上美国，玛格丽特小姐。”布鲁克先生看来是这样地心满意足和欢愉，以致梅格觉得羞于为自己的艰难命运而悲叹。

“那么我为生活在这个国家而高兴。虽然我不喜欢我的工作，但我到底从中得到了不少满足，因此我不抱怨，我只希望能像你那样喜爱教书。”

“我认为如果你有劳里那样的学生，你是会喜欢教书的。我为明年将不教他而感到十分抱憾。”布鲁克先生说，一面不断用手在草皮上挖洞。

“我想他是上大学去吧？”梅格嘴里问这个问题，但是眼睛补充说，“那么你将怎样呢？”

“不错，他是该上大学的时候了，因为他已作好准备。一等到他去了，我将从军，军队里需要我。”

“我为此高兴！”梅格叫道，“我倒想每一个青年人都愿意去从军，虽然对于待在家里的母亲和姐妹来说，这是难以忍受的。”她悲伤地说。

“我既无母亲，也无姐妹，连朋友也很少，没有人关心我的死活。”布鲁克先生苦涩地说着，一边心不在焉地把一朵枯萎的玫瑰花放在他打好的洞里，盖上了土，就像一座小小的坟墓。

“劳里和他的祖父会很关心你的，我们大家如果听到你受到任何伤害，也会感到非常难过的。”梅格热诚地说。

“谢谢你，这些话听来令人愉快。”布鲁克先生开始说，神情又显得高兴起来。但是他的话还未说完，奈德骑着那匹老马蹒跚而来，为了在年轻的妇女面前显示他的骑术。那一天从此就再也不得安宁了。

“你爱骑马吗？”格雷丝问艾米，那时她们跟着奈德在那野地四周骑了一圈之后站着休息。

“我热爱骑马。过去爸爸有钱时，我姐姐梅格常常骑马，但是我们现在除了埃伦特里以外，不再养马了。”艾米笑着答道。

“告诉我埃伦特里是什么样的，是匹驴子吗？”格雷丝好奇地问。

“嗨，你知道，乔是爱马若狂的，我也是。但是我们只有一副横鞍，没有马。在我的花园里，有一棵苹果树，树上有一根高低正好的低树枝，因此乔把鞍子放在那上面，把缰绳系在树枝往上翘起的地方。我们什么时候高兴，就骑在埃伦特里上颠个够。”

“多滑稽呀！”格雷丝笑道，“我家里有匹矮种马，我和弗雷德、凯特差不多每天在公园里骑，真好玩，因为我的朋友们也去，在罗欧[1]多的是女士和绅士。”

“哎呀，多美啊！我希望有一天也能出国去。但是与其到罗欧还不如去罗马。”艾米根本不知道罗欧是什么地方，又不肯问人。

正坐在这两个女孩后面的弗朗克听到了她们的谈话，又看到其他活跃的小伙子们在进行各种有趣的体育活动，便不耐烦地把拐杖推开。贝思正在收集散落在地上的纸牌，抬头一看，便羞怯而又友好地说：

“你怕是累了吧，我能为你做点什么吗？”

“请跟我谈谈，一个人坐着真没有味儿。”弗朗克答道，他在家里显然是娇养惯的。

对于羞怯的贝思来说，这简直同要她用拉丁文演讲一样困难。可现在无处可逃，也没法躲在乔的背后，而这可怜的男孩如此渴望地看着她，她也就勇敢地决心试一试。

“你喜欢谈些什么？”她问，一面摸弄着纸牌，本想把它们扎好，可是跌落了一半。

“啊，我喜欢听关于板球、划船、打猎的事。”弗朗克说，他还不懂量力而行。

“我的天！我该怎么办？对这些玩意儿，我一窍不通，”贝思想；在慌乱之中，她忘掉了这男孩的不幸，只希望他能讲讲，便说，“我从来没有看过打猎，但我猜想你都懂得的。”

“我打过一次猎；但我再也不能了，因为我在跳过一个该死的五栅门时摔伤了，从此同马和猎犬就无缘了。”弗朗克说时叹了一口气，这使贝思为自己的冒失而痛恨自己。

“你们的鹿比起我们丑陋的野牛来是漂亮多了。”她把话题转到草

---

1 罗欧是伦敦海德公园里的一条马道。

原，以解救这个尴尬局面，心里为自己读过乔喜爱的一本男孩子的书而感到高兴。

事实证明野牛能起慰藉和满足的作用，而贝思既急于逗乐对方，便忘掉了自己，毫未觉察姐姐们看见她同一个可怕的男孩在谈话，这一不寻常的情景引起她们的惊讶和喜悦，而在过去，见到这种男孩，她是会要求别人保护她的。

“祝福她那一片好心肠！她怜悯他，因而待他好。”乔说，从槌球场上向她微笑。

“我一向说她是个小小的圣徒。”梅格补充说，好像这是毫无疑问的事。

“我好久以来没有听到弗朗克这样笑过。”格雷丝对艾米说，那时她们正坐着边讨论娃娃，边用橡果的壳做茶具。

“我姐姐贝思只要她愿意，是个十分爱挑剔的姑娘。”艾米说，对于贝思的成功非常高兴。她本想说“讨人喜欢”[1]，幸好格雷丝对这两个词的正确意义都不懂，“爱挑剔”听起来悦耳，就留下了一个好印象。

表演了一场即兴马戏，下了狐鹅棋[2]，又打了一场槌球友谊赛，这就结束了这个下午。日落时撤了篷帐，收拾起篮子，拔起球门，乘上了小船，整队人顺河而下，放声高歌。奈德动了感情，用颤音唱了一支有着这种忧郁叠句的小夜曲：

孤独，孤独，啊！苦恼，孤独，

接着又唱道：

---

1 “爱挑剔”原文是 fastidious，“讨人喜欢”原文是 fascinating，艾米爱卖弄，但时常用错了词。

2 一狐追吃十六鹅的棋戏。

我们大家都年轻，我们大家有颗心，
哦，为什么我们要这样冷冷地分开？

他以一种假装伤心的表情看着梅格，引得她马上哈哈大笑，使他唱不下去了。

“你怎么能对我这样残酷？”他在一片生气勃勃的大合唱的掩盖下轻轻说道，“你成天跟那个高傲古板的英国女人亲密地在一起，眼下又故意冷落我。”

“我不是故意的，但是你那副样子看来实在滑稽，我忍不住就笑了。”梅格答道，对他那责备的第一部分不予回答，因为记得莫法特家那次舞会的事以及后来的闲言碎语，所以确实是在躲避他的。

奈德生气了，转而在萨莉那儿求得安慰，不无愠怒地对她说，“那个姑娘一点儿风情也没有，是吗？”

“一点也没有，但她是个可爱的人儿。”萨莉回答；她甚至在承认朋友的缺点时也为朋友辩护。

“她无论如何不是一头受过创伤的鹿。”奈德说，试图显示他会说俏皮话，并且说得与年轻的绅士们通常所说的同样成功。

在这一小队人曾集合的草地上，大家亲热地互道晚安、再见而分手了，因为沃恩一家要到加拿大去。当这四姐妹通过花园回家时，凯特小姐在后面望着她们，以毫不高傲的语气说，“尽管她们感情外露，但当你熟悉她们之后，美国姑娘还是挺令人惬意的。”

“我完全同意。”布鲁克先生说。

第十三章

空中楼阁

九月里一个很热的下午，劳里舒服地躺在吊床上晃荡着，心想那几位邻居不知在干些什么，但也懒得起身去看看。他心情不好，因为这一天过得毫无收获，过得不称心，他真想这一天从头来过。先前，天气热使他感到懒洋洋地不肯学习，使布鲁克先生简直耐不住性子；他练过半个下午的琴，引起他祖父不高兴；他恶作剧地暗示说他的一只狗疯了，把他的女仆们吓得魂灵出了窍；他还曾同管马厩的人吵了几句，无端指责他没有把马管好；然后他往吊床上一躺，怨天尤人起来。但这可爱的宁静的白天，使他不由自主地平静下来。他凝视着头上七叶树的浓荫，做了各式各样的梦，幻想着自己在海洋上飘荡，正在作一次环球航行。忽然一阵人声，一下子把他送回岸上。他从吊床的网眼里看出去，只见马奇一家正在往外走，好像要作长途旅行似的。

“那些姑娘们到底要干什么呢？”劳里心里想，一面睁开他那睡意蒙眬的眼睛看看清楚，因为这几位邻居的外表今天有些特别，每个人都戴一顶阔边大帽，肩上挂一只棕色小布袋，手持一根长棒。梅格拿着一个垫子，乔拿着一本书，贝思挎着一只篮，艾米夹着一只文件夹。她们悄悄穿过花园，从后门出来，开始爬房子和河之间的那座小山。

“啊，那倒妙啊！”劳里自言自语，“去野餐而不邀请我。她们登不了那条船，因为她们没有钥匙。或许她们忘了。我去拿给她们，再看看究竟是怎么回事。”

帽子虽有五六顶，但他费了不少时间才找到一顶。随后又到处找钥匙，最后发现竟在自己的口袋里。当他跃过树篱去追赶她们时，姑娘们早就走得看不见了。他抄近路到船坞去，等候她们的出现，可是谁也没有来。他爬上小山去观察。山上有一片松树，从这绿色树丛的中心，传来了比松涛的低吟或引人入睡的蟋蟀的唧唧声还要清晰的声音。

这时劳里已经神清气爽了，他往灌木丛中望去，心想，“这里真是风景如画！”

这的确是一幅小小的美丽图画；因为四姐妹坐在绿荫的一角，阳光和树影在她们头上闪烁，香风吹拂她们的头发，吹凉她们的面颊，林中的小生物照样干它们自己的事，好像这些人并不陌生而是老朋友。梅格坐在垫子上，雪白的双手轻巧地做针线活，万绿丛中那一身粉红衣服，使她看上去像朵鲜艳的玫瑰。贝思正在附近铁杉树下密密的球果中挑选，因为她用球果做成漂亮的东西。艾米在对着一簇羊齿草写生，而乔则是一面朗诵一面打绒线。劳里看着她们，脸上闪过一道阴影，觉得自己应该走开，因为他并没有被邀请；可是他又徘徊不去，因为家里似乎十分寂寞，而林中这安闲的集会对他不安定的情绪很有吸引力。他站着动也不动，一只忙于觅食的松鼠竟从他身边的一棵松树上跑下来，但一见到他就马上跳了回去，发出尖锐的“斥责”声。贝思抬头一看，发现了树后那张忧郁的脸，便带着安抚的微笑，点了点头。

“我可以参加吗？或许我将成为一个惹人厌烦的家伙？”他边问边慢慢走过来。

梅格抬起了眉毛，但是乔却对抗似地瞪了她一眼，马上说，“你当然可以。我们事先就应该邀请你的，只是我们以为你不喜欢参加这种女孩子的游戏。”

“我一向喜欢你们的游戏；但如果梅格不要我参加，我就走。”

“我不反对，只要你也做点事。在这里游手好闲是违反规则的。”梅格严肃而又和善地回答。

“十分感谢，我什么都愿意干，只要你允许我在这里逗留一下，因为那边沉闷得像撒哈拉大沙漠一样。要我做针线活、读书、拾球果、画图呢，还是同时什么都做？悉听尊命，我已做好准备。”随后劳里坐下，带着一副讨人喜欢的唯命是从的表情。

“让我结好这袜跟，你念完这篇小说吧。”乔说着把那本书递给他。

“是，小姐。”他谦卑的回答后开始念书，竭力表明他对被接纳进这个“忙碌蜂会”的感激之情。

那篇小说不长，他读完后居然想提几个问题，作为对自己功劳的酬报。

“请问，小姐，我是否可以问一下，这个十分有教育意义令人喜爱的组织是新成立的吗？”

“你们愿意告诉他吗？”梅格问几个妹妹。

“他会笑的。”艾米警告说。

“谁在乎这个？”乔说。

“我猜想他会喜欢它的。”贝思添上一句。

“当然我会的！我保证不笑。讲出来，乔，别害怕。”

“我会怕你！好吧，你知道我们常做‘天路历程’的游戏，并且我们不论寒暑一直是在诚心诚意做的。”

“是的，我知道的。”劳里点点头，表示知道这一点。

“谁告诉你的？”乔问。

“神灵们。”

“不，是我告诉他的。因为有一天夜里，你们都不在，而他十分忧郁，我想逗他高兴。他的确喜欢这么做，因此，乔，你不要骂我。”贝思胆怯地说。

“你一点秘密都保不住。不要紧，这样现在倒好了。”

“请继续讲下去。”劳里说，当时乔沉浸在她的工作里，脸上露出一丝不悦之色。

“啊，她不是已经把我们的新计划告诉你了吗？好吧，我们试图不要浪费掉我们的休假，而是要每人都有一件事情干，并且要坚决地完成它。假期差不多要过完了，规定的工作都已做了，我们十分高兴没有偷过懒。”

“是的，我也认为如此。”劳里想到自己闲荡的日子，感到遗憾。

“母亲要我们尽量到户外来，因此我们把工作带到这里做，并且好好乐一下。为了好玩起见，我们把东西都放在这些袋子里带来，戴着旧的小帽子，撑着杆子爬山，算是朝圣者，正如好多年前做的那样。我们把这座小山称作‘乐山’，因为我们可以从这里远眺，可以看到我们希望将来去生活的地方。”

乔用手指点，而劳里坐起来看，因为通过树林里的一个空隙望出去，可以看到那条宽阔碧绿大河对岸的草地，远接大城市的郊区，直至高耸云天的青山。太阳低坠，天际被秋天的落日烧得通红。山顶滞留着金紫色的云彩。雪白的峰顶高耸入一片红霞之中，照耀得如同天国的空中塔尖。

“多美啊！”劳里轻轻地说，因为他善于发现美，善于感受美。

“这里常这样。我们很喜欢看这种景色，因为它从不一样，但总是那么灿烂夺目。”艾米答道，她很想能把它画下来。

“乔谈到我们希望有朝一日能去住的乡下，她指的是真正的乡下，有猪啊，鸡啊以及干草。那固然好，但我希望那边是一个真正的天国，而且我们都能去。”贝思若有所思地说。

“有一个甚至比那里更完美的地方呢，当我们好到了家，很快就会去的。”梅格用她甜美的声音说。

“这似乎等得太久，太难做到。我要一下子飞过去，就像那些燕子一样，并且从那辉煌的大门进去。”

“你迟早会到那儿去的，贝思，不必担心，”乔说，“我这人就必须奋斗和工作一番，必须攀登和等待一阵，到头来也许还永远进不去呢。”

“我将做你的伙伴，如果这对你是一种安慰的话。在我来到你所说的天国之城之前，有很长一段路程要走呢。如果我来迟了，你对我说一句鼓励的话，你肯吗，贝思？”

这男孩子脸上的神色使对方感到不安，但贝思用她安详的眼睛望着变幻的云，高兴地说，“如果人们真想去，并且真正地一生努力企求，我认为他会进得去的；因为我不相信那扇门上有锁或者大门口有守卫者。我常想像那里正如图画中的那样，当可怜的基督徒从河中起来时，天使们伸出他们的手来欢迎他。”

“如果我们设想的空中楼阁能够成为现实，并且我们能住在里面，这不是很有趣吗？”乔稍为停顿了一下说。

“我设想了大量的空中楼阁，简直难于选择究竟要哪一个。”劳里说时平躺在地上，把球果向先前暴露他行踪的松鼠丢去。

“你得选择一个你所偏爱的空中楼阁。那是什么呢？”梅格问。

“如果我把我的告诉你，你愿意把你的告诉我吗？”

“愿意，如果妹妹们也愿意的话。”

“我们愿意。劳里你说吧。”

“在我如愿地到过世界很多地方之后，我最后喜欢在德国定居，并且尽情地享受音乐。我自己将做一个著名的音乐家，世界上所有的人都争先恐后地来听我。我将永远不受金钱、事务的干扰，只是自得其乐，爱怎么生活就怎么生活。那便是我喜爱的空中楼阁。你的是什么呢，梅格？”

玛格丽特似乎觉得要把她的空中楼阁讲出来有点困难。她用一支蕨草在脸前挥了一下，好像在驱赶想像中的蚊蚋，一边慢慢地说道，“我想有一所可爱的房子，里面充满了各式各样豪华的东西——好吃的食物，漂亮的衣服，好看的家具，合意的人，还有许多钱。我是这一切的女主人，随心所欲地支配它们，有婢仆成群，因而我无须劳动，这样对我该是多美啊！因为我不会无所事事，而是一心行善，使每个人都热爱我。”

“你的空中楼阁中是否需要一个男主人呢？”劳里调皮地问。

“我已说了‘合意的人’，你知道。”梅格低着头，仔细地系着鞋带，所以谁也看不到她的脸。

“为什么你不说要一个杰出的、明智的、善良的丈夫和几个天使般的孩子？你知道没有了这些，你的空中楼阁就不会完美无缺。”乔直言不讳地说。她现在还没有温柔的幻想，而且对痴男怨女的事相当反感，但书中的那些是例外。

“在你的空中楼阁里，除了马、墨水台和传奇小说之外，你是什么都不要的。”梅格没好气地回答。

“可我为什么不呢？我要有一个满是阿拉伯骏马的马厩，要堆满了书籍的房间，而且我得用一只神奇的墨水台写作，这样我的作品就将像劳里的音乐那样著名。我要在进入我的空中楼阁之前，做一桩惊人之举，一桩英勇或奇特的事，这桩事在我死后也不会被人忘记。我不知道这是什么事，但是我正在等候着它，有朝一日要使你们惊讶不止。我想我将写书，致富成名；那会使我非常满意。这就是我的美梦了。”

“我的空中楼阁是和父亲，母亲安安稳稳地待在家里，帮着照管全家。”贝思满足地说。

“此外你什么也不要吗？”劳里问。

“由于我已经有了一架小钢琴，我是完全满足了。我但愿我们都身体健康，厮守在一起；此外别无他求。”

“我有许多愿望，但是最想成为一位美术家和到罗马去，画出优美的图画，成为全世界最好的美术家。”这是艾米的小小心愿。

“我们是一群胸怀大志的人，是不是？我们中的每个人，除了贝思，都想致富成名，在各方面都十分出色。我真想知道，我们之中是否有人会实现他的愿望。”劳里说，他嘴里嚼着青草，有如一头陷入沉思的牛犊。

“我已经有了我空中楼阁的钥匙，但是否能打开那扇门，还要等着瞧。”乔神秘地说。

“我也有了我空中楼阁的钥匙，却不准我使用它。该死的大学！”劳里咕哝着说，还不耐烦地叹了口气。

“我的钥匙在这里！”艾米挥了挥她的铅笔。

“我什么钥匙也没有。”梅格黯然地说。

“不，你有的。”劳里马上说。

“在哪儿？”

“在你脸上。”

“胡说，那没有用。”

“你等着，瞧它是否会给你带来值得拥有的东西吧。”男孩回答时想到一个他自以为知道的有趣的小小秘密，不禁大笑起来。

梅格的脸在蕨草后面涨得通红，但是不再提出问题了，只是用布鲁克先生讲骑士故事时的那副期待神情朝对河望着。

“如果我们十年后都活着，我们再聚聚，看看我们之中有多少人实现了愿望，或者比现在接近了多少。”乔说，她总是胸有成竹的。

“哦！那时我该多大了——二十七岁！”梅格大声叫了起来。现在她刚满十七岁，却自以为是个大人了。

“你和我将是二十六岁，特迪[1]，贝思二十四岁，而艾米二十二岁。那时我们这群人该多么受人尊敬啊！”乔说。

“我希望在那时以前，我已经做出些值得自豪的事，但我是一条懒虫，我怕我将‘虚度光阴’，乔。”

“你需要一种动力，母亲说的；当你有了动力之后，她确信你会很好地工作的。”

“是吗？那么只要我有机会，我真要好好地工作！”劳里叫道，突然一鼓劲坐了起来。“我应该乐于使祖父高兴，也的确努力这样做，但这是违反我的本性的，你懂吗，因此很困难。他要我当一名与印度做买卖的商人，就像他过去那样，而我宁死也不干。我讨厌茶叶、丝绸和香料，以及他的破船带来的一切废物，而且我一旦拥有这些破船，它们何时沉没到海底，我是满不在乎的。上大学应使他满意了，我给了他四年时间，他应该让我脱离学经商了吧。可是他非常坚决，我必须干他过去干的那一行，除非跟他脱离关系而逍遥自在，就像我父亲做的那样。如果有人留下陪伴我祖父，我明天就这样办。”

劳里说得非常激动，好像只要再稍加刺激，就要把他的威胁付诸实施了；因为他正在迅速成长，并且尽管懒散，他总有一种年轻人对于屈从的愤恨，一种年轻人要自己去闯荡世界的急躁不安的想望。

“我劝你乘你的一条船出发，在你没按照自己的意图闯够了之前决不回来。”乔说，她的想像被这样一个大胆的业绩所激动，她的同情心也被她称之为“特迪的冤屈”所激起了。

“那是不对的，乔，你不能这样讲，劳里不该接受你的坏劝告。你应该按你祖父的意愿行事，我的好小子。”梅格说话的口气简直像是母亲。“在大学里尽你最大的努力；他见到你力图使他高兴，就不会对你苛刻和

1　特迪是劳里的教名西奥多的昵称。

错待你了。正像你说的，除了你之外，没有人可以陪他和爱他。假如没有得到他的许可而离开他，你会懊悔莫及的。不要沮丧和不安，只要尽你的本分，你将得到报答，正如善良的布鲁克先生已经得到的那样，受到人们的敬爱。”

“关于他，你知道些什么呢？”劳里问。他对善良的忠告是感激的，但又不愿听人教训，并且在他难得有的一阵牢骚之后，很想把话题从自己身上转移开去。

“你爷爷对我们说过一些有关他的情况——说他如何侍候他母亲，直到她去世；为了不离开她，他宁愿不去国外有地位的人家当家庭教师；现在还在赡养一个曾经护理过他母亲的老妇人，但从未告诉过任何人，只是尽可能地慷慨、耐心和善良。”

“他是这样的，亲爱的老伙计！”劳里亲切、热情地说。这时梅格已停了下来，她讲得很认真，脸都红了。“爷爷总是这样，打听到关于他的一切而不让他知道，又把他的善良品德都告诉人家，使人家都喜欢他。布鲁克怎么也不理解为什么你们的母亲待他这么好，邀请他和我一起上你家，以她那优美而友好的方式待他。他认为你们母亲真是完美无缺，好多天都谈论着这件事，还热情地谈论着你们大家呢。如果有一天我能真正实现我的理想，你们看我会为他做些什么。”

“现在就为他做些事，不要把他烦死就好了。”梅格尖锐地说道。

“你怎么知道我现在给他添麻烦呢，小姐？”

“他走过时我可以从他脸上看出来。如果你表现好，他是一副满意的样子，而且步履轻捷；如果你让他心烦了，他就显得严肃，并且慢吞吞地走，好像想回去把他的工作做得更好些。”

“啊，我喜欢你所说的！这么说你是在布鲁克的脸上看我的成绩了，是吗？我看见他经过你的窗前时又鞠躬，又微笑，但我不知道你们还通电报呢。”

“我们没通；别发脾气，哦，不要告诉他我说过什么来着！这不过是表示我关心你的进步，而且这里说的是知心话，你知道。”梅格大声说，她由于想到自己说漏了嘴会引起什么后果而大大惊慌起来。

“我从不搬弄口舌，”劳里以他的“无比自傲”的神气回答，这是乔对他有时表现出来的某种表情所起的名称，“只是假如布鲁克将作为一只晴雨表，我必须好好注意，让他能有好天气报告。”

“请别怪罪，我不想说教，也不想搬弄是非或者干傻事；我只是认为，乔刚才的话会使你滋生一种情绪，而你以后很快会对此感到遗憾的。你对我们这么好，我们一直觉得你好像是我们的亲兄弟，因此我们怎么想就怎么说了。请原谅我，我是好意！”梅格伸出手来，那神态既深情又胆怯。

劳里为自己一时的脾气而感到羞愧，紧握那友好的小手，坦诚地说，“你倒应该宽恕我，我脾气不好，这一整天心里不快，你能像亲姐妹那样指出我的缺点，我很高兴。因此如果我有时发脾气，请别介意。我对你们总是感激的。”

他一心想表示他没有生气，尽可能表现得讨人喜欢。他替梅格绕棉纱，背诗歌讨好乔，为贝思摇下球果，并且帮助艾米画羊齿草；以此证明他是“忙碌蜂会”的一名合格会员。在一场关于乌龟习性的热烈讨论中（这时一只可爱的乌龟已慢慢从河里爬上岸来），一阵隐约的铃声警告她们，汉娜已在沏茶了，现在她们赶回家去吃晚饭还来得及。

“我还能来吗？”劳里问。

“行，只要你好，并且爱你的书本，如同人们要小学生们去做的那样。”梅格微笑着回答。

“我将勉力而为。”

“那么你可以来，而且我要教你怎样像苏格兰人那样编结，眼下正需短袜呢。”乔加上一句，一面摇着她手里的短袜，好像一面蓝色的毛线大旗。接着，他们在大门口分手了。

那天傍晚，当贝思为劳伦斯先生在暮色中弹奏钢琴时，劳里站在窗帘的阴影里，听着这位小音乐家的琴声，那简朴的曲调总能安抚他那郁郁寡欢的精神。他看看坐着的祖父，只见他的手支着白发萧萧的头，正想着关于他所深爱的那已去世的孩子的种种柔肠百转的事。劳里回忆起下午的谈话，决定心甘情愿地作出牺牲。他对自己说，“我决定放弃自己的空中楼阁，只要他需要我，就留在这个亲爱的老人身边，因为我就是他所有的一切。”

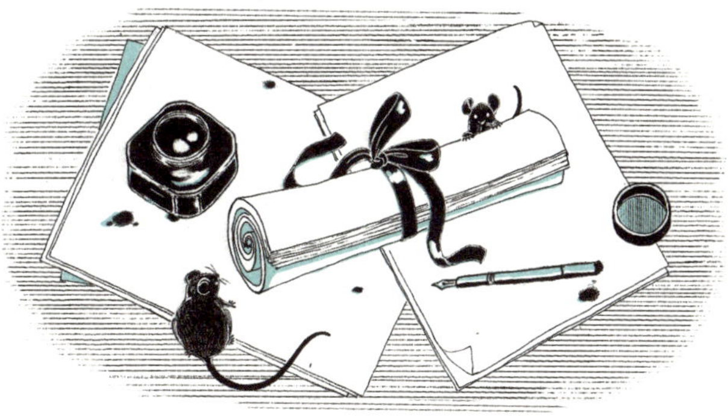

第十四章

秘　密

十月份的天气开始渐渐冷了，下午也短了起来。乔在顶楼上忙乎着。太阳一连两三个小时暖暖地从天窗上照下来，照见坐在旧沙发上忙于写作的乔，稿纸散布在她前面的箱子上。这时她那只宝贝老鼠斯克莱勃正在上面的横梁上走来走去。它身边是它的长子，这只漂亮的小家伙显然对它那几根胡须很骄傲。乔专心于工作，草草地写完最后一页，便用花体字签上了名字，甩了笔叫道：

"好啦，我已经尽力而为啦！如果还不行，我只好等到水平提高些再写了。"

她朝后躺在沙发上，把手稿仔细地读了一遍，边读边划掉一些文字，加了不少看起来像小气球的惊叹号；然后她用一根漂亮的红缎带把手稿扎起来，以一种严肃的、沉思的神色对它看了一会儿，这清楚地说明她对这个工作是如何的认真。乔这儿的写字台是一只靠墙挂着的旧铁柜，里面藏着她的一些纸和书，安全地把斯克莱勃关在外面，因为这只老鼠也有书卷气，它发现了什么书，总喜欢啃啃书页，做个流动图书馆。乔从这个贮藏柜里取出另一份手稿，把两份稿子都塞在口袋里，悄悄下了楼，让她那两个朋友去啃她的笔，尝她的墨水。

她尽可能不出声地戴好帽子穿好上衣，然后跑到后门窗口，翻到一个低矮的门廊顶上，再荡了下去，落到青草岸边，随后绕了个圈子到了路上。这时她定了定神，叫住了一辆路过的公共马车，看上去快活而又神秘地直往城里去了。

假如有人在监视她，一定会觉得她的行动非常特别。因为她一下车便大步地向某条热闹的大街的某个门牌号码走去。花了些功夫找到这个地方后，她走进门口，看着肮脏的楼梯，一动不动地站了一会儿，突然又跑回街上，跟来时一样快地走开了。她这样重复演习了好几次，引起了对面大楼里一个闲靠在窗口的黑眼睛年轻绅士的极大兴趣。第三次回来时，乔把身子一晃，把帽子拉得遮住了眼睛，走上了楼梯，好像她是去把牙齿全部拔光似的。

门口有一块牙科医生的招牌，挂在装饰着入口处的其他牌子中间。那个青年绅士盯着那慢慢张开又闭拢的满口白牙的不自然的下颌注视了一会儿之后，便穿上外衣，拿了帽子，站在对马路的门口，笑着，打了个哆嗦说道：

“好像她是单独来的，如果她难过的话，需要有人陪她回家。”

过了十分钟，乔满脸通红地跑下楼来了，那模样就好像刚刚受过严酷的折磨。当她看见这年轻绅士时似乎很不快活，点了一下头就走了；但是他随后跟着，用同情的口气问：

“你不好受吧？”

“还好。”

“你了结得真快。”

“是啊，谢天谢地！”

“你为什么一个人来？”

“不想让任何人知道。”

“我从没见过像你这样的怪家伙，你弄掉了几个？”

乔看着对方，好像不懂他说的话，接着便大笑起来，像是被某件事大大逗乐了。

“我想弄掉两个，可是我必须等一个星期。”

“你在笑什么？你在捣什么鬼，乔？”劳里问，看来有些迷惑不解。

“你也一样，你在干什么，先生，上了那个弹子房了吧？”

“请你原谅，小姐，不是弹子房，而是健身房，我正在学击剑。”

“我很高兴。”

“为什么？”

“你能教我了，这样，我们演哈姆雷特时，你就能演莱厄修斯了，我们可以创造一个精彩的击剑场面。”

劳里发出一阵男孩子的由衷大笑，引得几个过路人也不由自主地笑了起来。

“不管我们演不演哈姆雷特，我都将教你；那太有趣了，能使你精神振作，奋发向上。但我不信那是你唯一的理由，因为你那句‘我很高兴’说得斩钉截铁，是这样吧？”

“对，我高兴是因为你没去弹子房，因为我希望你永远也不要到这种地方去，你去过吗？”

“不是经常去的。”

“我希望你别去。”

“这没有害处，乔，我家里也有弹子房，但是没劲，除非有好对手。所以，既然我喜欢玩这个，有时也就和奈德·莫法特或其他人来一盘。”

“哦，亲爱的，我很遗憾，因为你将越来越喜欢它的，这就浪费了金钱和时间，变得像那些可怕的男孩子了。我一直希望你自重，使你的朋友们满意。”乔摇摇头说。

“一个人有时玩一些无害的娱乐是否就不自重了吗？”劳里看来不悦地问道。

“那要看怎么玩法，在什么地方玩。我不喜欢奈德和他那一伙，也希望你别跟他们在一起。母亲不让我们家接待他，尽管他很想来。如果你变得像他那样，她会不愿让我们像现在这样一起闹着玩了。”

“她会这样吗？”劳里急切地问。

“会的，她不能容忍时髦的年轻人，宁可把我们都关起来，也不愿我们和他们交往。”

“好吧，她现在还不需要关你们。我不是时髦人，也不打算做时髦人。不过，我喜爱时常有些无害的玩乐，你不也是么？”

“不错，没人会在意的。就玩吧，但不要玩野了，行吗？否则我们的快活日子就要完了。”

“我会成为一个纯而又纯的圣徒的。”

“圣徒我可受不了，还是做一个单纯、诚实、可敬的男孩子吧，这样的话，我们决不会舍弃你的。如果你的行为像金先生的儿子一样，我真不知该怎么办呢。他有许多钱，但不知怎么用，经常喝醉酒，还要赌博、出逃，我想他还假冒他父亲的签名，总之可怕极了。”

“你以为我也会这么干吗？真感谢你了！”

“不，我不这么想——哦，亲爱的，不！——但我听到人们说金钱是那么富有诱惑力，有时我倒希望你是个穷人，这样我就不必担心了。”

“你为我担心吗，乔？”

“当你有时看来忧郁或不满时，我就有点儿担心。由于你很有主见，所以一旦走错，我怕很难阻止你。”

劳里默默地走了几分钟，乔看着他，倒希望自己没讲刚才的话，因为他的眼睛看来很愤怒，而他的嘴唇却似乎为她的告诫而微笑。

“你在整个回家的路上都要教训我么？”过了一会儿他问道。

“当然不，怎么啦？”

“因为，如果你这样，我就乘公共马车了；如果不这样，我愿意和你一起走，告诉你一些非常有趣的事。”

“我不想再说教了，我非常喜欢听新闻。”

“很好，那么走吧。这是个秘密，假如我告诉你，你也必须把你的秘密告诉我。”

“我没有什么秘密。”乔的话刚出口，便想起了自己也有秘密，顿时住口了。

“你明知你有秘密，你不能隐瞒任何事情。还是坦白吧，不然我也不说。”劳里喊道。

“你的秘密是美妙的吗？”

“哦，还不就是这么回事！都是跟你熟悉的人有关的，而且这么有趣。你应该听听。很久以来我就想告诉你，却一直忍着。来吧，你先开始。”

“在家里你一点也不要讲这事，行吗？”

“不说一个字。”

“你不会在私底下取笑我吧？”

“我绝不会。”

“会的，你会取笑的。你从别人那儿打听到你想知道的任何事情。我不知道你是怎么干的，但你天生就会哄骗人。”

“谢谢你，快点说吧！”

“好，我交给一个报馆编辑两篇小说，他下星期将给我回音。”乔在她知心朋友的耳旁低声说道。

“美国著名的女作家马奇小姐万岁！”劳里喊着，把帽子往上一丢又接住了它。两只鸭子，四只猫，五只母鸡，六个爱尔兰小孩看了都乐坏了，因为他们现在已经出了城了。

“嘘！也许没有什么结果；但是不试一下，我不能住手。关于这事我以前没说过，因为我不想让其他任何人失望。”

“不会失败的！嗨，乔，你的小说和那些每天在出版的一半是废话的东西比起来，简直是莎士比亚的作品。看到它们印出来不是很有趣吗？我们不是要为我们的女作家感到骄傲吗？”

乔目光炯炯，因为被人信任总是高兴的；而且一个朋友的赞赏总比报纸上十几篇吹捧文章更悦耳。

“你的秘密在哪儿？做事要公平，特迪，否则我再也不相信你了。”她说，一面试图熄灭被那鼓励的话激起的光辉希望。

“说出来之后我可能会陷入困境，但是我没有保证我不说，所以说也无妨。我不把我得到的好消息告诉你就不能安心。我知道梅格的手套在哪儿。”

“就这些？”乔说，当劳里点点头又眨眨眼，满脸都是神秘的机智时，她看来失望了。

“目前这已足够了。我告诉了你手套在哪里，你就会同意这一点了。”

“那就说吧。”

劳里弯下腰，在乔的耳边低声说了三个字，这就产生了好笑的变化。她站住盯了他一会儿，看起来又惊讶又生气，接着又走了起来，尖声地说，“你怎么知道的？”

“看见的。”

“在哪儿？”

“口袋里。”

“现在还一直在那儿吗？”

“是的，那不是很浪漫吗？”

“不，真可怕。”

“你不喜欢吗？”

“我当然不喜欢。这真可笑，简直不能容许。啊！梅格会怎么说呢？”

“你不能告诉任何人，请注意。”

“我没答应过。”

“你虽没答应过，但这点是不言而喻的，我相信了你。”

“好吧，反正我现在就不说。可我总感到厌恶，巴不得你没告诉过我。”

“我原以为你会高兴的。”

“想到人家来把梅格带走还会高兴？不，谢谢你了。”

“有人来把你带走，你会觉得高兴些的。”

“我倒要看看谁会来试试。”乔凶狠地叫道。

“我也要看看！”想到这点，劳里抿嘴轻声笑了起来。

“我不认为这种秘密适合我。听了你告诉我的话，我感到脑子里很乱。”乔有点不领情地说。

“跟我一起奔下这座小山，你就会好的。”劳里建议。

眼前一个人影也没有，平整的山路诱人地在她面前斜伸下去，她感到抗拒不了这种诱惑，便往下冲去，帽子、梳子立刻甩到身后边去了，发叉也纷纷落地。劳里先跑到目的地，他对于他那套处理方法的成功感到很满意。因为他的阿塔兰忒[1]披头散发，气喘吁吁地跑来，眼睛明亮，两颊通红，脸上已经没有一点不满的迹象了。

“我巴不得自己是匹马，那末在这样的好天气里，我就能跑上几十里而不喘气了。这下太好了，不过你看我变成怎么一副丑相了。去，像个小

1 阿塔兰忒是希腊神话中善跑的女猎手。求婚者需与她赛跑，胜者与之结婚，败者当场被杀。

天使那样去把我的东西拾回来。”乔说着，便往一棵枫树底下一坐，那里的地上都被深红色的枫叶铺满了。

劳里悠闲地去拾那些掉了的东西，乔挽起了发辫，一心希望她收拾整齐之前不要有人经过这儿。可是有个人正好过来了，这个人不是别人，偏偏是梅格。她穿着节日的服装，看来气派十足，因为她正在串门子。

“你在这儿干什么？”她一边问，一边带着很有教养的惊讶看着头发散乱的妹妹。

“拾树叶。”乔温顺地回答，一边整理着刚刚归拢来的满把红叶。

“还拾发叉呢，”劳里补充说，把六七只发叉扔到了乔的膝上，“它们都是这条路长出来的，梅格；还会长梳子和棕色的草帽呢。”

“你们一定奔跑了，乔。你怎么能这样？什么时候你才不这么胡闹？”梅格责备说，一面拉拉她的袖口，理平她那被风吹乱的头发。

“除非我又老又僵，不得不用拐杖了。别想要我变得早熟了吧，梅格。要你突然变个样可真是够受的，还是让我尽量长时间做个小姑娘吧。”

乔说话时弯着身子，以掩饰她那颤抖的嘴唇，因为近来她感到玛格丽特已很快长成为妇人了。劳里讲的秘密，本已使她开始害怕那总有一天会发生的分手，现在看来已经迫近了。劳里看出了她脸上的忧虑，为引开梅格对此的注意，他随即问道，“你打扮得这么好，在哪儿作客啊？”

“在加德纳家里，萨莉已经把贝莱·莫法特的婚事全告诉我了。婚事办得很风光，他们已经到巴黎过冬去了。想想那有多快活啊！”

“你羡慕她了吧，梅格？”劳里说。

“我怕是这样呢。”

“我为此而高兴。”乔咕哝着，一边猛地一拉，系好了自己的帽子。

“为什么？”梅格惊奇地问。

“因为，如果你很关心财富，你就决不会去嫁给穷人了。”乔说着向劳里皱皱眉头，因为劳里在无声地提醒她注意自己所说的话。

“我决不‘去嫁给’任何人。”梅格说着，便态度十分尊严地朝前走了。另外两个则跟着，笑着，轻声说话，踢着石头。梅格嘴里虽在咕哝“举动像孩子”，但若不是穿着最好的衣服，她也会加入他们一伙的。

有一两个星期了，乔的行动很古怪，姐妹们都大惑不解。邮递员一打铃，她就朝大门冲去；一碰到布鲁克先生就对他很粗鲁；她愁眉苦脸地坐着看梅格，有时莫名其妙地跳起来去亲她摇她。劳里和她老在互相打暗号，还谈什么“展翅的鹰”，直到姑娘们宣布这两个人准是失去理智了。乔跳窗出去后的第二个星期六，梅格正坐在窗边缝纫，看见劳里满园子里追着乔，最后在艾米的遮荫棚下抓住了她而感到不满。下面的情况梅格看不见了，但是尖笑声是听得见的，接下来是低低的咕哝声和报纸的唰唰声。

“我们拿那女孩子怎么办呢？她永远也不肯让自己的举止像个年轻闺秀。”梅格叹道，眼看着他们奔跑，她脸上充满了反感。

“我倒不希望她那样，她现在这样子有趣又可爱。”贝思道。乔与别人共享秘密，她也没有流露过一点伤心的样子。

“这很伤脑筋，但我们绝对不可能使她守规矩的。”艾米补了一句，她正坐着在给自己做一些新的褶边，而她的鬈发用一种时新的式样束着——这两件惬意之事使她感到自己非常高雅而且像个大人。

几分钟后，乔奔跳了进来，躺在沙发上假装看报。

“你在报上看到什么有趣的事吗？”梅格屈尊地问道。

“只有一篇小说，我想也没有什么了不起。”乔回答，一面小心地遮住报纸上的名字。

“你还是大声读一读的好，那样大家都可以乐一乐，你也可以不胡闹了。”艾米的话完全是一派大人腔。

“小说篇名是什么？”贝思问，她奇怪乔为什么老是把脸藏在报纸后面。

“《里弗尔·佩特斯》。”

“名字很好听，念吧。”梅格说。

乔重重地“哼”了一声，深深吸了一口气，就很快地读了起来。姑娘们听得很有味，因为故事是罗曼蒂克的，有点哀婉动人，因为大多数人物最后都死了。

“我喜欢有关那美妙图画的部分。”乔念完后，艾米赞许地说。

“我喜欢有关情人的部分。维奥拉和安吉洛这两个名字正是我们喜欢的，那是不是有点怪呢？”梅格说，一面擦着眼睛，因为“情人部分”太悲惨了。

“谁写的？”贝思问，她已经瞥见乔的脸了。

读小说的人忽地坐起来，丢掉报纸，露出一张通红的脸，带着又严肃又兴奋的滑稽表情，大声回答，“你的姐姐。”

“你？”梅格叫道，她的缝纫活儿掉了下来。

“这太好了。”艾米评论说。

“我早知道了！我早知道了！哦，我的乔，我多骄傲啊！”贝思跑过去紧紧拥抱她姐姐，为这个辉煌的成就而欣喜若狂。

天啊，她们真是多高兴啊！梅格在亲眼目睹“约瑟芬·马奇小姐”几个字明明白白印在报纸上之前，怎么也不会相信的。艾米多么谦和地评论着小说的绘画部分，还为写个续篇作了些提示，不幸的是，男女主角都已死去，这是不可能再写出来了。贝思很兴奋，快活得又唱又跳。汉娜得知“乔的作为”后，大为惊讶，跑进来喊道，“莎氏（莎士比亚）再世，我从没见过！”马奇太太知道后多骄傲啊！乔含着泪笑着，她声称她简直成了一只孔雀，而且还真就是了。当报纸在大家手中传来传去时，可以说“展翅的鹰”正洋洋得意地扑翼飞过马奇家的上空。

“把这件事告诉我们吧。”“什么时候写成的？”“你能拿到多少稿费？”“父亲会怎么说？”“劳里不会笑话吧？”一家子围住了乔，同时叫唤了起来。这些充满深情的呆子，总是把家里每一桩小小的开心事儿变成了欢乐的佳节。

“肃静，姑娘们，每件事我都告诉你们。”乔说，自己也不知道伯尼小姐[1]对她的《伊芙琳娜》是否比自己对《里弗尔·佩特斯》更觉得了不起。乔谈了如何整理她的小说的经过，又补充说，“当我去听编辑的回音时，他说他两篇都喜欢，但对初学写作者不付稿费，只是把稿件在报纸上发表出来，介绍一下。他说，这是一个好的实践，等到新作者老练了，谁都会付他稿费的。因此我把两篇小说都留在他那儿了。今天报纸送来后，我拿了报正好被劳里碰上，他一定要看，我就让他看了。他说很不错，我应该再多写些，下一回他将去为我领稿费。我多快活啊，因为到时候我就能养活我自己和帮助姐妹们了。”

乔说到这儿，气都透不过来了。她把头包在报纸里，自然淌下的眼泪沾湿了她的小故事。因为能自立，并且得到她所爱的那些人的赞扬，这是她心底的愿望，而目前这事似乎是通向那幸福目标的第一步。

---

1 佛兰西丝·伯尼（1752—1840）是英国女小说家，《伊芙琳娜》是她 1778 年出版的成名作。

第十五章

一封电报

“一年里十一月份最不舒心了。”玛格丽特在一个沉闷的下午站在窗前望着霜冻的花园说。

“那就是我生在这个月份的原因了。”乔忧郁地说，一点也没有发觉自己鼻子上的墨水渍。

“如果现在有什么非常快活的事情发生，我们就会认为这是个欢乐的月份了。”贝思说。她凡事抱乐观的态度，对十一月份也不例外。

“可能是这样。但这个家里总不会有什么乐事，”梅格说，她心情不痛快，“我们一年到头辛辛苦苦地干，没有一点调节，也很少乐趣。我们就像不断地在踩踏车[1]。”

“啊，我们多没趣呀！”乔说，“我不明白，可怜的乖乖，你看到别的姑娘有美好的时光，而你却年复一年埋头苦干。哦，我多希望你能像我书中的女主角那样听凭我来安排啊！你的美貌和善良都已绰绰有余，所以我要让哪个有钱的亲戚留给你一笔意想不到的财产。于是你脱颖而出，成为一个女继承人，可以蔑视每一个小看过你的人，还可以去国外，等到你光彩夺目、举止优雅地回来时，已经是名媛闺秀了。”

“当今已不大有人以这种方式获得财产了。男人不得不工作，女人不得不为金钱而结婚。这是一个可怕的、不公平的世界。”梅格辛酸地说。

“乔和我将为你们大伙儿去谋求财富，只需等十年，看我们到底行不行。”艾米说，她正坐在一个角落里做“泥饼”，这是汉娜对她的鸟啊，水果啊，脸像啊等等小泥塑的称呼。

“不能等了，我恐怕对墨水和烂泥没有多大的信心，尽管我对你们的好意很感激。”

梅格叹了口气，脸又转向霜冻的花园。乔呻吟着，把双肘靠在桌上，一副沮丧的样子；可艾米把泥土拍打得更有劲了。贝思坐在另一扇窗前微笑道，“两件愉快的事儿马上就要来了：妈妈正从街上回来；劳里穿过花园跑来了。他好像有什么好消息要说。”

两人同时进来时，马奇太太还是那句常问的话，“姑娘们，有父亲的来信吗？”而劳里带着劝说的口气说，“你们谁愿意去坐车逛逛？我一直在做数学题，头都做昏了，我想出去活动一下，清醒清醒脑子。今天天气很阴沉，不过空气还不坏，我去把布鲁克接回来，这样一来，屋外虽然没趣，家里就乐了。来，乔，你和贝思会去的，是吗？”

“我们当然去。”

“太感谢了，但我很忙。”梅格突然拿起她的工作篮子。因为她听从母亲的意见，最好别经常跟年轻绅士一起去兜风，至少对她来说是这样。

“我们三个马上就准备好。”艾米叫着跑去洗手了。

“我能为你做些什么呢，母亲大人？”劳里问道。他靠在马奇太太的椅子上，眼光和声调里带着对她惯有的深情。

“没什么要做，谢谢你，假如你那么好心，就到邮局去一次，亲爱

1　古时罚囚犯踩的车子，比喻单调的工作。

的。今天我们应该有信来了，而邮递员却没有来。父亲就像太阳一样准时，不过可能在路上被耽搁了。”

一阵刺耳的铃声打断了她，一会儿，汉娜拿了封信进来了。

“这是一封可怕的电报，太太。”汉娜说着把它递了过来，好像怕它爆炸而造成伤亡似的。

一听电报两字，马奇太太一把抓住了它，读了上面的两行字，便栽倒在她的椅子上。她脸色惨白，就像那小纸片向她心里射去了一颗子弹。劳里冲下楼去拿水，梅格和汉娜扶着她，乔用惊恐的声音大声念道——

马奇太太：

你丈夫病重。速来。

斯·黑尔

勃兰克医院，华盛顿

当他们屏息倾听时，屋子里寂静无声，屋外天色黑得多怪啊！突然间整个世界看来都改变了。姑娘们聚拢在母亲身边，似乎觉得她们生活中所有的幸福和依靠都快被夺走了。马奇太太不久苏醒过来，把电文重读了一遍，向女儿们伸出了手臂，用一种她们永远难忘的声调说道，“我要马上去，不过可能已经太晚了。哦，孩子们，孩子们，帮我来忍受它吧！”

好几分钟里，房间里只听得一片啜泣声，其中夹杂着断断续续的安慰话，保证给予帮助的亲切话以及哽噎住了的满怀希望的低语。可怜的汉娜第一个恢复过来，她用一种不自觉的智慧，给其他人树立了一个好榜样。因为对她说来，工作是治疗大多数苦恼的一大灵药。

“上帝保佑好人！我不会把时间花在哭泣上，我马上去结(给)你准备行李，太太。”汉娜衷心地说，用围裙揩揩脸，用她那粗硬的手跟女主人握了握手，便像一个人能抵三个那样去工作了。

“她说得对，现在没有时间流眼泪。安静下来，孩子们，让我想一想。”

她们试图使自己镇静下来，这些可怜人。她们的母亲坐起来了，看上去脸色苍白但却坚定，她把悲哀抛在一边，为女儿们考虑和计划了起来。

“劳里在哪儿？”她定了定神，决定第一步该怎么办之后便问道。

“在这儿，太太。哦，让我去干点什么吧！”劳里从隔壁房间里跑过来大声说道。他先前觉得她们最初的那种悲伤太神圣了，连他那样友好的眼睛也看不得，于是就退到隔壁房间里待着。

“去发一封电报，说我马上就去。下一班火车凌晨开出，我就乘那班车。”

“还有什么吗？马已准备好了，我能去任何地方——干任何事情。”劳里说。他像准备飞到天边去似的。

“给马奇叔婆留张条子吧。乔，把那纸和笔给我。”

乔从自己新誊写好的一页手稿上撕下一条空白的纸边，把桌子拖到母亲跟前。她很明白，为了这次因父亲生病而作的长途旅行，家里得借钱。她觉得只要自己能作出一点贡献，她真是什么都愿意干。[1]

“好，去吧，亲爱的。别拼命赶而摔坏了自己，不需要那样。”

五分钟后，只见劳里骑着快马在窗外飞跑而过，就像在逃命似的。马奇太太的告诫早被丢诸脑后了。

“乔，你跑到寄宿舍去告诉金太太，说我不能去了。路上带些东西回来，我这就把它们写下来，这些东西都很需要。我去时必须做好准备，因为医院里的用具并非总是好的。贝思，你去问劳伦斯先生要两瓶陈酒。

---

1 Magnet 版本中没有这一段，现根据原作的另两个版本译出。

为了你父亲，我也顾不得向人要了；他每样东西都该是最好的，艾米，告诉汉娜把那黑皮箱拿下来。梅格，你来帮我找找东西，我真有点儿昏头昏脑了。”

可怜的太太又要写，又要想，又要发号施令，一下子把她搅胡涂了。梅格求她到自己房里去安静地坐一会儿，让她们来做事。一阵狂风吹来，每个人都像树叶那样给吹散了，宁静、快活的家庭生活一下就被破坏了，好像那电报是一道恶魔的符咒。

劳伦斯先生跟着贝思匆匆赶来了，好心的老绅士把能想到的病人用的东西都带来了。他极友好地保证在马奇太太出门期间照顾好她的孩子们，这使当母亲的放心不少。哪样东西老绅士没有提供，从他自己的睡衣到他亲自来护送。不过，这后面一项却是不可能的。马奇太太不会让老绅士去长途跋涉。但当他说到这一点时，她脸上宽慰的表情是显而易见的。因为一个心急如焚的人单独出门是不合适的。劳伦斯先生看到这眼神后浓眉紧锁，搓搓手，突然走了出去，说是马上就回来。没有人再有时间去想他了，可是当梅格一手拿着双胶鞋，一手拿着杯茶刚跑过门口，猛地撞见了布鲁克先生。

“听到这个消息我很难过，马奇小姐，”他用友好、平静的声调说道，这使烦扰不安的梅格听来很悦耳，“我是来自告奋勇，送你母亲的。劳伦斯先生托我在华盛顿办些事，能在那儿为你母亲效劳，这将给予我真正的满足。”

胶鞋掉了下来，茶也差一点打翻。梅格伸出手，脸上充满感激之情，以致布鲁克先生觉得他提供的一点点时间和安慰实在不足以报答对方对他的谢意。

“你们实在太好了！我确信母亲会接受的。知道有个人在照顾她，大家都放心了。谢谢你，非常感谢你。”

梅格说得很诚恳，完全忘掉了自己，直到俯视着她的那双棕色眼睛里的某种神情提醒了她，使她记起茶都要凉了，于是领客人走进客厅，还说要去喊母亲来。

等到劳里回来时，一切都已准备好。劳里带回了一封马奇叔婆的短信，内附所需的款子。信上的几行字都是老一套：她常对他们说，让马奇到军队里去是荒谬的，她早就料到这样做不会有好结果，希望他们下次会听从她的劝告。马奇太太把信丢进火里，把钱装进钱包，紧闭着嘴，继续做她的准备工作。假如乔在场，一定会把情况料到几分。

短短的下午过去了，其他跑腿的事也都做好了，梅格和母亲还在忙着一些必需的针线活。贝思和艾米在沏茶，汉娜按她的讲法是“噼里啪啦”烫好了衣服。可是乔还没有回来。大家开始焦急起来，于是劳里出去找她了，因为没有人知道乔头脑里会有什么古怪的想法。劳里找不到她，不过她倒脸上带着古怪的表情回来了。她的表情夹杂着高兴和害怕，满意和懊悔，这使大家都感到奇怪。同样，当她把一卷钞票放在母亲面前时，全家都为之大惑不解。她有点哽咽地说，“这是给父亲一点贡献，让他过得舒适，带他回家来吧！”

“亲爱的，你从哪儿弄来的？二十五美元？乔，我希望你没有干什么轻率的事吧？”

“不，这是我光明正大得来的。我没讨，没借，没偷。这是我挣来的。我想你不会责备我，因为我只是卖掉了自己的东西。”

乔说着摘下了帽子，于是响起了一片惊叫声，因为她那一头浓密的头发给剪短了。

“你的头发！你那美丽的头发！”“哦，乔，你怎么能这样？你最美丽的部分！”“我亲爱的姑娘，谁需要你这样。”“她看上去怎么也不像我的乔了，但为此我却更加爱她！”

当众人在大声嚷嚷时，贝思温柔地抱住这个剪短了头发的脑袋。乔装出一副不在乎的神气，但丝毫瞒不过任何人。乔把棕色的短发一抓，想让人感到她很喜欢这发式。“这并不影响国家的命运，所以别哭了，贝思。这对我的虚荣有好处，我太为自己的头发而骄傲了。把那些蓬乱的头发去掉，对我的脑子有好处。我的脑袋奇妙地又轻又凉，理发师说我很快就会有一头鬈发。现在这样既有男孩子气，又合适，又便于梳理。我很满意。请收下这钱，我们这就吃晚饭吧。”

“乔，把情况都告诉我，我不很满意，但我又不能责备你，因为我知道，你是为了爱而甘愿牺牲你所谓的虚荣。但是亲爱的，这是不必要的，我怕有一天你会后悔。”马奇太太说。

“不，我才不会呢！”乔坚定地回答。她为自己的惊人之举没有完全遭到责难而大大地松了口气。

“你怎么会这么干的？”艾米问。她宁可割下脑袋也不愿剪掉一头秀发。

“哦，我渴望为父亲做点什么。”乔回答。这时她们已经围坐在桌边了，因为健康的年轻人即使在苦恼之中也很能吃。“我不喜欢像母亲那样去借钱，而且我知道马奇叔婆会嘀咕的。她老是这样，即使你问她要九便士也罢。梅格把她三个月的薪水付了房租，而我只顾用我的钱添衣服，我觉得太坏了，一定要去弄些钱，即使卖掉我的鼻子也干。”

“你不必觉得自己太坏，我的孩子，你没有冬天的衣服，这才用自己努力挣来的钱添了几件最简朴的衣服。”马奇太太说，她那眼神使乔的心感到温暖。

“起先，我一点也没有想到卖头发，但我边走边想着我能做些什么，觉得自己真想把手伸进那些物品丰富的店家去拿自己需要的东西。在一家理发店的橱窗里，我看见几根标着价钱的辫子。一根黑的还没我的粗，卖四十美元。这使我突然想到自己也有一样可以换钱的东西了。于是我就毫不犹豫地进了门，问他们要不要买头发，肯出多少钱。”

“我不明白你怎么敢这么做的。”贝思用一种害怕的语气说。

“哦，他是一个小个子男子，看上去他活着就是要往头上搽油。起先他眼睛瞪着，好像还不习惯于女孩子这样冲进店里去卖头发。他说他不大喜欢我的头发，因为它不是流行的颜色，所以首先他是绝不会出好价钱的，还说要加了工才能卖好价钱等等。这时天色已晚，我担心不马上成交的话，这事就根本干不成了。你们知道，我只要开始做一件事，就不肯半途而废。所以我要求他买下来，并把我为什么这样急的原因告诉了他。这或许很傻，但这倒使他改变了主意。因为我很急，颠三倒四地说了缘故，他妻子听到后，好心地说道：

“托马斯，答应这位小姐，买下来吧。假如我有一头头发能卖钱，为了我们的吉米，什么时候我都会这么做的。”

“吉米是谁？”艾米问，她喜欢人家话还在讲下去时，就把事情弄清楚。

“她的儿子，她说他也在军队里。这些事使得不熟悉的人变得多么友好啊，是吗？理发师给我剪头发时，他妻子一直在陪我说话，巧妙地转移了我的注意力。”

“第一刀剪下去时，你不感到害怕吗？”梅格问时，打了个寒颤。

“当理发师拿起他的工具时，我朝我的头发看了最后一眼，那就是结局。我从来不为那样的小事哭鼻子。不过我承认，当我看到原来可爱的头发安放在桌子上，自己头上只剩下短而乱的发根时，觉得很不自在。我几乎像被斫去一只手臂或一条腿。那女人见我看着那头发，便捡出一长绺给我保留着。我把它交给你，妈妈，以纪念往昔秀发披肩的美丽。其实留短发很舒服，我可不想再要那浓密长发了。”

马奇太太把那绺波浪形的栗色长发卷起来，跟一绺灰色的短发一起收进她的书桌。她说了句“谢谢你，亲爱的”，但是她脸上的神情使姑娘们转换了话题，尽可能愉快地谈到布鲁克先生的好心，预期明天的好天气，还有父亲回家养病时她们将有的快乐时刻。

没有人想去睡觉，十点钟时，马奇太太放下最后完成的活计说，“来吧，姑娘们。”贝思走到钢琴前，弹起了父亲喜爱的圣歌。大家变得勇敢起来，不过又一个接一个唱不下去了，只剩下贝思一个人还在全心全意地唱，因为对她来说，音乐永远是甜蜜的安慰者。

当这支圣歌唱完时，已经没有人敢再唱一个了。马奇太太说，“去睡吧，别说话了，因为我们明天要早起，需要尽可能多睡一会儿。晚安，亲爱的。”

她们默默地吻了她，寂静无声地出去了，仿佛亲爱的病人就睡在隔壁房间似的。贝思和艾米尽管有着巨大的忧伤也很快就睡着了，可是梅格却睡不着，想着她短短的人生中所经历过的最严重的心事。乔躺着不动，她姐姐还以为她睡着了。当梅格碰到一张潮湿的脸颊时，一声憋着的呜咽使她喊了起来：

“乔，亲爱的，怎么了？你在哭父亲吗？”

“不，现在不是。”

“那为什么？”

“我的——我的头发！”可怜的乔放声哭了起来，她想用枕头把自己的感情压下去，却是徒劳。

梅格一点都不觉得好笑，她无限温柔地吻着抚摸着这个苦恼的女英雄。

“我并不后悔，”乔哽噎着声明说，“如果有可能，我明天还会这么做的。这仅仅是我虚荣、自私的一面，卖掉了头发又来哭泣这太傻了。别告诉任何人，现在一切都过去了。我还以为你睡着了呢，所以就想私下里为我那一点美丽悲叹两声。你怎么还醒着？”

“我很焦急，睡不着。”梅格说。

“想点愉快的事，你很快就会睡着的。”

“我试过了，可是感到比以前更清醒了。”

“你想的是什么？”

“那些漂亮的脸，特别是那些眼睛。”梅格回答，在黑暗中自己笑了起来。

“你最喜欢什么颜色的？”

“棕色的——那是有时候——蓝色的也很可爱。”

乔笑了，梅格严厉地命令她别说话，而后又友好地答应把她的头发烫鬈了，接着就睡着了去做她那空中楼阁的梦了。

时钟已打十二下，房间里寂静无声。这时一个人影悄悄地从一张张床前溜过，这里拉拉被子，那里塞塞枕头，又停下来长时间温柔地看着每一张睡着的脸，又用默默祈祷的嘴唇去吻她们，用只有母亲能发出的热烈的祷词为她们祈祷。当她拉起窗帘朝阴郁的黑夜看去时，月亮突然破云而出，宛如一张明亮和蔼的脸照着她，它在寂静中好像悄声说道，“安心吧，亲爱的！云层后面总有光明。”

第十六章

信　件

在寒冷灰暗的凌晨，姐妹点亮了灯，用从未有过的认真态度读了她们书中的章节。因为现在一个真正苦恼的阴影来到了，而这些小书充满了帮助和安慰。她们在穿衣时约好要脸带笑容、充满希望地和母亲告别，不能让眼泪和诉苦给她焦虑的旅途增加悲伤了。当她们下楼时，每样事物好像都很怪，屋外那样幽暗和寂静，室内却灯火通明而忙乱。这么早吃早饭似乎很奇特，甚至当汉娜戴着睡帽在厨房里忙来忙去时，她那张熟悉的脸看上去也不大自然了。那只大皮箱已经放在门厅里，母亲的斗篷和帽子搁在沙发上。她坐下来想吃点什么，但失眠和焦急使她看来又苍白又乏力，姑娘们带着严肃而痛苦的表情，好像悲伤对她们来说是一种新的体验。

谁也不多说话，当她们坐着等马车时，动身的时刻就要来到了。姑娘们为母亲忙乎着，一个替她系围巾，一个为她拉平帽带，第三个为她穿套鞋，第四个扎牢她的旅行袋，这时马奇太太对她们说：

“孩子们，我让汉娜照顾你们了，劳伦斯先生也会保护你们。汉娜是完全忠实的，我们的好邻居会把你们当自己孩子一样守护着。我并不担心，只期望你们正确地对待这场苦难。我走后你们别伤心，别烦恼，不要以为无所事事和试图忘却会给你们带来安慰。要像往常一样继续工作，因为工作是使人愉快的安慰。充满希望，努力工作吧。不管发生什么事也要记住，你们永远不会没有父亲。”

“是，母亲。”

“梅格，亲爱的，要谨慎小心，照看好妹妹们，要和汉娜多商量，有什么困惑不解的事就去找劳伦斯先生。乔，你要有耐心，别垂头丧气或草率从事，常写信给我，做我勇敢的女儿，准备好帮助我们，使我们大家振奋起来。贝思，你可以用音乐来安慰自己，对家里的小事要忠于职守。艾米，你要尽自己所能多帮忙，要听话，在家里要保持快活和平安无事。”

“我们会的，母亲！我们会的！”

马车驶来的隆隆声使大家浑身一振又凝神细听。那是个艰难的时刻，但姑娘们还是坚持住了。没有人哭泣，没有人跑开或发出一声悲叹。她们给父亲捎去充满爱的口信，但想到她们说过这也许已太晚了，不由得心情很沉重。她们默默地吻着母亲，温柔地拥抱她，当她乘车离去时，还力图愉快地挥手呢。

劳里和他祖父也来送行。布鲁克先生看上去是那么壮实、聪明、善良，以致姑娘们当场就给了他一个“豪爽先生”的称号。

“再见了，亲爱的，上帝保佑我们大家！”马奇太太轻轻地说着，一个接一个地吻了这些可爱的小脸蛋，匆匆上了车。

当她渐渐远去时，太阳出来了。她朝后看，太阳正照在门口这一群人身上，像是个好兆头。他们也看到太阳了，正笑着挥手呢。转过街角时，她最后看见的是四张开朗的脸，是卫队一般站在她们后面的劳伦斯先生、忠心的汉娜和热诚的劳里。

“每个人对我们都这么友好啊！”她说时转过身去，在那年轻人的脸上带着尊敬的同情里，找到了新的证据。

“我不明白她们怎么支撑得住。”布鲁克先生回答。他笑得很有感染力，以致马奇太太也不由自主地笑了起来。这样，漫长的旅途便以太阳的好兆头和欢声笑语开始了。

“我觉得好像发生了一场地震。”乔说。这时她们的邻居回家吃早饭去了。让她们自己也休息一下，吃点东西。

“这个家好像去了一半。”梅格凄凉地添了一句。

贝思张嘴想说什么，结果只指指母亲桌子上一堆补得很好的袜子，这说明即使在最后匆忙的时刻，母亲还想到她们并为她们做事。这是件小事，但非常感人，因此她们顾不得那勇敢的决议，情不自禁地伤心痛哭起来。

汉娜聪明地让她们去发泄自己的感情，当“阵雨”有点停息下来的迹象时，她便以一壶咖啡来搭救她们了。

“好了，我亲爱的小姐们，记住你们妈妈说过的话，别发愁了。来，每人都喝一杯咖啡，然后开始工作，为这个家增光吧。”

咖啡很合人意，汉娜早晨煮的时候显示了此事做得非常得体。没有人能抵制她劝说似的点头，或是从咖啡壶嘴冒出的诱人的香味。她们一起来到餐桌边，把手绢换成餐巾，十分钟内，就都恢复正常了。

“‘充满希望，努力工作吧’，这是给我们的座右铭，因此让我们来看谁记得最牢。我要照常到马奇叔婆家去。哦，不过她可不要老训人！”乔说，她喝着咖啡，精神就恢复了。

“我还要到金家去。虽然我很喜欢留在家里照看。”梅格说，她但愿没有把眼睛哭得这么红。

“那倒不需要。贝思和我能把家管得很好的。”艾米插进来郑重其事地说。

“汉娜会告诉我们怎么做，等你们回家时，一切都会安排得很好。”

贝思说着毫不耽搁地拿起了洗碗刷和洗碟盆。

“我觉得焦急是很有趣的。”艾米吃着糖沉思地说。

姑娘们忍不住笑了起来，并因此感到好过了些。但梅格却对能在糖缸里找到安慰的年轻小姐直摇头。

乔一看见半圆卷饼，心情又沉重起来，两姐妹出门从事日常工作时，悲哀地回头看了看窗子，她们已经习惯于望望母亲在窗口的脸了。如今这已看不到。但贝思却记得这个家庭小仪式，她像个玫瑰色脸蛋的贵人正朝她们点头呢。

“这才像我们的贝思！”乔说，一边满脸感激地挥动帽子。“再见梅格，我希望金家今天没有什么交际。别为父亲忧虑，亲爱的。”她俩分手时，乔又这么说。

“我也希望马奇叔婆别发牢骚。你的头发很合适，看来挺男孩子气，又好看。”梅格回答，她对这个鬈头发的脑袋忍住不笑，因为它在高个子妹妹的肩上看来显得怪里怪气地小。

“那是我唯一的安慰。”乔行了个劳里式的碰帽礼便走了，她觉得自己就像只冬天里被剪掉了毛的羊。

从父亲那儿传来的消息给了姑娘们不少安慰。因为病情虽然危险，但他身边出现的这两个最好最体贴的护士，已使他好得多了。布鲁克先生每天送一份病情报告。作为一家之长，梅格坚持自己来读这些急件。一个星期过去后，消息变得越来越令人振奋。一开始每个人都急着写回信，厚厚的信由某个姐妹小心塞进了邮筒，她们把跟华盛顿的通讯看得相当重要。当邮包中装着不同风格的信件时，我们不妨劫一封想像中的来读读：

我最亲爱的母亲：

你上次来信给我们带来的快乐是无法言表的，因为消息之好，使我们不禁对着信又哭又笑。布鲁克先生是多么友好啊。而且真幸运，劳伦斯先生的事务使他在你身边耽了这么久，而他对你和父亲是这么有用。姐妹们都像金子一样好。乔帮我缝纫，还坚持要干各种重活。幸好我了解她“一时的热心”长不了，否则真怕她会劳累过度呢。贝思干她的活儿像钟一样有规律，而且从来没忘记你跟她讲的话。她老为父亲担忧，除了弹她那小钢琴的时候，看来总很愁闷。艾米很听我的话，我也很关心她。她自己梳头，我也正在教她开纽洞，补她自己的袜子。她很用心学，我知道你回来时看见她的进步一定会高兴的。劳伦斯先生，如乔所说，像只老母鸡似地在照看我们。劳里很好，也很友善。他和乔使我们很愉快，因为你和我们离得那么远，我们有时很沮丧，感到像孤儿似的。汉娜是一个十足的圣徒，她一点也不骂人，而且经常叫我“玛格丽特”小姐。这是很恰当的，你知道，她待我很恭敬。我们都很好很忙，但我们日夜都在盼着你回来。向父亲致以最亲切的问候，相信我，永远属于你的

梅格

这信是写在一张带香味的信纸上的，跟下面的信恰巧是鲜明的对照。那信写在一大张薄洋纸上，上面墨迹斑斑，字体花哨，弯弯曲曲：

我亲爱的妈妈：

向亲爱的父亲欢呼三声。布鲁克真可靠，传报迅速，使我们及时知道了父亲病情好转。信来时，我奔上顶楼，想要感谢上帝对我们的恩典，但我只能哭着说：“我太高兴了！我太高兴了！”那不是和一次正式的祷告一样吗？我心里的感受太多了。我们有如此有趣的时光，现在我能享受了。每个人都好得不得了，就像生活在一个斑鸠窝

里似的。看到梅格坐在桌子上首，摆出一副母亲风度，你准会发笑的。她长得一天比一天漂亮了，有时候我为她倾倒呢。孩子们都是地道的天使，而我呢——唉，我就是乔，永远不会是别的什么。哦，我必须告诉你，我几乎跟劳里吵了一架。我对一件无聊的小事痛快地讲了一通，他被得罪了。我没错，但不该那么说。他回家了，而且说，倘我不道歉，他再也不来了。我声称决不道歉，也恼火了。这样僵持了一天，我情绪很坏，非常需要你。劳里和我自尊心都很强，赔礼道歉太难了。我想他会那么干的，因为我站在对的一方。他没有来。刚到晚上，我想起了艾米掉进河里那天你说的话，我读了我的小书，感觉好过些了，决心不让自己的怨怒留过夜，就跑去想要告诉劳里说我很后悔。我在门口碰到他，他也为这事来了。我们都笑了起来，彼此道歉，重归于好。

昨天帮汉娜洗衣服时，得"苹果"[1]一只。既然父亲爱看我笨拙的小玩意儿，便随信附上，逗他一乐。照常最亲热地拥抱父亲，吻你本人十二次。

你的乱七八糟的乔

肥皂水之歌

当白色的泡沫高高冒起时，
我的洗衣桶女王啊，我欢乐地歌唱；
我努力地洗啊，漂啊，绞啊，
把衣服挂出去晾干；
于是它们在晴空下，

1　指诗一首。

在自由、新鲜的空气中飘扬。

我希望能把一星期来的脏东西
从我们的心灵中洗净，
让水和空气通过它们的魔力
使我们变得像它们一样洁净；
在这世界上于是确实有了
一个光荣的洗衣日！

沿着一条有益的人生道路，
心花将永远盛开怒放；
忙碌的头脑无暇思索
忧愁、烦恼和沮丧；
当我们敢于擦洗的时候，
愁绪便一扫而光。

我高兴自己接受了一项任务，
可以天天为此工作；
因为它带给我健康、力量和希望，
于是我便欢乐地学着说：
头脑，你要思索；心，你要感受；
但是手，你要不断地工作！

亲爱的母亲：

我要在这有限的篇幅里，献上我的爱和几朵压扁的三色堇，那是从我精心培植在家里等父亲回来看的根茎上摘下来的。我每天早晨阅读，力求好好地度过一整天，然后唱着父亲的曲调进入梦乡。现在我不能唱《天国》这支歌，它使我直想哭。人人都那么友好，你不在的时候，我们也尽可能生活得快活一些。艾米想在余下的纸上写几句，所以我只好打住。我从不忘记把东西盖好，每天给钟上发条，开窗透空气。

吻亲爱的父亲的脸颊，他说这是属于我的。哦，快回来吧！

你充满深情的小贝思

我亲爱的[1]妈妈：

我们都好，我一直在做我的功课，从来不和姑娘们闹“证实”——梅格说应该是争执，所以我把这两个词都写在这里，你可以挑一个最适当的。梅格对我是一个很大的安慰，每晚吃茶点时都让我吃果子冻，乔说这东西对我来说太好了，因为它能使我保持脾气温柔。劳里没有像他应有的那样可京(敬)，现在我差不多十二三岁了，他却叫我小娃娃，而且当我像海蒂·金那样说谢谢[2]或早上好[3]时，他用法语对我讲得很快，很伤我的感情。我那件蓝衣服的袖子都穿破了，梅格给我换了一副新袖子，但是整个前面看来不对头，两只袖子也比其他部分蓝得多。我感到不愉快，但并不烦恼。我忍受着自己的苦痛。但我确实希望汉娜把我的围裙浆得更硬挺些，而且每天都能吃到荞麦。她能吗？我这个泥(疑)问号写得是否漂亮？梅格说我的标店(点)和拼写太糟了，这真使我懊脑(恼)，可是天啊，我有那么多事要做，我不能停下来。再见了，向爸爸致以深深的爱——你亲爱的女儿

艾米·柯蒂斯·马奇

1 2 3 原文为法语。

亲爱的马奇台台(太太)[1]：

我写这封短信只想说，我们的日子过得好及(极)了。姑娘们很聪明，活泼地跑来跑去。梅格小姐将成为一个合格的好管家，她也喜欢干，领会起干事情的窍门来斤(惊)人的快。乔干活总跑在前头，但她不会停下来化(划)算一下，你根本不知道她会在什么地方甩手不干了。星期一她洗了一盆衣服，在绞干之前就上浆，同时把一件粉红色印花布衣服染蓝了。我想起来真要笑死了。贝思是小家火(伙)中最好的了，帮我很多忙，既能思前想后又可靠。她力图学会做每件事，她还上市场买东西，这实在是超过了她的年龄。又如在我的帮助下学记账，记得好极了。我们到现在为止过得很节约。按照你的愿望，一星期我只给姑娘们吃一次咖啡，给她们吃简单的、有益健康的食务(物)。艾米穿着她最好的衣服吃着甜点心时，她的急照(躁)脾气好多了。劳里先生还是像往常那么滑机(稽)，经常在家闹翻天，可是他使姑娘们打起精神，这样我也就让他们自油(由)行动了。那个老绅士送来许多许多东西，有点使人心烦，但他的用意是好的，而处在我的地位也不能说什么。我的面包发孝(酵)发好了，这次就写到这里为止。向马奇先生问好，希望他的肺言(炎)早日痊愈。

汉娜·莫勒特谨上

二号病房护士长：

拉帕汉诺克河畔一切安然无恙，部队情况良好，军事委员会工作正常进行，特迪上校领导的家庭卫队始终坚守岗位，总司令劳伦斯将军每天检阅部队，军需官莫勒特把营房安排得井然有序，狮子少校[1]

1　汉娜文化差，错字更多。

每夜警戒放哨。接到华盛顿传来的好消息，司令部举行了阅兵典礼，同时放礼炮二十四响以致庆贺。总司令和我衷心地向你们致以最好的祝愿。

特迪上校

亲爱的夫人：

小姑娘们都好。贝思和我家的小男孩每天都来汇报。汉娜是个模范仆人，就像一条龙似地守护着美丽的梅格。高兴的是天气一直很好，请多派布鲁克的用场。如果开支超出预算，可以动用我的款子。不要让你的丈夫缺什么，谢谢上帝，他正在康复。

你忠实的朋友和仆人

詹姆斯·劳伦斯

1　指家里养的狗。

第十七章

忠诚的小姑娘

这所老房子里的种种美德可供街坊谈上一个星期。这真令人吃惊，因为每个人的思想似乎都升华了，自我忍让风行一时。然而从对父亲最初的焦虑中解脱出来以后，姑娘们便不知不觉有点放松了她们那点值得赞扬的努力，开始故态复萌起来。她们没有忘记自己的座右铭，但是充满希望和努力工作似乎变得容易些了。经过如此巨大的努力之后，她们觉得努力者[1] 应该有一个假期，于是就大放起假来。

乔由于对剪了头发的脑袋不注意遮盖，患了重感冒。因为马奇叔婆不喜欢听患感冒的人读书，便命她待在家里，等好了再去。乔正中下怀，她从顶楼到地窖翻找了一大阵以后，便躺到一张沙发里，用砒素和一些书来护理自己的感冒。艾米发现家务和艺术不能很好地结合在一起，又重新去做她的泥饼了。梅格每天都去她的学生家，在家时便做针线或想心事，但很多时间是花在给母亲写长信，或是一遍又一遍地读华盛顿来的快信。贝思仍跟往常一样，只是略有一点回复到从前的那种懒散或伤心。所有的零碎家务活她都每天忠实地去干，许多本是她姐妹的活她也做了，因为她们常常忘记，而这个家就像是一只没有钟摆的钟。当她想念母亲或是为父亲担心时，心情便沉重了起来，这时她走到某一个小房间里，把脸藏到一件可爱的旧长袍的褶裥里，低声悲泣着，自个儿默默地祈祷着。没人知道经过一阵有节制的发作之后是什么力量又使她振奋起来。但是每个人都觉得贝思是多么温柔，多么乐于助人，于是每逢遇上点小事，便去她那儿寻求安慰和指点。

大家没有意识到这次经历是一种个性的考验。当最初的兴奋过去之后，她们觉得已经做得很好了，应该受到表扬。她们也正是如此，但其错误是停止不前了，经过很多的忧虑和悔恨之后，她们才吸取了这个教训。

“梅格，我希望你去看看赫梅尔一家，你知道母亲叫我们不要忘了他们的。”贝思说时，马奇太太离家刚十天。

“今天下午我太累了，不想去。”梅格回答，一边舒服地摇动着身体在做针线。

“你不能去吗，乔？”贝思问。

“风又大又冷，我在感冒呢。”

“我想天气几乎转好了吧。”

“天好了我可以和劳里一起出去，不过就是不好到赫梅尔家去。”乔笑着说，但对自己这种前后矛盾的话，看来有点不好意思。

“你为什么自己不去？”梅格问。

“我每天都去的，可是那个婴儿病了，我不知道该怎么办。赫梅尔太太去上班了，洛特肯在照顾他。但他病得越来越厉害了，我想你或汉娜应该去一趟。”

贝思说得很认真，梅格答应她明天一定去。

“问汉娜要些好吃的东西带去，贝思。室外的空气对你有好处，”乔说，

1　《天路历程》中的一个人物。

一边带有歉意地附加了一句，“我本会去的，但我要把我的写作告一段落。”

“我头痛又很疲倦，所以我原以为你们哪一个会去的。”贝思说。

“艾米就要来了，她会为我们跑一趟的。”梅格建议。

“好吧，我休息一会儿等等她。”

于是贝思在沙发上躺了下来，其他人又各干各的事了。赫梅尔一家给忘却了。一个钟头过去了，艾米没有回来。梅格跑到自己房里去试穿一件新衣服了；乔正全神贯注在她的小说里；汉娜在灶火前呼呼大睡。这时贝思悄悄地戴上头巾，把给穷孩子的零碎东西装进篮子，带着个沉重的脑袋，忍耐的眼睛里含着忧愁，走到外面寒冷的空气中去了。过一会儿她回来了，谁也没有看见她溜上楼梯，把自己关在母亲的房间里。半小时后，乔到“母亲的小间”里去拿东西，发现贝思坐在药箱上，眼睛红红的，手里拿着一只樟脑瓶，神情非常沉重。

“天哪！怎么了？”乔喊道。贝思伸出手来，像是要警告她离开些，同时迅速问道：

“你生过猩红热，是吗？”

“在几年前梅格生时得过，怎么了？”

“那么我告诉你。哦，乔，那婴儿死了！”

“哪个婴儿？”

“赫梅尔太太的。在她回家之前他就死在我的膝上。”贝思抽噎着叫了起来。

“我可怜的好孩子，这对你太可怕了！本来应该我去的。”乔说着面带歉意地坐到母亲的大靠背椅里，把妹妹揽在怀里。

“这并不可怕，乔，只是太悲惨了！我一眼就看出他病得更重了，但是洛特肯说她母亲去请大夫了。于是我抱着婴儿，让洛蒂[1]去休息。孩子

1　洛特肯的昵称。

似乎睡着了，可是突然他轻轻哭了一声，颤抖起来，接着就躺着不动了。我试图去温暖他的脚，洛蒂给他喝牛奶，但他一动也不动，于是我知道他已经死了。”

“不要哭，亲爱的！那你做了些什么呢？”

“我只是坐着，安稳地抱着他，直到赫梅尔太太带着大夫回来。大夫说孩子已经死了，他为正在闹喉咙疼的海因里奇和明娜作了检查。‘猩红热，太太。应该早来叫我。’他生气地说道。赫梅尔太太对他说，她很穷，一直在设法自己给孩子治，但现在太晚了，她只能求他救救其他的孩子，相信慈善机关会付给他钱的。于是他笑了笑，温和了些。但这真够悲惨的，我和她们一起哭了，直到他突然转过身来，叫我立刻回家服颠茄，否则我也要得猩红热的。”

“不，你不会的！”乔边喊边目光恐惧地紧抱着她，“哎呀，贝思，如果你得了病，我永远不能原谅自己！我们怎么办呢？”

“不要害怕，我猜想我的情况还不是太坏。我看了母亲的书，看到这病开始时要头痛，喉咙痛，以及像我这样的异样感觉，所以我就服了一些颠茄，现在感到好一些了。”贝思说着把自己冰冷的手放到发烧的额上，想要让人看上去还好。

“要是母亲在家就好了！”乔喊道，她抓起那本书，觉得华盛顿离得太远了。她读了一页书，看看贝思，摸摸她的头，观察了她的喉咙，于是严肃地说，“你照看那婴儿已经一个多星期了，还跟另外几个快发病的孩子在一起。我去叫汉娜，她懂得所有关于生病的事。”

“不要让艾米过来。她没生过这病，我不想把这病再传给她。你和梅格不会再生了吧？”贝思焦急地问。

“我想不会了。即使我再染上也是我活该，我自私得竟让你去，自己却待在家里写那些废话！”乔咕哝着去找汉娜商量。

那个好人一下子就清醒过来了，她立刻走在前头，边叫乔不要担心，每个人都生过猩红热，只要好好医治，没有人会死的。乔相信这一切，当她们上去叫梅格时，她觉得宽慰多了。

“现在我告诉你，我们该怎么办，”汉娜检查并讯问了贝思以后说道，“我们要去请彭斯大夫，马上给你看一下，亲爱的。我们一开始就要做得对。然后把艾米送到马奇叔婆那儿去一段时间，免得被传染。你们俩留一个在家里，陪贝思一两天消遣消遣。”

“当然是我留下来，我最大。”梅格先说，看来既焦虑又内疚。

“我留下，因为她病了是我的过错。我告诉过母亲，这差使我来干，而我没有履行。”乔说得很坚决。

“你要哪一个，贝思？这儿只需要留一个。”汉娜说。

“留乔吧。”贝思带着一副满意的神色，把头靠着她姐姐。事情就这么解决了。

“我去告诉艾米。”梅格说。她有点不快，但总的说来，轻松了些，因为她不爱护理别人，而乔却喜欢。

艾米马上提抗议，激动地宣称，她宁可得猩红热，也不去马奇叔婆家。梅格对她解释、恳求、命令，但都无效。艾米坚决表示不去。梅格绝望地离开了她，去问汉娜怎么办。在她回来之前，劳里走进客厅，发现艾米把头埋在沙发垫子上哭泣。她把事情说了，希望得到安慰。但是劳里只是把手插在口袋里，轻轻吹着口哨，在房间里走来走去，皱起眉头在深深思索。不一会儿，他在她身边坐了下来，用他最富于哄骗性的语调说道，“好了，做个懂事的小妇人吧，照她们说的去做。哎，别哭了，你听听我有个多么有趣的计划。你到马奇叔婆家去，我就天天来带你出去，乘马车，散步。我们有多么美好的时光啊，这不比闷在家里强吗？”

“我不希望被送走，好像我在妨碍什么似的。”艾米委屈地说。

“哎呀，孩子，这是为你好。你不想生病吧，是吗？”

“是的，我当然不想生病；但我可能会的，因为近来我一直跟贝思在一起。”

“那就是你应该马上离开的原因，以便能躲开这场病。换换空气，多加小心，我说这会使你保持健康。即使不能完全避免，你发烧也会轻一些。我劝你尽快走，因为猩红热不是闹着玩的，小姐。”

“但是马奇叔婆家多沉闷啊，她脾气又那么坏。”艾米说着，看来有点害怕。

“不会沉闷的，我每天跑来把贝思的病情告诉你，带你出去游荡。老太太喜欢我，我再对她尽可能亲切些，这样我们不论干什么，她也不会找岔子了。”

“你会带我去乘布克的那辆运货马车吗？”

“我以一个绅士的名誉担保。”

“天天都来吗？”

“我怎么会不来呢。”

“贝思一好就带我回家吗？”

“立刻。”

“还去剧院，真的？”

“很多剧院，只要我们能去。”

“好吧——我想——我愿意。”艾米慢慢地说。

“好姑娘！去喊梅格，告诉她你让步了。”劳里说着，赞许地拍拍她，这可比“让步”这个词更叫她生气。

梅格和乔跑下楼来，看到劳里创造的奇迹。艾米感到自己很可贵，也很富于自我牺牲精神。她说如果大夫认为贝思真的会病倒的话，那么她就答应去。

“小宝贝怎么了？”劳里问道，因为他特别钟爱贝思。他内心比表面显露的还要焦急。

"她躺在母亲的床上，觉得好些了。那婴儿的死使她很苦恼，我想她也许只是着了凉。汉娜说她也认为是这样。但是她看来很担心，这倒使我坐立不安。"梅格回答。

"一个多难受的世界啊！"乔说着烦躁地抓着自己的头发。"真是一波未平，一波又起。母亲不在，似乎什么都把握不住，我也不知所措了。"

"唉，别把自己抓得像只箭猪似的，这不合适。把你的头发理一理，乔。你说我要给你母亲发个电报或者干点别的事吗？"劳里问。他对自己的朋友失去美丽的头发一直不甘心。

"这事使我很烦恼，"梅格说，"我想如果贝思真的病了，我们应该告诉她。可是汉娜说不行，因为妈妈离不开父亲，这样做只会使他们增加忧虑。贝思不会病很久的，汉娜知道怎么做。母亲说过要我们听她的，所以我想只能这样。可是我总觉得有点不大对头。"

"嗯，好吧，我不能说什么。大夫来了之后，我想你们可以问问我祖父。"

"我们会问的。乔，你马上去请彭斯大夫，"梅格吩咐着，"在他来之前，我们什么事也没法决定。"

"你还是待在这儿吧，乔。我是给这个家跑腿的。"劳里说着拿起了他的帽子。

"我怕你太忙了。"梅格说。

"不，我已经做完了今天的功课。"

"你在假期里还学习？"乔问道。

"我在追随我的邻居给我树立的好榜样呢。"劳里回答说，大摇大摆地走出了房间。

"我对这孩子很有期望。"乔说。她带着赞许的微笑目送他越过了木栅栏。

“作为一个男孩子，他做得很不错。”梅格的回答有点不礼貌，因为对这个话题她不感兴趣。

彭斯大夫来了，说贝思有猩红热的症状。尽管他对赫梅尔家有人发病的事显得很认真，但仍认为贝思的病情较轻。艾米为避免染病，吃了些预防药后，被命令立即离开，有乔和劳里护送，走得很隆重。

马奇叔婆以她通常的待客态度接待了他们。

“现在你们想干什么？”马奇叔婆问。她从自己的眼镜上方锐利地看着他们。这时那只鹦鹉蹲在她的椅背上叫道：

“走开，男孩子不能在这里！”

劳里退到窗前，乔把情况说了。

“让你们到穷人堆里去混，现在果然不出我所料了。艾米如果没病就留下来做点事吧。瞧她现在这样子，我毫不怀疑她会得这种病的。别哭了，孩子，别哭了，一听到别人哭鼻子我就心烦。”

艾米正要大哭，劳里调皮地拉拉鹦鹉的尾巴，这使波莉发出一声惊叫：“哎呀！”这副滑稽样子，使得艾米破涕为笑了。

“你们母亲那儿有什么消息？”老太太生硬地问道。

“父亲好多了。”乔回答，一边努力使自己保持严肃庄重。

“哦，他好多了？嗯，我想那不会持久的。马奇从没有什么耐力。”她高兴地回答着。

“哈哈！别灰心，来一撮鼻烟，再见，再见！”波莉尖叫着，在椅背上蹦跳着。劳里在后面捏它，它就去抓老太太的帽子。

“住嘴，你这没规矩的老鸟！乔，你最好马上就走，这么晚了还在游荡不妥当，跟这个愚蠢而饶舌的男孩子在一起像是——”

“住嘴，你这没规矩的老鸟！”波莉叫道，它从椅子上跳下来，奔过去啄那个“愚蠢而饶舌”的男孩子，他听了最后那句话正笑得前仰后合。

当艾米留下来单独跟马奇叔婆在一起时，她想“我看我是不能忍受的，但也只好试试看了”。

“去吧，你这个丑八怪！”波莉尖叫了起来。听到这种粗话，艾米忍不住抽泣了一下。

第十八章

阴暗的日子

贝思果真发烧了，病得比人们预料的要重，而汉娜和大夫则是事先有点估计到的。姑娘们对病理一无所知，劳伦斯先生又不准进来探望，因此所有的事都由汉娜安排了。忙碌的彭斯大夫竭尽全力，但大量的工作是精心护理。梅格留在家里管理家务，同时免得把病传染给金家。她在写给母亲的信中只字未提贝思的病，但心里十分焦虑，并有一点负罪的感觉。她认为欺骗母亲是不对的，但她被叮嘱过要听汉娜的话，而汉娜又不愿“为这么点小事去使马奇太太担忧”。乔日夜为贝思操劳，可这任务不艰巨，因为贝思非常能忍耐，只要能控制得住自己，就忍受着痛苦，绝不抱怨。但后来有一段时间一阵阵的发高烧，她嗓子开始嘶哑，手指开始在床罩上弹着，好像在弹她那心爱的小钢琴。她还想用红肿的喉咙唱歌，但唱不出歌来。这时她已认不出周围熟人的脸，把名字都叫错了，又哀哀呼叫着她的母亲。于是乔害怕起来了，梅格恳求把真相通知母亲，甚至汉娜也说，“虽然目前还不至于有危险，但可以考虑这事。”华盛顿来了一封信，更增加了她们的苦恼，马奇先生情况又差了，短时期内不会考虑回家。

眼下的日子看来是多么阴暗啊，这屋子是多么悲惨、寂寞啊！姐妹们在工作和等待时，她们的心情有多沉重，而死亡的阴影在这一度很快乐的家庭里徘徊着！于是梅格常独自一人坐着淌眼泪，泪珠滴到了她的针线活儿上。她感到自己过去多么富裕，她有过比任何金钱能买到的更珍贵的东西——爱、庇护、平静和健康，这都是生活中的真正幸福。而乔呢，坐在黑暗的房间里，那个受罪的小妹妹老在她眼前，那个悲哀的声音在她耳边回响。她理解了贝思天性中的甜美，感觉到她在每个人的心中占有多么深沉、多么温柔的位置，同时也认识到了贝思无私的愿望的价值，她活着是为了别人，以那种每个人都可能具有的朴素的德行，使家庭充满快乐，这种德行比起才能、财富和美丽来，谁都更喜欢，更觉得有价值。艾米在她离家期间，渴望着回家为贝思做点事。现在她觉得做什么都不苦、不令她厌烦了，而且想起来就感到悔恨：贝思那双乐于助人的手为她做了多少不被人注意的事啊。劳里像一个不停息的鬼怪在屋子里出没无常。劳伦斯先生锁起了大钢琴，因为他不愿让琴声勾起他的小邻居常在黄昏时给他带来的快乐，这会使他受不了。每个人都惦念贝思。送奶人、面包师傅、杂货店老板、卖肉的都在询问她怎么样了。可怜的赫梅尔太太跑来为她的疏忽道歉，还为明娜拿到了一件尸衣。邻居们送来了各种慰问和祝愿，甚至那些最了解贝思的人都感到惊奇，羞怯的小贝思竟交了那么多朋友。

当时贝思躺在床上，身边有着老琼娜。因为即使在神志恍惚的时候，她都没有忘记她这个孤苦伶仃的被保护人。她也想念她的猫儿们，却不要人家把它们带进去，以免它们染病。在神志清楚的时候，她为乔十分担忧。她为艾米捎去了充满爱的口信，又要她们告诉母亲，她很快就会写信的。为了不使父亲以为她忘了他，她时常要求给她纸和笔，让她试着写上个把字。但很快就连这些神志清醒的间歇都没有了，她一小时一小时躺着，翻来覆去，嘴里说着不连贯的胡话，要不就陷入并不给她带来康复的沉睡状态。彭斯大夫一天来两次；汉娜陪着熬夜；梅格书桌上放了一封拟好了的电报，准备随时发出；乔从不离开贝思一步。

对她们来说，十二月一日确实是个寒冷的日子，朔风猛吹，大雪纷飞。这一年似乎也在准备死去了。那天早晨，彭斯大夫来后，长时间注视着贝思，用自己的双手把那只滚烫的手握了一会，然后轻轻地放下，低声对汉娜说，“如果马奇太太能离开丈夫，那还是叫她回来的好。”

汉娜点点头，没有说话，她的嘴唇在神经质地抽搐着。梅格一听这话，顿时四肢乏力，跌坐到一张椅子里。乔脸色苍白，站了一会，便跑到客厅里，抓起那份电报，匆匆穿戴好衣帽，一头往外冲入暴风雪里。她很快就回来了，正在一声不响脱下斗篷，劳里拿了一封信进来，说马奇先生的病情又好转了。乔欣慰地读着信，但内心的沉重并未消失，她的脸上充满了悲哀，劳里赶快问，“怎么了，贝思病情恶化了吗？”

“我已发电报去叫母亲了。”乔带着悲伤的表情边说边使劲脱胶鞋。

“干得好，乔！是你自己决定要去做的吧？”劳里问道，同时让她坐到厅里的椅子上，看到她的手抖得厉害，便替她脱掉那双不听话的靴子。

“不，是大夫叫我们去干的。”

“哦，乔，情况不至于如此坏吧？”劳里满脸惊慌地喊道。

“不，是这样。她认不出我们了。她把墙上的藤叶叫做灰色的鸽群，现在甚至连这都不讲了。她看来不像是我们的贝思，没有人来帮助我们忍受它。父母都不在，上帝似乎又那么遥远，我找不到他。”

眼泪顺着乔的脸颊很快地淌了下来，她可怜无助地伸出了手，像在黑暗中摸索似的。劳里把她的手攥在自己手里，喉咙哽住，尽可能低声地说，“我在这儿，抓住我吧，亲爱的乔！”

她不能说什么，但她是“抓住了”，这充满友情温暖的手的紧握，安慰了她那辛酸的心，似乎把她向那神圣的手臂领近了一步，而只有那手臂才能够使她从苦难中支撑起来。劳里想说几句温柔慰藉的话，但一时想不出合适的词句，只得默默地站着，像她母亲常做的那样，轻轻地抚摸她低垂的脑袋。这是他能做的最好的事了，比最有说服力的言语更能安慰人。因为乔感到一种无声的同情，在静默中感受到甜蜜的安慰，这有助于化解忧愁。她很快擦干了眼泪，那眼泪倒使她解脱了一些。她满脸感激地仰视着。

“谢谢你，特迪，现在我好多了。我不再感到几乎是无望的了。如果有什么厄运，我会努力忍受的。”

“往好处着想吧，那会对你很有帮助，乔。你母亲很快就会回来，那就什么事都好了。”

“我真高兴父亲好些了，现在妈妈离开他不至于感到太难过了。哎哟！所有的苦难好像都成堆地到来，而我的肩上则承担着最沉重的部分。”乔叹了一口气，把湿手绢摊在自己膝上晾着。

“梅格不尽力吗？”劳里问，他看来有些愤愤不平。

“哦，她尽力的。她也在努力，但她不像我这样爱贝思，也不像我这样惦念贝思。贝思是我的心，我不能失去她。我不能，我不能！”

乔把脸埋进湿手绢里，绝望地痛哭起来。她勇敢地坚持到现在，还没大淌过眼泪。劳里用手抹了一下双眼，直到他缓解了喉咙里的哽咽，嘴唇不抖了才开口。这也许没有男子汉气概，但由不得他自己，我却为此很高兴。过一会儿，当乔的抽泣平静下来时，劳里满怀希望地说，“我想她不会死的。她是那么好，我们大家都那么爱她，我不相信上帝会把她带走。”

“死的总是可爱、善良的人。”乔呻吟了一声，但她不哭了，尽管她有着疑惧，朋友的话却鼓舞着她。

“可怜的姑娘，你累坏了。这么悲观绝望，简直不像你自己了。停下来吧，我很快会使你振作起来。”

劳里在楼梯上一步就是两级地跑掉了。乔把自己疲乏的脑袋靠在贝思棕色的小头巾上，贝思把这块头巾留在桌上后，还没有人想到去动它。这头巾一定具有某种魔力，因为它那温柔主人的柔顺气质似乎进入乔的身体。当劳里端了一杯酒跑下来时，她笑着接过来，勇敢地说，“为我的贝思干杯！你是个好大夫，特迪，你是这样一个令人快慰的朋友，我怎么才能报答你呢？”乔又说了一句，因为就像劳里的好心话使她困扰的头脑复苏，那杯酒也使她来了精神。

“顺便我要宣告一件事。还有，今晚我要给你一样东西，它会比几夸脱的酒更能温暖你的内心呢！”劳里说，带着一副忍住的对某事满意的神色，欢笑地对着她。

“是什么？”乔喊道。由于好奇，她竟一时忘了自己的悲哀。

“我昨天给你母亲打了电报，布鲁克回电说她马上就回来。她今晚就可到家，这样就一切好办了。我这么做，你不高兴吗？”

劳里说得很快，一时间满脸通红，十分兴奋。他怕姑娘们失望，怕贝思伤心，所以一直保守着这个秘密。乔脸色煞白，劳里刚说完，她就飞快地从椅子上站起来，电击似地扑到他身上，伸开双臂搂着他的脖子，快活地叫道，“哦，劳里！哦，母亲！我多高兴啊！”她不再流泪了，却歇斯底里地大笑。她颤抖着，紧搂着她的朋友，好像有点被这突然的消息搅胡涂了。劳里虽然大吃一惊，却表现得非常镇静。他轻拍她的背，抚慰她，看到她在恢复过来，便羞涩地吻了她一两下。这样，乔立刻清醒过来了。她抓住楼梯栏杆，把他轻轻推开，气喘吁吁地说，“哦，别这样！我不是这意思，我害怕这个。可你这么可爱，不管汉娜，自己去干，所以我忍不住朝你扑过来了。把情况都告诉我，别再给我酒了。就是酒害得我这样的。”

“我不在意，”劳里整整领结笑道，“嗨，你瞧，我当时真坐立不安啊，祖父也是。我们认为汉娜专权过了头，你母亲应该知道这件事。如果贝思——如果有什么不测，你知道，她是绝不会原谅我们的。所以我促使祖父开了口，让他说说这是我们采取行动的关键时刻了。于是昨天我便直奔邮局，因为大夫看来更阴沉了。而汉娜听我提议发电报，差点没把我脑袋拧下来。我绝不能忍受这种‘称王称霸’，所以就那么决定并且去干了。你母亲就要来了，晚班车凌晨两点到。我会去接她的。你呢，只要按捺住自己的欢喜，并使贝思保持安静，等那个为人赐福的夫人回来吧。”

“劳里，你真是个天使！我该怎么谢你呢？”

“再朝我扑来吧，我很喜欢这样。”劳里说，看上去很调皮——他已经有两星期没这样了。

“不，谢谢你。等你祖父来时，我再这么来一下作为代替。别再逗着玩了，快回家休息吧，你还要半夜里起来呢。谢谢你，特迪，谢谢你！”

乔已经退到了一个角落里，她一说完话，便突然很快跑到厨房去了。她坐在一只食品柜上，告诉围过来的猫儿们，她“快活，哦，太快活了！”这时劳里走了，他觉得这件事自己干得太利落了。

当乔把这好消息告诉汉娜时，她似乎松了一口气地说，“我还没见过这样多管闲事的小伙子，不过我原谅他，我也希望马奇太太马上回来。”

梅格心中暗喜，随后对着那封信细想起来。这时，乔把病房收拾得整整齐齐，汉娜则“匆匆做好了几个馅饼以待不速之客”。这屋里似乎吹过了一股新鲜空气，某种比太阳光更好的东西照亮了这些静静的房间。每样东西都显示出充满希望的变化。贝思的鸟儿又开始啁鸣，在艾米种在窗台上的花草里发现了一朵半开的玫瑰，炉火似乎带着一种不同寻常的欢快燃烧着。姑娘们每次碰面，相互紧紧拥抱，苍白的脸上现出了微笑，轻声鼓励道，“母亲就要回来了，亲爱的！母亲就要回来了！”除了贝思，人人都兴高采烈。贝思躺着，处于深度昏迷状态，不知道希望和快乐，同样也不知道疑虑和危险。这真是一幅令人哀怜的景象——往日玫瑰似的脸蛋竟变得如此茫然呆滞了，往日勤劳的双手竟变得如此软弱消瘦了，往日微笑的嘴唇发出的声音竟那么喑哑了，往日美丽、整齐的头发竟蓬乱缠结地散在枕上了。整天她就这么躺着，醒来时常常用说不清字眼的干焦嘴唇喃喃说道，“水！”乔和梅格整天在她身旁待着、看着、等着、希望着，把一切寄托在上帝和母亲身上。雪整天下着，寒风呼啸，时间过得很慢。但夜终于来了，每次打钟，静坐在病床两边的姐妹都用亮晶晶的眼睛相互看一下，因为每一个钟点都会使援助靠近一步。大夫先前进来说他午夜时再来，因为那时病情很可能有变化，但吉凶未卜。

汉娜疲乏不堪，躺在床后的沙发上很快睡着了。劳伦斯先生在客厅里来回踱步，他觉得自己宁可面对一连反叛的炮兵，也不忍看见马奇太太进门时那焦急万分的脸色。劳里躺在地毯上假装休息，但若有所思的眼光却盯着炉火，这使他的黑眼睛显示出一种柔和与清澈的美。

那一晚，姐妹们永远忘不了，她们一夜未睡守护着，心里怀着一种无能为力的可怕感觉——假如我们身临其境也会有这种感觉的。

“假如上帝饶恕了贝思，我就再也不抱怨什么了。”梅格认真地低语道。

“假如上帝饶恕了贝思，我要努力爱她，为她服务一辈子。”乔以同样的热情回答。

“但愿我不要有一颗心，它疼得厉害。”过了一会儿梅格叹道。

“如果生活经常这样艰难，我真不知道我们怎么能度过。”她的妹妹沮丧地说。

这时，钟敲十二点，两姐妹守望着贝思，把自己都忘了，因为她们觉得贝思憔悴的脸上似乎起了一种变化。房间里死一般寂静，只有外面呼啸的风打破这深深的寂静。累坏了的汉娜仍然沉睡不醒。除了两姐妹，谁也没有看见那似乎朝小床落下的幽淡的影子。一小时过去了，除了劳里悄然离开去车站，什么也没有发生。又一个小时过去了，仍然没有人来。可怜的两姐妹焦急地担心着火车在暴风雪中可能误点，或者路上出什么事故，或者最坏的是华盛顿出了大不幸。

两点钟敲过了，乔站在窗前看着裹尸布似的白茫茫一片风雪，心想这世界看来多阴沉啊！这时她听到床上动了一下，急忙转过身来，只见梅格埋着脸跪在母亲的安乐椅前。一种极端的恐惧使她浑身发冷，她想，“贝思死了，梅格怕告诉我。”

她立刻回到自己的位置上，在她兴奋的眼前似乎出现了一个巨大的变化。发烧的红潮和痛苦的脸色已经看不见了，在极度的平静中，那张被人爱的小脸是那么苍白和安宁，以至于乔都没想到要伤心掉泪。她朝她这最亲爱的妹妹俯下身去，用她倾注了整个心意的唇吻那湿润的前额，柔声地说道，“别了，我的贝思，别了！”

汉娜好像被这声响惊醒了，她急忙跑到床边去看贝思，摸摸她的手，在她唇边听听，然后把身上的围裙抛过头顶，坐下来来回摇摆，低声喊道，“热退了，她睡得安温(稳)了。她皮肤潮湿，呼吸正常。谢天谢地，哦，我的上帝！”

在姑娘们能相信这个幸运的真情以前，大夫已经来证实了它。他是位朴实的男人，可是她们觉得他的脸十分神圣，因为他用父亲般的眼光看着她们，微笑地说道，“是的，亲爱的，我想这个小女孩会脱险了。屋子里要保持安静，让她睡觉，等她醒了，给她——”

给她什么呢，谁也听不见了。姐妹俩轻轻跑进黑暗的门厅，坐在楼梯上，紧紧拥抱在一起，快活得说不出话来。当她们回到屋里被忠心的汉娜抱住亲吻时，发现贝思像往常那样躺着，脸枕在自己的手上，那种可怕的苍白已经没有了，她呼吸安宁，好像刚刚入睡。

当冬夜开始消逝时，乔说，“如果母亲现在回来就好了！”

“瞧，”梅格拿来一朵半开的白玫瑰道，“我本以为如果贝思——离开我们而去，明天这花恐怕还没开，还不能放在她手里呢。但它竟在夜里开了，所以现在我要把它插在我的花瓶里，放在这儿。这样，等亲爱的醒过来时，最先看到的便是这小玫瑰和母亲的脸了。”

当漫长、悲哀的值夜结束时，清晨，梅格和乔睁开倦眼，纵目远望，感到日出从来没有这么美丽，世界似乎也从来没有这么美好过。

梅格站在窗帘后，眺望着一片耀眼的景色，自己笑道，“这真像个神话世界！”

“听！”乔喊道，跳了起来。

是的，下面门铃响了，汉娜一声大叫，接着是劳里的声音，他快活地低声道，“姑娘们，她来了！她来了！”

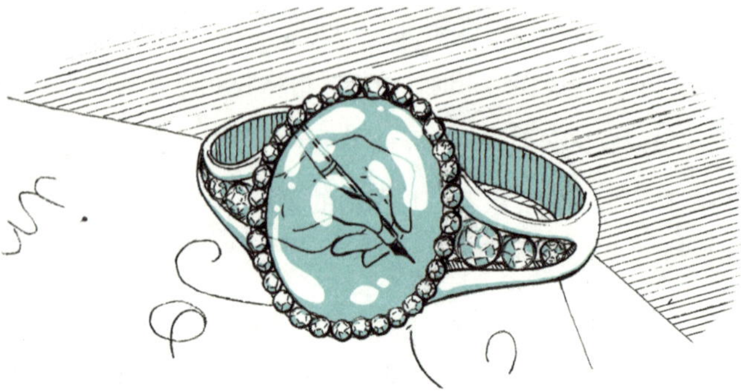

第十九章

艾米的遗嘱

当家里发生这些事的时候，艾米正在马奇叔婆家过着艰难的日子。她深深感到自己是在放逐中，她生平第一次认识到在家里她是多么受到宠爱。马奇叔婆从不宠爱任何人，她不赞成这么做。不过她想要亲切些，因为举止规矩的小姑娘很能逗她喜爱。对她的侄孙女们，马奇叔婆年迈的心里还是有些温柔的感情的，虽然她不便承认这一点。她的确尽力使艾米快活，但是，天哪！她犯了怎样的错误啊！有些老人尽管皮肤皱头发白，但那颗心却很年轻，同情孩子们小小的烦恼和欢喜，使他们觉得如同在家里一样，能把聪明的教诲融化于愉快的游戏之中，用最美妙的方式给予和接受友情。但马奇叔婆不具备这种才能，她用她的清规戒律，她的古板的方式，以及冗长乏味的唠叨，把艾米折磨得够呛。当她发现这孩子比她的姐姐们更温顺可亲时，她觉得有责任尽可能消除自由放任家教给孩子的坏影响。于是她管教起艾米来，用自己六十年前所受的教育来教育她——这一套把艾米整得极度沮丧，使她觉得自己像一只苍蝇陷在一张十分严密的蜘蛛网中。

每天早晨她得洗杯子，擦拭老式的汤匙、矮胖的银茶壶以及各种玻璃器皿，直到把它们擦亮为止。然后，她还要给房间掸灰尘，那是桩多费劲的工作啊！没有一点灰尘能逃过马奇叔婆的眼睛。而且所有的家具都有爪脚，还有许多雕刻，以致清扫工作很难令人满意。此外还得喂波莉，给巴儿狗梳洗，还要楼上楼下跑上十几次，拿东西，传命令，因为老太太脚很跛，难得离开她的大椅子。干完这些累人的劳动，她还得做功课。这真是对她所具备的美德每天要进行一次的考验。然后她才获准活动一个钟头，她能不去享受吗？劳里每天都来哄马奇叔婆，直到她允许艾米和他一道出去。当他们散步和骑马时，可真是最好的时光了。午饭后，她必须大声朗读，在老太太睡着时得静静地坐着等。她通常睡一个小时，还在念第一页她就睡着了。接着便是缝缝补补，艾米外表顺从，内心不满地直缝到黄昏，然后获准按她喜欢的玩到吃茶的时候。晚上最糟了，因为马奇叔婆沉湎于讲她年轻时的冗长的故事，真是说不出的沉闷，听得艾米直想去上床，为自己的苦命而哭泣，可是常常才挤出一两滴眼泪她就睡着了。

要不是劳里和女佣老埃丝特，她觉得她绝不可能度过那段可怕的时光。单是那只鹦鹉就足以使她发狂了。因为这鸟很快发现艾米并不欣赏它，为了报复，它就尽可能地恶作剧。艾米走近它，它就抓她的头发；艾米刚清扫了它的笼子，它就打翻自己的面包和牛奶去麻烦她。老太太打盹时，它就去啄莫帕[1]，惹它汪汪乱叫。它当着客人的面谩骂她，在各方面都表现得像一只应严厉受责的老鸟。还有，她不能忍受那只狗——一只脾气坏的胖畜生。给它梳洗时，它就朝她汪汪乱叫。当它要吃东西时，就四足朝天躺下，做出一副十足的蠢相，而且一天总要耍那么十几次。厨子的脾气很坏，老车夫是个聋子，只有埃丝特是关心这位年轻小姐的。

埃丝特是个法国女人，她跟“夫人”（她是这么称呼女主人的）住在一

1　巴儿狗名。

起好多年了。她对这位老太太未免有点霸道，可老太太又少不了她。她的本来名字是埃丝特尔，而马奇叔婆吩咐她改个名字，她服从了，但有个条件：永远也不得要求她改变宗教信仰。她很喜欢小姐，当艾米坐在她身边整理夫人的花边时，她就讲在法国时生活中的离奇故事，让艾米听了很快活。她还允许艾米在这幢大房子里到处转悠，欣赏藏在几口大橱和古匣里的珍奇东西，因为马奇叔婆像喜鹊一样喜欢收藏。艾米最喜欢的是一只印度大橱，里面尽是分类架似的古怪抽屉和秘密的地方，收藏着或是珍贵或是别致的首饰，但多少都是古董。观赏和整理这些东西给艾米以极大的满足，特别是躺在珠宝盒天鹅绒衬垫上的那些首饰，曾被四十年前的一个美人佩戴过。那儿有她结婚那天父亲送的石榴宝石，她爱人的钻戒，黑宝石的吊丧戒指和别针，装有亡友小像和发丝的奇特小金盒，她的一个小女儿戴过的小手镯，还有马奇叔公的大表，表上挂的那个红图章有许多小孩的手抚玩过。马奇叔婆的结婚戒指单独放在一个盒子里，现在她的胖手指虽已戴不下了，可还是像其他最珍贵的珠宝一样好好收藏着。

“假如让你挑，小姐愿意挑哪一个呢？”埃丝特问。她一直在附近注视着，还要给这些贵重物品上锁。

“我最爱那些钻石，不过其中没有项链，我喜欢项链，戴上它太合适了。假如可以，我就选这个。”艾米回答，并不胜羡慕地看着一串黄金和乌木制成的珠串，珠串下面还挂着质料相同的沉甸甸的十字架。

“我也非常喜欢它，不过不是拿它当项链，哦，不！对我来说，这是一串念珠，我要像一个虔诚的天主教徒那样来用它。”埃丝特说着渴望地盯着这件漂亮的东西。

“这就是说，像你使用挂在你镜子上的那串檀香木念珠那样来使用它吗？”艾米问。

“确实如此，在祈祷时用它。如果一个人使用这样好的东西作为念珠，而不是作为无用的装饰品来戴它，那将使圣者高兴。”

“你好像从祈祷中得到很多安慰，埃丝特，下楼时看来总是心平气和的。但愿我也能这样。”

“如果小姐能每天沉思默祷，像我在服侍夫人之前服侍过的一位好太太那样，那也是好的。她有一个小礼拜堂，由于烦恼重重，在里面寻求安慰。”

“我也这么干，好吗？”艾米问。她在孤寂中感到需要某种帮助。她发觉如今没有贝思在身边经常提醒，她很容易忘掉自己的那本小书。

“那可是太好了，如果你喜欢这样，我将乐于替你把那个小梳妆室布置一下。对夫人什么也别说，但等她睡了，你就一个人去坐一会儿，想想一些好念头，祈求敬爱的上帝保佑你的姐姐。”

埃丝特真是虔诚，她的劝告是非常诚心的，因为她有一颗充满柔情的心，对处于忧虑中的姐妹们非常关心。艾米很喜欢这个主意，让她去把她房间隔壁那间明亮的小房间布置起来，希望它会对她有益。

“但愿我知道马奇叔婆去世以后这些珠宝归谁。”艾米说。她把闪烁的念珠慢慢放回原处，又一个一个地关上珠宝盒。

“归你和你的姐姐们。我知道这事，夫人很信任我。我看过她的遗嘱，上面就是这么写的。”埃丝特微笑着低声说。

“太好了！但我巴不得她现在就给我们，拖拖拉拉的令人不痛快。”艾米说着，朝那些钻石看了最后一眼。

“年轻姑娘戴这些东西还太早呢。谁第一个订婚，珍珠就给谁——夫人说过的。我胡乱猜想，那只松绿石小戒指在你走的时候会给你的。因为夫人很赞许你态度好又讨人喜欢。”

“你是这么想的吗？哦，如果我能得到那只戒指，我宁可做一头绵羊！它比基蒂·布赖恩特的那只漂亮多了。我到底还是喜欢马奇叔婆的。”艾米满脸高兴地把那只蓝戒指试着戴一下，下决心要赢得它。

从那天起，她成了一个服从的典范，老太太则为自己训练计划的成功而得意洋洋。埃丝特在小房间里放了一张小桌子，桌前放了一只脚凳。一张从关闭的房间里拿来的画像挂在上面。埃丝特认为这张画像并没什么大的价值，只是由于合适才借用了它。她很明白夫人是绝对不会知道的，即使知道了也不会在意。然而它是一幅世界名画的复制品，很值钱。艾米那双爱看美丽东西的眼睛仰望着圣母甜蜜的脸，从来不会厌倦，同时她的心里充满着温柔的思想。她把她的袖珍本圣经和赞美诗放在桌上，总让花瓶里插满劳里带给她的最好的花朵。她每天来一个人静坐着，想着一些好的念头，祈求敬爱的上帝保佑她的姐姐。埃丝特给她一串带银十字架的黑色念珠，但艾米挂起来不用它，因为她对新教徒祈祷时用这东西是否合适感到怀疑。

小姑娘在这一切事情上非常虔诚，因为一个人在家庭的安乐窝之外无人管，极其需要抓住某只亲切的手，于是她便本能地倾向于那有力而亲切的朋友，因为他那父亲般的爱紧紧地围绕着他的孩子们。没有母亲在旁帮助她理解和管束自己，但既然已学会去哪儿找这种帮助，她就尽了最大的努力找到了前进的路，在这条路上有信心地走下去。但艾米是个年轻的朝圣者，目前她的负担似乎还很重。她试图忘却自我，一直高高兴兴，并满足于把事情办好，尽管没人看见或没人因此表扬她。在她力争要做得尽善尽美的最初努力中，她决定像马奇叔婆一样给自己立一份遗嘱，以便她万一生病而死时，她的财产也可以分得既公平又大方了。一想到要放弃自己的小财富，她甚至心都疼了，因为这些东西在她眼里就像老太太的珠宝一样珍贵。

在一次玩乐的时间里，她尽其所能起草了一份重要文件，而某些法律术语则得到埃丝特的帮助。当善良的法国女人签上名字后，艾米松了口气，把它放好等劳里来了给他看，她还想要他当第二连署人呢。这是个下雨天，所以她跑到楼上一个大房间去玩，让波莉跟她做伴。这房里有一口大衣橱，里面都是老式服装，埃丝特允许她拿这些服装玩。她最爱穿上那些褪色的锦缎袍子，在长镜子前走来走去，做出高贵的请安姿势，而衣裙下摆拖在地上的窸窣之声也使她听了十分高兴。这天她忙坏了，连劳里的按铃声都没有听见，也没有看到他探头进来看她。她一本正经地走来走去，摇着扇子，抬着头，头上系着一条粉红色的大头巾，跟她的蓝缎袍和有衬里的黄裙子形成奇怪的对比。她不得不走得很当心，因为她还穿着高跟鞋。正如劳里后来告诉乔的那样，这真是一幅滑稽的景象；她身穿艳服，扭扭捏捏走来走去，而波莉紧跟在她后面，或鬼鬼祟祟或大模大样地尽力模仿她，还不时停下来大笑大叫，“看我们漂亮不漂亮？滚开，你这个怪物！住嘴！亲亲我，宝贝，哈！哈！”

劳里怕伤了她的自尊心，好不容易才忍住了没有笑。他敲敲门，接着便被有礼貌地迎了进去。

“请坐下休息，让我把这些东西拿开，然后我要和你商量一件非常重要的事情。”艾米说。她出足了风头后，把波莉赶到一个角落里。“那只鸟真要我的命！”她边把那座粉红色的大山从自己头上解下来边说，劳里则骑坐在一张椅子上听着。“昨天，叔婆睡觉时，我正尽量像耗子那样不声不响，波莉却在笼子里叫啊飞啊，这样我只能让它出来，却发现笼里有只大蜘蛛！我把它拨出来，它爬到书架底下去了。波莉跟着它直追过去，停下来朝书架底下张望。它眼睛一翻，滑稽可笑地说，‘出来散散步，亲爱的。’我忍不住笑了，波莉就怒骂起来，结果叔婆醒了，把我们俩训斥了一顿。”

“蜘蛛接受老家伙的邀请吗？”劳里打着呵欠问。

“是的，它出来了，但波莉却吓得要死逃开了。我去追蜘蛛时，波莉爬在马奇叔婆的椅背上叫道，‘抓住她！抓住她！抓住她！’”

“哦，上帝！那是谎言！”鹦鹉边叫边啄劳里的脚趾。

“假如你是我的，我就拧断你的脖子，你这个老混蛋，”劳里喊着，朝那只鸟挥舞拳头，可它却把脑袋歪在一边，严肃地呱呱叫道，“阿里路亚[1]！祝你神经正常，亲爱的！”

“现在我准备好了，”艾米说着关好了衣橱，从口袋里掏出一张纸，“请你读一下，告诉我它是否合法有效。我觉得我应该这么做，因为生命是无常的，我不希望人家在我死后对我有所不满。”

劳里咬着嘴唇，从这个忧郁的人转过一点身子，带着一种值得称赞的严肃样子，读了下面的文件，一面考虑着其中的拼法。

我 的 遗 嘱

我，艾米·柯蒂斯·马奇，在心智健全的状况下，将我生前所有的财产移(遗)赠如下——

给父亲：我最好的图画、速写、地图及其他艺术作品，包括镜框。还有我的一百美元，也供他自由使用。

给母亲：我所有的衣服，那件有口袋的蓝围裙除外——还有我的肖像，我的纪念章以及无穷的爱。

给我亲爱的姐姐玛格丽特：我的松绿石戒指(如果我能得到的话)，我的那只上面有鸽子的绿盒子，那条可以用于脖子上的真正的饰带，还有我给她画的速写，就作为她的“小姑娘”的一个纪念品吧。

给乔：一枚用封蜡修补过的胸针，还有我的青铜墨水台——缺了盖子——以及我的最珍贵的石膏兔子。因为我烧了她的小说，很抱歉。

给贝思(假如她比我活得长的话)：我的那些娃娃和小镜台，我的扇子，我的亚麻布硬领以及我的新拖鞋(如果她病好时瘦得能穿得下)。我在这里还要向她道歉，因为我老是作弄琼娜。

1　基督徒唱的赞美诗中用语“哈里路亚”(表示赞美、欢乐和感谢等)之误。

给我的朋友和邻居西奥多·劳伦斯：我的纸文件夹，我的泥塑马，虽然他曾说过这马没有颈子。另外，为了报答在我苦恼的时刻他非常友好的行为，让他在我的艺术作品中任选一样。“圣母马利亚”是其中最好的。

给我们年高德劭的恩人劳伦斯先生：我那个盖上有镜子的紫盒子给他放钢笔很不错，又能使他回想起我这去世的小姑娘，她感谢他对她全家的恩惠，特别是对贝思。

给我的好友基蒂·布赖恩特：我的蓝绸围裙和金珠戒指，再加一个吻。

给汉娜：那只她想要的衣帽盒，还有我留下的所有缝缀起来的布片，希望她“看到它就想到我”。

现在，我最有价值的财产都分完了，希望大家都能满足，不要责备死者。我原谅每一个人，相信当号筒吹响的时候[1]，我们还会见面的。

阿门。

我于公元一八六一年十一月二十日在本遗嘱上签名盖章。

艾米·柯蒂斯·马奇

连署人：埃丝特尔·瓦尔诺

西奥多·劳伦斯

最后那个名字是用铅笔写的，艾米解释说这是留待他用墨水笔改写后，再替她把遗嘱严格地密封起来。

“是什么把这个主意放到你的脑子里去的？有谁告诉过你贝思在分赠她的东西？”劳里严肃地问。这时艾米正把一条红缎带连同封蜡和一根

1 《圣经》中有世界末日到来时天使吹号筒、基督坐云来的说法。

蜡烛、一个墨水台放在他面前。

她说明了一下，然后焦急地问，“贝思怎么了？”

“真抱歉，我说出来了。但既然说了，我就告诉你吧。一天贝思觉得病得厉害，就对乔说要把她的钢琴送给梅格，她的猫给你，把那只可怜的旧娃娃给乔，因为乔会为了她的缘故爱它的。贝思觉得很抱歉，因为可分的东西实在太少了，所以把头发分给我们其余的人，把她最诚挚的爱给祖父。她从没想到立一个遗嘱。”

劳里边说话，边签名封蜡，眼都不抬一下，直到一大滴眼泪掉到纸上。艾米愁容满面，但她只是说，“有时候人们还可以在遗嘱上加一个附言吧？”

“是的，人们叫它附录。”

“那么，在我的遗嘱上加一条——我希望把我所有的头发都剪下来，分给朋友们。这点我先前忘了，但我要这么做，虽然这会损害我的容貌。”

劳里补了这一条，对艾米这个最后的也是最大的牺牲笑了起来。后来陪她玩了一小时，对艾米所有的磨难都很感兴趣。可是当他要走时，艾米把他拉了回来，嘴唇颤抖地低声问，“贝思真的有危险吗？”

“恐怕是这样。不过我们必须抱乐观的想法，所以不要哭，亲爱的。”说着，劳里用一种兄长般的姿态搂着她，这使艾米很感安慰。

劳里走后，她走到自己的小房间里，在黄昏的暗淡光线中坐着，泪如泉涌，心痛地为贝思祈祷。她觉得如果失去了温柔的小姐姐，即使有一百万只松绿石戒指也安慰不了她。

第二十章

肺腑之言

关于母女相会，我想不用再花什么笔墨了。这种时刻可以很好地度过，但难以描绘。因此，还是留给读者去想像吧。我只能说当时屋里充满了真正的幸福，而且梅格温柔的愿望实现了。因为贝思从有利于康复的长长睡眠中苏醒过来，最先看到的便是那朵小小的玫瑰花和母亲的脸。她太虚弱了，还不会对任何事感到惊讶，只能微笑着紧偎在搂着她的那双充满爱的手臂里，觉得自己的渴望终于得到满足了。然后，她又沉沉睡去，姑娘们都待在母亲身边，因为她不忍掰开那只即使在睡梦中仍紧紧抓着她的瘦弱的手。

汉娜为远行归来的人“上了一盘”惊人的早餐，觉得不这样不足以表露自己的兴奋之情。梅格和乔像一对恭顺的小鹳在喂她们的母亲，一边听母亲轻声地讲述父亲的情况，布鲁克先生怎么答应留下来看护他，回家路上怎么遇到风暴而耽误了时间，以及当她疲乏不堪、又冷又急地回到家里时，劳里充满希望的脸如何给了她说不出的安慰。

那是个多么奇妙欢乐的日子啊！户外那么明亮，喜气洋洋，屋外的整个世界似乎都在欢迎这场初雪；室内却那么安宁，因为每个人由于一夜看护病人都累极了，所以都睡了，一种安息日的寂静笼罩着整幢房子。汉娜在打着瞌睡守门。梅格和乔闭上倦眼躺下休息了。她们如释重负，觉得满心欢喜，像一对经历了暴风雨的小舟，在静静的港湾里安全地下了锚。马奇太太守着贝思寸步不离，她坐在一张大椅子里休息着，却不时惊醒过来，对自己的孩子看看、摸摸和沉思默想一番，像个守财奴面对失而复得的财宝。

这时，劳里赶快去安慰艾米，他谈得很精彩，以致马奇叔婆竟然直"抽"鼻子，连"我早就对你这样说了"这样的话一次也没说过。眼下艾米显得很健壮，我想小礼拜堂里那些善念真的开始奏效了。她很快揩干了眼泪，把要去见母亲的焦急心情克制了下来，甚至想都没有想到那只松绿石戒指。这时老太太完全同意劳里的意见，说是艾米表现得"像个出色的小妇人"。甚至波莉似乎都感动了，它叫她"好姑娘"，祝她运气好，还声调很亲切地请她"来散散步，亲爱的"。艾米非常乐意在阳光灿烂的冬日里到户外去享受一下，但发现劳里正昏昏欲睡，尽管他为了体面还想竭力掩饰。于是她劝他到沙发上去休息，自己去给母亲写封短信。她写了好长时间，等她回来时，他双臂枕在脑后，摊在那儿呼呼睡着了。而马奇叔婆早已放下窗帘，正怀着一种不寻常的慈爱守在那里。

过了一会儿，她们想他不到夜里是不会醒的了。要不是艾米看见母亲到来，高兴的喊声惊醒了他，说不定还真会这样呢。那天，城里城外也许有很多幸福的小姑娘，但是当艾米坐在母亲膝上诉说自己经历的种种考验，接受母亲赞许的微笑和亲切的爱抚时，我个人认为，她是所有这些女孩子中最幸福的一个了。她们俩一起待在那小房间里，当她把这间房作为礼拜堂的目的解释给母亲听时，母亲并不反对。

"相反，我倒很喜欢它，亲爱的。"母亲说着从满是灰尘的念珠看到翻旧了的袖珍《圣经》，再看到那幅挂着常青树枝做的花环的精美圣像。

“这真是顶好的主意，当我们烦恼或忧愁时，有个地方可以去静静心。我们一生中有许多艰难时刻，但只要我往正路上去寻找帮助，就总是能经得起的。我想我的小女儿正在学这个吧？”

“是的，妈妈。回家后，我打算在那较大的一个小房间里占据一角，放上我的书和那张圣像的临摹像。我已经试着把圣像画下来了。那女人的脸画得不好——她太美了，我画不像——但那婴儿画得还好，我非常喜欢。我爱这么想，耶稣也曾经是个小孩子，因此我离他似乎不那么远了，这对我是有帮助的。”

当艾米指着圣母膝上那个微笑的小耶稣时，马奇太太在她举起的手上看见个东西，不由微笑起来。她没说什么，但艾米懂得这眼神，停了一会儿，她严肃地说：

“我本就要把这事告诉你，但我忘了。叔婆今天给了我这戒指，她把我叫到跟前吻了我，把它戴到我手指上，说我为她增了光，愿意我老陪着她呢。她给我那好玩的护托来嵌住这松绿石，它太大了。我喜欢戴，母亲。可以吗？”

“它们很漂亮，但我觉得戴这样的首饰你还小了点，艾米。”马奇太太说着看了看那胖胖的小手，食指上戴了天蓝色的宝石戒指，那只古怪的护托是由两只握在一起的小金手构成的。

“我要尽力避免虚荣，”艾米说，“我不认为我喜欢它仅仅是因为它很漂亮，我想戴它只是像小说里的女孩子戴她的手镯一样，能让我记住一件事。”

“你是指马奇叔婆？”母亲笑着问。

“不，提醒我别自私。”艾米看来是那么认真、诚恳，母亲因此忍住了笑，肃然起敬地听起她的小计划来。

“近来我对自己的‘缺点包袱’想得很多，而自私居首位。因此，如果可能，我要尽力纠正它。贝思不自私，所以大家都爱她，一想到会失去她就万分难过。如果我病了，人家的伤心还不及对贝思的一半，而且就连这个我也不配有。可是我喜欢被许多朋友热爱和惦念，所以我要尽力学贝思的样。我容易忘记自己的决心。可是如果我身边经常有样东西在提醒我，我想会好得多。我可以这样试试吗？”

“可以，不过我对那小房间里的角落更有信心。戴着你的戒指吧，亲爱的。尽量去做，我想你会成功的，因为有了努力向上的诚恳愿望就有一半的成功。现在我要回到贝思那里去了。别松劲，小女儿，我们很快就会让你回家的。”

那天晚上，梅格正在写信告诉父亲说母亲已经平安到家，乔却溜到楼上贝思房里，发现母亲还在她的老位置上。乔用手指绞着自己的头发站了一会，目光犹豫不定，一副心烦意乱的样子。

“怎么啦，亲爱的？”马奇太太问道，同时伸出自己的手，脸上带着要求信赖的神态。

“妈，我要告诉你一些事情。”

“关于梅格的？”

“你猜得真快！是的，是关于她的。虽然这是件小事，却叫我担忧。”

“贝思睡着了，说轻点，把事情告诉我吧。我想那个莫法特不曾来过吧？”马奇太太一针见血地问道。

“没有；如果他来，我要给他吃闭门羹。”乔说着在母亲脚边的地板上坐了下来。“去年夏天，梅格在劳伦斯家里掉了一副手套，后来只还来一只。我们把这事全给忘了，直到特迪告诉我说，那一只布鲁克先生留着呢，他放在自己的背心口袋里，有一次它掉了出来，特迪拿这跟他开玩笑，他竟承认喜欢梅格，但不敢这么说出来，因为梅格还这么小，而他又这么穷。你看，情况不是糟透了吗？”

“你认为梅格喜欢他吗？”马奇太太面露焦急地问。

“天哪，对爱情一类的无聊事我一点儿也不懂！”乔喊了起来，那种又感兴趣又含轻蔑的样子真是滑稽。“在小说里，女孩子表露爱情，不是脸红心跳，就是晕倒、变瘦，简直像个傻瓜。可这类现象梅格一点也没有。她吃、喝、睡完全正常。我跟她谈起那个男人时，她直愣愣地看着我的脸，只有特迪拿情人们开玩笑时，她才有点儿脸红。我阻止他这么做，他不理我。”

“那么你认为梅格对约翰不感兴趣咯？”

“谁？”乔盯视着问。

“布鲁克先生。我现在叫他‘约翰’。在医院里时，我们就这样叫他，他也很乐意。”

“哦，亲爱的！我知道你会袒护他的。他对父亲好，你们不愿让他走，而要让梅格嫁给他，只要她愿意。真卑鄙！拍爸爸马屁，帮你的忙，只是为哄得你们喜欢他。”乔又怒气冲冲扯起自己的头发来了。

“我亲爱的，对这事别发火，让我来告诉你，事情是怎么发生的。约翰陪我去是劳伦斯先生请他这么做的。他对可怜的父亲那么忠诚，我们不能不喜欢他。关于梅格，他十分坦率诚恳，他对我们说他爱她。不过，在向她求婚之前，他想先挣得一份舒适的家。他只要我们允许他爱她，为她工作，还有，如果可能，让他有赢得梅格爱情的权利。约翰确实是个出色的青年，我们不能拒绝他。但我不赞成梅格这么早就订婚。”

“当然不，这太蠢了！我早知道危害在酝酿，我已经觉察到了。现在，情况比我想像的还要坏。我只希望我自己能娶梅格，把她安然地留在家中。”

这个奇特的设想使马奇太太笑了起来，但她严肃地说，“乔，我信任你，眼下不希望你对梅格说什么。等约翰回来后，我看他们在一起的情况，就能判断得出她对他感情如何了。”

“她也将从他那双漂亮眼睛中看到他的感情了，而那双眼睛梅格是常谈起的。这一来，只要人家含情脉脉看着她，她就会像太阳下的黄油那样溶化掉。她读他寄来的简报比读你的信更起劲，我说起这事，她还掐我。她喜欢棕色的眼睛，又不觉得约翰是个难听的名字。她会堕入情网的。这样一来，我们在一起的有趣、舒适的安稳日子将要到头了。我都知道！他们将在这家里进进出出、卿卿我我，而我们只好躲开。梅格会被吸引住的，对我再也不会那么好了。布鲁克不管怎样总会挣到一份家业，把她带走，在这个家里挖了一个缺口。这样我会心碎的，而什么事情都会非常乏味了。哦，天哪！为什么我们不都是男孩子呢，那就不会有什么烦恼了。”

乔把自己的下巴贴住膝盖，一副闷闷不乐的样子，对那个应受严责的约翰挥舞拳头。马奇太太叹息着，乔看上去松了一口气，抬头望着她。

“妈，你也不喜欢这件事吗？我真高兴。我们把他赶走，什么也不要告诉梅格，让我们仍旧像往常那样快快活活在一起。”

“我叹气是不对的，乔。到时候你们都该嫁出去，这是自然而合理的事。但我想尽可能长地留住我的姑娘们。可我很遗憾，事情来得那么快，梅格才十七岁，约翰还要好几年工夫才能为她建立一个家庭。你父亲和我商定，梅格在二十岁以前，不应该用任何方式束缚自己，也不该结婚。如果她和约翰相爱，他们可以等待，并且通过这么做来考验爱情。梅格是诚恳的，我不担心她会对约翰不好。我那美丽、心地温柔的姑娘，但愿她一切幸福。”

“你不曾想要把她嫁个有钱人吗？”乔问，因为母亲的声音在说到最后几个字时有点发颤。

“钱是有用的好东西，乔。我希望我的姑娘们今后在钱的方面永不感到太拮据窘迫，也不要受到它太大的诱惑。我希望知道约翰能以正当的职业赚取足够的收入，不欠债并使梅格过得舒服。我对我的姑娘们并没有名利地位方面的奢望。假如金钱和地位是随爱情、道德俱来的，那么我也将愉快地接受它们，为你们的好运而高兴。但是凭经验我知道，在一个普通的小家庭里能享受到多少真正的幸福啊。在那儿，每天的面包是自己挣的，而略微拮据一点反而使一些屈指可数的乐趣更有味。看到梅格的起点很低微，我很满意。因为，假如我没错的话，她将富裕地拥有一个好男人的心，那可比财富好得多。”

“我明白，母亲，而且非常同意。可是我对梅格很失望，因为我计划以后让她嫁给特迪的，这样就可以一辈子过豪华生活了。这不是很好吗？”乔抬起头问，脸上容光焕发。

“你知道，他比她小，”马奇太太刚一说，乔却接口道，“只小一点儿，而且他既老成，个子也高，如果他愿意，他的举止完全可以像个大人了。再说，他富裕而慷慨，人又好，并且爱我们所有的人。我说啊，我的计划被毁了，真可惜。”

“我怕劳里几乎还没有梅格成熟呢，再说，现在他还没定型，以后还会变，不可信托。乔，别搞什么计划了，让时间和他们的心去选择你朋友们的伴侣吧。干预这种事情我们可没有什么把握，还是别让你所谓的‘罗曼蒂克的杂念’钻进我们的头脑为好，免得它破坏了我们的友谊。”

“嗯，我不会的。可是看到本来稍为拉拉就能办成的事被弄砸了，我就怨恨起来。我希望我们头上都顶着个熨斗，别再往上长了。但是蓓蕾会开成玫瑰花，小猫会长成大猫，真是遗憾！”

“什么又是熨斗又是猫的？”梅格问，她轻手轻脚地进了房，手里拿着写好的信。

“只不过是我的一句蠢话罢了。我要去睡了，来吧，佩吉[1]。”乔说着像个栩栩如生的玩具似地伸展了一下身子。

“很好，写得很美。请加一句，向约翰转达我的问候。”马奇太太把

1　猫名。

信看了一遍，还给了梅格。

“你叫他约翰？”梅格笑着问。她纯洁无邪的眼光俯视着母亲的眼睛。

“是的，他对我们来说一直就像一个儿子，我们都很喜欢他。”马奇太太回答，一边用锐利的眼光回看着梅格。

“对此我很高兴，他太孤单了。晚安，亲爱的妈妈。有你在这儿，真是说不出的舒服。”梅格轻轻地回答。

母亲给她的那个亲吻里，有着无限的温柔。当她走后，马奇太太又满意又惋惜地说，“她还没爱约翰呢，不过她很快就会的。”

第二十一章

劳里玩鬼把戏，乔调解

由于这桩秘密仍压在乔的心头，第二天她的脸色真值得研究，而那副有重大秘密在心的样子，她想要不流露出来也难。梅格觉察到了这一点，却不愿一问。因为她知道，对付乔最好的法子莫过于反其道而行之。她感到如果她不问，乔肯定会把什么都说出来的。然而沉默仍然没有打破，梅格倒有点奇怪了。乔摆出一副傲慢的样子，这使梅格很恼火，于是她也以凛然不可侵犯的态度来回敬，一心和母亲待在一起。这使得乔只好自己想法子了，因为马奇太太已经把她的护士位置顶替了下来，要她居家不出这么长时间之后也可休息休息，活动活动。艾米不在，劳里那里是她唯一的去处，但和他相处尽管很快活，现在她却有点怕他。因为劳里是个本性难移的爱戏弄别人的人，她怕他会把她的秘密哄出来。

她的担心一点不错，因为这个捣蛋鬼一猜到她有一个秘密藏在心里，就想把它打听出来，直把乔逼得走投无路。他哄骗，利诱，嘲弄，威胁，甚至还要骂人；或者装作不感兴趣的样子，以便出其不意地从她嘴里掏出真相；忽而又声称他已经知道，他才不在乎呢。最后，凭借着不屈不挠的精神，他终于满意地把梅格和布鲁克的事打听了出来。劳里感到很恼火，因为他没有得到他家庭教师的信任。为了这种轻视，他要动脑筋策划给予适当的报复。

当时梅格显然已把这事忘了，她正一心一意地准备迎接父亲的归来。可是，完全是突然的，一个变化似乎降临到了她身上，因为这两天她十分反常。跟她说话，她会突然惊跳起来；朝她看一眼，她会面红耳赤；她十分沉默地埋头做针线活儿，一脸的羞怯苦恼的样子。母亲问她，她说她很好。乔问她，她一声不响，要求让她单独待着。

“她朦胧地感觉到了——我是指爱情——她进展得非常快，绝大部分症状她都有了——激动，紧张，不吃不睡，在角落里闷闷不乐。我还听见她在唱那首他给她的歌呢。有一次，她像你一样称他‘约翰’，尔后脸涨得像罂粟花一样红，我们究竟怎么办呢？”乔说。看来她准备采取一切措施，甚至采用过激行动。

“什么也别干，只能等待。让她一个人待着。你要和气、耐心，父亲回家后一切都会解决的。”母亲回答。

第二天，乔在分发小邮局里的邮件时说，“这封短信是给你的，全封住了，真怪！特迪给我的信从来不封口。”

马奇太太和乔都埋头于自己的事情，只听得梅格一声叫唤，她们抬头看到梅格一脸惊恐，盯住自己手里的短信发呆。

“我的孩子，怎么了？”母亲喊着，向她跑去。这时乔便去拿这张闯了祸的纸。

“全弄错了，——他没有给过我信。哦，乔，你怎么能这么乱来？”梅格双手捂住脸，哭得好像心都快碎了。

“我！我什么也没干！她在说些什么呀？”乔大惑不解地叫道。

梅格温和的眼睛里燃烧起怒火，她从口袋里掏出一封揉皱了的短信，把它扔给了乔，责骂道：

“信是你写的，那个坏小子帮了你。你们怎么能对我们俩这么无礼，这么卑鄙残忍啊？”

乔几乎没有听见她的话，她和母亲正在读那封短信。这封信是一种陌生的手迹写的：

> 我最亲爱的玛格丽特——我再也不能控制自己的感情了，我必须在回来之前知道自己的命运。现在我还不敢告诉你父母，但我想如果他们知道我俩相互爱慕的话，他们会同意的。劳伦斯先生会帮我谋得一个好职位，到那时，我亲爱的姑娘，你会使我幸福的。我求你现在对家里什么也不要说，只要把一句能激起我希望的话通过劳里转给我。
>
> 你忠实的约翰

“啊，小恶棍！这就是他因为我对母亲信守诺言而给我的报应。我要去狠狠训他一顿，再抓他来赔礼道歉。”乔喊着，心急火燎，马上要去执行惩罚。但是母亲却用一种少见的眼光制止了她，并说道：

“别去，乔，你必须自己先说清楚。你搞过那么多恶作剧，我怕这事你也有份。”

“我发誓，妈妈，我没份！我以前从来没见过那封短信，对这事我一点也不知道，这句句是实话！”乔说得那么认真，她们相信了她。“如果我插手过这件事的话，我会干得比这好得多，我会把这信写得更像真的一样。我想，你该知道布鲁克先生是不会写如此蹩脚的信的。”乔说着，把信轻蔑地扔到了一边。

“这像他的笔迹。”梅格颤声说，把它和手里的短信比较了起来。

“哦，梅格，你没有回信吧？”马奇太太急忙说道。

“回了，我回了！”梅格又捂住了脸，感到羞愧难当。

“这下可穿透了！让我把那个坏小子抓来坦白，教训教训他。不抓住他，我不会罢休的。”乔又要往门外跑了。

“嘘！让我来处理这件事，因为它比我想像的还要糟。玛格丽特，告诉我全部情况。”马奇太太说着，便在梅格身边坐下，但仍拉住乔不放，免得她跑掉。

“我从劳里那里接到第一封信，他看来好像什么都不知道，”梅格埋着头说，“一开始，我很发愁，打算告诉你。然而我想到你那么喜欢布鲁克先生，就觉得假如我把这小小的秘密保留一些日子，你是不会在意的。我真蠢，还以为谁都不知道。当我考虑跟他说什么时，便觉得自己像书中的女孩子那样去做这些事了。原谅我，母亲，我现在已经为自己的愚蠢付出了代价，我再也没脸见他了。”

“你对他说什么了？”马奇太太问。

“我只说我太年轻了，还不宜谈这种事。我不希望对你们有什么秘密，他必须对父亲去讲。我说我非常感谢他的好意，愿意做他的朋友，不过在一个长时期内只能以此为限。”

马奇太太微笑了，好像很高兴。乔拍手大笑着喊道：

“你简直可以同卡洛琳·珀西平起平坐了，她可是个谨慎的典范！说下去，梅格。他对此说些什么？”

“他以完全不同的方式写了封信，说是很遗憾，他根本没有寄过什么情书，准是我那个捣蛋妹妹乔冒用我们的名字干的。信上说得客气而有礼貌，可你们想想看，这对我有多难堪！”

梅格靠在母亲身上，就像一尊绝望的雕像。乔在房里脚步沉重地走来走去，骂着劳里。突然她停了下来，抓起那两封信，仔细看过以后，果断地说，“我相信布鲁克连见都没见过这两封信，都是特迪写的，他可以等你的信来向我夸耀，因为我不肯把我的秘密告诉他。”

“别再有什么秘密了，乔，告诉母亲吧，别招麻烦了，我也早该这么做了。”梅格警告道。

“保佑你，孩子！是母亲告诉我的。”

“好了，乔。我来安慰梅格，你去把劳里叫来。我要把事情查个水落石出，立即制止这种恶作剧。”

乔跑开后，马奇太太把布鲁克先生的真情轻轻告诉了梅格。“好了，亲爱的，你自己是怎么想的呢？你是否爱他到足以等待，直到他能为你建立一个家庭？或者目前你还想自由自在呢？”

“我已经被搞得又烦恼又吃惊了，在一个长时期内我是不想谈恋爱的——也许永远都不想了，”梅格赌气说，“假如约翰一点也不知道这件蠢事，就别告诉他，只要叫乔和劳里保持缄默。我才不愿受骗上当做傻瓜呢——真丢脸！”

马奇太太看见一向温顺的梅格都给激怒了，这次恶作剧伤了她的自尊心，便劝慰她今后要格外谨慎小心，并保证对此事决不声张。劳里的脚步声在门厅里一响，梅格立即逃进书房去了，所以马奇太太单独接见了这个罪魁祸首。乔没有告诉他叫他来的原因，怕他不肯来。可是他一看到马奇太太的脸色便明白了。他站着，转弄着自己的帽子，一副做贼心虚的样子等于是不打自招了。乔虽奉命退出，可她像个哨兵一直在门厅里走来走去，生怕那个罪犯会逃走。客厅里的说话声音时高时低响了半个小时，这期间究竟发生了什么，姑娘们一点都不知道。

当她们被叫进去时，劳里站在她们的母亲身边，满脸的后悔，乔马上原谅了他，但她认为暴露真相是不聪明的。梅格接受了他低声下气的道歉，当她听到布鲁克先生对这个玩笑一无所知时，感到十分宽慰。

“我到死也不会告诉他的——野马都不能从我嘴里把这事拖出来。梅格，原谅我吧，我将竭力表明，我是如何的懊悔。”劳里说时看来真是羞愧无比。

“我将试试看。但你这行为确实很不文明。我想不到你会这么蓄意玩鬼把戏，劳里。”梅格以严肃的责备口吻来掩饰她姑娘家的慌乱。

“这确实可恶，你们该一个月不理睬我作为惩罚。不过，你们还不至于这样吧？”劳里的双手十指交叉地合在一起，一副苦苦哀求的样子，话说得动人哀怜，难以拒绝，所以尽管他行为令人反感，但她们却无法对他不满了。梅格宽恕了他。马奇太太虽然竭力想保持严肃，但听到劳里宣布要用种种苦行来赎罪，并在受害的闺女面前谦卑得像一条虫似的，她那严峻的脸色也缓和了下来。乔这时独自站在一边，努力想硬起心肠来对付他，结果只是做出脸上很不满的样子。劳里朝她看了一两次，可是她没有表示出一点怜悯的迹象，他感到委屈，背转了身子，直到别人都原谅了他，他才朝她深深鞠了一躬，一句话没说就走了。

他一走，乔便懊悔自己先前没有宽宏大量一些。梅格和母亲上楼后，她便觉得孤独，想念起特迪来了。忍耐了一会儿，她屈服于她的冲动，拿起一本要还的书，到那大房子去了。

“劳伦斯先生在吗？”乔问一个从楼梯上下来的女仆。

“在，小姐。不过此刻我不相信能见到他呢。”

“为什么，他病了？”

“哦，没有，小姐。可他和劳里先生闹了一场。劳里先生为了什么事在发脾气呢，这事惹恼了老先生，所以我不敢去接近他。”

“劳里在哪儿？”

“他把自己关在房里，我敲门他也不应。我不知道午餐怎么办，准备好了，没有人来吃。”

“我去看看怎么回事。我不怕他们俩。”

乔上了楼，在劳里小书房的门上狠狠地敲了起来。

“别敲，否则我开门对你不客气了！”年轻绅士气势汹汹地大嚷。

乔赶紧再敲。门开了。劳里吃惊得还没回过神来，乔便冲了进去。看他真发脾气了，乔知道如何去对付他。她装出一副后悔的表情，很艺术性地跪了下来，柔声说，“请原谅我脾气这么坏。我是来请罪的，你不原谅我，我就不走。”

“行了。起来吧，别像个傻瓜似的，乔。”她的恳求得到的是这样一个简慢的答复。

“谢谢你，我起来。我能问一下是怎么回事吗？看来你心里很不自在。”

“我竟被人摇晃了一阵，我不能忍受！”劳里怒吼道。

“谁干的？”乔问道。

“祖父。如果是别人，我早就——”这个受屈的年轻人用右臂做了个有力的姿势，结束了这句话。

“那没什么，我也常摇晃你的，可你并不在意。”乔劝慰道。

“呸！你是女孩子，闹着玩儿，可我不允许任何男人摇晃我。”

“如果你看上去像现在这副雷公模样，我看谁也不会来碰你。为什么你祖父这样对待你呢？”

“只因为我不肯说出你母亲要我保密的事。我答应过不说，当然我不能食言。”

“你不能用其他办法使你祖父满意吗？”

“不能。他要知道真相，全部真相。除了说出真相，其他都不要。如果我能不把梅格牵连进去，我就讲这件窘迫的事情中我的那一部分。既然不能，我就守口如瓶，忍受责骂，直到他老先生揪住我的衣领。于是我火了，很快地跑了出来，我怕控制不住自己。”

“这样不好，但他已后悔了，我知道。还是下楼去讲和吧，我帮你。”

“我决不那么做！我不能为了开一点玩笑，弄得人人都来教训我，打击我。我是对不起梅格，并且像一个男子汉那样求她原谅了。而现在我没有错，我不能再那么干。”

“他不知道这事。”

“他应当相信我，别当我还是个娃娃。这没用，乔，他应该懂得我能管好自己，不需要依附于任何人。”

“你真成了胡椒瓶了！”乔叹道，“你准备如何来处理这件事？”

“嗯，他应该道歉。当我说我不能把这次争论的原委告诉他，他就应当相信我。”

“天哪！他不会那么干的。”

“他不干的话，我不下楼。”

“好了，特迪，理智点吧。让这事过去算了，我将向你解释我能做些什么。你不能老待在这里，这样小题大做有什么用？”

“反正我不打算在这里待得很久。我要溜出去，到什么地方去旅行。等到祖父失去了我，他会很快回心转意的。”

“恐怕会这样。可你不该走掉，不该这样伤他的心。”

“别说教了。我要去华盛顿看布鲁克。那儿可快活了，在烦恼之后我要乐一乐了。”

“那你倒是可以大乐一场的！我巴不得也能跑掉！”乔说。首都军人生活的生动景象，使她忘记了自己作为开导者的职责了。

“那么走啊！为什么不走呢？你去使你父亲大吃一惊，我去吓唬一下布鲁克。这真是个绝妙的玩笑。走吧，乔。我们留一封信，就说我们一切都好，然后立刻出发。我有足够的钱。你是去你父亲那儿，这对你有利无弊。”

一时间乔看来要同意了，因为这任性的计划正与她合拍。她已厌倦了照看病人和闭门不出，渴望变换一下；而且一想到父亲，便联想到军营和医院的种种新奇的诱人的魅力，联想到自由和乐趣。她的眼睛渴望地转向窗户时，闪闪发亮，可是眼光又落到了对面那幢旧房子上。于是她忧愁而果断地摇了摇头。

“如果我是个男孩子，我们可以一起走，过一段美妙的时光。但我是个倒霉的女孩子，必须规规矩矩，待在家里。别诱惑我吧，特迪，这是个疯狂的计划。”

“这就是它有趣的地方。”劳里说。他的任性又发作了，一心想用什么办法来冲破牢笼。

“别说了！”乔捂住耳朵叫喊，“矫揉造作是我注定的命，我还是接受这一现实的好。我是来劝你的，不是来听你讲这些使我扯不清的事的。”

“我知道梅格对这样一个提议是会摇头的，可是我认为你的魄力比较大。”劳里讨好地说。

“坏小子，住嘴！坐下想想自己的罪过，别来怂恿我也犯错误吧。如果我说服你祖父，让他为摇晃你而道歉，你愿放弃出走吗？”乔严肃地问。

“会的，可是你不会那么干。”劳里回答。他希望“和解”，可是觉得自己被伤害的尊严必须首先得到恢复。

“如果我能对付得了小的，我就能对付得了老的。”乔走开时嘀咕着。劳里一个人留在那里，两手支着头，俯身在一张铁路图上。

乔敲敲劳伦斯先生的房门。“进来！”劳伦斯先生的嗓音比以往还要粗哑。

“是我，先生，来还本书。”她进去时温和地说。

“还要吗？”老绅士板着脸，余怒未息地问，但又极力想不表露出来。

“嗳，要的。我太喜欢老萨姆[1]了，我还想看第二卷呢。”乔回答。

---

1 即塞缪尔·约翰逊(1709—1784)，英国著名作家。

她想用借鲍斯韦尔[1]写的《约翰逊传》第二卷来讨他的好，因为那本生动的作品是他推荐的。

当老绅士把梯子推到摆着《约翰逊文集》的书架前时，他的粗黑眉毛舒展了一点。乔跳上梯子，坐到了梯子顶上，假装寻找她要的书，其实却在思索如何把自己带有一定危险的来访目的最好地引出来。劳伦斯先生似乎猜出了她心里酝酿着什么事，因此，他在房间里转了几个圈子后，面朝着她突然发话，以致一本《雷赛勒斯》面朝下掉到了地上。

"那孩子干了什么？别袒护他。他回家时，看他那副样子我就知道他捣了鬼。从他嘴里我问不出一句话。我威胁地摇晃他，要他说出真相，他便跑上了楼，把自己关在房里。"

"他是干了错事，但我们已经原谅他了，大家还约定不对任何人说一个字。"乔不得已地说道。

"那可不行。他不能躲在你们这些软心肠姑娘的约定后面。如果他做了错事，他必须坦白，请求宽恕，并受到惩罚。说出来，乔，我不能被蒙在鼓里。"

劳伦斯先生看起来那么声势逼人，口气那么严厉，如果可能的话，乔真想逃走。可是她高高地坐在梯子上，而他就站在梯子脚下，狮子挡路，因此她就只好硬是待下去了。

"真的，先生，我不能告诉你，母亲不准说。劳里已经认错，请求宽恕，并受到了足够的惩罚。我们不是以保持沉默去袒护他，而是为了另一个人。假若你介入的话，那会变得更麻烦。请不要这样。错误我也有份，但现在一切都好了。所以我们还是忘了它，谈谈关于《漫步者》，或是一些高兴的话题。"

"《漫步者》见鬼去吧！下来，告诉我，我那冒失孩子没干什么讨厌

---

1 即詹姆斯·鲍斯韦尔(1740—1795)，英国著名传记作家，代表作为《约翰逊传》。

的无礼事情吧？你们都对他那么好，如果他干了，我要亲手痛打他。”

这威胁的声音很可怕，但吓不倒乔，因为她知道这个性情暴躁的老绅士话说得再凶，也不会对他的孙子动一根指头。她顺从地从楼梯上下来，装出一副对劳里的恶作剧轻描淡写的样子，不过她既没有暴露梅格，也没有忘记真相。

“嗯——呃——哦，如果这孩子闭口不言是因为作了许诺，而不是顽固不化，那我可以原谅他。他是倔强的家伙，很难对付。”劳伦斯先生说话时直搔头发，直到看上去头发像被大风吹过似的，同时看来他也松了一口气，紧皱的眉头变得舒展了。

“我也是这样。千军万马不能镇住我，一句好话却能管住我。”乔想为那个摆脱了一种困境又陷入了另一种困境的朋友说句好话。

“你以为我对他不好吗，嗯？”回答是尖锐的。

“哦，不，亲爱的先生。有时候你有点太好了，但当他试试你的耐心时，你又有点性急。你认为你是这样吗？”

乔决定表明来意，说了这番大胆的话后，虽然有些颤抖，但仍尽力使自己显得很平静。使她大为放心但又吃惊的是，老绅士只是把眼镜往桌上咔嚓一丢，坦率地喊道：

“你说得对，姑娘，我是这样！我爱这孩子，但他对我的耐心考验得太过分了，我们再这样下去，真不知道如何了结。”

“我告诉你，他要逃跑。”这话一出口，乔就后悔了。她本想警告他，劳里不能忍受过分的束缚，希望他能对那男孩子更宽容一些。

劳伦斯先生红润的脸突然变了，他坐下来，用一种苦恼的眼光看着一张挂在桌子上方的照片。照片上的英俊男子是劳里的父亲，他年轻时也离家出走，并且违背这个专横老父的意志结了婚。乔想他准是在回忆过去，在后悔了。她真希望自己没有说那句话。

“他不是十分恼火是不会那么干的。当他厌倦学习时，有时只是吓吓人罢了。我也常想跑呢，特别是剪了头发以后。所以，如果你一旦找不到我们，你可以登广告找两个男孩，到开往印度去的那些轮船中去找。”

她说着笑着，劳伦斯先生看来已经放了心，显然把这一切当作是在开玩笑。

“你这个鬼丫头，你怎么敢这样说话？这哪里是在尊敬我？你的教养到哪儿去了？上帝保佑这些少男少女！他们是怎样地折磨人啊，可没有他们，我们又不行。”说着他便高兴地拧了拧她的脸颊。“去，把那孩子叫下来吃午饭，告诉他没事了，劝他别再跟祖父闹意气吧，我受不了。”

“他不会下来的，先生。因为当他说不能告诉你时，你不相信他，他感到委屈。我想，你摇晃他，很伤他的感情。”

乔想装出悲哀的样子，但肯定失败了，因为劳伦斯先生笑了起来。乔知道自己胜利了。

“为那事我很后悔，我想，应该感谢他没有还手。这家伙究竟想怎样？”老绅士对自己的暴躁看来有点羞愧了。

“假如我是你，我就给他写一封道歉信，先生。他说他拿不到就不下来，还谈到华盛顿，继续荒谬地谈下去。一个正式的道歉，会使他认识到自己是多么愚蠢，这样就使他友好地下楼来了。试试看吧，他喜欢闹着玩，这法子比嘴说好。我会拿上去的，再教他懂得自己的责任。”

劳伦斯先生尖利地看了她一眼，戴上眼镜，慢慢地说，“你是个狡猾的姑娘，不过被你和贝思摆布我不在乎。好吧，给我一张纸，我们把这无聊事了结了吧。”

短信是以一个绅士给了对方极大的侮辱之后所用的措词写成的。乔俯身在劳伦斯先生的秃顶上吻了一下，跑上楼把道歉信从劳里的门下塞进去。通过钥匙孔，她劝劳里听从忠告，知点进退，以及其他中听而难以办到的话。看到门又锁上了，她便让这信去完成任务，自己悄悄地走开了。这时年轻绅士从楼梯扶手上滑下来，已经在楼梯脚跟等她了。他脸上带着最善良的表情说，“你真是个好朋友，乔！你挨骂了吗？”他笑着说。

“没有。总的来说，他还挺温和呢。”

“啊，我获全胜了！甚至你丢下我走开时，我还感到要走向毁灭呢。”他抱歉地说。

“不要那么说了，特迪，我的孩子，翻开新的一页，重新开始吧。”

“我老在翻新的一页，却又总是弄糟了，就像我以前老弄糟习字簿一样！我搞了那么多新开端，永远也不会有个什么结果了。”他悲哀地说。

“去吃午饭吧，吃了饭你会觉得好些的。男人们肚子饿了，总要发牢骚。”说完，乔便从前门飞快跑了。

“这是对‘我方’的一种‘几讽’（讥讽）。”劳里一边用艾米的话来回答，一边尽小辈本分地去和祖父一起吃饭。祖父的脾气就像圣徒一样好，而且在这一天的其余时间里，他的态度一直很尊重别人。

大家都以为这事了结了，小小的阴云已经吹散，可是后果已经造成。因为这事虽然别人都忘了，但梅格记着。她从来没把这事对布鲁克提起过，可心里却非常想他，幻想也比以往更多了。有一次，乔在姐姐的抽屉里找邮票，发现一张小纸片上涂满了这样的字：“约翰·布鲁克太太。”乔对此不禁悲叹起来，把纸片扔进火里，感到对她来说，劳里的鬼把戏已经加速了那倒霉的日子的到来。

第二十二章

芳草地

以后的几周里平静无事，犹如暴风雨过后的晴朗天气。病人迅速地好起来，马奇先生开始谈起在新的一年里早日回家的事。贝思很快就能整天躺在书房的沙发上了，起先她跟那些被溺爱的猫玩着，后来便为娃娃们做起拖延已久的针线活来了。她过去灵活的手脚现在又僵又弱，以致乔每天都要用有力的手扶她到户外去呼吸呼吸新鲜空气。梅格为了替“亲爱的”烹调可口的食物，情愿熏黑和灼痛自己雪白的双手。艾米原是一个戒指的忠实奴隶，为了庆贺她的出外归来，却愿把她所有的宝贝都送给了姐姐们。

圣诞节将近，家里出现了惯有的神秘气氛。乔为了过好这次不寻常的愉快的圣诞节，常常提出一些根本不可能的或荒唐得出奇的庆祝方式，引得全家捧腹大笑。劳里也同样是个不切实际的人，照他的意思办就要燃篝火，放焰火，还要搭凯旋门呢。经过多次争辩和制止后，这一对雄心勃勃的人总算罢休，不过走来走去时沉着脸，只有当两个人凑在一起时，这才露出真面目，哈哈大笑起来。

接连几天少有的暖和天气很合适地引来了圣诞佳节。汉娜从她的“骨子里”感到圣诞节一定是个不寻常的好日子，现在她证明了自己是个真正的预言家，因为每个人和每件事似乎都一定会获得极大的成功。首先，马奇先生写信来，说他不久就可以和她们在一起了；其次，那天早上贝思感到自己身体特别好，她穿着母亲送的礼物——一件柔软的深红色美利奴羊毛晨衣——洋洋得意地被搀到窗前去观看乔和劳里的杰作。这两个不可阻止的人尽量要使自己不是徒有虚名，他们像小精灵似地整夜劳动，居然搞出了一个滑稽的奇观。外面花园里竖立着一尊高贵的白雪少女，头戴冬青花冠，一手挽了个花果篮，一手拿了一大卷新乐谱，一块阿富汗毛毯像一条完美的彩虹围在她冰冷的双肩上，一条写着一首圣诞颂歌的粉红色长纸条从她的双唇间飘了出来：

琼格弗劳[1]致贝思

上帝赐福于你，亲爱的贝思女王！
　你无需沮丧，
只愿你安宁、幸福和健康，
　在这圣诞佳节。

这儿是喂养我们辛勤蜜蜂的果子，
　有花儿让她嗅闻；
这儿是献给她小钢琴的乐谱，
　有阿富汗毛毯盖着她的脚跟。

1　琼格弗劳是德语“少女”的音译，这里指那个雪人。

瞧，一幅琼娜的肖像，

　　由拉斐尔[1]第二画成；

她终日辛勤劳动，

　　画得真实又动人。

请你接受一根红丝带，

　　给予普勒[2]太太的尾巴。

可爱的派格[3]做了冰淇淋——

　　一座勃朗峰[4]就在桶里。

我的作者把深深的爱，

　　融进我的冰雪胸怀，

收下它，也收下这阿尔卑斯姑娘——

　　劳里和乔奉献。

贝思看后笑得多高兴啊！劳里跑上跑下把礼物拿进来，乔献上礼物时的讲话多可笑啊！

“我心里充满了欢乐，假如父亲在这儿，我就心满意足了。”贝思满意地感叹道。在兴奋之后，她被乔搀到书房去休息，并拿了琼格弗劳送给她的一些味道很好的葡萄吃起来。

“我也一样。”乔说时拍拍口袋，里面装着她渴望已久的《恩廷与辛特拉姆》。

1　意大利文艺复兴时期画家。

2　猫名。

3　即梅格。

4　阿尔卑斯山的最高峰。

“我肯定我也是。”艾米应声道。一边凝视着“圣母与圣子”的雕版印制品，那是母亲送给她的，装在一个精美的镜框里。

“我当然也这样！”梅格大声说，一边抚摸着自己第一件绸衫的银色折裥。因为劳伦斯先生坚持要把这送给她。

“我当然不例外！”马奇太太感激地说。她眼睛看看丈夫的信，又看看贝思的笑脸。这时姑娘们刚好都把脑袋凑到她胸前，她便用手抚摸她们灰色、金色、栗色和深褐色的头发。

在这个平淡的世界上，事情常常以小说般的有趣方式发生，那该多么令人欣慰啊！每个人都谈了自己是如何幸福，美中不足的只有一点，想不到半个小时后，这一点就来了。劳里打开了客厅的门，悄悄地把头伸进来。他倒还是进来就翻一个筋斗，发出一阵印第安人的喊杀声的好。因为他脸上充满了压抑着的兴奋，声音里流露出憋不住的欣喜，以致每个人都跳了起来，虽然他只怪声怪气、气喘吁吁地说，“这是给马奇家的又一件圣诞礼物！”

话还没讲完，他就闪开了一点，在他移开的地方，出现了一个高个子男人，全身裹得只剩两只眼睛，他靠在另一个高个子男人的臂膀上，那人想说什么却又说不出。接着当然是一阵惊慌骚乱，在几分钟里，每个人似乎都失去了理智，因为最奇怪的事出现了，而对此没有人能说一句话。马奇先生被四双充满爱的手臂拥抱得看不见了。乔几乎不光彩地昏厥过去，不得不在瓷器橱旁让劳里救护。布鲁克先生完全出于失误地吻了梅格，过后又语无伦次地解释着什么。一向重视风度高贵的艾米，被一张凳子绊倒，顾不得爬起来，便抱着父亲的长统靴动人地哭叫。马奇太太第一个回过神来，举手警告道，“嘘，别作声！不要忘了贝思！”

但已经太晚了，书房的门大开，穿小红晨衣的人出现在门口——欢乐把力量注入了她虚弱的四肢——贝思一直奔向她父亲的怀抱。别管接下来发生了什么，因为心中洋溢着欢乐，洗去了往日的辛酸，只剩眼前的甘甜。

这倒没有什么罗曼蒂克，可是一声衷心的欢笑却使大家清醒过来了，因为汉娜正在门后为那只肥火鸡伤心呢。她从厨房跑上来时，竟忘记把它从炉子上拿下来了。当笑声停下来时，马奇太太开始向布鲁克先生道谢，感谢他对丈夫的悉心护理。布鲁克先生一听这话，突然想起马奇先生需要休息了，于是拉了劳里便匆匆告退。接着两个病人被命令去休息，他们听从了。可两个人坐进一张大椅子里却讲得很起劲。

马奇先生谈了他如何想使她们大吃一惊。当天气好转后，他征得大夫的同意趁机回来的。布鲁克是如何忠心，总之他是一个值得尊重的正直的年轻人。这当儿马奇先生停了片刻，瞟了正在使劲拨火的梅格一眼，又扬起眉毛似问非问地看了看妻子，——至于为什么这样做，我就让你们去想像了。同样，马奇太太为什么点了点头，却有点突然地问他是否还没有吃过东西，这也让你们去想像吧。乔看见了并且理解那眼色，她板着脸大步走去拿酒和牛肉茶。当她砰地关上门时，嘴里嘀咕道，“我恨那个棕色眼睛的可尊敬的年轻人。”

他们那天的圣诞午餐是前所未有的。那只肥火鸡真是个奇观。当汉娜把它端上来时，肚子里塞满了东西，颜色棕黄，装饰得很漂亮。葡萄干布丁也是如此，放进嘴里就酥了。果子冻也一样，艾米大吃特吃，像一只苍蝇掉进了蜜缸里。什么事都很好，真是幸运。汉娜说，“我的头当时都搅昏了，竟没有去烤布丁，没用葡萄干塞火鸡，也没把它包在布里去捎(烧)，这真是个奇积(迹)。”

劳伦斯先生和他的孙子同他们一起进餐，布鲁克先生也在座。乔对他阴沉地怒视着，使得劳里感到十分有趣。两张安乐椅并排放在桌首，坐着贝思和父亲，他们只少量地吃些鸡和一些水果。他们为健康干杯，又讲故事又唱歌，还像老话说的那样“追忆往事”，度过了这极好的时光。本来计划要去滑雪橇的，可是姑娘们都离不开她们的父亲。于是客人们回去得较早。当暮色四合时，这快活的一家便围着火炉坐着了。

“就在一年以前，我们还在悲叹中期待那凄凉的圣诞节，你们记得吗？”当他们谈了很久以后，暂停了片刻，乔打破沉默道。

“总的来说，这一年还算愉快！”梅格说。她在对着火微笑，同时又庆幸自己对待布鲁克先生的态度很端庄。

“我认为这是艰苦的一年。”艾米说。她盯着手上亮闪闪的戒指，眼睛里有沉思的目光。

“我高兴这一年过去了，因为你回来了。”贝思坐在父亲的膝上低声说道。

“我的小朝圣者们，你们走过的这条路是有点崎岖，特别是它的后半段。可是你们都勇敢地走过来了。我想那些包袱会很快很好地掉下来的。”马奇先生说。他带着一种做父亲的满足，看着围在他身边的四张年轻的脸。

“你怎么知道的，是母亲告诉你的吧？”乔问道。

“谈得不多。以此类推嘛。今天我就有了好些发现。”

“哦，告诉我们，发现了些什么！”梅格坐在他身边大声说道。

“这就是一件！”马奇先生抓起那只搁在他椅子扶手上的手，指指那粗糙的食指，又指指手背上的一处烫伤和手掌上的两三块小硬茧。“我记得有一段时间，这手又白又光滑，而你最关心的就是保护这双手了。那时，它是很美，但是对我来说，它现在更美了。因为在这些表面的缺陷里，我读到了一小段历史。虚荣化作热烈的贡献。这个变硬的手掌赢得了一些比水疱更好的东西。我相信由这些扎伤的手指缝制的东西一定经久耐用，因为每针每线都有着你的不少善意。梅格，亲爱的，我很看重女人的管家本领，它比一双白嫩的手或时髦的玩意儿更能使家庭幸福。我为同这只美好、勤劳的小手握手而感到骄傲。但愿不会很快就有人要求我放掉它。”

如果梅格对于长时期的耐心劳动想要一份报酬的话，那么在父亲衷心的握手和赞许的微笑里，她已经得到了。

“那么乔呢？请为她讲几句好话，因为她非常努力，对我真是太好了。”贝思在父亲耳边说。

他笑了，打量着坐在对面的高个子姑娘，她黝黑的脸上有着一种不寻常的温柔表情。

“尽管留着一头短鬈发，我可认不出那个离开了一年的‘乔儿子’了，”马奇先生说，“我看见了一位年轻小姐，领子别得挺，鞋带系得整齐，既不吹口哨说粗话，也不像往常那样躺在地毯上。由于看护病人和焦虑，此时她的脸有些消瘦苍白，但我还是喜欢看，因为它变得文雅多了。她的嗓门也低了。她不再蹦蹦跳跳，举止文静了。她还能像母亲那样照顾一个孩子，这使我很高兴。虽说我也很惦念我那野姑娘，但是能换来一个强壮的、肯帮助人的、内心温柔的小妇人，我也觉得非常满意。我不知道是否因为剪了毛才使我们的黑绵羊[1]变得稳重了。但我知道，在整个华盛顿，我找不到任何一样东西美丽得能使我用好女儿给的二十五元钱去买下来。”

乔的那双锐利的眼睛顿时有点暗了，可她消瘦的脸在火光中红了起来。她得到了父亲的夸奖，觉得自己不完全够格呢。

“现在是贝思了。”艾米说。她渴望轮到自己，但准备等待。

“关于她我不多说，我怕说多了，她会溜之大吉呢。虽然她已不像过去那样害羞了。”父亲高兴地说，但想到自己几乎失去了她，便把她搂紧，和她脸贴着脸，亲切地说：“总算平安了，我的贝思，我要这样保住你，谢谢上帝。”

沉默了一会儿，他眼光落到艾米身上，她坐在他脚边的搁脚木矮凳

1　英语中的“黑绵羊”可指家中最调皮捣蛋的一个小辈。

上。他摸摸她发亮的头发说：

“我发现午餐时艾米在吃鸡脚，整个下午她都在给母亲跑腿，今晚还给梅格让了座，而且耐心愉快地伺候着每一个人。我还注意到她并不怎么烦躁发愁，也不对镜自怜，甚至没有提到戴着的一只漂亮戒指。因此我敢断定，她已学会多考虑别人，少考虑自己了，并且决心试着认真地塑造自己的个性，就像塑造她的小泥人一样。我为此感到高兴。因为虽然我为她能捏出一个优美的泥塑而骄傲，但一个能使自己和别人的生活更美好的可爱女儿，更使我感到无比的自豪。”

当艾米谢了父亲，谈了她戒指的事之后，乔问道，“贝思，你在想什么呀？”

“今天我读了《天路历程》，基督徒和盼望怎样经历了千难万险之后，到达了一片可爱的绿草地，那里百合花四季常开。在他们向旅程的终点继续进发之前，他们像我们现在一样，在那儿愉快地休息着，”贝思回答。她从父亲的怀里滑出来，慢慢朝钢琴走去，一边说，“现在是唱歌的时候了，我要坐在我的老位子上。我来试唱那首朝圣者听到的牧歌。我为父亲谱了曲，因为他喜欢这些诗句。”

于是贝思坐到那架可爱的小钢琴前，轻轻按着琴键，用他们本以为再也听不到的甜美嗓音，随着伴奏唱起古雅的圣歌来了。那是一首对她非常合适的歌：

低下者不用怕摔倒，
　卑微者永不骄傲；
一生谦恭者
　有上帝作他的向导。

知足我所有，

　那论多和少；
主啊！我仍求满足，
　您能救吾曹。

前去朝圣者，
　任重而道远；
日后有大福，
　前景无限好。

第二十三章

马奇叔婆解决了问题

像蜜蜂拥着蜂王，第二天，母亲和女儿们放下了每一件事，围绕着马奇先生，看他，侍候他，听他说话，差点把这个新病人溺爱死了。他坐在一张大椅子里，靠着贝思坐的沙发，另外三个女儿紧围着他。汉娜不时把头探进来，“偷偷看着这位亲爱的人”，他们的幸福看来已经到了尽善尽美的境界了。不过，总觉得还缺少了什么，尽管没有人承认这一点，但年长的还是感觉到了。马奇夫妇一面看着梅格，一面带着焦躁的表情面面相觑。乔突然领悟过来，对着布鲁克先生遗留在门厅里的雨伞直挥拳头。梅格心不在焉，又羞又沉默，门铃一响就吃惊，一听到提起约翰的名字就脸红。艾米说，“每个人似乎都在期待着什么，安不下心来。既然父亲已经平安回家了，这事可不蹊跷？”贝思天真地奇怪着，他们的邻居怎么不像往常那样过来了。

下午劳里走过，看见梅格在窗口，他好像突然来了一阵戏剧性的发作，在雪地里一腿跪下来，捶胸扯发，抱拳哀求，像在乞讨什么恩典似的。当梅格叫他规矩点快走开时，他假装从手帕里绞着泪水，好像极度伤心地摇摇晃晃拐过街角走了。

“这傻瓜是什么意思啊？”梅格装作不懂笑着问。

“他在做给你看，你的约翰不久就要如何了，感动了吧？”乔轻蔑地回答。

“别说我的约翰，这既不妥当也不真实。”可是梅格的声音在那几个字上逗留了一下，好像那声音听来很愉快。“别来烦我了，乔，我已经告诉过你，我对他并不怎么感兴趣，这事没什么可说的，但我们将可以很友好，像以前一样。”

“我们可不能，有些事已经公开说了，劳里的恶作剧，对我来说已经毁了你。我看到了，母亲也看到了，你一点也不像原来的你了，好像离得我远远的。我不想来烦你，而且会像个男子汉那样忍下来的，但我巴不得这事能完全定下来。我讨厌等待。所以如果你打算做这件事的话，就赶紧把它了结了吧。”乔生气地说。

“他不开口，我不能说什么也干不了什么。而他也开不了口，因为父亲说我还太年轻呢。”梅格带着一丝古怪的微笑说着，又低下头工作了起来。她那微笑暗示：在这一点上，她不很同意父亲的意见。

“如果他开了口，你就不知道说什么了，只是哭或者脸红，再不就随他爱怎么办就怎么办，反正你不会斩钉截铁说个‘不’字。”

“我还没有愚蠢、软弱得像你想像的那样。我恰好知道该怎么说，因为我已经全盘计划过，不会措手不及的。谁也不知道会发生什么，所以我希望有所准备。”

梅格在不知不觉中神情变得相当严肃，而这种神情和她脸上不断变化的美丽颜色一样同她很相配，乔看在眼里，不由得微笑了。

“你不在乎把要说的话告诉我吧？”乔十分恭敬地问。

“没关系，你已经十六岁，完全可以成为我的知心人了。不久在你自己这一类的事情上，我的经验对你也许有用。”

“我可不想有这种事。看别人谈情说爱真有趣，可我自己干起来会像个傻瓜似的。”乔看来对这种想法很是吃惊。

“我想不会的，如果你非常喜欢一个人，而他也喜欢你的话。”梅格像在对自己说话，一面注视着外面的小巷，在夏日的黄昏中，她常看到恋人们在那儿并肩走过。

“我想你可以告诉我你将对那个男人讲的话了。”乔粗鲁地打断了她姐姐的小小幻想。

“哦，我只能平静而坚决地说，‘布鲁克先生，谢谢你，你是一片好心，不过我同意父亲的意见，我太年轻了，眼下还不宜于订什么婚约。所以请别多说了，让我们跟以前一样做好朋友吧。’”

“哼！那倒是够硬够冷的了。我不相信你会这么说。即使你说了，我知道他也不会到此为止的。如果他像书本里那些被拒绝的情人那样纠缠不清，你就会屈服，而不愿再伤他的心了。”

“不，我不会的。我将告诉他，我已打定主意，然后庄严地走出房间。”

梅格说着站了起来，正准备演习这场庄严的退却。这时门厅里一阵脚步声，吓得她飞跑回自己的座位，动手缝纫，好像她的一生完全依赖于在规定的时间里完成这项特殊的缝纫使命。乔看到这突然的变化，拼命忍住了笑。有人在轻轻地敲门，她冷淡地开了门，那样子很不客气。

“下午好。我来拿我的伞——再看看你父亲今天怎么样了。”布鲁克先生说着，看看这张情绪流露的面容，再看看另一张，便有点慌乱起来。

“这很好，他在架子上，我去把他拿来，并且告诉它你来了。”乔回答时把父亲和雨伞搅混了。她溜出了房间，给梅格以机会去发表她的讲话和显示她的尊严。但是乔一走，梅格便侧身走近房门，低声说，“母亲很高兴见到你。请坐，我去叫她。”

“别走。你是怕我吧，玛格丽特？”布鲁克先生看来那么伤心，梅格想她一定是干了什么非常粗鲁的事了。她脸红到了额前的小发卷下，因为他以前从来没有叫过她玛格丽特。她惊奇地发现，听他这么称呼看来是太自然太美妙了。她急于表现出一种友好和安然的样子，便伸手做了一个信任的姿态，感激地说：

“你对父亲这么好，我怎么会怕你呢？但愿我能为此谢你。”

“要不要我告诉你怎么个谢法？”布鲁克先生问道，说着把对方的小手握在自己的一双手里，一边俯视着梅格，棕色的眼睛包含着那么多的爱，使梅格的心怦怦跳了起来。她既希望逃开，又想站着听下去。

“哦，不，请别这样，我宁愿不听。”她说着试图把手抽回来。尽管她不承认，但看上去却有点害怕。

“我不会烦扰你，我只想知道你是否有点喜欢我，梅格。我是多么爱你，亲爱的。”布鲁克先生深情地加了一句。

这正是说那番沉着、合适的话的时候了，但是梅格没有说。她一个字都想不起来了，低着头回答，“我不知道。”话说得那么轻，约翰弯下了身子才听清了那可笑的简单回答。

他似乎以为这样苦恼还是值得的，因为他好像非常满意地自管自笑着，一边感激地紧握住那只丰满的手，用他最有说服力的声调说道，“你肯仔细想想吗？我太想知道了。因为我在得知最终能否得到回报以前，是没法定下心去工作的。”

“我还太年轻。”梅格支吾地说。她奇怪自己怎么会如此慌乱，但又觉得这样能享受到乐趣。

“我会等待。这期间你也可以学着来喜欢我。这是一门很难的功课吗，亲爱的？”

“假如我愿意学就不难，但是——”

“那就愿意学吧，梅格。我乐意教，这比学德语容易。”约翰插嘴道，并抓住她另一只手。这样当他弯腰看她时，她就没法捂住脸了。

他的声调完全是在恳求，但当梅格偷看他一眼时，发现他的眼睛又快乐又温存，一脸成功在望的满意微笑。这可惹恼了她。她想到了安妮·莫法特那愚蠢的卖弄风情。沉睡在最可爱的小妇人心中的爱的力量，突然觉醒过来，占领了她。她觉得激动，奇妙，不知道去干些什么，随着一阵任性的冲动，她抽回双手，愠怒地说，“我不愿意学，你走吧，让我留下！”

可怜的布鲁克眼看他的美好的空中楼阁在眼前消失，以前他还从来没有看到梅格发这样的脾气，这有点把他弄糊涂了。

“你的意思真是这样吗？”他跟着走开的梅格急切地问。

“是的，是这样。我不想为这类事烦恼。父亲说我不需要。这太早了，我宁可不要。”

“不久以后，我能指望你改变主意吗？我会一句话不说地等待的，等到你有更多的时间。别跟我开玩笑了，梅格。我一直以为你不会那样的。”

“一点儿都不要想到我，但愿你不要这样。”梅格说，感到在考验追求者的耐心和自己的力量时，有一种调皮的满足。

眼下他心情沉重，脸色苍白，看起来不容置疑地更像她倾心的小说中的主人公了。但他又不像他们那样，既没拍打额头，也没有满屋子走来走去。他只是站着，渴望而温柔地看着她，于是她的心不由自主地软下来了。如果马奇叔婆不在这有趣的时刻一瘸一拐地走进来，我可说不出接下去会发生些什么事呢。

老太太忍不住想来看看自己的侄子，因为她在户外散步时遇见劳里，听说马奇先生回来了，便乘车直接来看他了。全家人都在屋子的后半部分忙碌，马奇叔婆悄悄地走进来，想让大家吃一惊的。她确实把他俩吓了一大跳，梅格像见了鬼似的跳了起来，布鲁克则溜进书房去了。

老太太从脸色煞白的年轻绅士看到满脸通红的年轻小姐，叩击了一下自己的手杖，喊道，“天哪！这是怎么回事？”

“这是父亲的朋友。看到你我吓了一跳！”梅格结结巴巴地说。她觉得自己要挨训了。

“事情很明显，”马奇叔婆说着坐了下来，“但父亲的朋友说了什么，竟使你看来像一朵牡丹花呢？一定有什么鬼把戏，我非要弄明白不可！”手杖又叩了一下。

“我们只是在讲讲话。布鲁克先生是来拿伞的。”梅格说。她希望布鲁克先生和他的伞都已安全地离开了她的家。

“布鲁克？那个男孩子的家庭教师？啊！现在我明白了。我全知道。乔曾错把一封信放在你父亲的信里，我就要她对我讲清楚。你没想答应他吧，孩子？”马奇叔婆大声说道，看来很气愤。

“嘘！他会听见的，要不要我去喊母亲？”梅格很不安地说。

“现在别叫。我有话要对你说。我非得立刻敞开思想不可。告诉我，你打算嫁给这个库克[1]吗？如果你嫁给他，我对你分文不给。记住这一点，还是做个明智的姑娘吧。”老太太激动地说。

此刻，马奇叔婆完全拥有一种艺术，能激得最驯服的人也起来反抗，并且还为此得意呢。在我们当中最好的人身上也有任性的一面，特别是在我们又年轻又谈恋爱的时候。如果马奇叔婆要求梅格接受约翰·布鲁克的求爱，她很可能会宣称她不能考虑。但是既然马奇叔婆这么专横地命令不准喜欢他，她却立刻下定决心要喜欢他。倾慕再加上任性便易于作出决定了，而梅格本已相当激动，这时便用一种反常的态度反对起老太太来。

“我要嫁给我喜欢的人，马奇叔婆，你可以把钱留给自己喜欢的任何人。”梅格说着，以一种坚决的神态点了点头。

1　老太太把布鲁克说成库克(Cook)，变成厨师了。

“好家伙！小姐，你就用这种方式对待我的劝告吗？不久以后，当你在小屋里尝试了爱情，发现那是一个失败，你就会后悔了。”

“总不会比有些人在大房子里感觉到的更糟。”梅格回嘴道。

马奇叔婆戴上眼镜，把姑娘打量了一下，因为她这种新的精神状态使人认不出来了。梅格也几乎认不得自己了，她觉得自己那么勇敢、独立。能为约翰说话，能畅所欲言地坚持自己爱他的权利，这叫她多么高兴。马奇叔婆看到自己开始时就犯了错误，便在停了一会儿之后重新开始。她尽量和蔼地说，“好了，梅格，亲爱的，理智一点，听我的忠告。我是好意，不希望你因开始时犯了错误而毁了自己整个一生。你应该嫁得好些，帮助你的娘家。找个富有的对象是你的责任，这一点你应该牢牢记住。”

“父亲和母亲可不这么想。他们喜欢约翰，尽管他贫穷。”

“亲爱的，你的父母的处世本领不比两个婴儿强。”

“我为此而高兴。”梅格不妥协地大声说。

马奇叔婆不理会她的话，继续进行说教。“这个鲁克[1]这么穷，他有没有什么富亲戚？”

“没有。不过他有许多热心朋友。”

“你们不能靠朋友过日子。试试看，看他们会变得多冷淡，他没有职业，是吗？”

“还没有，不过劳伦斯先生会帮助他的。”

“这不是长久之计。詹姆斯·劳伦斯是个有怪癖的老家伙，不能依靠他。这么说，你准备嫁给一个没钱、没地位、没职业的人，继续去干比现在更艰苦的工作？只要你听我的话，好自为之，保管一辈子过舒服日子。我原以为你很有理智，梅格。”

“我即使再等半辈子，也不会做得更好！约翰又善良又聪明，多才多

1　仍为布鲁克之误。

艺，勤奋肯干，一定有前途。他精力旺盛，敢说敢做，大家都喜欢他，尊敬他。想到我这样穷，这样年轻无知，而他却喜欢我，我感到骄傲。”梅格说得非常认真，看起来比以前更美了。

“他知道你有些富亲戚，孩子。我猜想那就是他爱你的秘密。”

“马奇叔婆，你怎么能说出这种话来！约翰没那么卑鄙。假如你再这么说，我就一分钟也听不下去了，”梅格气愤地说。除了老太太不公正的猜测，什么事她都忘了。“我的约翰比我更不会为了金钱而结婚。我们愿意工作，我们准备等待。我不怕贫穷，因为我至今一直很幸福。我知道我将跟他在一起，因为他爱我，而我——”

说到这儿梅格停住了，因为突然想起她还没有打定主意，是她叫“她的约翰”走开的，也许他正在听自己这番前后矛盾的话呢。

马奇叔婆非常生气，因为她一心想给自己漂亮的侄孙女找一门好亲事。而这姑娘年轻幸福的脸上显示的某种神情，使这孤独的老太婆既悲伤又辛酸。

“好啊，这件事我不管啦！你是个任性的孩子。由于这桩蠢事，你已失去了比你知道得更多的东西。不，我不耽搁了，我已经对你失望，这会儿我也没有兴致去看你父亲了。你结婚时别指望从我手里得到任何东西。你的布克[1]先生的朋友们一定会照顾你们的。我与你从此不相干了。”

当着梅格的面马奇叔婆砰地关上门，非常气愤地赶车走了。她似乎把这姑娘身上所有的勇气都带走了。当梅格孤身一人时，她站了一会儿，真是哭笑不得。她还没定下心来，便给布鲁克先生搂住了。他一口气说道，“我不得不听，梅格。谢谢你为我说话。谢谢马奇叔婆，因为她证实了你确实有点喜欢我。”

1　仍为布鲁克之误。

“要是她不侮辱你，我也不清楚喜欢你到什么程度。”梅格说。

“那么我不需要走开了，我可以留下而且很幸福，是吗，亲爱的？”

现在又有个好机会让她发表那篇毁灭性的演说，并庄严退场。可是梅格一点也没想到做这些事。在乔看来，梅格永远羞辱了自己，因为她只是柔顺地低低说了声“是的，约翰”，便把脸捂在布鲁克先生的西装背心上。

马奇叔婆走了十五分钟以后，乔悄悄下楼来，在客厅门口停了一会儿，听听里面没有声音，便带着一种满意的表情，点头微笑了。她自言自语道，“按照我们计划，她打发他走了，这事就此了结。我要去听听笑话，大笑一场。”

但可怜的乔怎么也笑不出来，她被一个景象怔住了，站在门槛上停住不动，目瞪口呆。本以为可以为敌人的垮台而庆幸，为姐姐的坚强意志而赞颂，因为讨厌的情人已被赶走了。谁知上述敌人竟安坐沙发上，那意志坚强的姐姐却带着一种最卑下的顺从表情，坐在他膝上。这真令人吃惊。乔嘘了一口气，好像被突然浇了一桶冷水——因为这出乎意料的剧变使她气也喘不过来了。听到这异样的声响，这对情人回头看见了她。梅格跳了起来，看上去既骄傲又害羞。可是“那个男人”——乔是这么叫他的——竟然笑了起来。他吻了这万分惊讶的闯入者的手，冷静地说，“乔妹，祝贺我们吧！”

这真是伤害再加侮辱——总之是太过分了。乔用手疯狂地挥动了几下，便一言不发地跑了。她冲到楼上，闯进房里，悲伤的喊声惊动了病人们，“哦，快下去个人吧。约翰·布鲁克行动令人惊骇，梅格却喜欢如此！”

马奇夫妇奔出房间。乔一头扑到床上，暴风雨般地连哭带骂，把这可怕的消息告诉了贝思和艾米。然而小姑娘们却觉得这是令人十分愉快和有趣的事儿，乔从她们那里得不到安慰，便跑到顶楼自己的避难所去，对着那些老鼠叹苦经了。

谁也不知道那天下午客厅里发生了什么事，但是谈了一大堆的话。沉静的布鲁克先生以他的雄辩和气概震惊了他的朋友们。他求了婚，谈了自己的计划，说服他们按照他的设想来安排一切。

吃茶点的铃响了，他的话还没有完，还在描绘他一心要为梅格赢得的天堂。他骄傲地伴她由客厅进了餐厅，两人看来是何等幸福，连乔都无心再妒忌或闷闷不乐了。艾米对约翰的忠诚和梅格的庄重十分感动；贝思远远地对着他们面有喜色；而马奇夫妇是那么亲切而心满意足地看着这一对年轻人，这就完全证明，马奇叔婆说他俩“处世本领不比两个婴儿强”是说对了。大家都吃得不多，可每个人看来都非常幸福。这个家庭的第一个罗曼史从这儿开始了，古老的房屋似乎焕发出了一种令人惊奇的光彩。

“梅格，你现在不能再说没一桩令人高兴的事了吧？”艾米说。她打算为这情景画一幅速写，正在盘算怎样在图中安排这对情人。

“对，肯定不能了。从我说这话到现在发生了多少事啊！这好像一年前说的了。”梅格回答。她处于一种极度快乐的梦里，远远超脱于面包与黄油这类俗事之上。

“现在真是苦尽甘来，我甚至觉得转变已经开始了，”马奇太太说，“在大多数家庭里，常常会有一个多事的年头。这一年就是如此，不过它的结局毕竟还是好的。”

“希望明年结局还要好。”乔喃喃地说。她觉得梅格当了她的面如此醉心于一个外人使她很难受。因为乔对几个人爱得很深，生怕由于什么原因使她们的爱失去或减弱。

“我希望后年的结局更好些。如果我实现自己的计划，那就意味着会这样的。”布鲁克先生说着朝梅格笑了起来，好像现在对他来说，什么事都可能会实现了。

“等待那么久，似乎太长了吧？”艾米问。她急于看到他们结婚。

“在我准备好以前，还有好多事要学习。对我来说，这段时间似乎还很短。”梅格回答着，脸上浮现出一种从未见过的甜蜜的庄严感。

“你只需等待，我必须工作。”约翰边说边以拾起梅格的餐巾而开始了自己的劳动。他脸上的表情使得乔大摇其头。当前门砰的一声响，乔如释重负地对自己说，“劳里来了，现在我们可以有一些切合实际的谈话了。”

但乔错了。劳里兴致勃勃地大踏步走进来，带着一大束像是供新娘拿的鲜花，献给“约翰 · 布鲁克太太”。他显然错误地认为这一切都是在他的出色安排下造成的呢。

“我早知道布鲁克一定会成功，他总是这样的。当他下决心要去完成什么事情，即使天塌下来他也会成功。”劳里说着便献上鲜花和他的贺辞。

“十分感谢你这番介绍，我把它当作未来的好预兆，现在就发出邀请，请到时候来出席我的婚礼。”布鲁克先生回答说。他觉得和什么人都能和平相处，甚至他这个调皮学生也不例外。

“即使在天涯海角我也会来的，因为到时候单是看看乔的脸色也值长途跑一趟了。女士，你看来很不高兴，怎么啦？”劳里问道，随即跟她走到客厅的一头。这时，全家人都来到客厅一头迎接劳伦斯先生了。

“我不赞成这门亲事，但我决心忍受下来，不再说一个字来反对，”乔严肃地说，“你不知道，放走梅格对我有多难受。”她继续说下去时声音都有点发抖了。

“你没有失去她。你们只是对分了一半。”劳里安慰道。

“那可再也不一样了。我已失去了我最亲爱的朋友。”乔叹息道。

“不管怎样，你还有我呢。我知道自己不怎么好，但我会一辈子跟你在一起的。乔，我敢发誓！”劳里说的可是心里话。

“我知道你会的，我真是万分感激。你对我来说，永远是一个极大的安慰，特迪。”乔说着感激地握住他的手。

“好了，那就别再忧郁了，这才是好朋友。你看一切都很好。梅格是幸福的。布鲁克去奔波一阵，很快就会安顿下来。祖父会照顾他的。在梅格自己的小家庭里看到她，一定令人高兴。她出嫁后，我们会有一段好时光，因为我不久就要大学毕业了，接着我们可以出国，或者作一次美好的旅行什么的。那还不能安慰你吗？”

“我想是能的。但是三年里不知道会发生些什么呢。”乔若有所思地说。

“那倒也是。你不想往前看，看看那时我们大家会怎样吗？我倒想看一下。”劳里回答。

“我可不，因为我也许会看到某些伤心事的。眼下每个人看来都那么幸福，我不相信他们会更好了。”乔缓慢地环顾着房间，眼睛亮了起来，因为她看到的是一幅赏心悦目的景象。

父亲和母亲坐在一起，静静地重温那罗曼史的第一个篇章，对他们来说，那大概是二十年前的事了。艾米正在画那一对情人，他俩坐得离众人稍远，完全处在自己的美妙世界里，而那个世界的光优雅地照在他们脸上，使得这个小艺术家无法描摹。贝思躺在她的沙发上，兴致勃勃地跟她的老朋友讲着话。老人握着她的小手，好像觉得这小手有一种力量，能引导他沿着她走过的平安坦途走下去。乔懒洋洋地靠在自己喜爱的座位上，眼神严肃而平静，这更像她自己了。劳里倚在她的椅背上，下巴的高度同她头发鬈曲的脑袋不相上下，微笑中洋溢着友情，并在照见他们两人的长镜子里向她点点头呢。

当大幕落下时，梅格、乔、贝思、艾米是多么紧密地团结在一起。而这道帷幕是否再会升起，则有赖于观众对这个以《小妇人》命名的家庭剧第一幕的感受。

Part Second

第二部

第二十四章

闲话家常

为了重新开始讲我们的故事，并且心情轻松地去参加梅格的婚礼，我们最好先来谈谈马奇一家别来的情况。在此容我预先指出，如果有些长辈也许会觉得这个故事中“儿女情长”的成分太多（我倒不担心年轻朋友会有这种反对意见），我只能像马奇太太那样说，“我在这所房子里有四个快快活活的姑娘，而附近还有一个漂漂亮亮的年轻邻居，你还能期望会发生什么别的事呢？”

流逝的三年时光并没有给这个安宁的家庭带来多大的变化。内战结束了，马奇先生平安回到家中，忙于读书和小教区的事，而教区居民们都以为他的本性和优雅风度都和牧师的身份很匹配。他是这么一个沉默寡言而勤奋好学的人，拥有比渊博学识更为可贵的丰富智慧，把全人类称作“兄弟”的博爱胸怀，以及深深溶入性格之中、使他如此可敬可爱的虔诚精神。

尽管贫穷与正直将他关在世俗的成功之门外，他的这些品质还是吸引了很多可尊敬的人们，就像香草吸引蜜蜂那么自然，而他也自然地回馈以生活之蜜，在他五十年的艰苦生涯中竟从未酿出过苦涩的一滴来搀和其中。诚恳的青年们发现这位花白头发的学者在心灵上和他们一样年轻；爱好思考或心神不安的妇女们本能地把自己的困惑向他倾诉，总是能得到万分温馨的同情和最最明智的忠告；罪人们把他们的罪孽向这位心地纯洁的长者坦白，同时获得训诫与拯救；天资聪颖者视他为志同道合的伙伴；野心勃勃的人则得以窥见比自己的野心来得高尚的志向；就连追逐名利的世俗之徒也不得不承认他的信仰既美好又真诚，尽管“这可变不了钱”。

由外人看来，这五个精力旺盛的妇女似乎支配着整所房子，实在在很多方面也的确如此；但这位坐守书城的安静学者，仍然是一家之主，是整个家庭的良心、精神支柱和安慰者，因为这些忙碌不安的妇女在遇上困难的时候，总是会找上他这位丈夫和父亲，发现他真正体现了这两个神圣字眼的含义。

女孩们把“心”托付给了她们的母亲，把“灵”给了她们的父亲；对于如此一心一意为了她们而生活操劳的双亲，她们的爱与日俱增，用一条世间最甜蜜的纽带温柔地将他们系在一起，这条纽带可以为生命带来祝福，可以超越死亡的界限。

马奇太太还是那么精神十足，身心愉快，但比我们最后一次见到她时，头发更花白了，眼下正全身心地投入到准备梅格的婚事中，以致那些依然住满了年轻伤兵的医院和士兵遗孀们的家中，无疑会有一段时间得不到她慈母般的访问了。

约翰·布鲁克勇敢地尽了一年军人的义务，受了伤，被送回家，不让重返战场了。他没有得到任何星形勋章或金属杠杠，但他是配得上这种荣誉的，因为尽管正在盛开的生命与爱情之花对他来说是如此珍贵，他却甘愿把这一切置之度外。现在他已完全接受了退役这一事实，专心养伤，准备开始工作来为梅格挣一个新家。他的明智和坚定不移的独立性格，让他拒绝了劳伦斯先生慷慨提供的一些好机会，接受了一份簿记员的工作，感到开始诚实地挣一份薪水比起拿借来的钱去冒险要好得多。

梅格一面工作一面等待着，她更有女人味了，对持家的艺术更有心得，而且比以往任何时候更漂亮了，因为爱情乃是最好的美容品啊。她还怀着少女的理想与憧憬，对自己的新生活不得不过得很俭省感到有点失望。奈德·莫法特不久前刚和萨莉·加德纳结婚，梅格不禁要拿他们那漂亮的房子和马车、收到的许许多多礼物以及华丽的服饰与自己的作比较，偷偷地梦想自己也能拥有这一切。可是当她一想到约翰如何耐心地灌注了所有的爱与辛劳在那所在等待着她的小屋上，妒忌与不满就一下子烟消云散了，而且当两人在黄昏时坐在一起，细细讨论他们的小小计划时，未来总是变得那么美丽而光明，使她忘记了萨莉的奢华生活，觉得自己正是基督教世界中最富有、最快乐的女孩。

乔没有再去马奇叔婆那儿，因为老太太太喜欢上艾米了，请了一位最好的老师教绘画课来讨好她；而接受了这项优惠条件的艾米，便不得不伺候这个远为难弄的女主人了。于是她把上午的时间用来干例行工作，下午用来自娱自乐，一切安排得井井有条。与此同时，乔则把自己全身心地奉献给了文学事业，而贝思在很长一段时间里还是显得弱不禁风，尽管那场高烧已是过去的事了。她不好算是个真正的病人，但不再是过去那个脸色红润的健康小姑娘了，可还是那么充满希望，快乐安详，忙碌于她所钟爱的那些安静的工作中，是每个人的朋友，这所房子里的一个天使，在那些最最爱她的人意识到这一点之前就早已是这样的了。

只要《展翅之鹰》还在付一美元一个专栏来登载乔那些她自称为“糟粕”的东西，她就觉得自己是个富裕的女人，并且更加起劲地编织她那些浪漫故事来。但是在她忙碌的、充满雄心壮志的头脑里，有些远大的计划开始酝酿了，于是阁楼上那旧铁皮柜子里那堆满是涂改的手稿开始慢慢加厚，总有一天这些手稿会把马奇这个姓氏载入名人录。

劳里为了讨好他的祖父，顺从地进了大学，现在正以尽可能漫不经心的态度度过他的大学生活来讨好自己。多亏他并不缺钱，又懂礼仪，颇具天分，还有一颗最仁慈的心，常常在试图帮助别人摆脱窘境时作茧自缚，这一切使他成为一个大众宠儿，从而处于被宠坏的极大危险之中，就像其他有出息的男孩一样。如果不是他拥有一种对抗邪恶的法宝的话，可能已经被宠坏了，这法宝乃是他念念不忘那一位慈祥的老人，他每一点成就都和这老人联系在一起，念念不忘那一位慈母般的朋友，她把他当成自己的儿子一样关怀照顾，还有最后一点，也是最重要的，他知道有四个天真无邪的姑娘喜爱他，敬仰他，并且全心全意地信任他。

他无非是个“快活的纯情男孩”，当然会打打闹闹，跟女孩打情骂俏，打扮得越发像个花花公子，入水能游，多愁善感或者搞健身运动，大学里流行什么就做什么，还会作弄同学，也被同学作弄，讲粗俗的话，不止一次达到留校察看的危险边缘，还差点被勒令退学。但既然这些恶作剧的根源只不过是好激动和喜欢追求刺激，他就总能以诚实的招供、体面的补偿和不容反驳的辞令等十分擅长的手段，来解救自己。事实上，他还为能安然脱险而沾沾自喜，并且绘声绘色地给姑娘们讲述自己如何成功地对付大发雷霆的导师、道貌岸然的教授，如何击败竞争对手，使她们乐不可支。在她们眼中，劳里班上的男生们都是些英雄，她们从不对这些“自己人”的英雄事迹感到厌倦，并且当劳里带他们到家里来时，她们常常沉浸在这些伟人的微笑中。

艾米特别喜欢这份荣耀，成为他们心目中的美人儿，因为这位贵小姐已早早地感觉到并且学会了运用自己那份天生的魅力。梅格被只属于她一个人的约翰深深吸引住了，没空去关心其他大男子，而贝思呢，太腼腆了，至多只敢偷偷地瞟他们一眼，心里纳闷艾米怎么敢命令他们做这做那的，但乔倒觉得如鱼得水，而且发现自己忍不住要去模仿男士们的言谈举止，这些言谈举止对她来说要比年轻淑女应遵守的礼仪自然得多。他们全都非常喜欢乔，但绝对不会爱上她，尽管他们中很少有人能不拜倒在艾米的脚下，发出一两声满怀柔情的叹息就分手的。

说到柔情，我们很自然地联想到"鸽巢"。那是一所褐色小房子的名字，是布鲁克先生为梅格置备的第一个新家。劳里给它起了这个名字，说这和这对"琴瑟和鸣得像一对斑鸠似的"温存的恋人是再合适不过了。那栋小房子后面有一个小花园，前面有一块手帕那么大的草坪。梅格在这儿计划筑一个喷水池，栽些灌木，再种上一大片可爱的鲜花；可现在这喷水池的位置上只放着一只久经风雨的坛子，看上去极像个破旧的泔脚桶，那所谓的灌木丛不过是几棵幼小的落叶松，好像还没有打定主意继续生存下去还是就此夭折的样子，而那一大片可爱的鲜花所在之处仅仅插了一簇簇树枝，标志出那里已撒下了花籽。然而屋里却是一片温馨迷人的气息，那快乐的新娘觉得从阁楼到地下室简直是无可挑剔。当然，那客厅太小了，幸好他们没有钢琴，因为要想把它完整地搬进来是不可能办到的，那餐厅也太小，坐上六个人就会挤得转不过身来，而通厨房的楼梯，就像是专门设计得为了让仆人和餐具一头直摔进下面的煤箱里似的。可是一旦习惯了这些小小的缺点，就会发现这里并不缺少什么，因为在装修时由正确的判断和高尚的品位挂了帅，因此效果非常令人满意。这里没有大理石面的桌子，没有落地长镜，小会客室里也没有蕾丝窗帘，有的只是简单的家具、大量的书籍、一两幅精美的油画、凸窗里一架鲜花，再就是放得到处都是的朋友们赠送的漂亮礼物，通过友情之手，传递着爱的信息，使它们益发漂亮了。

我并不认为由于约翰把劳里送的普赛克[1]白瓷雕像的底座收起来不用而使它的美有所减色，也不认为有什么室内装潢商能像艾米那样，用一双富有艺术性的手，把那些普通的薄纱窗帘悬挂得如此优雅，并且也没有一间储藏室能像乔和妈妈存放梅格为数不多的箱笼包袱的这一间那样充满

1　普赛克，希腊神话中人类灵魂的化身，以少女形象出现，与爱神厄洛斯相恋。

着美好的祝愿、甜蜜的话语和欢乐的希望。而且我还深信要不是汉娜把每个坛坛罐罐整理安放上十来遍，堆好柴禾以备“布鲁克太太回家”时一点就着，那间簇新的厨房是绝不会像现在这样舒适整洁的。我还不大相信有另一个年轻主妇在开始结婚生活时有这么多的抹布、衬垫和放零布的袋子，因为贝思做的已足够用到银婚纪念日，并且设计了三种不同样式的洗碟布，专门用来擦洗新娘嫁妆中的瓷器。

凡是雇别人来做这些事的人永远不会知道他们失去的是什么，因为一双带着爱意的手，可以让最平凡的家务活儿变得美妙，因此梅格从很多地方得到这方面的印证，在她这小巢里的每件东西，从厨房里的擀面杖到会客室桌上的银花瓶，件件都明明白白地吐露着家人之爱和亲切的深谋远虑。

他们在一起计划一切的时刻是多么快乐，他们的购物之旅是多么神圣庄严，他们犯的错误是那么滑稽，而劳里无理取闹的讨价还价又是那么逗人发笑。这个爱开玩笑的年轻绅士尽管即将大学毕业，却还像是个孩子。他近来心血来潮，在每周一次的拜访中，给这年轻的主妇带来一些新颖精巧的家庭用品。这次是一大包富有特色的晾衣夹，还有一次是个极妙的肉豆蔻粉碎机，可惜第一次试用就分崩离析了，还有一个把所有刀子都反而弄脏的刀具清洗器，一台可以干净利落地拔掉地毯上的绒毛的清扫器，却无法清除灰尘；把手上的皮肤都能洗掉的省力肥皂；除了受骗上当的顾客的手指什么地方也粘不住的强力胶合剂，还有各式各样的马口铁器皿，从存零钱的玩具扑满到一个棒极了的开水壶，但是喷出的水蒸气简直可以用来洗东西，却时刻都像要爆炸的样子。

梅格再三恳求他别再送了，可是没有什么效果。约翰取笑他，乔把他叫作“再会先生”。他陷入了对美国式独创性的狂热爱好，务必要使朋友们的家恰当地装备起来。所以这每周一幕的荒诞剧还在继续上演。

一切终于安排就绪，艾米甚至为不同颜色的房间准备了不同颜色的肥皂，而贝思也为第一餐布置好了餐桌。

“你觉得满意吗？这里看上去像个家吗？你觉得在这儿会幸福吗？”马奇太太问道，她和她的女儿正手挽着手巡视着这个新的王国，此时母女俩似乎比以往任何时候都更亲密地联系在一起了。

“是的，妈妈，满意极了，谢谢你们大家，我太高兴了，都不知道该怎么说了。”梅格回答，带着一种言辞无法表达的幸福神情。

“她要是有一两个仆人就好了。”艾米说，从会客室里走出来，她曾在里头忙于决定那座青铜墨丘利[1]像是放在什锦橱内好还是放在壁炉台上好。

“妈妈和我讨论过了，我决定先试试她的办法。要做的事实在不会太多，有洛蒂替我跑跑腿，再不时地帮一把，剩下的活正好可以让我忙乎起来，不至于变懒或者想家。”梅格平静地回答。

“萨莉·莫法特有四个仆人哪。”艾米开口道。

“如果梅格也有四个，这房子就住不下了，男女主人就只好在花园里安营扎寨啦。”乔插话说，她全身裹在一条蓝色的大围裙里，正在给门把手进行最后一道擦亮工序。

“萨莉可不是穷人的妻子，众多的女仆和她那良好的住宅正好相称。梅格和约翰即将开始的生活并不富裕，但凭我的感觉，在那小屋里能过得和大宅里一样幸福。像梅格这样的年轻姑娘如果整天无所事事，只留意自己的穿着打扮，对仆人发号施令，到处飞短流长，那才是个大错误呢。我刚结婚的时候，总是盼望我的新装穿破磨旧，这样就能享受补衣服的乐趣，因为我真心厌恶刺绣钩织的细活，连自己用的手帕都要小心伺候。”

“你为什么不进厨房去乱折腾呢？萨莉说她就是这样下厨自娱的，虽然总没什么好结果，弄得仆人们笑话她。”梅格说。

---

1 墨丘利，罗马神话中诸神的信使。

“我后来这么做过，不是去‘乱折腾’，而是跟汉娜去学该怎么做，为了不致给仆人们笑话。一开始是好玩，但有朝一日我觉得衷心感激，我不但有意愿而且有能力为我的小姑娘们做有益健康的食物，而且等我不再雇得起仆人的时候，可以靠自己来持家。你是从另外一头起步的，梅格，亲爱的，可你现在学到的一切，等到约翰成了一个有钱人，都会对你有用的，因为作为一所宅子的女主人，不管外表多么雍容华贵，如果想得到下人们令人满意的诚实服务，就需要知道家务活该怎么做。”

“是啊，妈妈，我相信这是千真万确的，”梅格说，恭恭敬敬地听了这堂小小的讲课，因为只有最优秀的妇女才能把家政知识讲得如此引人入胜，“你可知道，在这小房子里我最喜欢的就是这间了。”一会儿后，她们上了楼，梅格朝她贮藏充足的被服间张望着，这样接着说。

贝思正在里面，把大堆雪白的日用织物平摊在架子上，并为安排得井井有条而高兴。梅格说话时，在场的三个人都笑了起来，因为这里有一件趣事。你知道，马奇叔婆曾说过，如果梅格嫁了“那个布鲁克”，就别想得到她一分钱，等到时间的推移平息了她的火气，她后悔自己发过这样的誓了。她是个从不食言的人，但非常善于如何动脑筋绕弯子，终于制定了一个计划来实现她的愿望。卡罗尔太太，弗洛伦斯的妈妈受命去购买了原料，制作了一大批床单桌布，并绣上了标记，作为她的礼物送来，这一切都被忠实地执行了。但这秘密还是泄露了出来，一家人都由衷地感到高兴，因为马奇叔婆尽量装作全不知情，声称她什么也不给，除了一串式样古旧的珍珠项链，那是很早以前就答应给这个家庭的第一个新娘的。

“我很高兴看到这种当家主妇的鉴赏力。我曾有一位年轻朋友，她开始当家时只有六条床单，但她有配套的餐桌洗指碗，这让她很满意了。”马奇太太一边说，一边轻轻拍打着织花台布，带着女性对于这种精美织物的由衷喜爱。

“我一个洗指碗也没有，但汉娜说，这一整套东西已够我受用一辈子了。”梅格看上去挺心满意足，她原是应该如此的。

“‘再会先生’来了。”乔在楼下嚷嚷，她们便都下楼去迎接劳里。在她们这平静生活中，他每周一次的来访是件大事。

一个高个儿、宽肩膀的小伙子，剪了个平头，戴了顶扁平的毡帽，衣袂飞扬，大步流星地顺着大路走来。他没有停下打开院门，而是一步跨过低矮的栅栏，径直走向马奇太太，伸出双臂，热诚地叫道：

“我来了，妈妈！是啊，我挺好。”

后面那句话是回答这位上了年纪的女士投来的温和的探询目光的，他便以俊美的双目坦诚地回视对方。如同往常一样，一个慈母式的吻结束了这个小小的欢迎仪式。

“这个给约翰·布鲁克太太，谨致以制作者的祝贺与敬意。上帝保佑你，贝思！乔，你的模样多让人精神振奋啊。艾米，你的端庄美貌全然超过了一个单身女士所能拥有的限度啦。”

劳里这样说着，把一个棕色的纸包交给了梅格，拉了下贝思的发带，瞪了一眼乔的大围裙，对着艾米夸张地装出一副心醉神迷的样子，然后和大家一一握手，于是大家都说起话来。

“约翰去哪儿啦？”梅格急切地问。

“他停下工作去拿明天要用的结婚证件了，夫人。”

“上次比赛是哪一队赢的，特迪？”乔问道。尽管已十九岁了，她还是继续对男士的运动感兴趣。

“当然是我们队啦。我真希望你当时在场看我们比赛。”

“那位可爱的兰德尔小姐可好？”艾米意味深长地笑着问。

“比以往更冷酷了，你难道看不出我正在日渐憔悴吗？”劳里响亮地拍了一下自己宽阔的胸膛，故作忧郁地长叹了一声。

“这次开的是什么玩笑啊？打开纸包看看，梅格。”贝思说着，好奇地瞅着那个鼓鼓囊囊的包裹。

“这东西放在家里很有用，万一失火或者来了小偷可以用上。”劳里说道，这时包里露出一个更夫用的呱呱板，惹得姑娘们一阵哄堂大笑。

“如果约翰不在家的时候，你受惊了，梅格夫人，只消在前面的窗口摆弄一下这玩意儿，一眨眼工夫，邻居们就会被叫醒。这东西不赖，不是吗？”劳里示范了一下它的威力，害得大家都捂住了耳朵。

“这是为了表示对你的感谢！说到感谢，我想提一下，你该谢谢汉娜，她守住了你的结婚蛋糕免遭破坏。来这儿的路上，我看到他们正在把它运来，如果不是她英勇地守护着，我早就弄一块尝尝了，因为它看上去软乎乎的真不错。”

“我看你这辈子再也长不大啰，劳里。”梅格用一种主妇的口气说道。

“我正在尽最大的努力，夫人，不过我怕不会长得多高大了，在这个一代不如一代的年头，六英尺已经是所有男人能达到的最高限度了。”这位年轻绅士如此回答道，他的头几乎跟上面的小枝形吊灯一般高了。

“依我看，在这么整洁崭新的精舍里吃东西简直是一种亵渎行为，可是我真饿极了，要提议休会了。”过了一会儿他补充说道。

“妈妈和我要等约翰回来一起吃。还有最后几件事要定下来。”梅格说着就匆匆地走开了。

“贝思和我要去吉蒂·布赖恩特那儿多要些鲜花明天用。”艾米插话说，她正把一顶别致的帽子戴在她别致的鬈发上，和大家一样怡然自得。

“来吧，乔，别冷落了老伙伴。我精疲力尽了，没人帮忙回不了家啦。别摘下你的围裙，就这样忙你的吧，说来也怪，它跟你很相称。”劳里这么说着，乔便把他特别厌恶的围裙装进她的大口袋里，伸出手臂去支撑他无力的脚步。

“特迪，现在我要好好和你谈谈明天的事，”当他们一块儿溜达的时候，乔开口说，“你一定要保证守规矩，别搞什么恶作剧来破坏我们的计划。”

“绝对不搞恶作剧。”

“应该表现庄重的时候不许插科打诨。”

“我从来不这么做。你倒是常常这样的。”

“还有求求你在仪式进行中不要盯着我看。我一定会笑出声来的。”

“你看不见我的，你会大哭特哭，哭到周围雾气弥漫，模糊了你眼前的情景。”

“我从来不哭，除非有太伤心的事。”

“比方说老伙伴去上大学了，嗯？”劳里带着暗示的意味笑道。

“别臭美了。我仅仅给姑娘们凑凑热闹，呜咽了几声而已。”

“正是如此。我说，乔，爷爷这个星期怎么样？脾气还好吧？”

“挺好的。怎么啦，你是不是跟人吵架了，想知道他会怎么看？”乔非常尖锐地问。

“听着，乔，如果真是这样的话，你想我会当着你母亲的面说‘我挺好’吗？”劳里突然停下脚步，带着一副受了委屈的样子。

“不，我想你不会。”

“那就别疑神疑鬼了。我只想问他要点钱。”劳里说着又开始迈步，她热诚的语调使他宽慰。

“你花钱太大手大脚了，特迪。”

“天哪，我可没花，是钱不知怎么着自己花掉的，我还没意识到就没了。”

“你太慷慨好心了，总是借钱给别人，不会对任何人说个‘不’字。我们听说过汉肖的事和你为他做的一切。如果你总是以这种方式花钱，没人会责怪你的，”乔热忱地说。

“噢，他太夸大其辞了。他比得上一打像我们这样的懒鬼，你总不会让我听任这么一个好小伙干得快累死，就因为他得不到一点小小的帮助吧？”

“当然不会，可我也看不出你拥有十七件西装背心、数不清的领带，并且每次回家都要戴一顶新帽子，有什么好处。我原以为你已经过了做花花公子的阶段，但这种习惯还是不时地以新的方式冒了出来。现下把自己弄得丑陋骇人成了时髦——把脑瓜弄得像把硬毛刷，穿着疯子穿的紧身衣，戴橘黄色手套，穿厚重的方头靴子。如果这种装扮不太花钱，我也就不吭声了，可这就像漂亮的打扮一样花费不少，那我可就太不满意啦！”

听了这番攻击，劳里仰头哈哈大笑，弄得毡帽也掉在地上，乔便在上面踩了一脚，但这种挑衅仅仅让他有机会发挥这种粗陋而实用的服装的长处，因为他把那顶被粗暴对待的帽子对折起来，塞进自己的口袋。

“别再说教了，行行好吧！我受够了一个星期的罪，回家来就想好好享受一下。明天我一定会穿戴整齐，不管要花费多少，一定叫我的朋友们满意。”

“只要你把头发留起来，我就不再啰嗦了。我不是什么势利眼，但我实在不愿意让人看到和一个年轻的拳击手模样的人同行。”乔尖刻地评论道。

“这种不招摇的发型能提高学习效率，所以我们才采用它。”劳里回应道。他的确不能被指责为爱慕虚荣，因为自愿牺牲了一头漂亮的鬈发，只为了把头发剪成四分之一英寸长的一茬。

“对了，乔，我想那个小帕克是真的为艾米而疯狂了。他不断地谈到她，写了好多首诗，还常常异乎寻常地发呆，真叫人不放心。他该把自己的那点儿热情趁早扑灭掉，对吧？”静默了一分钟后，劳里以一种推心置腹的、兄长般的语调接着说道。

“他当然该这样。我们不想这个家在今后多年内再举行任何婚礼了。天哪，这些孩子都在想些什么啊？”乔看上去一副大为反感的表情，好像艾米和小帕克还不满十几岁呢。

“这是个变化多端的时代，我不知道我们会变得怎么样，小姐。你还不过是个孩子，但下一个就会轮到你了，乔，而我们都会给抛下，暗自伤心。”劳里一边说一边摇头，感叹着人心不古。

“别惊慌。我不是可人心意的那种类型。没人会要我的，这未尝不是一件幸运的事，因为每个家庭总该有个老处女嘛。”

“你不愿给任何人机会，”劳里说，侧眼看了看她，那被太阳晒黑的脸上多了一点儿红晕，“你不愿流露你性格中温柔的一面，如果有个家伙凑巧偷看到了一眼，禁不住流露出他喜欢这一面，你就会像冈米奇太太[1]对付她的情人一样对付他——给他泼冷水——装出一副桀骜不驯的样子，这样就没人敢碰你或看你了。”

“我不喜欢这一套，我才没时间为胡言乱语操心呢，而且我认为用这种方法让一家子分开太可怕了。现在什么也别再说了。梅格的婚礼已经把我们弄得晕头转向，尽说些情人啊这一类蠢事。我可不想发脾气，所以我们换个话题吧。”乔看上去已准备好对最轻微的冒犯浇上一桶冷水了。

不管他心里怀着怎么样的感触，劳里找到了宣泄的方法，当两人在院门口分手的时候，他小声吹了一声长长的口哨，并加上一句可怕的预言：“记住我的话吧，乔，下一个就轮到你啦。”

1　冈米奇太太为狄更斯的《大卫·考柏菲》中一个孤苦伶仃、性格怪诞的寡妇。

第二十五章

第一场婚礼

那天清晨，六月里的玫瑰早早就在门廊边明媚地醒过来，在万里无云的天空中泻下的阳光下满怀着欣喜，就像那些友善的邻家女孩一样。它们本就红润的脸蛋更是激动得泛起红晕，在风中轻轻摇摆着，彼此窃窃私语，倾诉着所见所闻，因为它们中的有一些从饭厅的窗户向里偷看，那里宴席已经摆开；还有几朵向上攀缘，向正在为新娘打扮的妹妹们点头微笑；其他的花儿则在招手欢迎那些为各种杂事在花园、门廊和大厅中来来去去的人们。所有的玫瑰，从最最红艳的、怒放着的花儿到颜色最淡的蓓蕾，全都以它们的美色和芬芳，向长时期爱恋照料着它们的温柔女主人致敬。

梅格本人就活像是朵玫瑰花，她心灵中最美好最可爱的部分那一天似乎都显示在她那张脸上，使它美丽温柔，带着一份比美更美的魅力。她不要穿绸子或带花边的礼服，也不要佩带橘子花。“今天我可不想打扮得与往日有什么不同或者一应俱全，”她说，“我不要什么时髦的婚礼，只要那些我所爱的人来参加，在他们眼里，我希望还是那个大家熟悉的我自己。”

因此她自己动手做她的结婚礼服，把一个少女心中的温柔期待和天真无邪的浪漫情怀都缝了进去。妹妹们把她的美丽的长发束起，她身上唯一的装饰品就是几朵铃兰，在所有的花中，这是“她的约翰”的最爱。

“你看上去就是我们那亲爱的梅格，只是更加甜美可爱，如果不是怕把你的衣服弄皱，我真想拥抱你。”等到一切打扮停当，艾米欣喜地打量着她，一边大声地这么说。

“那我就满意了。不过还是请你们大家拥抱我，吻我，不要在意我的衣服，我真希望你们的拥抱今天在我的衣服上留下好多好多皱纹。”梅格向妹妹们伸出双臂，她们脸贴着脸紧紧偎依了一会儿，感觉到这份新的爱并没有改变旧有的感情。

“现在我要去给约翰打领结了，然后和爸爸在书房里静静地待几分钟。”于是梅格奔下楼去进行这些小小的仪式，随后紧跟着妈妈来来去去，意识到尽管母亲的脸上带着微笑，眼看这第一只小鸟就要从巢中飞走了，内心深处不免隐藏着悲伤。

年轻的姑娘们站在一起，给她们简朴的梳妆打扮作最后的修饰的时候，我们也许可以趁机来谈谈过去的三年给她们的外貌多少带来的一些变化，因为她们现在看上去都动人极了。

乔的棱角分明的线条大大变得柔和了，如果说她还做不到举止优美的话，至少已经学会轻松自如了。一头短短的鬈发已长得又长又密地盘在头上，跟高高的个子顶着的小脑袋更相称了。在她棕色的双颊上有了一片鲜艳的亮色，眼中有了一种柔和的光芒，今天从她那张利嘴内吐出的只有温文的话语了。

贝思长得苗条，脸色苍白，比过去更爱静了；她美丽温和的眼睛变得更大了，眸子里隐藏着一种让人伤感的表情，尽管这双眼睛本身并不悲伤。这是耐心地忍受的病痛在这张年轻的脸上所留下的阴影，可是贝思很少抱怨，总是怀着希望说“很快就会好的”。

艾米被正确地看作“一家之花”，因为还只十六岁，她的仪表举止已经具有成熟妇女的风度了——不好算美，但拥有那种无法形容的、可称之为“优雅”的魅力。在她优美的体态、纤手的构造和动作、飘动的衣裙、垂落的青丝中，你都能发现这种魅力——并非有意为之，但却是和谐一致的，并且对于很多人来说，这就像美貌本身一样令人着迷。艾米还在为她的鼻子而苦恼，因为它怎么也不像希腊式的，她的嘴也使她苦恼，因为长得太大，她还长着一个突出的下巴。这些让人不舒服的特征使她的整张脸蛋显得个性十足，但她总是视而不见，只好以她那白皙的肤色、敏锐的蓝眼睛以及一头比以往更浓密、更显得金黄的秀发来安慰自己。

她们三个都穿着银灰色的薄绸套装(她们最好的夏装)，头发和胸口戴着鲜红的玫瑰；三个人都看起来就是她们的本来面目——容光焕发、满心喜悦的女孩，在她们忙忙碌碌的生活中驻足片刻，以她们向往的眼睛来阅读成熟妇女生命中最甜蜜的浪漫篇章。

不准备举行什么隆重的仪式，一切都尽可能显得自然，充满家庭气氛，所以马奇叔婆一到这里，觉得大为震惊，因为看到新娘竟然自己跑出来迎接她，把她迎进屋，而新郎却正把一个掉下来的花环重新挂上墙，还瞥见新娘的父亲正神色庄重地朝楼上走去，两只胳膊底下一边夹着一只酒瓶。

“哎呀，看这里乱的！”老太太大声嚷嚷着，在专为她准备的上座坐下，沙沙作响地抚平浅紫色云纹绸衣服上的裙褶。“直到最后一分钟之前，你都不该抛头露面啊，孩子。”

“我又不是展品，叔婆，而且也没人会来盯着我看，对我的衣服评头论足，或者计算这一餐所费几何。我现在太高兴了，才不理会别人怎么说怎么想呢，我就是要以我喜欢的方式来办这个小小的婚礼。约翰，亲爱的，榔头给你。”梅格就走开去帮“那个人儿”做根本不该他做的事了。

布鲁克先生甚至没说一声“谢谢你”，但当他弯下腰来接这件毫无浪漫色彩的工具时，在折门后面吻了一下他这小新娘，他眼中的深情让马奇叔婆赶紧掏出手帕，抹去那双锐利的老眼中突然涌出的一滴泪水。

突然传来一声巨响，伴着一声惊呼和劳里的笑声，紧接着是他不顾礼仪的喊叫：“我的老天爷哪！乔又把蛋糕掀翻啦！”这个事故一时引起了一阵骚动，这边还没有完全平息下来，那边又来了一群堂、表亲戚，正如贝思在孩提时常常宣布的那样：“一路人马驾到。”

“别让那个年轻的巨人靠近我，他比蚊子更让我担心。”老太太对艾米耳语着，这时所有的房间里都挤满了人，劳里那黑头发的脑袋正耸立在其余的脑袋之上。

“他保证今天会乖乖的，而且只要他愿意，他完全可以做到举止优雅的。”艾米应道，然后悄悄走过去，提醒那位海格立斯[1]小心这边的巨龙，这一来他开始不停地在这老太太身边晃悠，差点使她晕头转向。

并没有什么新娘缓步前进的行列，但当马奇先生和那对新人在绿色的拱门下站定时，屋子里一下子静了下来。母亲和妹妹们紧紧依偎在侧，仿佛不愿把梅格交出。做父亲的不止一次哽咽失声，但这只使整个仪式更显得优美、庄重。新郎的手明显地在发抖，谁也听不见他回答的声音，可是梅格直视着她丈夫的眼睛说：“我愿意！”脸上和声音里带着如此温柔的信任，这使母亲的心欢欣鼓舞，而马奇叔婆却大声地嗤之以鼻。

乔并没有哭，虽然有一度就差那么一点了，如果不是意识到劳里正直勾勾地盯着她看，淘气的黑眼睛里带着欢乐与激动混在一起的滑稽表情，她一定会当众哭出来的。贝思一直把脸埋在母亲的肩膀上，艾米却站得像一座优雅的雕像，一束恰到好处的阳光正照上她雪白的前额和发际的鲜花。

1　海格立斯，希腊神话中主神宙斯之子，力大无穷。这里指劳里。

恐怕全然不该是这么回事，但当梅格被宣布已完婚时，她叫道，“第一个吻给妈咪！”当即转过身来，怀着深情吻她母亲的双唇。接下来的十五分钟内，她比以往任何时候更像一朵玫瑰，因为每个人都充分利用他们的这个特权来吻她，从劳伦斯先生到老汉娜，只见她戴着一顶怪模怪样但做工精良的头巾，在大厅中扑向梅格，一边抽泣一边咯咯地笑，喊着：“祝福你，宝贝儿，一百次地祝福你！蛋糕一点也没弄坏，一切看上去都好极了。”

在这之后每个人都来帮忙收拾，说些俏皮话，或尽量努力说得俏皮，这样效果也很好。因为心情轻松的时候发笑就变得容易。这里没有展示礼品，礼品都送到新婚夫妇的小屋中去了，也没有精美的早点，只有一顿由蛋糕和水果组成、鲜花装点的丰盛午餐。劳伦斯先生和马奇叔婆发现由三位斟酒女神[1]穿梭地捧上的琼浆玉液只有清水、柠檬水和咖啡三样，耸了耸肩，相视一笑。然而没有人对此有什么意见，直到劳里出现在新娘面前，托着一个装得满满的盘子，脸上带着一副迷惑不解的表情，坚持要她饮用。

“难道乔不小心把酒瓶都打碎了？”他轻声地问，“还是我今天早上仅仅是产生了幻觉，以为自己看到还有几只酒瓶散放在地上？”

“不，你祖父很慷慨，把最好的酒给了我们，而且马奇叔婆也送了几瓶来，可是父亲除了给贝思留了一点，把其余的全都送给了军人之家。你知道他一直认为只有在生病的时候才该喝葡萄酒，而母亲说不管是她本人还是她的女儿，谁都不能在这个家里请年轻男人喝酒。”

梅格讲得一本正经，期待着劳里会皱眉或哈哈大笑，可是他没有，只倏地看了她一眼，带着惯有的冲劲儿开口说道：“我真高兴你这么说！因为饮酒的害处我已经知道得太多了，真希望别的女士也能像你这么想。”

1　斟酒女神为希腊神话中主神宙斯之女赫柏。这里指新娘的那三个妹妹。

“我希望，你并不是由于亲身的体验才明白过来的吧？”梅格的声音里带着一点担心的成分。

“不，我没试过，这我可以向你保证。但也别把我想得太好了，这只不过是一个我能抵御的诱惑罢了。在我成长的环境里，葡萄酒就像水那么寻常，也几乎同样地没什么害处，因此我不喜欢喝。不过你知道，如果有个漂亮姑娘来要我喝，就很难拒绝了。”

“但你还是会拒绝的，即使不为你自己，也会为别人着想。得了，劳里，给我一个保证，让我在这生命中最快乐的一天再多一个快乐的理由吧。”

这个要求来得如此突然，如此严肃，使这个年轻人犹豫了片刻，因为如果食言而遭人奚落常常要比自我克制更难让人承受。梅格知道他一旦作了承诺，就会不惜一切代价来遵守他的诺言。她感觉到自己的力量，便像一个女人会做的那样把它用来为她的朋友带来好处。她没有讲出口，只抬起头来看着他，满脸欢笑，做出一副充满了说服力的表情，仿佛在说，“今天谁都不能拒绝我任何事。”劳里当然也不能，便以微笑回报她，朝她伸出一只手，诚挚地说：“我向你保证，布鲁克太太！”

“谢谢你，非常感谢！”

“我也为你能坚持到底而干杯，特迪。”乔嚷着，赞许地冲他微笑，把手中的杯子一挥，泼出来的柠檬水浇了他一身。

喝下了这一杯，尽管还会有种种诱惑，这立下的戒酒的誓言将被忠实地履行，因为女孩们灵机一动，抓住了一个最好的机会，为她们这个朋友做了一件好事，为此他将终生感谢她们。

午餐后，大家都三三两两地散起步来，穿行在屋子和花园中，享受着里里外外的阳光。梅格和约翰正好在草坪中央并肩站着，劳里心血来潮，想出了一个主意，为这次不怎么时髦的婚礼加上一个最后的点缀。

“所有已婚的人手拉着手围着这对新婚夫妇跳舞，就像德国人那样，而我们这些未婚的男女在外圈成对地列队前进！”劳里叫道，和艾米一起沿着小径开始行进。他们的精力和技巧是如此富于感染力，每一个人都毫无犹疑地学着样参加进来。由马奇先生和马奇太太、卡罗尔叔叔和婶婶带头，别的人也迅速加入，连萨莉·莫法特在迟疑了一会儿之后也将长裙下摆挂在臂上，拖着奈德进了这个圈子。但最最有趣的要数劳伦斯先生和马奇叔婆了，当那位威严的老绅士以庄重的芭蕾舞动作滑向老太太时，她把拐杖往胳膊底下一夹，就欢快地跳着蹦着去拉住别人的手，然后一起环绕着那对新人翩翩起舞。年轻人则散布在花园各处，像仲夏时分的蝴蝶一样飞舞着。

这次即兴的舞会一直到大家都跳得气喘吁吁才结束，然后人们开始散去。

“我祝你幸福，亲爱的，我衷心祝你幸福，不过我想你会后悔的，”马奇叔婆对梅格说，接着对正领她走向马车的新郎加上一句，“你捡到宝贝了，年轻人，务必要争气，配得上她啊。”

“这是我好久以来参加的最美好的婚礼了，奈德，可我真搞不懂为什么，因为它一点品位都没有啊。”莫法特夫妇驱车离开时，她对她丈夫如此评论道。

“劳里，我的孩子，如果你自己也想这么过一把瘾，就找那几个小姑娘中的一个来帮你吧，我就心满意足了。”劳伦斯先生说。兴奋地过了一个上午，他把自己安顿在安乐椅中休息了。

“我会尽力来满足你的，先生。”这是劳里不同寻常的恭敬回答，他正小心翼翼地把乔插在他纽孔里的花儿取下来。

小屋就在不远处，梅格仅有的新婚旅行，就是和约翰一起静静地从老家走到新家。当她下楼时，打扮得像个漂亮的贵格教徒，身穿鸽灰色套装，头戴系着白带子的草帽，大家围拢来跟她说“再见”，语调温柔得好像她即将进行的是一次长途旅行。

“不要以为我和你分开了，亲爱的妈咪，或是觉得因为我深爱着约翰而对你的爱有所减损，”她一时珠泪盈眶，紧紧搂着她的母亲说道，“我会天天来看你的，父亲，尽管我现在已经结婚了，我希望在你们的心中还能像过去一样有我的位置。贝思会经常来陪我，其他姑娘们也会不时来串门，笑我在操持家务中出的洋相。谢谢你们大家，使我过了一个快乐的结婚日。再会，再会！”

他们都站着，一张张脸上呈现出爱、希望与亲切的自豪，看着她靠着丈夫的臂膀，双手握着满把的花儿渐渐走远，这时六月的阳光照亮了她快活的脸庞——就这样，梅格的婚后生活开始了。

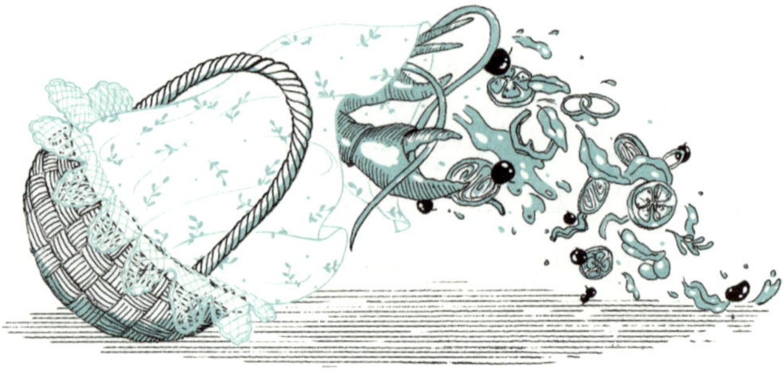

第二十六章

尝试学画

人们，特别是抱负不凡的青年男女，要花上很长时间才能意识到才能与天才之间的区别。艾米正在不断的挫折中领会这种差别。她把热情错当成了灵感，以年轻人的莽撞劲儿，大胆涉猎各种艺术形式。有很长一段时间，她的“泥饼”行业处于低潮，她便开始专注于极精细的钢笔画，在作品中展示了她的品味与技巧，结果使这些优美的画既令人赏心悦目又有利可图。但这样做使眼睛过度疲劳，因此没过多久便搁下了钢笔和墨水，转而大胆地搞起烙画来。

在她进行这项活动的期间，全家人都经常生活在对于大火灾的恐惧之中，因为木头燃烧的臭味终日在屋子里弥漫，阁楼和棚屋以令人吃惊的频率向外冒烟，烧得发红的烙棒到处乱放。汉娜每晚睡觉前总不忘在门边放上一桶水和开饭铃，以备失火时应急。拉斐尔[1]的头像被醒目地烙制在擀面板的反面，酒神巴克斯的尊容出现在啤酒桶的顶上。一个张着嘴歌唱的小天使装饰了食糖桶的盖子，而在多次试图画罗密欧与朱丽叶的形象时，留下了一堆引火柴，倒也用上了一阵子。

烫痛手指的后果，很自然地从使用烙棒转向使用油彩，于是艾米陷入了对油画的永不减弱的热情之中。一位美术家朋友把他已丢下不用的调色板、画笔和颜料将艾米装备起来，她开始涂鸦，画出了从没有人在陆上或海上见过的田园风光和海景。她画的奇形怪状的牛能在农展会上得奖，而她画上的船只危险地颠簸着，最有航海经验的观众看了也会晕船，如果他没有被这全然不顾船只制造、索具装备的公认准则的画第一眼就弄得捧腹大笑的话。皮肤黝黑的男孩和深色眼珠的圣母，从画室一角凝视着你，透露出牟利罗[2]的风格；画像脸部油光光的褐色阴影，带着一道出现在错误位置上的青白色条纹，说明那是伦勃朗[3]的笔法；丰满的女士和像得了水肿病的婴孩，这是鲁本斯[4]；而透纳[5]的画风则体现于有蓝色霹雳、橙色闪电、棕色雨水和紫色云朵的暴风雨画面中，画幅正中还有西红柿色的一搭，这可能是太阳或救生圈，也可能是一件水手的衬衫或国王的袍子，反正看画的爱怎么理解都行。

接下来是木炭肖像画，所有家庭成员的画像挂成一排，看上去又土又黑，像是刚从煤箱里刨出来的一样。到了画不那么浓重的粉笔素描时，人像看上去画得好一点了，因为相似程度提高了。艾米的头发、乔的鼻子、梅格的嘴巴和劳里的眼睛，都被宣称为画得“像极了”。接下来进行的又是黏土和石膏创作，从此她的熟人们的塑像便幽灵般地在屋子的各个角落出现，或是从壁橱搁板上掉下来砸到人们的头上。孩子们被诱来充当模特，他们语无伦次地讲述她的神秘举动，让人觉得艾米小姐像是个吃人小女妖了。可是一场不幸的事故扑灭了她的热情，使她在这方面的努力

1　拉斐尔，意大利文艺复兴时期画家。
2　牟利罗(1617—1682)，西班牙画家。
3　伦勃朗(1606—1669)，荷兰画家。
4　鲁本斯(1577—1640)，佛兰德斯画家。
5　透纳(1775—1851)，英国画家。

猝然走到了终点。有一阵子其他模特不愿跟她合作了，她就着手塑她自己的美丽的脚，于是有一天全家人听到了一阵异乎寻常的撞击声和尖叫声，赶快跑来救援，发现这年轻的狂热分子正发疯似的在棚屋里蹦跳着，一只脚正牢牢地粘在满满一盆石膏里，因为它凝固得比预计的要快。为了把她挖出来，大家费了好大的力气，还冒了点风险，因为乔实在憋不住想笑，在她用小刀挖掘的时候，挖得太深了，伤了那只可怜的脚，这一来至少为一项艺术实验留下了永远的纪念。

这次事件后，艾米的艺术活动沉寂了一段时间，后来迷上了风景写生画，驱使她常去河边、田野和树林中，着手风景画习作，渴望能找些古迹来描绘。她不停地感冒，因为老是坐在潮湿的草地上去领会“一个美妙的细节”，包括一块石头、一个树墩、一只蘑菇、一根断裂的毛蕊花的花茎，或是“天空中一大片云彩”，画下来就像是一床精致的羽绒褥垫。为了揣摩光和影的效果，她顶着盛夏的阳光，泛舟河上，把皮肤都晒黑了；又为了试图集中“视点”，就是眯起眼睛来延伸成一线的那套动作，结果她的鼻子上也起了皱纹。

如果“天才就是无尽的恒心”，正如米开朗琪罗所断言的那样，那么艾米就多少拥有这种非凡的品质，因为尽管有种种困难、失败和挫折，她仍然努力不懈，坚信自己有一天能创作出被称作“高雅艺术”的东西。

她钻研着，实践着，同时也享受着生活中的其余乐趣，因为她已下定了决心，即使成不了一个伟大的艺术家，也要成为一个有吸引力的有造诣的女性。在这方面她做得比较成功，因为她正是那种得天独厚的人，不用怎么费劲就能讨人喜欢，到处都能交上朋友，优雅轻松地生活，以致使一些命运欠佳的人认为像她这样的人来到世上是有幸运之星照耀着的。人人都喜欢她，因为圆通乖巧正是她与生俱来的良好禀赋之一。她拥有一种直觉，知道怎样能讨人欢心又恰如其分，总是能说话看清对象，做事完全能找准时机。她是如此沉着冷静，姐姐们常说：“即使艾米事先毫无准备就上法庭，她也确切地知道该怎么做。”

她的一个弱点乃是渴望进入“上流社会”，尽管并不完全明白上流是怎么回事。在她眼中，钱财、地位、时髦的才艺和优雅的举止是最可欣羡的，她也爱好和拥有这一切的人结交，往往把假的当成真的，羡慕那些不值得羡慕的东西。她从来不忘自己生来就是个淑女，一直培养着自己的贵族品位与感觉，以便机会来临时，就可以过上被现时的贫困所隔绝的生活。

“我们的贵妇人”，就像她的朋友们称呼她的，从心底里渴望成为一位真正的贵妇人，但她至今还不懂得，金钱买不到高雅的品性，社会地位也并不总能赋予她高贵的气质，而真正的教养可以超越外表的种种不如人意处，让人感受到这种气质。

“我想求你一件事，妈妈。”有一天艾米走进屋来，郑重其事地说。

“嗯，小姑娘，什么事啊？”母亲应道。在她眼里，这个端庄的年轻小姐始终还是个孩子。

“我们的绘画班下周就要放假了，在女孩们各奔东西去过暑假前，我想邀请她们来这儿玩一天。她们巴不得来看看那条河，画下那座断桥，临摹她们欣赏的我画册里的一些东西。她们在很多方面一直对我非常友好，我很感激，因为她们都很有钱，而且明知道我很穷，但是从不因而区别对待。”

“她们凭什么区别对待呀？”马奇太太带着被女儿们称作“玛丽亚·特蕾莎[1]的神气”发问。

“你跟我一样清楚，几乎每个人都会区别对待的，所以当你的小鸡被锋芒毕露的鸟儿啄伤时，别像一只爱雏鸡的母鸡那样大动肝火，不过你知

1　玛丽亚·特蕾莎（1717—1780），匈牙利女王，神圣罗马帝国皇帝弗兰西斯一世的皇后。

道，丑小鸭总有一天会变成天鹅的。”艾米便丝毫不带苦恼地微笑着，因为她天生乐观开朗，对未来充满希望。

马奇太太笑了，一面压制着自己母性的自尊，一面问道，“那么我的小天鹅，你的计划是怎样的？”

“我想下星期请女孩们来吃午饭，乘马车带她们去那些她们想看的地方，也许在河上划划船，让她们过一个小规模的艺术节。”

“听上去很可行。你午餐想吃什么？我想蛋糕、三明治、水果和咖啡就足够了吧？”

“我的天哪，不！我们一定要吃冷牛舌和鸡肉，再加上法国巧克力和冰淇淋。那些女孩吃惯了这些东西，而我也想把午餐办得高雅得体，尽管我正在挣钱糊口。”

“一共有几个姑娘？”母亲问，看上去变得严肃认真起来了。

“全班一共是十二到十四个，不过我敢说她们不会全都来的。”

“我的天啊，孩子，你得租一辆公共马车才能装得下她们。”

“怎么了，妈妈，你怎么能这么想？来的可能不会超过六个到八个人，所以我想租一辆海滨观光车，再向劳伦斯先生借他的‘樱桃木蹦蹦车’（这是汉娜念敞篷大马车[1]的发音）就行了。”

“这一切的花费会很大的，艾米。”

“大不到哪儿去。我算过开销了，我会自己掏腰包的。”

“亲爱的，难道你不认为你的这些安排姑娘们已经司空见惯了吗？我们尽了最大努力，所做的事却毫无新意，而简单些的计划也许会使她们更开心，至少也是换换口味嘛。这样我们不需要的东西就不必去买去借，也不必去营造一种和我们的境况不协调的气派，这不是更好吗？”

---

1 敞篷大马车原文为法语 charà-banc，汉娜念成 cherry-bounce，可意译为“樱桃木蹦蹦车”。

“如果我不能按照我喜欢的方式办这次活动，我宁可干脆不办。如果你和姐姐们能帮一把的话，我可以把它办得妥妥帖帖的。如果我愿意自己出钱，我就不明白为什么会办不成。”艾米说，带着这种坚决态度，一碰到有人反对，很容易使她趋向顽固。

马奇太太知道经验是一位良师，她尽可能让她的孩子们自己去吸取经验教训。如果她们不固执己见，愿意像接受日常的食品那样接受忠告的话，她是很愿意向她们提出，让她们学得轻松些的。

“很好，艾米，如果你一心要这样做，并且有办法不致花费太多的时间、金钱和精力来办成的话，我就不再说什么了。去跟姐姐们好好讨论一下，不管你决定怎么办，我都会尽力帮助你。”

“谢谢妈妈，你总是对我这么好。”接着艾米就跑去向姐姐们宣布她的计划了。

梅格当下就答应一定帮忙，很乐意提供所拥有的一切，从她那座小屋到她最好的盐匙。可乔对这整个计划并不喜欢，一开始就不想把自己牵扯在里面。

“你究竟为什么要花光你的钱，让你的家人担心，并且把整幢房子闹得天翻地覆，就为了一帮子女孩，而她们对你又毫不在乎？我还以为你有足够的自尊心和理智，不会去奉承随便什么女人，仅仅因为她穿着法国靴子，坐着四轮马车。”乔说道，正在构思她小说中的悲剧性高潮时被叫来，她对谈社交活动显然没有什么好心情。

“我才不奉承呢，而且我和你一样讨厌受人恩惠！”艾米愤然反击，因为她们俩一碰到这种问题还是要拌嘴的。“她们都在乎我，我也在乎她们。她们彼此都富有好意、理智和才干，尽管你老是说这些人只是些时髦的无聊货色。你根本不想让别人喜欢你，涉足体面的社交圈，培养自己的风度、举止与品味。我可要这样做，我打算充分利用一切可能的机会。如果你喜欢，你尽可以撑开了两肘走东走西，鼻子翘得老高，还把这称作独立自主。我可不要这样。”

当艾米辞锋犀利、畅所欲言时，她总能占到上风，因为她总是能使道理在她这一边，而乔却把对自由的热爱和对习俗的憎恨推向极致，以致理所当然地发现自己在论战中败下阵来。艾米对乔的自由观所下的定义是如此地击中要害，使两人都不禁哈哈大笑，于是这场争论转向和缓了。乔大大地违背了自己的意愿，终于同意为世俗之见牺牲一天，帮她妹妹好好进行这一次在她看来“毫无意义的活动”。

请柬全都发了出去，几乎所有的人都接受了邀请，于是这次盛大聚会的时间给定在下周一。汉娜一肚子不高兴，因为她这一个星期的工作全被打乱了，她还预言道，“如果衣物不能按时洗烫，那么不管在什么地方干什么事都别想干好。”这台家庭机器的主发条的这个故障给这整个活动产生了坏影响，但艾米的座右铭是“永不灰心”，既然已经下定决心这么做，她就要排除万难干下去。首先，汉娜的烹调就不对劲：鸡肉太老，牛舌太咸，而巧克力不会好好发泡。然后是蛋糕和天然冰的成本超出了艾米的预算，观光车也是一样；还有杂七杂八的其他费用，起初以为似乎数目不大，全部加起来却是笔惊人的开支。贝思得了感冒，卧病在床；梅格的访客多得反常，使她留在家里出不了门；乔则心不在焉，常常失手打碎东西，她闯的祸和犯的错多得异乎寻常，后果严重，令人不快。

艾米事后宣称，“要不是有妈妈帮忙，我绝对过不了这一关。”她充满感激地回忆起这一切，这时这个“本季度最佳笑话”已被所有人全都忘却了。

如果周一天气不好，姑娘们改在周二来——这个安排终于把乔和汉娜惹恼了。周一早上天气阴晴不定，这种状况比一场瓢泼大雨更让人恼火。先是下了一阵毛毛雨，后来出了一会儿太阳，接着又开始刮小风，老天爷还是拿不定主意，到后来为时已晚，谁也没法作决定了。艾米天刚亮就起身，把大家都从床上赶起来，匆匆吃好早餐，以便有时间把屋内弄得井井有条。她认为会客室看上去破旧不堪，但她并不花时间来惋惜自己缺少什么东西，而是富于技巧地充分利用自己所有的，把椅子放在地毯上磨损的地方，用常春藤装饰画框的画遮住墙上的污渍，以自制的雕塑填满空空荡荡的角落，这些东西跟乔到处放置的可爱的瓶花一样，为室内增添了一种艺术氛围。

午餐看上去挺诱人的，她放眼看去，由衷地希望吃起来也不错，还有那些借来的玻璃杯、瓷的和银的餐具都能安全地送回原主。马车已经定下了，梅格和妈妈准备好尽主人之谊，贝思可以在幕后帮助汉娜，乔也答应尽可能表现得活泼和气，尽管她的心思不在这上面，头疼得厉害，还带有一种对所有的人和所有的事十分坚决的不满。艾米一边疲倦地穿戴起来，一边在给自己打气，期待着开心的时刻，那就是当午餐顺利结束后，她会带着她的朋友们坐车出去享受一下午的艺术活动，因为那“樱桃木蹦蹦车”和断桥正是这次活动的重点。

接下来是两小时的等待，在这段时间里，她一直在会客室和门廊之间来回转悠，而大家的意见就像风信鸡那样变化多端。十一点钟突来一场阵雨，彻底浇熄了年轻姑娘们会在十二点前来的希望，因为结果谁也没有来。等到两点钟，精疲力竭的一家人在一片耀眼的阳光下坐下来，消受宴会食物中容易变质的那部分，这样可以避免损失。

“今天的天气没问题，她们一定会来的，所以我们得赶快准备好，随时迎接她们。”第二天早上，艾米被阳光一照醒便说。她说得轻松，但在她的内心深处，却希望自己没有说过有关周二的第二选择，因为就像她的蛋糕有点儿变味那样，她的兴致也有点儿松弛了。

“我弄不到龙虾，你只得准备今天没有色拉了。”半小时后，马奇先生回家来说，脸上带着一种平静的失望表情。

“那么就用鸡肉代替吧，放在色拉里鸡肉老一点没关系。”他妻子建议道。

“汉娜把它放在厨房桌上，一会儿就给小猫抢着吃了。对不起，艾米。”贝思插话道，她还是很多只猫咪的保护人。

“那么我就一定要有龙虾，单有牛舌是不够的。”艾米坚决地说。

“要不要我跑去镇上买一只？”乔带着殉道者的大度问道。

“你会不用纸包住就把它夹在胳膊下带回来，就为了气气我。我来自己去。”艾米回答，她已经克制不住自己的脾气了。

罩上一层厚厚的面纱，挽了一只时髦的旅行篮子，她出发了，觉得乘车凉快地走一趟，可以安抚她这乱糟糟的心情来应付这一天的操劳。花了一会儿工夫，她买到了这想要的东西，加上一瓶色拉调料，省得回家后还得花时间自制调料。她便乘车赶回来，庆幸自己的这个先见之明。

鉴于这公共马车上另外只有一名乘客，那是个昏昏欲睡的老太太，艾米便把面纱塞进口袋，开始计算她的开支情况，以消除旅途的沉闷。她忙着对付那张纸片上写满的难以计算的数字，没有注意到途中车没停就跳上来一个人，直到一个充满男子气的嗓音开口说：“早上好，马奇小姐。”抬起头来，她一看是劳里那几个最文雅的大学朋友中的一位。急切地希望他会在她之前下车，艾米完全忽视了她脚边的那只篮子，只顾庆幸自己穿着簇新的旅行服，便以她惯有的温柔活泼的态度，回答这年轻人的问候。

他们俩越谈越投机，因为艾米搞清了这位绅士会在她之前下车，她的担心也就烟消云散了。她正用高贵得出奇的口气讲到兴头上，老太太要下车了。她蹒跚地走向车门，把艾米的篮子碰翻了，于是——啊呀，糟了！——那只龙虾，它粗俗的外形和艳丽的光泽，完全暴露在那位像都铎王朝王室成员的年轻人的高贵的眼中了。

“天哪，她把她的午餐给忘了！”毫不知情的年轻人叫道，用他的手杖把那只鲜红的怪物挑进它原来待的地方，准备把篮子递出去给那老太太了。

“请别——这是——这是我的。”艾米喃喃地说，一张脸涨得几乎跟她的龙虾一样红了。

“噢，原来如此，真对不起。这一只实在好得异乎寻常，可不是吗？”“都铎”镇静自若地说，一副怀有兴趣但保持克制的样子，显得很有教养。

艾米喘了口气，定下神来，把她的篮子大胆地放到座位上，笑着说：“你难道不想尝尝用它做成的色拉，并且见见那些将品尝它的可爱的小姐吗？”

说起来这就是乖巧的手腕，因为男性思想中的两个主要弱点都被点到了；那龙虾马上被令人遐想的光环所笼罩，而对于“那些可爱的小姐”的好奇心转移了他对于这次滑稽的不幸事件的注意力。

“我想他会拿这事去跟劳里说笑的，不过我反正眼不见心不烦。”等“都铎”鞠躬告退之后，艾米这样想。

回到家，她没有提到这次会面(虽然她发现因为篮子被碰翻，调料顺着裙子蜿蜒而下，弄得这身新衣服一塌糊涂)，只顾做着那些比以往更令人厌烦的准备工作，到了十二点，一切又布置停当了。她觉察到邻居们对她的种种活动很感兴趣，希望以今天的巨大成功来抹去人们对昨天的失败的记忆。就这样她叫来了“樱桃木蹦蹦车”，隆重地去把她的客人们接来赴宴。

“你听隆隆的车声，她们来了！我到门廊上去迎接她们，这样看上去好客些，我也希望这个可怜的孩子遭了那么多罪能玩得开心些。”马奇太太一边说着一边走出去。但她望了一眼就退了回来，带着一种无法形容的表情，因为在那宽大的车厢里，只坐着一脸失落的艾米和另一个年轻姑娘。

“赶快，贝思，帮汉娜去把桌上一半的饭菜撤下来。把一顿够十二个人吃的午餐放在一个女孩面前太可笑了。”乔嚷道，匆匆忙忙地跑下楼去，激动得甚至没时间停下来大笑了。

艾米进得门来，显得十分平静，对她仅有的一位遵守诺言的客人表现得既高兴又热情。其他家庭成员多少有些能演戏的天赋，都很好地扮演了各自的角色，因此埃利奥特小姐发现这真是兴高采烈的一家子，他们那股快活劲儿简直无法控制。愉快地用完了经过调整的午餐，参观了画室与花园，又热烈地讨论了艺术，艾米叫了一辆轻便马车(真可惜，不是那辆典雅的樱桃木蹦蹦车！)，带着她这位朋友静静地四处转悠到日落，就这样“这聚会散伙了”。

艾米走进门来时，看上去十分疲劳，但和平时一样镇定。她注意到除了乔嘴角上那一丝可疑的笑痕外，这次不幸宴会的所有痕迹都已消逝了。

“今天下午的天气对你们坐车出游来说真是不错，亲爱的。”妈妈带着尊重的口气说，好像那十二个客人全都来了一样。

“埃利奥特小姐是一个非常可爱的姑娘，而且我认为她玩得挺开心的。”贝思以难得的热情说道。

“能不能把蛋糕分一点给我？我真的需要一点，我的客人那么多，而我又做不出这样好吃的东西。”梅格认真地要求着。

“全拿走吧。我是这里唯一喜欢吃甜食的人，反正我来不及吃完就会发霉的。”艾米回答，想到自己置备了如此充足的食品，最后落到了这种下场，不由得叹了一口气。

“真可惜劳里没有来帮我们吃。”乔开口道，这时他们正坐下来在两天中第二次吃冰淇淋和色拉。

母亲眼神中带着警告的意味，使大家不再进一步讨论下去，全家人便在一片过分的沉默中吃着，一直到马奇先生婉转地说道：“色拉是古人最喜欢吃的一道菜，而伊夫林——”这时突然爆发一阵哄堂大笑，打断了这“色拉的历史”，让这位博学的绅士大吃一惊。

“把这些东西全都装进篮子，送给赫梅尔一家吧，德国人喜欢吃杂七杂八的东西的。我看到这些就想吐，你们也不必因为我当了一回傻瓜而把自己都撑死。”艾米嚷道，抹着眼睛。

“我看到你们两个女孩子在那辆叫什么来着的车子里晃荡着来去，就像一个硕大的坚果壳里的两颗小核仁，而妈妈却慎重其事地等着迎接一大帮子客人的时候，我想我都快要笑死了。”乔喘着气说，笑得快瘫倒了。

“你那么失望，使我很难过，亲爱的，不过我们都已尽了力来使你满意啦。”马奇太太以充满母爱的遗憾语调说道。

“我已经很满意了。我做了自己承担的事，尽管失败了，可这不是我的错，我可以这么来安慰自己，”艾米说，嗓音有点发颤，“我非常感谢你们都帮助了我，如果你们至少在一个月内不再提起这件事，我将更感激你们。”

有几个月的时间大家都绝口不提这事，但每当有人说到“宴会”这个词的时候，总能促使大家微笑，而劳里送给艾米的生日礼物，正是一只用珊瑚做的小龙虾，让她用做表链坠子。

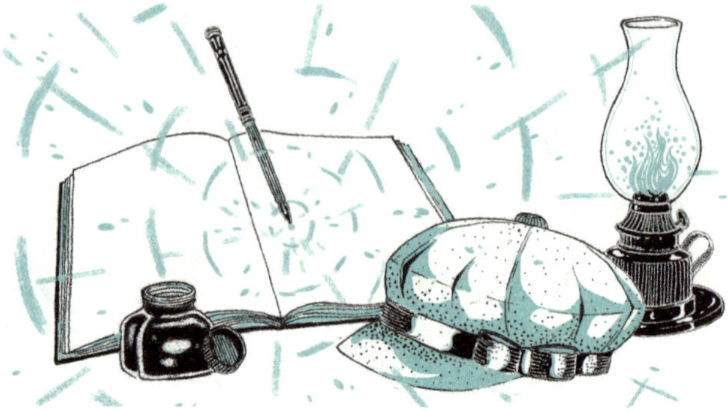

第二十七章

文学课程

命运之神突然眷顾了乔，在她的人生路上投下一枚好运便士。确切地说，并不是很大的一宗财富，但是依我看，即使是五十万块钱也未必能比这么得到的一笔小款子带来更多真正的欢乐。

每隔几个星期，她就会把自己关进房间，穿上她的“涂鸦服”，然后像她所描述的那样“掉进旋涡之中”，专心致志地写她的小说，只要一天不写完，她就一天不得安宁。她的“涂鸦服”包括一条黑色的羊毛围裙，在上面她可以随意擦抹她的墨水笔，一顶同样材料做的便帽，上面有一个令人愉快的红色蝴蝶结，在一切准备就绪开始工作时可以把头发塞进这顶帽子。从家人们带着询问的眼光看来，这顶帽子是一个信号。在她写作的这段时间里，他们和她会保持一定的距离，最多就是偶尔探进头来饶有兴趣地问一声，“灵感来了吗，乔？”很多时候他们甚至连这个问题也不敢问，而是通过观察帽子来作出相应的判断。如果这顶含意丰富的帽子被压得低低的遮住了前额，那表明工作进行得很艰苦；在兴奋时，它会被洋洋自得地歪戴在头上；等到被绝望的心情主宰时，它就被干脆摘下，扔在地板上。这时闯入者便会静静地退出去，在没有看到那蝴蝶结又神气活现地矗立在那个聪颖的脑门上方之前，谁也不敢跟乔搭话。

她从不认为自己是一个天才，但当写作冲动来临时，她放弃了一切投身其中，过着幸福的生活，无欲无求，也不管天气变幻，只要置身于一个想像世界中，便感到平安、快活，身边有和现实生活中一样的朋友们围绕着，他们是如此真实、友善，几乎和有血有肉的一般。她夜不能寐，食不知味，白天和黑夜都嫌太短，无法充分享受只有这时才能享受到的幸福生活，这生活每时每刻都有价值，尽管没有干出什么别的成果。这种神圣的灵感通常会持续一两个星期，过后她就会从这“旋涡”中脱身出来，又饿又累，脾气暴躁，心情沮丧。

她刚从这样的经历中恢复过来，有一次被说服陪伴克罗科小姐去听讲座，而做了这种好事她竟然得到了好报：产生了一个新的主意。这讲座是一项为大众开设的课程，内容是有关金字塔的，向这么一批听众讲这么一个题目让乔吃惊，但她想当然地认为向这些人展示法老王的荣耀史，可以纠正某种严重的社会罪恶或者满足什么巨大的社会需要，而这些听众整天正不断想着煤炭和面粉的价格，把生命消耗在试图解决比斯芬克司之谜更难的问题上。

她们到得早了，在克罗科小姐拉正她的长统袜袜跟的时候，乔以观察那些坐在同一条长椅上的人的面孔来自娱。她左边是两位家庭主妇，头戴跟她们的硕大前额相称的无边女帽，一面讨论着女权问题，一面干着编织活。再过去是一对温顺的恋人，直率地手拉着手，还有一个忧郁的老处女正从纸包里拿薄荷糖吃，一位老先生用一块黄色的印花大手帕遮住了脸，趁听课前先小睡片刻。在乔的右边只有邻座一个看上去很用功的少年，在埋头读一份报纸。

那是一份有图的报纸，乔审视着靠近她身边的那一幅美术作品，漫不经心地想着要多少不幸事件串在一块儿才能画出这么一幅富有传奇性的画来。只见画面上有个全副武装的印第安人被一匹狼咬住了咽喉从悬崖上翻滚下来，两个狂怒的年轻绅士就近互相用刀子厮杀，他们的脚小得异乎寻常，眼睛却大得不成比例，背景中有一个披头散发的女人，嘴巴张得老大，正飞速地跑开。少年正准备翻到下一页，注意到她在盯着看，出于男孩的慷慨天性，要把报纸分一半给她，直率地说："想看看吗？那可是个一流的故事。"

乔一向对小青年有好感，年龄增长也没改变，便微笑着接受了，很快发现自己陷入了一个由爱情、神秘事件与谋杀编织起来的老套的迷宫之中，因为这故事正是属于那种充满激情的、轻松的文学作品，当作者的创造力枯竭的时候，他就会制造一场大灾难，让一半的登场人物死去，剩下另一半为别人的倒霉而幸灾乐祸。

"真棒，不是吗？"男孩问道，当时乔正读到分给她那部分的最后一段。

"我认为你我只要努力一下都能写出这样的东西。"乔回答，对小伙子如此欣赏这种糟粕感到十分有趣。

"如果我真能写出这样的东西的话，就太走运啦。听说她靠写这种故事过得很不错呢。"他指指小说标题底下的作者名字——S. L. A. N. G. 诺斯伯里夫人。

"你认识她吗？"乔问，突然来了兴趣。

"不认识，不过我读过她的所有作品，我认识个朋友在一家办事处工作，这份报纸就是那儿印行的。"

"你是说她靠写这样的故事过得很好？"乔看着报纸上骚动不安的那一群人和随处布满的惊叹号，有些肃然起敬了。

"我想是吧！她知道老百姓喜欢怎样的东西，就靠写那些东西赚了不少钱。"

这时讲座开始了，可乔几乎没怎么听进去，因为当桑德斯教授乏味地讲着贝尔佐尼[1]、奇阿普斯[2]、圣甲虫[3]和象形文字的时候，她偷偷摸摸地把报上的地址抄了下来，并且大胆地决定试写一篇耸人听闻的故事，来赢取这份报纸的专栏所提供的一百美元的奖金。等到讲座结束、听众们醒过来的时候，她在想像中已经挣得了一笔巨大的财富（并不是第一次从报纸上挣到的），并且深深陷入了编织故事的情节之中，只是拿不定主意到底该把那场决斗安排在私奔之前还是在谋杀之后。

回到家中，她对她的计划只字未提，但第二天就着手写作，这让她的母亲颇为不安，因为当她的"天才在燃烧"时，妈妈看上去总有几分焦虑。乔从没尝试写过这种风格的东西，为《展翅之鹰》写些相当平淡的罗曼史便心满意足了。她看过的戏剧演出和读过的闲书现在都有用了，它们使她对戏剧性的效果有了一点概念，还给她提供了情节、对白和古装方面的细节。她这篇故事里充满了绝望和挣扎，这是从她认识的有限几个怀有这些令人不快的感情的人那儿得到的灵感。她把故事背景放在里斯本，安排了一场地震作为整个故事的惊人而却很恰当的结局。稿子以保密急件寄了出去，附上一封短信，谦逊地声称作者不敢奢望这个故事能赢得奖金，只要能得到一笔被认为与其价值相称的稿费就十分高兴了。

六个星期的等待是漫长的，要让一个女孩保守住秘密，那就显得更长了，可乔两者都做到了。当她快要放弃再见到自己的稿子的希望时，收到了一封信，使她几乎停止了呼吸，因为一打开信封，一张一百美元的支票飘落在她的膝盖上。有那么一会儿，她直勾勾地瞪着它，好像那是一条蛇似的。接着她读了信，开始哭了。如果写这封亲切短信的那位和气的先生能知道为一个同类带来了如此强烈的欢乐，我想他一定会把他所有的闲暇时光（如果他有闲暇时光的话）来消受这份乐趣，因为乔把这封信看

---

1 贝尔佐尼（1778—1823），意大利探险家和埃及学家。
2 奇阿普斯，古埃及第四王朝第二代国王胡夫，这是他的希腊名。
3 圣甲虫，属金龟子科，此处指古埃及人用作护身符的宝石，上面刻有圣甲虫的形象。

得比钱更重，由于这是对她的鼓励，经过多年的努力终于发现自己学会了如何做某些事，真是多么令人愉快，尽管仅仅是写了一篇煽情的故事。

很少见到年轻女性像此时的她那么自豪，她抑制了一下自己的情绪，出现在全家人面前，一只手拿着信，另一只手拿着支票，宣布她已赢得了奖金，让他们大吃一惊。之后当然会有一次盛大的庆祝活动，故事发表后大家都读了而且称赞了一番。虽然父亲说她文字写得优美，浪漫故事新鲜而热情奔放，悲剧情节令人震撼，但还是摇了摇他的头，以他那种超然的态度说道：

“你可以写得比这更好，乔。把目标对准最高层次，别考虑钱的事。”

“我认为钱正是这件事里最棒的部分。这么一大笔钱你要怎么花呀？”艾米充满敬意地注视着那张带着魔力的支票问道。

“送贝思和妈妈去海边待一两个月。”乔不假思索地回答。

“噢，真太妙了！不，我不能，亲爱的，那样太自私了。”贝思嚷道，她拍了拍纤细的双手，作了一次深呼吸，好像在渴望着清新的海风，然后顿住了，挥挥手，要她姐姐别再在她面前挥舞那张支票。

“啊，可你一定得去，我已经决定了。我写作就是为了这个，这也是为什么我会得奖的原因。当我只想到自己的时候，我从来就不会成功，所以为你写作也就是帮了我自己，你明白吗？再说，妈咪也需要换换环境，她不愿离开你，所以你一定要去。看到你长胖了回家，脸色像以前那么红润，不是很好吗？乔医生万岁！她总能治好她的病人！”

就这样经过反复讨论后，她们去了海边，尽管贝思回家时并没有像预期的那样长胖或是脸色变得红润，她还是好了许多，而马奇太太则宣称她觉得自己年轻了十岁，因此乔对她这样使用奖金感到很满意，又劲头十足地投入写作，决心再多挣几张那样讨人喜欢的支票。这一年她的确再挣了几张，开始觉得自己是家中的强人，因为凭着她那支笔所拥有的魔力，她的“垃圾货”变成了全家人舒适生活的来源。《公爵的女儿》付了肉店的账单。《幽灵之手》购置了一条新地毯，《考文垂家的诅咒》在食品和衣服方面为马奇一家带来了幸运。

财富固然是人们最渴望得到的东西，但贫穷也有它光明的一面，而逆境提供的最大好处之一，就是以心智或双手努力劳动得来的真正满足。而且我们从这个世界得到的明智、美丽、实用的天赐恩惠，有一半来自需要的激励。乔享受着这种满足的滋味，不再羡慕有钱的女孩，她从这种想法中得到极大的安慰，那就是自己所需要的可以自给自足，不用向任何人要一分钱。

那些故事并未引起人们多大的注意，但却找到了它们的市场，受到了这个事实的鼓舞，她决心大胆地为名利拼搏了。她把那部小说誊抄了四遍、读给所有的知心朋友听过之后，怀着害怕和忐忑不安的心情先后寄给了三家出版商，终于找到了买主，条件是要她愿意削减三分之一的篇幅，并删掉那些她自以为写得特别好的部分。

“现在我必须要么把它扎起塞回我的铁皮柜子里去发霉，或者自己出钱付印，要么顺着出版商的意思砍削一番，来得到我能得到的价钱。名声在家里是一样非常好的东西，但现钞更实用，所以对于这么重大的问题，我得听听大家的意见。”乔这么说着，要召开一次家庭会议。

“别糟蹋了你的书，我的孩子，因为它里面包含的东西有些你还没意识到，而且它的主题思想被很好地阐发了。让它在等待中成熟吧。”这是父亲的忠告。他身体力行地实践着他的主张，花了三十年的时间等待他自己的果实成熟，甚至到了现在，这果实已是甘美芳醇，他也不急于采摘。

“依我看让乔拿出去试试比继续等待更有益，”马奇太太说，“评论是这种作品最好的试金石，它会让她看到自己不知道的长处和缺陷，帮助她下一次写得更好。我们的意见太片面了，而外界的赞誉和非难将会是有帮助的，即使她在金钱方面所获无多。”

“对，”乔说，她的眉头紧蹙着，“正是这样。我一直对这部小说过分小题大做了，真的不知道它是好是坏，还是平庸无奇。如果有一些冷静的、不带偏见的人读了以后，把他们的想法告诉我，将对我大有帮助。”

“是我的话一个字也不删，删节了就毁了它，因为故事的有意思部分更多的是在人物的思想，而不是在人物的行动之中，如果在情节发展时略去必要的解释，整个故事就会一片混乱。”梅格说，她坚信这是一部从未有过的最出色的小说。

“可艾伦先生说，‘删掉解释的段落，让小说更精炼，更富有戏剧性，并且让角色自己来讲这故事。’”乔打断她，读着出版商的来信。

“就按他说的去做吧，他知道什么书销路好，而我们不知道。写一本好的受人欢迎的书，尽可能多挣些钱。渐渐地等你有了名气，你就可以离题发挥，在你的小说里安插些富有哲学和玄学思想的人物。”艾米说，她对这件事采取的是绝对实用主义的观点。

“好吧，”乔笑着说，“如果我书中的人物都是‘富有哲学和玄学思想’的，那不是我的错，因为我对这些东西一无所知，除了有时听爸爸说起。如果说我把他的一些明智的想法跟我的浪漫故事混杂在一起，那对我更好啊。现在该你了，贝思，你怎么看？”

“我想尽快看到它出版。”贝思就说了这一句，说的时候带着笑，但在“尽快”这个词上无意中加重了语气，她那从未失去孩童般的坦率的双眼中还透出一个依依不舍的神情，这使乔的心一时凉了，怀有一种不祥的预感，决定“尽快”作她的小小冒险。

就这样带着斯巴达式的坚忍精神，这位年轻的女作者把她的处女作放在桌上，如同妖魔一般冷酷无情地大肆删削了一番。为了让大家满意，她采纳了每个人的意见，结果就像寓言里的那老人和他的驴子，谁都觉得不称心。

父亲喜爱书中无意中夹杂进去的玄学意味，这部分便被保留了下来，尽管她自己对此不无怀疑。母亲觉得琐碎的描写多了一点，因此几乎全部给删掉，这一来情节中许多必要的联系也没有了。梅格欣赏这悲剧情节，乔就大肆渲染悲痛来满足她。艾米不爱看嬉笑打闹的段落，于是乔出于善良的意愿，扼杀了让书中忧伤气氛得以缓解的欢乐场景。最后，为了彻底地把该书糟蹋干净，她砍掉了三分之一的篇幅，深信不疑地把这篇可怜巴巴的小浪漫故事，像只拔光了毛的知更鸟，寄到那熙熙攘攘的大世界里去试试运气。

得，小说出版了，她得了三百元。与之俱来的是不少赞扬和非难，两者的力度都远远超出她的预计，使她晕头转向，过了一个时期才缓过气来。

“你说过，妈妈，批评意见会对我有帮助。但怎么可能呢，它们互相抵触得厉害，我都搞不清我到底写了一本大有希望的书，还是触犯了摩西十诫中的每一条。”可怜的乔这样嚷道，翻阅着一大叠评论文章，前一分钟某些评论在细读之下还让她心中充满了自豪与喜悦，下一分钟另一些却让她感到愤怒并极度沮丧。“这一个人说：‘一本无比美妙的书，内容真实华美，诚挚感人；从头到尾甜蜜清纯，健康有益，’”这困惑的女作者继续念道，“下一个说：‘这本书的主导理论很糟，充斥着病态的幻想、唯灵论的概念和矫揉造作的人物。’你瞧，既然我没有任何形式的理论，不相信唯灵论，并且书中的人物都来自生活，我就不明白这位评论家怎么可能是对的。另一个说，‘这是一本多年来难得一见的书，可以跻身于美国最优秀的小说之列。’我可明白不是这么回事。接下来一位断言‘尽管这是一本有创见的书，并且写得极有气势和激情，但还是一本危险的书。’才不是呢！有人嘲笑它，有人赞扬过了头，而且几乎所有人都坚持说我有一个高深的理论要阐述，其实我不过是为了自娱和金钱才写的。我真希望自己当初要么全文发表，要么根本不发表，因为我真的讨厌被人这样曲解。”

家人和朋友们都宽宏大量地表达了他们的安慰和赞美，但对敏感的、心气高傲的乔来说，这段时间还是挺难熬的，她空有良好的愿望，却明显地得到了坏结果。但这事对她有好处，因为那些拥有真知灼见者的评价正是一个作者所能得到的最好教益。等到最初的痛苦过去了，她能笑话自己的那本可怜的小书了，然而仍对它保持了信心，觉得自己饱受了打击反而更聪明更坚强了。

“我不是像济慈那样的天才，对我来说没啥了不起的，”她坚定地说，“毕竟我也有笑话对方之处，因为那些我直接从真实生活中提取的部分被贬低为荒谬的和不可能发生的，而我用自己的笨脑瓜向壁虚构的场景却被赞为‘自然可人，亲切真实’。所以我尽可以此自我安慰，等我准备好时，我会卷土重来，再写那么一部。”

第二十八章

持家经验

正如大多数别的家庭主妇那样，梅格开始她的婚后生活时下定决心要成为一个模范管家。约翰必将觉得家里是一个天堂，他会经常看到妻子笑口常开的脸，会每天享受到丰盛的饭菜，永远不会为掉了一粒纽扣而操心。尽管多少有些阻碍，她带着这么多的爱与干劲，愉快地干家务，哪能不成功啊。可她的天堂并不宁静，因为这个小妇人喜欢小题大做，过于渴望取悦别人，整天忙碌得像一个真正的马大[1]，被许许多多担心事所拖累。她太疲劳了，有时甚至笑也笑不出。吃了精美的菜肴，约翰渐渐得了消化不良症，因此不知感激，反而提出要吃普通伙食。至于纽扣，她很快就开始纳闷，它们到底掉到哪儿去了，并且为男人们的粗心而摇头，接着就威胁要他自己钉上，还要检查他钉的扣子是否比她钉的更经得起笨拙的手生拉硬扯。

他们非常快活，即使后来他们发现了不能仅仅靠爱情活下去也罢。在约翰的眼中，梅格的美貌从未有所减色，尽管她天天都在同一把咖啡壶后面对他微笑。梅格也从未感到每天分别时的浪漫情调有所缺损，那时她的丈夫吻了她，然后温柔地问一声，“要我带小牛肉还是羊肉回来做晚餐，亲爱的？”这所小屋已不再是座亮丽的精舍，而是变成了一个家，这对年轻夫妇很快觉得这是一个好的变化。刚一开始他们玩着管家的游戏，就像孩子们那样闹着玩。随着约翰的工作稳步走上正轨，他觉得作为一家之主肩上责任重大，而梅格则收起她的麻纱晨衣，系上大围裙，动手干活，正如前面提到过的，干劲有余，细心不足。

在热衷于烹饪的时期中，她阅读了科尼利厄斯太太撰写的《食谱》，就像做数学习题那样，耐心仔细地解答所有的难题。有时候，她的家人会被邀请来帮忙享用一顿过分充裕的成功之宴，另外一些时候，洛蒂会被私下派去把一批失败之作，瞒过了众人耳目，送给胃口不挑剔的赫梅尔家的孩子们。陪约翰查了一晚上的账簿，常常使她对烹调的热情暂时有所回落，接下来便会节俭一阵子，那期间，这可怜的男人只好被迫吃面包布丁、剩菜杂烩和重热的冷咖啡，这对他的心灵是个考验，尽管他以令人赞赏的坚毅精神忍受了下来。在找到一个折衷的办法之前，梅格为她的家庭又增添了一项年轻夫妇迟早不可少的东西——一只家用泔脚坯。

梅格怀着一个家庭主妇的迫切愿望，想见到自己的贮藏室里摆满了自制的蜜饯泡菜，便着手制作醋栗果冻。她要求约翰为家里定购一打左右的小罐子和一大批食糖，因为他们家的醋栗已经熟透了，需要马上处理。约翰坚信“我的太太”所有的事都在行，并且理所当然地为她的技能自豪，便打定主意该满足她的要求，把他们收获的这唯一品种以最可意的方式调制起来留待冬天享用。送来家中的有四打可爱的小罐子、半琵琶桶食糖，还有一个小男孩来给她摘醋栗。她把漂亮的头发束进一顶小便帽，衣袖捋到肘弯，露出双臂，一条方格图案的围裙，尽管上端有块胸

1　马大，《圣经》中人物，整天忙着干家务，有一次耶稣到她家中，她抱怨妹妹马利亚只顾听耶稣讲道，不来帮她，结果受到耶稣的开导。见《圣经·路加福音》第14章第38—42节。

布，还是给人风情万种的感觉，这位年轻主妇投入了工作，毫不怀疑自己一定会成功，因为难道她没有看见汉娜这样干过有几百次了吗？最初那一排小罐子叫她很惊奇，但约翰实在爱吃果冻，而这些可爱的小罐子放在最高的搁板上看上去会多好啊，以致梅格决心把它们全部装满，便花了一整天时间采摘、煮透、滤清，忙于制作那些果冻。她尽了全力，征询了科尼利厄斯太太书上的意见，绞尽脑汁地回忆汉娜做的事中有哪些她没有做。她重新烧煮，重新加糖，重新过滤，但那鬼东西就是不"结冻"。

她真想就这么穿着围裙跑回老家去，请妈妈来帮一手，但是约翰跟她曾经约定，决不拿他们自己的烦恼、试验或争吵去打搅家里的任何人。他们对"争吵"这个词儿觉得好笑；仿佛这种可能性就是荒谬绝伦的。但他们坚决遵守这个决定，只要自己能对付就不需要任何帮助，而且也没有人来干涉他们的生活，因为这是马奇太太的建议。就这样，在这个炎热的夏日，梅格一个人与这难以驾驭的甜食斗争了一整天，到下午五点，她在这糟乱不堪的厨房里坐下，绞着她那弄脏的双手，放声大哭起来。

在这新生活刚开始的时候，她常常这么说："我丈夫总是可以随他高兴带一个朋友回家来。我总会做好准备，不会惊慌失措，不会责备埋怨，也不会叫人尴尬，总能看到一所整洁的房子、一个快活的妻子和一顿丰盛的晚餐。约翰，亲爱的，根本不必取得我的准许，你愿意请谁都可以，我一定会表示欢迎。"

这是多么感人啊，千真万确！听她这样说，约翰心里洋溢着骄傲，感到拥有这么一位无可比拟的妻子是多么幸运的一件事。但是，尽管他们时时有朋友来拜访，却从来没有未经事先约好的，因此到现在为止，梅格从来没有机会突出地表现一下。可是在这尘世间老是会发生不测之事，往往是无法避免的，使我们只能惊异、悲叹，并且最大限度地忍受。

如果约翰不是完全忘记了果冻的事，那他选择一年中的今天，事先没有提起就带一个朋友回家吃晚饭就不可原谅了。他庆幸那天早上曾吩咐要做一些美味佳肴，深信一定能准时做好，便怀着一个年轻丈夫与一家之主无法抑制的满足感，放纵自己愉快地期待着会产生可喜的效果，那时他漂亮的妻子会跑出来迎接他，他就这样陪伴着这个朋友走向自己的宅子。

当约翰抵达他的鸽巢时，他发现的是一个令人失望的世界。前门通常是好客地敞开着，现在不但关紧了，还上了锁。台阶上昨天沾上的泥巴还在，客厅的窗户紧闭，里面拉上了窗帘，看不到那身穿一袭白衣、头发上戴着一个引人注目的小蝴蝶结的漂亮妻子在门廊上做着针线活儿的身影，也不见明眸善睐的女主人羞涩地微笑着来欢迎她的客人。全然没有这么回事，没有一个人影，只有一个脸色红润的男孩在醋栗丛下酣睡。

“恐怕出了什么事啦。请进花园来，斯科特，我来去找布鲁克太太。”约翰说，对这清静与孤寂产生了警觉。

他顺着一股刺鼻的、烧焦的糖味，绕着屋子快步走去，斯科特先生走在他后面，满脸疑虑。等到布鲁克身影消失了，他隔开一段距离谨慎地站住了，但这并不妨碍他听到和看到，而且作为一个单身汉，他极其欣赏眼前这一幕。

厨房里混乱与绝望主宰着一切。一种果冻似的东西从几个罐子里往外淌着，另一种泼倒在地板上，第三种则在炉子上煮得正欢。洛蒂带着条顿民族的镇定，正平静地在吃面包并喝醋栗酒，因为果冻还处在无望的液体状态，而布鲁克太太则用围裙兜住了头，坐在那儿懊丧地抽泣着。

“我亲爱的好姑娘，这是怎么回事？”约翰冲进来大叫道，好像看见了烫伤双手的可怕景象，听到了突如其来的不幸消息，想到还有个客人在花园里，不由得心中惊恐万分。

“唉，约翰，我真是又累又热，又生气又着急！这东西我摆弄到现在，弄得精疲力尽了。快来帮帮我，不然我就要死去啦！”一说完，这累坏了的主妇便一头投入他的怀抱，给了他一个名符其实的“甜蜜”的欢迎，因为她的围裙和地板同时受到了这种果冻似的东西的洗礼。

“你在担心什么，亲爱的？发生了什么可怕的事？”约翰焦急地问，温柔地吻着已经歪到了一边的小帽子的帽顶。

“是的。”梅格绝望地啜泣着。

“那么快告诉我。别哭了，我最受不了这个了。说出来吧，我的爱。”

“果——果冻不结冻，我不知道该怎么办！”

约翰·布鲁克当即大笑起来，事后却是再也没敢这样笑过。那个爱嘲笑人的斯科特，听到这发自内心的响亮笑声，情不自禁地微笑起来，这一来给这倒霉的梅格的不幸加上了最后一下打击。

“就这个吗？把它扔出窗去，不要再为它烦心了。如果你想要，我可以给你买几夸脱来，只是看在老天分上，别发歇斯底里了，我带了杰克·斯科特来家吃晚饭，而且——”

约翰说不下去了，因为梅格一把把他推开，倒在一把椅子里，以一种悲哀的姿势紧紧握住双手，用交杂着愤恨、责备与沮丧的语调惊叫起来：

“有个客人来吃晚饭，可什么都是乱七八糟的！约翰·布鲁克，你怎么能这么干？”

“嘘，他就在花园里！我忘了这该死的果冻，但现在说什么都晚了。”约翰焦急地扫视着眼前的情景。

“你应该捎个信回来，或者今儿早上跟我说一声，而且你该记得我今天有多忙。”梅格继续发着脾气，因为连斑鸠给惹恼了也要啄人的呢。

“今天早上我还不知道有客人呢，当时也没有时间捎信回来，因为我是在出门回来的路上碰到他的。我根本没想过事先和你约定，因为你总是说我想怎么做就怎么做。我还从没试过，可今后吊死我也不会这么做了！”约翰带着委屈的样子说。

“我也巴望你别再这么做呢！马上带他离开，我不能见他，也没准备什么晚餐。”

“好，你居然这么说！我送回家的那些牛肉和蔬菜呢？还有你答应过的布丁呢？”约翰叫嚷着，冲进食品贮藏间。

“我什么也没时间做了，我本来打算去妈妈那儿吃了。对不起，可我实在忙不过来啊。”梅格的泪珠又开始往下淌。

约翰是个温和的男人，但毕竟是人嘛。工作了一整天之后，又累又饿，满怀着希望回到家中，却发现屋子里乱七八糟，餐桌上空空如也，妻子窝了一肚子火，这实在并不有助于使人心平气和，态度和蔼。然而他努力克制着自己，要不是提起了一个倒霉的字眼儿，这场小小的风波就会平息下来的。

“这是个尴尬局面，我承认，不过只要你能帮一手，我们还是能渡过这难关，好好乐一下的。别哭了，亲爱的，就这么加一把劲儿，给我们搞点吃的吧。我们俩都饿坏了，不会在意吃什么的。把冷肉、面包和干酪给我们吃吧，果冻就免了。”

他存心善意地开个玩笑，可那个字眼儿决定了他的命运。梅格认为如此影射她可叹的失败太残酷了，听他这么一说，她最后的一丁点耐心彻底消失了。

“你只能自己尽量想办法摆脱这个尴尬局面，我已经筋疲力尽，没法为谁‘加一把劲儿’了。男人嘛，只会提出用肉骨头、粗陋的面包和干酪来招待朋友。在我的屋子里决不能这样干。带那个斯科特去妈妈那里，告诉他我不在家，病了，死了——随你怎么说。我不会见他，你们两个尽可以尽量嘲笑我和我的果冻，可在这儿你们别想吃到什么别的东西。”在一口气表达了她的对抗情绪之后，梅格扯下她的围裙，决绝地离开现场，回自己的房间痛哭去了。

她无从得知打她离开后那两个人做了些什么，但斯科特先生并没有被“带去妈妈那里”，等到他们一起出去溜达了，她下得楼来，发现一些有人杂七杂八地吃过一顿的迹象，不由得大惊失色。洛蒂报告说他们吃了“好多，笑得很开心，男主人还吩咐把那些甜东西全都扔掉，把罐子都藏起来”。

梅格很想去告诉妈妈，但对于自身缺点的羞耻感以及对约翰的忠诚阻止了她。“他也许有些冷酷，不过不该让别人知道。”她粗粗地打扫了一下，穿扮得漂漂亮亮地坐下来，等约翰回家，然后原谅他。

不幸的是，约翰没有回来，他并不这么看待这件事。他对斯科特若无其事地把这事当个笑话，尽可能装得毫不怪罪他这小妻子，满腔热情地尽着主人之谊，使这临时拼凑的一餐让他这位朋友吃得很高兴，并答应以后再来。但约翰真的生气了，尽管没有表露出来，他以为是梅格使他陷入了这一尴尬局面，在他需要帮助的时候撇下了他。“这是不公平的，让人家可以随时自由地带朋友回家，等到他真的这么做了，却发火责备他，在他困难时丢下他不管，让他遭人嘲笑，或者被人怜悯。这肯定是不对的！梅格一定得知道这一点。”吃饭时他一直在生闷气，但是等到这场风波平息下来，送走了斯科特，他慢慢地走回家，气有点平了。“可怜的小东西！她那么真诚地想让我高兴，却发生了这种事，真是难为她了。是她不对，这是毫无疑问的，但她毕竟还年轻嘛。我一定得耐心地教她。”他希望她没有回娘家去——他讨厌闲言碎语和别人的干预。有那么一会儿，他一想到这件事火就又上来了，但接着生怕梅格会哭坏身子，心又软了下来，使他加快了脚步，决心要表现得平心静气，但是要坚决，非常坚决，告诉她在什么地方没有尽到做妻子的责任。

和他一样，梅格此时也下决心要“平心静气，但是要坚决”，告诉他什么是他的责任。她很想跑出去迎接他，请求他的原谅，得到亲吻和安慰，这是她坚信一定会得到的；可是她当然没有这么做。她一看到约翰走进来，便在摇椅中摇着做针线活，开始挺自然地哼起歌来，就像一位夫人在她最好的客厅里享受着闲暇时光。

约翰看到的不是一个温柔的尼俄伯[1]，微微感到失望。他的自尊心要求首先听到对方道歉，因此他没有表示歉意，只是随随便便走进来，倚在沙发上，说了句分外地不相干的话："我们快要看到新月了，亲爱的。"

"我没有异议。"是梅格同样镇定的回答。

布鲁克先生谈到了其他一些大家感兴趣的话题，被布鲁克太太一一扫兴地打断，谈话就这样冷下去了。约翰走到一扇窗边，打开报纸，把他整个人都要裹进去似地读着。梅格走到另一扇窗边做针线，好像拖鞋上的一个玫瑰花结是生活中的一件必需品似的。谁也不说话，双方看上去都相当"平静而坚决"，然而双方都感到极不自在。

"噢，天啊，"梅格想，"婚姻生活真叫人烦恼，就像妈妈说的那样，不但需要爱情，也需要无限的耐心。""妈妈"这个词儿让她回忆起许多很早以前由母亲给予的忠告，那时她既不相信，而且反对。

"约翰是个好人，但也有他的缺点，你必须学会认识这些缺点并且容忍它们，别忘了你自己也有缺点。他为人非常坚决，如果你好好讲道理，别不耐烦地反对他，他就不会变得顽固不化。他处事要求准确无误，尤其是对于事物的真实性——这是个好品质，尽管你可以说他是'小题大做'。千万不要用表情或言语欺骗他，梅格，他就会给你应得的信任和需要的支持。他会发脾气，但和我们不一样——我们一下子发作起来，一转眼就过去了——他尽管外表没变，心里却在生气，看上去纹丝不动，可怒火一旦点燃就很难扑灭。你要小心，非常小心，别激起这种怒火来反对你，因为家庭中的和平与快乐得依靠保持他对你的尊重。要留神自己的言行，如果两人都有错就首先自己请求原谅，别为小事怄气，造成误解，凭一时冲动讲话，这些事往往会导致极度的悲伤和悔恨。"

---

1 尼俄伯，希腊神话中底比斯王后，因哀哭自己被杀的子女而化为石头，并且继续淌泪。

她坐在暮色里做针线，妈妈的这番话兜上她的心头，尤其是最后一句。这是两人第一次重大的意见分歧，她回想起来，自己那些凭一时冲动说的话听上去真是既愚蠢又刻薄，而她的愤怒这时看来也是那么孩子气，想到可怜的约翰回得家来面临这样的一个场面，她的心软化了。她向他投去一瞥，眼中含着泪水，但他没有看到。她便放下手里的活儿，站起身来，心想，“我来第一个说‘原谅我’吧，”可他似乎没听见。她尽量抑制自尊心，慢慢地穿过房间，站到他身边，但他没有掉过头来。她一时觉得自己真的很难做到，但紧接着想道，“就这么开头吧，我来做我的分内事，就没什么好责备自己的了。”于是她慢慢地弯下身去，轻轻地吻了下丈夫的前额。所有问题就这样理所当然地解决了，这悔过的一吻胜过千言万语，约翰立即把她抱在自己的膝上，温柔地说：

“真不该拿那些倒霉的小果冻罐子取笑。原谅我吧，亲爱的，我再也不会这么干了！”

可他取笑过，噢，老天，是啊，他取笑了无数次，于是梅格自己也这么干了。两人都宣称这是他们曾经做过的最甜蜜的果冻，因为把家庭和睦封存在那个小泔脚坯里了。

这之后，梅格特意邀请斯科特先生来吃饭，为他准备了一桌美味佳肴，而不是像上次那样，以一个精疲力尽的主妇作为头一道菜。那天她表现得既欢快又有礼，把一切都安排得令人陶醉，以致斯科特先生说约翰是个幸福的家伙，一路回家老是摇头叹息单身生活的艰辛。

在秋天里，梅格又面临新的考验和经历。萨莉·莫法特恢复了和她的友谊，常常跑到小屋来闲聊，或者邀请“这个小可怜”到她的大房子里去待上一天。这很开心，因为碰到阴天梅格常觉得寂寞。家人都在忙着，约翰要到晚上才回来，除了做做针线、阅读或是闲荡简直无事可做。结果很自然地梅格也开始染上了和她这个朋友闲扯和闲逛的毛病。看到萨莉的那些漂亮东西，她产生了也想拥有的渴望，并为得不到这些东西而自怜。萨莉很大方，经常提出要送她一些她想得到的小玩意儿，但是梅格拒绝了，因为知道约翰不喜欢这样。后来这个愚蠢的小妇人竟做出了一件让约翰更不高兴的事。

她知道丈夫的收入，也乐于感觉到他信任她，不但把他的幸福托付给她，还将有些男人更看重的东西——钱也托付给她。她知道钱放在那儿，也可以随便动用。而他只要求她每笔花销都记个账，每个月交一次账单，还有要牢牢记住她是个穷人的妻子。到现在为止她都做得挺好，既谨慎又准确地把她的小账本记得清清楚楚，每个月都毫无惧色地拿给他看。但是那年秋天，那条蛇闯入了梅格的伊甸园，诱惑了这个现代夏娃的她，不是以禁果，而是以时装。梅格不喜欢被人可怜，也不喜欢被迫品尝穷困的滋味，这让她很恼火，但她羞于承认这一点，时不时地会购买一些漂亮玩意儿，试图安慰自己，这样萨莉就不必以为她必须勒紧裤带过日子。她事后总是有做了件坏事的感觉，因为这些漂亮东西很少是必不可少的。但既然这些东西不用花多少钱，也就不值得为之担心了，因此不知不觉中这些小玩意儿越买越多，而在一次次的购物之旅中，她也不再扮演消极的观望者了。

可是这些小玩意儿的花费远远超出了想像中的限度。到了月底，她把她的开销加起来，总额让她吓了一跳。那一月约翰很忙，把账单留给了她，下一个月他不在家，但再下一个月他会来一次季度总结算，这事梅格永远也不会忘记。几天前她干了件可怕的事，让她的良心感到沉甸甸的。萨莉常买丝绸衣服，梅格很想要一件新的，——只要件漂亮的浅色的，供宴会时穿。她那件黑绸衣太一般了，而晚上穿的薄纱衣只适合女孩子穿。在新年里，马奇叔婆通常会给姐妹们每人二十五元作为新年礼物，再过一个月就到新年了，而眼下就有一段好看的紫色丝绸料子可折价买进，她手头也有这笔钱，只要她敢动用就行。约翰总是说属于他的就是属于她的，可是他会赞同这样不光花掉预期二十五元，还要从家用钱中再拿出二十五元来吗？这可是个问题。萨莉怂恿她这么做，还提出借钱给她，尽管出于良好的动机，但还是诱惑梅格失去了自制力。在一个恶时辰，那售货员拿起那段漂亮的、晶莹夺目的衣料向她展示，一边说，“非常划算，我向你保证，夫人。”梅格回答道：“我要了，”就这样，料子剪了下来，钱也付了，萨莉欢欣雀跃，梅格也笑了，似乎这是件不用承担后果的事，然后赶紧乘马车离开，就像偷了什么东西，身后有警察追着似的。

她回到家，展开那段可爱的丝绸料子，想以此来减轻自责的痛苦，可它现在看上去不那么银光闪闪了，归根结底也不适合她穿着，而“五十元”这几个字仿佛在料子的每一段上烙下了深深的印记。她把它收起，可它还在她的思绪间幽灵般出没，不像想起一件新衣服那样叫人愉快，而是可怕得像是干了一件蠢事，这念头无法轻易摆脱。当天晚上约翰取出账本时，她的心往下沉，在她的婚姻生活里第一次害怕起丈夫来。那双温和的褐色眼睛看上去似乎可以变得很严厉，尽管他现在分外快活。她自以为他已经发觉了她的所作所为，但还不想让她知道。家里的账单都付清了，账本上清清楚楚。约翰夸奖了她，正准备打开那本被他们叫作“银行”的旧手册时，梅格知道里面空荡荡的，便按住了他的手，紧张地说：

“你还没有看过我的个人开支账本呢。”

约翰从来不要求看这个，但她总是坚持要他看。对于女人想要的那些古怪东西，他作为一个大男子总是表现出欣喜和惊讶，并猜测“滚边”是什么，狠狠追问她“抱紧我”[1]的意思，或者纳闷由三个玫瑰花蕾、一点点天鹅绒和一对飘带组成的这么个小东西竟能变成一顶值五、六块钱的无边女帽。那天晚上，他似乎愿意享受一下这种乐趣，查查她的花销，假装被她的挥霍无度所吓呆，就像他常做的那样，其实心中对这节俭的妻子倍感骄傲。

---

1 “抱紧我”为女子紧身马夹的俗称。

小账本被慢慢取了出来，摊在他的面前。梅格走到他的椅子背后，装作抚平他劳累的前额上的皱纹，站在那儿，开口讲话，每说一个词恐慌就增加一分。

“约翰，亲爱的，给你看我的账本真叫我难为情，因为最近我实在太浪费了。你知道我常常四处去走动，有些东西是少不了的，萨莉建议我买下来，我就这么做了。我把过新年时得到的钱拿来补上一部分亏空，但这样做了我就后悔了，因为我知道你会觉得我做错了。”

约翰哈哈大笑，把她从背后拉到身边，温和地说：“别躲躲藏藏了。我不会因为你买了一双夹脚的靴子而揍你的，我为我老婆漂亮的脚深感自豪，如果靴子挺不错，花上八九块钱我也不会介意的。”

那是她最近买的“小玩意儿”中的一项，约翰说话的时候，目光落在她穿的这双靴子上。“唉，等他看到那笔可怕的五十元的账会怎么说！”梅格想着，打了一个寒战。

“这比靴子更糟，这是件丝绸衣服。”她带着绝望的平静说道，只希望最可怕的时刻快点过去。

“那么，亲爱的，就像曼塔利尼先生[1]说的那样，这‘见鬼的总数’是多少？”

这听上去不像是约翰说的话，她知道此刻他正用坦率的目光抬眼直视着她，在这之前，她一直随时都可以迎着这目光同样诚实地作出回答。她翻过一页，同时扭过头来，指指这个即使没加上那五十元已经够糟的总结数字，如今加上了，那在她看来简直是骇人听闻啦。一时间整个屋子里寂静无声，然后约翰——她能感觉到他在努力克制心中的不快，免得流露出来——慢慢地开言道：

---

1 曼塔利尼先生是狄更斯的《尼古拉斯·尼克尔贝》中一个头脑简单的花花公子式的小人物，靠他的做女装生意的夫人为生，两人经常甜言蜜语，为作家笔下的漫画式人物。

“嗯，我不知道这年头要做一件衣服，加上必要的饰边和纽扣等小装饰品，五十块钱是不是太多了？”

“它还没裁制加工好呢。”梅格软弱无力地叹息道，突然想起尚得支付的其他费用，都快把她压垮了。

“二十五码丝绸给一个小妇人裹体好像是多了一点，不过我毫不怀疑我的妻子穿上之后会跟奈德·莫法特的妻子一样漂亮。”约翰冷冰冰地说。

“我知道你很生气，约翰，可是我控制不住自己啊。我并不想浪费你的钱，我也没料到这些小东西加起来要花这么多钱。当我看到萨莉要买什么就买什么，还因为我不能这么做而可怜我，我就无法抵御这些诱惑了。我竭力做到知足，但这太难了，而且我对受穷觉得厌倦了。”

最后那句话说得那么轻，她以为他没听见，可是他听见了，并且深深地受到了伤害，因为为了梅格他已经放弃了许多个人爱好。说完那句话她真恨不得把自己的舌头咬下来，只见约翰推开了账本，站起身来，声音微微发颤地说：“我怕的就是这个，我已经尽力了，梅格。”即使他责骂她，甚至抓住了她摇晃，都不会像这几句话那样让她心碎。她奔向他，紧紧地抱住他，哭着流下悔恨的泪水说，“唉，约翰，我亲爱的、好心的、勤勉的孩子，我不是有意这么说的！这太刻毒、太虚伪、太忘恩负义了，我怎么会这么说！唉，我怎么会这么说！”

他非常大度，立刻原谅了她，没有说一句责备的话，但是梅格知道他不会马上忘却她所说所做的事，尽管他也许就此不会哪怕间接地提起这事。她曾经保证无论境遇好坏都会一样爱他[1]，然而做了他的妻子，在乱花他挣来的钱之后，竟因为他穷而责备他。这太可怕了，而最糟的是在这以后约翰还是一如既往的保持沉默，就像什么事也没发生过，只是他在镇

1　指婚礼上对牧师作的保证。

上待得更晚，夜间也在工作，让她一人哭着入睡。一个星期的悔恨自责差点使梅格病倒，这时她发现约翰取消了添置新大衣的定单，这一来更把她推向绝望的境地，叫人看看也伤心。对于她惊讶的询问为什么改变主意，他只是说了句："我买不起啊，亲爱的。"

梅格没再说什么，但几分钟后，他发现她在门厅里，把脸蛋埋在那件旧大衣里，哭得好像心都要碎了。

那天晚上他们谈了很久，梅格懂得了因为丈夫穷而更值得爱，因为看来正是贫穷使他成为一个男子汉大丈夫，给他力量和勇气来闯出自己的路，教会他以关怀与耐心来承受他热爱的人们的过失并且安抚他们理所当然地该有的渴望。

第二天梅格放下自尊心去见萨莉，告诉她事实真相，请求她帮个忙，把那块丝绸料子买下来。好心肠的莫法特夫人欣然同意，还善解人意地答应不会马上把它当作礼物送还给她。后来梅格去叫人把定制的大衣送来，等约翰回到家，她把它穿上，问他对她的新绸袍感觉怎么样。不难想像他做出怎样的回答，如何接受了她的礼物，接下来发生了怎样无比欢欣的一幕。这以后，约翰回家早了，梅格不再无所事事了，每天早上，那件大衣被一个非常幸福的丈夫穿在身上，晚上被一个最忠诚的小妻子帮着脱下。一年就这么过去了，第二年盛夏时节，一种新的体验降临到梅格身上——那是一个女人生命中最深刻、最温柔的体验。

一个星期六，劳里满脸兴奋，偷偷溜进"鸽巢"的厨房，马上受到了一阵敲钹声的欢迎。原来汉娜两只手各拿着平底锅和锅盖在互相敲击。

"那小妈妈怎样了？大家都在哪儿？你为什么不在我回家之前就通知我？"劳里压低了声音，但还是很响地发问。

"就像女王一样快活，那个小可爱！所有人都在楼上膜拜着呢。我们可不喜欢你像龙卷风一样窜来窜去哪。你现在去客厅，我把他们叫下来见你。"前言不搭后语地回答完，汉娜就欣喜若狂地咯咯笑着走开了。

不一会儿，乔露面了，骄傲地捧着一个放在一只大枕头上的法兰绒襁褓。她的表情十分严肃，可她的眼睛在眨啊眨的，她的嗓音也很古怪，像是压抑着某种微妙的感情似的。

“闭上你的眼睛，伸出手来。”她以一种吸引人的口气说道。

劳里赶紧退到一个角落，把双手放到背后，作出一种恳求的姿态说：“不，谢谢你，我宁可不要。我肯定会失手把孩子摔坏的。”

“那你就别想看到你的小侄儿啦。”乔坚决地说，转身作势要走。

“我抱，我抱！只是如果有所闪失，你得负责。”然后按照乔的指令，劳里英勇地闭上眼睛，这时有一样东西放到了他的手臂上。接下来只听得由乔、艾米、马奇太太、汉娜和约翰爆发出一阵笑声，使他睁开眼睛，发现手上抱的竟是两个婴儿而不是一个。

难怪他们会笑起来，他脸上的表情滑稽得足以笑死一个贵格教徒，这时他站在那儿，慌乱地看着这两个还不知不觉的天真无邪的小家伙，又看看这些乐极忘形的观众，显得失魂落魄，使乔坐倒在地板上尖叫起来。

“双胞胎，天哪！”过了好一会儿他就说了这么一句，然后转过身来，面对这些妇女，带着又可笑又可怜的恳求表情补充道：“谁来赶快把他们抱走！我快笑出来，会把他们摔在地上的。”

约翰伸出援手，接过了他的两个孩子，一手抱着一个来回地走动起来，好像在婴儿护理这门神秘的学问中已经入了门，而此时劳里正笑得泪水在脸上直淌。

“这是本季度最妙的玩笑，不是吗？我不让他们事先告诉你，因为我一心要吓你一跳，真高兴我做到了。”乔喘过一口气来说道。

“我从来不曾这么给吓唬过。这不是很带劲吗？他们都是男孩吗？你准备给他们起什么名字？再让我看一眼。快扶我一把，乔，因为我敢说我觉得两个太多了。”劳里应道，凝视着这两个婴儿，就像一只慈爱的大纽芬兰狗在看着一对刚生下来的小猫。

“一个男孩一个女孩。他们真漂亮，是吧？”那自豪的爸爸说，冲着这两个扭动着的红色小东西微笑，好像他们是一双尚未长翅膀的天使。

“他们是我见过的最出色的孩子。哪个是男孩哪个是女孩啊？”劳里把腰弯得像个井边的提水杠杆，察看着这两个小神童。

“艾米在男孩身上系了条蓝缎带，女孩身上系了条粉红的，这是法国的方式，这样你就一直能分清楚了。还有，一个眼睛是蓝的，另一个是褐色的。亲亲他们，特迪叔叔。”恶作剧的乔说。

“我想他们可能不会喜欢的。”对于这种事，劳里腼腆得不同寻常，就这么开言道。

“他们当然会喜欢的，现在他们已经习惯让人亲了。马上就亲吧，先生！”乔下命令道，生怕他要求换个人代劳。

劳里绷紧了脸，遵命在每个小脸蛋上战战兢兢地碰了一下，这一来又引起了一阵笑声，婴儿也尖叫起来。

“瞧，我就知道他们不会喜欢的！看那个男孩，他在踢脚，小拳头打出去还真像一回事呢。好吧，小布鲁克，来揍这个跟你一般大小的人，好吗？”劳里叫道，为一个小拳头乱舞时打中了他的脸而兴奋不已。

“他该起名为约翰·劳伦斯[1]，这女孩叫玛格丽特，以她母亲和外祖母的名字命名。我们该叫她黛西[2]，这样就不会有两个梅格了。我想这小男儿该叫杰克[3]，除非我们能想出一个更好的小名。”艾米带着做姨妈的兴致说。

“叫他戴米·约翰[4]吧，可以简称为戴米。”劳里建议。

---

1 艾米认为这男孩该用他父亲约翰的名字命名，加上邻居的姓氏劳伦斯为中名。

2 黛西在英语中意为矢车菊，而矢车菊在法语中为玛格丽特，所以黛西成为玛格丽特的爱称了。

3 杰克为约翰的爱称。

4 戴米·约翰联在一起意为“有柳条筐的小口大酒瓶”，还可解作“小约翰”。劳里想得很巧妙。

“黛西和戴米——正好合适！我早知道特迪会想出好名字来的。”乔拍着手嚷道。

这一回特迪确实想出了好名字，于是一直到本书的最后一章，这两个孩子一直被称作“黛西”和“戴米”。

第二十九章

造　访

“来吧，乔，到时候了。”

“干什么？”

“你答应过今天要陪我一起作六次访问，难道你想说你忘了吧？”

“我这一辈子干过很多鲁莽的蠢事，但我想，还从没发疯到说要一天作六次访问，实在只消一次就能叫我心烦意乱一个星期。”

“不，你说过的，那是我们之间的一个协定。我帮你完成贝思的粉笔画，你呢，规规矩矩地陪我一起对我们的邻居去作回访。”

“如果天气好的话——协定中是这样说的，而我是会不折不扣地履行我的义务的，夏洛克[1]。东边有一大堆乌云，今天天气不好，所以我不去。”

“嘿，你这是在逃避责任。今天天气很好，不像要下雨的样子，而且你以信守诺言为荣，那就做得漂亮点儿，尽到你的责任，这样你就能太太平平再过上六个月了。”

当时乔正特别醉心于裁缝活，她是全家的女装总裁缝，并且颇为居功自傲，因为她干针线活跟她用笔写作一样出色。她在给人试穿新衣时被人吩咐停下，并被命令穿上她最好的盛装在炎热的七月天出门访客，这真叫人恼火啊。她讨厌正式的拜访，从来不这样做，直到艾米用了交易、贿赂或许诺的手段来强迫她这么做。这一次她实在没法逃避。她怀着不平的心绪砰的搁下剪刀，一边抗议说她凭直觉知道会打雷，一边屈从地把手里的活儿收好，无可奈何地拿上帽子和手套，对艾米说她这个受害者已经准备好了。

“乔·马奇，你太乖僻了，就是圣人也会被你激怒的！我希望你并不准备以这副样子去拜访人家。”艾米叫道，吃惊地审视着她。

“有什么不行？我是又整洁又凉爽又舒服。大热天里走一段尘土飞扬的路，这副样子再合适不过了。如果别人只重衣衫不重人，我才不愿去见他们呢。你可以把我的那份也穿上，想怎样雅致就怎样雅致。对你来说打扮得漂漂亮亮是值得的，对我可不然，而华丽的小装饰只能让我心神不宁。”

“哦，老天！”艾米叹了一口气，“现在她的顶牛脾气发作了，不等我让她妥妥帖帖地准备停当，就非被她逼疯不可。我明知道今天出门对我来说没有什么乐趣，但这是我们欠下的人情债，除了你我之外没人能替我们还。我会为你做任何事，乔，只要你肯好好穿戴起来，帮我去还礼。如果你愿意尝试一下，你就可以做到谈吐得体，形象高贵，举止优雅，使我为你感到骄傲。我害怕一个人去，照顾照顾我，就一起去吧。”

“用这种方法来奉承哄骗你这坏脾气的老姐姐，真是个狡猾的小东西。居然说我举止高贵，富有教养，而你一个人哪儿也不敢去！我不知道哪一种说法更加荒谬。好吧，如果非去不可我就去，尽可能表现得好些。

---

1 乔把对方比作莎翁的《威尼斯商人》中那个因人欠债不还而要按协定割一磅肉的犹太商人。

你是这次远征的司令官，我会无条件服从你的，满意了吗？”乔说，态度突然从桀骜不驯转变为羔羊般的驯顺。

“你真是个十全十美的天使！那么，快把你最好的行头穿戴上，我会告诉你在每个地方该怎么行动，这样你就能给别人留下好印象。我要大家都喜欢你，只要你稍微随和一点，他们就会欢迎你的。把你的头发式样弄得好看些，帽子上缀一朵粉红色的玫瑰花，这样才合适，可你穿素净的衣服太严肃了。带上你的薄手套和绣花手绢。我们经过梅格家停一下，把她的白色遮阳伞借来，你就能用我那顶鸽灰色的了。”

艾米一面穿衣服，一面发号施令，乔一一服从，然而也并非毫无怨言，在瑟瑟作响地穿起新的蝉翼纱衣时，她叹着气；把帽子上的飘带打成一个无可挑剔的蝴蝶结时，对着镜子郁郁不乐地皱着眉；将别针一个个别上衣领时，她狠狠地跟它们较着劲；抖开手绢时，她对自己的总体形象蹙额不满。这手绢上绣的花刺激着她的鼻子，正如这次任务刺激着她的感情。她费劲地戴上缀有三颗纽扣和一段流苏的窄小手套，完成了这高雅打扮的最后一个步骤，转过身来对着艾米，一脸愚蠢的表情，温顺地说：

“我真是太可怜了，不过只要你认为我这样还拿得出去，我做鬼也开心。”

“你的模样非常令人满意。慢慢转过身去，让我仔细看一下。”乔转动着身体，艾米碰碰这儿摸摸那儿，然后退后一步，歪着头宽容地评论道：“着啊，你行了，你头部的修饰已经达到我要求的最好效果了，因为这顶白帽子缀着一朵玫瑰花，真是迷人。肩膀向后挺直，别管手套是不是太紧，手的动作自然些。有一件事你能做，乔，就是围上一条披肩——我可不行，可你围着挺好看。真高兴马奇叔婆把这条可爱的披肩送给了你，它的式样很简单，但很漂亮，垂在手臂上那些皱褶实在富有艺术气息。我斗篷上的针绣花边是不是处在居中的位置？我衣裙的下摆有没有对称地给拢起来？我喜欢让我的靴子露出来，因为我的脚确实长得美，可我的鼻子不漂亮。”

“你永远是美与欢乐的化身[1]，”乔说，她透过手指缝像个鉴赏家似的看着艾米插在金发上的蓝色羽饰，“请告诉我，小姐，要我把我这最好的衣服在泥土地上拖着走，还是把它拢起来？”

“走路的时候把它提起来，进了屋子就可以放下来。长裙曳地的气派再适合你不过了，而且你一定得学会以优雅的姿态拖着你的裙子。你还没把你一只袖口上的纽扣扣上一半，赶快扣上。如果你对细节粗枝大叶，就永远不会看上去像是穿着停当，因为这些细节加起来能组成一个悦目的整体。”

乔叹了一口气，动手扣上手套的袖口，弄得那些纽扣差一点绷下来。但最后两姐妹总算装束停当，一起动身上路，汉娜从楼上的窗口探出身来看她们，说她们“漂亮得像是化(画)儿一样”。

“听着，乔，亲爱的，切斯特一家自以为是非常高雅的人，因此我要你摆出最好的风度来。别说你那些唐突的话，也别做出什么怪异的举动，好吗？我只要你做到镇定、冷静、沉默寡言——那样比较安全，像一位女士的样子，而你坚持十五分钟应该没什么问题。”她们快要抵达第一个目的地时，艾米这么说道，此时她们已经借到了白阳伞，并被一只手臂抱着一个孩子的梅格细细地审视过。

“让我想想，‘镇定、冷静、沉默寡言’——行，我想我能保证做到。我在舞台上扮演过一个一本正经的年轻女士的角色，我来在台下也试试看吧。你将会看到我有很强的控制力，所以不用紧张，我的孩子。”

艾米看上去松了一口气，可是调皮的乔完全照着她的话去做，在她们访问的第一家，她坐在那儿，四肢都极为雅致地搁着，裙子上的每一道折裥都垂挂得恰到好处。她像夏日的大海那么镇定，像白雪覆盖的堤岸那

1　此处套用英国诗人济慈的名句。

么冷静，像斯芬克斯那么沉默寡言。切斯特太太徒劳地随便提起她那本“迷人的小说”，切斯特家的姑娘们介绍着舞会、野餐、歌剧和时尚的情况，所有这一切得到的回应只是微微一笑、点一下头和一声拘谨冷淡的“是”或“不”。艾米使眼色要她“说话”，试图引她开口，还偷偷地踢了她几下，但都是徒劳。乔无动于衷地坐着，好像没有意识到这一切，形容举止却像莫德的脸那样“冷冰冰的却五官端正，一无表情却光彩照人”[1]。

“马奇家的大小姐真是个傲慢无趣的家伙！”当她们作客离去大门关上时，不幸听见了其中一位女士所作的评语。穿过门厅时乔一直在不出声地笑，可艾米看上去对自己指挥失灵感到恼火，理所当然地把这一切归咎于乔。

“你怎么能这么曲解我的意思？我只是让你恰当地表现自尊，沉着冷静，而你竟把自己完全变成了一根木头和一块石头。到了兰姆家你要做得合群些，跟别的姑娘们一样闲聊，别人谈起衣着、打情骂俏和诸如此类的无聊事时要表现得感兴趣。她们是在上流圈子里活动的，是值得我们结交的人，我无论如何都要给她们留下一个好印象。”

“我会很和蔼可亲的，我会闲聊，会咯咯傻笑，还会为任何你所喜欢的小事乍惊乍喜。我其实很欣赏这一套的，现在我要来模仿做一个所谓的‘迷人的女孩’。我可以做得到，因为我有梅·切斯特给我示范，而且我要做得比她更道地。看兰姆家会不会说，‘乔·马奇是个多活泼可爱的小东西啊！’”

艾米有理由为此担心，因为每当乔变得古怪任性，便没人知道她什么

---

1 引自英国诗人丁尼生的长诗《莫德》(1855 年)第一部第二节。该诗以单人剧的形式，由男主人公叙述对仇人老庄园主的女儿莫德如何逐渐滋生爱情。在赢得她的爱后招致她兄弟及新庄园主的迫害，被迫出国逃亡，因绝望而精神错乱，终于觉醒，投身报效祖国。

时候才能收得住。当艾米看见她姐姐轻快地溜进下一家人家的客厅，热情洋溢地亲吻每一位年轻女士，冲着年轻先生们优雅地微笑，并且以让旁观者吃惊的热烈态度加入闲聊时，她脸上的表情可真够瞧的。兰姆太太霸占了她最宠爱的艾米，强迫她听有关女儿卢克丽霞最近一次发病的长篇叙述，而三个讨人喜欢的年轻绅士正在左近转悠，等待谈话告一段落时好冲过来营救她。在这种形势下，她对于抑制乔的活动就无能为力了，而乔真像是被一个恶作剧的精灵附上了身，正嘴碎得像个老太太似的说个没完。一大堆脑袋正围着她，艾米拼命竖起耳朵听他们在说些什么，因为听到的片言只语让她心中充满惊恐，那些圆睁的眼睛和高举的手臂折磨着她的好奇心，不时爆发的阵阵笑声又让她忍不住想一起去分享乐趣。可以想像断断续续听到这样的对话让她如何难受。

“她骑马骑得很棒——谁教她的？”

“没人教。她过去常在树上放个旧马鞍练习上马，拉住了缰绳，坐得笔直。现在她什么都敢骑，不知道什么叫害怕，那养马人要价很便宜就让她骑马，因为她能把马训练得很容易让女士们骑。她简直是乐此不疲，我常跟她说，如果她别的事做不成，当个驯马师也能过活。”

听着这番糟透的演说，艾米禁不住怒从心头起，因为这给了别人一个印象，好像她真是个放荡不羁的年轻姑娘，而这正是她特别反感的。但她又能怎么样呢？这老太太讲故事才讲到一半，不等到她讲完，乔早就又说个不停，滑稽古怪地大曝内幕，犯下更可怕的大错。

“是啊，艾米那天都绝望了，因为好马都给挑光了，只剩下三匹，一匹是瘸的，一匹是瞎的，还有一匹那么又大又笨，你得往它嘴里塞把泥土它才肯跑。开游乐会用用真是匹好牲口，是吧？”

“她选了哪一匹？”一位先生笑着发问，他很喜欢这个话题。

“一匹都没选。她听说在河对岸的农家有一匹小马，尽管从来没有女士骑过它，她还是决心试一试，因为它长得又漂亮又精神。她做了很多可悲的努力，没人把它牵过来上鞍子，她就自己给它上。我这亲爱的小家伙，她甚至划船把鞍子运过河，把它顶在头上，大步走进马房，把那个老头给吓坏了！”

“她骑了那匹马吗？”

“当然骑了，而且玩得高兴极了。我还以为她会摔得遍体鳞伤地被抬回来，可她把它弄得服服帖帖，简直成了整个游乐会的核心人物。”

“嗯，我敢说那需要很大的勇气！”小兰姆先生向艾米投去赞许的一瞥，心想不知道他母亲在说些什么让这个女孩这么脸红并且不自在。

一会儿以后，当谈话的主题突然转向了服装方面，艾米的脸更红并且更不自在了。年轻女士中的一位问乔，她去野餐会时戴的那顶漂亮的黄褐色呢帽是从哪儿买来的，脑子不开窍的乔没有回答两年前她在哪儿买的这顶帽子，竟非得毫无必要地坦白说：“噢，那个颜色是艾米涂上去的。你买不到那么淡色的，所以我们喜欢什么颜色就涂上什么。有个懂美术的妹妹真不错。”

“这个主意多新鲜啊！”兰姆小姐叫了起来，她觉得乔这个人有趣极了。

“跟她还有些出色的表现一比，这算不了什么啦。这孩子没有什么做不到的。嗐，有一次她想穿一双蓝色的靴子去参加萨莉家的舞会，就把自己那双脏兮兮的白靴子涂成你所见到过的最可爱的天蓝色，而且看上去完全像是缎面的一样，”乔又说了一通，带着为她妹妹的成就感到骄傲的神气，把艾米激怒得恨不得把手里的名片盒对她扔过去才解气。

“前几天我们读了你写的一篇故事，觉得非常喜欢。”兰姆家的大小姐想要称赞一番这位女文人，尽管必须承认当时她看上去并不像。

任何提及乔的“作品”的话，对她总会有不好的效果。她要么变得很生硬，像是被冒犯了；要么就是说一句唐突无礼的话来转移话题，就像现在这样。“很遗憾你找不到好一点的东西读。我之所以写这垃圾货就因为它有销路，而庸俗的人喜欢读。今年冬天你去纽约吗？”

既然兰姆小姐“非常喜欢”那篇故事，这番话就并不确实是表示感激或恭维的了。乔说完了便意识到自己犯了错误，生怕越说越糟，突然想起现在是她提出告辞的时候了，而且说走就走，以致使三个人各有半句话来不及说出口。

“艾米，我们得走了。再见，亲爱的，一定得来看我们。我们渴望有人来访啊。我不敢邀请你，兰姆先生，不过你一旦来了，我想我不会忍心打发你走的。”

乔可笑地模仿着梅·切斯特滔滔不绝的方式，说着这些话，使艾米逃也似地离开屋子，心中有一股强烈的欲望，真想同时大笑大哭一场。

“我干得不错吧？”她们离开时乔带着一种满足的神气问。

“糟得不能再糟了，”艾米断然地回答，“你被什么附上了身，竟然讲了那么一大套有关我的马鞍、帽子、靴子和别的什么的事？”

“那又怎么了，挺好玩的嘛，而且叫大家都乐了。他们知道我们穷，所以不必装作我们家有马夫，一季度买三四顶帽子，像他们一样好东西轻易就能得到。”

“那也不用把我们所有小小的替代办法都去对他们讲，毫无必要地暴露我们的贫穷啊。你连一点该有的自尊心都没有，永远也学不会什么时候该管住你的舌头，什么时候该开口。”艾米绝望地说。

可怜的乔看上去窘极了，她拿浆得很硬的手绢默默地使劲擦着鼻尖，像是在用自我惩罚的行动来弥补自己的过失。

“在这家人家我该怎么表现？”当她们走近第三栋房子时，乔问道。

“就随你高兴吧。我不管你了。”艾米简短地回答。

“那我就要自己快活一番啦。男孩子们都在家，我们会过得很开心的。老天知道我多么需要来点儿变化，扮高雅对我的性格没好处。”乔生硬地回嘴，因为自己不能适应这一切而心烦意乱。

那三个大男孩和几个可爱的小小孩热烈地欢迎她们的到来，很快使乔的烦躁心情平静下来。她让艾米去招呼女主人和刚巧同样来串门的都铎先生，顾自和年轻人打成一片，觉得这种变化使她的精神为之一振。她兴致勃勃地听着大学里的趣事，毫无怨言地抚摸着短毛猎犬和鬈毛小狗，打心底里同意“汤姆·布朗是个老好人”，也不管这种称赞方式[1]是否合适。当有个小男孩提出要带她去参观他养乌龟的水缸时，她欣然前往，激起了他妈妈的微笑。这位充满母爱的女士把头上的发髻整整好，这发髻被她的孩子像大熊一般但充满感情的拥抱弄得不成样子，并且对她而言，这要比一个心灵手巧的法国女人做出来的最完美的发型更可贵。

艾米把她姐姐丢下由她自行其是，开始称心如意地自我享受一番。都铎先生的叔叔娶了一位英国女士，她是一位还在世的勋爵的远房表妹，艾米对这一家子非常尊敬，因为尽管她是土生土长的美国人，还是怀有那种我们中间最优秀者都挥之不去的对于头衔的敬意——那份早先对国王的忠诚还在不自觉地延续着，让这太阳底下最最民主的国度为了若干年前一个黄头发的王室小伙子[2]的到来而激动不已。与此有关的还有一个年轻国家对于一个古老国家的爱，就像一个强大的孩子对他那专横而弱小的母亲的爱，这个母亲竭力控制着他，直到他反抗时才把他骂了一通与之道别。但即使与一位英国贵族的远房亲戚快意地交谈，也无法让艾米忘记时间的流逝，等她自以为该逗留多久的时间过去了，她勉强地硬是离开这个贵族社交圈，四处去找乔，强烈地希望这不可救药的姐姐不致陷入什么让马奇这个姓氏蒙羞的处境中。

1　上文的“老好人”原文为“brick”，原意为“砖”，是当时大学生中流行的俚语。乔生性不羁，乐意接受任何新事物。

2　指维多利亚女王的长子阿尔勃特·爱德华(1841—1910)，他于19岁(1860年)时曾访问美国和加拿大。女王逝世后，他于1901年即位，是为爱德华七世，于1910年去世。

情况也许还会更糟，但艾米认为她已经做得很不像话了，因为乔正坐在草地上，身边围了一大群男孩，在向这些钦佩她的听众讲述劳里的有一次恶作剧。有一只爪子很脏的狗正在她那套庄重的节日盛装的裙子上憩息。一个小孩子在拿艾米珍爱的阳伞拨弄着乌龟，另一个在乔最好的帽子上吃姜汁饼干，还有一个戴着她的手套在玩球。但所有人都玩得很开心，当乔把她那些受损的物品收起来要走的时候，他们都护送她离去，央求她以后再来，说什么“听劳里的把戏真带劲”。

“是帮很棒的男孩子，不是吗？跟他们在一起之后，我觉得自己非常年轻而且充满活力。”乔信步走着，双手放在背后，一方面是出于习惯，一方面是想藏起那弄脏了的阳伞，不让人看见。

“你为什么老是躲着都铎先生？”艾米问，她明智地对乔已经不成样子的外形不置一词。

“不喜欢他，他装腔作势，怠慢他的姐妹，让他父亲担心，而且谈到他母亲时也不够尊敬。劳里说他行为不检，我认为他不是个值得结交的朋友，所以我不理他。”

“你至少该对他有点礼貌啊。你只对他冷冰冰地点了下头，可刚才对汤米·张伯伦却彬彬有礼地鞠躬微笑，他父亲只是个开杂货店的啊。要是你把点头和鞠躬的对象对调一下，那才像话呢。”艾米责备道。

“不，那不像话，”执拗的乔反驳她，“我既不喜欢，也不尊敬，更不欣赏都铎，即使他祖父的叔叔的侄子的侄女曾经是一位勋爵的远房表妹。汤米很穷很怕羞，但为人善良而且很聪明。我对他印象很好，愿意表现出来让他知道，尽管他终日和那些棕色包装纸袋打交道，却是位真正的绅士。”

“跟你争辩一点用也没有。”艾米开口说。

“不见得吧，亲爱的，”乔打断她，“那就让我们看上去亲切点，在这儿留张名片，因为显然金家的人都出去了，对此我深表庆幸。”

马奇家的名片盒履行了它的职责，姐妹俩继续往前走，走到第五家的时候，被告知年轻女士们另有约会，乔又一次谢起恩来。

“现在我们回家去吧，今天就别去马奇叔婆家了。以后随时都可以去，我们现在又累又烦躁，穿着最好的全副行头在尘土中跋涉，实在太可惜了。”

“请注意这只是你个人的想法。叔婆喜欢我们打扮得整整齐齐去做正式的礼节性拜访，这样做原是小事一桩，但能为她带来欢乐，而且我相信这对你这身衣服造成的损害将要比那些脏狗和挤成一团的孩子们所造成的少得多。弯下身来，我来把你帽子上的糕饼屑掸掉。”

“你真是个好姑娘，艾米！”乔说，她忏悔地看了一眼自己那套给弄得乱七八糟的行头，然后看看她妹妹那依然干干净净得挑不出毛病的一身。“我真希望自己能轻易地做一点小事来讨好别人，就像你那样。我想到要这么做，但做起来太费时了，所以我就等待时机来卖个大交情，却把那些小事放过了。不过我看到头来还是这些小事最能表达感情。”

艾米微笑了，立即平静下来，带着做母亲的神情说：“女人要学会和蔼可亲，尤其是贫穷的女人，因为她们没有别的方法来报答所接受的恩惠。如果你记住这一点，并且常常这样做，你就会比我更受人爱戴，因为你的内心情感更丰富。”

“我是个坏脾气的老怪物，而且一直会是这样，不过我很想承认你说得对，虽然要我违心去取悦别人比让我为他冒生命危险更难。有如此强烈的爱憎真是不幸，是吧？”

“没法掩饰这种感情才是更大的不幸呢。我不介意承认我对都铎和你一样的不欣赏，可没人要我去跟他实说呀。你也不需要这样做，不能因为他令人讨厌而让自己也变得和他一样，这是没有好处的。”

“可我认为姑娘们如果不喜欢年轻男士就应该表现出来，不以自己的态度还能以什么别的方式来表现呢？劝告说教根本不顶用，这是我从对付特迪的经验中很遗憾地得出的结论。但是我有很多小手段，不用说一句话就能影响他，因此我说如果我们做得到的话，就该对其他人也这样做。”

“特迪是个不同一般的男孩，不能用他来作其他男孩的典型，”艾米带着庄重而确信的语气说，这话如果让这个“不同一般的男孩”听到了，一定会笑疼肚子的。“如果我们是美女，或者是有钱有地位的女人，也许可以做成一些事，但是要我们因为不欣赏一帮年轻绅士就对他们皱眉头，因为欣赏另一帮而对他们展眉微笑，这就根本不会有一丝一毫的效果，而人家只会觉得我们怪僻古板。”

“所以我们就该对讨厌的事和人面露赞许之色，仅仅因为我们不是大美人或百万富婆，对吗？这真是绝妙的道德观。”

“在这一点上我没法跟你争论，我只知道世道就是这么回事，谁要是存心违反它就只会吃力不讨好，受到别人嘲笑。我不喜欢改革者，也希望你永远不要做一个改革者。”

“我可喜欢改革者，如果做得到的话，很愿意做一个改革者，因为尽管会受到嘲讽，这个世界要取得进步就绝对离不开他们。我们在这一点上没法达成一致，因为你属于守旧的那一派，而我属于革新派。你会过得很好，而我会体验最热火朝天的生活。对于别人的攻击和不满起哄，我想我会反而觉得开心的。”

“好啦，现在你且平静下来，别让叔婆为你这一套新观念而烦恼。”

“我会尽量不去惹恼她的，不过在她面前我老是像着了魔似的，会迸出一段特别直率的话，或者一股革新求变的情绪。这是我命中注定的厄运，我无法控制自己。”

她们发现卡罗尔婶婶和老太太在一起，两人正就某个非常有趣的话题谈得起劲。姑娘们进了门，她们马上住了口，脸上的神态不大自然，暴露出一直在谈论有关这两个侄女的事。乔情绪不佳，乖僻的老脾气又发作了，而艾米总是那么正直地尽到自己的责任，保持着好心情，讨每个人的喜欢，这时正处于天使般的心情之中。这种可亲可爱的精神马上被对方感觉到了，叔婆和卡罗尔婶婶都满怀柔情地称呼她“我亲爱的”，看着她，然后加重语气说：“这孩子每天都有长进。”

“你会去展销会帮忙吗，亲爱的？”卡罗尔太太问，这时艾米在她身边坐下，带着充满信任的表情，这是长辈们最喜欢在年轻人身上看到的。

“是的，婶婶。切斯特太太问我愿不愿去，我就答应照管一张桌子，反正我没什么可以贡献的，除了我的时间。”

“我就不去，”乔毅然决然地插嘴说，“我讨厌别人对我故施恩惠，切斯特一家认为叫我们去给他们与上流社会有联系的展销会帮忙是天大的恩赐。我真不懂你怎么会答应，艾米，他们只是要你去干活啊。”

“我愿意干活，这不单是为了切斯特家，也是为了那些自由民，他们能让我分担工作同时也分享乐趣，真是心肠太好了。恩赐，如果是出于好意，并不使我困扰。”

“说得真不错。我赞赏你这种感恩的精神，我亲爱的，帮助那些对我们的努力表示感激的人是一种乐趣，有些人就不那么知恩图报，这叫人难堪。”马奇叔婆从眼镜的上方盯着乔评论道。乔正坐在一旁的摇椅上摇着，有几分气不顺的样子。

假使乔知道有一股极大的福分正在半空中晃悠，在选择要降临到她们中的一个人的身上，她一定会马上变得乖乖的。但不幸的是我们没有心灵的窗户，对朋友们心中的活动无法看透。对我们总的来说，看不见反倒更好，但常常有这样的时刻，如果能看透，那会是多大的安慰，能节省多少时间，少生多少闷气啊。就因为说了以下这些话，乔剥夺了自己几年的乐趣，并及时地领会到一个教训，该如何来管住自己的嘴。

“我不喜欢别人的恩赐，这会给我负担，让我觉得像个奴隶。我宁愿自己动手来完成一切，并且做到绝对的独立自主。”

“嗯哼！”卡罗尔婶婶轻轻地清了清嗓子，看着马奇叔婆。

“我跟你说过的。”马奇叔婆说，坚定地对卡罗尔婶婶点了点头。

幸好乔不知道自己刚才干了什么，她坐在那儿，鼻子翘得半天高，一副叫人看了绝对不舒服的叛逆模样。

“你会讲法语吗，亲爱的？”卡罗尔太太问，把她的手放在艾米身上。

“我讲得很好，这要感谢马奇叔婆，她让埃斯特尽量跟我多讲话。”艾米回答，脸上感激的表情引起了老太太和蔼的微笑。

“你的外语怎么样？”卡罗尔太太问乔。

“一字不识。我学起来很笨，讨厌法语，这真是一种油滑的愚蠢的语言。”这是乔唐突的回答。

两位老太太又交换了一下眼色，于是马奇叔婆对艾米说：“我相信你现在身体挺健康吧，亲爱的？眼睛不再使你操心了，对吗？”

“一点也不操心了，谢谢你，夫人。我现在很好，下一个冬天要好好做些事，这样将来一旦有个叫人高兴的机会去罗马，我可以随时动身。”

“好姑娘！你是有资格去的，而且我确信你总有一天会去成的。”马奇叔婆说，艾米帮她把线团捡起来的时候，她赞许地拍了拍艾米的头。

小坏脾气，闩门关窗，
坐在炉边，纺织正忙。[1]

鹦鹉波莉尖叫着，在乔的椅子背后从它的栖木上弯下身来窥探她的脸，它不合时宜的好奇表情如此滑稽，大家都禁不住笑起来。

1　引自儿歌《小坏脾气》（作者姓氏不明），后面两句为：
“端起杯子，一口喝光。
把左邻右舍叫来帮忙。”

“真是一只观察力很强的鸟儿。”老太太说。

“来一起散散步吧，我亲爱的？”波莉叫着，向着瓷器柜的方向蹦跳，暗示要得到方糖的样子。

“谢谢，我会的。来吧，艾米。”乔结束了这次访问，比以往任何时候更强烈地感觉到访客串门对她的性格有一种不良影响。她像男士们一样握手道别，艾米则吻别了两位夫人，这两个女孩就离去，把阴影和阳光留在了身后。这个印象使得马奇叔婆在她们的身影消失后开口道：

“你最好就这么做吧，玛丽，我来出钱，”接着卡罗尔婶婶坚定地回答，“我当然会的，只要她父母同意。”

第三十章

后　果

切斯特夫人的展销会办得如此优雅，邀请对象的选择又是如此挑剔，以致邻家的年轻女士们都把被邀请去照管一张桌子看作是极大的荣耀，而每一个人对谁被邀请谁没有这类事都很感兴趣。艾米受到了邀请，乔可没有，这对大家来说未尝不是一件幸事，因为在这个年龄阶段，她肯定会目中无人地两手叉腰，得受到好一番打击才能学会过得轻松些。这个“傲慢无趣的家伙”遭到了严重的冷落，艾米却因对她的才具和品位的肯定被邀去主持艺术品的桌子，她也尽力作了准备，收罗了一些与此相称的、有价值的展品。

一切都进行得井然有序，直到展销会开幕前一天，发生了一场小小的冲突。当二十来个女人，有老有少，带着她们各自心怀的烦恼和偏见试着在一起工作时，这种冲突几乎是无法避免的。

梅·切斯特很妒忌艾米，因为后者比她本人更受人欢迎，而且这时候正巧发生了几件小事，使她的这份妒忌更进一步升级。艾米雅致的钢笔画完全压倒了梅的描画花瓶——这是第一根刺；再就是征服所有姑娘的心的都铎先生在最近一次舞会上跟艾米跳了四次舞，跟梅却只跳了一次——这是第二根刺；但刺痛梅心灵的最大的不满，并且为她不友好的行为找到借口的，是几张殷勤的碎嘴悄悄地告诉她的一个传闻，说马奇家的女孩们在兰姆家笑话了她。这其实都该怪乔，因为她对别人的调皮模仿太惟妙惟肖了，谁都看得出来，而爱闹着玩的兰姆家的孩子们把这个笑话传了出去。然而没有一丝风声吹进这两个“罪犯”的耳中，因此当这件事发作时，艾米的狼狈是可想而知的。就在展销会的前夜，她正在最后整理她那张漂亮的桌子，那理所当然地为女儿被取笑而恼火的切斯特夫人，语调温和但一脸冰霜地说：

“亲爱的，我发现姑娘们对我把这张桌子随便地给了别人却不给自己的女儿们有些不满。既然这张桌子是最显眼的，又有人说是所有桌子中最吸引人的，而我的女儿们乃是这展销会的主要组织者，人们认为由她们来照管这张桌子才最为恰当。我很抱歉，不过我知道你对这次活动衷心感到兴趣，不会在意一点小小的个人得失，而且如果你喜欢的话，可以另外要张桌子。”

切斯特太太原以为可以毫不费力地讲出这一番话，事到临头却发现很难自然地把它说出口，特别是当艾米用毫不怀疑的眼光直视着她，表情里充满着惊讶与困惑的时候。

艾米觉得这背后一定另有隐情，但猜不出是什么，她感到受到了伤害，并且流露了出来，这时平静地说，“也许你宁愿我一张桌子也不要吧？”

“哎，我亲爱的，请不要对我有任何怨恨，你知道，这不过是一个权宜之计。我的女儿们自然将会带个头，而这张桌子被认为是她们最该待的地方。我想它对你是非常合适的，非常感激你花了那么多精力把它装扮得这么漂亮，可我们不得不放弃个人的愿望，这是理所当然的，而且我将保证让你在别的地方找个好位置。你喜不喜欢那张摆鲜花的桌子？那些小女孩揽下了它，但是她们泄气了。你可以把它弄得很迷人，而且你知道，这鲜花桌一向是很吸引人的。”

“尤其是对先生们。”梅加上一句，她脸上的表情顿时让艾米领悟自己所以突然遭到冷遇的一个原因。她气得脸色通红，但没有再理会这女孩子气的挖苦，而是带着出人意料的和蔼表情回答道：

“就按你的意见办吧，切斯特太太。我会马上放弃这儿的位置，去照管那些鲜花，如果这让你满意的话。”

“如果你喜欢，可以把你自己的东西带过去放在自己的桌子上。”梅开口道，看着那些漂亮的架子、五彩缤纷的贝壳，还有古怪有趣的灯饰等艾米精心制作并雅致地布置的东西，觉得良心有一点受到谴责。她说这话原是出于好意，但艾米误解了，便很快地说：

“噢，当然了，如果它们碍了你的事。”说着把她的展品一股脑儿扫进了围裙，顾自走开，觉得她和她的艺术品都受到了无法原谅的侮辱。

“现在她可光火了。噢，我的天，我真希望我没让你跟她说，妈妈。”梅懊丧地看着她桌子上空出来的地方。

“女孩家吵架长不了。”她的母亲应道，因为自己插手了这件事，觉得有点难为情，这也许是应该的。

小女孩们欢呼着迎来了艾米和她的那些宝贝，这种真心诚意的接待使她紊乱的心情平静了些，她便投入了工作，决心如果无法在艺术品上获胜，也要在花卉上赢回来。但是一切都像在和她作对，这时时光不早了，她很累了，大家都忙着自己的事，没法来帮她。而小女孩们只会添乱，这些小宝贝大惊小怪，叽叽喳喳，像一大群喜鹊，虽然想使桌子保持最完美的状态，但她们的毫无艺术性的努力反而把它搞得一团糟。艾米竖起了那常春藤拱架，却没法使它站稳，等到挂在上面的那些篮子装满了，它竟摇摇欲坠，好像即将砸到她头上似的。她最出色的彩砖画上溅上了水，在上面的丘比特的腮边留下了一滴深褐色的眼泪。她用锤子敲打时砸了手，在穿堂风中干活着了凉，这最末一桩祸患使她充满了对翌日的担心。任何一个有过同样遭遇的女孩读到这里都会同情这可怜的艾米，希望她能安然无恙地完成她的任务。

当天晚上，她把这事告诉了家人，激起她们的极大愤慨。妈妈说这是件受辱的事，但同时说她做得对，贝思宣称她根本不愿去那个展销会了，而乔则追问她为什么不把自己的那些漂亮东西全都带走，撇下那些卑鄙的家伙，看他们没了她怎么办。

“没有理由就因为他们卑鄙我也非得这样不可。我讨厌这种事，尽管我受到了伤害，有权作出反应，我也不想表现出来。这要比愤怒的言词或者冲动的行为更能让他们感觉到，不是吗，妈咪？”

“这是正确的态度，我亲爱的，以德报怨总是最好的办法，虽然有时候这并不容易做到。”妈妈说道，带着一种只有懂得了说与做之间的区别的人才会有的神情。

尽管有种种非常自然的憎恨与报复的愿望，第二天艾米还是执着地努力想以她的厚道去征服她的敌方。一开始她就做得挺好，这得归功于一个不期而来、但来得正是时候的默默的提醒。早上她整理她的桌子的时候，那些小女孩正在前厅内装花篮，她拿起了她最得意的展品——一本小书，有着古色古香的封面，是她的父亲从他珍藏的书籍中找来的，在里面的皮纸书页上，她画上美丽的金饰图案来装饰每一段不同的文字。当她带着无可厚非的骄傲翻阅这些精巧设计的书页时，目光落在一行诗上，使她顿住了，思索起来。在由红、蓝、金三色的鲜艳的漩涡状花纹的边框中，有些小精灵以良好的愿望在荆棘和鲜花丛中互相扶持攀登，其间有这么一行文字，“又当爱人如己。”[1]

“我应该如此，可我没做到。”艾米想着，她的目光从明亮的书页上

1　引自《圣经·马太福音》第19章第19节。

移到在那些大花瓶后面的梅的那张失望的脸上，因为这几个大花瓶填不满她那些漂亮的艺术品拿走后留下的空当。艾米站了一会儿，翻动着手中的书，读着每一页上那些对妒忌愤恨、无宽恕之心的行为温和地责备的段落。每一天在街道、学校、办公室或家中，都有许多我们没有在意的传道者在向我们传授许许多多充满智慧的道理，甚至连一张展销会的展台都有可能成为讲经坛，如果它能提供永远不会过时的正确有助的教诲的话。此时此地，艾米的良知通过这些文字对她进行了一次小小的布道，于是她做到了我们许多人不大能做到的事——把这番训诫深印在心，并且马上付诸行动。

一群女孩正站在梅的桌子边，欣赏着这些漂亮东西，谈论着换了女展销员的事。她们把声音压得很低，但艾米知道她们在谈论她，根据一面之辞来作出判断。这并不令人愉快，但她的心情变得更好了，并且马上就有一个现成的机会来证明这一点。她听见梅这时难过地说：

"太糟糕了，因为来不及准备别的东西了，可我不想拿些杂七杂八的东西来补缺。本来这张桌子倒全布置好了，现在可全毁了。"

"我敢说，如果你去求她，她会把东西放回来的。"有人这么建议。

"都吵成这样了，我怎么还好意思？"梅开口道，但她没有说完，艾米的声音便从大厅那头传来，讲得很愉快：

"如果你要，可以把它们拿回去，不用求我，我很欢迎你这么做。我刚才就在想我该提出把它们放回去，因为它们是属于你的桌子，而不是属于我的。来，请拿走吧，原谅我昨晚太急于把它们拿走了。"

艾米一边说，一边点点头。微笑着把她的艺术品送回去，然后赶快走开，觉得做一件表示友好的事要比留下来听别人感谢自己更容易些。

"哎，我说她这一手干得真漂亮，你说呢？"一个女孩叫嚷道。

梅怎么回答可听不清楚，但另外一位年轻女士，显然因做了太多的柠檬汽水而有些没好气，冷笑一声插话道："真是漂亮，因为她明知道这些东西在她自己的桌上是卖不掉的。”

唉，这太叫人难受了。我们做出了些小牺牲，至少希望得到别人的赞赏吧。因此有那么一会儿，艾米为自己这么做而感到后悔，觉得美德并不总能得到回报。但还是有的——她马上就发觉了——因为她的情绪开始高涨，在她那双巧手的安排下，她这张桌子变得鲜花盛开了，那些女孩非常友好，她那个小动作似乎奇妙地将不友好的气氛一扫而光了。

对艾米来说，这是漫长而难受的一天，她常常独自坐在桌子后面，因为那些小女孩很快就跑开了。很少有人在夏天想到买花，天还没断黑她的那些花束早就开始萎谢了。

屋子里最吸引人的正是那张卖艺术品的桌子，它周围整天都围满了人，照管它的人经常带着自得的表情飞快地跑来跑去，钱箱啷啷作响。艾米常常企盼地远远望去，真心希望自己能在那里，可以感到自在开心，而不是在这个角落里无所事事。也许我们中的有些人不会为此觉得难熬，可对于一个漂亮快活的年轻姑娘来说，这不但沉闷乏味，而且是一种折磨，想到傍晚家人们、劳里和他的朋友们会来发现她在这儿，使她十分痛苦。

她直到晚间才回家，那时看上去是那么苍白，又是那么安静，大家知道这一天该是很艰难的，尽管她没有抱怨，甚至自己都做了些什么也没有说。妈妈多倒了一杯茶给她提提神，贝思帮她换衣服，还做了一个迷人的小花环让她戴在头发上，而乔不寻常地仔细穿戴起来，隐约地暗示局面就要扭转过来了，这使家里人大为震惊。

“别干什么无礼的事，求求你，乔。我可不想闹乱子，所以就让这件事过去吧，别干出什么出格的举动。”艾米恳求道，她早早地离开家，希望能找到好些鲜花来重新装点她那张寒酸的小桌子。

“我只是打算对每一个认识的人做得特别可亲，让他们在你那一角尽可能多逗留一会儿。特迪和他那帮小伙子会来帮一把，我们还是会过得很开心的。”乔这样应道，她正靠在院门上等劳里来。不多一会儿，那熟悉的脚步声从暮色中传来，她便跑出去迎接他。

“是我的乖孩子吗？”

“没错，就像这是我的女孩！”劳里让她挽起自己的胳膊，脸上是一副志满意得的男人的表情。

“哦，特迪，他们竟这么干！”乔以做姐姐的激动心情告诉他艾米所受到的委屈。

“我的那帮朋友一会儿就乘车过来，如果我不能让他们把艾米所有的花全买下，再在她的桌子前扎根逗留，那我真是见鬼了。”劳里说，对她的事业表示热情的支持。

“艾米说那些花儿已经一点不鲜艳了，而新鲜的花儿有可能不会及时送到。我不想带着偏见说话或者瞎猜疑，但如果花根本到不了我是不会惊奇的。有人干了一件卑鄙的事就有可能干第二件。”乔以一种厌恶的语调评论道。

“海斯没把我花园里最好的花送来给你吗？我吩咐他这样做的。”

“这我不知道，我想他也许忘了，再说，你爷爷身体不好，我不想为了要花而打扰他，尽管我的确想要一点。”

“唉，乔，你怎么能以为还有必要开口要呢？我的不就是你的吗？我们不是每样东西都一人一半的吗？”劳里开口道，带着那种总是让乔感到很难受的口气。

“哎呀，我才不要呢！你有些东西的一半根本就不适合我。不过我们不要站在这儿调笑了。我得去帮助艾米，你呢，去把自己打扮得漂漂亮亮的，如果你能慷慨大方地让海斯送些漂亮的花儿去会场，我会永远祝福你的。”

“你不能现在就为我祝福吗？”劳里挑逗地问，以致乔不客气地马上冲着他的脸关上院门，然后透过铁栅叫道：“走开，特迪，我现在很忙。”

多亏这两人的密谋，那天晚上局面的确扭转过来了，因为海斯送来了一大批鲜花，加上一个以他最好的手艺制作的可爱的花篮作为桌子中央的饰品。接着马奇一家全体到场，乔使出浑身解数，产生了一定的效果：人们不但走过来了，还逗留不去，笑着听她的胡言乱语，赞赏艾米的艺术情趣，显得非常开心。劳里和他的伙伴们则大献殷勤，投身相助，买下了花束，在桌子前聚集不散，使这个角落成为整个房间内最活跃的亮点。这时艾米真得其所哉，不为别的，只为了表示对大家的感激之情，她尽量做到活泼欢快，和蔼可亲——得出这样的结论，在那个时刻，美德毕竟还是有回报的。

乔表现出堪称模范的举止，当艾米被她的仪仗队团团围住而兴高采烈的时候，乔在大厅里转了一圈，听取了种种传言，搞清楚了切斯特一家调换桌子的事。她为因自己参预其中而引起的一份敌意而自责，决心尽快为艾米开释。她还了解到艾米今天早上的行为，认为她是一个宽宏大量的典范。她经过艺术桌的时候，匆匆地扫了一眼，想看看她妹妹的那些东西，但什么也没看到。“我敢说一定是藏到看不见的地方去了。”乔这样想着。她自己受了委屈可以原谅别人，但对任何加诸于她家人身上的侮辱却怀着强烈的憎恨。

“晚上好，乔小姐。艾米情况怎么样？”梅带着和解的口气问道，因为她想表现出她也可以做到很大度。

“她把一切值得供人买的东西都卖完了，现在正高兴着呢。那鲜花桌总是很诱人的，你知道，‘尤其是对先生们’。”

乔实在忍不住要给她捅一下子，但梅表现得如此逆来顺受，以致乔过了一会儿就后悔了，转而称赞那些大花瓶，可它们现在还在等着买主。

“艾米的那本彩饰小书还在什么地方吗？我真想买来送给爸爸。”乔说，急切地想知道她妹妹那些作品的命运怎么样了。

“艾米的所有东西早就卖完了，我设法让喜欢它们的人看到，这为我们挣得了一笔不错的收入。”梅回答道，那天她也压制住了各种小诱惑，就像艾米一样。

乔心满意足地跑回去报告这个好消息，听完梅说过的话和她的态度，艾米看来又是感激又是吃惊。

“听着，先生们，我要你们去别的桌子捧场，就像对我这一桌一样大方——尤其是那张艺术品桌子。”艾米一面说，一面指挥“特迪的自己人”前去，姐妹们对他大学里的朋友都这么称呼。

“‘收钱，切斯特，收钱！[1]’这是那张桌子的口号，你们只要像男子汉那样尽到义务，就会得到无论从哪方面来看都与花的钱相称的艺术品。”当这支听命的队伍准备占领阵地时，乔按捺不住地说道。

“听到了就得服从，而马奇要比梅[2]漂亮得多。”小帕克说，他拼命想表现得又机智又温柔，可劳里马上浇了他一头冷水，他说，“我的孩子，拿一个小孩子来说，真了不起啊！”然后像爸爸似的拍了拍他的脑袋，让他走开。

“买下那些花瓶吧。”艾米悄悄地对劳里说，她要给她的敌人心中那一堆羞愧的火焰添上最后一勺煤。

让梅大喜过望的是劳伦斯先生不但买下了那些花瓶，还一条胳膊夹了一只在大厅里四处走动。其他绅士们也同样轻率地买下了各式各样易损的小玩意儿，事后挟着这些蜡制的花、彩绘的扇子、金银丝细工装饰的画册以及其他适当有用的采购品，一筹莫展地走来走去。

卡罗尔婶婶当时也在场，听说了这件事，显得很欣慰，在角落里跟马

---

1 这句话原文为“Charge，Chester，charge！”引自英国作家司各特的长诗《玛米恩》第六歌序诗第32节，是主人公玛米恩勋爵在战斗中阵亡前鼓励战友切斯特向前冲锋的话，冲锋(charge)一词也可解作“收钱”。

2 这句话的确讲得很俏皮，因为马奇这个姓氏(March)意为三月，而梅(May)意为五月。

奇太太说了些什么，使后者满意地笑了，脸上带着自豪和焦躁交织在一起的表情，注视着艾米。但是她要到几天之后才透露为什么如此愉快。

展销会被认为办得非常成功。当梅跟艾米道晚安的时候，她并不像往常那样滔滔不绝地说了不少话，而是给了她一个满怀深情的吻，脸上的表情仿佛在说："宽恕并忘怀吧。"这让艾米很满足。等她回到家，她发现那两只花瓶正陈列在客厅的壁炉架上，每只内插着一大束花。"对马奇小姐宽宏大量的品德的奖赏。"劳里手舞足蹈地宣布。

"艾米，你的处事原则、慷慨大度和高贵品质，要远远超出我曾以为你所具备的。你表现得太出色了，我真心地敬佩你。"那天夜里晚些时候，当她们在一起梳头时，乔热情地说道。

"是啊，因为她随时准备宽恕别人，我们都敬佩她，爱她。干了那么多的时间，一心指望把自己的漂亮东西卖出去，这样宽恕别人准该是怪困难的。我想我就做不到像你这么友善大方。"贝思在枕上补充道。

"噢，姑娘们，你们不要这样称赞我。我只是做了别人一直在对我做的事。当我说我想做一个淑女时，你们笑话我，可我的意思是做一位真正的淑女，无论是在思想上还是举止上，我就按照自己的所知尽力去做。我无法解释清楚，不过我想超越那些毁了那么多妇女的小气、愚蠢和挑剔。我现在做得还远远不够，但我在尽力而为，希望有一天能做到像妈妈那样。"

艾米热忱地说了一气，接着乔真心实意地拥抱了她，说道："我现在懂得你的意思了，以后再也不会笑话你了。你的进步超出了你自己的估计，而我要跟你学习什么是真正的有礼貌，因为我确信你已经掌握了它的秘密。继续努力吧，可爱的人儿，总有一天你会得到酬报的，到那时没有人会比我更高兴的。"

一星期后，艾米真的得到了她的酬报，而可怜的乔却感到高兴不起来。卡罗尔婶婶来了一封信，马奇太太读信的时候脸上亮堂起来，使当时在她身边的乔和贝思很想知道是什么好消息，让她如此高兴。

“卡罗尔婶婶下个月要出国了，她要求——”

“我陪她一起去！”乔脱口而出地说，带着一股控制不住的狂喜，从她的椅子上跳起来。

“不，亲爱的，不是你，是艾米。”

“唉，妈妈！她太年轻了，应该先轮到我。我都盼望了好久了——这对我会多么有益，又是多么的有意思——我非去不可。”

“恐怕这是不可能的，乔。婶婶肯定说要艾米，她提出要做这么一件好事，我们是不该下命令的。”

“总是这么回事。好事都落到艾米头上，而活儿都由我来干。这不公平，哦，这不公平！”乔激动地嚷道。

“恐怕这事一半得怪你自己，亲爱的。当婶婶那天跟我说起的时候，她为你粗鲁的举止和过分独立自主的态度感到遗憾。她在信里这么写道，像是在引用你自己说过的什么话——‘我本来打算先问问乔，但“恩赐会给她负担”，而且她“讨厌法语”，我想我不该冒昧地邀请她。艾米要听话些，会成为弗洛的好旅伴，还会感激地接受这次旅行为她带来的任何好处。’”

“唉，我的舌头，我这可恶的舌头！为什么我就是学不会安安静静地闭上嘴呢？”乔呻吟道，想起了这些让她倒霉的话。等马奇太太听取了她对信中引用的那些话的解释，难过地说：

“我希望你能去，不过这次是没有指望了。既然这样，就高高兴兴接受现实吧，别让你的责备与悔恨扫了艾米的兴。”

“我来试试看，”乔说着，一膝跪下去捡起刚才被她高兴时碰翻的篮子，一面费劲地眨着眼睛，“我要拿她做榜样，不但看上去挺高兴，还要真心地感到喜悦，一分钟也不妒忌她的快乐。可这不容易做到，因为我实在是失望极了。”说着，这可怜的乔流下几滴伤心的眼泪，打湿了她手中圆鼓鼓的小针插。

“乔，亲爱的，也许我是太自私了，但我舍不得你离开我，我很高兴你现在还没有。”贝思用手臂抱住乔和她手中的篮子，轻声细语。这样的相依相偎和这张可爱的脸蛋，让乔觉得好过一点，尽管还是感到一种强烈的悔恨，使她想抽自己的耳光，并且谦卑地祈求卡罗尔婶婶把这恩赐来让她负担，然后看看她会如何感激地接受。

等艾米回到家，乔已经恢复到能加入一家人的欢庆之中了，也许不像往日那么由衷，但也并没有对艾米的好运愤愤不平。那位年轻女士本人听到这个消息高兴极了，带着一种保持庄重却不胜喜悦的神情走来走去，当天晚上就开始整理她的颜料，把她的画图铅笔打包，而把衣服、钱和护照之类琐碎东西留给不像她那么专注于美术想像的人去收拾。

“对我来说，这不仅仅是一次快乐的旅行，姐姐们，”她擦拭着她最好的调色板，动情地说，“这将决定我一生的事业，如果我还有些天分的话，我就会在罗马证实这一点，并且以行动来促进它。”

“如果你没有呢？”乔说，眼睛红红地在一个劲缝着要让艾米带去的新领圈。

“那我就回家来，以教人画画谋生。”这个向往成名者镇静自若地回答。但她对这种远景做了个苦脸，然后不停地刮着她的调色板，好像下决心要在放弃她的理想之前再苦干一番。

“不，你才不会呢。你讨厌苦干，你会嫁个有钱人，然后回家来整天过奢华的生活。”乔说。

“你的有些预言有时会实现，但我不信这次也会。我倒希望它能实现，因为如果我成不了艺术家，我很想能帮助别人成为艺术家。”艾米说，带着微笑，好像慷慨的阔太太的身份要比穷绘画教师更适合她。

“哼！”乔叹了一口气说，“如果你有这个愿望，它一定会实现，因为你想望的总能得到——我可从来得不到。”

“你想去吗？”艾米问道，若有所思地用小刀轻轻拍着她的鼻翼。

“当然了！”

“那好，一两年之内我会捎信来请你去的，我们就可以去古罗马广场去发掘文物，把我们筹划了多少次的计划全都付诸实现。”

“谢谢你，如果那个大喜日子真的来临的话，到时候我会提醒你履行诺言的。”乔应道，她尽可能表现出感激之情，接受了这个尚不明确但十分动人的提议。

没有太多时间作准备了，直到艾米临行前整个屋子都处于一种混乱的状态之中。乔表现得非常好，但是等到那飘扬的蓝色发带从视线中彻底消失，她逃回作为她的避难所的阁楼里，哭了个昏天黑地。开船之前，艾米也同样坚强地挺住了，后来，就在舷梯即将撤去的时刻，她突然意识到自己和最爱她的那些人很快就将被整个大洋所隔开，于是她紧紧抓住送客中最后留下的劳里，啜泣着说：

“哦，替我照顾他们吧，如果万一出什么事的话——”

“我会的，亲爱的，我会的，如果万一出什么事，我会前去安慰你的。”劳里对她低语着，做梦也不会想到日后会被要求去履行他的诺言的。

就这样，艾米出发去探索那旧大陆，那是在年轻人眼中始终显得崭新而美丽的。她的父亲和男朋友在岸边目送她远去，热切地希望将只有和婉的好运降临在这个满心欢喜的女孩身上。她不停地朝他们挥手，直到他们再也看不到她的身影，只见那夏日的阳光在大海上闪烁。

第三十一章

海外来鸿

伦敦

最亲爱的人们：

现在我真的坐在皮卡迪利大街[1]巴思旅馆临街的窗前了。这不是个时髦的地方，但叔叔多年前在这里下榻以来，就不想再住别的旅馆了。然而我们不想在这里逗留很久，所以也无关紧要。噢，我根本没法告诉你我是多么欣赏这一切！我绝对做不到，因此只能把我笔记本里记下的点点滴滴给你们看，原来从出发以来我除了画素描和涂涂写写就没干别的。

我从哈利法克斯寄出过一封短信，那时我觉得心情很不好，但从那以后，我一直过得挺开心，很少生病，整日待在甲板上，有很多令人愉快的旅伴陪我消遣，每个人都对我很好，尤其是那些高级船员。别笑，乔，在船上你真的很需要绅士们，让你有所依靠，或者为你服务。既然他们无所事事，让他们干点什么还是为他们好呢，不然我怕他们会抽烟抽到把自己熏死的。

婶婶和弗洛一路上身体都不好，想单独待着，所以我在为她们做了一切力所能及的事以后，就自己去尽情享受了。如此愉快的甲板散步，如此美丽的日落，如此清新的空气和大海的波涛！当我们这样堂皇地飞速前航时，简直就像骑着一匹快马那么令人兴奋。我真希望贝思能一起来，这会对她有多大的益处啊！至于乔呢，她可以爬上主桅杆，坐在桅顶平台的横杆(或者这高高在上的什么东西的其他名称)上面，和轮机员们交朋友，对着船长的通话喇叭嘟嘟乱吹，她一定会欣喜若狂的。

这一切都有意思极了，但我还是很高兴看到爱尔兰海岸，发现它非常美丽，到处一片青葱，阳光明媚，褐色的小屋点缀其间，几座小山顶上矗立着古代遗迹，山谷中有些乡绅宅第，还有驯鹿在林苑里吃草。那时是清晨，但我并不后悔起得那么早来看风景，因为那港湾里泊满了小艇，海滨景色如画，头顶上是一片玫瑰色的天空。真使人永远难以忘怀。

到了昆士敦[2]，我的一位新相识的朋友莱诺克斯先生下船离开了我们。当我在船上提到基拉尼的湖泊[3]时，他叹了口气，眼睛望着我唱起来：

“啊，你可听说过凯特·卡尼？
她的住家就在基拉尼的湖堤；
如果见到她秋波一转，
就赶紧从那危险逃避，
因为凯特·卡尼的眼神会杀死你。”

这听上去岂不是很可笑？

在利物浦我们只停留了几个小时。这是个又脏又闹的地方，我真庆

1 英国伦敦的一条繁华街道。

2 昆士敦为爱尔兰南部一大海港，现名科夫。

3 位于爱尔兰西南部基拉尼城附近，由一个大湖及两个小湖组成，风光如画。

幸没有在那儿多待。叔叔赶紧跑出去买了副狗皮手套、几双式样难看的厚底鞋和一把雨伞，除了这些，他头一件事就是把他的络腮胡子在两颊剃成上窄下宽的羊排式。然后自夸他看上去像个真正的英国佬了。但他第一次让人把他鞋上的泥擦净时，那个小擦鞋童就知道穿着这双鞋的是个美国人，他龇牙咧嘴地笑着说："完事了，先生。我给擦了个最新扬基式的。"这让叔叔乐得够呛。噢，我非得告诉你那个可笑的莱诺克斯干了些什么！他请一个跟我们继续旅行的朋友沃德定购一束鲜花送给我，我一眼就看见我的房间里放着一束可爱的花儿，卡片上写着"罗伯特·莱诺克斯敬赠"。姑娘们，这不是很有趣吗？我真喜欢旅行。

如果我不加紧赶路的话，可能永远到不了伦敦啦。整个旅程就像是骑着马儿穿过一道长长的画廊，触目尽是一幅幅美丽的风景画。我最喜欢那些农舍了，它们都有着茅草屋顶、一直爬到屋檐边的常春藤、斜条花格窗户，门口还有些壮实的妇女和脸色红润的小孩。站在齐膝深的苜蓿地的牛群看上去比我们家乡的要来得更安详，母鸡发出心满意足的咯咯叫声，仿佛从来不像它们的北美亲戚那样容易紧张。如此完美的色彩是我从未见过的——草那么绿，天那么蓝，谷物那么金黄，树林那么郁郁葱葱——一路上我倾倒着迷。弗洛也一样。当我们以每小时六十英里的速度向前疾驶时，我们老是从这一面的车窗蹦到另一面的车窗，想把一切尽收眼底。婶婶累了，去睡了，可叔叔还在看旅行指南，对什么都浑不在意。我们当时就像这个样子：艾米，飞跳起来——"啊，那一定是凯尼尔沃思[1]，那个树丛里的灰颜色的地方！"弗洛，冲到我的窗边说——"多可爱啊！我们该什么时候去那儿观光，对吧，爸爸？"叔叔，平静地欣赏着自己的靴子说——"不，我亲爱的，我们不会去，除非你想喝啤酒；那是

1 凯尼尔沃思位于英格兰中部沃里克郡，有12世纪建的古堡，长期用作王家及贵族邸宅。司各特的历史小说《凯尼尔沃思》(1821)即以此为背景，写伊丽莎白女王一世时期的故事。艾米等一行在英格兰西北部利物浦登了岸，乘火车赴伦敦途中经过该地。

个啤酒厂啊。”

静了一会儿——后来弗洛又嚷嚷起来，“我的天，那是个绞架，有个男人给吊上去了。”“哪儿，哪儿？”艾米尖叫道，盯着两根高高的柱子和一根粗木横杆，上面挂着些摇晃着的铁链条。“是个煤矿。”叔叔眨着眼说。“这里有好大一群羊羔正躺在地上。”艾米说。“快看，爸爸，它们多美啊！”弗洛充满感情地加了一句。“两位小姐啊，那是群鹅。”叔叔应道。他的语气让我们安静下来，后来弗洛安坐下来读《卡文迪什船长情史》了，留下我独自欣赏风景。

当我们抵达伦敦时，当然正在下雨，因此这里除了雾和雨伞没什么可看的。我们安顿下来，打开行李，在阵雨间隙出去买了点儿东西。玛丽婶婶给我添置了些衣物，因为我是匆匆离家的，来不及多准备。一顶有蓝色羽饰的白帽子，配上一条平纹细布衣裙，再加上一件你见到过的最可爱的斗篷。在摄政王大街购物绝对是件乐事，东西看上去都那么便宜——上好的缎带只卖六便士一码。我买了好些以备不时之需，不过手套要去巴黎买。这听上去是不是既文雅又阔气？

弗洛和我，为了找乐子，叫了一辆出租马车，趁叔叔婶婶不在的时候出去兜风，然而我们事后才得知，年轻女士在没有男士陪伴的情况下这么做是不合适的。可兜风真好玩儿啊！等我们进了车厢关上了木质挡板，那人就把车赶得飞快，弗洛吓坏了，要我叫他停下。可他在车厢外面，高高地坐在后边什么地方，我没法找他[1]。他听不见我的声音，也看不见我在前面挥动阳伞，我们就这样一筹莫展地哐啷哐啷向前飞驰，遇到拐角处就呼的一声转弯，速度快得能摔断脖子。最后我在绝望之中看到了车厢顶上有扇小门，把它向上捅开，现出一只红眼睛，只听得一个醉醺醺的嗓

1　这种马车的驾车座在车厢外的后方，高出在坐车人之上，必须开了车门，探头出去，才能和车夫说话。

音说：

“怎么啦，小姐？”

我尽可能严肃地发出了我的指令，那个男人一边说着“是，是，小姐”，一边砰的关上小门，让他的马走得很慢很慢，好像是去参加葬礼似的。我又捅开小门说“稍快一点儿”，他就又像先前那样狼奔豕突地急驶，我们只能听天由命了。

今天天晴，我们去了附近的海德公园，因为我们看上去比外表更富贵族气。德文郡的公爵就住在附近。我常常看见他的男仆在后院门边闲逛，还有威灵顿公爵[1]的府邸也离这儿不远。看到这样的景象不禁让我惊叹不已！这简直跟《笨拙》周刊上的图片一样：肥胖的富孀坐着她们红黄两色的大马车来来去去，有身穿丝袜和天鹅绒上衣的华美的听差高坐车后，头发上敷粉的马车夫坐在车前。时髦的女仆领着我所见过的脸色最红润的小孩，看上去半睡半醒的俊俏少女，花花公子戴着古怪的英国式帽子，淡紫服色的孩子到处溜达，还有高个的士兵，穿着红色的短上衣，歪戴着松饼样的帽子，看上去那么滑稽，我真想把他们都画下来。

公园里的那条骑马道[2]是指“Route de Roi”，意为“国王之路”，但现在它更像是一所骑术学校而不是别的什么了。马匹都棒极了，男人们呢，尤其是马夫们都骑术很好，但女士们却动作僵硬，一颠一颠的，与我们的有关准则不符。我很想露一手，让她们看看美国式的纵马飞奔是什么样子的，因为她们只是穿着单薄的马装，戴着高帽，庄严地策马小步来回走着，看上去就像一只诺亚方舟式玩具里的女人。每个人都在骑马——老先生、胖太太、小孩子——而年轻人呢，在这儿大事谈情说爱。我看见有一对在互赠玫瑰花蕾，因为在翻领的纽孔中插上一朵是时髦的玩意，我觉得

---

1 威灵顿（1769—1852），英国名将，以指挥滑铁卢战役击败拿破仑闻名。

2 海德公园中这条 Rotten Row（英国人的称呼）为英国金雀花王朝（1154—1485）期间从威斯敏斯特教堂通往皇家森林的大道的一部分，一向为时髦人士策马溜达的地方。

这倒是个挺不错的小主意。

下午去了威斯敏斯特教堂[1]，但别指望我来把它描绘，那是不可能的——所以我只能说它太庄严宏伟了！今儿晚上我们要去看费克特[2]的演出，对于我这一生中最快乐的一天来说，这是个很恰当的结尾。

午夜

现在已经很晚了，可是不告诉你们昨晚发生了什么事，明儿早上就不能发这封信。在我们喝茶的时候，你们猜谁来了？劳里的两个英国朋友——弗雷德和弗朗克·沃恩！我大吃了一惊，因为如果没给我名片的话，我肯定认不出他们了。两人都是高个子，都留起了连鬓胡子，就英国标准来说，弗雷德是个俊小伙，弗朗克则显得好多了，他只是稍微有点瘸，也不再需要拐杖了。他们从劳里那儿听说我们在这里，所以前来邀请我们去他们家，可是叔叔不想去，我们则打算回访，有机会的话和他们多见见面。他们陪我们一块儿去了剧院，我们真是过得愉快极了，因为弗朗克专心伺候着弗洛，而弗雷德则和我从过去、现在的趣事一直谈到将来，就像我们相知了一辈子似的。请转告贝思，弗朗克向她问好，听说她健康不佳觉得难过。我提到乔的时候，弗雷德哈哈大笑，并要我转达他“对大帽子充满敬意的问候”。他们都没有忘记那次劳伦斯家的野营，也没有忘记野营中的趣事。现在想起来似乎是很久以前的事了，不是吗？

婶婶已经在第三次轻扣墙壁，所以我必须停笔了。我觉得自己真像

1　威斯敏斯特教堂，伦敦著名教堂，是英国国王加冕和著名人物国葬之地。

2　查尔斯·亚尔勃特·费克特(1824—1879)，当时的欧洲著名话剧演员，在法国以演《茶花女》中的男主角阿尔芒而受人欢迎，19世纪的60到70年代中，先后在伦敦及美国演出。最后在美国隐退，逝世。

个放浪形骸的伦敦上流女士，这么晚了还在写信，房间里放满了漂亮东西，满脑子乱七八糟的公园、剧场、新装，还有殷勤的男士们，他们会说"啊"，会以纯正的英国老爷派头，捻他们金黄色的小胡子的末梢。我渴望见到你们大家，尽管我这样胡言乱语，我永远是爱着你们的。

艾米

巴黎

亲爱的姑娘们：

在我前一封信里曾给你们描述了我们的伦敦之行：沃恩兄弟是如何的友好，他们为我们安排的聚会又是如何愉快。我最欣赏去汉普顿宫和肯星顿博物馆之游，因为在汉普顿宫我看到了拉斐尔作的壁画草图，在博物馆的各个房间里挂满了透纳、劳伦斯、雷诺兹、贺加斯和别的大画家的作品。在李奇蒙德公园度过的那一天很美妙，我们吃了一顿典型的英国式野餐，看到了高大美丽的橡树和成群的驯鹿，多得我都来不及把它们画下来，还听到了夜莺的歌声，看到了云雀冲霄直上。感谢弗雷德和弗朗克，我们尽情地"玩遍"了伦敦，并且为我们不得不离去而感到遗憾。虽然英国人不会马上接受外来人士，但一旦他们拿定主意要接纳你，我认为没有比他们更好客的了。沃恩一家希望下一个冬天能和我们在罗马会面，如果他们不去的话我可要失望透了，因为格雷斯和我已经是难舍难分的好朋友了，小伙子们也挺不错——尤其是弗雷德。

说起来，我们还没来得及在这儿安顿下来，他又冒了出来，说是来度假的，并且打算去瑞士。刚一开始婶婶表现得很矜持，可他是如此沉着冷静，婶婶也没什么可说的了。现在我们相处得很不错，并且很庆幸他加入了我们，因为他法语说得就跟当地人一样好，我真不知道没有了他我们该怎么办。叔叔懂得的法语不到十个词儿，可偏要大声地说英语，好像这样就能叫别人听懂似的。婶婶的发音都老掉牙了，至于弗洛和我，虽然曾自诩所知甚广，现在却发现不是那么一回事，所以颇为庆幸有弗雷德可以像叔叔所说的那样“说洋话”。

我们度过了多么愉快的时刻啊！整天到处观光，驻足于豪华的咖啡馆，享用精美的午餐，经历了各式各样可笑的奇遇。我把雨天消磨在卢浮宫内，尽情欣赏美术作品。即使面对那些最优秀的作品，乔也会调皮地翘起鼻子不屑一顾，因为她对美术一无热情，我可有，正在尽快地培养我的眼光和品味。她可能对伟人的遗物更有兴趣，我见到了她所欣赏的拿破仑留下的三角帽和灰色外套，他睡过的摇篮和他用过的牙刷，还有玛丽·安托瓦内特王后的小鞋子，圣但尼主教的戒指，查理曼大帝之剑以及很多别的有意思的东西。等我回家后我可以说上几个小时，可现在没时间写了。

皇宫实在是个好地方——到处是珠宝首饰和各种可爱的玩意儿，我想到没法把它们买下，简直要发狂了。弗雷德想买些东西给我，我当然拒绝了。再说，布洛涅林苑和香榭丽舍大街真是美轮美奂。我几次见到了皇帝[1]一家人——皇帝相貌丑陋，很严厉的样子，皇后脸色苍白，很美，但穿的衣服品味很差，至少我认为是这样——她穿着紫色的衣服，戴着绿色的帽子和黄色的手套。小拿破仑是个英俊的孩子，坐在四匹马拉的四座大马车上和他的导师聊天，经过时向人们飞吻，随侍的是穿红色缎面上衣的左马驭者，以及车前车后的骑马卫兵。

1　指拿破仑三世(1852—1870 在位)，他于法兰西第二帝国成立后不久，于 1853 年 1 月和尤琴妮成婚。她是个大美人，成为宫廷时尚的领头人。

我们常在杜伊勒利公园散步，那里美极了，尽管那古色古香的卢森堡公园更合我的胃口。拉雪兹神父公墓怪怪的，许多墓穴就像是一间间小屋子，望进去可以看见一张桌子，上面有死者的肖像或照片，周围摆放着供吊唁者坐的椅子。这一切都是十足的法国味。

我们住的房间位于里沃利街，坐在阳台上就可以眺望繁华长街的景色。在外面走了一天，累了回到家，整个傍晚我们就这样在阳台上惬意地闲谈。弗雷德是很会逗乐的，在我认识的人中他是最可亲的年轻人——除了劳里，劳里的风度更吸引人。我希望弗雷德的肤色再黝黑些就好了，因为我不喜欢白皮肤的男人，但沃恩家很有钱，门第高贵，所以我就不对他们的黄头发挑剔了，而且我自己的头发更黄。

下星期我们要动身去德国和瑞士，因为我们要快速赶路，我只能仓促地给你们写信了。我会天天记日记，会尽量遵照父亲的建议，“准确地记住并且清楚地描绘我所见到的和喜爱的一切”。对我来说这是一种很好的练习，我的速写本会比这些草草写下的字句更好地让你们了解我的这次旅行。

再见，温柔地拥抱你们。

你们的艾米

海德堡[1]

亲爱的妈妈：

在我们去伯尔尼之前有一个小时清静的时光，我来告诉你发生了什么吧，因为正如你将见到的，其中有一些事非常重要。

在莱茵河上航行好极了，我就这么坐在那儿，全身心地享受着。取出

---

1 海德堡为德国西南部一古城，为著名文化城市，有创立于14世纪的海德堡大学。

了父亲的旧导游手册，读着相关的部分，我发现自己找不到合适的词儿来描绘这美丽的风景。在科布伦兹我们度过了开心一刻，因为弗雷德在船上结识的几个从波恩来的学生，给我们来了一段小夜曲。那是一个月夜，一点钟左右，弗洛和我被我们窗下一阵极为美妙的乐声惊醒过来。我们跳起身来，躲到窗帘下，偷偷的一瞥，看见弗雷德和那些学生在窗下大唱其歌。这是我见到过的最浪漫的景象了——悠悠河水，长长船桥，对岸的巨大城堡，月光洒遍大地，加上铁石心肠都要被融化的乐声。

等他们唱罢，我们扔了些花儿下去，看到他们你争我夺，向着看不见的女士们飞吻，然后大笑着离去了——我看是去抽烟并喝啤酒吧。第二天早上，弗雷德让我看插在他背心口袋上一朵揉皱的花儿，看上去十分动情的样子。我笑话了他，说我没有扔过花儿，是弗洛扔的，这一说似乎使他大为反感，因为他把花儿从窗口扔了出去，然后恢复了理智。我怕我会跟这个小伙子有麻烦，现在已开始有这个迹象了。

在拿骚洗温泉浴真舒服，巴登-巴登也是这样，弗雷德在那儿输掉了些钱[1]，我责备了他。弗朗克没和他在一起时需要有个人来照顾他。凯特有一次说她希望他快点结婚，我完全同意这对他来说会是件好事。法兰克福让人心情愉快。我参观了歌德的故居，见到了席勒的雕像，还有丹内克尔那有名的《阿里阿德涅像》[2]。它美极了，可要是我对那个神话故事知道得多一点儿，我就能更好地欣赏它。我可不想开口问人，因为大家都知道，至少装作都知道这故事。我希望乔能把这故事原原本本地讲给我听。我真该多读些书，因为我发现自己非常无知，这让我感到羞愧。

1　巴登-巴登位于德国西南部，邻近法国边界，也是个温泉疗养城，是当时时髦人士旅游之地，有赌场等娱乐设施。

2　阿里阿德涅为希腊神话中克里特岛的米诺斯王之女，曾给情人提修斯一个线团，使他能在迷宫中杀死了牛头人身怪物后安全地走出来。丹内克尔(1758—1841)为德国雕刻家，这个雕像是他的代表作，表现阿里阿德涅骑在一头豹上。

现在来谈重要的部分吧——因为它就是在这儿发生的，而弗雷德刚刚离开，他一直对我们非常友善，为人又风趣，使大家都喜欢上他了。直到那个小夜曲之夜，我把它看作一段旅途中的友情，而没有别的想法。但就从那时起，我开始感到诸如月光下的散步、阳台上的倾谈和白天的探胜活动，对他来说并不仅仅意味着寻找乐趣。我并没有跟他调情，妈妈，真的，而是牢牢记住了你对我的告诫，并且尽可能地做到。但我不能阻止别人来喜欢我，我并没有意使别人对我产生好感，可如果对此置之不理又使我不安，尽管乔说我是个没心肝的人。我知道，妈妈，你会摇着头不以为然，姐姐们会说："哼，这个见钱眼开的小坏蛋！"但我已经下定了决心，如果弗雷德向我开口，我就接受他，虽然我并没有狂热地堕入爱河。我喜欢他，我们在一起很愉快。他长得俊，年轻又够聪明，而且非常有钱——比劳伦斯家有钱多了。我想他的家人不会反对，我也会非常幸福，因为他们都是些富有教养、友善慷慨的好人，而且都很喜欢我。弗雷德是双胞胎里的老大，我想会继承祖传的产业，那是多么好的房地产啊！一所城里宅邸，坐落在一条繁华的街道上，不像我们那儿的大房子那么惹眼，但是加倍地舒适，里面全是英国人爱好的十足的奢侈品。我也很喜欢，因为它们都是货真价实的。我见到了金银餐具、传家珠宝、那些老仆人；我见到那乡下宅邸的照片，有林苑、大房子、可爱的庭院以及上好的马匹。噢，这些就是我想得到的一切啊！我宁愿得到这些，也不要什么贵族头衔，那是女孩们对之趋之若鹜的，但到头来却发现不过是徒有虚名而已。人们可以说我唯利是图，但我讨厌贫穷，只要有能力摆脱它，与它为伴多一分钟我也不愿。我们姐妹中必须有一个嫁给富人，梅格没有，乔不会，贝思现在还谈不上，所以我要走这一步，让大家过上舒服日子。我不会嫁给我所憎恶或鄙视的男人。这你们可以放心，尽管弗雷德并非我心目中真正的英雄，但他非常够格，如果他真心喜欢我，让我做我想做的事，那么随着时间的推移我也会相当地喜欢他的。就这么着，上个星期我把这事在心里盘算了一通，因为对弗雷德喜欢我这一点已经不可能视而不见了。他什么也没说，但种种迹象有所表明，他从不和弗洛待在一起，在马车上、饭桌上或出去散步时总待在我的身边，当我们单独相处时，他就表现出脉脉含情的样子，对试图和我搭话的人皱起眉头。昨天晚餐时，有个奥地利军官盯着我们，然后向他的朋友——一个模样放荡的男爵——说了一句“ein wonderschönes Blöndchen”[1]。弗雷德看上去就像是一头凶猛的狮子，狠狠地切割着牛肉，差点使它从盘子上飞出去。他不是那种冷静、古板的英国人，而是性子颇为暴躁，因为他有苏格兰血统，这从他那双漂亮的蓝眼睛可以猜出来。

就这么着，昨天傍晚，我们登上古堡[2]去看日落——至少是除了弗雷德其他人都一起登上，而他得先去邮局取了信再来和我们会合。我们度过了一段愉快的时光，徜徉于遗迹之间，观赏了存放大酒桶的地窖和当年选帝侯[3]为他的英国妻子建造的美丽花园。我最喜欢外面的露台，因为从那里望出去景色太美了，所以等其余人都去参观里面的房间时，我就坐在那儿，着手把墙上那缠绕着鲜红色的忍冬小花枝的灰色石狮子的头画下来。我觉得自己仿佛进入了一个梦幻世界，坐在那儿注视着内卡河在山谷中奔腾而过，听着城堡下面奥地利乐队在奏的曲子，等待着我的情人，就像童话故事中的女孩那样。我感到有些事快要发生，而我已经准备好了。我脸不红，心不跳，而是相当冷静，只有一点儿激动。

过了一会儿，我听见弗雷德的声音，他就快步穿过巨大的拱门找我来了。他看上去神色非常不安，我便完全忘记了自己的心事，问他到底发生

1 德语，“一个怪漂亮的金发小姑娘。”

2 海德堡的古堡高耸在山坡上，13 世纪初即见于史册，1764 年被闪电击中，其遗迹留至今天，为该城一大景观。

3 选帝侯为历史上德国有权选举神圣罗马帝国皇帝的诸侯。此处指当年的巴拉丁选帝侯腓特烈五世(1596—1632)，他于 1610 年继任为选帝侯，于 1613 年娶英国国王詹姆斯一世之女伊丽莎白·斯图亚特为妻。

了什么。他说他刚刚收到一封信要他赶回家去，因为弗朗克病得很重。所以他要马上就坐夜班车走，现在只能赶紧道别了。我为他感到非常难过，也为自己觉得失望，但只是一小会儿，因为他跟我握手的时候说——我不可能误解他说这话时的神情——“我很快就赶回来，你不会忘了我吧，艾米？”

我没有作任何承诺，只是看着他，他看上去满意了，接下来除了互相祝愿与道别再也没有时间干别的，因为他一小时内就走了，而我们大家都非常惦念他。我知道他想说些什么，但我以为，从他有一回暗示过的来看，他曾向他父亲保证过要过些时候才考虑这类事，因为他是一个莽撞的男孩，而那位老先生很担心他会娶一个外国媳妇。我们将很快在罗马会面，到那时，如果我没改变主意的话，等他问我“请问你愿意吗？”我会说“愿意，谢谢你”。

当然这些都是绝对的隐私，但我希望你能知道事情的进展。别为我担心，记住我是你的“谨慎的艾米”，相信我不会干出什么轻率的事来。尽多地给我提忠告吧，我会竭力采纳的。我真希望能见到你跟你好好谈谈，妈咪，爱我并信任我吧。

永远属于你的

艾米

第三十二章

温柔的烦恼

“乔，我很担心贝思。”

“怎么了，母亲，自从梅格的双胞胎降生以来，她的气色异乎寻常的好啊。”

“我现在担心的不是她的身体，而是她的精神状态。我敢肯定她有什么心事，我想要你去弄清楚到底是怎么回事。”

“是什么使你这样想的，母亲？”

“近来她老是一个人坐着，也不像从前那样常和她父亲说话了。有一天我发现她对着双胞胎掉眼泪。她唱的总是些忧伤的歌曲，脸上还时不时流露出让我无法理解的表情。这不像是贝思，所以使我很担心。”

“你有没有问过她这是为什么？”

“我试过一两次，可她要么回避我的问题，要么一副痛苦的样子，让我不忍心问下去。我从不强迫我的孩子们向我吐露秘密，我也很少需要等很久才知道她们的心思。”

马奇太太说着瞥了乔一眼，可对方的那张脸似乎对任何隐藏的不安焦虑一无所知，除了有关贝思的，因此乔一边做着针线活一边想着心事，过了一会儿才说："我想她正在长大，因此开始做自己的梦了，怀着希望、恐惧和烦躁，自己也不知道为什么，也不知道如何解释。唉，母亲，贝思都十八岁了，但我们却没有意识到，还把她当孩子对待，忘了她已经是个女人啦 。"

"她正是这样。亲爱的宝贝，你们长大得多快啊。"母亲应道，笑着叹了一口气。

"这是无可奈何的，妈咪，所以你必须放下所有的担心，让你的小鸟儿一只一只飞出巢去。我保证不会飞得很远，如果这能给你带来一点安慰的话。"

"这是很大的安慰，乔，只要你在家，我总觉得自己很坚强，因为现在梅格离开了嘛。贝思太衰弱，艾米太年轻，靠不上，但在有重活要干的时候，你总是有准备的。"

"哎呀，你知道我不大在意干重活，再说，家里总得有一个干粗活的人吧。艾米在精细的工作方面才华出众，我就不行，但在所有的地毯要卷起清理，或者家里一半人突然病倒的时候，我就如鱼得水啦。艾米在国外干得很出色，但如果家里出了什么岔子，我才是你可以依靠的男人。"

"那么贝思的事就交给你了，因为对她的乔，她会比对任何其他人更爽快地敞开她温柔的小小心扉。对她十分亲切，别让她觉得别人在注意她或是谈论她。只要她能重新变得坚强愉快，我在这世上就别无所求了。"

"快乐的女人！我可有一大堆烦心事。"

"亲爱的，是些什么呢？"

"我会打消了贝思的种种烦恼，然后把我的告诉你。我的没那么折磨人，可以等一阵子不要紧。"说着乔继续飞针走线，一边领悟似的点了点头，这让她母亲至少在眼下对她放心了。

在表面上专注于自己的事的同时，乔也留心着贝思，作了很多相互矛盾的猜测，最后找到了一个结论，似乎可以解释发生在她身上的变化。乔认为，是一件小事给了她解开这个谜的线索，然后她以活跃的想像力和丰富的爱心填补了其余的细节。那是一个星期六的下午，她和贝思单独在一起，装出一副忙于写作的样子，其实她一边在信笔涂写，一边注意着她那安静得不同寻常的妹妹。只见贝思坐在窗边，手里的活儿不时掉落在膝上，她以手支头，态度沮丧，两眼凝视着窗外萧索的秋景。突然间有人从窗下经过，吹着口哨，像是一只乌鸦在参加歌剧演出，接着有个声音在呼唤，“一切正常！今晚再来。”

贝思吃了一惊，向前探出身去，微笑着，点着头，注视着这过路人直到他匆促的脚步声消失，然后像是自言自语一般轻柔地说，“这个可爱的小伙子看上去多健壮多快乐啊。”

“嗯哼！”乔说，仍然目不转睛地盯着妹妹的脸，因为这张脸上突如其来的亮色正同样迅速地褪去，微笑也消失了，转眼间一颗泪珠滴落在窗台上闪闪发亮。贝思伸手拂去了它，担心地瞟了乔一眼，但她正在奋笔疾书，显然沉浸于写作《奥林皮娅的誓言》之中。贝思刚转过身，乔又开始观察她，见到她的手不止一次地在轻轻擦眼睛，并且从她半侧的脸上看出一抹淡淡的忧伤，使乔自己也不禁泪珠盈眶。因为害怕暴露自己的感情，她嘴里嘟哝着什么要再找些纸来写，便偷偷溜走了。

“我的天哪，贝思爱上劳里了！”她说，在自己的屋里坐下，脸色苍白，自以为刚刚发现了一个秘密，因而感到震惊。“真是做梦也没想到。母亲知道了会怎么说呢？不知道他是否——”想到这里，乔顿住了，一个突然的念头使她满脸通红。“如果他不会回报她的爱，这会变得多可怕啊。他非得爱她不可。我得逼他这么做！”她威胁地对墙上劳里的相片摇着头，相片中这满脸淘气的小伙子正冲着她笑呢。“老天啊，我们正在疯狂地长大啊。梅格结了婚，做了妈妈，艾米远在巴黎快活逍遥，而贝思恋爱了。我现在是仅有的一个头脑清醒得不至于陷身于麻烦之中的人。”乔眼睛紧盯着那相片，专心地想了一会儿，然后把皱着的眉头舒展开来，向对面墙上那张脸坚决地点了点头说道：“不，谢谢你，先生，你的确很吸引人，但你不比一只风信鸡更有稳定性，所以你不用写那些动人的字条，那么含情脉脉地微笑，因为这一点用也没有，而且我不会接受的。”

接着她叹了一口气，陷入沉思之中，一直到暮色初降时才回过神来，准备下楼再去观察一番，结果无非使她对自己的怀疑更为确信了。尽管劳里常与艾米调笑，也爱和乔闹着玩，但他对贝思的态度总是特别温柔和气，但大家对贝思都是这样的，这一来就没人会觉得他对她比对别人更关心了。说实在的，最近家里人普遍觉得“我们的男孩”对乔越来越宠爱了，而乔对有关此事的话一个字也不愿听，如果有人敢于提起这事，她会严厉地责备。如果家人们得知过去一年中他俩说过的或者不如说想说而被遏止在萌芽状态中的种种柔情蜜语，他们就会说，“我跟你早说过的嘛，”并由此得到极大的满足。可是乔讨厌劳里这样“调情”，不会允许发生这种事，只要有哪怕一丁点儿危险的迹象，她总是以一个玩笑或一个微笑来回避。

劳里刚进大学那会儿，差不多每个月都会恋爱一次，但这些小小的爱情火焰虽然燃烧得炽烈，却很短暂，造不成什么伤害，这给乔带来了很大的乐趣。她兴致勃勃地留意着从希望到失望、从失望到放弃的转变过程，那是在他们每周一次聚会时由劳里向她吐露的。但过了一段时间，劳里不再四处朝圣膜拜了，隐隐流露出一种专心致志的激情，并且不时沉浸于拜伦式的忧郁之中。然后他就完全回避那些温情的话题，转而开始给乔写带有哲理的信，变得专心学业，声称要“钻研”了，准备带着极高的荣誉毕业走出校门。对于这位年轻女士来说，这要比薄暮时分吐露心声、手掌温柔的接触、含意丰富的眼神更让她感兴趣。因为在乔这方面，理智总要比情感先行，她更喜欢想像中的英雄，而不是现实世界的，因为前者在她厌倦时可以锁进铁皮箱，直到她再次需要的时候招之即来，而后者就不那么容易驾驭了。

在那个惊人的发现之前，一切就处于这样的状态，于是在当天晚上，乔以全新的眼光观察着劳里。如果她头脑里没有那个新的看法的话，她就不会发觉在贝思非常安静、劳里对她非常和气这一点上有什么不寻常的地方。但是她已放纵了自己活跃的想像力，由它带着自己高速向前飞驰，她头脑中因长期写作浪漫故事而被严重削弱的判断力也就无法作出任何补救了。同往常一样，贝思躺在沙发上，劳里坐在近旁的一把低椅上，说着各式各样的闲话，因为她依赖于他每周一次和她“讲故事”来获得乐趣，而他也从未让她失望过。但在那个晚上，乔自以为贝思的目光带着特殊的喜悦停留在身旁那张黝黑而生动的脸上，兴趣盎然地倾听着关于一场激动人心的板球赛的经过，尽管像“拦住一个贴板球”、“使击球员出局”、“击中外场球得三分”这样的话对她来说就如同梵文一样难懂。她还自以为，既然一心专注在这上面，就发觉劳里的举止中增加了绅士风度，他不时地压低自己的嗓音，笑得也不像平时那么多，还有点儿心不在焉，并且在把软毛毯盖在贝思的脚上时，殷勤得简直可说是充满柔情了。

“谁知道呢？更奇怪的事已经发生了，”乔在屋里瞎忙乎的时候想道，“只要他们互相爱慕，她会使他成为一个真正的天使，而他会使这亲人儿的生活变得可喜地轻松愉快。我想像不出他怎么可能不爱她，而且我确信只要我们其余的人不碍手碍脚，他一定会做到的。”

由于除了乔本人，其他人都没在碍手碍脚，乔开始觉得自己应该尽快离开。可是去哪儿呢？怀着一股强烈愿望，要出于对妹妹的忠诚为她献身，她坐下来研究这个问题。

啊，这张旧沙发可真是一张地道的老古董——又长，又宽，坐垫塞得鼓鼓的，座位很低，有一点破旧，那是理所当然的，因为这些姑娘还是婴儿时，曾在这上面睡过爬过；等她们成为孩子时，从沙发背后玩过钓鱼游戏，在扶手上骑过，还在底下养过小动物；等她们成为年轻姑娘时，在这上面倚过疲惫的头颅，编织过梦想，也听过温柔的倾诉。她们都喜爱它，因为它是家中的一个避风港，而且对乔来说，这也一直是她最爱好的一个休憩角落。许多枕垫装饰着这张年高德劭的沙发，其中有一只坚硬的圆形垫子，填满了刺人的马鬃，两端各有一个突出的纽扣，这个令人讨厌的枕垫是乔的一件特殊的财产，被用来当作一种自卫武器，一道防守的屏障，或者一种严格制止瞌睡打得太多的预防措施。

劳里很熟悉这个枕垫，并有理由对之深恶痛绝，因为在互相打闹还被允许的早年岁月里，他曾经被它无情地揍过，而如今当他想在那个他最为渴望的靠近乔的沙发角落就座时，又常常被它隔离开来。如果“红肠”——这是她们给它取的名字——竖起来放着，这就标志着他可以走过去安坐下来，但是如果它平放在沙发上，那么任何胆敢冒犯它的男人、女人或孩子就该吃苦头啦！那天晚上乔忘了为她那个角落设置路障，在这座位上坐下还不到五分钟，就有个大个子在她身边出现，只见劳里双臂分开搭在沙发靠背上，两条长腿伸展出去，满足地叹了一口气，大声说：

“唉，这才叫价廉物美呢。”

“不准说俚语。”乔喝道，把枕垫重重地扣下去。可惜为时已晚，沙发上已经没有了它的置身之处，于是它滚到了地板上，然后神秘地消失了。

“得啦，乔，别跟我抬杠啦。如果有人像我这样整个礼拜都在用功，弄得形销骨立，就理该有人来好好宠爱他。”

“贝思会宠爱你的，我没空。”

“不，她可不想让我去打扰，不过你是喜欢这一套的，除非你突然对此失去兴趣了。不会吧？你讨厌你的男孩，要朝他扔枕垫了吗？”

很少能听见这样甜言蜜语的动人恳求，可是乔严厉地对他发问，“这个星期你给兰德尔小姐送了多少束花？”泼了“她的男孩”一头冷水。

“哎呀，一束也没送啊，我发誓。她已经订婚了。你说呀。”

“我很高兴听到这个消息，这正是你又一桩愚蠢的放纵行为——送花送东西给那些你根本不在意的女孩子。”乔继续责备他。

“那些我大大在意的敏感女孩子不让我给她们‘送花送东西’，那我该怎么办？总得有个地方让我抒发一下感情吧。”

“母亲不赞成我们打情骂俏，哪怕仅仅是开玩笑，而你却干得那么起劲，特迪。”

“我愿付出任何代价，让我能回报你一句‘你也这么样’。可惜我不能这么说，我只能说我就看不出这令人愉快的小小游戏有什么害处，如果大家都懂得这不过是游戏而已。”

“好吧，这看上去的确是挺愉快，但我怎么也学不会。我曾经尝试过，因为如果你在一伙人中间不会干人人都在干的事，你就会觉得很别扭，可我就是学不会。”乔说，忘记了扮演导师的角色。

“让艾米教教你吧，她在这方面可是颇有天赋的。”

“对，她干得可漂亮呢，而且从来不会让人觉得干得太出格。我看有些人天生不用费劲就能取悦别人，而另外一些人总是在不适当的场合说出不适当的话，干出不适当的事来。”

“我很高兴你不会这一套，能见到一位有头脑、性格直率的姑娘真让人精神振作，她可以很风趣很亲切而不使自己像个傻瓜。别说出去，乔，我认识的有些姑娘确实做得那么不像话，我都为她们害臊。她们并没有什么恶意，这我肯定，不过她们如果一旦知道我们这些男孩子事后是怎么谈论她们的，我想她们会改变自己的作风的。”

“她们会我行我素的，既然她们的舌头尖刻得不得了，你们这帮家伙就会败下阵来，因为你们跟他们一样蠢，一模一样。如果你们表现得得体的话，她们也会这样的，可既然知道你们喜欢这一套无聊的把戏，她们就继续表演下去，而现在你倒来谴责她们了。”

“你懂得的倒真不少啊，小姐，”劳里用一种带着优越感的口气说，“我们不喜欢嬉闹玩耍，打情骂俏，尽管有时我们会表现出喜欢的样子。绅士们从来不私下议论漂亮庄重的女孩，就是谈起也是以尊重的口气的。上帝保佑你纯洁的心灵吧！如果你能像我这样过上一个月，你就会见到一些让你多少吃惊的事。我可以向你保证，每次我看见这么一个轻率冒失的女孩，我总想学我们的朋友‘公知更雀’说：

滚出去，呸，
厚脸皮的家伙！”[1]

劳里的骑士精神使他不愿说女性的坏话，另一方面，时尚的社交圈又给他提供了许多与女性身份不符的愚蠢事例，叫他本能地产生反感，这两种想法在他心中的矛盾冲突让人忍俊不禁。乔知道，在世俗的母亲心目中，“小劳伦斯”是个最最合适的结婚对象，她们的女儿们冲着他一个劲儿微笑，而不同年纪的女士们都竭力奉承他，把他当成个大众情人。所以乔在观察他的时候带着几分妒意，害怕他因此被宠坏，并且当发现他依然偏爱庄重的姑娘时，虽然嘴上不承认，心里可着实高兴。她突然又采用告诫的口气，压低嗓门说：“如果你真想‘抒发感情’，特迪，去专心于一个你的确敬重的‘漂亮庄重的女孩’，不要把你的时间浪费在那些蠢货身上。”

“你当真这么建议吗？”劳里看着她，脸上是一种渴望与快活交织在一起的古怪表情。

“是的，我建议你这么做，但你最好等到大学毕了业，并且找到了合

1 引自儿歌《谁打死了公知更雀？》（作者佚名）。

适自己的位置以后。对于——嗯，不管是哪个庄重的姑娘来说，你还不够一半好。”乔的表情也有点古怪，因为一个名字差点从她嘴里漏出来。

“的确不够！”劳里承认了，这种谦卑的表达方式对他来说颇为陌生，于是他垂下眼帘，无意识地把乔围裙上的流苏绕在自己的一个手指上。

“天哪，这可绝对不行！”乔这样想道，她拾起话头，出声地说，“去为我唱支歌吧。我真想听点歌唱，而且总喜欢听你的。”

“我宁可待在这里，谢谢。”

“嘿，这不行，地方太小了。去干点什么吧，作为一个装饰品来说你太大了。我还以为你不喜欢被系在女人的围裙带上，对吧？”乔引用了一句劳里自己的叛逆之语来反击他。

“啊，那得看是谁系着那条围裙啰！”劳里说着，把那围裙上的流苏大胆地扯了一下。

“你走不走？”乔责问道，扑下身去拿那个枕垫。

他赶紧逃跑，同时唱起了“快活的邓迪拿起帽子就走”[1]，她也开溜了，在这位年轻绅士气呼呼地告辞之前再也没有回来。

当天晚上乔辗转难眠，就在她迷迷糊糊快要睡着的时候，听见一阵压抑的啜泣声，便飞身起床，跑到贝思的床边，焦急地问道，“怎么了，亲爱的？”

“我以为你睡着了。”贝思抽噎着。

“是不是那老的病痛又犯了，我的小宝贝？”

“不，这次是别的，不过我能挺得住。”贝思尽力收住泪水。

“全告诉我吧，让我来治好它，就像我常常治好别的病一样。”

---

1 英国作家司各特为他的剧本《德沃各尔的厄运》(1830)写了一篇歌词《快活的邓迪》，配上一支老曲调。此处的邓迪指苏格兰保王派军人邓迪子爵(1649？—1689)。这是副歌中的一句。

“你治不好的，这是没药救的。”贝思说到这里，声音消失了，她紧紧抱着她的姐姐，哭得如此绝望，乔简直吓坏了。

“你哪儿不舒服？要我去叫妈妈来吗？”

贝思没有回答第一个问题，但她的一只手在黑暗中不自觉地移到心口，仿佛痛处就在那里，她用另一只手紧紧拉住乔，急切地低声说，“不，不，别叫她，别叫她。我马上就会好的。躺在这儿，呵护地抚摸我的脑袋。我会安安静静地入睡，真的，我会的。”

乔顺从了，可是当她的手在贝思滚烫的前额和沾湿的眼睑上轻柔地来回抚摸时，心里觉得沉甸甸的，很想开口说话。但是尽管她还年轻，乔已经懂得人心就像花儿一样，不能粗暴地对待，而是只能让它自然地开放。因此，尽管她确信自己知道贝思这新的病痛的由来，还是只能用最温柔的语调问道，“有什么事让你不开心，亲爱的？”

“是的，乔。”停顿了很久之后，贝思回答。

“告诉我是什么，会不会让你心里好受些？”

“不，现在还不行。”

“那我就不问了，但是要记住，贝思，母亲和乔永远乐于听你诉说并帮助你，只要我们有办法的话。”

“这我知道。往后我会告诉你的。”

“现在难受得好些了吗？”

“噢，是的，好多了，你真是善解人意，乔！”

“睡吧，宝贝，我会守在你身边的。”

就这样脸贴着脸，两人睡着了，第二天早上，贝思似乎恢复了常态，因为在十八岁这样的年纪，无论头还是心都不可能长久地处于痛苦之中，一个爱的字眼就可以消除大多数疾患。

可是乔已经做出了决定，在对一个计划考虑了几天之后，把这件事向母亲吐露了。

“那天你问我有些什么愿望，现在我想告诉你其中之一，妈咪，”她们单独在一起时，她开口道，“今年冬天我想去什么地方换换环境。”

“为什么，乔？”她母亲迅速地抬起头来看着她，似乎她的话中另有隐情。

乔双眼看着手里的活儿，冷静地回答，“我想去见识些新事物。我感到迫不及待地想出去看看，去干些什么，去学习些新东西，而不仅仅是满足于现状。我太沉湎于自己的琐事了，需要一点新鲜刺激，既然我今年冬天有闲空，就想去不太远的地方试一试自己的能耐。”

“你想去哪儿？”

“去纽约。昨天我想到了一个好主意，是这样的。你记不记得柯克太太给你写过一封信，请你帮她找个正派的年轻人去教她的孩子们念书，再干些缝纫活。这样的人挺难找，不过我想如果我努力一下还是能成为合适的人选的。”

“我亲爱的，你居然想去那个大宿舍打工！”马奇太太看上去颇为吃惊，但并没有显出不悦的样子。

“确切地说不好算是去打工，因为柯克太太是你的朋友——是个极为和善慷慨的人——我相信她会让我过得愉快的。她的一家和其他人家是分开居住的，那儿没人认识我。即使有人认识我也不在乎，这是份正当的工作，我并不因此感到羞耻。”

“我也一样。可你的写作怎么办？”

“换换环境反而更好。我将看到并听到些新鲜事物，得到新的想法，哪怕我在那边空闲时间不多，也可以带回来大量的素材供我涂鸦。”

“对此我毫不怀疑，但你忽发奇想要干这件事，理由仅仅就是这些吗？”

“不是，母亲。”

“我可以知道其他原因吗？”

乔抬起头来看了一眼，又低下头去，脸上突然泛起红晕，然后慢慢地开口说，“也许我不该这么说，也有点自负，可是——我怕——劳里对我过分多情了。”

“这么说，他开始明显地表露出爱意，而你无法像他喜欢你那样喜欢他？”问这个问题时，马奇太太看上去颇为焦虑不安。

“噢，不！我一直都喜欢这个可爱的男孩，也为他感到非常骄傲，但要说比这更进一步，那是完全不可能的。”

“我很高兴你这么想，乔。”

“为什么？请告诉我。”

“亲爱的，因为我觉得你们两个不般配。作为朋友在一起固然很开心，而时不时地吵嘴，都很快就平息下来，可如果结为终身伴侣，我怕你们双方都会产生反感。你们太相像了，太热爱自由了，更不用提两人都有火爆脾气和执拗劲儿，在需要无限的耐心和忍让，还需要爱情的婚姻关系中是不可能幸福相处的。”

“我正是这么想的，尽管我无法表达出来。真高兴你认为他只是刚开始喜欢上我。我实在不想伤他的心，因为我不能仅仅出于感激之情就和这位亲爱的老朋友恋爱，对不对？”

“你能肯定他对你的感情吗？”

乔的脸更红了，带着姑娘们在谈到初恋情人时所流露出来的欢愉、自豪和痛苦交织在一起的表情回答道，“我怕这是真的，妈妈。他什么也没说，但他的表情胜过千言万语。我想我该在事情挑明之前走开。”

“我同意，如果能安排好的话，你应该走。”

乔似乎松了一口气，停顿了一会儿，才微笑着说，“要是莫法特太太知道了你不善于安排，会多纳闷呀，如果知道了安妮还有希望得到劳里她又会多高兴啊。”

“啊，乔，母亲们也许有不同的安排方式，但她们的希望是一致的——都希望看到她们的孩子们快乐。对梅格是这样，我对她的成功觉得很满意。你呢，我让你去享受你的自由，直到有一天你厌倦了，因为只有到那时你才会发现世上还有更美好的东西。现在我最关心的是艾米，但她的理智的头脑会帮助她的。至于贝思，只要她身体能好起来我就别无所求了。对了，这一两天她好像心情开朗些了。你跟她谈过了吗？”

“谈过了，她承认她有一桩烦恼事，答应以后会慢慢告诉我。我没再说什么，因为我想我知道是怎么回事了。”乔便把她的那段小小的经历说了出来。

马奇太太摇摇头，并不觉得这件事有任何浪漫的地方，她只是神情严肃地再次重申她的意见，为了劳里的缘故，乔应该离开一段时间。

“让我们先对他保守秘密，等事情定下来再说，到那时我会在他清醒过来并且装出一副可怜相之前就跑掉。贝思一定会认为我是让自己高兴而离开的，这也没错，因为我不能跟她谈劳里的事，但是等我走了，她就可以宠他安慰他，这样来帮他消除这份浪漫的幻想。像这样的小考验他经历了很多，已经习惯了，很快就能从失恋情绪中恢复过来的。”

乔满怀希望地说着，但还是摆脱不了心里的一种预感，害怕这次“小考验”会比以往任何一次都难以承受，而劳里也不会像以前那样轻易地从这“失恋情绪”中恢复过来。

经过一次家庭会议的讨论，乔离家打工的计划得到了大家的赞同，而柯克太太很高兴地接受了乔，并保证为她提供一个合意的住所。教书的工作能让她在经济上独立，而她所有的闲暇时光又能用写作来谋利，而新的环境新的社交圈子不但让人心情开朗，还能为她提供素材。乔醉心于这一前景，迫切地想尽早离开，因为对于她不羁的天性和冒险精神来说，家这个小巢显得过于狭窄了。等一切定下来以后，她带着害怕与忐忑不安的心情告诉了劳里，但出乎她意料的是，他十分平静地接受了这一事实。他近来比往常严肃，但还是那么令人愉快，当人家开玩笑说他的人生翻开了新的一页时，他认真地回答，“我正是这样，而且存心要把这一页一直翻开着。”

他这一次高尚道德的勃发来得正是时候，乔大大地松了一口气，还使她带着轻松的心情去做准备工作——因为贝思看上去比以前兴致好了——所以乔希望她正在做的事对所有人都有益处。

“有一样东西我想托付给你特别照看。”在离家前夕，乔说道。

“你是说你的书稿吗？”贝思问。

“不，是我的那个小伙子。对他十分好，行吗？”

“我当然会的，但我不可能取代你的位置，他会痛苦地惦念你的。”

“他不会因此而受到伤害的，所以记住，我把他委托给你照看，逗他烦恼、哄他开心，把一切都弄得井井有条。”

“为了你，我会尽力的。”贝思保证道，心里奇怪乔为什么这么古怪地看着她。

劳里和她告别时，意味深长地低语道，“这样做不会有什么用的，乔。我会紧紧地盯着你，所以你要留意自己的所作所为，不然我就来把你领回家。”

第三十三章

乔的日记

纽约，11 月

亲爱的妈咪和贝思：

我要定期给你们写长信，因为我有很多很多事要告诉你们，尽管我算不上是一位在美洲大陆旅行的高贵的年轻女士。当父亲那张亲切而熟悉的脸从我眼前消失的时候，我觉得有点难过，并且很可能会洒几滴眼泪，要不是有一位爱尔兰太太带着四个小孩全都在大哭小叫，分散了我的注意力的话。每当他们张嘴嚎啕，我就把小姜汁饼干隔着座位丢给他们，借此自我消遣。

很快太阳穿破了云层，我把这看作是一个好兆头，心情也同样好了起来，开始全身心地享受我的旅程。

柯克太太如此热情地欢迎我，让我竟能立刻在这个到处是陌生人的大房子里感到像回到了家里一样。她分了一间有趣的小阁楼给我——这是她仅有的空房间了，里面有一个火炉，还有一张很好的桌子，就在阳光充足的窗下，我可以坐在这儿，想什么时候写就写。要爬很多级楼梯，作为补偿，窗外的景致不错，对面还有一座教堂的塔楼，我第一眼就喜欢上我这个小巢啦。育儿室是一间令人愉快的屋子，在柯克太太的私人会客室隔壁，我就将在那里教书和干缝纫活，那两个小女孩都长得挺漂亮——我猜想她们颇为娇生惯养，但在我给她们讲了《七只坏小猪》的故事之后就跟我亲近起来，我毫不怀疑我能成为个模范家庭女教师。

如果我不愿在大桌和别人共餐，我可以单独跟孩子们一起吃，而眼下我正这样做，因为我很怕羞，尽管没有人相信这一点。

"好吧，我亲爱的，别拘束，就当在自己家里一样，"柯克太太用她那种母亲般的口吻说，"你可以想像，要让这样一个大家庭正常运转，我必须从早到晚不停操劳，但我如果确信孩子们很安全地跟你在一起，那我心里一块大石头就落了地。我所有的房门都向你敞开着，你的房间我也会尽可能布置得舒适些。如果你想交朋友，在这所房子里有一些很不错的人，而晚上的时间你都可以自由支配。如果出了什么岔子，你就来找我，尽量保持自己的好心情吧。喝下午茶的铃声响了，我得赶快换顶帽子忙活去。"就这么着，她匆匆忙忙跑开了，留下我把自己在这个新窝中安顿下来。

过了不多久，我下楼去，看到了我喜欢的景象。在这所高敞的房子里，一段段的楼梯都特别的长，我在第三段楼梯的顶端站住了，等待一个小女仆吃力地爬上来。这时我看见一位绅士跟在她后面上得楼来，从她手里接过沉重的煤斗，一路捧上楼来，在附近的门边放下，走开时和气地颔首致意，带着外国口音说道，"这么办好些。小小的脊梁哪怕抬一半重的东西也经不起。"

他做得真好，不是吗？我喜欢这样的事，因为就像父亲说过的，小事能显出一个人的本性。当天晚上我对柯克太太提起了这件事，她笑了起来，说道，"那一定是巴尔教授，他总是做这样的事。"

柯克太太告诉我，他来自柏林，博学多才，天性善良，但却一贫如洗，他以教书为生并抚养两个父母亡故的外甥。他姐姐嫁了一个美国人，遵从她的遗愿，他来这里负起了教育这两个外甥的责任。这不是一个富于浪漫色彩的故事，但还是激发了我的兴趣，听到柯克太太把她的会客室借给他几个学生上课，我心里暗自高兴。在会客室和育儿室之间有一道玻璃门，我打算偷偷地看看他，然后告诉你们他长得什么样。他快四十了，所以不用担心会发生什么，妈咪。

吃过了茶点，和两个小姑娘打闹了一番送她们上了床，我一边对付那个大针线筐，一边和我这个新朋友聊天，度过了一个安静的夜晚。我会每天以写信的方式记日记，一个星期寄出一次，所以道一声晚安，明天再继续写吧。

星期二，傍晚

今早在我的课堂里上了活跃的一课，孩子们就像桑丘[1]一样爱胡闹，有一度我真想抓住她们猛摇一番。有个好天使启发我，该试试教她们体操，我就一直坚持下去，搞到她们情愿坐下来安安静静地不动了。午餐过后，女仆带她们出去散步，我呢，开始干我的针线活，就像那个“心甘情愿的”小梅布尔，就在我为能够开出漂亮的纽扣洞而感谢自己的幸福之星时，只听得会客室的门开了又关上，有人开始哼唱：

“Kennst du das Land,”[2]

1　桑丘，塞万提斯的小说中唐·吉诃德的仆人，生性豪放，热爱生活。

2　德语，你认识那地方。这是歌德的长篇小说《威廉·麦斯特的学习年代》第三部第一章开头的《迷娘之歌》的首句。该诗后来被贝多芬、舒伯特等谱曲，广为流传。

听上去就像是一只大黄蜂。我知道偷看是很不对的，可我抵挡不住诱惑，便掀起玻璃门前帘子的一角向里看。巴尔教授正在里面，趁他整理他的书本时，我好好地打量了他一番。他是个典型的德国人——相当健壮，蓬乱的棕发从头上披下，长着浓密的胡须、挺直的鼻子以及我所见过的最温和的眼睛。听惯了我们声音尖锐或是不够严谨的叽叽呱呱的美国话之后，感觉到他那洪亮的好嗓子很是动听。他穿着褪了色的旧衣服，两只手很大，除了一口漂亮的牙齿，他脸上的五官没有长得真正俊的，可我喜欢他，因为他有聪明头脑，穿着质地很好的亚麻布衬衣，并且看上去像是一位真正的绅士，尽管他的上衣扣子掉了两颗，一只鞋子上还有一块补丁。尽管嘴里哼着歌子，他的神情还是很严肃，直到他走到窗前，把风信子球根转向阳光，并伸手抚摸一只猫，那猫对他的态度就像是对待一位老朋友一样。他的脸上现出了微笑，这时门上响起了剥啄之声，他马上以响亮轻快的嗓音答道：

“进来！”

我正准备跑开，这时瞧见了一个很小的孩子拿着一本很大的书，就停下脚步，想看看究竟是怎么回事。

“我想要我的巴尔。”小家伙说着，砰地放下她的书，迎着他跑过去。

“你会得到你的巴尔的，那就来吧，让他好好抱抱你，我的蒂娜。”教授说道，笑着一把抱起了她，将她高高举过头顶，使她非得俯下她的小脸才能亲吻他。

“现在我得开始上课了。”这个好玩的小东西接着说，于是巴尔把她放到桌上，打开她带来的那本大词典，递给她一张纸一支铅笔，她便匆匆涂写起来，时不时地翻过一页，用她又小又胖的手指自上而下在页面上划过，像是在找某一个字，神态那么认真，让我差点笑出声来暴露自己，这时巴尔先生站在那儿，抚摸着她漂亮的头发，脸上带着父亲般的神情，使我认为这该是他自己的孩子，尽管她更像法国人而不大像德国人。

又响起了敲门声，露面的是两个年轻姑娘，我赶紧退回去干活，就在隔壁不断传来的各种动静和说话声中一直规规矩矩地待着。其中一位姑娘总是发出矫揉造作的笑声，还以一种卖弄风情的腔调说“啊，教授”，而另外一位讲的德语带着一种口音，这使那教授听了一定难以保持镇静。

两人似乎在极大地考验他的耐心，因为我不止一次听见他加强语气说，“不，不，不是这样的，你们没好好注意听我讲，”还有一次响起了响亮的敲击声，似乎是他把书砸在桌上，接着就听见他绝望地叫道，“唉！今天什么都不顺。”

可怜的人，我真同情他，等姑娘们走了，我又偷偷看了一眼，想确认一下他是否挺过来了。他好像精疲力竭地一屁股倒在椅子里，坐在那儿闭目养神，直到钟敲两点，他才一跃而起，把他的书塞进口袋，好像准备上另一堂课了。小蒂娜已经在沙发上睡着了，他把她抱在手臂中，悄悄地把她带走。我猜想他日子过得很艰难。柯克太太问过我想不想下楼去吃五点开始的晚餐，我觉得有点想家，便想我愿意去，只为了去看看和我在同一个屋檐下生活的都是些什么人也好。所以我稍稍梳洗一下使自己能见得了人，下楼来想躲在柯克太太背后偷偷溜进去，可是她个子很矮而我很高，使我隐藏形迹的图谋终告失败。她让我坐在她身边的一个座位上，等到我脸上的燥热消退了，我鼓起勇气来打量四周，只见那长桌两旁坐得满满的，每个人都全神贯注于进食——尤其是先生们，看来他们是按时吃饭的，因为他们都在名符其实地狼吞虎咽，一吃完就跑得影踪全无。这里的人包括一般的类别：年轻人自顾自地凝神沉思，情侣们互相倾心交谈，结了婚的太太们聊着孩子的事，而老先生们谈的是政治。我想我不会有多大的兴趣跟他们中任何一个圈子打交道，除了一位长着可爱脸蛋的少女，她看上去好像有点心事。

被撇下在桌子最边上的是那位教授，他正在大声回答坐在他这一边的一位好打听、耳朵有点背的老先生提的问题，同时又跟桌子另一边的一位法国人讨论着哲学。如果艾米在场，她一定会永远对他不理不睬，因为——我很伤心地提到这一点——他的胃口大得惊人，那副把食物往嘴里猛塞的架式一定会让她这样的“贵族小姐”吓坏。我倒不在乎，因为我喜欢“看老百姓吃得津津有味”，就像汉娜所说的那样。而这个可怜的人给一帮白痴上了一整天的课，一定非得吃很多东西才行。

我吃完饭上楼的时候，看到有两个年轻人在门厅的穿衣镜前戴上帽子，我听见其中的一个低声对另一个说，“那个新来的是谁？”

“好像是家庭教师什么的吧。”

“那她怎么能跟我们一桌吃饭？”

“她是老太太的朋友。”

“有头脑，但没气派。”

“一点儿也没有。给我们点个火，我们就走。”

我起初感到愤怒，但过了一会儿也就不在乎了，因为家庭教师就跟公司办事员一样，没什么见不得人的。而且从这两个高贵的家伙所说的话来看，我有头脑，即使我没有气派也罢，这也比有些人强了。他们嚼着舌头走开，吞云吐雾般抽着烟。我讨厌庸俗之辈！

星期四

昨天安安静静过了一天，教书，缝纫，在我那十分舒适的小房间的灯光下和炉火旁写作。我听到了一些新闻，还被介绍给那教授。原来蒂娜是这儿洗衣房里干精熨衣服活的法国女人的孩子。这小东西把自己的心都交给了巴尔先生，只要他在家，就像一只小狗一样跟着他在屋子里到处转悠，这使他感到很开心，因为他尽管是个单身汉，却很喜欢孩子。柯克家的基蒂和明妮也同样对他充满钟爱之情，逢人便说各种有关他的事，诸如他发明的游戏，带来的礼物和讲述的精彩故事。小伙子们好像老是在戏弄他，叫他老弗里茨、陈啤酒、大熊星座[1]，拿他的姓名开这样那样的玩笑。但柯克太太说他就像个孩子一样欣赏这一切，并以一种十分善意的态度接受别人的玩笑，所以大家都喜欢他而忘了他的外国作派。

那位未婚女士名叫诺顿小姐——家境富裕，很有教养，也非常和气。她今天晚餐时跟我交谈了（我又去了那张长桌子吃饭，在那儿观察别人实在是太有意思了），还邀请我到她房间去找她。她有些很不错的藏书和图画，还认识很多有趣的人，显得很友好，所以我也要表现得随和一点，因为我确实想跻身上流社会，只要它不是艾米喜欢的那种就行。

昨天傍晚我在会客室的时候，巴尔先生带着一些给柯克太太的报纸走进来。她不在，但是明妮，一个故作老成的小姑娘，十分漂亮地把我向他作了介绍，“这是妈妈的朋友，马奇小姐。”

“对啊，她很风趣，我们特喜欢她。”基蒂插嘴道，她是个 enfant terrible[2]。

我们相对鞠躬，然后都笑了，因为那一本正经的介绍和这鲁莽的插话相形之下非常滑稽。

“啊，是的，我听说这些淘气鬼常来打扰你，马奇小姐。如果她们再来的话，叫我一声，我会就来的。”说着他威胁地皱起眉头，把两个小坏蛋逗得直乐。

我保证说我会叫他的，他就走了，但我似乎注定要常常见到他，因为今天我出去散步时经过他的房门口，无意中雨伞碰到了门上。门飞快地开了，他穿着晨衣站在那儿，一只手里拿着一只蓝色大袜子，另一只手里

1　弗里茨为他的名字弗里德里希的爱称，在俚语中泛指德国人。啤酒（beer）和他的姓氏 Bhaer 谐音。大熊星座中的“熊”在英语中也和 Bhaer 谐音。

2　法语，口没遮拦的孩子。

拿着根缝衣针。他看上去一点也不为此感到尴尬，当我向他解释之后匆匆离开时，他就这么拿着袜子挥挥手，用他那响亮欢快的嗓音说：

“今天散步天气不错啊。Bon voyage，mademoiselle[1]。”

我下楼时一路在笑，但是想到这个可怜人非得自己补衣物不可，也多少有点儿可悲。德国的绅士先生们会刺绣，这我知道，但补袜子是另一回事，没那么体面。

星期六

没发生什么值得一写的事，除了去诺顿小姐那儿作客，她的屋子里摆满了各种漂亮玩意儿，她本人也非常可爱，她给我看了她所有的宝贝，还问我能不能有时陪她去听听讲演或是音乐会——如果我对此也有兴趣的话。她把这作为一种善意的行为，但我可以肯定柯克太太跟她说起过我们家的情况，而她是出于对我的好意才提出来的。我是个很自傲的人，但这样的恩惠来自这样的人并不使我觉得是个负担，于是很感激地接受了。

当我回到育儿室时，听到会客室里一片欢腾，我便探头朝里张望，看见巴尔先生正爬在地上，蒂娜骑在他的背上，基蒂用一根跳绳牵着他，明妮则在喂两个小男孩吃芝麻饼，他们在椅子围成的笼子里大呼小叫，手舞足蹈。

“我们在玩动物游戏。”基蒂解释说。

“这是我的大象！”蒂娜加上一句，紧紧地抓住了教授的头发。

“星期六下午弗朗茨和埃米尔来了，妈妈总是允许我们自由活动的，对吧，巴尔先生？”明妮说。

“大象”坐起身来，脸上的认真劲儿不亚于其他任何一个人，他严肃

---

1 法语，祝你一路平安，小姐。

地对我说，“我向你保证正是这么回事。如果我们太吵了，你可以‘嘘’一下，我们就会安静一点。”

我答应他会这么做，但我让门开着，看着他们，跟他们一样兴高采烈——因为我从没见过这样精彩的嬉闹场面。他们玩了捉人和打仗游戏，又跳又唱，等天快黑了，他们在沙发上围着教授挤在一起，听他讲动人的童话故事：烟囱顶上的鹳，随着一阵雪花下降的小精灵。我真希望美国人能像德国人那样单纯天真，不是吗？

我太喜欢写作了，如果不是出于节约的动机，我会无休止地写下去，因为虽然我用了薄薄的信纸，字又尽量写得小，但想到这封长信会花费多少邮资我就直打哆嗦。艾米的信你们读过了请就转给我。跟她光彩夺目的旅程比起来，我的这些小新闻会显得平淡无奇，但你们会爱看的，我知道。难道特迪读书太用功了，连给朋友写信的时间也挤不出来了？贝思，替我好好照顾他，告诉我所有关于那两个小娃娃的事，并且给每一个人我无尽的爱。

你们忠实的

乔

又及：重读了一遍我这封信，使我觉得关于巴尔真谈得太多了，但我总是对古怪的人感兴趣，再说我也没有什么别的可写。祝福你们！

12 月

我亲爱的贝茜[1]：

这是一封草草写就的信，我把它寄给你，因为也许会让你看了觉得高

1　贝茜和贝思一样，都是伊丽莎白的爱称。

兴，并且让你知道一些我近来的活动。尽管日子过得平静，却非常有意思，噢，也非常开心！经过了一番艾米也许会称之为赫拉克里斯般的在精神上和道德上的耕耘，我的那些新的想法开始在两个女孩身上发芽，那些嫩树枝可以随我的意志弯曲了。在我看来，她们不像蒂娜和男孩子们那么有趣，但在她们身上我尽到了责任，她们也很喜欢我。弗朗茨和埃米尔是两个快快活活的小子，很合我的心意，因为德国和美国精神混合在一起，在他们身子里产生了一种持久的兴高采烈的心态。不管是待在屋子里还是到户外去，星期六下午都是狂欢的时刻，因为逢到晴朗的天气，他们全都会出去散步，像是一队学生那样，由教授和我来维持秩序，这一来多么好玩啊！

现在我和教授成了好朋友，我也开始听课了。我没法不去，而且这件事是以如此古怪离奇的方式开始的，我非得告诉你不可。让我从头说起吧，有一天我路过巴尔先生的房门口时，柯克太太叫住了我，当时她正在屋子里翻找什么东西。

“亲爱的，你见过这样一个窝吗？赶快来帮我把这些书放好，我刚刚翻箱倒柜地找了一通，想看看他到底把我不久前才送给他的六块新手帕怎么了。”

我进了房间，我们整理东西时，我环顾四周，用“窝”来形容这间屋子真是再贴切没有了。书籍报纸放得到处都是，一个破裂的海泡石烟斗和一根旧笛子搁在壁炉架上，似乎很久不用了。一只毛发蓬乱的没尾巴的鸟儿栖息在一个窗座上，另一个窗座上的装饰品则是一盒子白老鼠。在手稿中间杂放着做了一半的小船和零星的带子。炉火前烘烤着肮脏的小靴子，还有他心爱的男孩们留下的其他痕迹在屋内随处可见，为了这些男孩他情愿像奴隶般苦干。经过一番彻底搜查，发现了失踪的手帕中的三块——一块盖在鸟笼上面，一块沾上了墨水，另一块被烤得变了颜色，显然一直被用来端烫手的东西。

“这个男人啊！”好脾气的柯克太太把这些破烂手帕放进垃圾袋的时候笑着说，“我看剩下的那几块已经撕碎了当船帆，包扎割破的手指，或是用来做风筝的尾巴了。这太糟了，不过也不能怪他，他太漫不经心了，也太好说话了，老让那些男孩欺负他。我同意帮他浆洗缝补，但他常常忘了把他的东西拿出来，我也忘了照看这些事，所以有些时候他会落得一团糟。”

“让我来缝补吧，”我说，“我不在意，也不必让他知道。我愿意帮点忙——他待我很好，给我带信件，还借给我书看。”

就这样我帮他收拾好东西，并把两双袜子的跟补了起来——因为他那异乎寻常的织补技术把袜子的跟补得不成形了。没有人告诉他这些，我也希望他不会发觉，但是上个星期中有一天，我正在干着时给他逮到了。听他给别人上课，让我觉得趣味盎然，我竟梦想着能跟着学了。上课时蒂娜跑进跑出，把门开着，所以我能听见。我当时正坐在靠近这扇门的地方，补好了最后一只袜子，试图听懂他给一个跟我一样笨的新学生讲的课。等这个女孩走了，我以为他也走了，因为里面静悄悄的没一点声音，我这时正忙着念准一个动词的发音，身子可笑地摇来晃去，听得一声不大响亮的欢叫，使我抬起头来望，只见巴尔先生正盯着我，不出声地笑着，一边做手势要蒂娜别暴露了他。

“好啊！”等我停了手、像只笨鹅般目瞪口呆时，他说，“你偷看我，我也偷看你，这不坏，但是你知道，我不是开玩笑，要问你一声，你想学德语吗？”

“想啊，但你太忙了。我也太笨了，学不会。”我讷讷地说，脸红得像牡丹花。

“啊！我们能挤出时间的，我们决不会失败的。我很愿意在晚上开一点课，因为你知道，马奇小姐，我得还这份人情。”他指指我正在干的活儿。“‘对啊，’这些好心的女士们彼此说着，‘他是个老笨蛋，他不会发现我们在做什么，他绝对不会发觉他的袜子跟上不再有洞，他会以为他的纽扣掉了以后都会自己长出来，断了的鞋带也会自己接上。’啊！可我长着一双眼睛，我能看到许多东西。我有一颗心，并从心里为此感谢。来吧，随时随地上点课，不然再也不要像好心的小仙女为我干活了。”

这一来当然使我无话可说，再说这也是个难得的好机会，我便接受了这项交易，我们就这么开始了。上了四堂课之后，我深深陷入了语法的泥沼。教授对我很有耐心，但这对他一定是一种折磨，他时不时带着一种有几分失望的表情看着我，使我左右为难，不知该笑还是哭。这两者我都试过，如果我开始抽噎，觉得丢脸并痛苦到了极点，他就把语法书扔在地上，大步走出房间。我觉得自己蒙受了羞辱，被永远地抛弃了，但一点也不怪他，却匆匆收拾起我的书本笔记，想冲到楼上去，狠狠地扭扭身子，使自己镇定下来，这时他走了进来，满面春风，轻松自如，就像我刚刚得到极大的荣誉似的。

“现在我们来试试一种新的方法。你和我一起来读这些喜人的小童话故事，别再埋头钻研那本枯燥乏味的书了，它给我们制造了麻烦，就让它待在角落里吧。”

他说得那么和气，把安徒生童话如此诱人地打开了放在我的面前，让我更感羞愧，便开始以成败在此一举的精神学习起来，这似乎使他高兴极了。我忘了怕难为情，全身心地苦读(没有别的词可以形容了)，结结巴巴地念着很长的单词，凭每一刻的灵感来发音，做出最好的成绩。我念完了第一页停下来歇口气的时候，他拍起手来，由衷地叫道，“Das ist gut! [1] 我们现在干得很顺利啦！轮到我了。我用德语来念一遍。把你的耳朵竖起来。”他开始念了，一个个单词带着低沉而强烈的嗓音迸出来，那种味道听上去很悦耳，那光景看上去也很有意思。幸而读的这篇故事正是《坚

1　德语，这很好。

定的锡兵》[1]，非常滑稽，你知道的，这样我就可以大笑——我也的确笑了——虽然我连他读的一半都不懂，但我实在忍不住，他那么热心，我那么激动，这整件事又是那么富于喜剧意味。

打那以后，我们进展得顺利些了，现在我念课文可以念得相当好了，因为这种学习方法很适合我，我可以看到语法知识被融入了故事与诗歌之中，就像裹着糖衣的药片似的。我很喜欢这样，而他也还没有感到厌倦的样子——这是他做得非常好的地方，不是吗？我打算在圣诞节送些什么礼物给他，因为我不敢提出给他钱。妈咪，告诉我送什么东西好。

很高兴听到劳里显得非常开心而忙碌，他戒了烟，还把头发留长了。你看，贝思管他比我管得好。我并不妒忌，亲爱的，尽你的最大努力吧，只要别把他变成个圣人。如果他一点也没有凡人的调皮劲儿，我恐怕就不会再喜欢他了。把我的信念些片断给他听听。我没时间多写信，现在这样就可以了。感谢上帝贝思的情况一直不错。

正月

我亲爱的家人们，祝大家新年好，当然也包括L先生[2]和那个名叫特迪的年轻人。我简直无法描述我多么喜欢你们寄来的圣诞节包裹，因为我直到晚上才收到它，那时我已放弃了希望。你的信是早上到的，但邮包的事一句也没有提到，大概是想给我一个惊喜吧，所以我当时非常失望，但我有“那么一点儿感觉”，以为你们是不会忘了我的。喝过下午茶之后，我坐在自己的房间里，情绪有点儿低落，就在这时，那个外面沾满尘

1　这是安徒生童话中的名篇。
2　指老劳伦斯先生。

土的、看上去有些破损的大邮包送到了，我紧紧抱住了它，腾跃起来。真是充满了家庭温暖，让人精神焕发，我竟然坐倒在地板上，又读又看又吃又笑又哭，就跟我往常一样的疯。邮包里的东西正是我所希望得到的，由于是你们自己做的而不是买来的，这样就更好了。贝思做的新“墨水围涎”棒极了，汉娜的那盒硬姜汁饼干也被我当作宝贝。妈咪，你寄来的精美的法兰绒内衣我一定会穿的，父亲仔细做过记号的书我也一定会仔细读的。我非常非常地感谢你们大家！

说到书籍，让我想起我在这方面开始富有起来了，因为在元旦那天，巴尔先生送给我一本精美的莎士比亚作品集。这是一本他非常珍视的书，和他的德文版圣经、柏拉图、荷马和弥尔顿等著作一起放在书架上的显著的地方，我时常带着崇敬的眼光来看这本书，因此在他把它取下来，已经连封面也掉了，让我看书中写着我的名字和“你的朋友弗里德里希·巴尔赠”这些字样时，你们可以想像当时我的心情是多么激动。

“你常说想有自己的藏书，我这里送你一本，因为在这两个盖子(他是指书的封面)之间包含着很多本书。好好读读它吧，它会给你很大的帮助，因为本书中刻画的人物性格，会帮助你去认识现实生活中的人物，然后用你自己的笔去描绘他们。”

我为此衷心感谢了他，现在我提到“我的藏书”，好像我有上百本书似的。过去我从来不知道莎士比亚的作品中竟有如此丰富的内涵，那时也从来没有这么一位巴尔先生来给我讲解。你们可别笑话他这个怪姓，它的发音并不像人们会以为的那样读作“Bear”或“Beer”，而是介于这两者之间，只有德国人才读得准。我很高兴你们都爱听我谈有关他的事，也希望你们有一天能认识他。妈妈会赞赏他的热心肠，爸爸会赞赏他的聪敏头脑。这两者我都喜欢，跟我这新“朋友弗里德里希·巴尔”在一起感觉很充实。

我既不知道他会喜欢什么，也没有很多钱，所以买了好几样小东西，把它们随意放在他房间里，这样可以让他无意中发现。它们是些有用的东西，有的很漂亮，有的很好玩——一个新的墨水台放在他桌上，一个小花瓶，给他放花儿——他说他总是在一只玻璃杯里插一朵花，或者放一点绿色植物，给自己提提神。还有一个让他用来握住吹风机的布垫，这样他就不会烫坏艾米称之为"mouchoirs"[1]的东西了。我把它做得像是贝思发明的那种——一只身体肥胖的大蝴蝶，有黑黄相间的翅膀、毛线做的触角和玻璃珠做的眼睛。他喜欢得不得了，把它当一件古董，供在壁炉架上，所以到底没有派上用处，成为失败之作。尽管他挺可怜，他把这所房子里的每一个仆人或孩子都放在心上，而这里也没有一个人，从法国洗衣妇到诺顿小姐，不把他放在心上。这一点叫我挺高兴。

除夕夜安排了一场化妆舞会，大家玩得非常尽兴。我本来不想去参加，因为没有像样的衣服，但最后一刻柯克太太记起了她有几件旧的锦缎衣服，并且诺顿小姐借给我花边和羽饰。就这样我把自己打扮成马拉普鲁普太太[2]，带着一个假面具兴冲冲溜进了舞池。没有人认出我来，因为我改变了嗓音，而且所有的人都做梦也想不到那位沉默孤傲的马奇小姐（他们认为我态度十分生硬，待人冷漠，至少大多数人这么想，这样我就成了他们心目中妄自尊大的年轻人啰），也能打扮好了跳舞，并且脱口而出地来"一阵愉悦的混乱，像是尼罗河河岸上的一则寓言"[3]。我玩得非常开心，尤其是当我们取下面具时，大家瞪着我的模样真是好笑极了。我听见一个年轻人对另一个说他知道我当过演员，他竟然自以为曾经在一个小剧院里看过我的演出哩。梅格一定会觉得这个笑话很有意思。巴尔

1　法语，手帕。

2　爱尔兰剧作家里·勃·谢里丹所作喜剧《情敌》（1775）中的人物，讲话时用词错误百出。

3　引自《情敌》第三幕第三景，是马拉普鲁普太太荒唐地误用多音节词的一例，在译文中难以表达。

先生扮成尼克·博顿，蒂娜则扮成泰坦尼娅[1]——一个被他拥在臂弯里的地道的小仙女。看他们跳舞，用典型的特迪式语言来说“真是好一番景象”。

我毕竟度过了一个非常快乐的新年，后来我在自己房间里回味这一切的时候，觉得尽管遭遇了许多次失败，我还是得到了一点点进步，因为我现在无论何时都保持着乐观的心情，努力有了目标，比起过去对别人更为关心，这让我颇为满意。上帝保佑你们大家！永远爱你们的

乔

---

1 尼克·博顿为莎翁喜剧《仲夏夜之梦》中的一个纺织工人，泰坦尼娅为剧中的仙后。

第三十四章

一位朋友

尽管乔处身于让她非常快乐的社交圈，并且整日忙碌于工作——这不但为她挣得了一份面包，更使这份面包由于辛勤劳作的缘故吃起来更香——但乔还是能挤出时间来搞笔耕工作。现在支配她的写作目的对一个贫穷而又志向远大的小姑娘来说是十分自然的，但是要达到这一目的的手段却不是最佳的。她认识到金钱能带来权力，因此，她决心去获得金钱和权力，不但是为了独自享用，而是为了那些她爱他们胜过自己的人们。

乔梦想能让家中装满各种使生活舒适的用品，能让贝思得到一切她想得到的东西，从冬天的草莓到卧室里的一座风琴，让她本人能出国旅游，在满足自己需要之外总有富余，这样才可以充分享受对别人施惠的快乐，这一切正是她多年以来最为钟爱的空中楼阁式的幻想。

那篇短篇小说得奖的经历，像是在长途跋涉、艰苦磨难之后，面前展开了一条可能通向这个极乐的蜃楼幻境的道路。但是这场长篇小说的灾难，在一段时间里挫伤了她的勇气，因为公众舆论是个巨人，把顺着比她的更粗的豆茎向上爬的胆子更大的杰克[1]们都吓破了胆。就像这个不朽的英雄一样，她第一次尝试失败了，结果摔了一个大跟斗，得到的巨人的宝贝是最最差劲的，如果我没记错的话。但在休息了一阵子以后，她又鼓起了和杰克一般坚强的勇气卷土重来，这一次她从背阴的一面爬上去，得到了更多的战利品，却几乎撇下了比钱袋远为重要的东西。

她着手写作内容耸人听闻的短篇，因为在那个愚昧的年代，甚至十全十美的美国人也读这些垃圾作品。她炮制了一篇“惊险故事”，并且大胆地亲自把它送给《火山周刊》的编辑戴什伍德先生，这件事她没有向任何人提起过。她从未读过《成衣匠的改制》[2]，但从女性的直觉知道，比起个性的价值与仪态的魅力，一个人的穿着对于大多数人来说具有更为强大的影响力。所以她穿起最好的一套行头，尽力告诫自己不要激动也不要紧张，勇敢地爬上两段黑暗肮脏的楼梯，发现置身在一间杂乱无章的屋子里，那里缭绕着一片雪茄烟雾，坐着三位绅士，脚搁得比头上的帽子还高，所有人都没有因她出现而费力脱下帽子以示尊重。乔多少被这样的接待吓呆了，在门口踌躇着，十分尴尬地喃喃道：

“对不起，我要找《火山周刊》的办公室。我想见戴什伍德先生。”

搁得最高的那双脚放了下来，站起一位烟抽得最凶的先生，他小心珍重地夹着手指间的雪茄，趋前点了点头，脸上除了一副睡眠不足的样子以外，什么表情也没有。乔觉得必须设法完成这件事，便出示她的手稿，结结巴巴、断断续续地迸出事先为此精心准备好的一番话，每说一句脸就越来越红。

“我的一位朋友要我把——这篇故事——只是作为试稿——想听听你的意见——如果这个合用的话，她会很高兴再写的。”

1　典出英国传统的童话故事《杰克与豆茎》，讲述杰克顺着一根豆茎向上爬，一直爬到高空中巨人的城堡中，偷到了一只能生金蛋的母鸡。

2　这是英国作家托马斯·卡莱尔（1795—1881）的专著（1833—1834），书中的第一部分谈“衣裳的哲学”，他认为整个宇宙是覆盖万物的一袭衣服。

就在她红着脸口齿不清地说着的时候，戴什伍德接过了手稿，用两只很脏的手指翻阅着，拿挑剔的眼光在整洁的纸页上上下移动。

“我想不是初次尝试吧？”他看到每一页都标上了页码，只在一面上有字，而且没有像新手肯定会做的那样用一根缎带把手稿扎起来。

“是的，先生。她写过一些东西，一篇故事还在《巧言石之旗》杂志上得过奖。”

“哦，是吗？”戴什伍德对乔匆匆看了一眼，似乎要把她身上穿戴的一切尽收眼底，从她无边女帽上的蝴蝶结直看到她靴子上的扣子。“嗯，如果你愿意可以把它留下。我们手头有好多这种东西，眼下都不知道该怎么处理，不过我会把它过过目，下星期给你一个回音。”

说起来，乔可不愿把手稿留下，因为戴什伍德先生根本不对她的胃口，但是在这种情况下，她除了鞠躬告退又能干什么呢？只见她显得特别高大而凛然，这是每当她恼火或羞愧时惯于这样做来作掩饰的。刚才她真是又羞又恼，因为从先生们互换的会意的眼神看来已经够明显了，她那个“我的朋友”写的虚构小故事被当成好玩的笑话；而且那编辑关上门的时候，发表了几句听不清的评论，引发了一阵笑声，为她这次失败的造访划上了一个句号。她几乎决定再也不来了，便回到家中，把她的恼怒发泄在狠狠地缝补围裙上，过了一两个小时，她相当冷静了，能为刚刚那一幕感到好笑，并且开始期待下星期的到来。

她再去的时候，只有戴什伍德先生一个人在，为此她颇为庆幸。令人高兴的是比起上一次，戴什伍德先生要远为清醒，而且他没有只顾抽他的雪茄而忘记了应有的礼貌，所以这第二次见面要比第一次舒畅多了。

“我们准备接受这篇东西（编辑从来不说我），如果你不反对做一些改动的话。它太长了，不过删掉了我做了记号的那些段落，就能使它的篇幅正好合适了。”他以一种生意口吻说道。

乔几乎认不出自己的手稿了，每一页都被揉得皱巴巴的，很多段落底下都划了线，她这时的感受，就像一个慈爱的父亲，被要求割掉他孩子的腿儿以便能放进一只新摇篮。她看着做记号的那许多段文字，惊讶地发现有关道德的段落——她精心地放入这些以便平衡过多的浪漫主义色彩——全都被删除了。

“可是，先生，我还以为每个故事都要有一点道德教训，所以我有意让我笔下的有些犯过错的人忏悔。”

戴什伍德先生放松了作为编辑的严肃神情，微笑起来，因为乔忘记了她的“朋友”，说出了只有一个作者才可能说的话。

“你知道，人们想要的是消遣，不是说教。如今道德教训是没有销路了。”顺便说一句，这个说法并不怎么正确。

“那么，你认为作了这些修改就可以了？”

“是的，故事情节是新颖的，发展得也挺好——文字不错，等等。”这是戴什伍德先生和蔼的回答。

“你会出——我是说，报酬方面——”乔开口道，不太清楚该如何表达自己的意思。

“噢，是的，嗯，这一类东西我们付二十五到三十元钱。一刊出就付。”戴什伍德先生回答，仿佛他刚才把这一点忘了；据说在编辑们的头脑里是常常不考虑这些小事的。

“很好，你可以把稿子留下。”乔说，带着满意的神情把稿子递回去，因为拿过一块钱一个专栏，即便是二十五块钱也显得挺不错了。

“我能不能告诉我的朋友，如果她有一篇比这更好的，你会愿意接受吗？”乔问道，没有意识到自己的小小失言，而且是因为成功才鼓起勇气来提出的。

“这个嘛，我们会看看的，但不能保证一定会要。告诉她写得短些和刺激些，别再考虑道德内容。你的朋友想怎么署名？”用的是随意的语调。

“如果可以的话，请不要署名，她不愿意自己的名字出现，也没有笔名。”乔说，不由自主地红了脸。

“当然了，她爱怎样就怎样办，故事会在下周刊出。你自己来拿稿酬，还是我给你捎去？”戴什伍德先生问，他很自然地渴望知道这位新的投稿者是谁。

“我会自己来的。再见了，先生。”

她刚离开，戴什伍德先生便搁起双脚，得体地评论道：“贫穷而骄傲，这是常规，但她能行。”

遵循了戴什伍德先生的指示，更以诺斯伯里夫人为楷模，乔卤莽地投身于煽情文学那一片泡沫海洋中，但要感谢的是有一位朋友投给了她一个救生圈，她才能再浮出水面，没有受到多大的损害。

正如大多数年轻的拙劣作家一样，她把她的角色和场景放到外国；于是众多歹徒、伯爵、吉卜赛人、修女和公爵夫人在她的舞台上登场，以人们意料之中的准确性与精神状态扮演着各自的戏份。她的读者并不在意诸如语法、标点符号和故事的可能性这一类小节，而戴什伍德先生仁慈地容许她用文字填满他的版面，来赚取最低的稿酬，觉得没有必要告诉她之所以他会如此慷慨大度，其实是因为他的一名雇佣文人得到了别人给的高薪，见利忘义把他给甩了。

她很快就对她的工作产生了兴趣，因为她瘪瘪的钱包鼓了起来，并且随着一周一周的时间过去，她为了能在明年夏天带贝思去山间休养而攒下的小笔储蓄在缓慢但稳定地增长。有一件事扰乱了她的满足感，那就是她没有把此事告诉家里人。她有一种预感，父亲和母亲不会赞同，就想先照自己的想法办，过后再请求原谅。要保守秘密并不难，因为她的故事都没有署名。戴什伍德先生自然很快就发现了真相，但保证决不透露出去，而且奇迹般的信守了他的诺言。

她以为这对她毫无妨害，因为她并不真心想要写这些会令她羞愧的东西，期望着有朝一日可以高高兴兴地展示她所得的钱、笑呵呵地谈论她这小心保守的秘密，以此来抚平良心的责备。

可是戴什伍德先生除了惊险故事什么也不接受，但惊险故事只有靠折磨读者的心灵才能炮制，为了这个目的，就得细细搜索历史与传奇、陆地与海洋、科学与艺术、刑事档案材料与疯人院的病史。乔很快就发现她那单纯的经历使她对社会底层的悲惨世界几乎没有认识，因此她从生意人的角度出发，着手以她特有的精力来弥补她的不足。她渴望为她的故事找到素材，即使在写作技巧上无法做到娴熟老练，也一心一意要写出有独创性的情节，为此她在报纸上搜寻意外事件、偶发事故与罪案。公共图书馆馆员因她询及有关毒药的著作而起了怀疑。她在大街上研究周围人们的脸，揣测他们的性格，好的、坏的和无动于衷的。她深入尘封的故纸堆，寻找历史事实与虚构的故事，它们是如此古老，不为人知，运用起来与全新的资料没什么两样。她还尽量利用有限的机会去体验各种愚蠢的行为、罪孽和苦难不幸。她自以为干得一帆风顺，却不知已开始亵渎女人性格中最富女人味的某些品质。她生活在一个堕落的社会中，尽管只是假想中的，但也受到了影响，因为她正在以危险而没有根据的材料来滋养自己的心灵和想像，由于过早地接触生活的阴暗面，她天性中善良无邪的花朵被急速地扼杀了，而这种阴暗面对我们大家来说也是早晚会接触到的。

她不仅仅是旁观，也开始感受这一切，因为大量地描写了别人的激情与感觉，使她着手钻研揣摩她自身了——这是一种病态的消遣，凡是健康年轻的头脑是不会自发地沉溺其中的。干了出格的事，总是会自动地带来惩罚，当乔最该得到她的惩罚时，她得到了。

我不知道研究莎士比亚是否能帮助她了解人性，或者女人天生的直觉能告诉她什么是诚实、勇敢和坚强。然而当乔以世上所有的完美品质赋予她想像中的英雄时，她发现了一位活生生的英雄，尽管他身上有许多人类的缺陷，但还是引起了她的兴趣。巴尔先生在一次交谈中劝告她，无论在何地发现纯朴、真诚、可爱的人物，都要对他们加以研究，这是一个写作者的良好训练。乔把他的话听进去了，冷静地转而研究起他来——这个做法如果被他知道了，一定会不胜惊讶，因为这位可尊敬的教授在自我评价上是极为谦逊的。

起初让乔感到不解的是为什么人人都喜欢他。他既不富有也不伟大，既不年轻又不英俊，不管从哪方面看都称不上长相迷人、仪表堂堂，或是才气焕发，然而他就像一堆温暖的火那样吸引着别人，人们也像围着炉火般自然地聚拢到他身边来。他一贫如洗，但总像是在给予什么；在这里是个外国人，但每个人都是他的朋友；不再年轻，但开朗乐观得就像是个男孩；相貌平平、脾气古怪，但对很多人来说他的脸是漂亮的，而他的种种怪癖也因为是他的而轻易得到谅解。乔常常观察他，试图发现他的魅力所在，最后得出结论，正是他的仁慈创造了这一奇迹。如果有什么忧伤，他把它埋葬在内心深处，只把他光明的一面展示给整个世界。他前额上有些皱纹，但似水流年好像也记住了他对别人是如何慷慨，并没有在他身上留下多么深的痕迹。他嘴角边那几道讨人喜欢的纹路，是许多次友善的谈话与欢笑留下的纪念。他的目光从不冰冷严酷，他的温暖大手握起手来很是有劲，比他的言辞更有表现力。

他穿的衣服似乎也感染了穿者好客的天性。它们看上去十分随意，存心使他感到很舒适。宽大的背心暗示着里面藏有一颗宽宏大量的心，褪了色的外套洋溢着爱交际的气派，鼓鼓囊囊的口袋明显地证实了孩子们的小手常常空着伸进去，抓得满满地抽出来，他所穿的靴子使人觉得可亲，而他的衣领从来不像其他人的那样浆得硬硬的会擦伤皮肉。

“这就是了！”乔对自己说，她终于发现，以真正的好心肠对待别人可以使人变得俊美高尚，哪怕他是一个粗壮的德国教师，吃饭时狼吞虎咽，自己缝补袜子，还被自己的古怪姓氏巴尔所困扰。

乔十分看重善良，但她也怀着一份最为女性化的对于才智的敬佩，而一个有关教授的小小发现，使她对他更尊敬有加。他从来不谈他自己，直到有一个老乡来看他，大家才知道在他出生的城市里他曾是一位因为博学与正直而备受敬重的人物。而这个让人高兴的事是在和诺顿小姐的一次谈话中透露出来的。乔从她嘴里知道了这件事，更加赞赏了，因为巴尔先生从未就此自我标榜。使乔骄傲的是她知道了在柏林时他是一位受人尊敬的教授，尽管在美国仅仅是一个穷困的语言教师。这个发现所带来的浪漫气息，把他那平淡朴实、辛勤劳作的人生经历大大地美化了。

另一种比聪明才智更为突出的品质，以完全意料不到的方式展现在她面前。诺顿小姐可以自由出入文学界的圈子，要不是靠了她，这种场合乔是无缘得见的。这位独居的妇女对这抱负不凡的女孩颇感兴趣，慷慨地把好多这样的机会同时给了乔和教授。有一天晚上，她带他们去参加一次精英分子的专题报告会，那是为招待几位名流而举办的。

对于那些她早就以年轻人的狂热遥遥地崇拜的大人物，乔是预备去向他们鞠躬致敬的。但是她对于天才的敬意在那个晚上受到了强烈的打击，并且好久才恢复过来，因为她发现这些伟人终究不过是些普通男女罢了。想像一下她的失望之情吧，当她带着腼腆的崇敬偷眼望了一下那位诗人，他的诗行透露出他是一个“餐风饮露”的仙人，可是乔却看到他在大口吞咽着他的晚餐，那股劲头使他充满着智慧的脸涨得通红。她从这个掉价的偶像身上移开视线，发现了一些其他情况，把她的罗曼蒂克的幻想迅速驱散了。那位伟大的小说家像个钟摆似的在两个细颈大玻璃酒瓶之间来回走动。那位著名的神学家在和一位现代的斯塔尔夫人[1]公开调情，而她却瞪着眼看着另一位科琳[2]，后者在用计抢夺一位学识渊博的哲

1 斯塔尔夫人(1766—1817)，法国女作家。她主持的文艺沙龙吸引了许多文人雅士。

2 科琳为斯塔尔夫人于1807年发表的小说《科琳或意大利》的女主人公。

学家时胜过了她，现在正和蔼可亲地对她加以嘲讽。那位哲学家则在矫揉造作地啜着茶，看上去恹恹欲睡，因为那位女士的喋喋不休使得对话无法进行下去。那些著名的科学家忘记了他们的软体动物和冰川期，聊起了艺术，一边以独有的劲头专注于对付牡蛎和冰淇淋。那个像再生的俄耳甫斯[1]般迷倒了整个城市的年轻的音乐家，在谈论马匹，而在场的英国贵族的代表人物，恰恰是全体与会人士中再普通不过的一个。

这个夜晚还没过一半，乔就感到彻底幻灭了，便坐到一个角落里让自己镇定下来。巴尔先生很快和她坐到一块儿来了，看上去和这里的环境格格不入，不久，几位哲学家卖弄着各人的拿手绝活，缓步走来利用休息间歇来举行一场智力竞赛。这场对话远远超出了乔的理解力，但她听得很带劲，尽管不知道康德和黑格尔是何方神圣，客观和主观又该作何解释，等这一切结束之后，唯一“从她内心的意识中泛起”的却是一阵难忍的头痛。她慢慢地看清了世界正被打成碎片，然后遵照新的以及按这些人所说的比过去不知优越多少的原则来拼成一个新的世界，还看清了宗教很可能正被推向不复存在，而聪明才智将成为唯一的上帝。乔一点也不懂哲学或玄学之类的东西，但一阵好奇的激动，一半是令人愉快的，一半是叫人痛苦的，在她倾听时向她袭来，她感觉像是被卷到了时间与空间之中，就像是假日里放飞的一只新的气球。

她转过头想看看教授的反应，却发现他带着她所看到过的最严厉的表情在盯着她。他摇摇头，招手要她离开，可是这时她正被思辨哲学的自由天地所迷，坐着没动，想看看这些聪明的先生在毁灭了所有旧的信仰之后打算拿什么来做依靠。

且说巴尔先生是个谨小慎微的人，他不急于发表自己的意见，之所以如此倒并非因为这些意见尚有疑义，而是因为它们无比真诚与认真，不该

1　俄耳甫斯，希腊神话中的诗人兼歌手，据说他弹起竖琴时能使猛兽动容，顽石点头。

轻描淡写地表达出来。当他把目光从乔身上转向其他几个被这灿烂的哲学烟火所吸引的年轻人，他皱起了眉头，迫切地想要发言，唯恐有个易冲动的年轻心灵被烟花火箭带向迷途，等到表演结束之后，发现剩下的只是一支空空的爆竹棒子或者一只烧伤的手。

他尽可能地缄口不言，但当他被要求表达意见时，竟怀着满腔义愤爆发起来，自以为掌握着真理，便振振有词地捍卫起宗教来——这样地振振有词，使得他的蹩脚英语听上去如同音乐一般，他那张平平常常的脸也变得漂亮起来。他这一仗打得很艰苦，因为那些聪明人非常善于辩论，但他被击败了还毫无所觉，仍然像个男子汉一样坚持自己的立场。不知怎的，他说着说着，世界在乔面前又恢复了正常：延续了那么久的旧有的信仰，似乎比新的更好；上帝不是一股看不见的力量，永生也不是一个美丽的童话故事，而是一个可喜的事实。她觉得仿佛双脚又踩在坚实的土地上了，当巴尔先生停顿下来，被打败了，但一点也不以为被说服了，乔真想拍手并且感谢他。

她没有拍手，也没有致谢，但她记住了这一幕，衷心地尊敬教授，她知道此时此地他开口是需要力量的，因为他的良知不允许他保持沉默。她开始看到比起金钱、地位、才智或者美貌，拥有个性更为重要，她觉得，如果伟大真的像有一位智者所定义的，是“正直、虔诚与良好的意愿”，那么她这位朋友弗里德里希·巴尔就不仅是好人，更是个伟人了。

这种信念日渐坚强。她珍视他的尊重，渴望他的敬意，她想要配得上他的友谊，当这种愿望变得最最真诚的时候，她距离失去一切已经不远了。这事完全起因于一顶三角帽，因为有一天晚上，教授前来给乔授课，头上戴了一顶纸糊的士兵帽，那是蒂娜给他戴上而他忘了脱下的。

“很明显，他下楼之前没有照照镜子。”乔带着一丝微笑想道，这时他说了声“晚上好”，便很严肃地坐下，完全没有意识到他将讲的课文与他头上的装饰品之间的滑稽对比，原来他打算给她读的是《华伦斯坦之死》[1]。

刚开始她什么也没有说，因为她喜欢听到他在发现了什么可笑的事时会发出的洪亮爽朗的笑声，所以她就让他自己来发现，不一会儿就忘记了这件事，因为听一个德国人朗诵席勒的作品是该非常投入地倾听的。朗诵结束后讲课开始，课上得十分生动，因为那个晚上乔的情绪极好，而那顶三角帽使她的视线不停地欢快跳动。教授不知道该怎么教导她，最后他停下来，忍不住略带惊奇地发问：

"马奇小姐，是什么使你当着你老师的面发笑？是不是你不尊敬我，所以你这么不听话？"

"你忘了把你的帽子取下来，先生，这个样子我怎么能尊敬你呢？"乔说。

粗心大意的教授抬起手来摸自己的头，严肃地摸了摸那顶小三角帽，把它取了下来，对着它看了一会儿，然后仰起头，笑得像一把欢乐的低音提琴。

"啊！我看到它了，这小帽是那个鬼精灵蒂娜做了来出我洋相的。嗯，这不算什么，可你瞧，如果这堂课学不好的话，你也该戴上它。"

但是这堂课上了没几分钟就上不下去了，因为巴尔教授一眼看见了帽子上的一幅图画，他把折起的帽子摊开，带着极大的厌恶说，"我真希望这种刊物没有送到这所房子里来，这是不该让孩子们看到，也不该让年轻人读的。这个很不好，我对制作这种有害东西的人无法容忍。"

乔瞄了一眼，看到这张纸上有一幅很引人注目的画，上面画着一个疯子、一具尸体、一个恶棍和一条蝮蛇。她不喜欢这个，但促使她翻到这张

1　德国浪漫主义作家席勒的《华伦斯坦》三部曲为他的历史剧中的代表作，写主人公华伦斯坦在德国的三十年战争中从一名上校飞黄腾达成为最高统帅，从效忠皇帝发展到密谋反叛，最后被部下所杀。1799 年发表后，即被英国浪漫主义诗人柯勒律治译成英文。《华伦斯坦之死》为三部曲的末一部。

纸的反面的冲动却不是出于不愉快，而是出于害怕，因为一时间她自以为这是《火山周刊》的一页。幸好不是，她的恐惧也消失了，因为她想起即使这是刊载她的故事的那一期，她用的笔名也不会使她暴露。可是她的神色与脸上的红晕却暴露了自己，教授尽管是一个粗心大意的人，却见多识广，远远超出人们的想像。他知道乔会写作，还不止一次地在市区的报馆遇见过她，可是她从未提及，他也就不问，尽管怀有一种强烈的愿望想看看她的作品。现在他突然想到她正在做的事她自己都不愿承认，这使他十分担忧。他没有像许多人会做的那样对自己说“这不关我的事，我没有资格说三道四”。他只知道她是个年轻穷苦的姑娘，远离母亲的爱与父亲的关怀，而他想采取什么行动来帮助她，这股冲动来得迅速，又是如此自然，就像看到一个小孩子快要掉进水坑时要伸出手去救他一样。所有这些念头一时在他脑海中掠过，但他的脸上没有露出一丝痕迹，等到那张纸被翻了过去，乔的针穿上了线，他也准备好相当自然而十分严肃地说道：

“对，你把它翻过去是做对了。我不愿意相信该让善良的年轻姑娘看这种画。对有些人来说读读这些挺开心，但我宁愿我的孩子去玩火药也不愿他们读这种有害的垃圾。”

“也许不全是有害的，只是很愚蠢，你知道的，而且如果有需求的话，我看不出提供这些有什么坏处。许多很值得尊敬的人就是靠写所谓的煽情小说在诚实地谋生。”乔说道，她的动作过于用力了，在给衣裙打褶裥时针底下出现了一长道小裂口。

“对于威士忌的需求同样存在，但我想你和我都不会想到去贩卖它。如果那些值得尊敬的人知道他们造成了怎样的损害，他们就不会认为自己是在诚实地谋生。他们没有权利在糖衣里裹进毒药，让小家伙们吃下去。不，他们应该三思，在干这号事之前把污泥从大街上扫尽。”

巴尔教授激烈地说着走向壁炉，把那张纸揉成一团。乔一动不动坐着，看上去好像火快烧到她身上了，等那顶三角帽化成一阵烟，从烟囱里无害地消失了很久，她的脸颊还是热辣辣的。

“我真希望把所有这些东西都这样烧了。”教授嘀咕着，带着宽慰的表情从炉边走回来。

乔想像着自己楼上那一大堆稿纸烧起来火势会多大，这时她那些辛苦挣来的钱在沉甸甸地压迫着她的良心。紧接着她就自己安慰自己地想道，“我写的东西不同，它们只是愚蠢而绝对不是有害的，所以我不用担心。”她拿起她的书本，带着好学的表情说，“先生，我们接着学好吗？现在我会好好听讲的。”

“我希望是这样。”他就说了这么一句，但其意义要比她想像的来得多，而他给她的那严肃和善的一瞥，使她觉得好像《火山周刊》四个粗体字正印在她的前额上。

她一回到自己的房间，就取出稿子，将她写的每一篇故事都仔细读了一遍。巴尔先生有点近视，有时会戴眼镜，乔试着戴过一次，看到书上的小字都被放大了，不禁微笑起来。现在她似乎正戴上了教授的精神或者说道德眼镜，因为这些倒霉的故事中的缺点显得如此刺目而可怕，让她万分沮丧。

“它们全是垃圾，而且很快会变得更糟，如果我继续写下去的话，因为每一篇新作都比前一篇更煽情。我一直盲目地写着，伤害了自己，也伤害了别人，只是为了金钱。现在我明白，因为我无法严肃真挚地读这些东西而不感到羞愧难当。如果家里人看到了或是巴尔先生发现了我该怎么办呢？”

乔想起这个无法掩饰的事实，脸上热辣辣的，她把整包稿纸塞进壁炉，火焰直窜，差一点使烟囱烧起来。

“是啊，这才是这些易燃的废物的最好去处。我想我宁愿把房子烧塌，也不愿别人用我炮制的火药毁灭他们自己。”她注视着《侏罗山的魔鬼》骤然消失，变成一小堆黑色的残灰，里面有些像眼睛般的火红小点。

但当她三个月来的工作灰飞烟灭，只剩下一堆灰与她膝头的钱，乔的表情严肃起来，她坐在地板上，想着她该拿她的这些工钱怎么办。

“我认为我至今还没有造成多大的损害，也许应该留下这些钱作为我所花时间的报酬，”她说，在苦思冥想了很久之后，又不耐烦地加上一句，“我都快但愿自己没有良心了，这让我多么为难。如果我不在乎做得是否正确，即使做错了也不会感到难过，我就会过得很开心的。有时我禁不住希望当初父母亲对这些事并没有要求那么严格。”

唉，乔，不该这么希望，而是要感谢上帝“父亲和母亲曾经如此严格”，并且从你的心底里同情那些没有这样的监护者来用原则将他们围住的人，这些原则在缺乏耐心的年轻人看来像是监狱的高墙一般，但这些原则无疑是铸造妇女的性格的坚实基础。

乔再也不写耸人听闻的小说了，确信得到的报酬无法补偿她没有获得的轰动效应，相反却走向了另一个极端，正如像她那一类性格的人会做的那样，她学习了舍伍德夫人、埃奇沃思小姐和汉娜·摩尔[1]的作品，然后写出一篇故事，里面充满了那么多的道德内涵，也许该把它称作论说文或是讲道更为恰当。从一开始她就对此抱有怀疑，因为这种新的形式束缚了她活跃的想像力和少女的浪漫幻想，正如穿着上个世纪僵硬累赘的服装参加假面舞会一样的不自在。她把这篇满是说教的宝贵作品寄给了几个地方，但是没有找到赏识的买家，因此她倾向于同意戴什伍德先生的说法，道德主题无人问津。

---

1 这三位为英国早期的小说家，舍伍德夫人名玛丽·玛莎（1775—1851），写了大量供儿童及少年的读物；埃奇沃思小姐名玛丽亚（1767—1849）为英裔爱尔兰小说家，其代表作为《拉克伦特堡》（1800）；汉娜·摩尔（1745—1833）写剧本开始她的文学生涯，在伦敦结识了名演员大卫·加里克等文化名人，写了几部悲剧，由他演出，后来专门写劝人为善的文章，晚年发表了受人欢迎的小说《科埃莱布斯寻妻记》。

接下来她开始写一篇儿童故事，她本可以轻松地推销出去，如果不是因为贪婪地追求肮脏的金钱的话。唯一出了足够的价钱，使她觉得尝试写作少年文学是值得的，是一位值得尊敬的绅士，他认为他的任务就是让世人都转到他特殊的信仰上来。可是尽管乔非常愿意为孩子们写作，却无法接受去描写她笔下的那些调皮的男孩被熊吞吃，或是被疯狂的公牛用角挑起，就因为他们没有去上一所特定的主日学校，而所有去了的好孩子却得到了所有的奖励，从金色的姜饼到他们大着舌头念着赞美诗篇和布道辞离开这个世界时有天使陪伴护送。所以乔这些试验都无一成功，只有塞紧墨水台的瓶塞，迸发出一阵非常有益于身心健康的谦逊心理，自言自语道：

“我一无所知。我要等到弄懂了再来尝试写作，与此同时，如果我不能干更好的事的话，就去‘大街上打扫污泥’，至少这是老老实实的做法。”这个决定说明她第二次从豆茎上摔下来对她多少有点好处。

在进行这种内心革命时，她的生活在外表上看还是一如既往地忙碌与毫无变故，而且如果她有时看上去颇为严肃或是有点忧伤的话，没有人会注意到，除了巴尔教授。他毫不声张地观察着她，以致乔从未意识到他正在观察她是否接受了他的责备并从中受益，但她经受住了考验，他感到非常满意，尽管没有在言语中交流过，他知道她已放弃了写作。他这样猜测不仅仅是因为在她右手的食指上再也看不到墨水的污渍，也因为现在她会在楼下消磨夜晚时光，在报馆周围再也见不到她的身影，学习起来带着不折不挠的毅力，这使他相信她已经下决心在她的头脑里装进一些有用的东西，哪怕并不那么令人愉快。

他从很多方面帮助她，表明自己是一位真正的朋友，而且乔也很高兴，因为她停止了写作，正在学习除了德语以外的别的课程，为描写她自己生活中的感人故事打下基础。

这是一个愉快而漫长的冬天，直到六月里她才离开柯克太太。这一刻来临时每个人都显得很感伤，孩子们难过得难以安慰，而巴尔先生的头发一根根地在头顶竖了起来，因为他心中烦恼时总是发疯一般把头发揉得乱七八糟。

“要回家了？啊，你真幸福，有个家能回去。”乔告诉他的时候他说道，坐在角落里默不作声地扯着胡子，她呢，在那天晚上搞了一个小小的聚会。

第二天她一早就要走，所以隔天晚上她向大家道了别，轮到他的时候，她热情地说，“那么，先生，如果你有朝一日路过我们那里的话，你不会忘了来看我们吧？如果你忘了，我就永远不会原谅你，因为我想让我的家人都认识认识我的朋友。”

“是吗？我该来吗？”他问道，低头看着她，脸上带着她从未见到过的热切表情。

“对，下个月来吧，劳里那时候毕业了，你会把毕业典礼当作新鲜事物来欣赏的。”

“那就是你说到过的最好的朋友？”他用一种变了声的嗓音说。

“是啊，我的男孩特迪，我很为他骄傲，希望你能见到他。”

这时乔抬眼来望，还不知不觉地沉浸在为他们相互作介绍的愉快想像之中。巴尔先生脸上的某种表情突然提醒了她，也许她把劳里当作不止是个“最好的朋友”，但仅仅因为她特别希望表现出不是那么一回事，她竟情不自禁地脸红了，而且越是想克制住，脸就越发红得厉害。如果不是膝上的蒂娜替她解了围，她真不知道自己会怎样收场呢。幸好这个孩子凑过来抱住她，使她可以马上藏住她的脸，希望教授没有看到。但他看到了，他的表情便从一时的焦虑又变回了平常的样子，他诚挚地说：

“我怕那时我不会有空，但我要祝你的朋友万事如意，你们永远快乐。愿上帝保佑你！”就这么说着，他和她热情地握手，把蒂娜扛在肩上就走了。

但当男孩们都上了床，他久久地坐在炉火旁，一脸疲惫，思乡之情梗塞心中。他一下子想起乔坐在那里，膝上抱着那个小孩，脸上带着过去没见过的温柔表情，他便用双手撑住头，过了一会儿，开始在屋里走来走去，像是在找某种他找不到的东西。

“如果我得不到，那就一定不要再去想了。”他对自己说，叹了一口气，听上去简直像是一声呻吟。然后就像是为了无法抑制思念之情而责备自己，他走过去吻了枕头上两个头发凌乱的小脑袋，取下很少使用的海泡石烟斗，翻开他的柏拉图的著作。

他尽了最大的努力，处理得很有男子汉气概，但我想他不会满足于两个不受管束的小男孩、一只烟斗，甚至那神圣的柏拉图的著作，来代替妻子、孩子和家庭。

尽管时间非常早，第二天清晨他还是来到车站为乔送行，要感谢他的是，她能愉快地回忆着一张微笑着和她道别的熟悉的脸，加上一束陪伴她的紫罗兰，来开始她孤寂的旅程。而最令人开心的想法是，“哎，冬天已经过去了，我没写出一本书，没有发一笔财，但我交上了一个值得结交的朋友，而且我要试图终身保留他。”

第三十五章

心　碎

不论劳里的动机何在，他那一年的确是为了某种目的在努力学习，于是他以优等成绩毕了业，他的朋友们形容他在用拉丁语演说时，菲利普斯[1]的优雅气度和狄摩西尼[2]的雄辩在他身上兼而有之。大家都在场，他的祖父——哦，他自豪极了！——马奇先生和太太，约翰和梅格，乔和贝思，所有人都带着由衷的钦佩，为了他的成功而欢喜雀跃。男孩子们当时并不觉得这有什么了不起，但尽管后来有所成就，他们往往再也无法在这世上赢得同样的赞赏了。

“我不得不留下来参加这该死的晚餐会，但我会在明天早些时候回到家。姑娘们，你们会跟往常一样来接我的吧？”当一天的欢乐结束后，劳里把姐妹们送上马车时这样说。虽然他嘴上说的是“姑娘们”，其实他指的是乔一个人，因为只有她还保持着这个老传统。她实在无心拒绝这个刚刚取得辉煌成功的男孩的任何要求，因此热情地回答：

“我会去的，特迪，风雨无阻，我会作为你的先导走在前面，用单簧口琴拨奏《为凯旋的英雄欢呼》。”

劳里谢过了她，脸上的表情让她在一阵突如其来的慌乱之中想到，“唉，我的天哪！我知道他会说什么了，如果这样，我该怎么办呢？”

晚上的沉思和清晨的工作多少减轻了她的恐惧，并且心想既然已经让人家知道她的回答会是什么，就不该自负地认为对方还会向她表白感情。她准时动身赴约，希望特迪不会做出任何事来迫使她去伤害他那值得怜悯的感情。她先去梅格家转了转，在黛西和小约翰清新的小脸上亲了一下，使她精神振作，更加坚定地去赴这两人的密约，可就在她看到远处隐隐出现那高大健壮的身影时，竟产生了一股强烈的冲动想转身逃走。

“单簧口琴在哪儿呀，乔？”一走进听得见说话的近距离，劳里就大声喊道。

“我忘了。”于是乔又有了信心，因为这不是情人之间的问候话。

在这种场合，她通常会挽起他的手臂，这次可没有，而他也没有抱怨，这可不是个好兆头。他倒是急匆匆地谈起各式各样漫无边际的话题，直到他们从大路上拐上一条穿过树丛往家里方向去的小径。这时他放慢了脚步，突然讲话也不那么流畅了，不时出现可怕的停顿。对话就像是在一口沉默之井中不停地坠落，为了挽救这种局面，乔仓促地说，“现在你该度个愉快的长假了！”

“我打算这么做。”

他坚决的语调中带着某些意味，使乔迅速地抬眼来望，只见他正低头看着她，脸上的表情使她确信那可怕的一刻来临了，她不由伸出手来恳求道，“不要，特迪，请别说了！”

“我要说，而且你一定要听我说。没用的，乔，我们非得把话说清楚不可，越早说对我们俩就越好。”他应道，一下子脸涨得通红，激动

---

1 温德尔·菲利普斯(1811—1884)，美国律师，为废奴运动领袖之一，常为此在群众大会上作激动人心的演说。

2 狄摩西尼(公元前384—前322)，古希腊演说家。

起来。

“那你想说什么就随你吧。我听着。”乔带着一种绝望的耐心说。

劳里是个幼稚的恋爱者，但他是真心实意的，哪怕这一企图中途夭折，他也要把感情表达出来，于是他以他特有的冲动方式一头扎进这个话题，尽管果敢地想使自己的声音显得平稳，但还是时不时哽咽起来。

“从认识你以来我就一直在爱着你，乔，我控制不住自己，你一向对我那么好。我想让你知道，但你从不允许我表达出来，现在你要听我说，还要给我个回答，因为我再也不能这样下去了。”

“我试过让你避免这样摊牌。我还以为你懂我的意思——”乔说到这里，发现要讲清楚是出乎意料的艰难。

“我知道你这么试过，但女孩子们的心思太难懂了，你永远弄不懂她们的真意。想说‘是’的时候她们却说‘不’，把一个男人搞得晕头转向，只是为了取乐。”劳里应道，以一个无可辩驳的事实来捍卫自己的立场。

“我不是这样的。我从来没想让你这么喜欢我，如果可能的话，我总是躲得远远的，不让你产生这样的想法。”

“我早就知道的，这是你的作风，可就是没有用。这只能让我更加爱你，我还拼命努力来使你高兴，我放弃了打台球和其他你不赞成的东西，默默等待，毫无怨言，因为我盼望你会爱我，尽管我还不够好，一半都够不上——”讲到这里，他无法控制地噎住了，于是一边掐着手里的毛茛花儿，一边清理着他那“该死的嗓子眼儿”。

“你，你，你实在是太好了，我配不上，可我那么感激你，那么为你骄傲，那么喜欢你，我不知道为什么不能像你希望的那样爱你，我尝试过，但我无法改变自己的感情，如果我不爱你却说爱你，那就是说谎。”

“真的，真的是这样吗，乔？”

他顿住了，抓住了她的双手，发问时的神情使她一时无法忘怀。

“真的，真的是这样，亲爱的。”

他们这时走进了树丛中，就在供行人通过大路的栅门的近旁，等最后一个字从乔的双唇间勉强吐出了，劳里松开她的双手，转过身去像是要继续朝前走，但在他生命中仅有的这一次，那道栅栏对他来说显得太高了，于是他将脑袋抵在长满青苔的柱子上，站着一动不动，叫乔不禁吓坏了。

“哦，特迪，对不起，我实在太抱歉了，如果能有所补救的话，我愿意杀了我自己！我希望你不要太往心里去。我也无能为力。你知道，如果一个人并不爱另一个人，却要让自己去爱，这是不可能做到的，”乔不顾仪态，自责地叫道，轻柔地拍着他的肩膀，想起了很久以前他也以同样的方式安慰过她。

“有时候是能做到的。”从柱子的方向传来闷闷的声音。

“但我不相信这是真正的爱，我也不情愿去尝试。”这是乔坚定的回答。

接下来是长长的停顿，这时河边的垂柳上有一只八哥在欢快地歌唱着，长草在风中瑟瑟作响。过了一会儿，乔在栅门前的石阶上坐下，头脑十分清醒地说，“劳里，我要告诉你一些事。”

他表现得就像被子弹射中一样，猛地抬起头，用凶狠的口气叫出声来，“别告诉我，乔，现在我受不了！”

“告诉你什么？”她问道，对他的光火大为不解。

“告诉我你爱那老头。”

“哪个老头？”乔追问道，以为他一定是指他的爷爷。

“就是你信中老是提到的那个可恶的教授。如果你说出你爱他，我知道我一定会做出一些不顾一切的举动。”他握紧了拳头，眼中闪着愤怒的光芒，像是马上要履行他的话似的。

乔想笑出声来，但她克制了自己，开始热情地说话，因为她自己也为此而感到激动，“别乱骂人，特迪！他并不老，一点也不坏，而是个和气的好人，是我最好的朋友，仅次于你。求你别无缘无故地冲动。我是想对你好的，可如果你说我的教授的坏话我非生气不可。我一点也没想到过会爱他或爱任何别的人。”

“但过一阵子你就会爱上他的，到时候我会怎么样？”

“你也会爱上一个别的什么人，像个通情达理的男孩那样，并且忘掉所有这一切烦恼。”

“我不会爱上别人的，而且也绝对不会忘了你，乔，绝对不会！绝对不会！”他一跺脚，来加强他这充满激情的话的语气。

“我该拿他怎么办？”乔叹息着，发现感情这东西要比她设想的难驾驭得多。“你还没听到我想告诉你的事。坐下来听我说，因为我确实想把这件事处理妥当，让你高兴高兴。”她说着，希望跟他讲讲道理来抚平他的情绪，结果恰恰证明她对爱情一无所知。

劳里在她最后那番话里看到了一线希望，便躺倒在她脚边的草地上，把胳膊支在栅门前最低的石阶上，抬起一张期待的脸仰望着她。这样的姿势就乔而言并不有助于发表安抚的讲话或是澄清混乱的思绪，因为当他用充满了爱与向往的双眸盯望着她，睫毛上还湿润地残留着一两滴被她的铁石心肠绞拧出的泪水的时候，她又怎能对她这男孩说出伤他心的话呢？她轻柔地把他的头转过去，一边说话一边抚摸着那一头为了她而蓄起的拳曲长发——这多么感人啊，千真万确！——

“我同意妈妈说的，你和我并不合适，因为我们的急躁脾气和坚强意志可能会使我们非常痛苦，如果我们竟然愚蠢得要……”在说最后一个词时乔停顿了一会儿，但劳里以一种欣喜若狂的表达方式替她说了出来了。

“结婚——不，我们不会痛苦的！如果你爱我，乔，我可以成为一个完美的圣人，因为你能让我怎样就怎样。”

“不，我办不到。我试过的，但是失败了，而且我也不会拿我们的幸福以如此重大的试验来冒险。我们意见并不一致，也无需妥协，所以我们将一辈子做好朋友，而不该去干什么鲁莽的事。”

“不，我们会的，如果有机会的话。”劳里不死心地咕哝道。

“请你通情达理一点，以理智的观点来看待这件事吧。”乔恳求道，她已经智竭计穷了。

“我不会通情达理的，也不会采用你所谓的‘理智的观点’，这帮不了我，也只会使你的心更狠。我相信你是个没心没肺的人。”

“但愿我是这样的人。”

乔的声音里有一丝颤抖，劳里觉得这是个好兆头，便转过身来，使出他所有的说服力，以从来没有显得如此危险的哄人语气说，“别让我们失望，亲爱的！大家都在期待着。祖父一心一意地盼望着，你的家人也会喜欢的，而我没有你无法生活下去。说你愿意吧，这样就皆大欢喜了。说吧，说吧！”

在以后的几个月时间里，乔一直想不通她怎么会有这样强的意志力来坚持自己做出的决定，那就是她不爱她的这个男孩，而且永远也不会。这是非常艰难的，但她做到了，因为她知道拖延不但是无用的，更是冷酷的。

“我真的不可能说‘好吧’，所以我是绝对不会说的。慢慢地你会知道我是对的，还会因此而感激我……”她严肃地说到这里。

“我死也不会这样的！”劳里从草地上一蹦而起，被这种想法气得火冒三丈。

“不，你会的！”乔坚持道，“过一阵子你就能忘掉这一切，找到一个才貌双全的姑娘，她会敬慕你，做一个你那漂亮的房子的高雅女主人。我就不行。我又丑，又倔，又怪，又老，你会为我感到羞耻，我们还会吵嘴——你看甚至现在我们都避免不了争吵——而且我不会喜欢上流社会而你会喜欢，你还会憎恶我的涂涂写写，可少了这个我就无法活下去，我们会变得不幸福，悔恨当初作了这个决定，一切都会变得可怕极了！”

“还有别的吗？”劳里发问，他发现这番预言式的大爆发自己很难再耐心地听下去。

“没有了，除了相信自己将永远不嫁人。我很满意现在的自己，热爱我的自由，不会为了哪个世俗男子而草率地放弃它。”

“我知道得更清楚！”劳里插进来说，“你现在这样以为，但有朝一日你会爱上某个人，你会爱得极深，爱得他死去活来。我知道你会这样，这是你的方式，那时我一定会冷眼旁观，亲眼看到这种情形。”这位绝望的情人把他的帽子扔在地上，那手势看上去颇为滑稽，如果不是他脸上的表情如此悲怆的话。

“是的，我会爱得他死去活来，假如真有这么一个人来让我不由自主地爱上他的话，而你呢，只得自己尽力而为了！”乔叫嚷道，对可怜的特迪失去了耐心。“我已经尽了最大的努力，但你不肯做得通情达理，反而自私地老是缠着我要得到我无法给予的东西。我会一直喜欢你的，作为一个朋友，真的非常非常喜欢你，但我绝对不会嫁给你，而你越早相信这一点，对我们两人来说就越好——这就结了！”

这番话就像燃着了炸药。劳里对她看了一会儿，仿佛有点拿不定主意自己该怎么办似的，然后急速地转过身去，用一种绝望的口气说，“有一天你会后悔的，乔。”

“噢，你现在去哪儿？”她叫了起来，因为他的表情叫她吓坏了。

“见鬼去！”他坚定地回答。

当他摇摇晃晃地顺着河岸走向河边的时候，有一会儿乔的心跳都停顿了，但要让一个年轻男子走向暴死的结局，还得要有更愚蠢、罪孽更深重、更为悲惨的事发生才行，劳里可不是那种稍受挫折就一蹶不振的弱者。他丝毫没有想到要夸张地投水自尽，只是出于某种隐藏的本能驱使，他把帽子和外套扔到他的小艇上，用尽力气划走，速度之快超过了他以往任何一次划船比赛的成绩。乔看着这个想战胜内心烦恼的可怜家伙，长长地舒了一口气，松开了握紧的双手。

“这会对他有好处的，他回到了家中，会处于一种平和、忏悔的心情之中，我就不会害怕再见到他了。”在慢慢走回家的路上她这样自言自语，觉得自己像是刚刚谋害了某个天真无邪的小东西，把它埋葬在树叶下。她继续说道，“现在我得去做些准备工作，请劳伦斯先生十分亲切地对待我这可怜的男孩。我真希望他爱上的是贝思，也许将来他会的，但现在我开始觉得我误解她了。哦，天哪！为什么女孩子喜欢有人向她们求爱，然后再去拒绝他们。我以为这太可怕了。”

确信自己在这方面能做到无人能及的程度，她径直去劳伦斯先生家，勇敢地讲述了这个难以启齿的故事，然后就崩溃下来，为自己的冷漠无情哭得十分伤心。那位好心的老先生，尽管深深地失望了，却不忍说出一句责备的话。他难以理解怎么会有女孩子能不爱上劳里，希望她能改变主意，但他甚至比乔更清楚爱情是不能勉强的，所以他只是悲伤地摇摇头，决心帮助他的孩子摆脱这感情上的创伤，因为尽管他不愿承认这一点，这冲动的年轻人临走时对乔说的话使他很担心。

劳里回到家，一副累得要死的样子，但情绪还算稳定，他祖父见到他，装作一无所知，并把这个假象非常成功地维持了一两个小时。当他们像过去一样，享受在暮色中共坐的时光，老先生发现要一如往常地闲谈很难，而对这年轻人来说，倾听那些对他去年的成就的赞美之辞更难以忍受，而这成就现在在他看来无非是对爱情的徒劳的追求。他尽力忍受着，然后走向他的钢琴，开始弹奏。窗子都打开着，乔正在花园里和贝思一起散步，仅有这一次她比她妹妹更深地理解了音乐，因为他弹的是贝多芬的《悲怆奏鸣曲》，并且弹奏得从没这么好过。

“弹得真好，我敢说，可惜悲伤得让人想哭。来点欢乐些的吧，小伙子。”劳伦斯先生说，他那颗仁慈而苍老的心充满着同情，渴望能表达出来，但不知道用何种方式。

劳里猛地奏出了一段欢快些的旋律，暴风骤雨般地弹了几分钟，原可以勇往直前地弹完整首曲子，却在乐声暂时停息时听到马奇太太的声音在呼唤，“乔，亲爱的，快进来。我需要你。”

这正是劳里渴望说出的话，只是带着完全不同的含意！在他倾听的时候，他忘记弹到了什么地方，于是乐曲在一个中断的和弦处戛然而止，演奏者在黑暗中静坐无语。

“我真受不了这个，”老先生喃喃自语。他站起身来，摸索着走向钢琴，慈祥地将手搭在劳里宽阔的双肩上，用女人一般的温和语气说，“我都知道了，我的孩子，我都知道了。”

一时间没有回答，但紧接着劳里尖锐地发问，“谁告诉你的？”

“是乔本人。”

“那就没什么好说的了！”他以一个不耐烦的动作甩掉了祖父的双手，因为尽管对这种同情非常感激，但男性的自尊却不容许他接受另一个男人的怜悯。

“并不尽然。我只想说一件事，然后才是没什么好说的了，”劳伦斯先生以不同寻常的平和语气回应道，“也许你现在不想再留在家里吧？”

“我可不想为了一个姑娘逃跑。乔不能阻止我去看她，我要留下，只要想看她就去看她。”劳里用挑战的口气打断他的话。

“你不会这么做的，如果你真是我心目中的绅士的话。我很失望，但那位姑娘也无能为力，现在你唯一能做的就是离开一段时间。你打算去哪里？”

“随便哪里。我不在乎什么事会落到我头上。”劳里站起身，毫无顾虑地大笑起来，这笑声刺激着他祖父的耳膜。

“像个男子汉那样接受这一切吧，看在上帝分上别做出什么轻率的举动。为什么不到国外去，你曾经计划过的，后来把它抛在脑后了。”

“我不能。”

“可你曾经那么想去，我还答应过等你大学毕业就让你去。”

“啊，可我当初的意思不是我一个人去！”劳里开始在屋子里快速地走来走去，脸上的表情是他祖父最好不要见到的。

“我并不要让你一个人去。有一个人时刻乐意陪你到天涯海角。”

“是谁，爷爷？”他停住了脚步倾听。

“我本人。”

劳里又一阵风般跑了回来，伸出一只手，声音沙哑地说，“我真是个只顾自己的畜生，可是——你知道——爷爷——”

“上帝保佑，是的，我知道，因为我也曾经历过这一切，一次是在我年轻的时候，还有一次是你父亲的事。现在，我的好孩子，安安静静坐下来，听我讲我的计划。这事都安排妥了，随时可以开始。”劳伦斯先生说着，紧紧抓住年轻人不放，仿佛生怕他会脱逃，就像他父亲曾经做过的那样。

“那么，爷爷，是怎么样的计划？”劳里坐了下来，表情和声音里都没有一丝感兴趣的迹象。

“我在伦敦的生意需要有人照料。我的意思是你该去照管，不过我也去可以处理得更好，而这儿有布鲁克在，能把一切都安排得井井有条。我的合伙人几乎把什么事都包办了，我只是在勉力支撑，直到你能接替我，所以我随时都可以出发。”

“但你讨厌旅行，爷爷。你这把年纪了，我可不能要求你这样做。”劳里开口说，对爷爷愿作牺牲心存感激，但如果最终要去的话，他更想一个人去。

老先生对此早有所料，并且特别想阻止他一个人去，因为从他孙子的情绪来看，深信让他独自行事并不明智。因此，强忍住了因即将离开家庭中的舒适环境而自然产生的遗憾，他坚定地说，“我的天哪，我还没有老到退休的年龄啊。我倒很喜欢这个主意。这样做会对我有好处，我的这把老骨头不会受损，因为今天的旅行已经像坐在一张椅子里那么舒服了。”

劳里不安地扭动着，暗示他这张椅子坐起来并不那么舒服，或者是并不赞成这个计划，这使得老人赶紧补上一句，“我不是想干扰或者成为你的负担。我去是因为我觉得比起我留在家里你会更高兴一点。我并不打算在你身边晃来晃去，要让你随便去任何你想去的地方，而我也会以自己的方式找乐子。我在伦敦和巴黎都有朋友，会去拜访他们，同时你可以去意大利、德国、瑞士，想去哪儿都行，尽情地享受绘画、音乐、美丽的风景和冒险活动带来的乐趣。”

就在刚才，劳里还觉得他的心已经完全破碎，整个世界成了一片大荒野，但听到了老先生在结束语中艺术性地使用的某些字眼，这颗破碎的心不期而然地跳了起来，有一两片绿洲在荒野中突然浮现出来。他叹了口气，无精打采地说，“随你的意吧，爷爷，我去哪里，做什么，都无关紧要。”

“对我来说很重要，记住这一点，我的年轻人。我给你全部的自由，但我相信你会老老实实地利用它。给我保证吧，劳里。”

“全都听你的，爷爷。”

“很好，”老先生想道，“现在你无所谓，但将来有一天你这诺言会使你不致引起麻烦，除非是我大大地想错了。”

作为一个充满干劲的人，劳伦斯先生趁热打铁，不等这个失恋者精神恢复过来能有所反抗，他们便上路了。在进行必要准备的时期中，劳里的态度同所有年轻先生们通常会作出的一样。他时而闷闷不乐，时而暴躁易怒，时而陷入沉思之中。他没有胃口，不修边幅，长时间激烈地弹奏他的钢琴，避免和乔见面，却又从窗口凝视她来自我安慰，夜里，那张充满悲剧意味的脸在乔的梦境中萦绕不去，白天，带来沉重的负疚感折磨着她。他与一些失恋者不同的是，从未对人提及他的单相思，也不允许任何人，即使马奇太太也罢，试图安慰他或者给他同情。从某种意义上说，这让他的朋友们如释重负，但在他启程之前的几个星期里，大家都很不自在，当“这个可怜而亲切的家伙离开这里去忘掉他的烦恼”时，所有的人都倍感欣喜，希望他以后能“高高兴兴地回家”。当然了，他对他们的这种幻想报之以阴郁的一笑。但却像一个确信自己的忠诚和爱情都是无法改变的人那样，可怜巴巴地怀着优越感把这事抛在脑后了。

离别的时刻来临了，他装出兴高采烈的样子，以掩盖某种不宜宣之于众的感情，而这种感情似乎倾向于破门而出。但这股假装的快活劲头骗不了谁，不过为了他的缘故大家都表现出受了感染的样子，于是他的情绪一直控制得挺好，直到马奇太太吻了他，轻声诉说她充满母爱的关怀，这时他觉得快要按捺不住了，便匆匆拥抱了所有的人，连苦恼的汉娜也没忘记，然后奔下楼去，就像是逃命一般。乔过了一会儿才出来，准备如果他回头，就对他挥挥手。他的确回过了头，走了回来，用双臂拥抱了她，这时她站在比他高一级的台阶上，他抬头望着她，脸上的表情让这短暂的恳求充满了说服力，也很打动人。

“噢，乔，真的不行吗？”

“特迪，亲爱的，我真希望我可以答应！”

就这两句话，接着停顿了一会儿，劳里直起身来说，“这没关系，别在意，”然后就走了，再没说一句话。唉，其实哪会没关系啊，乔也确实在意，因为在她无情的回答之后，那一头鬈发的脑袋在她臂弯中埋了一会儿，她感觉到就像自己用刀子扎了她最亲爱的朋友，等他头也不回地离去时，她知道这个男孩劳里是再也不会回来了。

第三十六章

贝思的秘密

乔在那年春天回到家，对贝思的变化十分震惊。没有人提及这一点，似乎也没有人注意到，因为这种变化是日积月累地渐渐出现的，以至于那些天天见到她的人都熟视无睹，但在乔这久别重逢的人眼中却是显而易见的，因此看到妹妹的脸，她感到心里沉甸甸的。那脸色跟秋天时比起来并不显得更为苍白，只是略瘦了些，但是看上去有一种奇特的、透明的感觉，似乎这个可朽的肉体正在慢慢净化殆尽，而那不朽的精神正透过这脆弱的肉体闪耀出无法描述的凄美光辉。乔看到并感觉到了，当时什么也没有说，但过了不久，这第一印象便失去了多半的影响力，因为贝思看上去挺高兴，没有人对她身体情况的好转表示怀疑，而乔马上为别的一些事费神，便暂时忘记了心中的担心。

但是劳里走了，平静再度降临之后，这份模糊的焦虑又回到了乔的心中，困扰着她。她已经向家人承认了自己的过错，并得到了原谅，可是等她把自己的积蓄给贝思看了，并建议去山区旅行的时候，贝思真心地感谢了她，却恳求不要离家那么远。再一次去海边小住一阵，对她来说也许更合适，由于她们无法说服母亲撇下她那两个小外孙女，乔就带着贝思去了那个安静的地方，在那里贝思可以多多置身于户外生活之中，让清新的海上微风给她苍白的双颊染上一点健康的色泽。

这里并不是什么时髦的胜地，但即便在那些令人愉快的人们中间，两个女孩也没有交上几个朋友，她们宁愿单独相处。贝思太害羞了，无法享受社交的乐趣，乔呢，全神贯注于照顾她，无暇顾及别人了。就这样她们总是在一起，同进同出，全然没有意识到引起了周围的人们对她们的兴趣，人们用同情的眼光注视着这个健壮的姐姐和虚弱的妹妹，她们形影不离，似乎直觉在告诉她们，一次漫长的分离即将来临。

她们的确感觉到了，但双方都从未提及，因为在我们自己和那些我们最亲近的人之间，常常有一种非常难以克服的保留。乔觉得好像有一道纱幕降落在她和贝思的两颗心之间，但当她伸出手去想把它掀起时，在沉默中似乎蕴藏着某种神圣的意味，她等着贝思来开口说明。她觉得奇怪，又很庆幸，她的父母好像没有看到她看到的一切，可是在这安安静静的几周时间里，那些阴影滋长得分外明显了，她还是对远在家中的人们什么也没有提起，自以为等贝思回到家后，大家发现了她的情况没有好转，这本身就足以说明问题了。她更想知道的是，她的妹妹是否真的猜到了可怕的真相，在她长时间地躺在温热的岩石上、头枕着乔的膝、有益健康的风吹拂着她、大海在她脚边弹奏着乐曲时，掠过她脑海的都是些什么样的念头。

有一天贝思告诉了她。乔见她那么平静地躺着，以为她睡着了，便放下手里的书，坐在那儿用渴望的眼神看着贝思，试图在她脸颊上的淡晕中看出有希望的迹象。可她看到的并不足以使她满足，因为她的双颊如此瘦削，双手看上去如此软弱无力，甚至连她们捡到的红色小贝壳也握不住。此时她比以往任何时候更苦涩地意识到，贝思正在慢慢地从她身边飘浮开去，于是她的双臂本能地紧紧抱住了这个她所拥有的最珍贵的宝贝。有一会儿她的双眼模糊得什么都看不见了，等她再能看清楚时，只见贝思正抬起头来看着她，表情如此温柔，几乎已不再需要她说下面这句话了。“乔，亲爱的，我真高兴你知道了。我一直想告诉你，但我没法说出口。”

乔没有任何回答，只觉得她妹妹的脸颊贴着自己的，甚至连眼泪也没有，因为乔被深深感动时是哭不出来的。此时此刻她成为两人中的弱者了，贝思试着安慰她，支撑她，用双臂抱住了她，在她耳边轻轻说着抚慰的话。

“我很早以前就知道了，亲爱的，现在我都已经习惯了，想到它和忍受它并不是一件太困难的事。你该试着这么看，不用为我烦恼，因为这对我来说是最好的，真正是这样的。”

“秋天的时候你是不是因为这个非常不高兴，贝思？那时你还没有这样的感觉，你把这件事窝在心里很长时间了，是吗？”乔问，不愿意接受或者说出这对贝思而言正是最好的，但却庆幸劳里在贝思的烦恼中没有份儿。

“是的，那时我就放弃了希望，但却不愿意承认这一点。我试图想像这是一个病态的幻想，不愿意让它给别人带来困扰。可是当我看到你们全都那么健康强壮，满脑子快乐的计划，我觉得永远不可能像你们那样了，这一难以承受的事实让我自哀自怜，乔。”

“哦，贝思，可你没有早告诉我，不让我安慰你，帮助你！你怎么能这样把我拒之门外，独自承受这一切呢？”

乔的话音里饱含着温和的责备，她想到了贝思意识到必须向健康、爱情和生活告别时所进行的孤独的挣扎，并且心甘情愿地背上十字架，感到心痛。

“也许这样做是不对的，但我尽量做得正确。我不太明确，没人跟我说过什么，因此我希望是我搞错了。要是让你们大家为我担惊受怕那太自私了，因为妈咪当时在为梅格操心，艾米出门在外，而你和劳里在一起又那么开心——至少当时我是这么认为的。”

“我还以为你爱上他了，贝思，我之所以离开家也是因为我无法爱他。”乔哭着说，为自己能说出所有真相而高兴。

贝思看上去对这个想法那么吃惊，乔不禁忘记了自己的痛苦，微笑起来，并且轻柔地加上一句，“那么你没有爱上他，亲爱的？当时我就怕是这样，还想像你那可怜的小小心灵一时满载着失恋的痛苦。”

“什么话，乔，他当初那么喜欢你，我怎么可能这样呢？”贝思问道，天真得就像个孩子。“我的确非常爱他，他对我那么好，我又怎能不爱他？但他永远只能做我的哥哥。我希望他有朝一日真的成为我的哥哥。”

“别指望我，”乔坚决地说，“艾米给他留着呢，他们挺般配的，但我现在没心思去想这些事。我才不管别人发生什么事，除了你，贝思。你一定得好起来。”

“我是想好起来的，噢，太想了！我在努力，可是每天都有些东西从我身上流失，而且更明确地感到我再也无法把它们找回来了。这就像潮水一样，乔，当退潮的时候，它流得很慢，但却是阻挡不住的。”

“它应该被阻挡住，你的潮水不能这么快就退去，十九岁太年轻啦，贝思，我不能让你走。我会尽力，去祈祷，去斗争。不管发生什么事我都要把你留住，肯定有什么办法的，现在还绝对不晚。上帝不会那么冷酷地把你从我身边夺走的。”可怜的乔毫不屈服地哭喊着，在宗教虔诚方面，她的骨气要比贝思的不驯顺得多。

单纯、笃实的人们很少谈论他们的虔诚精神。它更多的是从行为而不是从言辞中表现出来，并且要比布道或是宣言更具影响力。贝思无法推论或解释她的那种信念，它给予她放弃生命的勇气和耐心，使她能心甘情愿地等待死亡来临。她像一个轻信的孩子，并不发问，而是把一切托付给上帝和大自然。我们大家的天父和大地母亲，她确信他们，也只有他们，才能教诲我们，给我们的心智和灵魂带来力量，来对待今生和来世。她没有用圣徒般的言论来责备乔，而是因为乔的热烈的情感而更爱她，更紧密地抓住了可贵的人类之爱不放，而我们的天父从没要我们弃绝这份人类之爱，相反地正是通过这份爱，把我们拉得离天父更近。她无法说“我很愿意离去”，因为生命对她来说是甜蜜的。她只能抽泣着说，“我尽量心甘情愿地走，”说话时她紧紧抓住了乔，这巨大的悲伤所卷起的第一阵痛苦的浪潮席卷了她们两人。

慢慢地贝思用恢复了平静的语调说，“等我们回到家，你会把这事向大家讲吧？”

“我想用不着讲他们也能看出来。”乔说，叹了一口气，因为她如今看出贝思每天都在改变。

“不一定吧，我听说过爱得最深的人在这种事上往往是最盲目的。如果他们没看出来，你要替我告诉他们。我不想有任何秘密，而且让他们早点有所准备要好些。梅格有约翰和孩子们来安慰她，但你一定要照顾好爸爸和妈妈，好不好，乔？”

“如果我做得到的话。可是，贝思，我还没有放弃希望。我要一直认为这正是个病态的想法，还要让你相信这不是真的。”乔尽量说得高高兴兴的。

贝思躺着思量了一会儿，然后以她那种平静的方式说，“我不知道该怎样表达自己，而且除了你，不该试图对任何人说，因为我只有对我的乔才能敞开心扉。我只是想说，我有一种感觉我本来就注定不该活得长久的。我跟你们其余的人不一样。我从来没有计划过等我长大成人了要做些什么，我从来没有像你们大家一样想到过结婚。我似乎想像不出自己会是别的什么样子，除了眼下这个愚蠢的小贝思，在家中跑来跑去，离开了家，到任何地方都毫无用处。我从来都不想走，而现在最难受的事就是要离开你们大家。我不害怕，不过现在看起来我即使进了天堂也会想念你们的。”

乔说不出话来，一连几分钟悄无声息，只听得风儿在叹息，潮水在拍岸。一只白翅膀的海鸥飞过，阳光在它银色的胸部一闪。贝思一直盯着它看，直到它消失，她的眼中充满了忧伤。一只灰色羽毛的沙鸟来到沙滩上轻捷地行走，顾自唧唧低语，就像是在享受阳光和大海。它走到离贝思很近的地方，蹲在一块温热的岩石上友善地看着她，一面自在地梳理它湿润的羽毛。贝思微笑起来，感到安慰，因为这小东西像是在表达它那份微弱的友好，又像是在提醒她，还有一个美妙的世界在等待她去享受。

“可爱的小鸟！快看，乔，它多么驯顺啊。比起海鸥来我更喜欢小鸟，它们性子没那么野，也没那么漂亮，但它们看起来是些快活、轻信的小东西。上一个夏天在海边的时候，我常把它们叫做我的小鸟，母亲还说它们使她想起了我——这些忙忙碌碌的素色的小动物，总是在海边活动，总是啁啾着它们那心满意足的小歌。你是海鸥，乔，坚强，狂放，热爱骤雨暴风，向大海深处远飞，独自一人快快乐乐。梅格是斑鸠，而艾米就像是她所描述的云雀，试图高飞入云，却总是掉下回到自己的巢中。可爱的小姑娘啊！她是如此雄心勃勃，但她心地善良而温柔，不管她飞得多高，她永远不会忘记自己的家。我真想再见到她，可是如今她在那么遥远的地方。”

“春天她就会回来，我要你准备妥当来迎接她，享受在一起的时光。我要让你到那时身体健康，脸色红润。”乔开口道，觉得在贝思的所有变化之中，说话方式的变化最大，因为现在她说话似乎毫不费力，而且会把心中的想法说出口来，不像是那害羞的贝思的一贯方式。

“乔，亲爱的，别再抱希望了。一点也没有用，我十分确信这一点。我们不要伤心，而是应该在等待中好好享受共处的时光。我们会过得很快乐的，因为我并不感到太痛苦，我想这股潮水会轻松地退去，如果你帮助我的话。”

乔俯身去吻这张平静的脸，随着这无声的一吻，她把自己的全身心都奉献给了贝思。

她说得对，她们回到家，根本不需要做任何说明了，因为父亲和母亲如今已明明白白地看出了他们曾祈求上苍不要让他们看见的景象。短短的旅途让贝思十分疲惫，她一面说着回到家真好，一面即刻上床休息了，等乔下得楼来，她发现已经不再需要担当说出贝思的秘密这一艰巨任务了。她的父亲站着，把头靠在壁炉台上，她进来的时候也没有回头，但她的母亲伸出了双臂，像是在寻求帮助，乔便径直走过去抚慰她，没有说一句话。

第三十七章

新的印象

下午三点钟的时候，尼斯所有的时髦人士都可以在英国人步行街上看到——那是个迷人的场所，因为那宽阔的走道两旁种着棕榈、花草和热带灌木，一边以大海为界，另一边就是那大马路，路边旅馆与别墅鳞次栉比，更远处是橙色的果园和山丘。这儿五方杂处，人们说的语言各不相同，服装也是各式各样，每逢晴朗的日子，只见一派欢乐灿烂的景象，如同狂欢节一般。高傲的英国人、活泼的法国人、严肃的德国人、英俊的西班牙人、丑陋的俄国人、谦恭的犹太人、自由自在的美国人，他们有的驾车，有的坐着，有的闲逛，聊着新闻，评论着最近抵达的名流显贵——不管是里斯托里还是狄更斯、维克托·伊曼纽尔还是桑威奇群岛的王后。[1]街上的马车和随从五花八门，吸引了众人的注意，尤其是那些女士们自驾的低座四轮马车，由一对劲头十足的小马拉车，四周围着色泽鲜艳的网，防止这窄小的车厢载不下她们宽大的裙边，而车后的横杆上站着小个子马车夫。

就在这条大街上，圣诞节的这一天，有一个高个子年轻人反剪着双手慢慢地走着，神情有些心不在焉。他看上去像个意大利人，穿着像个英国人，却又带着美国人那种独立自主的神态——这一混合体使不少女性以赞许的眼神目送着他，也叫那些穿着黑色天鹅绒套装、系着玫瑰色领带、戴着黄色软皮手套、纽扣孔中插着香橙花的公子哥儿耸耸肩膀，暗暗妒忌他的身高。这里有的是值得仰慕的漂亮脸蛋，但这位年轻人几乎不加注意，除了不时向某位金发女郎或穿蓝衣的女士投去一瞥。不一会儿，他溜达出了步行街，在十字路口站了一会，像是拿不定主意要去听公园里的乐队演奏呢，还是沿着海滩向小山上的城堡走去。一阵小马驹的碎步快跑声使他抬起头来，只见一辆小马车，载着一位单身的女士，在街上迅速地驶过来。这位女士年纪轻轻，满头金发，并且穿着一身蓝衣。他凝视片刻，紧接着脸上的表情恍若如梦初醒，像个小男孩那样挥挥手里的帽子，赶紧迎着她跑上前去。

“哦，劳里，真的是你吗？我还以为你不会来了！”艾米嚷着，放下缰绳，伸出双手，把路过的一位法国妈妈吓坏了，她催着女儿快走，惟恐她看到这些“英国疯子”的举动而学坏。

“我路上耽搁了，但我答应过跟你一起度圣诞节，我这不就来了。”

“你爷爷可好？你们几时来的？住在哪里？”

“他很好——昨天晚上到的——住在沙万饭店。我到你住的旅馆去过，可你们都出去了。”

“我有那么多话要说，真不知道从哪儿说起！上车吧，我们可以舒舒服服地坐着谈谈。我准备去兜风，正想有个伴。弗洛在为晚上养精蓄锐呢。”

---

1 阿德莱德·里斯托里(1821—1905)为当时正走红的意大利女演员，擅演马克白夫人、美狄亚等悲剧角色。维克托·伊曼纽尔二世(1820—1878)为意大利统一后的第一个国王(1861—1878 在位)。桑威奇群岛为夏威夷群岛的旧称，当时是独立的王国，国王卡米哈米哈五世(1830—1872)于 1863 年即位。

“晚上有什么活动，舞会吗？”

“我们的旅馆要举行一个圣诞晚会。那儿有很多美国人，大家把他们当作贵宾看待。你当然会跟我们一起去的，是吧？婶婶一定会高兴极了。”

“谢谢你的好意。现在去哪儿？”劳里问道，身子向后靠，双手抱在胸前，这样做正合艾米的心意，因为她宁愿自己驾车，而她的女式花伞、马鞭和在白色马驹背上挥动的蓝色缰绳，这样的搭配给她带来了极大的满足。

“我要先去银行取信，然后去山上的城堡，那儿的景色非常迷人，我想去喂孔雀。你可曾去过那儿？”

“好几年前常常去，不过我不介意再去看看。”

“现在跟我说说你自己的情况。最近一次我听到有关你的消息，是你祖父写信说他等着你从柏林去和他会合。”

“是的，我在柏林待了一个月，然后跟他在巴黎会合，他在那儿过冬。他在那儿有些朋友，有不少供他消遣的事儿，所以我去了就来了，我们相处得挺不错。”

“这是个挺适合交际的安排。”艾米说，她觉得劳里的态度里少了一点什么东西，尽管她说不出那是什么。

“哎呀，你知道，他不喜欢旅行，而我讨厌待在一个地方，所以我们各取所需，相安无事。我常常去和他会面，他爱听我的冒险经历，我也喜欢当我漫游归来时有人高兴见到我。这破地方真肮脏，不是吗？”他们沿着林荫大道去旧城区的拿破仑广场时，他满脸厌恶地插上一句。

“尘土飞扬倒也富于画趣，我可不在乎。这儿的河流与山丘颇有风致，而我最爱的是经过这些纵横交错的狭窄街巷时的匆匆一瞥。现在我们得停下等那个队列走过去，那是去圣约翰教堂的。”

当打着华盖的主教们，戴着白面纱、拿着点亮的长烛的修女们和几个穿着蓝衣、边走边吟唱着的教友组成的队伍走过时，劳里倦怠地注视着他们，与此同时艾米却在观察他，觉得有一股从未有过的羞怯感偷偷占据了她的心，因为他变了，在身边这个郁郁寡欢的男子身上，找不到她离家时那个带着快活表情的男孩的影子了。他比以往任何时候更英俊，气度更为不凡，她想道，但现在跟她见面时的喜悦已经退去，他看上去很疲倦、没精打采——不是有病，也不是确切意义上的不开心，只是比起享受了一两年富裕生活所应有的样子要显得老成而沉重。她无法理解，也不愿意冒昧发问，于是摇摇头，轻轻鞭马，这时队伍蜿蜒穿过帕里奥尼桥上的拱门，消失在教堂里。

"Que pensez-vous？"[1]她说，炫耀着她的法语，自从出国以来，她的法语即使没有质的进步，至少词汇量已大为增长。

"小姐充分利用了时间，效果良好。"劳里回答道，他一手抚胸，带着赞赏的表情鞠了一躬。

她乐得脸上泛红，但不知怎的，这句恭维话并不如在家时他常常给予她的直来直去的赞美叫她满足，那时在节日里他在她左右转悠着，说她"整个儿是快快活活的"，带着亲切的微笑在她头上赞许地拍拍。她不喜欢他这种新的语调，尽管它并不是玩世不恭的，讲时带着赞赏的神情，但听上去颇为冷淡。

"如果他要这样长大成人的话，我可宁愿他一直做孩子了。"她想道，带有一种奇怪的失望和不舒服的感觉，同时却要装出相当自在而快乐的样子。

在阿维多旅馆，她拿到了珍贵的家信，便把缰绳交给劳里，尽兴地看起信来，这时他们曲折地行进在两旁有绿色树篱的遮荫的道路上，香水月季像在六月里一般开得很盛。

"妈妈说贝思的健康状况很不好。我常想该回家去，但他们都说还是

1　法语，你在想什么？

‘留下’，所以我就留下了，因为再也不会有这样一个机会了。”艾米说，表情严肃地抬眼从一页信纸上方望着。

“我想你这一点做得对，在家你也帮不上什么忙，对他们来说，知道你身体健康，心情愉快，过得那么开心，也是个极大的安慰，亲爱的。”

他挨近了一点儿，说这话的时候看上去又像以前那个他了，于是有时候压迫在艾米心上的恐惧减轻了，因为他的表情、他的举止，还有那句大哥哥般的“亲爱的”，似乎是要她确信，如果发生任何麻烦的话，在异国他乡她不会是孤苦无告的。她随即笑了起来，给他看一幅小素描，画的是乔穿着她的涂鸦服，便帽上的蝴蝶结倔强地直竖着，从她嘴里吐出一行字样：“天才在燃烧！”

劳里微微一笑，接过画去，放进背心口袋，“以防它给吹跑”，然后饶有兴致地听艾米给他念这封生动有趣的信。

“对我来说，这将是一个正规的、愉快的圣诞节，早上收到礼物，下午碰到你并收到家信，晚上参加舞会。”艾米说，这时他们在古堡的遗址中下了车，有一大群色彩斑斓的孔雀围拢来跟着他们，驯顺地等着喂食。当艾米站在劳里上方的堤埂上笑着，向这些披着鲜艳羽毛的鸟儿撒面包屑的时候，劳里看着她，就像她刚才看着他的那副样子，带着自然而然的好奇心，想看看时间与分离给她造成了怎样的变化。他没有发现什么使人困惑或是令人失望之处，倒是有很多值得欣赏和赞许的地方，因为如果把言语举动中一些小小的做作忽略不计的话，她跟以往任何时候一样地生气勃勃、优美动人，并且增添了在她的衣饰和姿态上的某种无法描述的、我们称之为高雅的东西。她比实际年龄一向显得更为成熟，如今在仪表和谈吐中拥有了某种程度的沉静自若，这使得她更像个见过大世面的妇女，但她爱使性子的老毛病还是不时冒出来，个性之坚强也一如往昔，而天生的坦率也没有因国外生活的磨练而有所改变。

劳里看着她喂孔雀的时候，并没有看出这一切，但他已经看到了足够多的让他满意和感兴趣之处，在他心中留下了一小幅美丽的图画，画上是一位有着欢快面容的少女站在太阳下，阳光显现了她衣裙的柔和色泽、她双颊上的鲜嫩肤色、头发上的黄金色光泽，让她成为这宜人景色中的一个突出形象。

他们攀上那山丘的岩石平顶，艾米挥了挥手，像是在欢迎他来到她钟爱的常到的地方，她指点着说，"你可记得那座大教堂和跑马场，渔夫们在港湾里拖网捕鱼的情景，还有通向弗兰卡别墅和就在下边的舒伯特塔楼的可爱的小路，还有最出色的是那远处大海里的那个小点，人家称之为科西嘉岛。"

"我记得，这儿变化不大。"他不怎么起劲地回答。

"乔一定愿意付出一切代价，为了能看到这个有名的小点！"艾米说，她觉得自己的精神好极了，希望他也一样。

"是啊。"他就说了这么一个词儿，但还是转过身去极目眺望那座岛屿，现在有一位竟胜于拿破仑的篡夺者占领了他的心灵，使这岛在他眼里分外有意思。[1]

"为了她好好看看这个岛屿吧，然后告诉我这阵子你独自干了些什么。"艾米说着，坐下了，准备好好谈一谈。

但是她没有如愿，因为尽管他参与到谈话之中，爽快地回答了她所有的问题，她仅仅知道了他曾在欧洲大陆漫游，还去过希腊。就这样虚度了一个小时之后，他们驱车回家，劳里向卡罗尔太太致了意，便离开她们，答应晚上再来。

值得一提的是，艾米那天晚上特意精心打扮了一番。时间与分离对这两个年轻人都起了些作用，她用一种新的眼光来看待她这个老朋友，不

1　科西嘉岛位于尼斯东南的地中海中，于1768年归属法国，现为法国的一个行省。拿破仑诞生于该岛，1784年就读巴黎的军事学院，开始他的戎马生涯。此处的"胜于拿破仑的篡夺者"指乔。

再把他看作“我们的男孩”，而是一个英俊可人的男子，她还意识到自己怀有一股非常自然的愿望，想在他的眼里留下一个好印象。艾米知道哪些地方是自己的长处，并以她的品味与技巧把它们尽可能表现出来，这种品味与技巧对于一个贫穷但美丽的女人来说是一笔财富。

重浆网状织物和薄纱在尼斯很便宜，因此在这种场合她就用这两种衣料来包装自己，并且遵循了年轻姑娘穿式样简单的衣服这一理智的英国风尚，穿上了迷人的小礼服，戴上鲜花和一些小饰物，还有各种精致的装饰，这些价格都不昂贵，但效果非常好。必须承认有时艺术家的心情会占领一个女性的思想，使她采用式样古雅的发型、雕像般优美的仪态和古典的衣装。可是，唉，我们都有自己的种种小弱点啊，总是轻易地原谅年轻女性的这种毛病，她们以秀色满足着我们的目光，以天真无邪的浮华虚荣愉悦着我们的心灵。

“我一定要让他觉得我好看，然后回去告诉大家。”艾米自言自语道，这时她穿上弗洛那件旧的白色丝绸舞会服，再围上一条云雾般的清爽的薄纱巾，让她雪白的肩膀和满头金发的脑袋从中冒出，产生一种极富艺术气息的效果。她的头发有意不加修饰，只是把那些厚厚的波浪与发卷在脑后挽了个青春女神式的发髻。

“这样子虽然并不时兴，但很合适，再说我也不愿意把自己打扮得怪模怪样的。”当有人劝她按最新的时式把头发弄得拳曲，吹得蓬蓬松松，或者编成辫子时，她总是这么说。

因为没有好的首饰配得上这重要活动，艾米用红艳的杜鹃花沿着她轻软的裙子的下摆缀成一个花环，用轻巧的绿色藤蔓围住她雪白的肩膀。她想起了在靴子上画画的事，便带着女孩子的沾沾自喜打量着自己的白色缎子便鞋，在房间里跳起滑步舞来，借此对她那带贵族气的双脚自我欣赏一番。

“我的新扇子正好和我戴的花儿匹配，我的手套又和镯子上的饰件相配，还有婶婶给的 mouchoir[1]上的真丝花边，为我整套衣服带来特别的气派。要是能长有一个古典式的鼻子和嘴，我就心满意足了。”她一边说着，一边两手各拿着一支蜡烛，用挑剔的眼光审视着自己。

尽管怀有这一点苦恼，当她滑步出去的时候，还是显得异乎寻常的轻快优美。她难得奔跑——这不适合她的风格，她想，因为个子很高，步态庄严高贵，像天后朱诺般气派堂皇，要比做得嬉戏欢闹、调皮淘气更加合适。等待劳里的时候，她在长长的大厅里来回走着，一会儿在枝形吊灯下摆了个姿势，因为灯光照在她的头发上效果很好，一会儿又想出了个更好的主意，走到房间的另一头，好像在为自己这女孩子气的愿望——要让人第一眼看见的正是自己最漂亮的一面——感到难为情。结果她还没来得及摆出一个更好的姿势，劳里便静悄悄地进来了，她竟没有听见，只顾站在远处的窗前，半侧着头，一只手一把抓起了衣裙的下摆，苗条的白色身影在红色的窗帘衬托下，宛如一尊安放得恰到好处的雕像。

“晚上好，戴安娜！”劳里说，当他向她注目时，眼睛里带着她喜欢看到的满意的神情。

“晚上好，阿波罗！”她答道，也报之以微笑，因为他看上去也是不同寻常的殷勤有礼，想到她将要挽着这么英俊潇洒的一位男士走进舞厅，艾米不禁从心底里可怜那四位相貌平平的戴维斯小姐了。

“这是你要的花。是我亲手插的，记得你是不喜欢汉娜称作‘现成的花束’的。”劳里说，一边送上一束插在一个手柄中的雅致的花儿，她每天经过卡迪里亚花店的橱窗时，对这手柄早就渴望得到了。

“你太客气了！”她感激地叫道，“如果我早知道你会来，我今天一定会给你准备一件礼物，尽管我怕不会跟这个一般漂亮。”

“谢谢你。这个不如你说的那样好，不过配上你才显得更好了。”她

1　法语：手帕。

把银手镯扣上手腕时，他加上这么一句。

“请别这么说。”

“我还以为你喜欢听这些话的。”

“从你口中说出来我不喜欢，听上去不自然，我更喜欢你过去那种不转弯抹角的态度。”

“真高兴你这么说。”他应道，看上去松了一口气，然后替她扣上手套上的纽扣，接着问他的领带有没有系歪，正如以前他们在家乡一起去参加聚会时经常做的那样。

当晚长长的餐厅中宾客云集，这景象除了在欧洲大陆上，哪儿也看不到。好客的美国人邀请了他们在尼斯的每一位熟人，对头衔也毫无偏见，请到了几位贵客为这圣诞舞会增光。

一位俄国亲王纡尊降贵在角落里坐了一小时，和一位胖太太谈话，她打扮得像哈姆雷特的母亲，穿着黑色天鹅绒衣服，下巴底下系着一条珍珠项链。一位波兰伯爵，年纪轻轻才十八岁，一头扎进女士堆中，她们把他叫做“迷人的宝贝”，还有一位德国的什么贵人，独个来专为赴宴，漫无目的地到处游荡，专找他能吞下的东西。罗特希尔德[1]男爵的私人秘书是个穿着很紧的靴子的大鼻子犹太人，和蔼可亲地对着众人微笑，好像他主子的大名给他头顶上套上了一个金色的光轮。一个认识皇帝[2]的矮胖法国男子，来到这儿尽情满足他对跳舞的狂热，还有德琼斯女士，一位英国妇女，以她那八个成员组成的小小家庭点缀着这一场景。当然啦，还有许多步履轻盈、嗓音尖细的美国少女，也有脸容俊俏、没精打采的英国女郎，还有几个长相一般但活泼有趣的法国小姐。同平常一样，还有一群旅行在外的年轻绅士在兴高采烈地嬉戏，而来自各国的妈妈们则在墙边坐成

1　罗特希尔德为欧洲著名的银行家家族，其创始人为德籍犹太人，其子孙在欧洲各大都市遍设分行，有的被封为贵族。

2　该是指当时的法国皇帝拿破仑三世。

一排，在这些绅士和她们的女儿们跳舞时冲着他们慈祥地微笑。

那天晚上，当艾米靠在劳里的一条胳臂上“出场”时，任何姑娘都能想像她的心情如何。她知道自己看上去很漂亮，她也爱好跳舞，觉得在舞池里她的双足好像正踩在家乡的土地上一样，并且享受着一种令人愉快的权力感，这权力感是年轻女孩们第一次发现了一个她们生来命定可以凭着美貌、青春与女性的气质来统治的崭新美妙的王国才产生的。她实在可怜戴维斯家的那些姑娘，她们举止笨拙，相貌平庸，无人陪伴，除了一个表情严肃的爸爸和三个表情更为严肃的老处女姑妈，于是在经过她们身边时，她以最友好的态度对她们鞠躬，其实这样做对她自己有好处，因为可以保证让她们看到她的礼服，还会好奇得要命地想知道她那位相貌不凡的男朋友是谁。随着乐队奏响第一首曲子，艾米的脸色泛红了，她的眼睛开始发亮，双脚在地板上不耐烦地打着拍子，因为她舞跳得很好，希望劳里清楚这一点，因此当他以绝对平静的语调说“你想跳舞吧？”时，她受到的震撼是不用描述就可以想像出来的。

“一个人参加舞会，通常就是来跳舞的啊。”

她惊愕的样子和迅速的回答，使得劳里尽快修正他的错误。

“我是指跳第一支舞。我可以有这个荣幸吗？”

“只要我能推迟伯爵的邀请，就能和你跳。他跳舞跳得好极了，但他会谅解我的，因为你是一个老朋友。”艾米说，希望伯爵的大名能产生理想的效果，向劳里显示她可不能被等闲对待。

“可爱的小男孩，可惜是个矮个子波兰人，攀不上

一位诸神的女儿，
有天神般的高挑，和天神般的美貌，”[1]

1　引自英国诗人丁尼生的《诸多美女之梦》(1832年)第22节。

这可就是她得到的满意回答了。

跳舞时他们发现自己正处在一个英国人的圈子里，艾米不得不彬彬有礼地从跳着不断交换舞伴的法国花式舞的人们之中穿过，始终觉得自己是能把后面的塔兰台拉舞[1]跳得有滋有味的。劳里把她交给了那个“可爱的小男孩”，去向弗洛尽义务了，没有再约定艾米来共享以后的快乐时光。这种应受指责的缺乏远见的行为受到了恰如其分的惩罚，因为艾米立刻把自己直到晚饭前的活动全都排满了，心里盘算好到那时如果他有些许后悔之意就原谅他。当他溜达过来，而不是急匆匆跑来邀请她跳下一支舞，一支欢快的波尔卡-雷多瓦舞时，她把自己记得满满的跳舞预约小册给他看，心中暗自窃喜。但是他客气地表示的遗憾并没能骗过她，因为当她和伯爵跳着快步舞远去的时候，她看到劳里坐到她婶婶身边，脸上确乎显出如释重负的表情。

这是不可原谅的，于是艾米很长时间没再理睬他，除了一曲终了回到陪伴她的长辈身边，少不得要一只别针或是休息片刻时，才不时和他讲上一句话。然而她生气的效果不错，因为她把怒气隐藏在一张笑脸下，所以看上去是不同寻常的快乐，光彩夺目。劳里以满意的目光追随着她的身影，因为她既不蹦蹦跳跳，也不悠然漫步，而是精神十足、优雅动人地跳着舞，把这项叫人开心的娱乐表现得恰到好处。他自然而然地开始以这种新的观点来琢磨她，不等到这晚会进行到一半便得出结论，“小艾米将成为一个非常迷人的女子。”

这时的场面热闹非凡，因为社交季节的情绪不久就感染了每一个人，圣诞欢乐的节日气氛让所有人脸上发亮，心花怒放，舞步轻快。乐队自我陶醉地吹拉弹敲，会跳舞的都在跳，不会跳的则带着不一般的热情欣赏着他们邻近的人。戴维斯家的姑娘们在黑压压的人群中穿梭，琼斯家的众

1　塔兰台拉舞为一种意大利南部的民间舞蹈。

多孩子，像一群小长颈鹿般嬉戏着。那位名人的秘书带着一个风度翩翩的法国女人像流星般飞快地穿过房间，她的粉色的缎子长裙曳过地面。那位日耳曼殿下找到了晚餐桌，喜不自胜，他不断地吃着，品尝了菜单上的每一道菜，搞得杯盘狼藉，让侍者惊愕不已。那位皇帝的朋友却大出风头，他什么舞都跳，也不管会不会，当搞不清舞步时，他就来上一段即兴的旋转。看那个胖子像孩子般地放肆胡闹真太有意思了，因为尽管他“身体超重”，跳起舞来却像一只印度橡胶做的球。他奔跑飞跳，昂首阔步，脸上发亮，秃顶放光，燕尾服的下摆发疯地舞动，舞鞋竟在空中亮出鞋底，当音乐停下的时候，他擦着额头的汗珠，冲着他的伙伴们微笑，活像没戴眼镜的法国籍的匹克威克。

艾米和她的波兰人带着同样的狂热使他们显得突出，但在灵活性方面更是显得优美，劳里发现自己不自觉地随着那双白色便鞋起落的节奏踏起拍子来，它们不知疲倦地飞舞过去，仿佛插上了翅膀。等这小个子弗拉基米尔最后放开了她，要她相信自己得“早早离去真感到沮丧”，她便准备休息休息，看看那个背叛她的骑士怎样承受对他的惩罚。

结果证明是成功的，因为在二十三岁的年纪，受伤的感情能在友好的社交圈子里找到安慰，在美貌、灯光、音乐与动作的魅惑之下，年轻人的神经在颤动，年轻人的血液在沸腾，健康的年轻人的情绪在高涨。劳里带着一脸如梦初醒的神情，起立为她让座，等他忙乎着去给她拿些吃喝的东西来，她带着满足的微笑自言自语道，“啊，我早就以为这对他会有好处的！”

“你看上去像是巴尔扎克笔下的 Femme peinte par elle-même[1]。”他说，一只手在给她打扇，另一只手端着她的咖啡杯。

“我的胭脂可不会掉色。”艾米擦了擦她通红的脸颊，给他看她毫无

1　法语，妇女自画像。

污迹的白手套，那股天真的认真劲儿使他放声大笑。

“你把这料子叫什么？”他问道，伸手摸摸她裙子下摆上给蓬起在他膝上的一道裙褶。

“珠罗纱。”

“这名字起得好。非常漂亮——新产品，是不？”

“就跟那些山丘一样老啦。你早就在好几十个姑娘身上见过它了，可直到现在你才发现它很漂亮——真笨！”

“我从没在你身上见过，你知道，所以才犯这个错误。”

“别说这种话，这是禁止的。我眼下宁愿喝咖啡，不愿听恭维话。喂，别荡来荡去的让我心神不定。”

劳里笔直地坐好，听话地接过了她的空盆子，让“小艾米”把他差来差去，使他产生了一种奇特的愉悦感。现在她已不再害羞了，感到有一种不可抵挡的欲望要把他踩在脚下，当造物主提供了任何可支配的对象时，女孩们都乐意这么做的。

“你这一套是从哪儿学来的？”他神情古怪地发问。

“‘这一套’是一种非常模糊的讲法，能否请你解释一下？”艾米回答，心里很清楚他指的是什么，但恶作剧地偏要他形容一些无法形容的东西。

“嗯——像这种总的作派啦、个人风格啦、泰然自若的态度啦，什么——什么——珠罗纱啦——你知道的。”劳里笑着说到这里，想用这个新词儿来摆脱自己陷入的困境。

艾米满足了，不过当然没有流露出来，而是故作正经地应道，“不管愿不愿意，异国生活可以磨练一个人。我是在既娱乐又学习，至于这个”——对着她身上的衣服做了个小小的手势——“啊，那是因为薄纱很便宜，花束又不值钱，而我已经习惯于充分利用我这些可怜巴巴的小东西了。”

艾米非常后悔说了最后那句话，生怕听起来格调太低，但劳里反而因此更喜欢她了，发现自己既钦佩又尊敬那种能充分利用机会的勇敢的耐心，以及用鲜花来掩盖贫穷的乐观精神。艾米不知道他为什么如此亲切地盯着她看，为什么在她的跳舞预约小册上写满了他自己的名字，然后以最愉快的态度与她共度余下的夜晚，但他们之间不知不觉给予并接受对方的这种新的印象，正是产生这令人愉快的变化的动力。

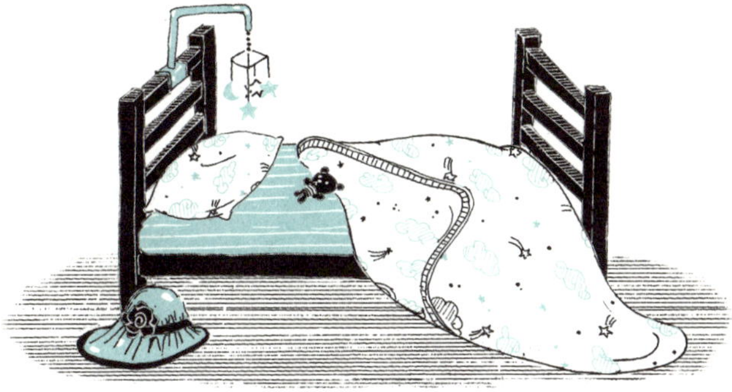

第三十八章

束之高阁

在法国，年轻姑娘们的生活十分单调乏味，要等到她们结了婚，“Vive la liberté! ”[1] 这句话才成为她们的口号。在美国，众所周知，女孩们早早便签下了独立宣言，以共和主义者的热忱享受着她们的自由，但年轻的已婚妇女通常会放弃第一继承人的权利，过起与世隔绝的生活，其封闭程度犹如法国的修女院，尽管没有那里的清静。不管她们喜欢与否，但等婚礼的激情一旦消退，她们事实上就被束之高阁，也许她们中的大多数会大声抗议，正如一位非常美丽的女性有一天曾这么说过，“我还是跟以往那样漂亮，但没人对我稍加注目，就因为我结婚了。”

梅格不是美人，甚至算不上是个时髦女郎，所以在她的孩子们长到一岁之前，没有体验过这份苦恼，因为在她那个小天地里，盛行的是古朴的传统习俗，而她觉得别人给予她的敬慕与爱胜过了以往任何时候。

她是一个充满女性气质的小妇人，母性的本能非常强，所以她全心全意地照顾孩子，到了无视任何事与任何人的存在的地步。她以不知疲倦的忠诚与无休无止的担心日夜呵护着他们，因为现在有了一位爱尔兰女士在掌管厨房，梅格便把约翰让她来亲切地摆布了。作为一个重视家庭的男人，约翰当然十分怀念惯常得到的妻子的照顾，但是他非常喜欢他的孩子们，所以也就心甘情愿地暂时放弃他的舒适生活，并以男人的无知揣测安宁会很快重新降临。可三个月过去了，宁静的生活没有归来，而梅格看上去又疲惫又紧张不安，孩子们占据了她每一分钟的时间，家庭生活被忽视了，而基蒂，那个厨娘，信奉的是“节制”的生活态度，所以常常使他伙食不足。早上出门时，他被那家务缠身的妈妈所委托的各种小任务弄得晕头转向，晚上高高兴兴地回来，渴望拥抱他的家人，却被泼上一头冷水，“嘘！他们闹了一天刚刚睡着。”如果他提出要在家里搞点娱乐活动，“不行，那会吵了孩子们。”如果他暗示一起去听讲演或是音乐会，回应他的是责备的眼光和一句毅然决然的话，“把孩子留在家中去玩乐，没门！”他的睡眠常常被婴儿的哭声，或深更半夜有个幽灵般的身影在无声无息地走来走去所打扰。吃饭时，只要楼上小巢里传来一声闷闷的轻叫，那个主持家务的天才妇女便会在饭菜上到一半时就把他扔下，这频繁的来去，使他的进餐一再中断。他每天晚上看报纸时，不是戴米肚子疼打断了他在看的航运消息，就是黛西摔跤影响了股市价格，因为布鲁克太太关心的只是家庭新闻。

这个可怜虫非常不自在，因为孩子们抢走了他的太太，家仅仅成为一个保育院。每次他进入那神圣的婴儿王国的疆域时，没完没了的“嘘”声让他觉得自己活像个野蛮的入侵者。他极其耐心地忍受了六个月，等到一直没有出现任何改进的迹象，他便做了其他被放逐的父亲都会做的事——设法去别的地方找点安慰。斯科特已经结了婚，在不远的地方安下了家。约翰自己的客厅既然空空荡荡，他本人的太太又没完没了地唱着催眠曲，于是他惯于在傍晚上他们家去待上一两个小时。斯科特太太是

1　法语，自由万岁！

个活泼漂亮的姑娘，亲切待人就是她的全部职责，而她在这方面做得非常成功。他们家的客厅永远明亮而令人向往，棋盘准备好了，钢琴调准了音，多的是开心的话题，更有一顿精美的晚餐诱人地摆在那儿。

要不是家里过于冷清，约翰是宁愿待在自家的壁炉前的，但现在的情况是他自己甘愿退而求其次，也就开始愉快地与邻居交往起来了。

起初梅格对这新的安排颇为满意，知道约翰过得挺愉快，而不是在自家的客厅里打瞌睡，或是在屋子里蹬蹬地走来走去吵醒孩子，不禁觉得松了一口气。但是慢慢地，当对孩子们出牙期的担心过去了，宝宝们能在正常的时间入睡了，妈妈便有了休息的时间，开始想念起约翰来，觉得就着针线篮干活单调乏味，因为少了他坐在对面，穿着他那件旧晨衣，舒舒服服地把拖鞋搁在火炉围栏上烘烤。她不会开口要他留在家里，完全忘记了他痴痴等待却等不到她的那许多个夜晚，却因为他无法了解她没有说出口的要求而觉得受到了伤害。她张望着，担心着，这使她紧张不安，筋疲力尽，头脑无法理智地思考，当最好的母亲被家务所困扰的时候，常常会处于这种状态。缺乏其他方面的活动剥夺了她们的快活劲头，而全身心地侍候作为美国妇女的偶像的茶壶，使她们感到仿佛自己身上只有过敏的神经而没有肌肉。

“是啊，”她照着镜子这么说，“我在变老变丑了。约翰不再对我有兴趣了，所以他撇下了日渐憔悴的妻子，去找没有儿女牵累的漂亮邻居了。没关系，孩子们爱我，他们不会在乎我又消瘦又苍白，没时间卷头发，他们是我的安慰，总有一天约翰会看到我愉快地为他们作出了怎样的牺牲，对吧，我的宝贝们？”

对如此哀婉的诉求，黛西可能会报之以“咕咕”的声音，或者换来戴米一声开心的叫唤，于是梅格便会把她的悲伤撇开，陶醉在做母亲的欢乐中，这一来暂时缓解了她的寂寞。但是约翰对政治入了迷，老是跑去跟斯科特讨论感兴趣的话题，完全忘记了梅格需要他的陪伴，这使她的痛苦进一步加深了。尽管如此，她没有发过一句怨言，直到她的母亲有一天发现她在哭泣，并坚持要知道是怎么回事，因为梅格的日渐消沉没能逃过她的眼睛。

“除了你我不会告诉任何人，母亲，但我真的需要忠告，因为要是约翰再这么下去的话，我还不如守寡呢。”布鲁克太太用黛西的围涎擦着眼泪，带着受伤的表情回答。

“他怎么了，我亲爱的？”她母亲焦急地问道。

“他整天都不在家，晚上我想看到他，他却老是上斯科特家去。我得干最苦的活，一点消遣也没有，这是不公平的。男人全是自私透顶的，即使最好的男人也罢。”

“女人也一样。在看到你自己错在哪里之前，别责怪约翰。”

“但是他怠慢我肯定是不对的。”

“你是否也怠慢他呢？”

“怎么了，母亲，我还以为你会帮我说话的！”

“如果从同情的角度出发，我会的，但我以为错在你身上，梅格。”

“我看不出我错在哪里。”

“让我来告诉你。当初约翰在晚上仅有的闲暇时光中，你总是陪伴着他，那时候他有没有像你所说的那样怠慢过你？”

“没有，不过我现在有了两个孩子要照顾，就没法陪伴他了。”

“我认为你能做到，亲爱的，而且我认为你应该做到。我可以坦率地对你说吗？你能记住母亲在责备你的时候也在同情你吗？”

“我一定会！再把我当成小梅格那样对我说吧。我常常觉得比起过去我更需要教导，因为这两个孩子在所有事情上都依赖着我。”

梅格把她的矮椅拖到她母亲身边，一边膝上放着一个烦人的小家伙，这两个女人便摇着椅子，亲密地交谈起来，觉得同为人母这条纽带把她们联结得如同一个人。

“你只是犯了一个许多年轻妻子都会犯的错误——你对自己孩子的爱使你忘记了对丈夫的责任。这是个十分自然而可以原谅的错误，梅格，但在你们开始各走各的路之前最好对此加以补救，因为有了孩子应该使你们两人比过去靠得更近，而不是分开。现在这样，好像他们全都是你一个人的，而约翰除了出钱抚养之外与他们毫无关系。我看到这样的情形有几个星期了，但一直没有说，深信过一阵子就会好的。”

“我怕不会。如果我要他待在家里，他会觉得我在妒忌，我可不愿用这种想法来冒犯他。他看不出我需要他，而我不知道如何能不开口就让他明白。”

“把家里安排得非常舒适，他就不会想离开了。我亲爱的，他向往的是他的小家，但少了你就算不上家了，而你又总是待在保育室里。”

“难道我不该在那儿吗？”

“不必从早到晚都待在那儿啊，把自己封闭得太厉害会使你紧张不安，这样你对什么事都不能适应了。再说，就跟对孩子一样，你对约翰也负有责任，别因为孩子们而忽视了丈夫，别把他拒之于保育室的门外，而是该教会他怎样参与其中来帮一手。他也应该像你一样在那里有一席之地，而孩子们也需要他，让他觉得他也有一分职责，他就会高高兴兴地、忠实地履行他的职责，这样对你们大家都是件好事。”

“你真的这样认为吗，母亲？”

“我之所以知道，梅格，是因为我也经历过，而且我很少提意见，除非我确信它是可行的。在你和乔还小的时候，我就跟你一样行事，认为除非我把自己全身心地奉献给你们，就没有尽到自己的责任。你们那可怜的父亲在我拒绝了他提供帮助的请求后，就一头钻进了书堆，让我独自料理一切了。我便尽力而为，但乔对我来说是一个沉重的负担。我太纵容她了，差点没把她给宠坏。你呢，身体不好，我为你担心死了，结果自己也病倒了。后来你父亲来援救了，悄悄地把一切都安排好，他的帮助是如此之大，使我认识到了自己的错误，于是从那时起就始终离不开他了。这就是我们家庭幸福的秘密源泉。他不让公事使他放弃对我们大家有关的细致的关怀与义务，而我也竭力不让家务事的烦恼破坏我对他所追求的目标的兴趣。我们在很多事上各干各的，但在家里我们一起合作，一直都是这样。”

“这倒是真的，母亲，而我最大的愿望正是能像你当初那样去对待丈夫和孩子们。告诉我怎么去做，你怎么说我就怎么做。”

“你一直是我的乖女儿。嗯，亲爱的，如果我是你的话，我会让约翰多参与照顾戴米的事，因为男孩子需要训练，而且再早开始也不为过。然后我会像我常常建议的那样，让汉娜过来帮你，她是个最棒的保姆，你可以放心地把你的宝贝孩子们托付给她，自己多干点别的家务。你需要这方面的锻炼，汉娜干其他事可以乐此不疲，而约翰也会找回他的妻子啦。多出去走走，忙的时候也要尽量保持好心情，因为对于整个家庭来说，你就是阳光的创造者，如果你情绪低落，家里就会阴云密布了。然后不管约翰喜欢什么，你都要试着对之产生兴趣——跟他交谈，让他念书给你听，交换意见，以此互相帮助。不要因为你是女人就把自己关在盒子里，而要尽力去理解世界上在发生什么事，培养自己去参与世事，因为它们无不影响着你和你的家人。”

“约翰那么灵敏，如果问他有关政治之类的问题，我怕他会认为我很笨。”

“我不相信他会这么想。爱可以掩盖很多的过失，再说除了他你还能向谁那么无拘束地发问呢？试试看他是否真的不觉得有你来陪伴他要远比斯科特太太的晚餐更愉快。”

“我会试试的。可怜的约翰！我怕我的确曾可悲地忽视了他的存在，但我一向还以为没做错什么，而他也从来没说过什么。”

“他一向尽力做到不自私，但我想他曾经觉得很孤单。现在正是年轻夫妇很容易产生分歧的时候，梅格，也恰恰是这种时候他们更应该待在一起，因为婚后最初的温存很快就会消退，除非尽力去呵护它。在抚养生下的小生命的最初几年里，对于父母来说，没有比这更美好更可贵的日子了。别让约翰变成孩子的陌生人，因为在这个充满了考验与诱惑的世界里，孩子们会发挥绝大的作用，使他既安全又幸福。而且通过孩子们，你们能学会相互理解，去爱对方，这正是你们应该做的。那么，亲爱的，再会吧，好好想想妈妈的教诲，如果觉得没错的话就照着去做，上帝会保佑你们的。”

梅格好好地想了想，觉得这番话没错，就照着去做了，尽管第一次尝试并没有完全按照她的计划去进行。当然了，孩子们彻底支配了她，一发现蹬腿嚎啕便能带来他们想要的一切，就统治了整座房子。在他们反复无常的脾气面前，妈妈是一个卑微的奴隶，可爸爸就没那么容易征服了，他偶尔让他的娇妻感到苦恼，因为他试图以严父的纪律约束来对付他那任性的儿子。原来戴米获得了一点儿他老子坚定性格的遗传——我们不愿把这称之为顽固——每当他下定决心要得到什么东西，或者要做什么事，无论有多少匹马还是多少个人都扭转不动他那股小小的执拗劲儿。妈妈的意见是宝贝还太小，无法教会他克服自己的错误想法，但爸爸坚信学会服从越早越好。所以“戴米少爷”早早就发现如果跟爸爸对着干，总是得到最坏的结果。然而像英国人那样，孩子尊敬征服他的人，因此他爱爸爸，而爸爸的一声严肃的“不，不行”要比妈妈所有的爱抚印象更深。

梅格和她母亲谈话的几天之后，决心晚上和约翰好好待在一起，于是准备了一顿丰盛的晚餐，把客厅收拾停当，穿上漂漂亮亮的衣服，把孩子们早早送上了床，这样就没有什么来打扰她的这次实践活动了。但不幸的是戴米最难克服的坏习惯就是不愿上床睡觉，而那个晚上他是铁了心要大闹一场，于是可怜的梅格又是哼歌又是摇晃，再加上讲故事，使出她能想到的每种催眠的花招，但没有一个奏效，那双大眼睛就是不肯合上。

等到那胖乎乎的好脾气的黛西进入梦乡很久以后，调皮的戴米还是干瞪着灯光躺着，一脸让人泄气到极点的清醒表情。

“戴米能不能做个乖孩子躺在这儿别动，让妈妈下楼去给可怜的爸爸倒杯茶？”梅格问，这时她听到门厅的门轻轻地关上，熟悉的脚步声悄悄地走进饭厅。

“我要茶！”戴米说，准备加入欢闹了。

“不行，不过我会留一点小饼饼给你当早饭，如果你像黛西一样乖乖的入睡的话。好吗，小可爱？”

“考(好)的。”戴米说着紧紧闭上了眼睛，像是要赶紧入睡，以便盼望中的明天快快到来。

趁着这个有利时机，梅格赶紧开溜，跑下楼去迎接她的丈夫，脸上带着微笑，头发上戴着一个他特别欣赏的蓝色小蝴蝶结。他马上就看到了，惊奇而愉悦地说，“怎么了，小妈妈，今天晚上有什么高兴事。你在等客人吗？”

“等的只有你，亲爱的。”

“今天是过生日、周年纪念日，还是别的什么？”

“不，我不愿再做邋遢婆了，所以换换花样，打扮起来。你不管多累总是穿戴整齐来吃饭的，我有时间为什么不能也这样做呢？”

“我这么做是表示对你的尊重，我亲爱的。”老古板的约翰说。

“我也一样，一样，布鲁克先生。”梅格笑道，当她隔着茶壶对他点头的时候，看上去又显得年轻漂亮了。

“嗯，真让人开心，就跟过去一样了。这东西很好吃。为你的健康干杯，亲爱的。”约翰小口啜着他的茶，他不声不响，但心里十分高兴，可惜好景不长，他刚放下茶杯，门把手就神秘地叽叽嘎嘎响起来，只听得一个稚嫩的声音在不耐烦地说：

“猜(开)门，我要浸(进)来！”

“正是那个调皮鬼。我早让他自个儿睡觉的，可现在来了，跑到楼下来了，穿着帆布鞋叭嗒叭嗒跑着，不得重伤风才怪！”梅格说着去应门。

“早上到了。”戴米进来时高兴地宣布，把长长的睡袍下摆优美地搭在手臂上，随着他在桌边跳来蹦去，头上的每一绺鬈发都在欢快地跃动，他带着渴望的眼神瞟着桌上的“小饼饼”。

“不，现在还没到早上。你必须上床去睡，别来烦可怜的妈妈了。那样你才可以吃到上面有糖霜的小饼饼。”

“我爱爸爸。”狡猾的小家伙说着，想要爬上父亲的膝头，不受拘束地参加嬉闹，可是约翰摇了摇头，对梅格说：

“如果吩咐过要他待在楼上，独自入睡，那就要他一定做到，不然他再也学不会听你的话了。”

“是的，当然了。来吧，戴米。”于是梅格把她的儿子带走了，心里涌起一股强烈的冲动要把这个小捣蛋揍上一顿，他呢，在她身边一蹦一跳的，还在做着一到保育室就能尝到甜头的迷梦。

可他没失望，因为那个缺乏远见的妇人当真给了他一块方糖，把他安顿在床上，禁止他明天早上之前再出来乱跑。

“好的。”这骗人精戴米说，欣喜若狂地吮着他的糖块，觉得他的初次尝试获得了巨大的成功。

梅格回到她的座位上，晚餐在愉快的气氛中进行着，直到那个小鬼又跑进来，把妈妈的失职给曝了光，因为他厚着脸皮要求的是，“还要糖，妈妈。”

“这是绝对不行的，”约翰说道，对这个可爱的小坏蛋硬起心肠，“如果这孩子学不会好好上床睡觉的话，我们永远都不得安宁了。你把自己变成奴隶的时间已经够长了。教训他一下，这事就可以了结啦。把他弄上床，然后走开别理他，梅格。”

“他不会太太平平待在床上的，从来没有过，如果我不坐在边上陪他的话。”

“我会对付他的。戴米，上楼去，然后上你的床，照妈妈的话去做。”

“不干！”这年轻的叛逆者回答，自己动手取了向往已久的“小饼饼”，便旁若无人地放肆大吃起来。

“你绝对不可以这样跟你爸爸说话。如果你自己不走，我就抱你上去。”

“走开，我不爱爸爸。”戴米这就躲到他妈妈的裙边寻求保护。

但甚至这个避难所都被证明是无用的，因为他被交给了他的敌人，附上一句“对他不要太凶了，约翰”。这一打击顿时让这个罪犯垂头丧气，因为做妈妈的都抛弃了他，那么日审判就要来临了。小饼饼被夺走了，嬉闹也玩不成了，一只强壮的手把他带往那令人憎恶的小床，可怜的戴米无法抑制自己的愤怒，公然反抗爸爸，一路上楼时拼命地踢腿尖叫。刚把他从这边放到床上，他马上从那一边滚下来，就朝门口奔去，可惜被人毫不光彩地一把抓住了他小睡袍的下摆，拖回到了床上，这一场活动直到这小子气力耗尽才告一段落，只能提高了嗓门大叫起来。梅格常常就是被这一招发声练习所征服的，但约翰不为所动，像根柱子似的，而大家都知道柱子是听不见的。没有好言诱哄，没有糖果伺候，没唱摇篮曲，也没讲童话故事，甚至连灯都熄灭了，只有炉火的红光激活着这“一大片黑暗”，但戴米凝视着这片黑暗，带着好奇而不是恐惧。他厌恶这种新的局面，在激愤之情减退之后，这个遭囚禁的小霸王又想起了他温柔的女奴隶，便无助地嚎哭着要妈妈了。在愤怒的号叫之后的这阵嚎啕哀鸣打进了梅格的心，于是她跑上楼来求情道：

“让我来陪他吧，现在他会变乖的，约翰。”

“不行，我亲爱的，我告诉过他必须照你说的去睡觉，那他就非做到不可，即使我需要整夜守在这里也罢。”

“但他会哭出病来的。”梅格恳求道，为了把孩子扔下不管而自责不已。

“不，不会的，他现在那么累，很快就会睡着的，这样事情就了结了，因为他会懂得一定要听话。别干涉了，我会对付他的。”

“他是我的孩子，我不能让你的严厉搞垮他的精神。”

“他是我的孩子，我不能让你的溺爱宠坏他的脾气。下楼去，亲爱的，把这孩子交给我。”

当约翰用支配的口气说话时，梅格总是服从的，并且从没因为自己的顺从而后悔过。

“让我亲他一下好吧，约翰？”

“当然好。戴米，跟妈妈道晚安，让她去休息吧，她照顾你一整天够累的了。”

梅格一直坚持认为是她这一吻赢得了最后的胜利，因为这一吻过后，戴米抽泣得不那么大声了，一动不动地躺在床角，那是他刚才大发脾气时扭身挪到那儿去的。

“可怜的小家伙，他哭得累坏了，睡着了。我来给他盖上被子，然后去告诉梅格，好让她放心。”约翰这样想着，蹑手蹑脚走到床边，希望发现他这反叛的继承人睡着了。

可他没有，因为他父亲偷看他的那一瞬间，戴米的眼睛睁开了，他的小下巴抖动起来，然后他举起双臂，表示悔过地噎声说道，“现在我睡了。”

梅格坐在门外的楼梯上，正在纳闷这骚动之后的长时间的寂静是怎么回事，她脑海中浮现出种种不切实际的想像，为了消除恐惧，便溜进房来。戴米熟睡着，并不像往常那样四肢张开着，而是驯服地蜷缩成一团，紧紧地偎在他父亲的臂弯里，握住了他父亲的一只手指，好像他觉得公正的惩治被怜悯所调和了，虽然更伤心，但更聪明了，就此沉入了梦乡。约翰被这样握住了手指，像女人般耐心等待着那只小手松开，等着等着他也睡着了，与儿子的那番角斗似乎比他一整天的工作还累。

梅格站在那儿，看着枕头上的这两张脸，暗自微笑着，然后又悄悄溜出去，用满意的口吻说，“我再也不用担心约翰会对我的两个宝贝太严厉了。他的确明白了该怎么对付他们，这将帮我很大的忙，因为戴米对我来说确乎是越来越麻烦了。”

约翰最后下楼来时，本来以为会见到一个忧郁的、充满责备神色的妻子，结果很高兴地发现，出乎他的意料之外，梅格竟在平静地整理一顶无边女帽，还要求他念点什么有关选举的消息给她听，如果他不是太累的话。一时间约翰看清了某种形式的革命正在进行，但他聪明地没有发问，知道梅格是个如此胸无城府的小妇人，哪怕是为了生死攸关的事，她都无法保守秘密，所以很快就能出现蛛丝马迹的。于是他非常自愿地念了一篇很长的辩论文章，然后尽量以明白易懂的语言解释了一通，此时梅格竭力作出很感兴趣的样子，问了一些聪明的问题，使心思放在国家大事上，而不致分散到自己的无边女帽上。然而在她的内心深处，她确信政治就跟数学一样糟糕，而政治家的使命似乎就是相互攻讦，但她没有把这些女人家的想法说出口，等约翰住了口，她摇摇头，用自以为模棱两可的外交辞令说，“唉，我实在不明白大局会发展得什么样。”

约翰笑起来，观察了她一会儿，只见她手上还托着一顶由蕾丝和鲜花组成的美观的小帽，正盯着它看，带着一种他的长篇大论未能激起的真正兴趣。

“她是为了我的缘故竭力喜欢政治，因此我就该为了她竭力去喜欢女帽，这才公平，”公正的约翰这样想，并出声地补充说，“这帽子非常漂亮。这是不是就是你提到过的早餐便帽？”

“我亲爱的，这是一顶无边女帽！这是我去音乐会和戏院戴的最好的出客帽子。”

“真抱歉，它那么小，我当然会把它当作你有时戴过的那种宽松的东西啦。你怎样能保持它不掉下来呢？”

“把这几小段丝带系在下巴底下这个玫瑰花苞上，就这样。”梅格戴上帽子做着示范，带着叫人无法抗拒的平静而满足的表情凝视着他。

“这是顶怪可爱的帽子，但我更爱帽子底下的那张脸，因为它再次焕发出了青春与快乐。”约翰吻了这张笑盈盈的脸，大大地损伤了下巴底下的那个玫瑰花苞。

“真高兴你喜欢它，因为我想让你哪天晚上带我去听最新的音乐会。我实在需要听点音乐来帮助我恢复欣赏能力。你带我去吧，求你了！”

“我当然会的，十分乐意，你想去哪儿都行。你禁锢自己的时间太久了，出去走走会给你带来天大的好处，而且真想不到，我也会十分乐意的。你怎么会有这个念头的，小妈妈？”

“噢，那天我和妈咪谈过一次，告诉她我感到非常不安，非常焦躁，心情很不好，她说我该换换环境，不要操心那么多。因此要让汉娜来帮我照顾孩子，我可以多留心其他家务事，可以抽空消遣一下，只为了免得过早地就变成一个烦躁不安、身心交瘁的老太婆。这只是一次试验，约翰，我要试试看，不但是为了我，也同样是为了你，因为最近我过于忽视你了，如果做得到的话，我要使这个家回复到以前的样子。希望你不会反对吧？”

在此已无需关心约翰说了些什么，以及那顶小女帽如何差一点被彻底揉坏。我们应该知道的全部事实是，根据那房子和它里面的居住者们身上渐渐发生的变化来看，约翰是毫不反对的。不管从哪一方面来看，这里还称不上是天堂，但是这新的分工制度对每个人都有好处。孩子们在父亲的管教之下健康成长，因为这要求精确、毫不动摇的约翰把秩序与服从带进了孩子们的王国，梅格则进行了大量有益健康的运动，使她的精神得到了恢复，消除了紧张不安，有时会有一点娱乐，也常常和她那明智的丈夫说说私房话。家又变得像个家了，约翰也不愿离开了，除非带着梅格一起出去。现在轮到斯科特一家到布鲁克家来了，每个人都觉得这小屋是个令人愉快的地方，充满了欢乐、满足与家庭之爱。就连那欢乐活泼的萨莉·莫法特也喜欢前来了。“这儿总是那么安静、惬意，对我很有好处，梅格。”她常常这样说，带着渴望的神色四处察看，像是要找出魅力的所在，可以在她的大房子里应用，那里虽然陈设华丽，但叫人感到寂寞，因为那里没有吵吵闹闹、脸色像阳光般明朗的孩子，而奈德生活在他自己的世界里，那里没有她的一席之地。

家庭的快乐并不是在一天之内全部降临的，但是约翰和梅格已经找到了钥匙，婚后生活的每一年教会了他们如何运用它，去打开真正的家庭之爱与互助的宝库，那是最贫穷的人可以拥有，而最富有的人无法买到的。这样被“束之高阁”，也许是年轻的妻子和妈妈们最称心满意的归宿，安全地远离世界上使人不安的烦恼与狂热，在依附着她们的小儿小女们身上找到了忠实的爱，无惧于悲伤、贫困或年龄的增长。跟一个忠诚的朋友并肩而行，通过晴天或是风雨，而这个忠诚的朋友体现了那个美好而古老的萨克逊词儿“家庭纽带”的真实含义，并且正如梅格那样在生活中懂得了家庭正是一个女人最幸福的国土，她并不以一个女王的身份，而是作为一个聪明的妻子和母亲来统治这个国土的艺术正是她最高的荣誉。

第三十九章

懒散的劳伦斯

劳里来尼斯原本打算待一个星期，结果待了一个月。他厌倦了独自游荡，有了艾米这熟悉的身影在一起，似乎为这异国的场景——她正是其中的一部分——增添了一份如同家乡般的魅力。他十分怀念过去的“亲热爱抚”，现在重又尝到了这种滋味，因为无论异乡人给予的关怀怎样让人高兴，都比不上家中那几个姑娘对他姐妹般的敬爱来得更愉快。艾米从未像几个姐姐那样和他那么亲昵，但现在见到他非常高兴，而且相当依恋着他，觉得他就代表了她深爱的家，虽然她不愿承认，但对那个家正日夜思念着。他们两人自然而然地相互为伴，在对方的社交圈子里都过得很开心，常常同进同出，一起骑马、散步、跳舞或者闲逛，因为在尼斯，没有人会在这样宜人的季节里过于辛苦地工作的。可是，在表面上看来正随心所欲地娱乐的同时，他们俩也在半心半意地互相探索对方，并且形成了各自的看法。艾米在她这位朋友眼中的地位日渐提高，但她对他的评价却在降低，双方都感觉到了这一点，尽管没人说出口来。艾米竭力让他开心，并且成功地做到了这一点，因为对他带给她的种种乐趣心存感激，所以用一些小小的服务来酬答他，女人气十足的妇人们在做这些事的时候会带着一种无法形容的魔力。劳里没有做出任何形式的努力，只是尽可能舒坦地随波逐流，竭力忘却过去，并感到所有的女人都欠他一句温柔的话语，只因为有一个女人曾对他如此冷淡。他可以毫不费力地做到慷慨大方，如果艾米愿意接受的话，他会买下尼斯所有的小饰物，但同时又感到无法改变她正在形成的对他的看法，因此有几分畏惧那双似乎正以一半是伤心、一半是藐视的惊讶神色在观察他的锐利的蓝眼睛。

“其他人今天都去摩纳哥了，我可宁愿待在屋里写几封信。现在信写好了，我想去玫瑰谷画速写，你去吗？”那是个晴朗的日子，劳里像往常一样在中午时分懒洋洋地走进来，艾米迎上去这样说。

“嗯，好吧，但要走那么长一段路，这天气是不是太热？”他慢悠悠地回答，因为从外面耀眼的阳光下进来，这阴暗的旅馆客厅显得很吸引人。

“我要坐小马车去，巴普蒂斯特会驾车，所以你什么都不用做，只要握紧你的阳伞，把你的手套戴好就行。”艾米回答他，嘲讽地瞥了一眼那双一尘不染的小山羊皮手套，它正是劳里专心爱护的宠物。

“那我十分乐意奉陪。”他伸出手去接她的速写本。但她把它夹在胳膊下，尖刻地说：

“不用劳你驾了。我拿着一点不费力，但你倒看起来有点不能胜任。”

劳里扬了扬眉毛，看她奔下楼去，便不慌不忙跟随着，但等他们上了马车，他竟自己拿起了缰绳，把小巴普蒂斯特撂在一边无事可干，只能双手抱胸，在他自己的位子上打起盹来。

这两人从未吵过嘴——艾米的教养很好，而劳里眼下十分懒散，因此不一会儿他就从他的帽檐下用探询的目光瞟着她，她呢，以微笑回应，就这样在最为融洽的气氛中一同前行。

这是一段迷人的旅程，蜿蜒曲折的道路两旁风景如画，让人赏心悦目。这里有一所古老的修道院，从里面传来修士们的庄严吟唱声。那里有一个牧羊人，赤脚穿着木鞋，戴着尖角帽，粗陋的外套搭在一边的肩膀上，他坐在一块石头上吹着笛子，他那群山羊有的在岩石中间蹦跳着，有的躺在他的脚边。一只只温顺的灰褐色的驴子，驮着一边一筐新割的青草走过，有个戴着花式女帽的漂亮姑娘在草堆之间坐着，还有一个年老的妇人，一路走一路用手工绕线杆干着纺纱活。棕色皮肤、目光柔和的小孩子们从形状古怪的石头小屋里跑出来，推销花束或是一大捧连着枝桠的柑橘。漫山遍野是长满节瘤的橄榄树的浓荫，果园中金黄色的果实挂满枝头，硕大的猩红色银莲花缀满道路两侧，而在绿色的山坡与嶙峋的高岩之上，意大利蓝色的天空衬托出高高耸立着的白雪皑皑的滨海阿尔卑斯山脉。

玫瑰谷的确名副其实，因为在这四季如夏的炎热气候里，玫瑰花遍地盛开。它们从拱廊上垂下来，穿过院门的栅栏向路人致以甜蜜的欢迎，并且沿着大道排列着，曲曲弯弯穿过柠檬树和树叶像羽毛般的棕榈树丛，一路开向山间的别墅。每一个背阴的角落都摆放着椅子，邀请人们停下来歇息，那里花开得一片绚烂。每一个阴凉的洞室里都竖立着一个大理石雕成的林中仙女，正透过鲜花缀成的头巾微笑，而每一座喷泉都反映出那些弯身冲着自己的影子微笑的深红、白色和淡粉色的玫瑰花。玫瑰花覆盖了屋子的外墙，挂满了门楣，爬满了柱子，爬上宽大的露台的栏杆怒放着。如果从这露台上往下看，可以看见阳光灿烂的地中海和海岸边那座到处是白墙的城市。

“这里是地道的度蜜月的天堂，对吧？你见过这样的玫瑰吗？”艾米问，在露台上停下来欣赏风景，并且享受着一股飘忽而来的浓郁的花香。

“没见过，也没给这样的刺扎过。”劳里回答。把一只拇指含在嘴里，那是他徒劳地去摘一朵长在他刚好够不着的地方的独自开放的红玫瑰时给刺伤的。

“采长得低一点的，摘那些没有刺的吧。”艾米说，在点缀着她身后墙壁上的奶白色小花中采了三朵。她把它们作为友好的礼物插在劳里的纽孔中，他站住了一会儿，低头看着花儿，脸上带着诧异的表情，因为在他身上的意大利血统中，有一点儿迷信的成分，此时他正沉浸在那种半是甜蜜半是苦涩的忧郁感里面。在这样的状态下，富有想像力的年轻男子会在琐事中找到深长的意味，在处处地方发现浪漫气息。他刚才摘带刺的红玫瑰时，想起了乔，因为色彩鲜艳的花儿与她匹配，而且她常常戴着一朵从家中的暖房采来的这样的花儿。艾米给他的浅色的玫瑰是那种意大利人放在死者手中的，从来不用来编织新娘的花环，一时间他在猜测这个预兆到底是有关乔还是有关他自己，但紧接着他那美国人的见识便战胜了伤感，他爽朗地大笑起来，自从他来到这里，艾米还没有听到他这样笑过。

“这是个忠告，你最好拿这个，不要再把你的手指弄伤了。”她说，以为是自己的话把他给逗乐了。

“谢谢你，我愿意。”他打趣地回答。几个月后他又把这话真心实意地说了一遍[1]。

“劳里，你几时去你祖父那里？”过了一会儿她在一张粗木椅子上坐下，开口问道。

“很快。”

“三个星期以来你已经这样说过十几遍了。”

“我敢说，简短的回答可以避免麻烦。”

“他在等着你，你真的应该去。”

“好一个热情好客的人！这我知道。”

1　指婚礼上说的誓言。

“那你为什么还不去？”

“可能是天性的堕落吧，我想。”

“你是指天生的懒散。这太糟了！”艾米看上去很严厉。

“不像看上去那么糟，因为如果我去的话只会惹他厌烦，倒不如留在这儿再让你厌烦一段时间。你比较能忍受，实际上我认为这非常适合你。”劳里懒洋洋地靠在一段宽阔的栏杆边缘上。

艾米摇摇头，带着一副无能为力的样子打开速写本，但她下了决心要给“这个男孩”上一课，因此过了一会儿又开口了。

“你刚才在干吗？”

“看蜥蜴。”

“不，不。我的意思是你想干什么？”

“抽支烟，如果你允许的话。”

“你太气人了！我不赞成抽烟，除非你肯让我画你，才能得到我的允许。我需要画里有个人。”

“我太愿意了。你想怎么画——画全身还是半身，倒立还是直立？我要恭恭敬敬地建议你画我斜卧的姿势，再把你自己画进去，起个标题叫‘Dolce far niente[1]’。”

“你就这样别动，如果要入睡也可以。我要认真地作画了。”艾米劲头十足地说。

“多么让人愉快的热情啊！”说着他斜靠在一只高高的大缸上，一副心满意足的样子。

“如果乔现在看到你会怎么说？”艾米不耐烦地发问，希望通过提到她那精力更充沛的姐姐来激励他一下。

“像往常一样。‘走开，特迪。我忙着呢！’”他边说边笑，但笑得很

1　意大利谚语，无所事事，其乐陶陶。

不自然，他脸上掠过一抹阴影，因为提起这熟悉的名字触及了他那至今尚未愈合的伤口。这语调和阴影都使艾米深为震惊，因为她曾听到并看到过，现在她抬眼一望，正好看见劳里脸上的从未见过的表情——那是一种难忍的苦涩表情，充满了悲痛、失望与悔恨。她还没来得及细细研究，它就消失了，那副无精打采的表情又回到了他的脸上。她带着美术家的欣赏眼光打量了他一会儿，心想他多像一个意大利人啊，这时他正躺在那儿，头顶无遮无盖地沐浴在阳光下，眼中满是南方的梦幻色彩，似乎已经遗忘了她的存在，沉溺到梦想中去了。

“你看上去就像一个年轻骑士的雕像安眠在他的坟墓上。”她说着，仔细地描摹那张在深色石头衬托下轮廓分明的脸庞的侧影。

“但愿我真的安眠了！”

“这是个愚蠢的愿望，除非你把自己的一生都毁了。你变化太大了，有时候我在想……”艾米说到这里顿住了，脸上的表情半是调皮，半是渴望，比她没有说完的话更加意味深长。

劳里注意到了，并且理解她这份怯于表达的亲切的担忧，便正像过去跟她母亲说话那样，盯住了她的双眼说道，“不用担心，小姐。”

这个回答让她满意，平息了近来开始困扰她的种种疑虑。同时，这个回答也使她感动，她把它表达出来，用真诚的语调说：

“我真高兴你这么说！我不相信你变成了一个坏男孩，但我以为你也许在那个邪恶的巴登-巴登虚掷了许多金钱，爱上了一个迷人的法国有夫之妇，或者惹上了一些麻烦，那是年轻男人们似乎觉得在国外旅行时必须招惹的。别待在外边的太阳底下，过来躺在这儿的草地上，‘让我们友好相处’，就像当初我们坐在沙发的角落里互相倾诉自己的秘密时乔常常说的。”

劳里顺从地在草坪上躺下，开始把一朵朵雏菊插上就在手边的艾米帽子上的花边，借此自娱自乐。

“我完全作好准备来听你的秘密。”他抬头瞥了一眼艾米，眼中流露出兴致勃勃的神色。

“我没有什么秘密可说。你说你的吧。”

“我可一个都没有。我还以为你也许有什么家里的新闻要讲呢。”

“最近发生的事你都已经听说了。你不是常常接到信的吗？我想乔一定给你写了很多。”

“她忙得厉害。我这样到处跑，你知道，是很难定期收到信的。你什么时候开始创作伟大的美术作品呀，拉斐埃拉[1]？”他停顿了一下后突然转变话题，这样问道，刚才停顿时他心想艾米是不是知道了他的秘密，希望跟他谈谈这件事。

“再不会了，”她沮丧而却坚决地回答，“罗马夺走了我所有的虚荣心，因为在那里看到了如此多的奇迹，我觉得自己活得太渺小了，因此失望地放弃了我所有的愚蠢念头。”

“你精力那么充沛，又那么富有才华，为什么要放弃呢？”

“这就是为什么——因为才华并不等于天才，而且无论付出多少精力都不能改变这一事实。我要么不做，要做就要做伟大的画家。我可不想当一个平庸的画匠，所以再也不想尝试了。”

“那你现在准备做什么呢？如果你容许我问一下的话。”

“好好磨练我其他的才能，在社交界放光彩，如果有机会的话。”

这是一番很有个性的言论，听上去很大胆，但大胆奔放是适合于年轻人的，而艾米的野心是有良好的基础的。劳里微笑了，但他欣赏的是她的那种精神，当一个长久以来怀着的理想破灭时，她会开始追求新的目标，而不是把时间花在悲叹上。

“好啊！我看弗雷德·沃恩就是在此时闯进来的吧。”

---

1 这是拉斐尔这名字的女性形式。劳里在这里把艾米尊称为“女性的拉斐尔大师”。

艾米保持了一阵谨慎的沉默，但在她沮丧的脸上有一副不自然的表情，使劳里坐起身来，严肃地说，“现在我要扮演大哥的角色，开始提问了。可以吗？”

“我并不保证一定回答。”

“即使你嘴里不说，你的脸也会告诉我的。你还不是个老于世故的女人，没法隐藏自己的感情，我亲爱的。我在去年听说过有关弗雷德和你的传闻，我个人的想法是，如果不是因为他被突然召回家，而且迟迟没有回来，那准该发生什么事了——嗯？”

“这个我可没有资格讲。”艾米一本正经地回答，但她嘴唇上带着笑意，眼中闪耀的光背叛了她，泄露出她很清楚自己的力量并且陶醉于其中。

“希望你没有订下婚约吧？”突然间劳里像一个大哥哥那样严肃起来。

“没有。”

“但是你会的，如果他回来了，正经八百地跪下向你求婚的话，对吗？”

“很可能。”

“那你是很喜欢老弗雷德啰？”

“如果我试试的话，可能会喜欢他。”

“但你在恰当的时机到来之前是不会试的吧？天哪，多么不可思议的深谋远虑啊！他是个好人，艾米，但我想他不是你会喜欢的那种类型。”

“他很有钱，是个绅士，而且风度悦人。”艾米开口说，试图装得冷静端庄，但尽管她的意图是真诚的，还是觉得有一点儿羞愧。

“我理解。社交皇后离开了金钱就寸步难行，所以你打算找个好对象，以这个为出发点？就现今的世道来说，这样完全合情合理，但从你母亲的一个女儿嘴里讲出这番话，让人觉得有点异样。”

“然而确实如此。”

这是一句简短的话，但是讲话时流露的暗藏的决心跟这位年轻女子构成了奇特的对照。劳里本能地感受到了，又躺下身去，带着一份他无法解释的失望之情。他的表情和沉默，再加上几许内心的自责，扰乱了艾米的心情，使她决心马上开始教训他。

“希望你行行好，振作一点儿。”她严厉地说。

“你来使我振作吧，这才是好姑娘。”

“我会的，如果我试试的话。”她看上去像是马上就要付诸实行了。

“那就试试看吧。我允许你。”劳里应道，很高兴有个人可以让他逗着玩，他远离这项他最喜爱的消遣活动已经太久了。

“你不出五分钟就会发火的。”

“我永远不会对你发火。需要两块燧石才能打出火星来，而你就像雪一样冰冷柔软。”

“你不知道我能干出什么来。就算是雪，如果运用得当，也会发光和刺痛人。你的冷漠一半是装模作样，只要好好激你一下就能证明。”

“那就来吧，对我毫无害处，也许倒能逗你开心，正如那个大个子男人在他小妻子揍他的时候说的。把我当作你的丈夫或者一条地毯，打到你累了为止，如果这种运动配你胃口的话。”

艾米被明显地惹怒了，渴望看到他摆脱那种极大地改变了他的冷漠，便削尖了她的铅笔，还磨利了她的舌锋，开始出击了：

“弗洛和我给你起了一个新名字，叫做‘懒散的劳伦斯’。你觉得怎么样？”

她以为他会生气，但他只交叠起双臂枕在头下，不动声色地说，“听上去不坏。谢谢你们，女士们。”

“你想不想知道我对你的真实看法？”

“想极了。”

“好吧，我瞧不起你。”

如果她用了耍性子或轻佻的语气说“我恨你”，他会大笑，还会非常喜欢的，但她嗓音里那种严肃得近乎是悲伤的调子使他睁开眼睛，迅即发问：

“为什么，能告诉我吗？”

“因为尽管有那么多机会可以变得善良、有用、快乐，你还是一身毛病，懒懒散散，悲惨可怜。”

“说得好厉害啊，小姐。”

“如果你想听，我会继续说。”

“求求你说吧，真有意思。”

“我早知道你会觉得有意思的，自私的人总爱谈论他们自己。”

“我自私吗？”这个问题不自觉地从他嘴里溜出来，带着惊讶的语气，因为他引以自豪的一项优点就是慷慨大度。

“对，非常自私，”艾米以镇静、冷淡的口吻继续说，在这节骨眼上，这比用愤怒的语气说要双倍有效，“我来告诉你为什么吧，因为在我们闹着玩的时候我一直在研究你，而结果一点也不使我满意。你看你来到国外已近六个月了，除了浪费时间和金钱，让你的朋友们失望以外一事无成。”

“一个人苦读了四年书，难道不该快活一下吗？”

“你看上去不像受过多少苦啊。不管怎么说，就我所见，你也没有因此而变好。我们刚见面的时候，我说过你有了长进。现在我把这话全部收回，因为你还比不上我在家乡离开你时的一半好。你变得懒惰透顶，你喜欢闲言碎语，把时间浪费在无意义的事上，你满足于被愚蠢的人宠爱仰慕，而不是得到聪明人的爱戴与尊敬。拥有金钱、才华、地位、健康与容貌——啊，你真像那个虚荣无聊的人！但这是事实，所以我没法不说出来——有那么多的好条件可以供你利用和享受，你却不知道该干什么，只会游手好闲，而不是成为你应该成为的人，无非是个……”她说到这里顿住了，表情中交织着苦痛与怜悯。

“烤炉架上的圣劳伦斯。”劳里插进话来，无动于衷地续完了这句话。但是这番教训开始产生效果了，因为他眼中这时闪耀着完全清醒的光芒，一半是愤怒一半是受伤的表情，取代了原来的冷漠。

“我早料到你会这么说的。男人们说我们是天使，还说我们想按我们的意愿把你们塑造，可是一旦我们诚恳地要为你们着想，你们便嘲笑我们并且不愿听我们的。这证明了你们的恭维话一文不值。”艾米挖苦地说罢，便转过身去，背对着这个坐在她脚边的被激怒的受难者。

过了一会儿，有一只手伸下来盖住了速写本，使她无法作画，只听得劳里的声音传来，用滑稽的腔调模仿着一个悔过的孩子，“我会变好的，唉，我会变好的！”

可是艾米没有笑，因为她是认真的，于是用铅笔敲敲那只伸出的手，严肃地说，“你长着这样的手不觉得难为情吗？又嫩又白，像是女人的手，一看就知道除了戴最高档的手套或是为女士摘花，别的什么也没干过。你还算不上是个花花公子，谢天谢地，我庆幸还没看到你手上戴着钻石戒指或者大印章戒指，只有乔很久以前送给你的那个旧的小戒指。凭良心说，我真希望她能在这儿帮帮我！”

“我也希望如此！”

那只手正如它突如其来地出现一般突然消失了，她的愿望所引发的回应里充满了激情，连艾米都觉得够多的了。她向下瞥了他一眼，心里浮现出一个新的念头，但他还是躺着，把帽子半遮着脸，像是为了遮阴，而他的胡须遮住了他的嘴。她只能看到他的胸膛在起伏，长长地吐了一口气，似乎是在叹息，而那只戴着戒指的手伸到了草丛里，像是要隐藏什么不知是过于珍贵还是过于脆弱的秘密，以致难以言喻。一瞬间各种暗示与细节在艾米的脑海中演变成形，显示出重大的含意，使她明白她姐姐从没向她坦白过的事。她想起劳里从没主动地提起过乔，回想到他刚才脸上的阴影、他性格的变化，还有他为什么一直戴着那只旧的小戒指，这对于一只漂亮的手来说，实在算不上什么像样的装饰。女孩子们总是能很快理解这些迹象和它们所包含的意义。艾米曾经猜测在他身上的变化后面也许隐藏着一头爱情纠葛，现在她敢肯定了。她敏锐的双眼湿润了，等她又开口时，特意选择了一种动人的柔和而亲切的嗓音。

“我知道我没有权利对你说这些，劳里，而且你如果不是这个世界上脾气最最好的人，一定会对我大大生气的。但是我们都那么喜欢你，为你骄傲，想到家里人会像我现在这样对你感到失望，我就觉得受不了，尽管他们也许比我更能理解你的变化。”

“我想他们会的。”帽子底下传来冷冷的声音，跟嘶哑的嗓音同样让人动情。

“他们早该告诉我，让我不致在应该对你非常和气非常耐心的时候犯下大错，这样责备你。我从来没有喜欢过那位兰德尔小姐，现在我更恨她了！”艾米很有技巧地说，这次是希望证明她掌握的情况是否属实。

“该死的兰德尔小姐！”劳里说罢把他脸上的帽子一下子打飞了，露出一副表情，使人可以无疑地看出他对这位年轻女士毫无感情。

“对不起，我还以为……”说到这儿，她圆滑地顿住了。

“不。你不理解，你完全清楚我除了乔对谁都不在乎。”劳里用他惯常的鲁莽语气说了这句话，一边转过头去。

“我也是这么想的，但他们什么都没有提起过，而你就出走了，我就以为我弄错了。怎么，乔不愿好好对待你吗？唉，我还深信她是很爱你的呢。”

“她曾经对我很好，但不是我希望的那种，如果我真的是你所认为的一无是处的人，她不爱我对她倒是件幸事。然而这件事正是她的错，你可以这么对她说。”

他说这话时，那种难忍的苦涩表情又回到了他的脸上，使艾米非常不安，因为不知道该怎么去安慰他。

“我错了，我毫不知情。我真抱歉发那么大的火，但我忍不住希望你能更好地承受这一切，特迪，亲爱的。”

“别这样说，那是她对我的称呼！”劳里抬起手来很快地做了个手势，制止她用乔的那种半是亲切半是责备的语气说下去。“等你自己有了这种体验再说。”他低声加了一句，一把把地把草拔起来。

“我会拿出男子气概来承受，如果我不能被人爱，至少我要赢得尊重。”艾米说，带着一个毫不知情者的决心。

这下劳里颇为得意自己曾很好地经受住了这一切，没有自哀自怜，也没有乞讨同情，而是带着他的烦恼远走高飞，使人们淡忘这回事。艾米的说教使他对这件事产生了一种新的看法，他第一次觉得一受挫折就丧失勇气，把自己封闭在郁闷的冷漠之中，看来正是软弱自私的表现。他觉得仿佛被一下子从忧伤的迷梦中给震醒，发现自己再也无法入眠了。过了一会儿，他坐起身来，慢吞吞地问道，“你认为乔会像你一样看不起我吗？”

“会的，如果她看见了你现在的这副样子。她讨厌懒散的人。你为什么不干点漂亮的事，让她来爱上你？”

“我尽过力了，但是没有用。”

“你是指以优异成绩毕业？那不过是你应该做到的，为了你的祖父。你花费了那么多的时间与金钱，每个人都知道你有能力做到，如果你失败了那才丢人呢。”

“你爱怎么说就怎么说，我反正是失败了，因为乔不愿爱我。”劳里说到这里，以沮丧的姿势用手托着头。

“不，你没有失败，你该一直这么说的，因为这对你有好处，证明有些事你只要努力就可以做到。只要你肯着手开始干另一件什么工作，你就会回复到那个热忱开心的你，忘掉你的烦恼。”

“那是不可能的。”

“试试看嘛。你用不着耸耸肩，心里想‘她对这一套倒是无所不知’。我并不是自作聪明，但我一直在观察，我看到的东西之多要远远超过你的想像。对于别人的经验与言行不一之处我都有兴趣，虽然我无法解释，但为了自己的缘故记住了它们并在实际生活中作为借鉴。矢志不渝地去爱乔吧，如果你选择了这样，但不要让这种感情毁了你，因为由于你得不到你想要的就丢弃许多优秀品质，这是要不得的。好吧，我不再说教了，因为我知道你会清醒过来，像个男子汉一样面对那硬心肠的姑娘。”

有几分钟，两人都不说话。劳里坐着转动手指上的那只小指环，艾米在对她那幅在刚才讲话时匆匆画就的速写作最后的加工。不一会儿，她就把它放到他的膝上，说了声“你觉得怎么样？”

他看了一下，笑了，他这是无法不笑的，因为画得实在好——草地上躺着一个颀长而懒散的身体，脸上无精打采，双眼半闭，一只手夹着支雪茄，上面冒出的小烟圈缭绕在这梦想者的头上。

“你画得多好啊！”他说，带着毫不矫饰的惊讶和对她技巧的赞赏，并且轻声一笑，加了一句，“对，那就是我。”

“那是现在的你，这是过去的你。”说着，艾米把另一幅速写放在他拿着的这一幅的旁边。

这张画及不上那一幅那么完美，但有一股生机与灵气弥补了许多不足之处，它如此生动地唤起了过去的情况，当这位年轻人看着的时候，有一种突如其来的变化掠过他的脸。这仅仅是一幅简单的速写，画的是劳里在驯一匹马，帽子与外套都给脱下了，这活跃的身影、坚毅的面孔和威严的姿态的每一根线条，都是如此精力充沛、意味深长。那头漂亮的畜生刚刚被降服，站在那儿，颈子在绷紧的缰绳之下弯曲着，一只蹄子不耐烦地踢踏着地面，耳朵竖了起来，好像在听那个支配者的声音。在凌乱的马鬃毛、骑士飘动的头发和挺立的姿势中，可以看出动作突然停顿了，蕴藏着力量、勇气和年轻的活力，这与那张画着他优雅地躺着的速写形成鲜明的对比。劳里什么也没说，但他的眼光在两张画之间移动，艾米看到他的脸红了，闭紧了双唇，似乎懂得了艾米给他上的这一课并接受了它。这使她颇为满足，便不等他说话，又轻快地说开了……

"你还记得那天你装扮成带着淘气小妖的驯马人，我们都在边上围着看吗？梅格和贝思吓坏了，但乔却拍手雀跃，我呢，坐在栅栏上画下了你。前不久我在画夹里找到了这幅速写，又润色了一番，留着要给你看。"

"多谢多谢。比起那时，你画技进步多了，祝贺你。我可不可以提醒一下，在'蜜月天堂'里，你的旅馆晚餐时间是下午五点？"

劳里一面说一面站起身来，微笑着鞠了个躬，把画还给了她，看了看表，像是在提醒她即使是道德课程也该有个结束的时候。他试图重新装出先前的那种轻松而无所谓的表情，但如今看来很做作，因为刚才受到的激发的效果要比他所能承认的更为强烈。艾米感觉到了他举止中的一丝冷漠，自言自语道：

"这下我可冒犯他了。不管怎样，如果对他有好处，我就开心，如果使他因此而恨我，我很抱歉，但我说的都是真话，我一个字也不愿收回。"

他们说着笑着一路回家，那个小巴普蒂斯特坐在车厢后面的高座上，心想先生和小姐的情绪真是好极了。但两个人都感到很不自在，那种朋友间的坦白关系给打乱了，阳光底下开始出现阴影，尽管表面上都开开心心的，但每个人的心里都隐藏着不满。

"今天晚上我们能见到你吗，我的兄长？"两人在艾米婶婶的房门口分手时，她问道。

“很不巧，我有个约会。再见了，小姐。”劳里弯下身来，像是要以异国的礼仪亲她的手，这种礼仪表现在他身上要比别的许多人更为相称。他脸上的某种表情使艾米立刻热情地说：

“别这样，用你自己的方式来对待我，劳里，遵照以前的老规矩分手吧。我宁愿接受一个真诚的英国式的握手，而不要那一大套多愁善感的法国式礼仪。”

“再见吧，亲爱的。”劳里以她喜欢的那种语调说了这句话，热诚地跟她握手，几乎把她弄痛了，然后才走。

第二天早晨，他没有像往常那样前来拜访，艾米只收到一纸短简，她带着微笑开始念，看完却叹了一口气。

我亲爱的导师门特[1]：

请代我向你的婶婶道别，你暗自高兴吧，因为那“懒散的劳伦斯”去他爷爷身边了，就像一个好孩子那样。祝你冬天过得愉快，让众天神保佑你在玫瑰谷度过一个醉人的蜜月！我想弗雷德会被这一激励而得益的。把这话告诉他，加上我的祝贺。

感激你的忒勒马科斯

“好小伙子！我真高兴他走了，”艾米带着赞许的微笑说，可下一分钟当她环顾空空如也的房间时，脸就耷拉下来，不由自主地叹了一口气说，“是啊，我很高兴，可我将会多么想念他啊！”

1　门特，希腊神话中奥德修斯的朋友和谋士，为其子忒勒马科斯的导师。

第四十章

死荫的幽谷[1]

等第一阵苦涩过去了，全家人接受了这不可避免的结局，希望能够做到心甘情愿地承受它，大家都以日益增长的爱来互相勉励，正是这种爱，在困苦时刻把全家亲密地联结在一起。他们排除了悲伤，每个人都努力尽到自己的责任，使过去的这一年过得开开心心。

家里最舒适的房间被留给了贝思，里面装满了所有她最爱的东西——鲜花、绘画、她的钢琴、做针线活用的小工作台，还有她心爱的几只小猫咪。父亲那些最好的书籍给搬到了这里，加上妈妈的安乐椅、乔的书桌、艾米画的最棒的速写。梅格每天都会带她的孩子们过来进行一次爱的朝觐，为贝思阿姨带来温暖的阳光。约翰不声不响地留出一小笔款子，这样他就可以为病人持续地供应她爱吃并想吃的水果，从中得到乐趣。老汉娜不知疲倦地烹制精美的菜肴来吊起贝思时好时坏的胃口，她一边工作一边掉眼泪。大洋彼岸寄来了小礼物与令人愉快的信，仿佛从不知寒冬为何物的土地上送来了温暖芳香的气息。

看哪，贝思坐在那里，就像是一位家中的圣徒被供在神龛里倍加呵护，如同往常一样平静而忙碌，因为没有什么东西能改变她那美好无私的本性，而且哪怕是即将离开尘世，她还在尽量使那些留下的人们过得开心点。她纤弱无力的手指从来没有空闲的时候，而最让她快乐的事情之一，就是为每天来回经过去上学的孩子们做一些小东西——为一双冻得发紫的小手从她窗上丢一副连指手套下去，为拥有许多玩偶娃娃的小妈妈做一只放缝针的书形纸夹，为辛苦地用歪歪斜斜的笔法练字的中学生制作擦笔尖布，为喜欢图片的做剪贴本，还有各式各样的喜人的小玩意，直到那些顺着学问的阶梯勉强攀登的孩子们发现路上布满了鲜花，并且开始把这位慷慨的施与者看作仙女般的教母，她高高在上地坐着，把许多奇妙地合乎他们口味与需要的礼物撒将下来。如果贝思想过要得到报偿的话，她已经得到了，就在那些始终仰望着她窗口点头微笑的明亮的小脸蛋上，在寄给她的那些滑稽可笑的短信上，信中满是墨水渍，但也充满了感激之情。

最初的几个月过得非常快乐，贝思常常环顾周围，说一声“这里多美好啊！”这时她的家人都坐在她敞亮的屋子里，那两个小孩在地板上踢着腿大呼小叫，妈妈和姐姐们在近处干活，爸爸用他悦耳的嗓音朗读着充满智慧的古老著作，上面看来多的是美好而慰人的字句，在今天仍然像几个世纪前这些作品刚刚写就时那么有用。这屋子就像一座小教堂，有一位牧师带着父爱在教他的信徒们那些人人必须学习的难念的课程，试图让他们认识到希望能安抚爱心，信仰能使人听从命运安排。这是朴素的布道，但直接打进听者的灵魂深处，因为在这牧师的虔诚信仰中跳动着一颗父亲的心，而他声音里频繁出现的颤抖，使他讲出或者念出的字句变得加倍的雄辩有力。

1　引自《圣经·诗篇》第23篇第4节，“我虽然行过死荫的幽谷，也不怕遭害，因为你与我同在；你的杖，你的竿，都安慰我。”这是说有了耶和华的保佑，人不必惧怕死亡。

对大家有益的是，这段平静的时光使他们为即将到来的哀伤时刻作好了准备，因为不久以后，贝思说那缝针是“如此沉重”，就此放下了再也没有拿起过。讲话使她疲惫，人们的脸让她心烦，疼痛攫住了她，折磨着她那虚弱身体的病痛可悲地打乱了她平静的心态。唉！如此沉重的白天，如此漫长又漫长的夜晚，如此疼痛的心灵，如此哀求的祝祷，那些最爱她的人不得不眼看那瘦削的双手恳求地伸向他们，听她痛苦地叫着“救救我，救救我”，明白那是无法可救了。一个静如止水的灵魂被悲哀地逐渐吞蚀的过程，一场年轻生命与死神的激烈搏斗，但幸而这两者的延续时间不长，而后那出于自然的反抗中止了，那过去的平静再度降临，比以往任何时候更为美丽。在贝思脆弱的残躯之中，她的心灵却愈见坚强，尽管她很少说话，周围的人们却感觉到她已经准备好了，看出这被召唤的第一个朝圣者同样也是最合格的人选，他们便和她一起在岸边等候，想看到她过河去彼岸的时候，那些光芒四射的天使前来接引她。

乔从未离开过贝思哪怕一个小时，因为贝思说过“当你在这儿的时候，我感到坚强些”。乔睡在屋里的一张长沙发椅上，常常醒来为炉火添柴，喂她吃东西，扶她起床，或者等待这个有耐心的病人万一提出什么要求，并且“尽量不要成为她的负担”。她整天逗留在屋子里，对其他护理者心怀妒意，恨不得一个人包办代替，此时被选中来陪伴贝思，特别感到自豪，超过了她这辈子得到的任何荣誉所带来的得意劲儿。对乔来说，这段时光是珍贵而有益的，因为她如今从心底里接受了她所需要的教益。有关耐心的课程以这样美好的方式传授给她，她又怎能学不会呢。她学会了对所有人的博爱精神、那种能宽恕别人并真心忘却一切刻薄行为的可贵精神、能使最艰难的任务变得容易完成的恪尽职守的品德、使人无所畏惧并毫无怀疑地信任别人的真挚的信仰。

乔夜里醒来时，常常发现贝思在读她那本已经翻烂的小书，听见她在轻柔地唱歌来消磨这不眠的漫漫长夜，或者见到她用双手支着头，泪珠缓缓地从几乎透明的手指间掉下，乔就会躺在那里观察着她，带着深深的思虑，竟然不会掉泪，只觉得贝思正在尽力用她简单无私的方式把自己从可爱的过去生活中脱出身来，调整自己去适应来世的生活。用的是带来安慰的神圣字句、悄声的祈祷以及她所热爱的乐曲。

看到这些，要比含有最高智慧的讲道、最为圣洁的赞美诗和人声能发出的最热烈的祈祷词所能给乔的影响更大。因为泪水可以擦亮双眼，而心灵会被最柔和的忧伤所软化，她看清了她妹妹生命中的美——平平淡淡、无欲无求，然而充满了纯真的美德，“散发着馥郁的芬芳，在污泥中绽放”，那种忘我精神可以使世间最微不足道的人马上会在天国中享有人间的纪念，这种真正的成功是所有人都可能得到的。

一天晚上，贝思浏览着她桌上的书籍，想找到什么可以使她忘掉几乎与病痛同样难熬的肉体上的疲惫，当她翻阅着她历来最爱的《天路历程》时，发现了一张小纸片，上面是乔潦草的笔迹。纸上的这个名字吸引了她的目光，而字间的一片模糊使她确信曾经有泪珠滴落在纸面上。

“可怜的乔！她睡得正沉，我就不把她叫醒来取得她的允许了。她把所有的作品都给我看，如果我看了这个，我想她是不会介意的。”贝思这样想着，看了一眼她的姐姐，只见她正躺在地毯上，身边放着火钳，准备木柴燃尽后随时起来添加。

我的贝思

耐心地一人独坐于阴影，
　等待着至福的光明来临，
她是如此圣洁如此平静，
　以她的神圣将我家庇荫。
尘世的欢乐、希望与悲伤，
　犹如水波击碎在岸上，

而今她那甘愿的双足，
　正踏在深邃黯淡的河床。

哦，我的妹妹，离我远走，
　告别人间的爱恨争斗，
生命中那些美好德行，
　作为礼物留给我所拥有。
还有无限耐心给我遗赠，
　赐我力量教我学会坚忍，
尽管身处病痛的牢狱，
　却困不住无怨无忧的精神。

我是如此渴切地企盼，
　盼着你给我勇气、智慧与甘甜，
是这些使那条人的使命之路，
　从你的脚下青葱地延展。
再给我你无私忘我的天性，
　从那里滋长出博爱之心，
以爱的名义把过错宽恕——
　原谅我吧，歉卑的心灵！

尽管它已让我身受重创，
　分离的苦涩却日渐消亡，
经历了这一切艰难过程，
　得到的教益把损失补偿。
每当我念及这份悲伤之情，

总能使我狂野的本性镇定，
为将来的生活燃起新的雄心，
为灵魂世界献上新的崇敬。

从此以后隔着这条河流，
一个身影将永驻我的心头，
如此深爱又如此熟悉，
为我在岸边停留等候。
希望与信仰在悲伤中诞生，
守护天使们也由此养成，
加上在我之前离去的妹妹，
她们的双手将接引我回到家门。

尽管字迹模糊，墨水玷污，尽管字句不大妥帖，表达无力，它还是给贝思的脸上增添了一抹难以形容的宽慰神色，因为她的唯一遗憾就是为别人做得那么少，而这首诗似乎使她确信她活在世上并非全无用处，她的死也不会像她惧怕的那样给人们带来绝望。她把纸页折起，握在手中，坐在那里，这时烧焦的木柴碎裂掉下。乔跳起身来，把火拨旺，蹑手蹑脚走回床边，希望贝思熟睡着。

“我没有睡着，但我是那么高兴，亲爱的。看，我找到了这个，看了一遍。我知道你不会在意的。对你来说，我真是这样的吗，乔？”她带着渴望和谦卑的真诚发问。

“哦，贝思，你赋与得太多，太多啊！”乔的脑袋落到了枕头上，和她妹妹并头而睡。

“那我就不会觉得我浪费了一生。我不像你形容的那么好，但我曾竭力好好儿干。现在，既然要想做得更好些已经太迟了，但知道有人如此爱我，明白我对他们有过帮助，真是个多大的安慰啊。”

“你比世界上任何人对我的帮助更多，贝思。我曾经想过我不能让你走，但如今我在教会自己懂得不会失去你，你会比过去对我的意义更大，而且死亡不能把我们分开，尽管在形式上看来是这样。”

“我知道这是不可能的，而且我再也不害怕了，因为我相信我将依然是你的贝思，比过去给你更多的爱与帮助。你一定要取代我的位置，乔，等我离去后对父亲母亲尽到一切责任。他们会转而依靠你，别让他们失望。如果一个人工作过于艰苦，请记住我不会忘了你，而你这样做了会比写出皇皇巨著或者周游世界更幸福，因为在我们离开人世的时候，唯一可以带走的就是爱，它会使生命的结局十分容易接受。”

“我会尽力去做的，贝思。”乔便在此时此地放弃了她原有的雄心，为一个全新的而且是更好的目标立下誓约，她认识到其他那些欲望的贫乏，感受到对于爱是不朽的这一信念所带来的无上的安慰。

就这样春天来了又走了，天空更为澄澈，大地一片青葱，花朵早早地盛开，鸟儿准时归来，向贝思道别，而她就像是一个疲惫而却深信不疑的孩子，紧紧地牵着曾经带领她一生的父母的手，他们温柔地指引她穿过死荫的幽谷，把她奉献给上帝。

除了在书本中，将死的人很少会说出令人难忘的话语，看见异象，或者带着被赐福的面容离去，而那些送走过许多逝去的人知道，对于大多数人来说，最终时刻的来临，自然简单得就像是进入梦乡一般。正如贝思曾希望的那样，“潮水轻易地退去了”，在黎明之前的黑暗时刻，从她吸入最初一口气的胸中，静静地吐出了最后一口气，没有告别的言辞，只有一副可爱的神情和一声轻轻的叹息。

以泪珠、祷告和温柔的手，母亲和姐姐们为她作好了准备，迎接那病痛再也无法肆虐的长眠，她们透过心存感激的双眼，看到她脸上美丽的宁静很快取代了那长久以来绞痛她们的心的令人悲哀的忍耐，感觉到的是充满虔诚的喜悦，因为对她们这个亲人儿来说，死亡正是一位仁慈的天使，而不是一个恐怖的幽灵。

清晨来临时，炉火好几个月以来第一次熄灭了，乔常待的位置空空荡荡，房间里一片静寂。但在一根发芽的树枝上，有一只小鸟在欢乐地歌唱，就在近旁，雪花莲在窗边鲜艳地绽放，春天的阳光倾泻进来，像一个祝福，照着枕头上那张安详的脸——这脸上满是毫无痛苦的平静，使得那些最爱她的人破涕为笑，感谢上帝，贝思终于脱离了病痛。

第四十一章

学会忘却

艾米的训导对劳里而言是件好事，不过，当然了，他要直到很久以后才肯承认这一点。男人很少会这样做，因为当女人来开导他们的时候，这些天之骄子是不肯接受她们的意见的，要等到他们能说服自己也正想这么做才行。他们这才会据此行动，而且，如果成功了，他们只肯给那弱女子一半的功劳；如果失败了，他们就慷慨地让她承担全部罪责。劳里回到祖父的身边，恪尽职守地侍奉了几个星期，直到那位老先生宣称尼斯的气候对他的健康产生了绝妙的效果，他应该再去尝试一下。没有什么比这更让这位年轻绅士喜欢的了，可惜受到了那番斥责之后，就是大象也没法把他拖回去了。他的自尊心不允许。因此每当他的想念之情越发强烈的时候，他就重复那番对他产生过最深刻印象的话来坚定自己的决心。那些话就是“我瞧不起你”。“去干点漂亮的事，让她来爱上你。”

劳里在心里把这件事翻来覆去地想了那么多遍，很快就不得不承认自己的确已变得既自私又懒惰，不过当一个男人极度悲伤的时候，他是可以尽量干各种各样的古怪行为，直到度过这段时期的。他感觉到自己那份受到重创的情感现在已经死去了，但尽管他不该就此不做一个永志不渝的哀悼者，也没有理由引人注目地穿着丧服呀。乔不会爱他了，但他可以通过做一些事来证明一个女孩的拒绝并没有就此毁了他，从而使得她尊重并敬慕他。他一直想做一些什么事，因此艾米的建议是很不必要的。他只是在等待前面提到过的受到重创的感情被体面地埋葬了，等到这个完成了，他觉得自己才可以随时“藏起他受伤的心，继续跋涉前行”。

歌德会把他感受到的快乐和悲伤谱进歌曲，劳里也决心在音乐里永久保存他失恋的悲伤，因此创作了一首能让乔的心灵备受折磨并使听者无不心碎的安魂曲。就这样，当老先生又发现他焦躁不安、喜怒无常，并要他离开时，他就去了维也纳，在那儿他有一些搞音乐的朋友，为了使自己出人头地，他毅然决然投入了工作。但是，不知是他的悲伤过大，无法被音乐所包容，抑或是音乐本身过于超凡脱俗，无法承载浊世的不幸，他很快就发现创作安魂曲超出了他现时的能力范围。很明显，他的心思目前还不能集中在工作上，他的想法还需要清理一下，因为他在构思一段悲哀的旋律的时候，常常不由自主地哼起一支舞曲来，它鲜活地唤起了尼斯的那次圣诞舞会的场景，尤其是那个肥胖的法国人，这一来，悲剧性的创作就此戛然而止。

接着他尝试写一部歌剧，因为在开始的时候没有什么看上去是做不到的，但是无法预见的困难再一次困扰了他。他想让乔作为他的女主人公，搜肠刮肚地想找出些有关他这头爱情的温柔回忆与浪漫情景。可是记忆背叛了他，就像是被那女孩刚愎的性情占据了他的身心，想起来的总无非是她的那些怪僻、缺点和荒唐行径，总是只会展现她的那些最不感情用事的方方面面——头上扎着大印花手帕猛击地垫，用沙发靠垫把自己团团围住，或者按照冈米奇太太的方式在他的热情之上泼冷水——而且他总是无法抑制地笑出声来，把他竭力描绘的悲伤情景给毁了。乔无论如何进不了他的歌剧，他只能忍痛割爱，说一句“上帝保佑这个姑娘吧，她可真能让人烦恼！”然后猛抓自己的头发，正如一位发狂的作曲家该做的那样。

当他茫然四顾，想找一个不那么难驾驭的女子使之在歌曲中永垂不朽，一个形象马上从记忆中跃然浮现。这个幻影有着很多张脸，但总是披着一头金发，被包裹在一团半透明的云雾之中，在他脑海里轻盈地飘浮着，背景是玫瑰、孔雀、白色的马驹和蓝色的发带，令人愉快地混杂在一起。他没有给这个沾沾自喜的幻影起上一个名字，但他把她当成自己的女主人公，对她相当入迷；这原是应该的，因为他赋予了她世上所有的天赋与优雅，并且护送她通过足以毁灭一切凡人女子的种种考验，使她不受损伤。

托这个灵感的福，他顺风顺水地干上了一阵子，但是这项工作渐渐地失去了它的吸引力，当他执笔坐在那儿冥思的时候，或者在这座欢乐的城市里徜徉，寻找新的灵感来振作精神的时候(那个冬天他的精神状态颇有些不稳定)，他常常忘了谱曲。他做事做得不多，但想得很多，并且意识到有某种变化正不以他的意志为转移地进行着。“也许这是天才在酝酿中。我会让它慢慢酝酿，看看结果会怎么样。”他说着，心里却老在怀疑这并不是天才，而是什么非常平凡的东西。不管是什么吧，它是为了某个目的在酝酿着，因为他对自己漫无目的的生活越来越不满了，开始渴望有什么真正重要的工作来让自己全身心地投入，最后终于得出了这样一个明智的结论：并非每一热爱音乐的人都可以成为作曲家。看了莫扎特的一部在皇家剧院辉煌上演的大歌剧回来，他审视自己的作品，弹了其中最好的那几段，然后坐在那儿盯着门德尔松、贝多芬和巴赫的半身塑像看，他们也宽厚地回望着他，他突然把他的曲谱一页页撕得粉碎，当最后一页从他手中飘落下来，他严肃地对自己说：

“她是对的！才能不等于天才，你也无法使它变成天才。这首曲子打消了我的虚荣心，正如罗马打消了她的虚荣心那样，我再不会做个自欺的人了。现在我该干什么呢？”

这看上去是个很难回答的问题，劳里便开始希望自己必须每天去干活谋生。现在出现了一个使他“走上堕落的道路”（这是他一度强烈表达过的说法）的合适机会，因为他腰包丰厚而又闲得无聊，而大家都知道，撒旦是最喜欢为饱食终日无所事事的人提供消遣活动的。这个可怜虫在外界与内心中受到了足够的诱惑，但他成功地抵制住了。因为尽管他珍视自由，他更珍视的是高尚的信仰与信心，所以他向他祖父作出过保证，并且希望能够望着爱他的女子们的双眼说一声“一切都好”，这一切确保了他的安全与稳定。

某位格伦迪太太[1]很可能会这么评论，“我才不信呢，男孩就是男孩，年轻人不可能不放荡不羁，女人绝对不该盼望出现奇迹。”我敢说你是不信的，格伦迪太太，但那是千真万确的。女人创造过许许多多奇迹，我还有个看法，如果她们拒绝对这种说法随声附和，她们甚至有可能提高男人的素质。就让男孩继续做男孩吧，时间越长越好，并且就让年轻人去放荡不羁吧，如果他们非要这样干不可的话。但是母亲们、姐妹们和朋友们也许可以帮着把他们的数量限制在最低限度，不让他们成为稗子，损害收获量，用的办法是相信，并且让人看出她们相信只要忠于种种美德便有可能让男人在好女子的眼中显得最有男子气概。如果这只是女性的幻想的话，那就让我们自得其乐吧，因为如果失去了这个幻想，人生中一半的美与浪漫也就失去了；再说，我们期望小伙子们能变得勇敢而心肠软，他们依然爱自己的母亲甚于爱他们自己，并且不耻于承认这一点，如果失去了

1　格伦迪太太是英国喜剧作家托马斯·莫顿（1764？—1838）的《加速犁田》（1798 年）中一个不上场的角色。她是剧中一位阿什菲尔德夫人的邻居，夫人经常以格伦迪太太对礼仪习俗的看法为标准来衡量人们的言行，常常会问：不知格伦迪太太会怎么想。因此格伦迪太太成为因循保守的人的代名词了。

这个幻想，这种期望便会全都被悲伤的阴云所败坏。

劳里曾经以为，要忘掉他对乔的爱这一任务将会在许多年里消耗尽他所有的力量。但让他大吃一惊的是，他发现要做到这一点现在变得日渐容易了。他起初不愿相信这个，对自己生气，觉得无法理解，但我们的这颗心正是一个奇妙而矛盾的东西。时间与本性会不顾我们的意志起到它们的作用。劳里的心不愿再伤痛了，那伤口以让他震惊的速度坚持自行愈合，他发现自己已经不再是试图遗忘，而是试图记起了。他没有预料到事情会这样发展，对此毫无思想准备。他厌恶自己，对自己的善变倍感惊讶，心中充满了失望与释然奇特地交杂在一起的情绪，诧异自己竟然能从这沉重的打击中这么快就恢复过来。他小心地搅动他那头失去的爱情所留下的灰烬，但它拒绝重新燃起烈火，只有一点让人惬意的火光给他带来温暖和好处，而不是使他陷入狂热，于是他不得不勉强承认男孩子气的热情正在慢慢沉淀为一种较为平静的情感，这情感非常温柔，依然带有一点伤心和忿恨，但必将随着时间的流逝而消失，留下一份永不中断直到永远的兄长般的情感。

当“兄长般的”这个字眼在他做着这种白日梦的时候掠过他的脑海，他不禁微笑起来，抬头望着他面前的莫扎特画像：

“唉，他是个伟人，当他无法拥有姐妹中的一个的时候他要了另一个，并且为此高兴。”

劳里没把这话说出口来，但他在想着，转瞬间便亲了亲那只旧的小戒指，自言自语道，“不，我不会这样做！我还没有忘记，我决不会。我要再试一次，如果这次失败了，那么何不……”

话还没说完，他就抓起纸笔给乔写信，告诉她只要还有一线希望她会回心转意，他就没有办法定下心来做任何事。她能不能，愿不愿让他回家，给他幸福？在等待回答的期间他什么也不做，但他是活力满身地等待的，因为他处于一种不耐烦的狂热状态中。回信终于来了，只需一点便将他的情绪有效地安定下来，因为乔坚决地表示她既不能也不愿那样做。她将全副精力投入照顾贝思，再也不想听到“爱”这个字眼了。然后她恳求他向别人去寻找幸福，只要在心中永远留下一个小角落给亲爱的姐妹乔就行了。在信的附言里，她希望他不要告诉艾米贝思的情况更坏了，艾米春季就会回来，没必要让她在剩下这段日子里悲悲戚戚。希望上帝保佑还有足够的时间，但劳里一定要常常写信给艾米，别让她感到孤独、想家或者焦虑。

“那我就给她写信，马上就写。可怜的小姑娘，我怕这次回家对她而言将会是悲伤的。”劳里打开他的书桌，好像给艾米写信是把几星期前没讲完的话好好儿地作一结束。

但他那天没有写信，因为当他搜寻他最好的信纸的时候，发现了一些东西，改变了他的意向。在书桌一角的账单、护照和种种商业文件中夹杂着乔的几封来信，在另一个抽屉里，放着艾米的三张小条子，用她的一根蓝丝带小心地扎起，让人能甜蜜地隐约看出里面藏着那朵枯萎的玫瑰。带着一半后悔一半逗乐的表情，劳里把乔的信全都收拢来，展平，折好，整整齐齐放进一个小的书桌抽屉里，站了一会儿，若有所思地转动着手上的戒指，然后慢慢地把它脱下，放在信上，锁上抽屉，出门去上圣斯蒂芬教堂望大弥撒，感到好像举行过了一场葬礼，尽管没有被烦恼压倒，比起给漂亮的年轻姑娘写信，这似乎是一种度过一天中剩下的时间的更好的方式。

但信还是很快被发出了，并且立即得到了回复，因为艾米很想家，用一种最让人愉快的信任的方式表达出来。交流一下子多了起来，书信毫无间断地在整个早春经常往来着。劳里卖掉了他的那些音乐家胸像，把他的歌剧当引火物烧了，回到了巴黎，希望某人能很快抵达。他很想去尼斯，但没有人邀请他去不了，而艾米不会邀请他，因为那时她自己也有些小遭遇，使她宁愿回避“我们的男孩”的好奇目光。

弗雷德·沃恩回来了，问了她那个问题。她有一度曾决定回答“愿意，谢谢你”，如今却温和但坚定地说“不行，谢谢你，”因为这一刻来临的时候，勇气离开了她。除了金钱和地位以外，她发觉更需要另外一些东西来满足自己新的渴望，这种渴望将温柔的希望与惶恐填满了她的心。那句话，“弗雷德是个好人，但我无法想像你会喜欢他这样的人”，以及劳里说这话时的神情顽固地萦绕在她心中。同样挥之不去的是她自己那不是用言语而倒是用表情来表达的“我愿意为了钱而结婚”。现在想起来，使她觉得很不舒服。她希望她能收回那句话，它听上去那么没有女人味。她不愿让劳里把她想成是一个无情而庸俗的女人。现在她想成为一个社交界女王的愿望，还没有想成为一个可爱的妇人的愿望一半那么强烈。她是那么高兴他并没有因为她说过的那些可怕的话而恨她，而是宽厚地接受了她的意见，并且比以往更诚挚温和了。他的信是如此令人宽慰，因为家里的来信十分不定时，真的收到了，内容又远不如他的信那么使她满足。写回信不但是一件乐事，更是一种责任，因为乔一直铁石心肠地对待了他，这个可怜的家伙感到孤单，需要呵护。乔应该做出努力，试着去爱他，这不会很难，有这么个可爱的男孩喜欢自己，许多人都会为此感到骄傲并欣慰的。但乔永远不可能像别的女孩那样行事，所以除了对他非常好，待他像兄弟以外没什么可做的。

如果世上所有的兄弟受到的对待都像劳里在这段时间里所受到的那样好，他们将会生活得远比现在快乐。艾米再不说教了，她在所有的事情上都征求他的意见，对他做的每件事都感到兴趣，为他制作可爱的礼品，每周给他寄两封信，信中多的是有趣的闲话、姐妹般的知心话和一篇篇描绘她身边美丽风景的迷人速写。很少有兄弟享受过这样的待遇，他们的信给装在姐妹的口袋里，一遍又一遍被细读，写得短了使她们感到伤心，写得长了使她们把信亲吻并仔细珍藏，所以我们不必暗示艾米做了这些可爱的傻事。但在那个春天她的确变得有些苍白，郁郁不欢，失去了她对交际的兴致，常常独个儿出去写生。归来时她都没有多少拿得出手的作品，但我敢说，她是在研究大自然，当她在玫瑰谷的露台上双手交叠着独坐数小时，或是心不在焉地画着随便什么看到的东西：雕刻在坟墓上的一个壮硕的骑士、一个用帽子盖住眼睛在草丛中熟睡的年轻人或是一个穿着盛装的鬈发女孩，挽着一位个子高高的绅士在舞厅中跳集体舞时随队行进，两个人的脸一片模糊，这是最近流行的美术技法，虽然不会招人非议，但不那么令人满意。

她婶婶以为她是在为对弗雷德作出的回答后悔，艾米呢，既然否认没有效果，解释又是不可能的，也就听任她这么想，设法让劳里知道弗雷德已经去了埃及。就这么一来，他懂了，看上去松了一口气，以一种庄严的神情自言自语：

“我早以为她会改变她的想法的。可怜的家伙！这些我都经历过，所以能同情他。”

说着他长长地叹息一声，接着仿佛对过去的事情尽到了责任，便将双足搁到沙发上，开始尽情享受读艾米来信的乐趣。

当所有这些变化在海外发生的时候，麻烦降临到了家中。但告知贝思身体越来越不行的信根本没有寄到艾米手中，等她收到下面的一封信，她妹妹坟上的草已经绿了。她是在沃韦[1]得到这个悲哀的消息的，因为在五月中由于酷暑他们离开了尼斯，经热那亚和意大利北部的湖泊区慢慢地去瑞士旅行。她坚强地承受住了这一切，默默地听从家人的嘱咐，没有缩短她的行程，因为现在和贝思道别已经太晚了，她倒不如留下，让不在场减轻自己的伤痛。但她的心十分沉重，很想回家，因此每天眼巴巴地望着湖的对面，等待劳里到来安慰她。

他很快就来了，因为同一条邮路为他们两人都带来了信件，但他身在

1　沃韦位于瑞士西南部日内瓦湖东北岸，洛桑东南。

德国，要多花几天时间才能到他手中。他一读完信就打点行囊，向他的旅伴道别，去履行他的诺言，心里满载着欢乐与悲伤、希望与悬念。

他非常熟悉沃韦，乘的船一靠小码头，便沿着岸边快步走向卡罗尔一家寄居的拉都小镇。侍者失望地告诉他一家人去湖边散步了，但是且慢，那位金发的小姐可能就在城堡的花园里。如果先生愿意坐下稍候片刻，她就会到来。但这位先生一刻也等不了，话没说完就跑开自己去找那位小姐了。

这是一座宜人的古老花园，坐落在美丽的湖边，栗树在头顶瑟瑟作响，常春藤爬满四周，塔楼的黑色影子远远投在波光粼粼的水面上。在宽阔的矮墙边有一张椅子，艾米常来这里阅读或作画，或者以身边的美景来安抚自己的情绪。那天她正坐在那里，一只手支着头，怀着一颗思乡之心，垂着一双沉重的眼帘，缅怀着贝思，纳闷劳里为什么还没有前来。她没有听见他穿越下面那庭院的声音，也没有看见他在从那地下过道通往花园的拱门处停留。他站了一会儿，用一种全新的眼光看着她，看到了人们以前从没看到过的——艾米性格中温柔的那一面。她身上的一切无不默默地透露着爱与哀伤——她膝上那泪水沾湿的信纸、束起头发的黑色丝带、脸上那充满女人味的痛苦与忍耐。在劳里看来，甚至她脖子上的那个黑檀木的小十字架都带着悲伤，因为那是他给她的，也是她身上佩带的唯一装饰品。如果说他对艾米会怎样接待他还有疑虑的话，在她抬眼看见他的那一刻就全被打消了，因为她扔下了所有的东西，向他奔来，带着毋庸置疑的爱与渴望说——

"哦，劳里，劳里，我就知道你会来的！"

我想就在这时一切都尽在不言中了，因为他们一起站在那儿，有一会儿默默无言，只见那个深色脑袋护卫似地俯向那个浅色脑袋。艾米感到没有谁能像劳里那样好地安慰并支持她了，而劳里认定艾米正是世上唯一能代替乔使他幸福的女人。他没有这样告诉她，但她并不失望，因为两人都觉察到了这个事实，于是满意了，乐于把其他的一切付诸沉默。

过了不多一会儿，艾米回到她的座位上，当她擦干眼泪时，劳里收起刚才散在地上的信纸和画稿，从那许多翻阅得已相当破损的信件和意味深长的速写画中看出了关于未来的好兆头。等他在她身边坐下，艾米又感到羞怯了，想到刚才那样冲动地迎接他，脸色变得绯红了。

“我忍不住了，我感到十分孤独忧伤，因此那么高兴看到你。正当我开始担心你不会来了，却抬头发现了你，让人何等惊喜啊。”她说，妄图显得很自然地和他说话。

“我一得到消息就来了。失去了亲爱的小贝思，我真希望说些什么来安慰你，可是我只能感觉到，而且……”他说不下去了，因为突然也感到羞怯起来，完全不知道该说什么了。他很想让艾米把头靠在他的肩膀上，让她痛痛快快哭一场，但他不敢这么做，只是握住她的手，充满同情地紧捏一下，而此举真胜于任何言辞。

“你不用说什么，这样就使我得到了安慰，”她轻轻地说道，“贝思安好而且幸福，我不该希望她回到人世，但是尽管我渴望见到家人，却害怕回家。现在我们不要再谈这件事了，因为这会使我哭泣，我想在你待在这儿的时间里，好好和你做伴。你不必马上就回去，是吧？”

“你需要我的话，我就不走，亲爱的。”

“我需要，非常需要。婶婶和弗洛待我很好，而你就像我们的家庭一员，和你在一起待会儿，会是非常惬意的。”

艾米的话和神情看上去完全像个心里很激动的想家的孩子，使劳里立刻忘掉了羞怯，给了她正想要的东西——她时常受到的爱抚和她需要的那种令人高兴的谈话。

“可怜的小人儿，看上去你悲伤得快要生病啦！我要来照顾你，所以别再哭了，来，和我一起走走，因为坐着不动，风吹着太凉。”他用艾米喜欢的那种半是哄劝半是命令的语气说。他为她系上了帽子，挽上了她的臂膀，开始在长了新叶的栗树下沿着阳光灿烂的小路散起步来。他感到脚步更加轻快了，艾米也非常高兴有一条强壮的肩膀供她依靠，有一张熟悉的脸庞对她微笑，还有一个恳切的声音和她可喜地单独谈话。

这座古雅的花园，曾经庇荫过许多对恋人，它似乎是特意为他们而造的，园内阳光和煦，十分僻静，只有塔楼俯视着他们。宽阔的湖面带走了他们悄悄细语的回声，湖水在下面潺潺流过。有个把小时，这对新的恋人边走边谈，或者靠在墙上歇息，他们在甜蜜的感应中沉醉，这种感应给此时此地增添了如许魅力。此时，毫无浪漫气息的晚餐铃响了，告诫他们离开，艾米感到仿佛已把孤独与忧伤的重负抛在身后，留在这城堡的花园里。

卡罗尔太太一看到艾米改变了的面容，便受到一个新的念头的启发，暗自感叹道，“现在我一切都明白了——这孩子一直在苦苦想念着小劳伦斯。哎呀，我过去从没想到会是这样啊！”

这位好太太考虑周到，值得赞扬，她没说什么，也没有流露出明白此事的迹象，只是真心实意地敦促劳里留下来，要求艾米与他作伴，因为这样比过分孤独对她大有好处。艾米是温顺的典范，由于婶婶全神贯注为弗洛忙着，艾米便留下来招待她这位朋友，而且做得比往日更为成功。

在尼斯时，劳里整日闲荡，艾米曾指责过他；现在在沃韦，劳里却从不虚度时光，却总是散步、骑马、划船，或者奋发之至地学习，艾米呢，赞赏他做的一切，并尽可能快地追随他的榜样。他说这变化得归功于气候，艾米并不反驳他，她自己的健康和情绪都恢复了，所以乐意有这同样的借口。

这使人精力充沛的空气对他们俩都有好处，大运动量使他们的身心都起了有益的变化。在这连绵不断的群山中的高处，他们似乎有了更清晰的人生观与责任感。清新的风吹散了他们意志消沉的疑虑、虚妄的幻想和郁郁不乐的迷惑；温暖的春日阳光唤起了各种抱负、温柔的希望和幸福的思念。湖水似乎冲走了往日的烦恼，古老的大山亲切地俯视着他们，仿佛在说，“小孩子们，相爱吧。”

尽管有贝思夭折这一新的忧伤，但这还是一段非常快乐的时光，太快乐了，劳里竟不忍用一个字来扰乱它。他奇怪自己竟这么快就治愈了第一次的爱情创伤，他曾坚信那是他最后一次也是唯一的爱。要过了一会儿他才从那惊奇中恢复过来。他以下面这理由来安慰自己：虽然看起来是对乔不忠，但他认为乔的妹妹几乎就等于是乔，那么毋庸置疑的是，除了艾米以外，他不可能这么快就这么满意地爱上任何别的女人。他当初的第一次求爱是暴风雨式的，如今带着怜悯与遗憾交织在一起的复杂感情回顾，仿佛是在追忆很多年前的往事。他并不为此感到羞愧，而是把它当作生活中一次又苦又甜的经历而置之脑后，因为痛苦已经过去了，他能为此心存感激了。他决心让他这第二次求爱尽可能地平静而简单可行，不需要挑选什么特别的场景，也几乎不需要对艾米说他爱她，因为不讲出来她也已经知道，而且很早以前就给了他答复。一切都是那么顺理成章，没有人会抱怨，而且他知道每个人都会喜欢这样的，甚至乔。然而当我们第一次小试感情的游戏被压制了，我们便会倾向于谨慎从事，缓慢地作出第二次尝试，所以劳里任凭时光流逝，尽情享受着每一个小时，听任命运安排来说出那一个字眼，这个字眼将会使他这头新的恋爱的最初和最甜蜜的阶段告一段落。

他想像着这一结局将发生在月光下的城堡花园，以最优雅最庄重的方式进行，可是结果恰恰相反，因为在中午在湖上说了几句直率的话，事情便定了下来。整个早上他们都在湖上泛舟，从背阴的圣金戈尔夫，划向向阳的蒙特勒。湖的一边是萨瓦阿尔卑斯山脉，另一边是圣伯纳德山和梅迪峰，美丽的沃韦处在深谷中，洛桑在另一边的小山上，头顶上是无云的蓝天，下面是更蓝的湖水，如画的小舟点缀其中，像是一只只白翼鸥鸟。

船划过锡永时，他们谈论着博尼瓦尔[1]，后来他们抬头看到了克拉朗，则谈起了卢梭，因卢梭曾在这里写下他的《新爱洛绮丝》。他们两人都没读过那本书，但是知道那是个爱情故事，两人都暗自纳闷，那故事是否有他们自己的一半精彩。两人谈话的短暂停顿中，艾米把一只手浸入湖水，等她抬起头来，看到劳里靠在他的双桨上，眼里的表情使她想赶紧说些什么，至少只为了开口而开口：

“你一定累了，休息一会儿吧，让我来划，这对我有好处，因为自从你来了，我一直很懒散，贪图安逸。”

“我不累，不过如果你愿意，可以划一支桨。这座位够大，不过我得坐在靠近中间的地方，不然船就会不平稳。”劳里应道，似乎很喜欢这样的安排。

艾米感觉到情况没有得到多大改善，在劳里让出的三分之一的座位上坐下，甩开脸上的头发，接过了一支桨。她划船和干别的许多事一样好，尽管她用两只手划，劳里只用一只手划，但桨很合拍，船还是平稳地在水上行进。

“我们一起划得多好啊，是不？”艾米说，此时不想保持沉默。

“非常好，但愿我们能一直在同一条船上划桨。你可愿意，艾米？”语气非常温柔。

“愿意，劳里。”回答声音很低。

于是他们都停桨不划了，无意中为映在湖水里的隐隐约约的画面增添了一小幅静止的美景，一幅人类的爱情与幸福之图。

1　博尼瓦尔(1493—1570)，日内瓦爱国者，因起兵反对萨伏依公爵三世的暴政，1530年被关入锡永城堡的地牢。拜伦曾作诗《锡永的囚徒》来歌颂他。

第四十二章

孤独时分

当一个人的自我被包容在另一个人身中，全身心都被一种美好的榜样所净化时，要保证做到自我克制是很容易的。但是当友情的言语沉默了，每天的课程结束了，深爱的人不复存在了，剩下的只有孤独与悲哀了，乔这才发现很难保持她的承诺了。当她本人因不断思念妹妹而心痛万分，她怎能“安慰父亲和母亲”呢？当所有的光、热与美似乎都已摒弃了这里，因为贝思离开了过去的家去了“新家”，她又怎能“让屋子里充满欢声笑语”呢？她究竟能从哪里去“找到一些有用的、开心的工作去做”，可以取代那本身就是自我报偿的充满爱心的服务呢？她试图以一种盲目无望的方式履行她的职责，内心深处却反抗着这一切，因为这有点不公平，她仅有的一点乐趣被减少了，负担加重了，在她营营役役的时候，生活却变得越来越艰难了。有些人似乎拥有所有的阳光，而另一些人有的只是阴影，这不公平，因为她尽力要比艾米做得更好，但从来没有任何回报，只有失望、苦恼和繁重的工作。

可怜的乔，对她来说这是一段艰难的日子，因为当她正想要在这栋安静的房子里度此一生，整日操心琐碎无聊的事，只能享有一点点小小的乐趣，却承担着看来不可能变得轻松的责任的时候，有一种类似于绝望的感觉兜上她的心头。“我干不了这个。我可不是注定得过这种生活的，我知道我会撒手不干，做出些不顾一切的事，如果没有谁来帮我一把的话。”她对自己说道，这时她的初次努力刚失败，情绪上陷入了喜怒无常的不幸状态，那是当坚强的意志不得不向无法避免的命运屈服时常常会这样发生的。

可是真的有人来帮她了，尽管乔没能马上认出那些善良的天使，因为他们以熟识的外形出现，使用的正是最适合于不幸者的简单魔法。她常常在半夜惊醒过来，以为贝思在叫她，可是一看到那张空荡荡的小床，便带着无法抑制的苦涩与悲伤哭起来。“唉，贝思，回来吧！回来吧！”她渴望地伸出双臂，倒并不劳而无功，因为她母亲就像当初听到她妹妹最轻微的耳语那样很快便听到了她的啜泣，前来安慰她，不单单靠言辞，而是耐心并温柔地轻抚一下，默默地噙着泪水提醒乔做母亲的悲伤更甚于她，还有比祈祷更有力的断续的低语，因为带着希望的忍从总是随着自然而然的悲伤一起来临的。这是神圣的时刻，心与心在夜晚的静寂中对话，把痛苦化为祝福，消除了悲伤，加强了爱。乔感觉到了这些，在母亲的臂膀构筑成的避难所中看去，负担似乎变得不那么沉重了，责任变得令人愉快，生活也似乎可以忍受下去了。

当痛苦的心稍稍得到安抚，困扰的思绪也同样得到了改善，因而有一天她到书房去，爸爸抬起花白头发的脑袋，带着一个安详的微笑来迎接她，她便靠着这个善良的脑袋，非常谦逊地说，“父亲，就像你跟贝思那样跟我谈谈吧。我比她更需要，因为我感到哪里都不对劲。”

“我亲爱的，没有什么比这更能安慰我了。”他应道，嗓音有点儿发抖，双手环抱着她，就好像他也同样需要帮助，而且敢于要求得到它。

就这样，坐在紧靠他的贝思的那把小椅子上，乔说出了自己的烦恼——对于失去了妹妹感到遗憾与悲伤，毫无成果的种种努力使她泄气，缺乏信仰使生活看起来漆黑一片，还有所有这些我们称之为绝望的哀伤的困惑。她向他完全交心，他也给了她所需要的帮助，在这个过程中，双方都得到了宽慰，因为他们能用语言完全交流的时刻已经来临了，不但作为父亲和女儿，也作为男人和女人，带着相互的同情与爱，能够而且愿意为对方服务。在乔称作“一个人的教堂”的书房里，她度过了幸福的思考时刻，从那里出来时有了全新的勇气、得到了恢复的快活劲儿，以及更为柔顺的精神，因为这对父母曾教会他们的一个孩子无畏地面对死亡，现在正努力教会另一个不要意气消沉、满心疑虑地接受生活，而是怀着感激之情，尽力去利用生活中所有的美好机会。

乔还得到了其他形式的助益——卑微但有益健康的劳作以及由此获得的快乐，毫无疑问对她有所帮助，而她也慢慢学会看清楚并对此加以珍视。扫帚与洗碗布再也不像过去那样令人讨厌了，因为贝思曾经掌管过这两方面的家务。她的家庭主妇般的性格中有某些东西还围绕着那小拖把和旧刷子转，它们从来未曾被舍弃过。乔使用这些东西的时候，发现自己在哼唱贝思常哼的歌儿，在模仿贝思井井有条的做事方式，并且把有些地方稍稍加工一番，从而使每样东西都保持干净、叫人惬意，这是通向使家庭幸福的第一步，尽管她并没有意识到这一点，直到汉娜赞许地拧了一下她的手，说：

“你这个细心的小家伙，你打定主意要我们不再去想念那个可怜的小宝贝，如果你有办法的话。我们并不多说，但都看在眼里，主会为了这个保佑你的，等着瞧吧。”

乔和梅格在一起做针线的时候，她发现姐姐大大地长进了，她变得能说会道，对于优秀妇人的一时冲动、想法和情感知道得那么多，处身在丈夫和孩子之间是如此快活，并且他们彼此都在为对方尽力。

“婚姻毕竟是一件非常好的事。我在想如果我尝试结婚的话，能不能做到有你一半那么好？”乔在那间乱七八糟的育儿室里为戴米扎一个风筝的时候说道。

“你只需要把你天性中女性的温柔的那一半表现出来就行，乔。你就像一个刺栗，外面扎人，里面却光滑柔软，还有一颗甜甜的果仁，如果有人有办法尝到的话。总有一天爱会让你表白自己的内心，到那时有刺的硬壳就会脱落下来。”

“霜冻也能使刺栗裂开，夫人，得用力摇晃才能使它们掉下树来。男孩们去采拾，我可不在乎被他们袋装而去。”乔回应道，只顾糊着什么风也带不起来的风筝，因为黛西会把自己当作风筝尾巴系在上面。

梅格哈哈笑了，因为很高兴看到乔的老脾气又闪现了一下，但她觉得有责任用她所能想到的所有论据来支持自己的观点，姐妹之间的谈话才不会白白浪费，尤其是梅格所拥有的两个最有力的论据，就是乔最疼爱的那两个小孩子。对有些人来说，悲伤最能使他们敞开心扉，而乔的心已经快到了被采来装入袋中的时候了。再多照一点点阳光就能催熟这枚果实，接着，需要的不是一个男孩缺乏耐心的摇晃，而是一只男人的手伸上去轻柔地把它摘下枝头，发现里面的果仁已是既坚实又甘甜。如果乔对此早有所惊觉，她就会紧紧地封闭自己，比以往更加刺人，幸运的是她没有太多地考虑到自己，所以时候一到，她这个刺栗便会从树上坠落下来。

如果她曾是一篇道德故事中的女主人公，她就该在生命中的这个阶段变得非常圣洁，摒弃尘世，戴着一顶禁欲苦行的帽子四处行善，口袋里装着宗教小册子。但是您知道，乔不是那种女主人公，她只是一个挣扎中的普通女孩，就像成百上千个别的女孩一样，而且仅仅是根据自己的本性行动，随着情绪的变化，时而悲伤，时而暴躁，时而没精打采，时而生气勃勃。我们终将成为善人是一种高度有德行的说法，但我们不可能一蹴而就，这需要持续的努力，强有力的努力，全心全意的努力，它甚至在我们中的一些人尚未踏上正确的道路之前就开始了。乔已经学了那么多，她正在学会如何尽到自己的责任，并且学会如果没有尽责的话会感到不高兴，但是要情绪高昂地去做——啊，那可是另一回事！她常说不管多么艰难都要干出一番出色的事来，现在她的愿望实现了，因为能把自己的一生奉献给双亲，尽力让他们享受家庭之乐，就像他们曾让她享受到的那样，那还有什么能比这更美好的作为呢？仿佛正因为要使她的努力显得更为辉煌，才必需有困难，那么对一个不安分的、充满雄心的姑娘来说，还有什么作为能比放弃自己的抱负、计划与欲望，开开心心地为他人生活更艰难呢？

上苍相信了她说的是真心话，于是任务来了，不是她所期望的，但是更好的任务，因为其中并不涉及任何自我的成分。那么她能做到吗？她下决心要试上一试，在她的初次尝试中便得到了我前面提起过的那种帮助。还有一个帮助也给了她，她接受了，不是作为一项补偿，而是作为一种慰藉，就像“基督徒”[1]在攀越“困难山”时，在道旁的小凉亭中驻足时得到休憩那样。

“你为什么不写东西了？写作一向总能让你高兴的。”有一次，当一阵突如其来的沮丧笼罩着乔的时候，她母亲说道。

“我没心思写，即使写了也没人要看。”

“我们要看。为我们写些东西吧，别理会其他人。试试看吧，亲爱的，我相信这对你有好处，也会让我们非常高兴。”

“我不以为还能写了。”但乔还是取出了她的书写用品，开始全面修订写了一半的手稿。

一个小时后，她母亲从门外朝室内望了她一眼，只见她在那儿奋笔疾书，围着她的黑围裙，一副全神贯注的样子，这使马奇太太带着微笑溜走

1　这是英国作家约翰·班扬（1628—1688）的宗教寓言小说《天路历程》（1678—1684）的主人公，书中写他如何历尽艰险到达天国。

了，为自己的建议奏效颇为高兴。乔一点都不知道怎么会这样，可是她故事中出现了某些东西直接打动了读到这篇东西的人的心，因此她的一家人随着故事的发展而欢笑哭泣时，她父亲大大违背了她的意愿，把它寄给了一家通俗杂志。使她大吃一惊的是，她不但得到了相应的稿酬，更收到了其他约稿信。这篇小故事刊出之后，收到了几位人士的来信，他们的赞扬使她倍感荣宠，几家报纸竞相转载，很多人无论相识与否都对此表示钦佩。对一篇小作品来说，这是一个巨大的成功，比起她的那部小说同时受到褒奖与苛评的那一次，乔现在更为吃惊了。

“我真搞不懂。这样一篇简单的小故事中有什么能让大家这么赞扬的？”她相当迷惑不解地说。

“这故事里有真实的东西，乔，这就是秘密所在。幽默与怜悯使它更加生动，而你最终找到了自己的风格。在你写作的时候，你想的不是名声和金钱，而是倾注了你的全部心灵在内，我的女儿。你已经苦尽甘来。尽你自己最大的努力，像我们一样，为了你的成功而欢欣吧。”

“如果我写的故事里有什么好的或真实的东西的话，那不是我的，它们全都是你和母亲以及贝思给我的。”乔说。无论世人的多少溢美之辞，都比不上她父亲的话那样叫她感动。

就这样，在爱与悲伤中学习着，乔继续写她的小故事，把它们寄出去赢得读者，也为自己赢得朋友。她发现对于她这些故事这样卑微的流浪儿来说，这是一个充满爱心的世界，因为它们都受到了好心的欢迎，就像有孝心的孩子们发迹之后，把金钱作为令人高兴的信物寄回家中给他们的母亲。

艾米和劳里写信来告知他们已订婚时，马奇太太生怕乔对此高兴不起来，但她的担心很快便消失了，因为尽管乔一上来显得很消沉，但知道以后却表现得异常平静，还没等重读来信已经开始对“这两个孩子”寄予种种期望，拟定了许多计划。这封来信就如同写在纸上的二重奏，两人在信中以情人的态度互相夸赞对方，读起来令人十分愉快，一想起来就替他们高兴，因为没人对此有任何异议。

“你赞成吗，母亲？”她们放下这写得密密麻麻的信，互相对望着的时候，乔问她。

“是的，自从艾米写信来说她拒绝了弗雷德以来，我就希望会这样。我当时就深信在她心中，被你称作‘贪财势的念头’已经被更好的东西所代替，在她的信中有这样那样的暗示，使我猜测到爱情和劳里终将赢取她的心。”

“你真敏锐啊，妈咪，而且还守口如瓶！你一点都没有向我透露过。”

“做母亲的如果有女儿们要照看，就一定要有敏锐的双眼和密不透风的嘴。我有几分担心如果我把这个想法灌输给了你，你会在事情还没有定局之前就写信去恭喜他们。”

“我不再像以前那样轻率浮躁了，你可以相信我。现在我很稳重，又通情达理，任何人都可以向我推心置腹了。”

“的确如此，我亲爱的，我的确应该早向你交底的，只是料想也许你知道了你的特迪爱上了另一个人会让你伤心。”

“哦，妈妈，你真的以为我会这么愚蠢自私吗？我已经拒绝了他的求爱，那即使不是至高无上的爱，至少也是他的初恋啊。”

“我知道当时你是真诚的，乔，但后来我想如果他回来再次向你表白的话，也许你会作出另外的回答。原谅我吧，亲爱的，我没法不看到你是如此孤独，有时你眼睛里有点渴望的神情打动了我心的深处，所以我才想如果你的男孩现在再试试的话，也许能填补你空虚的心灵。”

“不，母亲，现在这样反倒更好，我很高兴艾米懂得了去爱他。但有一件事你说对了，我是很孤独，如果特迪再向我求婚的话，我也许会说‘愿意’，倒不是因为我还在爱他，而是因为比起他离去的时候，现在我更需要被爱。”

“我真高兴，乔，这证明你在长进了。你可以找到很多爱你的人，所以试着因为有了父亲母亲、兄弟姐妹、朋友孩子的爱而满足吧，直到最好的爱人来给你补偿。”

“母亲是世上最好的爱人，但我不介意悄悄告诉妈咪我还想尝试所有的爱。这非常奇妙，但我越是以各种自然的情感来满足自己，我就似乎越是需要更多。我从不知道人的心可以容纳那么许多，我的心是如此富有弹性，它如今就像是永远装不满的，但过去和家人在一起，我就别无所求了。我实在不懂为什么。”

“我懂。”于是在乔翻过信纸去读艾米关于劳里写了些什么的时候，马奇太太露出了她那充满智慧的微笑。

“被爱的感觉多美妙啊，就像劳里爱我那样。他并不感情用事，并不对此多说什么话，但我在他的所有言行中可以看出并感觉到，这使我如此快乐和如此腼腆，我仿佛不是过去的那个我了。我到如今才知道他是如此善良，如此慷慨和如此温柔，因为他让我读到了他的心声，我发现他的心中充满了高尚的冲动、希望与决心，能拥有这样的心灵，我是多么骄傲啊。他说他觉得似乎现在‘可以让我当他的大副，舱底压着沉甸甸的爱’，一同进行一次幸运的航行了。我真心希望他可以做到，并且竭力达到他对我寄予的全部期望，因为我全心全意全力地爱着我这英勇的船长，永远不会抛弃他，既然是上帝让我们在一起的。噢，母亲，我从来不知道当两个人互相爱慕，为对方而活着的时候，这世界能与天堂这般相似！”

“难道这就是我们的冷静、拘谨、放眼世界的艾米吗？的确，爱情能创造奇迹。他们现在一定是非常非常快乐！”乔说罢，仔细地把瑟瑟作响的信纸叠在一起，就像是合上一部美妙的浪漫小说的封面，它紧紧地抓住了它的读者，直到小说的结尾，才使他发现自己孑然一身地处在庸庸碌碌的尘世。

过了一会儿，乔漫步上了楼，她不能出去走走，因为在下雨。一股无精打采的情绪控制了她，那种旧感觉又兜上心头，不像过去那么苦涩，而是怀着伤感，耐心地纳闷，为什么两姐妹中的一个可以得到一切她想要的，而另一个却一无所获。事实上并不是这样，她明知道这一点，才企图把它置之度外，但是理所当然地渴望被人宠爱。这想望是如此强烈，因此艾米的幸福唤起了这股渴望，巴望能有一个人可以“全心全意地去爱，并且紧紧地依恋，既然是上帝让他们在一起的”。

在阁楼上，乔停下了不安分的漫步，面前放着一排四只小木箱，每只上面都标出了拥有者的姓名，里面装满了儿童与少女时期的纪念物，如今每个人的这个时期都结束了。乔的目光扫过一只只箱子，她来到自己的箱子前，把下巴支在箱子边上，心不在焉地瞪望着里面杂乱无章的藏品，直到一捆旧练习本吸引了她的注意。她把它们抽出来翻看着，在慈爱的柯克太太那里度过的那个愉快的冬天又回到了眼前。她先是微笑着，接着显得若有所思，然后流露出哀伤的神色，等她看到教授写的一张小条子的时候，她的嘴唇开始颤抖，本子从她膝上纷纷滑落，她坐在那里看着那些友善的字句，现在它们显出了一种全新的含义，触动了她心灵中一个脆弱的地方。

“等着我吧，我的朋友。我也许来得迟一点，但我终将会来的。”

“唉，如果他愿意就好了！他对我总是那么和善、那么友好、那么耐心。我亲爱的弗里茨，当我有他在身边的时候，我没有认识到他一半的价值，但现在我多么想见到他呀，因为每个人都好像离开了我，只剩下我寂寞一人了。”

乔紧紧抓住那张小纸条，好像它是一个尚未兑现的诺言，她把头搁在一个柔软的放零碎布料的袋子上，哭了，就像是在回应那敲打屋顶的雨声。

这不过是自哀自怜、感到寂寞，或者情绪低落吗？还是一种感情的觉醒呢？这份感情与它的激发者同样耐心地等待着时机的到来。谁能说得准呢？

第四十三章

惊　喜

在暮色中，乔独自一人躺在旧沙发上，凝视着炉火默默沉思。她最喜欢以这样的方式来消磨黄昏时分，没有人来打扰她，她惯于躺在那儿，枕着贝思的小红枕头，构思故事的情节，做做白日梦，或者对她那似乎从未远离的小妹妹倾注着温柔的思念之情。她的脸色疲惫而严肃，十分伤感，因为明天就是她的生日，她在想着时光是如此匆匆流逝，她也在一天天变老，而她的成就却是那么微不足道。都快二十五了，还是一事无成。在这一点上乔错了，已经有好多成绩了，于是后来她看到了，并且为此感到愉快。

“我会变成一个老小姐的。一个搞文学的老处女，以手中的笔为配偶，一大堆作品当作自己的孩子，二十年后也许会有一点儿小名气，到那时我就像可怜的约翰逊那样，老得无法享受它了，孤寂得没有人来分享，独立自主，可也不再需要了。唉，我不必做一个痛苦的圣者，也不必做一个自私的罪人，而且我敢说，如果习惯了，做老处女还是怪舒服的，可是……”想到这里乔叹了一口气，因为这种前景实在并不诱人。

一开始，这种前景确实是不大诱人的，对二十五岁的人来说好像到了三十岁就万事休了，但实际上并不像看上去那么糟，而且如果一个人的内心深处有什么可以倚持的话，还是可以过得很幸福的。二十五岁的时候，女孩们开始谈论要当老处女了，但在心中暗暗下了决心绝不会这样算了，到了三十岁，她们关于这个就什么也不说了，只是静静地接受这一现实，而且，如果明智的话，还可以安慰自己还有二十来个快乐的年头可加利用，可以学习如何优雅地进入老年时期。别嘲笑老处女，亲爱的姑娘们，因为在朴素的长袍下那颗静静地跳动的心中，常常隐藏着非常温柔伤感的浪漫情怀，而许多不为人知的牺牲，诸如青春、健康、雄心、爱情本身，使得那张苍老的脸在上帝眼中无比美丽。即使是那些令人悲哀的、乖戾的大姐姐们。也请你们善待她们，如果不是为了别的原因，至少也为了她们错过了生命中最为甜蜜的阶段。还有，用同情而不是轻蔑的眼光来看待她们吧，你们这些正在花季中的少女应该记住，你们同样可能错过盛开的季节，颊上的红晕不会永存，可爱的棕发会出现银丝，而且有朝一日，友好与尊重将会和爱与敬慕同样甜蜜。

先生们，我是指男孩们，对老小姐要有礼貌，不管她们是多么贫穷、平庸或古板，因为唯一值得拥有的骑士精神乃是能随时准备尊重长者，保护弱者，并且为妇女效劳，而不去考虑她们的社会地位、年龄或肤色。回想一下那些善良的姨妈吧，她们所做的不仅仅是说教或大惊小怪，更多的是抚育与呵护，并且常常是得不到感谢的。她们帮你摆脱困境，从小小的积蓄中拿出零花钱来给你，用衰老的手指为你一针一线地缝补衣服，用衰老的双足甘愿为你奔波，并且满怀感激地向那些亲爱的老太太致以小小的关心，那是女人只要活着，就乐于接受的。眼睛明亮的姑娘们很快就能看出这些品质，并会因此更喜欢你们。死亡也许是唯一能分开母与子的力量，假如死亡夺去了你们的母亲，你们肯定会在某个普丽西拉姨妈那里得到亲切的欢迎和母亲般的爱护，在她孤独衰老的心里，为她“世上最好的外甥”保留着最温暖的一角。

乔一定是睡着了(我敢说我的读者在这番说教中也恹恹入睡了),因为劳里的精灵似乎突然间站到了她的面前——一个真实的、活生生的精灵——身体向她倾斜,带着那种他常有的神色,好像感受到了很多东西却不想流露出来。但是,正如那支民歌中所唱到的詹妮:

> 她无法想像这就是他。

在目瞪口呆的沉默之中,她躺在那儿瞪着他,直到他弯下腰来吻了她。她这才认出他来,飞身起来开心地大叫:

“哦,我的特迪!哦,我的特迪!”

“亲爱的乔,那么你是高兴见到我了?”

“高兴!我有福的男孩,言语无法表达我的高兴。艾米呢?”

“你母亲把她留在梅格家里了。我们回来时顺道去了那里,我就没法使我的妻子脱身了。”

“你的什么?”乔叫了起来,因为劳里说这两个字的时候带着一种不自觉的骄傲与满足,这使他泄露了机密。

“噢,糟糕!这下露馅了。”他看上去一副做贼心虚的样子,使得乔闪电般地抓住他不放。

“你跑去结婚了!”

“是的,求求你,我再也不敢了。”他屈膝跪下,忏悔般地紧握住双手,脸上满是淘气、高兴与胜利的表情。

“真的结了婚?”

“千真万确,谢谢垂询。”

“天哪!接下来你还会干出什么可怕的事来啊?”乔喘了一口气,返身跌坐在她的椅子上。

“你的祝贺很有个性，但并不确切是赞美之词。”劳里回嘴说，还是一副可怜相，但嘴角挂着满足的微笑。

“你像个小偷一样溜进来，吓得人半死，然后宣布这么一个惊人的大秘密，你还期望得到什么？站起来，你这个荒谬可笑的孩子，把全部情况告诉我。”

“一个字也不讲，除非你让我坐到我的那个老地方，而且保证不设屏障。”

乔听到这里笑了起来，这是她已经好久没有这样笑过的了，她一面以邀请的姿势拍拍沙发，一面真诚地说，“那个旧枕头在上面阁楼里，我们现在也用不着它了，那么，特迪，过来坦白吧。”

“听你叫我‘特迪’真是好听！除了你没别人这样叫我了。”劳里带着极大的满足坐了下来。

“艾米叫你什么？”

“我的夫君。”

“这正像她的说法。嗯，你看上去也像是个夫君。”乔的眼睛里明白地流露出她发现她这男孩比以往更漂亮了。

那只枕头不在了，但还是有着一道屏障——这是一道自然的由长时间的分离和变心所设置的。两个人都感觉到了，一时互相对视着，似乎这道看不见的屏障在他们身上投下了一片小小的阴影。但这很快就消失了，因为劳里带着妄图故作庄重的神情说：

“难道我看上去不像是个结了婚的男人、一个一家之主吗？”

“一点儿也不像，而且你永远也不会像。你个子长大了，也漂亮多了，但还是以前的那个淘气鬼。”

“说真的，乔，你现在应该对我放尊重些。”劳里开口说，对这样交谈怀有无限的兴趣。

“我怎么做得到呢？只要一想到你结了婚，安了家，就禁不住觉得可笑极了，哪里严肃得起来啊！”乔满脸堆着微笑地应道，这笑容是如此具有感染力，结果两人又都笑了，然后以过去的那种愉快的方式坐定下来好好交谈。

“别冒着寒风出去接艾米了，因为他们现在正往这儿来呢。我等不及了，我想第一个给你这个大惊喜，就像我们过去制作奶油时常说的要‘撇第一层’。”

“你当然做到了，但是开错了头，把这故事给破坏了。现在以正确的方式告诉我这一切是怎么发生的。我太想知道了。”

“嗯，我这么做是为了让艾米高兴。”劳里开口说，眨了眨眼睛，使乔叫了起来：

“第一句谎话。是艾米为了让你高兴才这么做的。接着说，如果能做到的话，说实话，先生。”

“现在她开始用太太的口气说话了，听她说话不是很有趣吗？”劳里对着炉火说，这炉火一闪一闪的，好像对此表示十分同意。“没什么不同的，你知道，她和我合二为一了。我们原本计划在一个月或更早以前和卡罗尔一家一起回来，但他们突然改变了主意，决定在巴黎再过一个冬天。但爷爷想回家了，他是为了让我高兴才出国的，我不能让他独个儿回来，并且也离不开艾米。但卡罗尔太太有那些英国式的想法，什么未婚女子必须有年长妇女伴送诸如此类的傻主意，不许艾米跟我们一起走。所以我为了解决这一难题就说‘我们结婚吧，这样就可以想干什么就干什么了’。”

“你当然就这么做了，你总是有办法按你的心意行事的。”

“并不总是这样的。”劳里声音里的某些东西让乔赶紧接着说：

“你究竟是怎样让婶婶同意的？”

“这非常困难，但是别跟人说是我们说服了她的，因为我们有足够充分的理由。当时没有时间写信回家请求同意了，不过你们大家都是赞成的，慢慢地都会接受的，那只是个‘抓紧时间的问题’而已，正如我妻子所说的。”

“难道我们不为这三个字眼[1]骄傲，难道我们不喜欢把它们说出口来吗？”乔打断了他，这次轮到她对着炉火说话了。她愉悦地看着这似乎点燃了他双眼的快乐光芒，而这双眼睛她最后一次看到时还是充满了悲哀的忧郁。

“也许是有一点儿，艾米是那么迷人的一个小妇人，我抑制不住地为她感到骄傲。后来嘛，叔叔和婶婶在那边当我们的监护人。我们是如此互相吸引，如果分开了就什么都不是了，而那非常可人的安排能使一切都显得轻松自如，所以我们就结了婚。”

“什么时候，在哪儿，是怎样结的？”乔连着发问，带着女人特有的狂热的兴趣与好奇心，因为她对此一点也不了解。

“六个星期以前，在巴黎的美国领事馆，一个静悄悄的婚礼，当然了，即使沉浸在欢乐中，我们也没有忘记亲爱的小贝思。”

当他这样说的时候，乔伸出一只手放在他的手掌上，劳里轻轻地抚平那个他记得十分真切的红色小枕头。

“你们为什么事后不就告诉我们？”乔问道，在他们一动不动坐了一会儿之后，她的语调平静了些。

“我们想给你们一个惊喜。起初我们以为会直接回家的，不过那位亲爱的老先生在我们结婚后马上发现，他最少还要一个月时间才能做好动身的准备，于是就让我们去随便什么地方度蜜月。艾米曾经把玫瑰谷作为正式的蜜月之家，所以我们就去了那里，和那里的其他人一样过得很开心，这种幸福一辈子只有一次。说真的！在玫瑰丛中有多美的爱情啊！”

有一会儿劳里似乎忘了乔就在身边，乔对此颇为高兴，因为他如此自

1　该是指劳里说的“我妻子”。

然而无拘无束地告诉她这些事使她确信他已经原谅与忘记了发生过的事。她想抽回她的手，但劳里就好像猜出了这有几分是无意识的冲动背后的想法，便紧紧地抓住了她的手，带着一种她从未在他身上看到过的男性的庄重说道：

“乔，亲爱的，我想说一件事，说了以后我们就永远不再提它了。我在信中曾告诉你艾米对我非常好，但我将永远不会停止对你的爱，然而这种爱的性质变了，我会竭力把它处理得更好。在我心中，艾米和你的位置互换了，就是这样。我以为这是命该如此的，如果我当时如你所愿继续等待的话，这一转变就会自然而然发生，但我永远也无法做到耐心，所以弄得我很头痛。那时我还是个孩子，刚愎自用，性情暴烈。需要一次重重的教训才能让我认识到自己的错误。因为这正是一个错误，乔，像你说的那样，于是在愚弄了自己之后我终于认识到了。哎呀，那时候我的脑子里乱极了，我不知道我最爱的是你还是艾米，却试图去同样地爱你们两人。但是我做不到，当我在瑞士见到她时，所有的事似乎都在刹那间一清二楚了，你们两人在我心中各安其位，让我确实感觉到在新的爱开始之前过去的爱已经完全消失了，这样我就能坦诚地让妹妹乔和妻子艾米分享我的心灵，并且深深地爱她们。你会相信我吗？我们能回到彼此初次相识时的快乐的旧日时光吗？”

“我会全心全意地相信你的，但是，特迪，我们永远都不会再是男孩和女孩了。快乐的旧时光不会再来，我们不该对此有所企盼。我们如今是男子与妇人了，有正经的工作要干，因为玩乐的年代已经结束，我们必须停止嬉闹。我肯定你的感受也一样。我看到你身上的变化，你也会发现我的变化。我会怀念我的那个男孩，但我会同样爱现在的这个男子汉，并且更为崇敬他，因为他想当一个我希望他会当的人。我们再也不能是小玩伴了，但我们会是哥哥和妹妹，终此一生去爱，去彼此帮助，对不对，劳里？”

他什么也没说，只是握住了她伸过来的手，把他的脸在上面贴住了一会儿，感觉到在男孩的激情的埋葬处，升起了一股更美好更牢固的友谊来给他们俩以祝福。乔不愿让归来的人蒙上哀愁，过了一会儿便快活地说，“我无法相信你们这两个孩子真的结了婚，要去操持家务了。哎，好像就在昨天我还在给艾米的围涎扣上扣子，在你招惹我的时候拽你的头发。天啊，时光跑得多快啊！”

“既然这两个孩子当中有一个比你还大，你就用不着说话像个老祖母似的。我自以为是个‘成熟的绅士’了，就像佩格蒂称呼大卫[1]那样，而且等你见到了艾米，你就会发现她着实是个早熟的婴儿了。”劳里说道，对乔母亲般的口气觉得很好玩。

“也许在年龄上你是大一点点，但在感情上我要老得多，特迪。女人都是这样的，去年又是如此艰难的一年，我感到都有四十岁了。”

“可怜的乔！我们把你撇下独自受苦，自己却出外去寻欢作乐。你真的是老了一点，这里有一道皱纹，那里也有一道。除非你在微笑，不然你的双眼看上去十分忧伤，刚刚我摸了摸那只垫子，发现上面有一滴眼泪。你承受了好大的苦难，而且只能独自承受。我是多么自私的家伙啊！”劳里拉扯着自己的头发，满脸自责的表情。

但乔仅仅把这只泄密的枕垫翻了个身，用尽量快活的语气应道，“不，我还有爸爸妈妈来帮我，有两个亲爱的娃娃来安慰我，并且一想到你和艾米又平安又快乐，这里的所有烦恼都变得容易接受了。有时候我是很孤独，但我敢说那对我有好处，还有……”

“你永远不会再孤独了，”劳里打断了她的话，用一条手臂搂住了她，好像要挡住所有危害人类的疾患，“艾米和我没了你就过不下去，所以你一定要来，教‘孩子们’整饬家务，再多的活儿都分担下来，就像我

1　典出狄更斯的《大卫·考柏菲》。克拉拉·佩格蒂为大卫的保姆。

们常做的那样，并且让我们来好好地呵护你，大家快乐友善地生活在一起。”

“如果我不碍你们的事的话，那将会是非常愉快的。我开始觉得自己又变得很年轻了，在你到来之后我所有的烦恼不知怎的都不翼而飞了。你总是能安慰别人，特迪。”乔把头靠在他的肩上，正如多年前贝思病倒时，劳里告诉她可以依靠他时她所做的那样。

他低头看她，心想她是否还记得那时光，但乔在自顾自微笑，好像他到来之后她的烦恼真的都烟消云散了。

“你还是过去的那个乔，前一分钟还在掉眼泪，后一分钟就笑开了。现在你看上去还有一点顽皮。在想什么，老奶奶？”

“我在想你和艾米相处得怎样？”

“如同天使在一起！”

“是的，当然了，起先是这样的，但谁说了算？”

“我不介意告诉你现在是她，至少我让她这么以为——你知道，这让她很高兴。慢慢地我们会轮流坐庄，因为听人们说婚姻意味着权利均分，责任加倍。”

“你起初会照样过下去，而艾米会支配你这一辈子。”

“哦，她做得让人完全感觉不到，我想我不会太在意的。她是那种懂得如何很好地支配男人的女人。事实上我很喜欢这样，因为她能温柔而巧妙地把你绕在手指上，就好像是绕一绞丝线，并且让你感觉到好像她一直在对你施与恩惠。”

“我竟然终于活到看见你变成一个怕老婆的丈夫，还陶醉其中呢！”乔举起了双手嚷道。

让人高兴的是劳里挺直了他的双肩，对这句含蓄嘲讽之词报之以男人轻蔑的一笑，他带着他那种高高在上的腔调应道，“艾米教养良好，不会凌驾于人，而我也不是容易屈服的那种男人。我妻子和我尊重自己，也相互尊重，不会横行霸道或者斗嘴争吵。”

乔喜欢听他这么说，觉得这种新的尊严与他非常相称，但这位男孩变成一个男人的过程似乎太快了一点，因此她的愉悦里交杂着遗憾。

“我对此并不怀疑。艾米跟你从不吵嘴，不像我们过去那样。她就像寓言中的太阳而我就像风，你一定记得，太阳是最善于控制男人的。”

“她能给男人温暖，也能让男人爆炸，”劳里笑道，“我在尼斯听到过这样的说教！我敢保证这比你任何一次责备更糟——这是个十足的警告。什么时候我会把这一切都告诉你的——她可永远不会，因为在告诉我她鄙视我并且为我感到羞愧之后，就被我这可怜虫俘虏了，并且嫁给我这个一无是处的家伙啦。”

“太差劲了！喏，如果她欺负你的话就来找我，我会捍卫你的。”

“我看上去很需要捍卫，是吗？”劳里说，一跃而起，态度由冠冕堂皇突然一变而为欣喜若狂，因为他听见艾米的声音在响起，“她在哪儿呀？我亲爱的老乔在哪儿？”

全家人马一涌而入，每个人又开始了新一轮的拥抱亲吻，那三个出国漫游者在几次尝试失败之后，安顿下来，接受众人的注目，众人也因他们而欢欣。老劳伦斯先生比以往任何时候都健壮，跟另外两位一样在这次异国之旅中受益不浅，因为他那股执拗劲儿几乎消失殆尽了，而那种老式的优雅作派被琢磨得更加熠熠生辉了。看到他对着被他称之为“我的孩子们”的那对新人微笑真让人感觉不错，更好的是看到艾米对他报之以女儿般的责任与感情，这彻底赢得了他那颗苍老的心，但最好的还是看到劳里绕着他们两人转着，就好像对欣赏这一幅他们共同营造的美丽图画永不厌倦。

当梅格的目光一落到艾米身上，她注意到自己的衣服没有一点巴黎风格，而年轻的莫法特夫人在年轻的劳伦斯夫人面前将会彻底黯然失色，艾米这“贵妇人”完完全全成为一位最为优美典雅的妇人了。乔看着这一对，心里在想，“他们在一起看上去多般配啊！我是对的，劳里找到了一个美丽而又多才多艺的女孩，她比这笨头笨脑的老乔更适合他的小家庭，对他来说，她将成为他的骄傲而不是折磨。”马奇太太和她丈夫满脸喜悦，互相微笑点头，因为看到了他们这个小女儿并不仅仅善于处世，而且在拥有爱、信心与幸福这些更美好的财富方面表现得更为出色。

因为艾米的脸上充满了柔和的明亮光辉，表露出内心的宁静，她的嗓音中有一种新的温柔意味，那种凛然不可侵犯的仪态已转化为一种文雅端庄，既有女人味又令人信服。没有破坏形象的任何小小矫情，比起她这新获得的美色与原有的优雅，她举止中的那种真诚的甜美要更为迷人，因为这一下子就准确无误地标识出她已经是她渴望成为的真正淑女了。

“爱情在我们这小姑娘身上发挥了很大的作用。”她的母亲轻声说。

“在她一生中，她一直有一个好榜样，我亲爱的。”马奇先生轻声回应，带着柔情注视着他身边这张憔悴的脸和花白的头发。

黛西发现自己简直无法把眼睛从她这“票良(漂亮)阿姨”身上移开，像一只小叭儿狗一般粘在这位充满了令人愉悦的魅力的美丽夫人身上。戴米犹豫了一下，要搞清楚了这种新的关系，才能作出妥协，轻率地接受一份贿赂，那是从伯尔尼带来的一组可爱的木制小熊。一次迂回攻击就导致了无条件投降，当然了，因为劳里知道怎样抓住他的弱点。

“小伙子，当我第一次荣幸地跟你结交时，你在我脸上打了一拳，现在我要求得到像绅士般决斗的权利了。”说着，这位高个儿叔叔开始摇晃小侄子，把他的头发衣服弄得一团糟，在有伤自己沉着的体面的同时，也为对方的孩子气的内心带来了欢乐。

“难道她不是从头到脚穿绸着缎吗？看到她神采奕奕地坐在那儿，听大家管这个小艾米叫劳伦斯夫人，不是挺有滋有味吗？”老汉娜喃喃说道，她一面无疑是在胡乱地摆着桌子，一面不由地频频朝里张望。

天哪，他们在怎样谈话啊！先是一个人说，再就换一个人说，然后大家一起说起来，想把三年的事在半小时内说完。幸好茶点已经准备好，使得谈话要暂停，吃些东西，因为再这样谈下去，他们会嗓子沙哑、头昏眼花的。这一支队伍鱼贯地进入小餐厅，有多欢快啊！马奇先生骄傲地护卫着“劳伦斯夫人”，马奇太太同样骄傲地倚靠在“我的儿子”的臂膀上。老劳伦斯先生抓住了乔，轻声耳语，“现在你是我的姑娘了，”同时向着炉边空荡荡的角落投去一瞥，这使得乔也以耳语回答他，“我会尽力填补她的位置的，先生。”

那一对双胞胎在后面蹦蹦跳跳，他们以为千年盛世快来临了，因为大家都在为新来的人忙碌，他们就可以由着性子无法无天了。可以确信的是他们充分利用了这个机会。他们难道没有偷偷地喝茶，随意把姜饼塞在嘴里，每人拿了一块刚出炉的饼干，更过分的是，每人攫取了一块诱人的水果小馅饼，藏进他们的小口袋，到头来不争气地在里面给压碎，粘得一塌糊涂，这使他们懂得了馅饼和人性都是脆弱的吗？偷偷地藏着馅饼，心中惴惴不安，并且害怕“多多阿姨”锐利的双眼会穿透他们薄薄的细麻布和羊毛的衣服，看到里面藏着战利品，这两个小坏蛋紧紧贴着外公，因为他没有戴眼镜。在被众人当作茶点似地传来传去之后，艾米回到了客厅中，靠着劳伦斯爷爷的臂膀，其余的人各自成双结对，跟过去一样，只剩下乔无人陪伴。她当时并不在意，逛到汉娜那里去回答她热切的问题了。

“艾米小姐会不会坐四轮大马车？她会用他们收藏在那边的漂亮的银餐具吃饭吗？”

“即使她驾着六匹白马，用金盘子吃饭，每天穿戴着钻石和绣花边的衣服都不奇怪。特迪认为她配得上最好的东西。”乔带着无限的满足答道。

“没问题了！早餐你要吃杂碎还是鱼圆？”汉娜明智地把诗意的景象和凡俗的生活掺和起来。

“无所谓。”于是乔关上了门，觉得食物这个话题与当时的情景格格不入。她在那儿站了一会儿，看着热闹的人群消失在楼梯上，当戴米穿着格子呢裤的短腿费力地攀上最后一级楼梯的时候，一阵突如其来的孤独感兜上她的心头，这感觉是如此强烈，使她用黯淡的眼神向四周望去，似乎想找到一样可以倚靠的东西，因为甚至连特迪也已舍弃了她。可惜她不知道有怎样的生日礼物在一分一秒地迫近，不然她就不会这样对自己说，“我上床以后会哭一会儿，现在垂头丧气的可不合适。”说罢她就伸手去抹眼睛——因为她那男孩子般的习惯中有一项就是从来不知道自己的手绢放在哪里——等到大门上传来一阵敲门声时，她刚来得及在脸上挤出一个微笑。

她好客地匆忙开了门，却惊得目瞪口呆，仿佛有个幽灵出现在她面前，吓了她一跳，因为只见门口站着一个高个儿蓄胡须的先生，从暗处对着她微笑，好似一轮午夜的太阳。

“噢，巴尔先生，多高兴见到你啊！”乔大叫着，一把抓住了他，就好像害怕在把他请进来之前，黑夜便会把他吞没。

“我见到马奇小姐也很高兴——哦不，你们在举行舞会——”听到传来人声和跳舞的脚步声，教授住了口。

“不，不是的，只是家里人在聚会。我的妹妹和朋友们刚刚回到家，我们都很高兴。进来加入到我们中间来吧。”

尽管巴尔先生是一个很爱交际的人，我想他还是会有礼貌地离开，改天再来，但乔把门从他身后关上，抢走了他的帽子，他又怎么能离开呢？也许她脸上的表情也有点关系，因为她没有掩饰见到他的喜悦之情并坦率地表露了出来。这对一个独身的男子来说是不可抵御的，他所受到的欢迎已超出了他最大的期望。

“如果不太唐突的话，我很愿意见见他们的每一个。你生过病，我的朋友？”

他单刀直入地提出这个问题，因为当乔挂好他的外套，灯光照在她的脸上，他发现她的脸有些变化。

“没有病，只是疲劳与悲伤。最后一次见到你以来，我们遇到了一些麻烦。”

“啊，是的，我知道。我听说了这事，也为你伤心。”他又一次和她握手，他那张充满同情的脸，使乔感到没有什么安慰能比得上他和善双眼的注视和温暖大手的紧紧一握了。

“父亲，母亲，这是我的朋友，巴尔教授。”她说，表情与声音中带着抑制不住的骄傲和愉悦，就好像是吹着喇叭，敲锣打鼓地打开了门。

如果这陌生人对自己会否被接受还存有疑问的话，片刻之间这些疑问就被他所受到的真诚欢迎所驱散了。每个人都友好地跟他打招呼，起初是为了乔，但很快他们就喜欢上他这个人了。他们不可能不喜欢他，因为他带着能打开所有心灵的法宝，而这些纯朴的人马上就跟他热络起来，得知他很穷，竟跟他更亲热了。因为贫穷使那些生活在其上的人们感到充实，而且更是通往真正的好客精神的可靠通行证。巴尔先生坐在那里，环顾四周，带着一个叩开了一道陌生的门，突然发现自己回到了家的旅行者的神情。那两个孩子来到他身边，就像采蜜的蜜蜂围着蜜糖罐一般，一人占据了他一个膝头，带着孩子的厚脸皮动手搜查他的口袋，拉扯他的胡须，察看他的手表，简直要把他迷住了。女士们互相暗示着传达她们的赞许，马奇先生觉得找到了同道，为他这位客人打开了话题宝库，约翰则静静地在一边倾听，享受着两人的谈话，但自己不发一言，而劳伦斯先生发现在这种情况下根本就无法去睡觉了。

如果不是因为乔的心思完全放在了别的地方，她一定会被劳里的举动所逗乐，因为有一阵微微的刺痛，不是出于妒忌，而是类似怀疑的某种东西，使那位先生起初躲得远远地，带着女方兄长般的谨慎小心观察着这个新来的人。但这没有持续多久。他情不自禁地产生了兴趣，不知不觉地进入到圈子里来，因为巴尔教授在这种轻松的气氛中很健谈，能充分地表达自己。他几乎没有对劳里说什么，但常常看着他，这时就有一抹阴影掠过他的脸，好像望着这风华正茂的年轻人，在为自己逝去的青春感到遗憾似的。然后他的目光就会转向乔，这目光充满了渴望，如果她看到了，一定会对这无声的请求作出回应。可惜乔也得注意自己的眼神，觉得它靠不住，会泄露自己心中的秘密，所以谨慎地只顾望着正在织着的小袜子，就像一个模范的独身姨妈。

时不时地偷觑教授一眼，使她精神一振，就像在尘土中跋涉之后啜饮一口清泉一样，因为在旁观时她发现了一些好兆头。巴尔先生脸上不再带有那种心不在焉的表情，看上去生气勃勃，充满了对于现时的兴趣，竟然显得年轻而英俊。她这么想着，却忘了把他和劳里进行比较，就像她常常对陌生人所做的，结果使他们备受打击。接着教授显得神采奕奕，尽管谈话已转到了关于古代人的葬礼习俗，这可算不上是一个让人高兴的话题。看到特迪在一场辩论中被驳倒，乔深深感到胜利的喜悦，再看到她父亲专注的神情，她自忖，“能有这么一个人做我的老师，可以每天和他对话，他会多么高兴啊！”还有最后一点，巴尔先生穿了一身黑色的新衣服，这使他比过去更像一位绅士了。他的一头浓发修剪过了，梳得整整齐齐，但没有保持多长时间，因为在激动的时候，他会像常常做的那样，把头发可笑地弄乱，而乔更喜欢他的头发乱七八糟地竖立着，而不是伏伏帖帖的，因为她觉得这给他漂亮的前额带来了一种古罗马大神朱庇特似的风采。可怜的乔，她在怎样为这个普通人脸上贴金啊，这时正坐在一边安详地编织着，但不让任何东西逃过她的眼睛，甚至连巴尔先生整洁的袖口上竟缀着金质袖扣都注意到了。

“亲爱的老朋友！即使是前来求婚，他也不可能打扮得更仔细了。”乔自言自语，随着这些字眼而突然产生的一个念头使她的脸不可救药地红了起来，她不得不假装把绒线球掉在地上，俯下身去拾取，借此把自己的脸隐藏起来。

可惜这个伎俩并不如她预计的那样成功，因为教授就在像要点燃一个火葬堆时掉了他的火把一样，扑下去拣那个蓝色绒线小球。当然了，他们的头狠狠地撞在了一起，弄得眼冒金星，站起来后两人都是满脸通红地笑着，而且谁也没有拣到绒线球，回到座位上，真希望自己刚才没有起身。

没有人知道这个夜晚将怎样度过，因为汉娜早早就巧妙地把两个小孩子转移了，他们在那里昏昏欲睡，就像两朵红润的罂粟花，而劳伦斯先生也回家休息了。其余的人围坐在炉火边谈得起劲，完全没有注意到时间的流逝，直到梅格确信黛西从床上翻滚了下来，戴米在研究火柴的结构时烧着了睡衣，她的母性本能受到了激发，才动身离去。

“我们该一起唱支歌，就像在美好的往日那样，因为我们又一次团聚在一起了。”乔说，觉得放声高歌才是宣泄她心灵中那份激情的一种稳妥愉快的方法。

并不是所有人都在那里。但没有人觉得这话未经思索或是不够真诚，因为贝思好像仍然和他们在一起，这是一种宁静的存在，无声无形，但比任何时候都更为亲密，因为死亡无法割断由爱而变得水乳交融的家庭纽带。那张小椅子还在老地方，那只理得整整齐齐的小篮子，里面还有一点没有做完的活儿，那是她在编针变得“如此沉重”的时候搁下的，还在搁板上的老地方，她所钟爱的钢琴，现在很少有人去碰它，还没有被移动过，上面是贝思的照片，那张脸平静地微笑着，就像过去一样，从上面俯视着他们，像是在说，“开心点吧。我就在这里。”

“来表演一段吧，艾米。让大家听你进步了多少。”劳里说道，带着可以谅解的对于自己这很有前途的学生的骄傲。

但艾米圆睁着双眼，转动着那张褪了色的琴凳，轻声细语，“今晚不行，亲爱的。我不能在今晚卖弄。”

可她还是展示了一些比才智和技能更好的东西，她唱了贝思的那些歌曲，嗓音中那种温柔的音色是最好的大师也教不出来的，它带着一种比其他任何灵感所能赋予的更为甜蜜的力量，触动了听者们的心灵。当这清亮的嗓音在贝思最爱的那支赞美诗的最后一行陡然消失之后，房间里一片寂静。很难这么说出来：

没有什么尘世的伤悲无法在天国治愈

于是艾米倚在她身后站着的丈夫身上，心里想着没有了贝思的亲吻，她这次归来受到的欢迎说不上是完美的。

“现在我们该把迷娘之歌[1]来做结束，因为巴尔教授会唱这一支。”在这停顿变得令人痛苦之前，乔说。巴尔教授以一声高兴的“咳嗯！”清了清喉咙，然后走到了乔站立的角落，说道：

“你会跟我一起唱吧？我们在一起配合得好极了。”

说起来，这是一句令人愉快的假话，因为对于音乐，乔并不比一只草蜢懂得多。但哪怕他提议唱上一整出歌剧，她也会同意引吭高歌，不会理会唱得走调，也不管是否合拍。不过这也不大要紧，因为巴尔教授像个真正的德国人那样热烈而悦耳地唱着，乔很快就放低声音，轻声地哼着，这样她就可以倾听那仿佛在为她一个人歌唱的圆润的声音了。

你可知道那片枸橼盛开的土地

这曾是教授最喜欢的一句，因为“那片土地”能勾起他对于德国的思乡之

1 《迷娘之歌》为根据歌德的长篇小说《威廉·麦斯特》改编的三幕歌剧《迷娘》的主题歌。迷娘原为伯爵之女，幼年被吉卜赛流浪艺人拐走，逼她表演歌舞，青年威廉听她唱了这支回忆家乡风光的歌，大为感动，为之赎身。两人最后终成眷属。

情，但他现在似乎带着特别的热情与韵律，更专注于下面这两句：

那里，哦，那里，愿我与你相偕
我所深爱的人啊，一同前往

听众中有一位被这温柔的邀请深深打动了，她巴不得说出口，她知道那片土地，无论何时她都甘愿与他一同前往。

这支歌赢得了巨大的成功，那歌手在赞誉声中退场了。但刚过了几分钟，他就完全忘了礼仪，紧盯着艾米看她戴上帽子，因为在这之前她被简略地介绍为“我的妹妹”，而且他到来之后还没有人以她的新身份来称呼过她。分手的时候他更忘形了，因为劳里用他最和蔼的风度对他说：

“我妻子和我非常高兴结识你，先生。请记住在那边我的家随时欢迎你光临。”

这时教授衷心地感谢了他，像是突然明白了过来，满心欢喜，使劳里心想这真是他见过的最令人愉快的坦率的老朋友。

“我也该走了，但我会很高兴再来的，如果你能容许我的话，亲爱的夫人，因为在城里会有点事让我在这里耽搁几天的。”

他在对马奇太太说话，但眼睛却望着乔，于是母亲的回应与女儿的目光一样，都给了他真诚的肯定答复。原来马奇太太还不至于像莫法特夫人猜测的那样，不明白孩子们的心事吧。

“我看那是个聪明人。”最后一位客人离去之后，马奇先生站在炉前地毯上，带着平静的满足评论说。

“我知道他很不错。”马奇太太带着分明的赞许加上一句，一边给钟上发条。

“我早知道你们会喜欢他的。”乔就说了这么一句，悄悄走开上床去了。

她在猜想是什么事让巴尔教授赶到城里来的，最后得出结论，他被指派在什么地方担任一项非常体面的任务，只是太谦虚了，所以没有提起。当他安安稳稳地在自己房间里，看着一位严肃而刚强的年轻女士的照片，这女士披着一头长发，眼睛似乎要看透未来，要是乔看到教授这时的神色，也许会明白几分这任务到底是什么，尤其是当他扭熄了煤气灯，在黑暗中吻这照片的时候。

第四十四章

我的夫君，我的夫人

“求你了，母亲大人，把我的妻子借给我半小时行吗？行李已经到了，我把艾米的巴黎时装翻得乱七八糟，就为了找一点我要的东西。”第二天劳里走进屋来，只见劳伦斯太太正坐在她妈妈的膝上，好像又变成那个“小娃娃”了，便这样说。

“当然可以。去吧，亲爱的，我忘了你除了这个家还有别的家了。”马奇太太按了按那只戴着结婚戒指的雪白的手，似乎在为自己母性的贪心请求原谅。

“如果能行的话，我是不会赶过来的，但是没有我的这个小妇人我过不下去，简直比不上一只……”

“没有风的风信鸡。”当他顿住了想一个合适的比喻时，乔提示道。自从特迪回家以来，乔又变回那个活泼的自己了。

“正是，因为在大部分时间里艾米总是让我指着正西，只是偶尔吹上一口气使我转向南面，而自从我结婚以来还没有朝向过东方呢。我对北面是一无所知，但总的来说还是和风拂面，有益健康，呃，我的太太！”

“迄今为止天气一直很不错，我不知道还能保持多久，但我不怕风暴，因为我正在学习如何驾驭我的船。回家吧，亲爱的，我会找到你的脱靴器的。我想这就是你在我的东西里面翻来翻去要找的吧。男人真是没用，母亲。”艾米带着一种主妇的腔调说，把她的丈夫逗乐了。

“你们安顿下来以后准备做些什么？”乔问道，一边帮艾米扣着斗篷上的扣子，就像当初常常帮她扣上围涎一样。

“我们有一些计划，现在还不想多说什么，因为我们还刚刚结婚，但我们并不想无所事事。我会非常投入地去做生意，让爷爷高兴，并且证明给他看我没有被宠坏。我需要做一些诸如此类的事来让自己稳定下来。我已经厌倦了游手好闲，想要像一个真正的男人那样去工作。”

“艾米呢？她准备干些什么？”马奇太太问，她非常满意劳里的决心，还有他说话时的那股劲头。

“在向左邻右舍尽过礼仪，炫耀过我们最好的帽子以后，我们将使住宅中充满高雅的好客气氛，接纳显赫的社交界人士，给世界施加良好的社会影响，到时候准会使你们大吃一惊。差不多就是这样了，对吧，雷卡米耶夫人[1]？”劳里带着揶揄的神色看着艾米问道。

“等着瞧吧。我们走吧，冒失鬼，不要在我家人面前挖苦我，这样会吓着他们的。”艾米回答，决心在办一个沙龙成为社交界的王后之前，先要有一个家，家里有个好妻子。

“这些孩子在一起多开心啊！”马奇先生评论道。年轻夫妻走了以后，他发现自己的精神还是无法集中到他的亚里士多德上来。

“是啊，而且我相信会延续下去。”马奇太太补充道，带着一个把船舶安全带入港湾之后的领航员的安心的表情。

“我肯定他们会的。幸福的艾米！”说罢乔叹了一口气，然后灿烂地

1　雷卡米耶夫人(1777—1849)，法国贵夫人，她在巴黎的沙龙，为知名人士聚会之处。

笑开了，因为这时巴尔教授正急躁地把院门一推给推开了。

那天傍晚，劳里不再为脱靴器而烦恼了，艾米却在转来转去，摆放着她那些新的艺术珍品，突然劳里对他的妻子叫了一声“劳伦斯太太”。

“我的夫君！”

“那个男人想娶我们的乔！”

“我希望这样，亲爱的，你不是也这样吗？”

“唉，我的宝贝，我认为他是个好样的，十足体现这个词儿的含义，但我实在希望他能年轻一点，富有得多。”

“哎哟，劳里，不要过分挑剔，眼光势利啦。如果他们互相爱慕，不管多老多穷都没关系。女人绝对不该为了钱嫁人……”艾米马上刹车，因为她说漏了嘴，她看着她的丈夫，他却故作庄重地回答：

“当然不该这样，尽管有时候你确乎听见迷人的姑娘们说她们准备这么干。如果我记得不错的话，你也曾认为该嫁一个有钱佬，也许这可以解释为什么你嫁给了我这样一无是处的人。”

“哦，我最亲爱的男孩，别，别这么说！当我对你说‘我愿意’的时候我忘了你很富有。即使你身无分文，我也会嫁给你的，而且有时候我真希望你很穷，这样就能显示出我有多么爱你了。”于是在公众场合十分矜持，而在私底下却十分温柔的艾米，用令人信服的行动证明了她的话的真实性。

“你并不真的相信我是这么一个唯利是图的人，尽管我一度想这样做，对吧？如果你不相信哪怕你要靠在湖上操桨为生我也愿意与你同舟共济，你就会大大地伤了我的心。”

“我是个瞎了眼的白痴吗？我怎么能这么想呢？你为了我拒绝了一个更有钱的人，而且当我有权给你我想给你的东西时，你连一半都不要。每天都有姑娘们这样为了钱嫁人的，这些可怜虫，还受到教诲，以为这是她们唯一的出路。但你受到了更好的教育，尽管我一度为你担心，但我并没有失望，因为这个女儿得到了母亲的真传。我昨天对妈妈讲了，她看上去那么高兴、那么感激，就好像我给了她一张一百万元的支票，让她作慈善捐款似的。你不在听我这道德演讲啊，劳伦斯太太。”劳里停顿了下来，因为艾米的眼睛虽然紧盯着他，却带着一副心不在焉的样子。

“没有，我在听，同时在欣赏你脸上的那个酒窝。我不想让你沾沾自喜，但我不得不承认，比起我丈夫的金钱，我更为他的英俊而骄傲。别笑，你的鼻子给我莫大的安慰。”说罢，艾米带着艺术家的满足感轻轻抚摸这线条分明的器官。

劳里一生中接受过许许多多赞赏，但没有一个像这样更中他的心意，便直率地流露出来，尽管对他妻子这特殊的癖好不免取笑一番，这时艾米慢慢地问道，“亲爱的，我能问你一个问题吗？”

“当然可以。”

“如果乔当真嫁给了巴尔先生，你会介意吗？”

“哦，原来是为了这个，是吗？我还以为我的酒窝有什么让你不高兴的地方呢。我可不是个自己得不到也不让别人得到的家伙，而是个世上最快乐的人，我可以向你保证，在乔的婚礼上，我的心情也会像舞步一样轻松。你对此有怀疑吗，我亲爱的？”

艾米仰头看着他，心里得到了满足，她这个小小的出于嫉妒的恐惧永远消失了，便脸上充满着爱意，信任地向他道谢。

“我希望我们可以为那个老好人教授做点什么。我们能不能虚构一个有钱的亲戚，遂人心愿地在德国死去，给他留下一小笔不错的财产吗？”劳里说，这时他们开始手挽着手在这长长的客厅里来回走动，这是他们喜欢做的，因为这使他们想起了那个城堡花园。

“乔会发现了我们的计划，然后把一切都毁了。她为他现在的本色非常骄傲，昨天还说过，贫穷是件美好的事。”

“上帝保佑她可爱的心灵！等到她有了一个学者丈夫，还有了一打小男女教授要抚养，就不会这样想了。我们现在且不要插手，只等一有机会，就好好帮他们一下，不管他愿不愿意。我受到的教育的有一部分该感激乔，而她相信人们会诚实地还清他们欠的人情的，所以我会用那种方式来报答她。”

“有能力帮助别人有多愉快啊，不是吗？这是我一直怀着的一种梦想，可以有能力自由地施舍，真该感谢你，这个梦想已经实现了。”

“哦，我们会做很多善事，对吧？有一种贫穷我特别想加以帮助。真正的乞丐会得到照顾，但是贫穷而高尚的人们却过得很差，因为他们不会提出要求，而别人又不敢给他施舍。但如果一个人懂得如何去做得十分巧妙，不致冒犯他们的话，还是有很多方法可以帮助他们的。我要说，比起花言巧语的叫化子，我更愿意去帮一个破落的绅士。也许这是不对的，但我就是这么想的，尽管这样做会更困难。”

“因为只有自己是绅士才可能做到。”这个“为家唱赞歌协会”的另一名成员补充道。

“谢谢你，我怕我不配得到这样美好的称赞。但我想说的是，当我在国外游荡的时候，我见到很多有才华的年轻人做着各种各样的牺牲，忍受着真正的艰难困苦，为了能实现自己的梦想。他们中有些人很出色，像英雄那样工作着，一贫如洗，无亲无故，但是满怀着勇气、耐心和理想，使我为自己感到羞愧，渴望能给他们以恰当有效的帮助。能帮助这样的人是一件让人满足的事，因为假如他们有天赋才华的话，允许别人帮助他们，不让他们的才华因为缺衣少食而消失或枯竭，这是一种值得称赞的善举。如果他们没有天分的话，那么去安抚这些可怜的心灵，使他们发现这一点时能远离失望，也是一件颇为愉快的事。”

“是啊，真是如此。而且还有一种人，他们不愿求人帮助，却默默地忍受着。我多少知道一点这种人，因为在你像传说中国王对女丐所做的那样把我变成一个公主之前，我就属于这一群。劳里，有抱负的姑娘过得不容易，常常不得不眼看青春、健康和难得的机会擦肩而过，只因为在恰当的时候缺少一点帮助。人们一直对我很好，无论何时当我看到女孩子们像我们过去那样在挣扎奋斗，我就想伸出手去帮她们一把，正如我也得到过帮助一样。”

“你是该这么做，你原是活像一个天使嘛！”劳里大声说着，在一阵博爱的热忱中，决心要捐赠创建一所专为有艺术才华的年轻女子提供帮助的机构。“富人没有权利坐下独自享受，或是积聚财富供他人挥霍。比起活着的时候聪明地使用金钱，使别人快乐并从中得到享受，死后留下遗产就不够明智了。我们会快乐地享受人生，并且靠慷慨地让别人也尝到生活的乐趣，为自己的快乐增添额外的滋味。你会做一个小多加[1]吗？来来去去把一大筐的被服送给人家，并用善行来装满它？”

“如果你要做一个勇敢的圣马丁[2]，在英勇地巡行世界的途中停下，把自己的斗篷给乞丐披上，那么我也会以我的全身心去从事的。”

“那就这样说定了，我们要争取最好的结果！”

于是这对年轻夫妇为此握了握手，然后又开始快乐地朝前踱步，觉得他们这舒适的家更温暖了，因为他们希望把光明带给其他的家庭，深信如果他们能为别人铲平道路上的坎坷，自己的双足便能沿着面前这条繁花似锦的道路越走越坚挺，并且觉得自己的爱心贴得更紧密了，这种爱会使他们温柔地想起那些不如他们那么幸福的人们。

1　多加，《圣经》中人物，女基督徒，缝制了许多衣被来帮助穷人。
2　圣马丁，图尔主教，法兰西主堡圣人，创办高卢隐修院。

第四十五章

黛西和戴米

我觉得作为一个马奇家族的谦逊的编史者来说，如果不把至少一章献给这个家庭中两位最可爱最重要的成员的话，是没有尽到责任。黛西和戴米这时已经到了懂事的年龄，因为在这个快速发展的时代，三四岁的小孩子就敢于要求维护自己的权利，而且可以得到的比他们的长辈要多得多。如果说这世上有一对双胞胎会因为被爱而有被完全宠坏的危险，那就是这两位讲话奶声奶气的小布鲁克了。当然了，他们是所有孩子中最出色的，这可以通过我将要提到的这些事实来证明：他们八个月就会走路，十二个月就能流利地说话，到了两岁他们便在餐桌上就座，表现出的礼仪让旁观者都看得入迷。到了三岁，黛西要求给她“针线活儿”，还真的做成了一个包，在上面缝了四针。她还在一只餐具柜内干起了家务活，以如此熟练的技巧使用一只微型炉灶，使汉娜眼中涌出了骄傲的泪水，而戴米则跟他外公学字母，外公创造了一套全新的教授字母表的方法，那就是用他的手臂和腿儿来组成一个个字母，这样组成了一套从头到脚的体操。这个男孩很早就表现出了关于机械方面的才能，使他的父亲很高兴，但母亲却被搞得晕头转向，因为他试图仿制所有看到的机械装置，从而把育儿室里搅得一团糟，例如他造了一个“缝纫机”，那是用绳子、椅子、晾衣夹和线轴组成的神秘的结构，由几只轮子来使它“转呀转”。还有一只篮子挂在椅子背上，他徒劳地想用它来把那轻信的妹妹装在里面提升起来，而她带着女性的献身精神，任凭她的小脑袋撞了又撞，直到有人前来搭救，这时，那小发明家竟愤怒地宣称，“怎么了，妈妈，那是我的升降机，我在想法把她吊上去。”

尽管性格截然不同，这两个双胞兄妹相处得异常融洽，很少有一天吵架超过三次的。当然了，戴米暴君般统治着黛西，却勇敢地保护她不受任何别的侵入者的攻击，黛西则自愿充当苦役的角色，把她的哥哥当成世上最完美的神来崇拜。黛西是个脸蛋红扑扑、身子圆滚滚的阳光般灿烂的小东西，她能让每一个人敞开心扉让她进入，并且蜷伏在那里。她是一个那么迷人的孩子，好像生来就是供人亲吻拥抱，像个小女神似地打扮得漂漂亮亮让人爱慕，在所有的喜庆场合赢得一致的称赞。她所拥有的小小美德是如此可爱，都快使她成为天使了，要不是些许调皮捣蛋的行为让她保留了快乐凡人的特征的话。在她的世界里没有风雨阴晴，每天早上不管是下雨还是出太阳，她都要穿着小睡袍攀上窗台远眺，说着“噢，号(好)天气，噢，号(好)天气！”每一个人都是她的朋友，即使是陌生人她都会充满信任地给与亲吻，使最顽固不化的单身汉悔不该保持独身，喜欢孩子的人则变成忠实的崇拜者。

“我爱所有的人。”有一次她这么说，张开她的双臂，一只手拿着调羹，一只手拿着杯子，好像在渴望拥抱全世界，并普施滋养。

随着她逐渐成长，她母亲开始觉得这“鸽房”会因这宁静可爱的居住者的存在而蒙神佑，正是她让这老房子变成了一个家。这位做母亲的还祈求上帝不再让她遭遇不幸，就像最近那次一样，这使他们懂得了在不知不觉中他们已拥有了一位天使有多久了。她的外公老是把她叫做“贝思”，她的外婆不知疲倦地专注地看着她，似乎要抵偿过去所犯下的、除了自己没有别人觉察到的什么错误。

戴米就像一个真正的北方佬那样生性好奇，就是什么都想知道，一直在问“为什么？”并且常常因为得不到满意的回答而大发脾气。

他还有一种爱好哲学的倾向，这使他的外公十分欣喜，常和他进行苏格拉底式的对话。在谈话中这个早熟的孩子时不时难倒他的老师，让女性成员们无法掩饰她们的满足之情。

“外公，是什么让我的脚能走路的？”一天晚上，这位小哲学家在上床之前嬉闹了一阵，正在休息，以沉思的表情察看着自己身体上那些活动着的部件，这样问道。

“靠你的小意识啊，戴米。”那位哲人回答，一边颇有敬意地抚摸着那个满头金发的脑袋。

“小意识是什么？”

“那是某种使你的身体能活动的东西，就像我表里的发条使齿轮转动，我给你看过的。”

“把我打开吧。我要看看它是怎样转动的。”

“我做不到，就像你打不开手表那样。上帝给你上足了发条，你就一直走动，直到他让你停下。”

“真的吗？”戴米领会到这个新的想法，褐色的眼睛睁大了，闪闪发亮。“我像手表那样上了发条吗？”

“是的，但我没法给你看是怎样上的，因为等到我们能看到的时候已经上好了。”

戴米摸了摸自己的背脊，像是指望发现它像手表的背面一样，然后严肃地宣称，“我猜上帝是在我睡着的时候给我上的发条。”

接下来是一番详细的解释，他听得如此入神，使他那担心的外婆都发话了，“我亲爱的，你觉得跟这小孩子说这些明智吗？他已聪明得头盖骨都隆起了，学会问些最难回答的问题了。”

“如果他已长大得能问出这些问题，他就能接受真正的答案了。我没有把这些想法灌输给他，只是在帮助他解开那些已然存在于他脑袋里的想法。这些孩子比我们都聪明，我毫不怀疑这孩子能听懂我对他说的每一个字。好了，戴米，告诉我，你把意识放在哪里。”

假如这男孩像亚西比得[1]那样答道，“真的，苏格拉底，我不知道，”他的外公也不会吃惊的，但是只见他像一只沉思的小鹳鸟那样用一条腿站了一会儿，用一种镇定的确信语调说道，“在我的小肚皮里。”那位老先生便只好和外婆一起大笑起来，宣布这堂思辨哲学课到此结束。

如果不是戴米用确凿的证据证明了他不但是个新进哲学家，还是个正常的男孩，就真有可能会引起母亲担心了。因为，在每一次这样的讨论后，汉娜先知先觉地点着头预言，“这孩子在这世界上活不长，”他往往会转来转去，干出些恶作剧来打消她心中的恐惧，这些恶作剧是可爱、肮脏、淘气的小坏蛋们用来搞得他们的父母晕头转向而又开心的。

梅格制定了很多道德准则，试图执行，但是面对这些早早就显得是狡猾蒙骗能手的男女小人儿所使出的可爱的诡计、巧妙的借口和镇定自若的大胆行为，哪个做母亲的抵制得了呢?

“不准再吃葡萄干了，戴米，会使你害病的。”妈妈对小家伙说，他在做葡萄干布丁的日子里，老是自告奋勇地跑到厨房来帮忙。

“我喜欢害病。”

“我这里不需要你，快走开，去帮黛西做小馅饼吧。”

他勉强地走开了，但心中的委屈压得他没精打采，等到不一会儿来了个补偿的机会，他便以精明的讨价还价骗过了妈妈。

“既然你们当了一回好孩子，你们喜欢什么我就做什么吧。”等布丁

---

1 亚西比得(约前450—前404)，古雅典将领、政客，苏格拉底的弟子。

在锅子里安全地发着酵，梅格领着她的这两个助理厨师上楼时这么说。

“当真，妈妈？”戴米问，多的是怪念头的脑袋里闪现出一个极妙的主意。

“真的，随你喜欢做什么都可以。”目光短浅的母亲回答，思想准备会要求她把《三只小猫》唱上五六遍，或是带着一家人去“买一个便士的甜面包”，不管怎么样吧。但戴米将了她一军，冷冷地应道：

“那么我们去把葡萄干全吃光吧。”

“多多”阿姨是两个孩子的主要玩伴和知心密友，这三个人把这所小屋闹得天翻地覆。艾米阿姨对他们来说至今还只是个名字，贝思阿姨则很快淡化为一片愉快的模糊记忆。但“多多”阿姨是活生生的实体，他们把她看得比什么都重，对这种礼遇她深深感激。但是每当巴尔先生一来，乔就把她的玩伴们撇在一边，于是沮丧与孤独笼罩在他们的小小心灵上了。黛西热衷于东奔西跑兜售她的亲吻，现在失去了她的最好主顾，破产了。戴米则以孩子的洞察力很快发现比起自己来，多多阿姨更喜欢和那“大胡子”玩。然而尽管受到了伤害，他还是隐藏起他的苦恼，然而他不忍心去得罪这样一个竞争对手，因为此人的上衣口袋里深藏着一个巧克力糖矿，还有一只可以从套子里取出来任凭热心的爱好者摇晃着玩的表。

有人也许会把这样的特许看作是贿赂，但戴米不这样看，继续带着冥想和蔼地恩宠这个大胡子，而黛西在他第三次来访时就倾注了她小小的爱慕之情，把他的肩膀当成自己的宝座，把他的臂弯当成自己的栖身之处，把他的礼物当成无价之宝。

男士们有时候会突如其来地对他们特意讨好的女士们的小亲属表示赞赏，但这种虚假的对孩子的喜爱对他们并不适合，所以丝毫也骗不了人。但巴尔先生的感情十分真挚，也很有效——因为诚实在感情问题中就像在法律上一样是最好的策略。他是那种和孩子在一起感到十分自在的人，他那张充满男子气概的脸在一张张快乐的小脸衬托下显得特别耐看。他的事务，不管那是什么，让他日复一日地在此逗留，但没有一个晚上他不前来拜访——是啊，他总是说要找马奇先生，所以我以为是他吸引教授来的。这位出色的爸爸被这假象所蒙蔽，真以为是这么回事，陶醉于和这个志趣相投的人作长谈，直到他那观察力更为敏锐的外孙偶然的一句话点醒了他。

巴尔先生有一天晚上到来，在书房门口停了一下，被映入眼底的情景吓了一跳。只见马奇先生面朝下趴在地下，可敬的双腿伸向空中，在他身边同样趴着的是戴米，伸出他短短的、穿了鲜红色袜子的腿，模仿外公的姿势。这两个趴在地下的人是如此认真而专注，都没有注意到旁观者的到来，直到巴尔先生洪亮地一声笑，乔也大叫一声，脸上一副出乖露丑的尴尬相：

“父亲，父亲，教授来了！”

黑色的双腿放了下来，灰色的脑袋抬了起来，这位前辈师长带着泰然自若的庄重神情开了口，“晚上好，巴尔先生。失陪一会儿，我们快上完这一课了。喂，戴米，摆出这个字母，把它读出来。”

“我认识的！”于是，经过一番拼命的努力，两条红色腿儿摆出了一个两脚规的形状，这聪明的学生胜利地大叫起来，“这是一个 We[1]，外公，We！”

“他是个天生的韦勒[2]。”乔笑道，这时她的父亲把自己的身子收拢来，而她的外甥试图用头倒立，以这唯一的方式来表达他对课程结束的满意之情。

“今天你干了些什么，bübchen[3]？”巴尔先生问道，一边扶起这位体

1　此处应为 V，戴米把它念作 We（我们）。

2　山姆·韦勒，狄更斯小说《匹克威克外传》中一个旅馆打杂的，被匹克威克先生雇为仆人，并和他的女管家结婚。

3　德语，小顽皮。

操运动员。

“我去看了小玛丽。”

“那你在那儿都干了些什么？”

“我亲了她。”戴米以毫不掩饰的坦白说。

“嗬！你可开始得真早啊。小玛丽对此怎么说？”巴尔先生问道，继续让这小罪人忏悔，而这小罪人正站在他的膝上，在搜索他的背心口袋。

“噢，她很喜欢，她也亲了我，我也很喜欢，小男孩难道不喜欢小女孩吗？”戴米嘴里塞得满满的，带着一副心满意足的表情问道。

“你这个早熟的小东西！谁把这放进你脑袋里的？”乔问道，像教授一样十分欣赏这天真的表露。

“它不在我的脑袋里，它在我的嘴里。”只知字面意义的戴米回答，伸出他的舌头，上面有一块巧克力糖，他以为她指的是糖果，而不是想法。

“你应该给这个小朋友留几块，甜食应给甜心儿，小大人。”于是巴尔先生给了乔一些，脸上的表情使她纳闷巧克力是不是相当于神仙喝的甘露。戴米也看见了他的微笑，印象颇深，便天真地问道：

“大男孩是不是也喜欢大女孩，教授？”

就像华盛顿小时候那样，巴尔先生也“不会说谎”，所以他给了一个他相信人们有时会作出的模棱两可的回答，他的语气让马奇先生放下了衣刷，看了一眼乔羞怯的脸，然后回到他的椅子上，脸上的表情仿佛表明这个“早熟的小东西”把一个甜中带酸的想法放进了他自己的脑袋。

多多阿姨半小时之后在瓷器柜里抓住了戴米，没有因为他躲在那儿而难为他，反而用一个温柔的拥抱使他差一点喘不过气来，而且在这番新奇的表演之后，竟给了他一份意想不到的礼物，一大片面包和果子冻。为什么她会这样做呢？这个问题始终困扰着戴米的那个小脑袋瓜，使他被迫放弃，永远都得不到答案。

第四十六章

在雨伞下

劳里和艾米夫妻俩在天鹅绒地毯上踱着步，把家中收拾得井井有条，并计划着幸福的未来时，巴尔先生和乔正沿着泥泞的道路和湿润的田野走着，享受着不同形式的散步情趣。

“我常在傍晚时出去散步，但不知道为什么只因为经常碰到教授也走出门来，我就该放弃散步。”两三次遇到教授后，乔自言自语道。尽管到梅格家去有两条路可走，但不管走哪一条，也不管来还是去，总会遇上他。他总是走得很快，而且似乎非到走近才能看见她，好像他的近视眼非到那时才能认出这位走近来的女士。再说，要是乔去梅格家，他总是有些东西要带给两个小孩子；如果乔是在回家的路上，他便说只是溜达过来看看小河的，正打算回去，怕经常造访会引起他们的厌烦。

在这种情况下，除了有礼貌地问一声好，邀请他到家里来，乔还能做什么呢？要是她的确对他的来访感到厌烦，她也会十分高明地掩饰起来，同时特意安排晚餐应该有咖啡，“因为弗里德里希——我是指巴尔先生——不喜欢喝茶。”

到了第二个星期，每个人都完全明白正在发生什么事了，可是大家都试图作出对乔脸色的变化浑然不觉的样子。她们从不问她为什么一边工作一边唱歌，一天要梳三次头，为什么傍晚散步后精神那么焕发。而且似乎没人会猜想到巴尔教授一边和做父亲的谈哲学，一边却在给做女儿的上爱情课。

乔无法以端庄得体的态度来倾心于人，却试图断然熄灭自己的感情，但是又做不到，弄得心神不宁地过日子。过去她多次强烈地宣布要独立，现在十分害怕别人来笑话她背弃誓言。她尤其害怕劳里会笑话她，幸好有个新人来管住了他，他举止得体得值得赞扬，在公开场合从来没有称巴尔先生为一个“呱呱叫的老家伙”，也绝不以任何暧昧的方式暗示乔的外貌大有变化，看到教授的帽子几乎每天晚上出现在马奇家门厅的桌子上，也没有表现出一丝一毫的惊奇。但是他内心欣喜不已，盼望有朝一日能送给乔一块奖牌，上面画着一头熊和一根破拐杖，作为再合适不过的纹章。

两个星期以来，教授就像情人那样有规律地来往奔走，而后却整整三天没有来，并且毫无消息，这一行动使大家严肃起来，乔开始有些忧心忡忡，然后——一声叹息，这头爱情啊！——简直烦心透了。

“我敢说，他讨厌我了，所以和来时一样突然回家去了。当然了，这对我也没什么，可是我有理由认为他该像个绅士那样来向我们道别的。”她对自己说，那是个阴天的下午，她失望地望着院门，一边穿戴整齐，准备像往常那样出去散步。

“你最好带上那把小雨伞，亲爱的，看来要下雨了。”她母亲说，注意到乔戴上了新的系带女帽，但没提这回事。

“是，妈咪，你需要什么？我得进城去买些稿纸。”乔应道，在镜子前解开下巴上的帽结，以免正眼看她母亲。

“要，我正要些西里西亚斜纹布、一盒九号针和两码淡紫色窄丝带。

你穿上厚靴子了吗？外套里可穿了些暖和的衣服？”

“我想是吧。”乔心不在焉地回答。

“要是你碰巧遇到巴尔先生，带他回家来喝茶吧。我很想见到这可爱的人呢。”马奇太太又说。

乔听到了这句话，但没有回答，仅仅亲了她母亲一下，便迅速地走了。她尽管伤心，还是怀着感激的喜悦想道，“她待我多好啊！那些没有妈妈来帮助渡过难关的姑娘该怎么办啊！”

那些卖绸缎呢绒的商店往往不会和先生们往往会去的公司账房、银行和批发货栈在一起，乔却发现自己不觉跑到了这个城区。她没有办成一件事，只顾沿街闲逛，好像在等什么人，带着和女性完全格格不入的兴趣，审视着一个橱窗里的工程仪表和另一个橱窗里的羊毛样品，她在酒桶上绊交，被下卸的货包差点压倒，被忙碌着的男人们无礼地推推搡搡，他们一脸诧异，“她跑到这里来见鬼啦。”一滴雨落到了她脸上，把她的思维从受挫的希望拉回到要给淋坏的丝带，因为雨继续在下，作为女人又是情人的她感觉到了，虽然挽救破碎的心为时已晚，但也许还能挽救她的帽子。现在她记起了那把小雨伞，当时急忙出门竟忘了带，可是已后悔莫及，除了去借一把伞或者让雨淋着，没有别的办法。她抬头看看阴霾密布的天空，低头看看已经沾上斑斑黑迹的红色帽结，朝前望望泥泞的街道，然后向后看着一家肮脏的货栈，盯住了不放，只见货栈门上有“霍夫曼-斯瓦兹公司”这一道字样，她便带着严格的自责自语道：

“我活该如此！有什么要事偏要穿上我最好的衣服赶到这儿来卖弄风情，不就为的是想见到教授吗？乔，我为你感到羞耻！不，不能去那里借伞，也不能向他的朋友们打听他在哪里。就在雨中拖着沉重的脚步去办你的事吧。假如你染病而死或是淋坏了帽子也是活该。那就这么办吧！”

就这样，她猛地冲过大街，差点被一辆开过来的货车轧死，她一头摔进一位仪表堂堂的老先生怀里，老先生说了句“对不起，小姐，”样子却生气极了。乔有些胆怯了，便站直身子，将手帕盖住那注定要遭殃的丝带，把诱惑置于脑后，匆忙地朝前走，脚踝四周越来越湿，头顶上行人的雨伞撞来撞去。有一把多少破旧的蓝伞在她没有防护的帽子上停住不动了，这引起了她的注意，她抬头一看，只见巴尔先生正俯视着她。

“我觉得这位意志坚强的女士似曾相识，她那么勇敢地在许许多多马鼻子下穿行，那么快地踩过很多烂泥路。你到这里来做什么，我的朋友？”

“我出来购物。”

巴尔先生笑了，他从街道这边的酱菜厂扫视到对面的皮草批发行，但只是礼貌地说道，“你没有带伞。我可以陪你一起走，帮你拿东西吗？”

“好的，谢谢你。”

乔的面颊和她的丝带一样红了，她不知道巴尔先生对她有什么想法，可是她不在乎，因为不一会儿她就发现在和她的教授手挽着手走了。她感到太阳似乎一下子破云而出，异常耀眼，世界又恢复了正常，而那天这个在雨中行走的女人真是快活极了。

“我们还以为你已经走了呢。”乔急切地说道，她知道他在看着她。她的帽子不够大，藏不住她的脸，她生怕脸上的高兴神情会使他认为有失淑女的气度。

“你们对我那么好，你想我会不辞而别吗？”他带着强烈的责备口气问道，使她感到也许自己的发问冒犯了他，便衷心地回答道：

“是啊，我不相信。我知道你忙着干自己的事，可是我们非常想见你——尤其是父亲和母亲。”

“那你呢？”

“我总是高兴见到你的，先生。”

乔急于想保持话音平稳，反倒显得过于冷淡了，而话末的那两个冷冰冰的小单音节词似乎使教授大为扫兴，因为他的笑容消失了，严肃地说道：

“谢谢你，我走之前会再来一次。”

“那么你真的要走？”

“我在这里没有事了，已经干完了。”

“希望你干得很成功。”乔这样说，因为教授的简短回答中带有失望的痛苦。

“我该这样想，因为我找到了一条出路，可以挣得面包，并给我的Jünglings[1]很多帮助。”

“请告诉我！我希望知道一切——关于孩子们的事。”乔热切地说。

“你太客气了，我很高兴告诉你。我的朋友们在大学里给我谋到了一个职位，在那里我将和在家一样教书，挣得足够的钱为弗朗茨和埃米尔铺平道路。我该为这事感激人家，不是这样吗？”

“你真的该感激人家。你能做你喜欢的事，而我能时常见到你，还有孩子们，真是太好了！”乔叫起来，不由得流露出满意的神情，却扯上了孩子们作为借口。

“噢！可是我怕我们不能时常见面，这家大学在西部啊。”

“那么远啊！”乔放下裙子的下摆，顾不上给弄湿了，看来她不在乎她的衣服和她自己将遭遇什么了。

巴尔先生懂几种语言，可是至今还读不懂女人的心理。他自以为很了解乔，所以乔那天的话音、脸色和态度上的矛盾之处使他大为惊讶。那天她在他面前频频展现这些矛盾，以致半个小时里心情变换了五六次。刚遇到他时，她带有惊喜，但也不由得让人怀疑她是专门为了那个她所说的采购目的而来的。当他把臂弯伸给她时，她挽上时的表情使他充满了

---

1 德语，孩子们。

欣喜，可是当他问到她是否惦念他时，她的回答冷淡、拘谨，以致使他丧失信心。得知他的好运气，她几乎拍起手来，那完全是为孩子们高兴吗？而后，听说他要去的地方，她说，“那么远啊！”她失望的口气把他举上了希望的顶峰，可是转眼间她又使他跌落下来，因为她像是完全热衷于她的差使，说道：

“我采办东西的地方到了。你进去吗？不会花多少时间的。”

乔很为她的采购能力自负，想干得特别手脚麻利来给她这个伴儿深刻的印象。但是由于她心绪不宁，结果事事出错。她打翻了针线盒，忘了要买的里子布是“斜纹的”，等到已经剪下才想起，还给错了零钱，竟在印花布柜台要买淡紫色丝带，陷入一片慌乱之中。巴尔先生站在一旁，眼看她红着脸，搞得一团糟。看着看着，他自己的困惑倒似乎减轻了，因为他开始看出在某些场合，女人们干的事往往是相反的，就像梦中的事那样。

他们出来时，他把包裹挟在胳膊下，神情显得高兴了，他踩着水坑走着，总的来说，他好像很欣赏这一切。

“我们要不要为两个孩子，按你的说法，采购点什么？要是今夜我去你们那个快乐之家作最后一次拜访的话，举行一次告别宴会可好？”他在一个摆满水果和鲜花的橱窗前停了步，这样问道。

“我们买些什么呢？”乔说，故意不理睬他的问话中的后半部分，两人这时走进店里，她装出愉快的样子，闻着水果和鲜花混合在一起的香味。

“他们吃不吃橘子和无花果？”巴尔先生带着父亲般的神气问。

“他们一有机会就吃。”

“你喜欢吃坚果吗？”

“像松鼠一样喜欢吃。”

“汉堡葡萄酒，是啊，我们当然可以用这东西来为祖国干杯，怎么样？”

乔对这种奢侈品表示不满，反问他为什么不买一篓枣子、一罐葡萄干和一袋杏仁就算了？于是巴尔先生没收了她的钱包，掏出他自己的，终于买了几磅葡萄、一盆玫瑰色雏菊，还有一瓶蜂蜜，就这种小口大瓶而言，这瓶子很漂亮。而后他把几只口袋塞满了包包，弄得鼓鼓囊囊的，把鲜花让乔拿着，撑开那把旧伞，两人便继续上路了。

“马奇小姐，我有件大事要请你帮忙。”他们在湿地里走了半个街区后，教授开口说。

“好吧，先生。”乔的心跳得那么厉害，她担心他会听见。

“虽然在下雨，我还是要冒昧地说出来，因为我剩下的时间不多了。”

“好吧，先生。”乔突然把那小花盆紧捏了一下，差点把它弄碎。

“我想为我的蒂娜买件小衣服，可是我很笨，怕一个人去买不行。能请你帮忙出出主意吗？”

“好吧，先生。”乔一下子感到镇定冷静得仿佛跨进了冰柜。

“也许还为蒂娜的母亲买条披肩，她又穷又有病，丈夫又是那么要人操心。对了，对了，给那小母亲一条又厚又暖的披肩，将是件表示友好的事。”

“很高兴效劳，巴尔先生。”我就要很快走开，而他却每分钟显得越来越可爱了，乔接着对自己说，然后抛开这份心事，劲头十足地操办起来，叫人看来高兴。

巴尔先生把一切都交给她去办，于是她为蒂娜挑了一件漂亮的外衣，然后要店员拿出披肩来。店员是个已婚男子，他不摆架子，对这一对男女产生了兴趣，看来他们是在为他们的家人采购。

“你的夫人也许更喜欢这一条，它质量上等，颜色十分令人满意，非常朴素高雅。”他说着将一条柔软的灰色羊毛披肩抖开，披在乔的肩上。

“这条你中意吗，巴尔先生？”她将背转向他问道，深深感激这个机会使她能藏起脸来。

“非常之好，我们就买这一条吧。”教授回答，一边付钱一边暗笑着，而乔则继续搜索一个个柜台，像一个淘便宜货的老手。

“现在我们该回家了吧？”他问，听上去这句话使他很愉快。

“好，时光不早了，我也快累死了。”乔的话音不知不觉感伤起来，因为这时太阳好像出山时一样突兀地下山了，人世间又变得泥泞而凄凉，她第一次发现她的双脚冰冷，脑袋作痛，她的心比脚更冷，心痛比头痛更甚。巴尔先生就要走了，他对她好，只是作为一个朋友，原来一切都是一个误会，因而越早结束越好。有了这样的念头，她叫住一辆驶近的公共马车，她叫车的手势那样急促，以致雏菊摔出了花盆，严重地损坏了。

“这不是我们要乘的公共马车。”教授说，挥手让满载乘客的马车驶去，停下步来去拾那些可怜的小花。

“请你原谅，我没有看清车牌。没关系，我可以步行。我习惯在泥地里跋涉。”乔应道，使劲地眨眼，因为她宁可去死，也不愿当众去擦眼泪。

虽然她扭转了头，教授还是看到了她脸颊上的泪珠，这情景似乎大大地触动了他，为此他突然俯下身来，意味深长地问道，“我最亲爱的，你为什么哭了？”

唉，乔要不是初次遇到这种情况，原可以说她不是在哭，而是着了凉，或者扯个别的女人在这种情况下往往会撒的小谎。可是她没有那么说，却抑制不住地抽泣，而且有损尊严地回答，“因为你要走了。”

“啊，我的上帝，这太好了！”巴尔先生喊道，顾不上雨伞和那些包包，开始拍起手来。“乔，除了无穷的爱，我没什么可以给你，我这次来是为了看看你是否在乎我的爱，我等待着要弄弄清楚，我是否不仅仅是你的朋友。是不是这样？你能为老弗里茨在心中留下一席之地吗？”他一口气说了这些话。

“哦，好啊！”乔说，而他就非常满足了，因为她双手抱住了他的胳膊，抬头看着他，脸上的表情清楚地显示出，即使只有那把旧伞作庇护，只要由他撑着，那么和他并肩走过一生，便是天大的幸福。

要求婚当然存在着重重困难，因为巴尔先生即使愿意下跪，也不能在这泥地里这么做，他也不能向乔伸出他的手，除非象征性地，因为他双手都拿着东西，更不用说能在大街上尽情地表达爱慕之情，尽管他差不多就要这么做了。所以唯一能表达他狂喜心情的方式就是紧盯着她，那是一种何等容光焕发的表情，以致在他胡子上闪亮的泪滴里简直可说出现着一道道小彩虹。如果他不是深爱着乔，我想当时他就不可能那样做，因为她看上去大大地不可爱，裙子处于可悲的状态，胶靴上烂泥溅到脚踝，帽子也给毁了。幸好巴尔先生认为她是当今世上女人中最美丽的，而她也发现他比以往都更像“朱庇特”了，尽管他的帽边软沓沓的，一小道一小道雨水从那上面淌下，滴在他的双肩上（因为他把伞完全遮盖乔了），而且他手套上的每一个指头都需要缝补了。

过路者也许会认为他们是一双对人无害的神经病人，因为他们完全忘了叫车，忘了渐浓的暮色与雾，只顾悠闲地漫步着。他们根本不在乎别人怎么想，因为正在尽情享受着幸福的时光，这种时光极少光临，一生只有一次。这种神奇时刻给老人青春，给丑人美貌，给穷人财富，并且让人们预先尝到天堂的滋味。教授看上去好像征服了一个王国，世间赐予他的没有比这种幸福更好的了。乔呢，在他身边沉重地走着，感到好像自己的位置一直就在这里，对她以前怎么会选择别的生命的道路感到奇怪。当然了，还是她先开口说话的——我的意思是讲出可以理解的话来，因为她在凭着冲动说了“哦，好啊”之后的那些动感情的话是有点语无伦次而不属于可报道的范围的。

“弗里德里希，你当初为什么不……”

"哦，天哪，她叫我这个名字，那是明娜死后还没有谁叫过我的。"教授嚷道，在一个水坑中停下步，满怀欣喜地看着她。

"我私下总是这样叫你的——我想起来了，但是除非你喜欢，我就不再这样叫了。"

"喜欢？我真说不出这对我有多甜蜜呢。你还该叫'卿'，我得说你们的语言几乎和我们的一样美。"

"叫'卿'是不是有点多情善感。"乔问，她暗自认为这个单音节词蛮可爱的。

"多情善感？是啊。感谢上帝，我们德国人信奉多情善感，以此保持我们年轻。你们英语中的'你'多么冷淡，叫'卿'吧，最亲爱的，它对我意味深长。"巴尔先生恳求道，更像个浪漫的学生，而不像个严肃的教授了。

"那么好吧，为什么卿不早点告诉我这一切呢？"乔羞怯地问道。

"现在我得向你展示我内心的一切，而且我很高兴这么做，因为卿今后必须呵护它了。明白了，我的乔——哦，天啊，这小名多可爱有趣啊！——那天在纽约和你道别时，我就想对你说些什么，可是我以为那个漂亮朋友和你订了婚，所以我没说什么。假如我那时开了口，卿会回答'好的'吗？"

"我不知道。恐怕我不会说，因为那会儿我一点心思也没有。"

"嘿！我不相信这话。它睡着了，直到那童话中的王子穿过树林将它唤醒。哦，是的，'Die erste Liebe ist die beste，'[1]但我不该有那种奢望。"

"是的，初恋确实最美好，所以你就知足吧，因为我从未恋爱过。特迪只是个男孩，所以很快就打消了他小小的幻想。"乔说，急于纠正教授的误解。

1　德语，初恋最美好。

“好！那我就放心了，务必把你全部的爱都给我。我等待得太久了，变得自私了，卿会发现这一点的，教授夫人。”

“我喜欢这么叫，”乔嚷道，为她这个新的称呼高兴，“现在告诉我，正在我最需要你的时候，是什么促使你最终来到这里的？”

“是这个。”巴尔先生从背心口袋里拿出一张揉皱了的小纸片。

乔把纸片展开，神情显得十分羞怯，因为这正是她本人向一家愿意付钱征求诗作的报纸投寄的稿件，说明她偶尔也尝试投投诗稿。

“它怎么可能促使你来这儿呢？”她问道，不明白他的用意。

“我偶然发现的。我从那些人名和首字母缩写猜出来的，而且诗中还有一小节似乎在召唤我。读一遍，找出是哪一节。我会看好，不让你踩到水里。”

乔听从了，匆匆浏览那些诗行，她把这诗命名为：

在 阁 楼 上

四只小箱排成一行，
　尘埃使之变色，时光使之损伤，
很久以前被做成并装满，
　昔日小主人，如今都已长成。
四把小钥匙并排挂，
　褪色丝带曾经漂亮又光鲜，
当年拴上时这些孩子多得意，
　那是很久前的一个下雨天。
四个箱盖分别刻着四个小名，
　由一个男孩的手把它们刻成，
箱里隐藏着多少往事，
　那是这帮快乐的孩子的历史。

她们在此玩耍，时常停下来。
　倾听那美妙的合奏，
回旋于那屋顶之上，
　在潇潇的夏雨中回响。

“梅格”刻在第一只箱上，光洁美观，
　我用深情的眼睛往里看，
只见细心折叠，好好存放，
　有好大一堆东西被收藏，
那是和平生活的记载——
　赠予品格高尚的男孩和女孩，
一袭婚礼服、一纸结婚证、
　一只小鞋子、一绺婴儿发。
第一只箱内没有玩具留下，
　因为它们已全都被取走，
等待年老后再拣起，
　供另一个小梅格玩耍。
哦，快乐的小母亲！我深知
　你会听见，像一支美妙的合奏，
摇篮曲轻柔又低沉，
　在潇潇的夏雨中回响。

“乔”刻在下一只箱上，已刮伤磨损，
　箱内杂乱无章一团糟：
撕裂的课本、无头的玩偶、
　小禽小兽已不会再开口，

都是童话世界带来的珍品，
　可惜被年轻的脚在上面踩过，
弄得未来的梦渺不可寻，
　往事回忆却依然甜蜜。
诗稿写一半，小说已荒废，
　四月的书信，冷热无边际。
一个任性孩子的日记，
　暗示小妇人未老已先衰，
在这孤单寂寞的家里，
　听，像一支忧伤的合奏——
“我当被爱，爱情应如期，”
　在这潇潇的夏雨里。

我的贝思！这箱盖上有你的名，
　灰尘经常被擦拭，
似被热泪所洗涤，
　由殷勤小手常操劳。
死亡使你成圣者，
　你的神性越凡殊。
悲叹中我们仍保留
　家族神龛里你的遗物——
难得再摇响的银铃、
　临终犹覆额的小帽、
那美丽永寂的凯瑟琳
　由天使们悬挂她门上，
还有她身处病痛的囚牢时

　唱过的那些无悲的歌子，
它们的音调永远美妙，
　融合在潇潇的夏雨中。

最后一只箱盖闪亮的地方——
　传说成真已非梦想，
有个英勇骑士凭靠在盾上，
　“艾米”两字蓝色和金黄。
箱中躺着她的束发带，
　还有最后穿过的舞鞋存放，
小心摆放的花儿已枯萎，
　扇子摇曳在过去时光，
华美的情人节卡余光犹炽，
　种种小玩意儿曾经分享
小女孩的担心、羞怯与希望，
　记录下少女的柔肠，
如今学识更真，魅力更纯，
　听，像一支轻快的合奏，
那婚礼钟声银铃般荡漾，
　在潇潇的夏雨中回响。

四只小箱排一成行，
　尘埃使之变色，时光使之损伤，
幸福与苦恼教育了四个女人，
　去爱，去苦干，在那青春年代。
四姐妹虽有短暂离分，

　　未失联系，只有一个先离凡尘。
多亏那爱的不朽威力，
　　使她们永远相亲相近。
哦，当我们这些秘密宝藏
　　袒呈在上帝的目光下，
幸福时刻愈显多姿多样。
　　业绩在阳光下更好展现，
生命的华章不停奏响，
　　像一支激荡精神的合奏，
心灵将欢快地飞翔歌唱，
　　沐浴着雨后的普照阳光。

乔·马

“这是一首糟糕透顶的诗，但我写时动了感情。有一天我感到非常孤独，靠在一个装碎布的袋子上大哭了一场。我从没想到它会到得人家手里，讲出一段故事来。”乔说着，把教授珍藏了好久的诗撕碎。

“由它去吧，它已经完成了使命，等我读完了她保留小秘密的那些棕色封面的本子，我会读到她的新作的。”巴尔先生带着微笑说，他注视着那些碎纸片在风中飞走。“是啊，”他恳切地又说，“我读了那首诗，暗自思忖，她胸怀忧伤，她是孤独的，她将在真正的爱情中找到安慰。我心中充满了爱，充满了对她的爱，难道我不该去对她说，‘假如这爱不是太微不足道，足以去换取我希望得到的爱的话，那么以上帝的名义接受它吧。’”

“所以你就赶来试试看它是不是微不足道，结果发现那正是我需要的唯一的珍贵礼品。”乔轻声说。

“虽然你万分恳切地欢迎我，起先我可没有勇气那样想。然而我立即开始希望，并且说，‘即使为爱而死，我也要得到她，’我会做到的！”巴尔先生嚷道，挑战似地点了一下头，仿佛这时正紧紧包围着他们的迷雾是个要他去攀越，或者勇敢地推倒的壁垒。

乔心想这太好了，决心配得上她这位骑士，尽管他并没有穿着华丽的盛装、骑着战马腾跃而来。

“什么事让你离开那么久？”稍过一会儿她问道，发觉问一些机密问题，并得到令人高兴的回答，是多么愉快，因此她无法保持沉默。

“我离开确实不容易，但是在我还不能为你提供一个新家之前，我不忍心把你从那么幸福的家里带走。那要经过很长时间，恐怕还得努力工作才成。我没有财产，只有一点学识，怎能要求你为我这穷困的半老头子放弃那么多呢？”

“我庆幸你这样贫穷。我承受不了一个富有的丈夫，”乔断然地说，然后用轻柔些的语调补充道，“别害怕贫穷。我早就了解贫穷的滋味，它不再使我害怕，而且为我所爱的人工作，我会感到幸福。别再说你自己老了——四十岁正是壮年嘛。即使你七十了，我也不由得要爱你！”

教授深为感动，要是他能拿出他的手帕，他早就欣然拿出来了，可是手里有东西没法拿。于是乔为他擦去了眼泪，接过他手里的一两个包，笑着说：

“我也许是很有主见，可是现在没有人能说我越出本分了，因为女人的特殊使命被认为是为别人擦干眼泪、挑起重担。我要承担我那一份，弗里德里希，并且帮着挣钱养家。这一点你得拿定主意，否则我是不会跟你去的。”当他试图拿回他的包包时，她坚定地补充道。

“我们会看到未来的。乔，你有耐心等待较长一段时间吗？现在我必须离开去独自工作。我必须首先帮助我的孩子们，因为即使为了你，我也不能失信于明娜。你能原谅这一点吗？能高高兴兴地怀着希望等待吗？”

“是的，我知道我能，因为我们彼此相爱，这使其他的一切都易于承受了。我也有自己的职责，还有工作。即使是为了你而耽误了，我也不能过得快活，所以没必要匆忙或急躁。你可以在西部干你的，我会在这儿干我的，我们俩都幸福地期望着最好的未来，让未来按照上帝的意志去安排吧。”

“啊！卿给了我何等的希望和勇气，可我没有什么可以回报，除了满腔的热诚和这一双空空的手。”教授嚷道，完全情不自禁了。

乔永远、永远也学不会循规蹈矩，他们这样站在台阶上，当他说出了这些话，乔便径直把双手放在他的掌中，温柔地悄声说，“现在不空了。”然后她俯身在雨伞下，吻了她的弗里德里希。真是太不像话了，可是即使那一群栖息在树篱上的拖尾巴麻雀是人的话，她也会这么做的，因为她已深深地陶醉了，除了自己的幸福，完全顾不上其他事情了。这是他们俩一生中最最辉煌的时刻，尽管是以这样简单的形式出现的。这时，从黑夜、风暴和孤独转向迎候他们的家庭的光明、温暖和宁静，随着一声“欢迎你回家”，乔把她的爱人领进了屋，关上了门。

第四十七章

收获时节

有一年时间，乔和教授一面工作，一面等待，企盼着，相爱着，偶尔相会。他们写了那么多的长信，以致劳里说纸价都因此上涨了。第二年开始，他们清醒些了，因为前景并不看好，而马奇叔婆突然去世了。在最初的悲痛过去后——因为尽管老太太言语尖刻，他们还是爱她的——他们觉得有理由高兴起来，因为她把梅园遗赠给了乔，这使得种种高兴之事有可能实现。

“这是座蛮好的老宅子，可以换好大一笔钱，因为你肯定想把它卖掉的。”几星期之后，他们大家谈起此事，劳里这么说。

“不，我不卖。”乔坚定地回答，抚弄着那只肥壮的鬈毛狗，出于对它原来的女主人的尊重，她收养了它。

“难道你打算在那儿安家？”

“对，我要在那儿安家。”

“可是我的好姑娘，那宅子很大，要花大量的钱才能把它弄得井井有条。单是花园和果园就需要两三个人照顾，而我看巴尔对农活并不在行吧。”

“如果我建议，他会在这方面试一手的。”

“你还指望靠那里的农产品过活吗？嘿，这话听上去像是极乐世界了，可你会发现农活累得死人。”

“我们打算种的庄稼是有钱可赚的。”乔说罢哈哈笑了。

“这好庄稼是什么品种呀，夫人？”

“男孩子。我想为小男孩办一家学校——一家充满欢乐的、家庭般的好学校，由我来照看他们，让弗里茨来教他们。”

“这倒是一个真正的乔式计划！不是正像她的作风吗？”劳里叫道，向家庭的其他人员寻求支持，而他们显然和他一样感到惊奇。

“我赞成这个计划。”马奇太太断然地说。

“我也赞成。”她丈夫附议，想到有机会用苏格拉底的教育法去教育现代青少年，十分欢迎。

“这对乔来说将是莫大的操劳。”梅格说，一边抚摸着那全神贯注听着的儿子的头。

“乔能干成的，而且乐于去干。这是个绝妙的主意。详详细细地跟我们说说吧。”劳伦斯先生嚷道，他一直想给这对情侣伸出援助之手，可是知道他们会拒绝的。

“我早知道你会支持我的，先生。艾米也会——我从她的眼神里看出了，尽管她谨慎小心，要考虑周到了才说出口来。好啦，我的亲人们，”乔真诚地继续说，“该明白这不是我的新主意，而是一个夙愿。在弗里茨来之前，我常想等我发了财，家里没人需要我时，去租一所大房子，去找一些没有母亲照顾的被遗弃的可怜的小男孩，把他们收养起来，使他们的生活好起来，免得出了事就来不及了。我看到过很多弃儿因为得不到及时的帮助而走向堕落，我非常愿意为他们做些事，我似乎能感觉到他们的需要，同情他们的困难，唉，我是多么希望做他们的母亲啊！”

马奇太太向乔伸出一只手，乔握住了，面带微笑，眼睛里噙着泪水，以从前的那种充满激情的态度讲下去，而大家已经很长时间没有看到这种情况了。

“我曾把我这计划告诉过弗里茨，他说那正是他想做的，并同意等我们富裕了就着手试试看。上帝保佑这好心人，他一生都在这么做——我是说，帮助穷孩子们，自己却始终富不起来。这是他永远做不到的，钱在他口袋里放不长，无法积蓄。现在要感谢我那善良的老叔婆，她深深地爱我，我实在不配。我富有了，至少我这么认为，要是我们能开办一家欣欣向荣的学校，我们就能在梅园生活得十分惬意。那地方对男孩子们正合适，屋子很大，家具结实又简单。有足够的房间能容下几十个孩子，屋外还有极好的活动场地。他们能在花园和果园里帮忙，这样的工作有益健康，不是吗，先生？而且弗里茨可以用他自己的方式来训练和教育孩子们，父亲也会帮他的。我可以负责他们的饮食和护理，呵护并叱责他们，而母亲可以当我的好帮手。我一直渴望能有好多男孩子，永远不会觉得够，现在我能把这屋子住满了孩子，和这些小可爱尽情地欢乐度日。想想那是怎样的一种享乐啊——梅园是我自己的，还有一大群男孩子来和我共享这大宅！”

随着乔挥舞双手，发出一声狂喜的叹息，全家人爆发了一阵欢笑，劳伦斯先生哈哈大笑。使大家担心他会中风。

“我看不出有什么好笑的，”等大家静了下来，乔神情严肃地说，“由我的教授来开办一家学校，而我愿意住在我自己的领地里，这是再恰当和自然不过的事啊。”

“她已经摆起架子来了，”劳里说，把这个想法当成一个天大的笑话，“可是我能不能请问一声，你们打算如何维持这家学校呢？要是所有的学生都是衣衫褴褛的野小子，用世俗的观点来看，我怕你这种庄稼是不会有利可图的，巴尔夫人。”

“哎呀，特迪，别泼凉水啦。我当然也会收些有钱的学生——也许一开始全收这种学生——然后等它开办起来了，就能收下一两个流浪儿，只为点缀点缀。富人的孩子和穷人的孩子一样，也常需要照顾和安慰。我见过一些不幸的小家伙，他们让仆人管着，还有些智力差的孩子，被强迫上架，实在太残忍了。有些个由于管教不当或被忽视而变得顽皮不听话，还有些失去了母亲。再说，最好的孩子也得经过成长烦恼的时期，这个时期他们最需要耐心和友好地对待。可是人们嘲笑他们，支使他们，尽量不要看见他们，却指望他们从好小孩一下子变成优秀青年。这些大胆的孩子们很少抱怨，但是也有所感触。我也体会过这一类事，所以完全理解。我对这些小粗坯怀着特殊的兴趣。我想告诉他们，尽管他们笨手笨脚，头脑不清，我还是看到了他们的热情、诚实的好心肠。我也有过这种经验，因为我不是教育过一个男孩使之成为他家的骄傲和光荣吗？”

“我可以作证，你曾试图这样做过。”劳里带着感激的神情说。

“而且我获得了超出我期望的成功，因为就在这里，你这个稳重精明的商人，用你的金钱做了大量的好事，你积蓄穷人的祝福而不是积蓄美元。你不仅是个商人，你还热爱美好之事，并从中获得享受。你让别人平分你的所得，就像过去常做的那样。我真为你骄傲，特迪，因为你年年有长进，虽然你不让别人说，但大家都感觉到了。是的，等我有了一群孩子，我就要指着你对他们说，‘这就是你们的榜样，我的孩子们。’”

可怜的劳里都不知道该往哪儿看了，因为这一阵突如其来的赞扬使得所有的脸都赞许地转向他，他过去的羞怯心理多少又兜上他的心头。

“我说，乔，这太过分了吧，”他以过去的那种孩子腔开口说，“你们全都给了我不少帮助，我总是无法感激你们，只能尽力不让你们失望。最近你完全抛弃我了，乔，但我还是得到了最好的帮助，所以，要说我有什么长进，你得感谢这两位。”他把一只手放在爷爷的白发上，另一只手放在艾米的金发上，因为这三个人就是形影不离。

“我的确认为家庭正是世界上最美好的事物！”乔脱口而出地说，这时她的心情正处在异常兴奋的状态之中。“我自己成了家以后，希望它和我了解并非常喜欢的那三个家庭一样幸福。要是约翰和弗里茨也在这里，那真是尘世间的一个小天堂啦。”她压低了嗓音接着说。那个快活的晚上，一家人谈论了家庭的计划、希望和动议之后，乔回到房中，心中充满了幸福感，要在紧靠自己床边的那张空床前跪下，满怀柔情地想着贝思，才能使自己平静下来。

这是令人非常惊讶的一年，因为情况发展神速并且合人心意。乔还来不及弄清楚自己的处境，就结了婚，在梅园安下了家。接着六七个小男孩如雨后蘑菇似地冒了出来，学校办得出奇地红火，学生中有穷孩子也有富孩子，因为劳伦斯先生不断发现一些令人怜悯的贫穷人家，恳求巴尔夫妇可怜孩子们，而他乐于付一点钱作为资助。这狡猾的老先生便以这种方式说服了骄傲的乔，为她带来她最喜欢的那类男孩子。

这工作开始时当然像爬山般很费力，而乔犯下了莫名其妙的错误，但是那聪明的教授将她安全地引进了平静的水面，连最不受管束的流浪儿最终也被收服了。乔是多么欣赏自己的那“一帮男孩”啊！梅园这一向整洁有序的神圣领地，现在有一大批汤姆、迪克和哈里出没其间，要是那可敬可怜的马奇叔婆看到了这一切，该如何悲叹啊！然而这事毕竟还有某种因果报应的成分在内，因为老太太是方圆几里之内的男孩子们人见人怕的。现在这些流亡者随心所欲地饱尝禁果，梅子和李子，用肮脏的靴子放肆地乱踩乱踢砾石路面而不受责备，并且在大草场上玩板球，这里过去有些脾气暴躁的“弯角母牛”经常逗引鲁莽的少年过去，用牛角来挑。如今这里成了男孩子的天堂，因此劳里建议该把这里叫做“巴尔花园”，这对主人是一种赞扬，对这里的居住者来说，也是很合适的。

这决不是一家赶时髦的学校，教授也没有积蓄起钱财，但这正合乔的心意——“对那些需要教育、关心和照料的男孩子，这里是一个快乐、像家一样的地方。”大宅子里的每一个房间很快都占满了，花园里的每一小块地都有了主人，马厩和车房都成了地道的动物园，因为容许他们养宠物。而且一日三次，乔坐在长餐桌的上首对她的弗里茨笑着，桌子两边各有一排幸福的年轻的脸，他们以深情的眼光、信任的话语和感激的心情对着她，对“巴尔妈妈”充满了爱。她现在已经有足够数量的孩子了，她从不厌烦他们，尽管他们决非天使，而且有些孩子还给教授和教授夫人增添了很多麻烦，叫他们担心。但是她相信最调皮、最莽撞、最让人烦心的小流浪儿身上也有优点，这给了她耐心、技巧，并及时获得成功，因为巴尔爸爸像太阳一样慈爱地照耀着他，巴尔妈妈一天要宽恕他七十个七次[1]，所以只要是凡人孩子，就没有一个能把错误坚持到底的。这些孩子的友谊，他们干了坏事后悔过时的吸鼻子和轻声细语，他们交心时的滑稽而动人的样子，他们那叫人快慰的热情、希望和计划，甚至他们的不幸，这些对乔来说，都是非常珍贵的，因为这些反而使乔更爱他们。这些孩子中有的迟钝，有的腼腆；有的软弱，有的狂放；讲起话来有的咬舌，有的结巴；有一两个孩子瘸腿，还有一个快活的小混血儿。别的地方都不接受这个小混血儿，“巴尔花园”却欢迎他，尽管有人预言他进来了会毁了这所学校。

确实，尽管工作辛苦，忧虑重重，一天闹到晚，乔在那儿却是个非常幸福的女人。她从心底里欣赏这一切，感到男孩们对她的称颂要比世上任何赞美更令人满意。现在她只对这一群热情的信徒和仰慕者讲故事了。时光流逝，她自己的两个男孩子出世了，为她增添了幸福——罗布，以爷爷的小名命名，和特迪，一个无忧无虑的孩子，他似乎继承了爸爸的快活脾气和妈妈的旺盛精神。处身在那群男孩的旋涡里，他们将怎样生

1　典出《圣经·马太福音》第 18 章第 22 节，耶稣的门徒彼得问他该饶恕他人几次，到七次可以吗？耶稣说：不是到七次，乃是到七十个七次。

气勃勃地成长，这对他们的外婆和姨妈们来说是个谜，但他们都像春天的蒲公英那样蓬勃地生长起来。那些粗鲁的保姆也爱他们，把他们服侍得很好。

梅园有很多节假日，其中最愉快的是一年一度摘苹果的季节，因为这时马奇夫妇、劳伦斯夫妇、布鲁克夫妇以及巴尔夫妇都全力以赴，干上整整一天。乔结婚五年后，一个果实丰收的节日到来了——那是个果香醉人的十月天，空气中弥漫着爽心的清新味，使人情绪高涨，热血沸腾。古老的果园披上节日的盛装：黄菊花和紫苑点缀着生满苔藓的墙壁，蚱蜢在枯草丛中活跃地蹦跳，蟋蟀唧唧地叫着，就像神话中宴会上的风笛手。松鼠们忙着搞它们的小收获，鸟儿在杨树间啭鸣着准备告别。每一棵苹果树都作好了准备，一旦摇动它们，便降下红苹果或黄苹果的阵雨。人人都在场，笑着唱着，爬上树又滚下来。人人都声称从来没有过这样完美的日子，也从来没有这样一大帮快活高兴的人来享受它。大家都自由地沉浸在这质朴的快活之中，好像世上就是没有什么烦恼或伤心的事儿。

马奇先生平静地四下闲逛，他一边向劳伦斯先生引述着图索、考利和科卢梅拉[1]，一边品尝着——

这和醇的带酒味的苹果汁水。

教授在绿色树木间的走道上来回奔跑，像一个壮健的条顿骑士，他用一根竿子当长矛，率领着男孩们，他们本身组成了一支配备着钩子和梯子

---

1 托马斯·图索（约1524—1580），英国诗人，著有《农事一百条》（1557），涉及农事、园艺及持家的要领，以押韵的双行诗体写成一句句格言。亚伯拉罕·考利（1618—1667），英国诗人，1660年退隐，从事园艺，撰写小品文传世。科卢梅拉为公元1世纪的古罗马作家，著有12卷《论农村》，英译本出版于1745年，涉及乡间生活及园艺。

的部队，在地面上和高空中作出惊人的翻滚表演。劳里专心照顾小家伙们，用蒲式耳筐装着他的小女儿，把黛西放在树上的鸟窝之间，防止爱冒险的罗布摔断颈骨。马奇夫人和梅格坐在苹果堆之间，像一双果树女神，把不断倾泻而下的苹果分类，艾米则脸上带着母性的美丽表情，为各个人群画速写，同时关注着一个脸色苍白的小男孩，他身边放着小拐杖，正坐在那儿敬慕地看着她。

乔那天得展所长，用扣针别住了长裙的下摆，光着头，帽子不知到哪儿去了，她臂弯下挟着儿子，四处奔跑着，随时准备应付可能出现的惊险事件。小特迪天生有刀枪不入的禀赋，因为他没有出过任何事，乔也从来没有对他觉得不放心，无论是被一个男孩带上树去，被另一个男孩驮着飞跑，还是被放纵他的爸爸给他吃酸味的赤褐色冬苹果，她都不担心。孩子的爸怀着日耳曼人的错误成见，认为小孩子们能消化任何东西，从腌菜到纽扣、钉子以及他们脚上穿的小鞋。乔知道她的小特迪总会及时地平安归来，带着红红的脸蛋，脏兮兮的，安安静静的。她总是热诚地欢迎他回来，因为深爱着自己的两个小孩子。

四点钟时，劳动暂停，于是听任有些箩筐空着，而摘苹果的人休息了，相互比着衣服上的撕裂处和身上的擦伤处有多少。乔和梅格，率领着一支较大的男孩组成的队伍，在草地上摆开晚餐，因为这顿户外茶点一向是这一天中最大的乐事。在这种场合，地上简直可说是流淌着牛奶和蜂蜜，因为男孩们并不必须坐在桌边吃，而是可以随意拿着茶点吃——这种自由有滋有味，孩子们打心底里喜欢这样。他们充分利用这难得的特权，于是有些孩子做着有趣的实验，倒立着喝牛奶，另一些致力于蛙跳游戏，中间休息时便吃一口馅饼，把甜饼干屑撒了一地，而苹果馅饼留在树枝上，像一种新型的鸟类。小女孩们有私下的茶会，小特迪在能吃的东西之间随心所欲地转来转去。

等到没有一个人再吃得下东西了，教授建议开始正式祝酒，这是在这种时刻总是要干的——他说的是“马奇叔婆，上帝保佑你！”这个好人由衷地祝酒，他忘不了老太太给他的多少恩惠。男孩子们静静地喝干了酒，他们受到教诲，脑中要常常记住老太太。

“现在为外婆六十岁生日干杯！祝她长寿，一连欢呼三乘三次！”

这是由衷的愿望，你完全可以相信，于是大家再一次欢呼，这是很难停下的。还为每个人的健康干了杯，从他们认为是特别恩人的劳伦斯先生直到那只离开了它原来待的地方来寻它的小主人的吃惊的豚鼠。然后，戴米作为长孙，这时给那天的女主人赠送各色礼品，礼品实在太多，得用手推车运到这喜庆场地。有些礼品很好笑，但在别人看来有缺点的东西，外婆看来却可用作装饰品——因为孩子们给的礼物都是他们自己制作的。黛西的小手指为手帕耐心地缝了边，马奇太太认为她缝的每一针都要比刺绣的还好；戴米做的鞋盒是工艺奇迹，尽管那盒子盖不上；罗布做的脚凳有的腿儿摆不平，她却说很喜人；而艾米的孩子给她的那本贵重的书上最最漂亮的那一页上用东倒西歪的大写字母写着：“给亲爱的外婆，你的小贝思”。

在赠送仪式进行中，男孩们神秘地不见了，等到马奇太太想感谢她的外孙及外孙女们，竟感动得把持不住自己，小特迪便用他的围涎为她擦去泪水，这时教授突然唱起歌来。然后在他的上方，一条条嗓子此起彼伏地唱起这歌词，在树与树之间回荡着这看不见的合唱队的歌声。原来这些男孩全身心地唱起了这支由乔作词、劳里谱曲的歌子，那是教授教他们演唱的，得到了极好的效果。这真是一件新鲜事，结果大获成功。马奇太太惊喜不止，坚持要和这些没有羽毛的鸟儿的每一个握手，从高高的弗朗茨和埃米尔到那小混血儿，他的嗓音最最甜美。

这以后，男孩们四下散开去做最后的游戏，马奇太太和女儿们留在节日的树下。

“我想我不应该再把自己叫做‘不幸的乔’了，我最大的愿望已经如此美妙地实现了。”巴尔太太说着，把小特迪的小拳头从牛奶壶里拉出来，原来他正兴高采烈地用手在壶里搅拌着呢。

“可是你的生活和你很久以前所想像的大不相同啊。你可记得我们的空中楼阁？”艾米问道，她正带着微笑观看劳里、约翰和孩子们在打板球。

“这些个好人！看到他们忘掉了事务来玩上一天，我真高兴，”乔回答，她现在以做母亲的口气来谈到全人类，“是的，我记得，可是我那时向往的生活，如今看来有些自私、孤独而冷漠。我还没有放弃要写一本好书的愿望，但我可以等待，我确信要有了这样的生活经验和例证，才能把书写得更好。”乔指指远处那些活泼的男孩子，又指指爸爸，只见他正倚着教授的臂膀，在阳光下走来走去，一门心思地谈着两人都极感兴趣的话题。乔接着指指坐在那里的妈妈，被女儿们众星拱月地包围着，她膝上、脚边坐着她们的儿女们，好像都从她脸上得到帮助和幸福，而这张脸在他们看来是永远不会老的。

“我的空中楼阁是几乎完全实现的那一个。的确，当年我追求非常出色的东西，但是我心里明白，如果我有了一个小家、约翰和一些这样可爱的孩子，我就应该满足了。我全都得到了，感谢上帝，我是世上最幸福的女人啦。”接着梅格把手放在她高高的男孩的头上，脸上充满了温柔与虔诚的满足感。

“我的楼阁和我当初计划的大不一样，但是我不会像乔那样把它更改的，我没有放弃我所有的艺术企求，也没有把自己局限于帮助别人实现他的美梦。我已经开始制作一个婴儿塑像，劳里说那是我的最出色的作品。我自己也这么认为，打算用大理石来做，这样，不管发生什么意外，我至少可以保留我这小天使的形象。”

艾米说着说着，一大滴泪珠落在睡在她臂弯里的小孩子的金发上，因为她这惹人怜爱的唯一的女儿是个身体虚弱的小东西，怕失去她正是艾米心中的阳光中的一片阴影。这个十字架对这父母双亲影响极大，因为这份爱和愁把他们俩紧密地联系在一起。艾米的性情变得更加可爱、深沉和温柔，劳里则变得更加严肃、有力而坚定。两人都懂得了美貌、青春、好运以及甚至爱本身都无法使幸运者免于担心、悲痛、失落和忧愁，因为——

> 在每个人的生活中总会下一些雨，
> 某些日子定会变得黑暗而凄凉。[1]

“她身体逐渐好起来了，我可以说得准，亲爱的。别沮丧，要充满希望，保持乐观。”马奇太太说道，这时软心肠的黛西从外婆膝上弯下身去，将她红润的脸蛋贴在小表妹苍白的脸上。

“有你来鼓励我，妈咪，还有劳里来承担一大半的重负，我是决不应该沮丧的，”艾米热情地应道，“他从不让我看到他的焦虑，而是对我那么亲切耐心，又那么深爱小贝思，这对我始终是多么大的支持和安慰，使我怎么爱他都不为过。所以，尽管我背着这个十字架，我还是能用梅格的话来说，‘感谢上帝，我是个幸福的女人。’”

“没有什么需要我再说的了，因为每个人都能看到，我得到的幸福远远超过我所应得的，”乔接着说，把目光从她的好丈夫身上移到正在身边草地上翻滚的两个胖乎乎的孩子身上，“弗里茨越来越头发花白，身子发胖，我却瘦得不成样子，而且都三十了。我们根本富不起来，梅园说不定哪天夜里会给烧掉，因为那个积习难改的汤米·邦斯偏要在被窝里抽香蕨木烟，尽管他已经三次烧着了自己。可是尽管有这些不太浪漫的事情，我也没有什么可抱怨的了，而且一生也从来没有这样快活过。请原谅我

1　引自美国诗人朗费罗(1807—1882)的《下雨的日子》(1842年)第3节。

的措辞，[1]生活在那帮子男孩当中，我偶尔不免会采用他们的表达方式。”

“是啊，乔，我想你会有个好收成的。”马奇太太开口说，她赶走了一只黑色的大蟋蟀，它刚才盯住了小特迪看，吓得他脸上变了色。

“这收成不会有你的一半好，妈妈。就在这里，你耐心地播下了种子然后收获，为此我们怎么谢你也不会够。”乔不禁嚷道，带着一股可爱的急躁劲儿，那是她从不因年龄增长而有所改变的。

“我希望每年多一些麦子，少一些稗子。”艾米低声说。

“一大捆麦子，但是我知道，你心里是有地方装得下它的，亲爱的妈咪。”梅格柔声地补充道。

马奇太太深为感动，她只能张开双臂，仿佛要把她的儿孙们都拥在自己怀里，表情和嗓音中都充满了母爱、感激和谦恭，她说道：

“哦，我的姑娘们，不管你们能活得多久，我永远不可能指望给你们比这更大的幸福了！”

1　上句中的“快活”，原文为jolly，当时还只在年轻人的口语中流行，所以乔这样说。

图书在版编目(CIP)数据

小妇人/(美)露易莎·梅·奥尔科特著;洪怡,
叶宇译. —上海:上海译文出版社,2020.1(2022.10重印)
ISBN 978-7-5327-8358-8

Ⅰ.小… Ⅱ.①露… ②洪… ③叶… Ⅲ.长篇小
说—美国—近代 Ⅳ.I712.44

中国版本图书馆CIP数据核字(2020)第065715号

Louisa May Alcott
Little Women

小妇人

〔美〕露易莎·梅·奥尔科特 著 洪怡 叶宇 译
责任编辑/杨懿晶 装帧设计/胡 枫

上海译文出版社有限公司出版、发行
网址:www.yiwen.com.cn
201101 上海市闵行区号景路159弄B座
上海雅昌艺术印刷有限公司印刷

开本 890×1240 1/32 印张18.5 插页4 字数359,000
2020年6月第1版 2022年10月第3次印刷
印数:8,001—11,000册

ISBN 978-7-5327-8358-8/I·5124
定价:98.00元

如有质量问题,请与承印厂质量科联系。T:021-68798999